«Krimi-Fans und all jene, die spannende Unterhaltung und trockenen englischen Humor zu schätzen wissen, kommen voll auf ihre Kosten.» («Hamburger Abendblatt»)

Martha Grimes, geboren in Pittsburgh/USA, studierte Englisch an der University of Maryland sowie an der Johns Hopkins University und lebt in Washington, D.C. Ausgedehnte Aufenthalte in England haben ihr das sichere Gespür für jene Atmosphäre verliehen, in der ihre Romane spielen. Martha Grimes gilt als wahre Meisterin des klassischen Detektivromans und als ebenbürtige Nachfolgerin von Agatha Christie.

Im Rowohlt Taschenbuch-Programm sind weitere 12 Kriminalromane der Autorin lieferbar.

MARTHA GRIMES

Inspektor Jury geht übers Moor

KRIMINALROMAN

Deutsch von
Dorothee Asendorf

WUNDERLICH TASCHENBUCH

Neuausgabe Mai 2005

Überarbeitete Übersetzung
Veröffentlicht im Rowohlt Taschenbuch Verlag,
Reinbek bei Hamburg, Juli 1994

Die Originalausgabe erschien 1989 unter dem Titel
«The Old Silent» bei Little, Brown and Company,
Boston / Toronto / London

Umschlaggestaltung any.way, Andreas Pufal
(Foto: Bilderberg, Eberhard Grames)
Satz Garamond (Linotronic 500)
Gesamtherstellung Clausen & Bosse, Leck
Printed in Germany
ISBN 3 499 26568 0

Für Kathy Grimes, Roy Buchanan
und meine Katzen Felix und Emily,
die alle in das große Schweigen eingegangen sind

Was kümmert ihn Sturm und die eisigste Nacht,
Es muß um ihn kalt sein, dann schlummert er sacht.
«So lasse dich warnen, sonst wirst du nicht alt:
Bleib kalt, junger Obsthain, leb wohl und bleib kalt,
Denn Wärme im Winter ist schlimmer als Frost.»
Ich geh und komm wieder, wenn alles hier sproßt.

Robert Frost

Once born you're addicted
And so you depict it
As good, but who kicked it?

Richard Hell

Dank

Wenn mich jemand fragt, woher ich meine Eingebung bekomme, dann frage ich zurück: «Eingebung?» Dieses Mal jedoch war es anders.

Ich möchte einigen Menschen danken, denen ich nie begegnet bin:

John Coltrane, Miles Davis, Edward Van Halen, Steve Vai, Jeff Beck, Joe Satriani, Ry Cooder, Mark Knopfler, Otis Redding, Eric Clapton, Jimmy Page, James Taylor, Yngwie J. Malmsteen, Elvis Presley, Lester Bangs, Greil Marcus, Jimi Hendrix, John McLaughlin, Stevie Ray Vaughan, Tommy Petty und Frank Zappa.

Dank auch ein paar Menschen, denen ich tatsächlich begegnet bin:

Elise Kress und der New Saint George Band; Chief Superintendent Roger E. Sandell von der Polizei in Norfolk; Tony Walton vom Hammersmith Odeon; dem Gitarristen Andrew Moffitt und Kent Holland, der sich nach Karten für das Lou-Reed-Konzert die Beine in den Bauch gestanden hat.

Melrose Plant möchte an dieser Stelle ganz besonders Lou Reed danken.

Erster Teil

Leb wohl
und bleib kalt

I

Er hatte sie heute schon einmal gesehen, im Museum hinter dem Pfarrhaus. Mittlerweile war es zehn Uhr abends, und da für ihn festgestanden hatte, daß sich ihre Wege nie wieder kreuzen würden, konnte Jury nicht anders, er mußte immer wieder über den Rand der Lokalzeitung schielen und sich vergewissern, ob sie nicht wenigstens jetzt merkte, daß sie beobachtet wurde.

Aber nein. Sie saß in die Kissen des Stuhls am Kamin gelehnt, neben sich auf dem Tisch ein kaum angerührtes Glas Brandy, das sie mitsamt ihrer Umgebung vergessen zu haben schien. Eine ganze Weile hatte ihre Aufmerksamkeit einer schwarzen Katze gegolten (die ihr an diesem Tag den ersten Anflug eines Lächelns entlockt hatte, jedenfalls soweit Jury das beurteilen konnte). Die Katze hatte den besten Sitzplatz im ganzen Gasthaus mit Beschlag belegt, nämlich einen hohen ledernen Lehnstuhl. Die blinzelnden gelben Augen der Katze und ihr besitzergreifendes Gebaren schienen zu besagen: Gäste kommen und gehen, ich aber bleibe. Sie hatte Rechte.

Die Frau jedoch erweckte den Eindruck, als hätte sie keine. Trotz der erlesenen, maßgeschneiderten Kleidung, des Saphirrings mit Karreeschliff und der perfekt geschnittenen Kurzhaarfrisur hatte sie schon vorhin diesen Eindruck auf ihn gemacht – als habe sie ihrer Position entsagt, sich aller Rechte und Privilegien begeben.

Eine Einbildung, und eine abwegige obendrein, zusammengestoppelt aus ein paar flüchtigen Eindrücken. Fehlte nicht viel, und er dichtete ihr die tragische Geschichte einer zur Abdankung gezwungenen Königin an.

Jury versuchte, sich wieder auf sein Yorkshire-Bitter und die fesselnde Reportage über die Schafauktion und die Wohltätigkeitsveranstaltung zugunsten des Brontë-Museums zu konzentrieren.

Ausgerechnet in diesem Museum hatte er sie vorhin zum erstenmal gesehen, als sie sich über einen der Schaukästen beugte, in denen die Manuskripte verwahrt wurden. Touristisch gesehen war Nebensaison, ein frostiger Tag nach Neujahr.

Außer ihnen waren noch eine schlampig gekleidete Frau, der dazugehörige Mann mit gelichtetem Haar und zwei kleine Kinder im Raum, allesamt dick eingemummt. Das Mädchen und der Junge glichen mit ihren dicken Mänteln und Schals den Teddybären, die sie im Arm hatten. Die Mutter mit ihren Jeans und dem ausgeleierten Pullover wirkte abgespannt, so als hätte sie gerade die Wäsche einer ganzen Woche gewaschen; der Vater, dem der Fotoapparat von der Schulter baumelte, versuchte, Emily Brontës Gedicht vom gefangenen Vogel laut vorzulesen, aber vergebliche Liebesmüh, die Kleinen quengelten. Sie hatten wohl genug von verstaubten Manuskripten, düsteren Porträts, dem Geruch von altem Leder und Bienenwachs und strebten sonnigeren und köstlicher duftenden Gefilden zu, einer der Teestuben am Ort nämlich. Offenbar gehörte es zu den Familienritualen, daß sie nach Museumsbesuchen ‹Schoko und Kekse› spendiert bekamen, denn das intonierten die beiden einstimmig und in einem fort. Schokoundkekseschokoundkekseschokoundkekse. Ihr beschwörender Singsang wurde immer lauter, und demnächst würde es Gebrüll und Tränen geben. Die Mutter blickte sich peinlich berührt um, und der Vater unternahm erfolglose Beschwichtigungsversuche.

Anscheinend bewirkte das Quengeln und Betteln der Kleinen, daß die Frau im Kaschmirmantel ihre Umgebung plötzlich wahrnahm; wie jemand, der in einem fremden Zimmer aufwacht, in das er nur aus Versehen geraten ist und das eine vage Gefahr zu bergen scheint. Ja, ihre Miene glich irgendwie der von Branwell Brontë auf dem anrührenden Selbstbildnis, wo er sich seine eigene Sterbeszene ausmalt. Sie wirkte schmerzerfüllt.

Dann schob sie den Riemen ihrer Schultertasche höher und ging langsam ins Nebenzimmer. Jury spürte, daß ihr die Brontë-Relikte genauso gleichgültig waren wie den Teddybär-Kindern. Sie beugte sich über eine Vitrine, schob das goldbraune Haar zurück, das ihr ins Gesicht gefallen war, so als versperrte es ihr den Blick auf Charlottes schmale Stiefeletten, die winzigen Handschuhe und die Nachtmütze. Aber ihr Blick huschte nur flüchtig darüber hin, während ihre Hand geistesabwesend über die Holzkante des Kastens fuhr.

Jury musterte die Tür einer alten Kirchenbank, die bei der Zerstörung der Kirche vom Gestühl übriggeblieben war. Die Aufschrift darauf besagte, daß eine gewisse Lady vom Crook-Haus als erste in der Bank hatte sitzen dürfen. Sieh an, damals hatte man offenbar abwechselnd gesessen.

Wie sie so langsam den Schautisch in Charlottes Zimmer umrundete, mochte das auf ein weniger geschultes Auge als das seine wirken, als sei sie gänzlich in die Schaustücke vertieft. Doch weit gefehlt. Ihre ausdrucksvollen, klugen Augen schweiften zwar hierhin und dorthin, zeugten jedoch von Teilnahmslosigkeit und schienen nach etwas anderem Ausschau zu halten. Oder nach jemand anderem. Es schien, als habe sie nichts Besseres zu tun, als warte sie.

Ja, genau das war es: Die geistesabwesende Miene und die Art, wie sie immer wieder rasch ein wenig den Kopf drehte, machten deutlich, daß sie lauschte und wartete, als habe sie eigentlich eine Verabredung gehabt.

Ihn hatte sie mit Sicherheit nicht wahrgenommen; ihr Blick hatte sein Gesicht gestreift, als gehörte er zum Brontë-Inventar, zu den Porträts oder Bronzebüsten. Selbst wenn er ihr fünf Minuten früher vorgestellt worden wäre, sie hätte ihn vermutlich kaum wiedererkannt. Nur vor einem Schaukasten blieb sie länger stehen und schien wirklich hinzusehen, nämlich vor einigen Darstellungen von Angria und Gondal, den von den Geschwistern erfundenen Phantasiereichen.

Dann drehte sie sich um und ging zur Treppe.

Na schön, er hatte sowieso gerade gehen wollen (redete Jury sich ein), also folgte er ihr. An der Treppe blieb er stehen und betrachtete das berühmte Porträt der Schwestern, das der Bruder von ihnen gemalt hatte. Immer noch war die einst ausgemalte Stelle, wo sich Branwell aus dem Bild herausgenommen hatte, als verschwommener Umriß zu sehen.

Auch Familie Teddybär war gegangen und strebte über die schmale Straße der Teestube zu, und die Kinder schafften es irgendwie auszuschwärmen, als wären sie zehn statt zwei.

Anfangs dachte er, die Frau wollte vielleicht auch eine Tasse Tee trinken, doch sie stand einfach am Bordstein und zögerte, als wollte sie in London über einen Zebrastreifen gehen. Auf der Kuppe dieses Hügels, den die Brontë-Wallfahrer erklimmen mußten, gab es so gut wie keinen Verkehr, abgesehen von einem Taxi, das beim Fremdenverkehrsamt wartete, und einem Jungen, der ein stures Brauereipferd mit Scheuklappen zum Weitergehen antrieb.

Ein kalter Wind mit einem Vorgeschmack von Regen fegte über das Kopfsteinpflaster, und die Frau schlug den Mantelkragen hoch, so daß ihr Haar darin verschwand. Dann vergrub sie die Hände in den Taschen und ging die Straße entlang. Womöglich strebte sie der verlockenden Heimeligkeit des weiß getünchten Hotels an der Ecke zu, vielleicht (so hoffte Jury, denn er konnte einen Schluck gebrauchen) zum Salon dort, nicht zum öffentlichen Ausschank. Doch sie ging an dem Hotel vorbei und blieb statt dessen vor einem schmalen Haus stehen. «Spielzeugmuseum» stand daran. Sie trat ein.

Jury betrachtete die Fassade und dann das dämmrige Innere, wo sie eine Eintrittskarte löste. Allmählich kam er sich nicht nur albern, sondern wie ein Voyeur vor. Seit seinem sechzehnten Lebensjahr war er keinem gutaussehenden weiblichen Wesen mehr nachgelaufen, außer wenn ein Fall, den er bearbeitete, es erforderlich machte, und auch das war schon einige Jahre her, denn diese Art Laufarbeit machten jetzt andere für ihn.

Die kleine Diele, eher ein Vorraum, quoll über von winzigem Spielzeug – Kreisel, Holzfiguren, Süßigkeiten und Souvenirs drängten sich auf den Regalen. Hinter dem Verkaufstisch hockten ein freundlicher junger Mann in einem Dallas-Cowboys-Sweatshirt und eine junge Frau, die anscheinend alle Hoffnung hatte fahrenlassen; sie ähnelten – er mit seiner fröhlichen und sie mit ihrer traurigen Miene – der Doppelmaske von Komödie und Tragödie. Das Mädchen konnte es einfach nicht fassen, daß schon wieder jemand, der älter war als zehn, fünfzig Pence für den Eintritt springen ließ und sich das ausgestellte Spielzeug ansehen wollte. Der Mann lächelte beifällig, weil ein Erwachsener noch seinen Spaß daran hatte. Jury erwiderte das Lächeln und reichte ihm das Geld für den Eintritt.

In diesem Augenblick kam ein bleichgesichtiger Junge mit strohiger Igelfrisur aus einem der inneren Räume in den Vorraum; er runzelte die Stirn, als hätte er sein Geld für nichts und wieder nichts ausgegeben. Die junge Frau erbarmte sich; sie merkte, daß etwas nicht stimmte, und erklärte dem Jungen, er solle zurückgehen und den Knopf drücken. Jury wurde von ihr in ähnlicher Weise unterwiesen, für den Fall, daß auch er zu beschränkt war, um die elektrische Eisenbahn in Gang zu bekommen. Und die funktionierte nun einmal nicht, wenn man nicht den Knopf drückte.

Er bedankte sich und folgte dem Jungen ins Museum.

Sie stand am Ende des schmalen Ganges zwischen den von der Decke bis zum Boden verglasten Schränken, die vollgestopft waren mit Überbleibseln aus der Kindheit: Stoffpuppen und Porzellanpuppen; aufwendige Puppenhäuser; mechanisches Spielzeug und Holzspielzeug.

Er fragte sich, ob der Junge, der ganz hinten neben ihr vor der aufgebauten Eisenbahn stand, das alles wirklich zu würdigen wußte. In gewisser Weise war es ein Museum für Erwachsene. Jury betrachtete die Nachbildung eines Wolkenkratzers aus Legosteinen, und da fiel ihm wieder ein, wie sehr er sich einmal einen solchen Baukasten gewünscht hatte. An der Wand gegenüber stand ein Puppenhaus, so ausgeklügelt, wie er es noch nie gesehen hatte. Nach vier Seiten hatte es möblierte Zimmerchen; vermutlich war es so konstruiert, daß es sich auf einem mechanischen Rad drehte. Es gab sogar ein Billardzimmer, einen grünen Billardtisch mit zwei Spielern. Einer davon hielt sein Queue, während der andere sich über den Tisch beugte.

Und während er diesen Katalog einer Kindheit betrachtete, drang von ferne das leise Summen der Züge in sein Bewußtsein. Der flachshaarige Junge hatte den Mechanismus in Gang gesetzt.

Sie kehrten ihm den Rücken zu, der Junge und die Frau im Kaschmirmantel, standen dort nebeneinander. Hätte der Bengel nicht dringend ein heißes Bad benötigt, wohingegen sie teuer aufgemacht war, man hätte sie für Mutter und Sohn halten können, blaß und blond wie sie waren. Die Züge fuhren rundherum, und die beiden standen da in einer Art kameradschaftlichem Schweigen und sahen ihnen zu. Anscheinend bekam es der Junge als erster satt; er kam durch den Gang zurück, drängelte sich an Jury vorbei und trollte sich, noch immer mit gekräuselter Stirn, als stammten die Züge, die winzigen Zubehörteile und Miniaturgebäude und vielleicht auch die Spielzeugmenschen und -tiere für ihn aus der Mottenkiste.

Sie jedoch blieb stehen und drückte noch einmal den Knopf, der die Eisenbahn wieder in Gang setzte. Er konnte nur ihren Rücken und im Glas einen ganz schwachen Abglanz ihres Gesichtes sehen.

Dann machte sie eine eigenartige Geste. Sie hob die behandschuhte Hand, legte sie mit gespreizten Fingern aufs Glas und lehnte die Stirn dagegen.

Es war, als betrachte sie etwas, das sie einst so heiß begehrt hatte wie er den Legokasten.

Auf einmal schämte sich Jury zutiefst, kam sich vor wie ein Störenfried, wie ein Eindringling in ihre Privatsphäre. Er verließ das Spielzeugmuseum, spürte, daß er sie freigeben mußte.

Sie freigeben: Lieber Himmel, wie eigentümlich besitzergreifend, wenn man bedachte, daß er sie gar nicht weiter kannte und kein einziges Wort mit ihr gewechselt hatte. In Wirklichkeit nicht einmal einen Blick, abgesehen von dem, der ihn flüchtig gestreift, ihn wahrscheinlich aber nicht registriert hatte.

Und er zerpflückte das Ganze in seiner Phantasie wie ein pubertierender Jüngling, kam immer wieder darauf zurück, daß sie sich zusammen an zwei verschiedenen Orten aufgehalten hatten, so als könnte er darin etwas entdecken, das wenigstens für ein flüchtiges Interesse ihrerseits sprach...

Ein weiteres Anzeichen – sein Arzt würde es «Symptom» nennen – dafür, wie unendlich müde er war.

Gegen dieses pubertäre Verlangen, sich noch eine Weile hier herumzutreiben, half nur eins: Er mußte zum Parkplatz zurückgehen, in seinen Mietwagen steigen und sich auf die Weiterfahrt nach London machen.

Er schaffte es bis hinters Lenkrad des Austin Rover, und während der Motor im Leerlauf summte, starrte er durch die Windschutzscheibe auf den beinahe menschenleeren Parkplatz und die Gartenanlage dahinter, wo sich Kinderschaukeln sacht im Wind wiegten und drehten.

Es war ein Jux, eine aufheiternder Gedanke gewesen, nach einer im Polizeipräsidium von Leeds verplemperten Woche das kurze Stück nach Haworth zu fahren und dort zu übernachten.

Er ließ sich tiefer auf den Sitz rutschen und fand seinen plötzlichen Entschluß, nach Haus zu fahren, gleichermaßen albern (*und symptomatisch, Mr. Jury*), denn schließlich hatte er für eine Nacht hierbleiben wollen. Er war einfach zu müde, um die vier, fünf Stunden Fahrt nach London noch zu schaffen. Zum Teil war die Woche in Leeds an seiner Müdigkeit schuld, denn dort hatte er kaum mehr zuwege gebracht, als sich gehässige Blicke einzufangen.

Dieser Drang, sich selbst herunterzumachen, gehörte auch zu seiner Unpäßlichkeit. *Psychovegetative Dekompensation, Mr. Jury*, hatte jedenfalls sein Arzt es in seiner pedantischen Art genannt und die Worte auf der Zunge zergehen lassen wie feines Konfekt. Zum größeren Teil aber leitete sich seine Depression aus der Erkenntnis her, daß er sich diesen Auftrag hatte andrehen lassen, nur um von Victoria Street und New Scotland Yard wegzukommen, wo er in letzter Zeit anscheinend nur noch Pfusch machte, Fehlentscheidungen traf und zu ganz untypischen Wutausbrüchen neigte.

Da saß er nun, sah vor sich den sanft geneigten Hang des schneegesprenkelten Parks, aus dem das Licht wich und die Schaukeln dem Dunkel überließ, und überlegte, was an seinem Verhalten in den letzten Wochen berechtigt und was Überreaktion gewesen war. Nicht, daß sich Dramatisches ereignet hätte, aber Jury hatte die Nase so voll von Chief Superintendent Racers Litanei seiner jeweils neuesten Fehltritte (wie nichtig auch immer), daß er sich erboten hatte, selbst um seine Versetzung einzukommen. Was Jury daran störte, war nicht das Melodramatische dieser Entscheidung, sondern dessen Fehlen; er hatte den Vorschlag ganz emotionslos, nüchtern gemacht und nicht einmal das Dilemma, in das er Racer stürzte, so richtig genießen können.

Psychovegetative Dekompensation. Urlaub, das ist es, was Sie brauchen. Sie sind überarbeitet. Und der Arzt hatte Jury Rezepte hingeschoben, die dieser beim Verlassen der Praxis in die nächste Mülltonne warf.

Psychovegetative Dekompensation. Das Wort ist nicht besser und nicht schlechter als andere auch (dachte Jury, wenn er um drei Uhr morgens wach lag, was neuerdings die Regel war); vielleicht beschrieb es mit seinem fremdartigen Klang diesen Zustand ja besser als seine Muttersprache, die dazu offenbar zu armselig war. Unpäßlichkeit eignete sich nicht so gut, obwohl er das Wort vorzog, da es sich nach etwas Vorübergehendem anhörte, nach etwas, das man sich beim Sonnenbaden am Strand von Amalfi zuziehen und dort wie einen Sonnenbrand zurücklassen konnte.

Bei sich nannte er es schlicht und einfach Depression. Irgendwie hatte der Begriff etwas Tröstliches, da alle Welt darunter litt oder meinte, ab und zu darunter zu leiden. Nur daß Jury spürte, sie würde nicht einfach vorübergehen wie ein Sonnenbrand. Eigentlich verwunderte es ihn, daß jedermann Depressionen für einen Zustand zu halten schien, bei dem man sich lediglich dumpf und stumpf vorkam und kein Interesse für das Tagesgeschehen aufbrachte, wo es in Wahrheit eher das genaue Gegenteil war. Es war ein aktiver Zustand, denn die widerstrebenden Empfindungen und die fieberhafte Grübelei über die eigene Arbeit, über das Leben und die Erwartungen, die man erfüllen sollte und die an sich schon widersprüchlich und undurchsichtig waren, kamen einer Folter gleich. Er wußte natürlich, daß er von Natur aus kein zufriedener Mensch war. Aber er war ein Meister darin, äußerliche Gelassenheit vorzutäuschen. Eine derartige Fassade mochte durchaus hilfreich und vielleicht auch nötig sein, um als Polizist einwandfrei zu funktionieren. Doch wenn er nachts wach lag und zur Decke starrte, dann merkte er, daß der Lack Risse bekam.

Jetzt, in dem muffigen Auto, ging ihm auf, daß er diesen kleinen Abstecher wohl nur gemacht hatte, um ein, zwei Tage Anonymität zu genießen. Dieses Gefühl von Ziellosigkeit, von vagen Aussichten und ungeformten Stunden, war das der Grund, weshalb er in der Frau im Museum eine Art Geistesverwandte sah? Sie schien sich genauso treiben zu lassen wie er.

Er schloß das Auto wieder ab und machte sich mit seinen Siebensachen zum Fremdenverkehrsamt auf. Dabei ärgerte er sich über sich selbst, weil er wieder einmal einer Laune nachgegeben hatte, was sich für einen Mann, dessen Leben nur dem Sichten von Tatsachen und, ja, gelegentlichen Ratespielen gewidmet war, ganz und gar nicht gehörte.

Leeds vermutete ihn in London, London vermutete ihn in Leeds. Irgendwie konnte er sich des Eindrucks nicht erwehren, daß er und diese Frau auf Stippvisite im Niemandsland waren.

Und darum verwunderte es ihn auch kaum, sondern kam ihm eher selbstverständlich vor, daß er sie im Speiseraum des Gasthauses «Zum großen Schweigen» entdeckte, wo er ein Zimmer genommen hatte.

Sie saß an einem Ecktisch und war, abgesehen von ihm, der einzige Gast. Beim Essen las sie ein Buch, und sie hob auch nicht den Blick, als Jury eintrat und sich setzte.

Auch er hatte ein Buch dabei. Vielleicht war es *symptomatisch, Mr. Jury,* daß er häufiger allein mit einem Buch beim Essen saß als zusammen mit anderen Menschen. Erfundene Charaktere waren, wie er in letzter Zeit immer wieder feststellte, im allgemeinen bessere Gesellschafter bei Tisch als solche aus Fleisch und Blut. Noch am vergangenen Abend hatte er ein Essen im Haus eines Inspektors vom Polizeipräsidium in Wakefield durchstehen müssen. Die Gastgeberin schien, wie ein Werbemanager, jedes Schweigen bei Tisch als gefahrvoll für ihr Produkt zu empfinden. Das Wetter, die Grundstückswerte im Norden und im Süden, London, das Theater, New Scotland Yard – ewig die gleichen Fragen und Antworten, die mit der Suppe abebbten und mit dem Nachtisch zurückgeflutet kamen.

Da saßen sie nun beide im stillen Speisesaal, lasen schweigend in ihren Büchern, tranken einen Schluck Wein, bestrichen ihr Brot mit Butter. Es war zehn Uhr, und das mochte erklären, warum das Restaurant so schlecht besucht war. Ein paar Tische zeugten davon, daß die Gäste bereits gegangen waren.

Was sie wohl las; fesselte es sie oder war sie wie er auf Gesellschaft aus? Verläßliche, kultivierte Gesellschaft. Er hätte etwas Passendes, etwas Brontëmäßiges wählen sollen, aber nein, er las gerade ein Buch von dem verstorbenen Philip Larkin. Es hieß *A Girl in Winter* und gab mit seiner einfachen Handlung, seinem eleganten Stil und der traurigen Heldin ebenso gutes Futter für seinen Geist ab wie das Roastbeef für seinen Leib. Es war ein ruhiges Buch.

Sie legte die Serviette beiseite, stand auf, kam an seinem Tisch vorbei (registrierte ihn jedoch immer noch nicht) und hielt dabei ihr Buch gegen die Ledertasche gedrückt. Er verrenkte sich ein wenig den Hals, um den Titel lesen zu können: *Der Mythos von Sisyphos.*

Alles andere als ein ruhiges Buch.

Außer ihnen war niemand in der Lounge. Ein Pärchen, das für den Speisesaal zu spät gekommen war, hatte in diesem Teil des langen Vorderzimmers, das auch als Bar diente, gespeist. Das Gasthaus «Zum großen Schweigen» hatte eine anheimelnde und freundliche Atmosphäre: Kupfer und Messing glänzten; die Stühle und Bänke aus dunklem Holz mit den geblümten Kissen waren so um die Tische gruppiert, daß sie zu angeregten Gesprächen einluden, wie bei dem Pärchen, das gerade die Lounge verließ.

Jury saß an der Bar dicht bei der Tür, die zum öffentlichen Ausschank führte. Gedämpfte Stimmen drangen herein. Kein anderer Laut störte die Stille, abgesehen vom stetigen Ticken der Standuhr und dem gelegentlichen Aufsprühen und Zischen eines zerfallenden Holzscheits im Kamin.

Es gab keinen Grund, warum er nicht sein Bier nahm und sich in die eigentliche Lounge und damit näher ans Feuer setzte. Ja, da sie jetzt die einzigen Gäste waren, wäre es nur natürlich gewesen, wenn er die schwarze Katze mit irgendeiner Bemerkung – typisch für Katzen, immer beanspruchen sie den besten Platz im Haus – vertrieben hätte.

Aber sie hatte etwas an sich, das eine solche Annäherung verbot; sie wirkte völlig versunken, jedoch nicht in das Buch (in dem sie noch keine Seite umgeblättert hatte), sondern wie schon vorhin im Museum in ihre eigene, private Welt. Als sie über den Rand des Buches an ihm vorbeiblickte, kam es ihm vor, als betrachtete sie irgendeine innere Landschaft und stellte mit gekräuselter Stirn fest, daß der etwas abging, etwas fehlte.

Dann kehrte sie zu ihrem Camus zurück, zu derselben Seite. Ohne Mantel wirkte sie schmaler. Eine Hand umklammerte die Handtasche, die sie noch immer bei sich hatte, die andere hielt das Buch so, daß es ihr Gesicht verdeckte. Das Gelenk der eleganten Hand – lange, spitz zulaufende Finger – war etwas knochig, das Goldarmband halb den Arm hochgerutscht; der Goldreif an ihrem Finger saß locker.

Sie trug ein Kostüm aus Schantungseide mit Faltenrock und kurzer Jacke, sehr schlicht und (dachte er) sehr teuer. Das diffuse Licht von Lampe und Feuer verlieh Kostüm und Haar den gleichen hellen Umbraton.

So saßen sie wohl zwanzig Minuten lang. Als die Uhr elf schlug, blickte sie auf. Vom öffentlichen Ausschank her hörte Jury, daß der Pubbesitzer um die letzten Bestellungen bat. Sie klappte ihr Buch zu, legte es neben die Handtasche, und er dachte schon, daß sie aufstehen und gehen wollte. Aber sie blieb sitzen.

Man hörte, wie die Gäste aus der Bar zu dem kleinen Parkplatz gingen; ein paar nahmen dabei den Weg durch die Lounge.

Dann tauchten die Scheinwerfer eines Autos das Fenster in blendende Helle, bevor sie ausgeschaltet wurden. Eine Tür schlug zu, und Jury hörte Schritte, die sich auf dem Flur näherten.

Sie saß irgendwie steif und altjüngferlich da, seit sie das Buch beiseite gelegt hatte – die Hände im Schoß gefaltet, die Füße dicht nebeneinander.

Ein Mann kam zur Tür herein – ein Mann, der so geschmackvoll und teuer gekleidet war wie sie. Er mochte Ende Vierzig sein und wirkte fit, wie jemand, der richtig Sport trieb (was Jury nie schaffte) und regelmäßig ins Solarium ging. Ein gleichgültiger Blick streifte Jury.

Er schien ganz auf die Frau konzentriert, die jetzt aufstand, nein, sich hochstemmte wie ein älterer Mensch, der nur noch mit Mühe aus dem Sessel kommt. Ihre Handtasche hielt sie immer noch umklammert.

Keine Begrüßung, kein Händedruck, Kuß oder wenigstens ein Lächeln auf beiden Seiten. Der Besucher nahm Platz, ohne den Mantel, einen dunklen Chesterfield, abzulegen, knöpfte ihn jedoch auf, ehe er den Arm lässig auf die Sofalehne legte. Die feingeschnittenen Züge, die Maßkleidung, die Eleganz seiner Bewegungen, all das wies ihn als Gentleman aus. Und doch stand die Frau immer noch, während er bereits saß. Wenn Jury nicht schon aus seinem ganzen Auftreten geschlossen hätte, daß der Besucher auf sehr intimem Fuß mit ihr stehen mußte, dann aus diesem Mangel an guten Manieren. Jetzt sagte er etwas, und sie setzte sich mit resignierter Miene.

Irgendwie merkwürdig, fand Jury, daß er alle äußeren Details ihrer Person, bis hin zu ihrem Ehering, betrachten konnte und doch nicht nahe genug saß, um die Worte zu verstehen, die zwischen ihnen gewechselt wurden. Der Mann redete leise, aber hastig. Sie warf in seinen gedämpften Redefluß nur hin und wieder ein Wort ein, das wie die zwischen ihrem Körper und der Armlehne eingeklemmte Handtasche wirkte. Sie unterbrach ihn, wenn sie in seinem Wortschwall das leiseste Anzeichen für eine Pause entdeckte; und selbst dann hob er noch die Hand und gebot ihr Schweigen.

Daß ihr seine Worte ganz und gar nicht zusagten, war an ihrer steinernen Miene zu merken; sie wandte den Blick ab, starrte ins Feuer und ließ ihn wieder zurückschweifen, als könnten ihre Augen nirgendwo einen Ruhepunkt finden. Im Feuerschein bekamen ihre hellroten Lippen etwas Goldenes, und ihr Mund wirkte wie aus Marmor gemeißelt. Sie sah unnachgiebig, unbeugsam aus.

Nachdem er sein Teil gesagt oder seinen Standpunkt oder was auch immer klargemacht hatte, lehnte er sich zurück, holte ein silbernes Zigarettenetui hervor, das im Flammenschein aufblitzte, klopfte eine Zigarette heraus und zündete sie an. Er wartete ein paar Minuten, während sie ins Feuer starrte, dann beugte er sich vor, als wollte er sie zwingen, ihm den Blick wieder zuzuwenden. Schließlich tat sie es, wenn auch sehr langsam.

Er sagte etwas und stand auf, und noch immer wirkte er irgendwie unbekümmert und angriffslustig zugleich.

Sie hielt den im Feuerschein golden schimmernden Kopf leicht gesenkt, so als hätte er sie in einem entscheidenden Spiel geschlagen. Ihre Arme ruhten auf der Sessellehne, die Hände hingen herunter, ein Daumen spielte mit dem Goldreif und dem Saphirring. Es sah aus, als überlegte sie, ob sie die Ringe abziehen und ihm in die Hand drücken sollte.

Langsam zog sie die scheinbar bleischwere Handtasche auf den Schoß. Sie machte die Lederklappe auf und holte etwas heraus, das wie ein Umschlag oder Brief aussah. Sie hatte ihn schon beim Essen hervorgeholt und immer wieder weggesteckt; als handle es sich dabei um ein magisches Ritual, das es zu vollziehen galt. Mit diesem Stück Papier in der Hand – Brief oder was auch immer – stand sie auf und sagte etwas, das Jury nicht mitbekam.

Und noch immer hielt sie die Tasche mit dem baumelnden Verschluß an den Leib gepreßt, als wäre das Ding jetzt leer, nutzlos, eines wertvollen Inhalts beraubt.

Er streckte die Hand aus, entriß ihr den Brief und warf ihn ins Feuer.

Sie wechselten einen kurzen Blick, ohne auch nur im mindesten zu merken, daß sie nicht allein im Zimmer waren, so sehr nahm sie das in Anspruch, was sie zusammengeführt hatte. Der Mann drehte sich um und wollte zur Tür gehen.

Sie stand da, das Profil vom Feuer beschienen, während ihr Körper im Schatten war. Sie stand da, als hätte ein zorniger Gott sie zur Salzsäule verwandelt. «Roger.»

Das erste verständliche Wort, das Jury hörte. Der Mann drehte sich etwas zögernd um, und sie griff in die Tasche, zog eine Pistole heraus und schoß ihn in die Brust. Er starrte sie verständnislos an, als habe sie nicht getroffen. Doch in den paar Sekunden, die Jury brauchte, um auf die Beine zu kommen und den Tisch neben sich umzustoßen, sackte der Mann in sich zusammen und fiel zu Boden.

Sie senkte die Pistole und schoß noch einmal.

2

DER NAME ROGER HEALEY sagte Jury nichts, als er ihn später am Abend zum erstenmal hörte. Der Beamte der Polizei von West Yorkshire, der Healeys Frau im Gasthaus «Zum großen Schweigen» festgenommen hatte, erzählte ihm am nächsten Tag, daß der Mann etwas mit Kunst oder Musik zu tun habe, was genau, wußte er nicht, nur, daß er prominent war. Der aus Keighley gerufene Detective Sergeant verbürgte sich jedenfalls dafür, daß die *Familie* in der Gegend sehr angesehen war, und es war ihm anzumerken, welch inneren Zwiespalt die Festnahme eines ihrer Mitglieder bei ihm auslöste.

Inneren Zwiespalt oder dergleichen kannte Superintendent Sanderson nicht; ihn scherte es weder, daß Jury der einzige Zeuge für den Mord an Roger Healey war noch daß in seiner Person die Londoner Kripo in seinem Revier wilderte. Sanderson war ein hochgewachsener Polizist, dünn wie ein Laternenpfahl, dessen gut einstudiertes, undurchsichtiges Gebaren jeden aufs Glatteis hätte führen können. Falls Jury, was unwahrscheinlich war, je als Zeuge aufgerufen würde, hätte seine Aussage weitaus mehr Gewicht als die irgendeines kurzsichtigen Einheimischen. Was die derzeitige Untersuchung betraf, konnte sich Jury, was Sanderson anging, rasch aus dem Revier der Yorkshire-Polizei verziehen.

Sanderson hatte es aber auch leicht. Er mußte nicht einmal Verdächtige auftreiben, keine Stammgäste aus dem öffentlichen Ausschank des «Großen Schweigens» befragen, die doch nur widersprüchliche Berichte geliefert hätten, wer was wem wann getan hatte; und die fünf Leutchen, die aus dem Ausschank in die Lounge gestürzt waren, hatten sehr erleichtert gewirkt, als sie hörten, daß sie aus dem Schneider waren. Denen hatte es vor Schreck die Sprache verschlagen, bis die Polizei eintraf. Jury hatte sie angerufen.

Und es war auch Jury gewesen, dem die Frau, schweigend, die 22er Automatik gegeben hatte. Widerstandslos. Sie sagte kein einziges Wort, sondern setzte sich wieder in den Sessel, beantwortete keine seiner Fragen und sah auch nicht mehr zu ihm auf.

Die gerichtliche Untersuchung der Todesursache wurde für den folgenden Tag angesetzt und diente lediglich der Feststellung gewisser Fakten wie beispielsweise der Identität des Toten. Die Identität der Täterin stand ohnehin fest.

Sie hieß Nell Healey, war eine geborene Citrine, und Jury hatte sich über die Beziehung, in der sie zu dem Toten stand, nicht getäuscht: sie war seine Frau.

Mit Rücksicht auf den Ruf, den Reichtum und den Einfluß der Familie Citrine in West Yorkshire und weil sie keinerlei Vorstrafen hatte, wurde sie gegen Kaution auf freien Fuß gesetzt. Damit, das wußte Jury, erkaufte sie sich wenigstens ein Jahr Freiheit; vorher würde der Fall kaum vors Bezirksgericht kommen, nicht bei der langen Latte anstehender Gerichtstermine. Blieb lediglich die Frage, warum sie es getan hatte, und die beantwortete sie nicht. Im großen und ganzen jedoch schien sich die Waagschale zu ihren Gunsten zu senken, da ihr ein früherer Schicksalsschlag Sympathien eingetragen hatte.

Und genau über diesen Schicksalsschlag informierte sich Jury jetzt aus der Zeitung, die auf seinem Schreibtisch im New Scotland Yard lag. Er entsann sich der Namen Healey und Citrine. Es war vor acht Jahren passiert, und er hatte es über alle Maßen schrecklich gefunden.

«Traurig, wirklich traurig», sagte Detective Sergeant Alfred Wiggins, der die Ausschnitte ausgegraben, selber aber zu einem Exemplar von *Time Out* gegriffen hatte. «Wie kann man einem Kind nur so was antun?» Wiggins rührte langsam mit dem Löffel im Teebecher herum und klopfte ihn alsdann so weihevoll wie ein Meßknabe, der das Weihrauchfäßchen schwingt, am Becherrand ab.

Mit ebenso andächtiger Gebärde riß Wiggins eine Packung Scott's Medizinische Kohlekekse auf, wobei er sich Mühe gab, nicht mit dem Zellophan zu knistern. Oft kam es nicht vor, daß Jury ihm nicht antwortete, doch heute war einer dieser Tage, und Wiggins sorgte sich (als wäre es seine Schuld) um den sonst so friedfertigen Superintendent, diese Seele von einem Menschen, der sich einen Fall so zu Herzen nahm, der nicht einmal seiner war. So fühlte Wiggins sich bemüßigt, beharrlich weiterzureden, statt lieber den Mund zu halten. Und da es ihm ohnehin nicht gegeben war, sich treffend und witzig auszudrücken, verstrickte er sich nur immer mehr in weitere Klischees.

Jurys Laune war so rabenschwarz wie der Kohlekeks, den Wiggins jetzt in seinen Becher bröselte; wider alle Vernunft reizte ihn sein Sergeant, der irgendeinem abgehobenen Gesundheitsideal nachjagte, während er selbst von der Entführung eines Jungen und dem Verschwinden seines Freundes las. Jury sagte (etwas scharf, fand Wiggins): «Wiggins, die meisten Menschen geben sich mit simplen Roggenkeksen zufrieden. Und die muß man auch nicht zu Matschepampe machen.»

Wiggins war rasch mit einer Antwort bei der Hand, nicht weil Jury sich bissig anhörte, sondern weil dieser überhaupt reagierte. Fröhlich sagte er: «Oh, Roggenkekse bringen nun wirklich nichts, Sir. Wohingegen das hier –»

Jury sah sich genötigt, einen Vortrag über die segensreiche Wirkung von Kohle auf den Verdauungstrakt im Keim zu ersticken, und so erwiderte er rasch: «Gewiß, gewiß», lächelte und ließ damit durchblicken, daß er sowieso nur Spaß gemacht habe.

Es war in Cornwall passiert, als Billy Healey dort mit seiner Stiefmutter, Nell Citrine Healey, Ferien machte. Sie hatten auch Billys Freund Toby Holt mitgenommen.

Ohne den Blick zu heben, schüttelte Jury eine Zigarette aus einer Packung Player's, während er Roger Healeys Presseerklärung las. Sie war sachlich, fast pedantisch, wimmelte von Floskeln wie «Gramgebeugter Vater» und Bemerkungen über die außerordentliche pianistische Begabung seines Sohnes, so daß man fast den Eindruck bekam, Entführer, die nicht Obacht gaben, daß der Junge jeden Tag übte, würden bei ihm etwas Vergleichbares wie einen Insulinschock bei einem Diabetiker auslösen. Das übliche «Wir tun alles, was in unserer Macht steht, damit wir unser Kind zurückbekommen»; das übliche «Die Polizei arbeitet rund um die Uhr». Das Übliche eben.

Außer daß die Stiefmutter überhaupt keine Erklärung abgegeben hatte.

Jury versuchte, sich in einen Vater hineinzuversetzen, dessen Kind man entführt hatte. Er hatte keine Kinder, kannte jedoch ein paar gut genug, daß er zumindest ein wenig nachfühlen konnte, was in einem Menschen vorgeht, der eines verliert. Natürlich hatte er bei seiner Arbeit genügend untröstliche Eltern kennengelernt. Einige hatten geschwiegen; andere hatten zu einem nicht endenden Wortschwall angesetzt. Aber noch keiner hatte eine Rede gehalten, die reif für das Unterhaus gewesen wäre. Er urteilte sicher nicht fair, dachte Jury. Schließlich war Healey als Musikkritiker und Kolumnist daran gewöhnt, Gedanken in Worte zu kleiden; er konnte sich klar ausdrücken und verstand es anscheinend, die Fassung zu wahren.

Inmitten all der Gemeinplätze wirkte das Foto von Billy selber beinahe fehl am Platz. Es war ein alter Schnappschuß, und die Kamera hatte den Jungen genau in dem Augenblick eingefangen, als er irgend etwas in der Ferne gesehen haben mußte. Er reckte ein wenig das Kinn, hatte den Mund leicht geöffnet, seine Augen blickten gebannt, fast fragend. Das Foto war eine Gegenlichtaufnahme; sein Gesicht lag teilweise im Schatten, wodurch der Rest um so stärker hervortrat, was die gerade Nase und die hohen Wangenknochen noch betonte. Er war hübsch, blaß, hatte dunkles, seidig glänzendes Haar. Er sah, fand Jury, ein wenig entrückt aus, abweisend und durch die Eindringlichkeit seines Ausdrucks unnahbar. Und er sah seiner Stiefmutter ähnlicher als seinem Vater.

Von ihr gab es nur ein Foto, wie sie aus dem Haus geführt wurde, und da mußte sie sich rasch den türkisch gemusterten Schal übers Gesicht gezogen haben. Da sie obendrein den Kopf gesenkt hielt, hatten die Reporter kaum mehr als ihre Haare vor die Kamera bekommen. Und so ließen sie denn auch kaum ein gutes Haar an ihr; unterschwellig schienen sie es übelzunehmen, daß Mrs. Roger Healey zu keiner Stellungnahme bereit war. Sie hatte das Reden ihrem Mann überlassen.

Die Stiefmutter hatte wirklich eine schlechte Presse. Sie war als einzige zugegen gewesen, als die Jungen verschwanden. Der ziemlich geschmacklose Wust von Fotos und Schnappschüssen, den die Zeitungen brachten, ließ keinen Zweifel daran, daß man die Entführungsgeschichte gern am Kochen halten wollte. Alte Schnappschüsse von Billy rahmten die Berichte ein; auf einem war er mit Schulkameraden zusammen, sehr verschwommen. Auf einem anderen lehnte er mit dem anderen Jungen, Toby Holt, an einem Zaun. Vor ihnen saß ein kleines, dunkelhaariges Mädchen auf einer großen Steinplatte und blinzelte in die Kamera.

«Der Chef führt nicht gerade Freudentänze auf, wie Sie sich denken können», sagte Wiggins, der seinen eigenen Gedanken nachhing.

«Tut er nie, jedenfalls nicht, was mich angeht.»

«Er fragt sich, was Sie überhaupt in Stanbury gesucht haben...»

«Nachbarort von Haworth. Ich bin ein großer Brontë-Fan.»

«... als Sie eigentlich in Leeds sein sollten.»

Jury blickte auf. «Was ist das, ein Verhör? Unheilschwangeres Gemurmel?»

«Man könnte Sie als Zeugen der Anklage benennen.» Wiggins ließ nicht locker.

«Wäre es ihm lieber, wenn ich als Zeuge für die Verteidigung aufträte? Er weiß verdammt gut, daß ich nicht als Zeuge vorgeladen werde. Sanderson wird meine Zeugenaussage abgeben. Der Fall gehört West Yorkshire, nicht mir.»

Wiggins machte sich aus zwei schwarzen Keksen und etwas dazwischen ein kleines Sandwich.

«Was ist das denn?»

«Kohlekekse mit etwas Tofu und Tahini. Sie wissen ja, wie mir meine Verdauung zu schaffen macht.» Als er hineinbiß, zerfiel das Ganze in Krümel; er wischte sich mit dem riesigen Taschentuch, das er sich in den Kragen gesteckt hatte, den Mund ab.

Jury blickte auf die Notizen, die Wiggins gemacht hatte. «Dieser Verleger, für den Healey gearbeitet hat. Machen Sie bei ihm einen Termin für mich.»

«Jawohl, Sir.» Wiggins' Hand zauderte über dem Telefon. «Wann?»

«Heute nachmittag. So gegen drei, vier.»

«Es ist schon fast zwei.» Die von dem Tofu-Sandwich befreite Hand schwebte weiter über dem Telefon. «Ich meinte ja nur.»

«Daß es nicht mein Fall ist. Sie haben recht. Verschaffen Sie mir einen Termin bei diesem Jungverleger, diesem Martin Smart.» Jury lächelte.

«Der Boss beschwert sich –»

Boss? Racer? Seit wann nannte Wiggins ihn so?

«– daß Sie mit ein paar Fällen nicht zu Rande kommen. Dem Soho-Fall beispielsweise.»

Ein Drogentoter, kein Fall für die Kripo, mit dem wurde das Rauschgiftdezernat leicht fertig. Was Racer sehr wohl wußte. Der setzte doch alles daran, daß Jury sein Licht auch ja unter den Scheffel stellte. Racer konnte es einfach nicht leiden, wenn Jury mit Namen und Foto in der Zeitung stand.

«Mir ist nicht gut, Wiggins.»

Wiggins setzte seine Besucher-am-Krankenbett-Miene auf. «Gar keine Frage, Sir. Sie sehen aus wie ein Gespenst auf Urlaub. Und den brauchen Sie, nicht etwa einen neuen Fall.»

Jury grinste. «Ich weiß. Nun machen Sie mir schon einen Termin mit Healeys Verleger.» Er stand auf, und ihm war leichter zumute als seit Wochen.

«Wiggins, meine Verdauung macht mir ganz schrecklich zu schaffen. Ich suche jetzt den Boss auf.»

3

«GENESUNGSURLAUB?»

Chief Superintendent A. E. Racer zog eine gewaltige Schau ab, legte die Hand hinters Ohr, als könnte er nicht glauben, was er gehört hatte. «*Genesungs*urlaub?»

Jury wußte, daß er Racer damit wenn auch keine einmalige, so doch die beste Gelegenheit dieses Tages bot: Sieh einer an, auch Jury hatte eine Achillesferse, einen Riß in der alten Cordjacke, hier war *die* Gelegenheit, Jurys tauben Ohren mehr zu predigen, als nur daß das Leben eines Polizisten dornenvoll sei, denn das lag auf der Hand. Jury konnte direkt sehen, wie Racer im Geist auf ihn anlegte, zielte und eine Salve abschoß. Nur daß er Platzpatronen geladen hatte.

«Sie haben noch *nie* Genesungsurlaub beantragt.»

«Vielleicht bin ich deshalb krank.»

«‹Genesungsurlaub› fällt in Wiggins' Ressort. Der nimmt ihn für uns alle.»

Antrag abgelehnt. Immer das gleiche Lied. Immer die alte Leier. Wer von uns könnte nicht ein wenig Ruhe gebrauchen, *insbesondere ich. Aber schmeiße ich etwa den Kram einfach hin?*

«Ich finde, er sieht krank aus», sagte Fiona Clingmore, die ins Zimmer getreten war und zwei hohe Papierstapel abtransportieren wollte, die sie jetzt im Arm balancierte. Ihre Augen jedoch hingen wie gebannt an der Falle, die Racer für den Kater Cyril aufgestellt hatte.

Bildet sich der Chef wirklich ein, er könnte Cyril überlisten? hatte Fiona in ihrem Büro gefragt, wo sie sich die glänzenden Krallen feilte. *In letzter Zeit wird es immer schlimmer mit ihm.*

«Falls Sie eine Krankschreibung von meinem Arzt haben wollen – wird gemacht.»

«Ich bin überzeugt, Wiggins kann Ihnen ein Blatt aus einem Rezeptblock reißen. Die liegen sicherlich stapelweise auf seinem Schreibtisch rum.» Racer lächelte sein Rasiermesserlächeln, sah Jury über gefaltete Hände hinweg an und ließ dabei die Daumen umeinander rotieren wie Propeller.

Fiona blickte von Jury zu Racer.

«Er ist vollkommen erschöpft. Man kann ihm doch an der Nasenspitze ansehen, daß er sich praktisch nicht mehr auf den Beinen halten kann.»

Für gewöhnlich trug Fiona Schwarz, heute beispielsweise ein leichtes Wollkleid mit enganliegendem Oberteil und Plisseerock; bedingt durch die Strümpfe mit Naht und die schwarze Kapuze, die ihr mattgoldenes Haar umschmeichelte, sah sie aus, als wollte sie eine Beerdigung sprengen. Immer wenn Jury Fiona ansah, mußte er an alte Schrankkoffer voller Cocktailkleider aus Taft, Briefe mit rosa Bändchen und rosenumrankte Oblaten denken, wie sie sie als Schüler in Poesiealben klebten...

Trotz des schroffen Achselzuckens und kessen Hüftschwungs hatte Fiona etwas unendlich Rührendes. Hör auf, über sie und die Vergangenheit nachzudenken, sonst landest du im Geist noch bei deiner Mutter in der Fulham Road, Hand in Hand mit ihr, und siehst zu, wie sich die Wäsche in der Maschine dreht und dreht. Eine große Dosis Nostalgie war nun wirklich nicht das richtige gegen eine ausgewachsene Depression. Obwohl sich hier in Racers Büro beim Anblick der brillant konstruierten Katerfalle seine Laune zusehends besserte. Bei der Falle handelte es sich um eine kleine Holzkiste mit einem Klappverschluß, dessen Scharniere zuschnappten, sobald man die Klappe mit Fuß oder Pfote berührte. In der Kiste stand eine Büchse mit Ölsardinen. Racer behauptete, die Idee dazu aus alten Filmen über Jäger und Hottentotten (oder sonstige Ureinwohner) zu haben, in denen die Hottentotten andauernd in Gruben mit Netzen fielen, die mit Buschwerk verdeckt waren und sich rasch um sie zusammenzogen.

Nur vergaß er dabei, daß Cyril – der Kater, der sich scheinbar aus dem Nichts in den heiligen Hallen von Scotland Yard eingefunden hatte – kein Hottentotte war. Jury und Fiona konnten es nicht fassen, die Sardinenfalle war einfach zu idiotisch. Natürlich klappte die Sache mit der Klappe. Aber Cyril brauchte sie nur mit der Schnauze wieder aufzuschieben, wenn er seine Büchse Sardinen verputzt hatte. Racer mußte irgendwie vorgeschwebt haben, er würde bei seiner Rückkehr aus dem Klub Cyril erwischen, wie er gerade mit den Tatzen verzweifelt an der Kiste kratzte. Sollten sich Racer und Cyril jemals begegnen (so Fiona), dann nur in der Hölle. Und das wäre dann (so Jury) eine in der Tat kurze Begegnung, denn schließlich konnte Cyril durch Feuer gehen, ohne sich auch nur ein Härchen seines glänzenden kupferfarbenen Fells anzusengen. Houdini (so alle beide) hätte sich schneller aus seinem Unterwasserkäfig befreien können, wenn er Cyril mitgenommen hätte.

Fiona verwahrte im Aktenschrank zwei Dutzend Büchsen Sardinen, um immer wieder die zu ersetzen, die Cyril verspeiste. Die Kiste war Cyrils wahre Wonne; sie war sein zweites Zuhause. Zuweilen war er so vollgefressen und träge, daß er über der Dose einnickte und Fiona ihn herauszerren mußte, ehe Racer zurückkehrte. Jury meinte, sie solle sich keine Sorgen machen, Cyril könnte Racers Nahen selbst aus unendlichen Fernen wittern. Der Kater hörte ihn, roch ihn, ja, er sah ihn schon, wenn er die Glastür des New Scotland Yard aufstieß. Racer durfte jedoch nicht dahinterkommen, daß seine Falle nicht funktionierte, sonst würde sein Erfindergeist erneut zum Sturzflug ansetzen und er sich eine andere Todesart für Cyril ausdenken und beispielsweise den Teppich mit Gift bestreichen lassen.

Ja, dachte Jury, es geht mir schon besser, ich brauche nur Fiona zuzusehen, wie sie mit den Augen das ganze Zimmer nach Cyril absucht. Er war abgängig, Jury wußte jedoch, wo er steckte, nur Racer hatte noch nicht geschaltet. Jury beschirmte die Augen mit der Hand, täuschte Benommenheit vor, denn das ermöglichte ihm, einen Blick in den unteren Teil des Bücherschranks zu werfen, den Racer zum Barschrank umfunktioniert hatte. Von dort kam sachtes, gläsernes Geklirr. Racer konnte die Hand noch soviel hinters Ohr legen, er wurde taub.

Der Barschrank war mit Türen versehen, die sich leicht öffnen ließen, wenn man mit Hand (oder Pfote) etwas an dem Knauf ruckte. Leider kam Racer gelegentlich an der Tür vorbei und stieß sie mit dem Fuß zu. Er hatte Fiona angewiesen, Schloß und Schlüssel zu besorgen, und hatte geknurrt (so Fiona zu Jury), die Putze wäre ein arger Schluckspecht. («So hat er sie genannt, nicht zu fassen. Ordinär, was?» hatte Fiona hinzugefügt, ihre Nagelfeile beiseite gelegt und zum Polierstab gegriffen.)

Im Barschrank standen jeweils zwei, drei Flaschen Rémy,

Tanqueray, Black Bush und ein alter Scotch, die (Fiona zufolge) geradewegs vom Himmel gefallen waren: Geschenke von Bösewichtern, denen Racer wenn nicht goldene, so doch silberne Brücken gebaut hatte. Und es gab ein Bierfäßchen im Miniaturformat mit Spund und einem Becherchen, das den Whisky auffangen sollte. Direkt in Augenhöhe, falls man eine Katze war. Und so kam Cyril denn oft aus dem Allerheiligsten ins Vorzimmer gewankt und geschwankt.

«Er wird uns noch krank», sagte Fiona nach einer neuerlichen Sause des Katers im Barschrank.

«Cyril? Sie wissen doch, er macht das nur, um Racer zur Weißglut zu bringen.»

«Vielleicht sollten wir bei ihm einen Lebertest machen lassen.»

«Wenn Sie mich fragen», sagte Fiona und deutete mit dem Kopf auf ihren verehrten (jetzt erkrankten) Superintendent, «ein paar Wochen Urlaub würden –»

«Nein, Miss Clingmore, ich frage Sie nicht. Ich entsinne mich nicht, wann ich Sie das letzte Mal um Ihre Meinung gebeten hätte, falls ich das überhaupt je getan habe.» Seine Daumen rotierten immer noch, und er sah von seiner Sekretärin zu seinem Superintendent. *Euch beiden bin ich auf die Schliche gekommen, ha.*

Fiona schürzte die leuchtendroten Lippen und sagte, immer noch mit dem schweren Papierstapel im Arm: «Dann gebe ich den Kram hier also in den Reißwolf.» Dabei kaute sie gelassen ihren Kaugummi und setzte ihr Pokergesicht auf.

Racers Gesicht, ohnehin schon alkoholbedingt gefleckt, lief noch rosenroter an. «In den Reißwolf? Bei mir gehen keine Papiere in den Reißwolf.»

«Nein? Und was ist mit die – den ganzen Briefen an den Polizeipräsidenten vom letzten Jahr? Die sollte ich doch wohl nicht alle ablegen –»

«Raus mit Ihnen und den Papieren und Ihren juwelengeschmückten Krallen» (Fiona befand sich auf dem Nagelkunsttrip), «nichts wie raus. Und sehen Sie nach, ob der verdammte Kater durch die Flure streicht und über die Tische der Gerichtsmedizin spaziert. *Haben Sie mich verstanden?*»

Obwohl Fiona beinahe unter der Papierlast zusammenbrach, brachte sie dennoch ein gleichgültiges Achselzucken zustande. «Und ich finde, daß jemand, der fünfzehn Jahre lang keinen Genesungsurlaub genommen hat, mehr Rücksichtnahme verdient.» Im Gehen setzte sie hinzu: «Ich bringe das hier jetzt in den Reißwolf.»

Abgang Fiona zu sachtem Gläsergeklirr.

Wiggins hielt in einer Hand immer noch die *Time Out*, während er mit der anderen einen Schuß Essig in ein Glas mit Wasser goß und einen Teelöffel Honig hinzufügte.

Worüber Jury nur mit dem Kopf schütteln konnte. Wenn es Wiggins so weit gebracht hatte, daß er seine Medikamente dosieren konnte, ohne auch nur von seiner Lektüre aufzublicken, dann zeugte das wirklich von einer geübten Hand. «Hier ist nicht die Rede von Fisherman's Friends und Kohlekeksen. Ich bin wirklich krank, Wiggins.» Jury riß die Schublade eines Aktenschranks auf. «Nichts mehr los mit mir, amtlich krankgeschrieben, abgeschrieben, sehe mir bald die Radieschen von unten an.» Jury nahm aus der Schreibtischschublade seines Sergeant eines von dessen Formularen. «Ich brauche ein, zwei Wochen Landluft, wenn ich wieder auf die Beine kommen soll. Mein Gott, wie viele Durchschläge haben denn die verflixten Dinger?» Jury blätterte in dem vielfarbigen Formular.

Das Geklapper mit dem honigbekleckerten Löffel im Glas hörte auf, und Wiggins blickte von *Time Out* auf und mit gerunzelter Stirn zu Jury hinüber. «Wie bitte, Sir?»

«Zwei Wochen Urlaub, alle viere von mir strecken. Mehr oder weniger jedenfalls.» Jury kratzte sich am Kopf, eine der Fragen machte ihm schwer zu schaffen. Wann ist diese Krankheit zum erstenmal aufgetreten? Ihm war danach zu antworten: Bei meiner ersten Begegnung mit Chief Superintendent A. E. Racer... Er warf Wiggins einen Blick zu. Der Sergeant wirkte ein wenig blaß. Es war jedoch ein Unterschied, ob man Halsschmerzen hatte und am eigenen Schreibtisch an sich herumdokterte oder ob man seine Krankheit offiziell absegnen lassen mußte.

Jury schrieb vor sich hin, während er mit halbem Ohr den ziemlich rasselnden Atem des Sergeant registrierte. Sich selbst behandeln vielleicht? Er schaute auf; Wiggins blickte ihn betrübt an. Auf dem Streifen, der sich quer über die Ecke des Stadtmagazins zog, stand geschrieben: *Wenn der letzte Wind weht.* Was immer das bedeuten mochte. Auf der Titelseite das Gesicht eines jungen Mannes, der den Kopf zurückgeworfen, die Augen geschlossen und den Mund geöffnet hatte. Er hielt eine glänzendweiße Gitarre. Quer über das Foto wehten in weißer Kursivschrift die Lettern SIROCCO, als wollte der Wind sie tatsächlich gleich fortblasen. «Ich brauche ein anderes Klima. Wärme. Strand, Meer, linde Lüfte.»

Wiggins sagte: «Genau das hat mir mein Arzt vor einem Weilchen auch verschrieben. So vor ein, zwei Jahren.»

Daß Wiggins leise Neidgefühle hegte, entlockte Jury ein Lächeln. «Was geben Sie denn nun als Krankheit an, Sir? Nicht, daß Sie nicht auch mal raus müßten –»

Jury deutete mit dem Kopf auf die Illustrierte. «Ein wenig *Time Out*? Nervenzusammenbruch, wie wär's damit? Der Bursche da sieht mir auch ganz danach aus.»

Wiggins drehte das Magazin um, betrachtete das Titelblatt und sagte: «Scheint er auch zu finden. ‹Wenn der letzte Wind weht›. Sein letztes Konzert.»

«Wessen Konzert?» Jury blickte auf. Wo hatte er das Gesicht schon einmal gesehen?

«Charlie Raine. Er ist der Leadgitarrist der Gruppe Sirocco. Von denen haben Sie doch *sicher* gehört.»

Daher also. Die Poster hingen in ganz London. «Das letzte Konzert? Mein Gott, er sieht aus wie ein Abiturient.»

«Ein Jammer, was?»

Jury schob eine weitere Antwort auf eine weitere rein rhetorische Frage nach. «Wohl eher ein Publicity-Gag.»

«Ich weiß nicht, Sir. Wenn man es recht bedenkt, kommt einen Erfolg ganz schön teuer zu stehen.»

Jury legte den Kugelschreiber hin und sagte: «Wer wüßte das besser als wir.»

«Zu welchen Stränden und Meeren zieht es Sie denn?» Wiggins' Lächeln glich der silbrigen Sichel des abnehmenden Mondes in seiner schmalsten Phase.

«Yorkshire.»

Die Illustrierte fiel auf den Schreibtisch, desgleichen der Kugelschreiber. Vor Jahren hatten sie zusammen die Moore von North Yorkshire überquert. Das Unternehmen hatte nicht gerade zu den Höhepunkten von Sergeant Wiggins' Laufbahn gehört.

«West Yorkshire, Wiggins. Wärmer.»

Wiggins schenkte ihm ein kränkliches Lächeln.

Jury stand auf, streckte sich und nahm eine Zigarette. Er umrundete Wiggins' Schreibtisch und setzte mit einem Blick auf das Foto des jungen Sängers hinzu: «Und vielleicht ein Weilchen in Cornwall. Haben Sie nicht noch ein, zwei Tage Urlaub in petto? Na, wie wär's?» Jury deutete mit dem Kopf auf das Formular. «Wieso nehmen Sie die nicht?»

Wiggins war der Schreck in die Glieder gefahren. «Das könnte man wohl als Strand und Meer bezeichnen», sagte er mit einem für ihn ungewöhnlichen Anflug von Nachsichtigkeit.

Jury zündete sich die Zigarette an und betrachtete das Gesicht auf *Time Out*.

«Seine Fans haben Heathrow richtiggehend gestürmt. Ein Polizeiaufgebot wie bei einem Terroranschlag. Carole-anne dürfte auch dagewesen sein», sagte Wiggins.

«Die steht eher auf Living Hell.»

«Oh, das glaube ich kaum. Die sind passé.»

Sergeant Wiggins verblüffte ihn häufig mit Kenntnissen auf ungewöhnlichen oder abwegigen Gebieten, die mit seiner Arbeit überhaupt nichts zu tun hatten.

«Seit einer Woche sitzt sie jetzt in ihrer Freizeit über Landkarten und Fahrplänen.»

«Dann will sie also verreisen? Ich werd sie vermissen.»

Wiggins gelangte schnell von einer Spekulation zu einem Fait accompli. Er selber aber auch, fiel Jury plötzlich auf. Er schob das Formular beiseite und trommelte ungeduldig mit den Fingern auf dem Schreibtisch. «Was ist mit der Polizei von Devon-Cornwall? Was hat Superintendent – wie war doch noch sein Name?»

«Goodall, Sir. Hat das Zeitliche gesegnet, Sir.» Wiggins blickte in sein Glas, als säße er beim Leichenschmaus. «Letztes Jahr. Ich habe jedoch einen Chief Detective Inspector an die Strippe bekommen.»

«Was hat er gesagt?»

Ehe Wiggins antwortete, stärkte er sich mit einem großen Schluck Honig-Essig-Elixier. «Nichts, was uns weiterhilft; der wollte offenbar keine schlafenden Hunde wecken. Das sei schließlich vor acht Jahren gewesen. Wie er sich jetzt noch Einzelheiten aus den Fingern saugen solle, hat er gefragt.»

«Er ist ja auch nicht als Daumenlutscher eingestellt worden.» Jury lehnte sich zurück und blickte zur Decke hoch. Dort oben baumelte eine Spinne in gefährlicher Position an einem Faden ihres zerstörten Netzes. «Die müssen doch ein ziemlich dickes Dossier über die Entführung haben. Sogar ich erinnere mich noch an die wesentlichen Zusammenhänge, und ich war damals nicht in Cornwall. Mochte er sich nicht dazu herablassen, einen seiner Untergebenen auf die Akte anzusetzen?»

«Er war zu Hause, Sir. In Penzance. Sagte, ich hätte ihn aus dem Garten geholt. Wollte gerade ein paar Ziersträucher anbinden, die der Sturm –»

«Na, großartig.» Jury überlegte kurz. «Typisch Devon-Cornwall-Polizei.» Er griff zum Telefonhörer. «Vielleicht weiß Macalvie etwas.»

4

DIE FRAGE WAR NICHT, ob Divisional Commander Macalvie *etwas* wußte, sondern ob er *alles* wußte. Nach Ansicht seiner Beamtin vom Erkennungsdienst glaubte zumindest er selbst letzteres, und sie ließ keine Gelegenheit aus, ihn auf die Probe zu stellen.

Da Gilly Thwaite eine Frau und Macalvies Mangel an Toleranz legendär war, hatte ihr keiner der Kollegen im Polizeipräsidium von Devon in Macalvies Reizklima mehr als fünf Minuten gegeben.

Doch Macalvies nicht vorhandene Toleranz hatte nichts mit Geschlecht, Alter, Bekenntnis oder Spezies zu tun. Er besaß unendlich viel Geduld, solange niemand bei der Arbeit Murks machte. Er behauptete gern von sich, daß er für eventuelles menschliches Versagen Verständnis und Mitgefühl aufbrächte. Und wenn ein Affe wirklich und wahrhaftig den *Hamlet* spielen könnte, so würde er ihn als Mitarbeiter jederzeit neunzig Prozent seiner Kollegen vorziehen.

Er konnte nicht verstehen (im Klartext, es war ihm scheißegal), daß er als schwierig im Umgang galt. Gelegentlich platzte jemand, der seine Versetzung in der Tasche hatte (Bitten darum waren mittlerweile gang und gäbe geworden), in sein Büro und sagte ihm die Meinung. Einer hatte doch tatsächlich eine Degradierung nach Kirkcudbright auf sich genommen und Macalvie mitgeteilt, daß ihm Schottland immer noch nicht weit genug entfernt sei; er hätte sich eigentlich zum Mars beworben. Macalvie, der selbst zur Hälfte Schotte war, hatte ruhig dagesessen, Kaugummi gekaut, sich die Hände in den Achselhöhlen gewärmt; sein Kupferhaar hatte im Sonnenschein geglänzt, die Blitze, die für gewöhnlich aus seinen blauen Augen schossen, hatte er, da ihn die Sache etwas anödete, gen Boden gerichtet. Dann hatte er erwidert, der Sergeant könne von Glück sagen, daß es Schottland geworden sei, denn sein Hosenstall stehe offen und in Kirkcudbright könne er vielleicht im Kilt herumlaufen.

Nicht alle bei der Polizei haßten Macalvie; die Polizeihunde liebten ihn. Sie merkten, wenn ein Polizist einen guten Riecher hatte. Die Hunde gehörten zu jenen zehn Prozent der Erdbevölkerung, die nach Macalvies Meinung ihre fünf Sinne beisammen hatten. Wenn man das nur auch von ihren Ausbildern sagen könnte! Und vom Erkennungsdienst. Und von den Gerichtsmedizinern. Und insbesondere von den Polizeiärzten. Inzwischen hatte Macalvie so viele Bücher über Pathologie gelesen, daß er in dem Fach bequem ein Examen hätte ablegen können.

Es waren also zehn Prozent – an besonders schlechten Tagen sieben – der Erdbevölkerung, die Macalvie zufolge eventuell wußten, was sie taten. Gilly Thwaite gehörte auch dazu, obwohl das, als Jury durchgestellt wurde, der Unterhaltung zwischen den beiden schwerlich anzumerken war.

«Sie sind nicht der Pathologe, Chief Superintendent.» Gilly schlug ihm den Titel nur dann um die Ohren, wenn ihr nach Sarkasmus war.

Ihm war es sowieso einerlei, wie man ihn titulierte, außer wenn *ihm* nach Sarkasmus war. Er sagte: «Gott sei Dank nicht. Als unserer letztes Mal sein Arztköfferchen aufklappte, da habe ich doch wahrhaftig Hammer und Schraubenschlüssel gesichtet. Der sollte besser Klempner werden.» Er schob die graphische Darstellung beiseite, die sie ihm auf den Schreibtisch geknallt hatte, und vertiefte sich wieder in die Zeitung, über die sie bei ihrem Eintreten eine hämische Bemerkung losgelassen hatte. «Sie *lesen* im Dienst?»

Was er überhört hatte, genauso wie er sich jetzt bemühte, sie zu überhören. Die Meldung im *Telegraph* ließ seinen Blutdruck in die Höhe schnellen.

Und sie fuhrwerkte immer noch mit dem Finger auf ihrer Skizze herum, der Zeichnung eines Wundkanals, den eine Kugel von der Einschußstelle bis zum Austritt hinterließ. «Die Einschußstelle ist *hier*, sehen Sie, *hier*. Also kann die Kugel unmöglich *da* gesteckt ha –»

Er musterte sie über den Rand der Zeitung hinweg. «Könnte die Kugel nicht von einer Rippe abgeprallt sein?»

«Macalvie, Sie können doch nicht vor Gericht erscheinen und behaupten, daß unser *eigener Pathologe* sich irrt.»

«Werde ich auch nicht. Ich werde nur sagen, daß er kein Pathologe ist, sondern ein Klempner.»

Gilly Thwaite schüttelte heftig den Kopf; ihre üblicherweise kurzen braunen Locken waren länger geworden, da sie keine Zeit für den Friseur gefunden hatte.

«Ihr Haupthaar wandelt sich zu Schlangen, Medusa.»

Sie schlug mit der Faust auf den Schreibtisch, daß das Telefon hüpfte, während es zu läuten begann.

Er schnappte sich den Hörer. Jetzt mußte sie Ruhe geben. «Macalvie», sagte er.

«Mein Gott, Macalvie, stechen Sie ein Schwein ab?»

«Tag, Jury. Nein, bloß Gilly Thwaite. Raus mit Ihnen, wird's bald?»

«Man hat mich gerade erst durchgestellt», sagte Jury.

«Ich meine sie.» Schweigen. «Ich schließe die Augen. Sie ist immer noch da. Gehen Sie, lassen Sie sich die Haare schneiden.» Und zu Jury: «Ich habe es gerade gelesen.»

Jury war zwar etwas verblüfft, daß Macalvie Gedanken lesen konnte, stellte diese Fähigkeit jedoch nicht in Frage. «Sie meinen das über Roger Healey.»

«Wieso würden Sie sonst wohl anrufen, es sei denn, Sie hätten auch irgendeine dämliche Theorie über den Wundkanal anzubieten, den eine Kugel im menschlichen Körper hinterlassen kann. Sie ist immer noch da. Ich habe sie über Rippen belehrt. Daß jeder Mensch welche hat und daß er auch ein Herz hat. Und Lungen. Sie ist, glaube ich, jetzt reif fürs erste Semester Medizin. Das schmeichelt mir. Der Fall lag damals in den unfachmännischen Händen von Superintendent Goodall, Cornwall.»

«Der Chief Inspector, mit dem Wiggins gesprochen hat, sagt, der Fall sei abgeschlossen; er sagt, er könne sich nicht mehr recht daran erinnern.»

«Billy Healey ging mit seiner Mama auf einem öffentlichen Weg spazieren – falsch, *Stief*mama, was für manche Leute einen großen Unterschied zu machen schien –, auf einem Fußweg ungefähr vierhundert Meter unterhalb ihres Hauses an der Küste von Cornwall, eines abgelegenen Hauses –»

Jury bedeutete Wiggins mit einem Kopfnicken, den Nebenhörer aufzunehmen. Wiggins gehorchte geräuschlos und zückte gleichzeitig sein Notizbuch.

«– in der Nähe von Polperro. An die dreißig, vierzig Meilen von Plymouth – Wiggins, wie springt der Januar mit Ihnen um?»

Wiggins nieste wie auf Stichwort und sagte seinerseits guten Tag. «Woher wissen Sie, daß ich in der Leitung bin?» Über die hellseherischen Fähigkeiten des Divisional Commander mußte er grinsen.

«Keiner atmet so wie Sie, Wiggins. Ein ungemein erhebendes Geräusch. Soll ich noch mal von vorn anfangen?»

Darauf Jury: «An diese Einzelheiten kann ich mich, glaube ich, erinnern. Jedenfalls werde ich mir alle Mühe geben.»

«Na, hoffentlich. Es war gegen vier, vielleicht ein bißchen später, und sie gingen spazieren. Nell Healey – die Stiefmutter also – sagte, sie hätten diesen Weg genommen, weil Billy Vogeleier suchen wollte. Das machten sie nachmittags eigentlich immer, sagte sie, obwohl sie nie welche fanden, aber das gehörte zu ihrem Spiel und machte beiden anscheinend einen

Heidenspaß. Billy jedenfalls sagte, er wolle für sich und Toby ein paar Brote streichen. Toby war zu Haus geblieben.

So wie die Stiefmutter es darstellte, lief Billy ein Stück auf das Haus zu, ging ein Stück langsam und lief wieder. Er drehte sich ein ums andere Mal um und winkte.» Macalvie verstummte, und Jury hörte Papiergeraschel und einen Laut, als klickte ein Feuerzeug.

Wiggins runzelte die Stirn. «Hatten Sie das nicht aufgegeben, Superintendent?»

«Wiggins, Sie könnte ich in meiner gerichtsmedizinischen Mannschaft brauchen. Diese Brüder können nicht mal ihre eigenen Schuhe sehen, geschweige denn durchs Telefon.»

«Sie wissen, daß Ihr Arzt –»

«Wiggins.» Jury warf ihm einen Blick zu.

«Entschuldigung, Sir. Entschuldigung, daß ich unterbrochen habe, Mr. Macalvie. Er lief also nach Hause und wollte Brote streichen.»

Macalvie fuhr fort: «Und kam nicht zurück.»

Pause, und dann ein ganz untypisches Räuspern, so als ob Macalvie etwas in der Kehle steckte. Der Divisional Commander neigte inzwischen doch nicht etwa zur Rührseligkeit?

Wiggins faßte es anders auf. «Auf wie viele Schachteln pro Tag bringen Sie es mittlerweile?»

«Hatte sich offenbar in Luft aufgelöst. Sie wartete und ging schließlich zum Haus zurück. Dachte, er wäre vielleicht bei Toby geblieben, fand aber keinen von beiden und dachte dann, daß er womöglich Verstecken spielte. Daher machte sie sich auch noch eine Zeitlang keine Sorgen. Klar, ist ja was anderes, als wenn einem ein Kind mitten auf der Oxford Street oder Petticoat Lane abhanden kommt. Dann suchte sie draußen, überall, und dann erst rief sie die Polizei an. Wollen Sie alle Einzelheiten oder nur die Höhepunkte?»

«Erstaunlich, wie Sie sich noch an alles erinnern. Wo es doch nicht mal Ihr Fall war.»

Eine neuerliche Pause. «Na, sagen wir, meine Neugier war

geweckt. Ein Kind, für das fünf Millionen Lösegeld gefordert werden –»

Wiggins pfiff durch die Zähne und schrieb mit.

«Ein Fall, der wohl keinen kalt läßt. Und dann durfte ich zusehen, wie Goodall ihn richtiggehend vermasselte. Ein einziger Versuch seiner Leute, mit den Entführern Kontakt aufzunehmen, ging in die Hose. Ich war seinerzeit Detective Sergeant.» In seiner Stimme schwang halb Wehmut, halb Verwunderung.

Sogar Macalvie war einmal einfacher Polizist gewesen. Und noch als Divisional Commander tat er ohne zu zögern Dienst als Streifenpolizist. Jury hatte einmal miterlebt, wie er einen Strafzettel ausstellte. Macalvie warf seine Netze aus und prüfte alles, was er einfing, sehr eingehend. Jeder andere in seiner Position würde alle kleinen Fische zurückwerfen. Nicht Macalvie, der sezierte sogar noch Elritzen. «Dann haben Sie sich den Fall mehr oder weniger selbst zugeteilt?» fragte Jury lächelnd.

«Ich habe mich ihm zuteilen lassen.»

Selbst als Sergeant hatte Macalvie schon den Ruf eines hervorragenden Polizisten gehabt.

«Die reinen Fakten der Ermittlung kennen Sie; Sie haben die Berichte offenbar gelesen –»

«Ihre Version wäre mir lieber.»

«Kann ich Ihnen nicht verdenken. Ich habe mich dem Healey-Fall zuteilen lassen, weil nichts, aber auch gar nichts so heikel ist wie eine Entführung. Lieber würde ich auf Rasierklingen tanzen als bei einer Entführung den Vermittler spielen. Sie wissen ja, wie man da unter Druck steht und wie schlecht die Chancen stehen, die Geisel zurückzubekommen. Da muß rational gedacht werden. Na ja, und das fällt schwer, wenn es um das eigene Kind geht. Ich kann Ihnen sagen, mit den Emotionen, die in dem Haus brodelten, hätte man das halbe Dockland zu Sirup verkochen können.

‹Habe ich dir nicht wieder und wieder gesagt, du sollst nicht allein hierherkommen›, sagte Charles Citrine – Nell Healeys

Vater – unentwegt. Im nachhinein ist man immer schlauer. Hat der vielleicht eine Szene gemacht! Warf ihr vor, daß sie nicht besser auf das Kind aufgepaßt hätte. Dann der Vater, Healey, mit dem nichts anzufangen war, der tobte nur und brüllte die Mutter an – *Stief*mutter, Verzeihung: ‹Wie konntest du ihn nur allein lassen, Nell? Ist dir denn nie der Gedanke gekommen, daß Billy für Entführer eine fette Beute ist?› Jury, ich frage Sie, wenn der sagt: ‹Mum, ich streiche mal eben ein paar Brote›, soll sie da etwa danebenhocken und sich fragen, ob er gleich entführt wird? Na gut, ich bin kein Vater –»

Jury lächelte schwach.

«– aber mir schien, der gute Roger hätte seiner Frau lieber Trost zusprechen sollen, anstatt ihr Beschuldigungen an den Kopf zu werfen. Mit Citrine konnte man zumindest vernünftig über die Sache reden. Auf mich wirkte er ziemlich kühl, obwohl er sich das Ganze wohl doch sehr zu Herzen nahm.»

Jury beobachtete die Spinne beim Ausbessern ihres Netzes und sagte dann: «Wie hat sie reagiert? Nell Healey? Was hat sie zu diesem ganzen Quatsch von Verletzung der Aufsichtspflicht gesagt?»

«Nichts.»

«Nichts?» Jury runzelte die Stirn und warf Wiggins, der eifrig auf seinem Block kritzelte, einen Blick zu. Wiggins war besser als ein Tonbandgerät.

Am anderen Ende der Leitung stieß Macalvie einen Seufzer aus. «Nichts. Saß auf der Fensterbank an einer Art Erkerfenster und sah nach draußen, als könnte sie den Blick nicht vom Meer losreißen. Ehrlich, ich dachte, die ist völlig weggetreten. Schockzustand. Und die ganze Zeit über redete sich Goodall den Mund fusselig. Mit beruhigender Stimme versuchte er Citrine – allen Anwesenden – einzureden, daß die Polizei alles tue, was in ihrer Macht stehe. Zog die übliche Entführungsmasche ab: ‹Mr. Healey, da wir es hier mit einem Verbrechen zu tun haben, das eine lebenslange Haftstrafe nach sich ziehen kann, müssen wir der Tatsache ins Auge blicken, daß dem Opfer etwas zustoßen könnte. Natürlich brauchen wir Beweise, daß der Junge noch am Leben ist –› Und so ging es weiter und weiter. Daß es am besten wäre, wenn Citrine bei der Bezahlung des Lösegeldes einen Beamten mitnehmen würde, der übliche Stuß eben. Streit um den Einsatz von mehr Polizei, ob er das Leben der Jungen noch mehr gefährden würde. Streit um registrierte Banknoten. Streit um Pressemeldungen. Streit um Roger Healey, der auf Bezahlung bestand, basta. Charles Citrine verhandelte mit jemandem von der Bank – sie hatten so ein hohes Tier von Lloyd's da. Und so ging es in einem fort.»

«Aber am Ende weigerte sich Citrine zu zahlen.»

Noch eine Pause. «Tja, es war nicht Citrine.»

«Das Lösegeld ist nicht gezahlt worden.»

«Citrine wollte den Kerl von Lloyd's schon anweisen, das Geld bereitzustellen. Mir stank es allmählich. Ewig der gleiche Quatsch von ‹Optionen› und ‹Alternativen›. Also sagte ich: ‹Wenn Sie das Geld übergeben, unterzeichnen Sie damit das Todesurteil für beide Jungs.›»

Jury schüttelte den Kopf. «Nennen Sie das eine Verhandlungsstrategie?»

«Jury, Sie wissen es, ich weiß es, und ganz sicher wußte auch Goodall, wie die Chancen standen. Das Spiel war klar. Sie wissen doch, wie solche Menschen denken –»

«Schön wär's.»

«Dann sage ich's Ihnen: Die sagen sich, jetzt, wo ich das Geld habe, was mache ich da mit dem Beweismaterial? Insbesondere wenn es Augen und Ohren hat? Bis das Geld gezahlt ist, besteht immerhin noch eine Chance, daß sie das Opfer am Leben lassen.»

«Das streite ich gar nicht ab, Macalvie. Weiter.»

Wieder eine Pause. Anscheinend irritierte es Macalvie, wenn jemand nicht mit ihm streiten wollte. Manche waren eben so. Sie brauchten es, um sich über die Dinge klarzuwerden. Macalvie wollte keine Zustimmung, er wollte die Auseinandersetzung. «Na gut. Kaum hatte ich das gesagt, gingen sie auf mich los, allen voran Superintendent Goodall, der mir einfach den Mund verbot. Er wurde ganz weiß vor Ärger. Roger Healey brüllte wie ein Stier. Zog die ‹Woher-wollen-ausgerechnet-Sie-das-wissen?›-Masche ab. Citrine war auch ganz schön blaß um die Nase, bemühte sich aber wenigstens, einen klaren Kopf zu behalten. Am Ende sagte er: ‹Sie könnten recht haben. Aber genausogut könnten Sie unrecht haben.›»

«Womit er recht gehabt haben dürfte.» Jury hätte schwören können, daß Macalvie lächelte. «Und?»

«Dann sagte er, ihm wäre jeder Betrag recht, Hauptsache, er kriegte Billy wieder.»

«Doch von Ihnen hat er sich dann umstimmen lassen?»

Schweigepausen war man von Macalvie nicht gewohnt. Wenn Jury richtig mitgezählt hatte, so waren es an diesem Morgen bereits drei gewesen, und das hier war Nummer vier. Jury konnte die Luft in Exeter beinahe knistern hören. «Nein, es war Nell Healeys Entscheidung. Sie drehte den Kopf vom Fenster weg, durch das sie gestarrt hatte, und warf mir einen Blick zu, der einen Diamanten hätte schneiden können. Offen gestanden, dabei fiel selbst mir das Herz in die Hose. Na ja, Sie kennen sie –»

«Weiter, Brian, weiter.»

«Und sie sagte: ‹Ich glaube, Sie haben recht; wir zahlen nicht.› Und dann drehte sie den Kopf wieder weg. Und ich hatte gedacht, die hat nichts mitgekriegt, die steht unter Schock, also, ich kann Ihnen sagen – das hat mich richtig umgehauen, wirklich. Und dann war der Teufel los. Ich dachte, Roger Healey geht ihr auf der Stelle an die Kehle. Genau das Gegenteil von dem, was man erwartet, was? Im Kino ist es immer die Frau, die durchdreht, in Tränen aufgelöst ist und ihren vernünftigen Mann anfleht zu zahlen, zahlen, zahlen.»

«Hat er aber nicht. Ich verstehe nicht ganz wieso, wenn es zwei gegen einen stand.»

«Es hätte auch zwölf gegen einen stehen können. Sie hatte das Geld.»

Jury setzte sich kerzengerade auf. «Ich dachte, es gehörte Roger Healey oder ihrem Vater.»

«Nicht die Bohne. Die beiden hatten auch was, klar. Healey ein bißchen, Charles Citrine nicht gerade wenig. Aber keine fünf Millionen, nicht solch einen Batzen. Nicht sie wurden erpreßt, sondern die Stiefmutter. *Sie* hatte das Geld. Das Geld ihrer Mutter Helen, offenbar ein Vermögen. Ein bißchen hatte sie dem Ehemann vermacht – aber der hatte sowieso schon genug –, etwas der Schwägerin, der Rest ging an die Tochter.»

In den Berichten hatte gestanden, daß die Familie Citrine-Healey sich geweigert habe, das Lösegeld zu zahlen. Nicht, welches Familienmitglied. Charles Citrine war als Sprecher der Familie aufgetreten; deshalb hatte man annehmen können, daß er der festen Überzeugung gewesen war, die Polizei habe recht; zu zahlen garantierte nicht, daß sein Enkel in Sicherheit war. Es mochte ihn eher gefährden.

Jury stützte den Kopf auf; er dachte an Nell Healey, erinnerte sich an die Stunden, in denen er ihr nachgegangen war.

«Und acht Jahre später», sagte Macalvie, «bringt sie ihren Mann um. Warum?»

Jury fuhr sich durch die Haare, als könnte er damit sein Gehirn ankurbeln. «Ich weiß es nicht, Macalvie.»

Neuerliches Schweigen. «Das ist wirklich eine außergewöhnliche Lady, Jury.»

Womit Nell Healey jenen zehn Prozent der Erdbevölkerung zugesellt war, mit denen es Divisional Commander Macalvie aushalten konnte.

5

Das schmale Haus in einer Straße von Mayfair schmiegte sich zwischen einen Goldschmiedeladen und eine Galerie, alle beide so exklusiv, daß sie jeweils nur ein einziges Stück ausstellten: hier ein Saphirgeschmeide, das über seiner Kristallkonsole zu schweben schien; dort ein einziges Gemälde in schwerem Goldrahmen, das an beinahe unsichtbaren Drähten aufgehängt war. Überhaupt schien ganz Mayfair in Dimensionen zu existieren, die nicht den Gesetzen der Schwerkraft unterlagen.

Mit den Büroräumen des Smart-Verlages betrat Jury eine weitere Dimension, eine aus Licht und gedämpften Geräuschen. Aus verborgenen Lautsprechern plätscherte pastorale Musik, die wunderbar zu dem wäßrig-gelben Ambiente paßte. Lediglich das gebrochene Weiß, in dem die Flure gestrichen waren und das mit der bläßlichen Farbe bestens harmonierte, bot eine gewisse Erholung für das Auge. Das Ganze wirkte wie Baisertorte, was den Verdacht aufkommen ließ, die Redakteurin der Küchenseite könnte sich hier selbst verwirklicht haben.

Jury saß im Empfangsraum und blätterte in einem Exemplar von *Segue*. Offenbar produzierte man hier noch zwei weitere Magazine – ein Hochglanzdings namens *Kultouring* und eine Art Kunstzeitschrift, die sich *New Renascene* nannte. Mein Gott, war das ein Name! Das Magazin widmete oder vielmehr weihte sich den elysischen Gefilden der Betuchten. Marmorne Interieurs, malvenfarbene Vorhänge, Kirmanteppiche und behandschuhte Dienstboten; al fresco-Szenen an sonnengefleckten Swimmingpools; Morgen um Morgen edler Landschaftsgärten, dämmrig überschattete Pfade zwischen Zypressen und filigranhaften Weiden luden ein zu Rendezvous und Meditation. Gefilde also, die es nirgendwo gab, außer zwischen den Deckblättern von *New Renascene*.

Segue war die bei weitem seriöseste Zeitschrift von den dreien, aber auch die teuerste, aufwendigste. Auf dem Titelblatt prangte ein ernst aussehender, ernst gesinnter Cellist vor blausamtenem Hintergrund. Jury bemühte sich gerade, sich zu dem Namen etwas einfallen zu lassen, gab aber auf, da er wußte, daß er ohnehin noch nie von dem Musiker gehört hatte, als die Empfangsdame mit einer Tasse Kaffee hereingeschwebt kam. Hauchdünnes Porzellan, nicht etwa Plastik.

Sie blieb wie angewurzelt stehen und fragte ihn, was er wolle. Er sagte, er habe eine Verabredung mit Mr. Martin Smart. Da ihr das keinerlei Reaktion entlockte, setzte er (nachdem er ihr seinen Dienstausweis zugeschoben hatte) hinzu, jeder andere, der Roger Healey gekannt habe – wie sei es beispielsweise mit ihr? –, wäre ihm auch recht. Das brachte sie so auf Trab, daß die Porzellantasse auf dem Teller klapperte, während sie zum Haustelefon eilte.

Sie ließ sich den Termin bestätigen und sagte dann mit hoher, schriller Stimme, sie werde ihn zu Mr. Smart bringen. Drei Treppen hoch, und einen Lift gab es nicht.

Er folgte ihr von Absatz zu Absatz. Ihre Hüften schwangen erregend unter dem grauen Seidenkleid, dessen Schatten mit ihren Bewegungen glänzten und sich auflösten. Ansonsten schien alles an ihr spitz zuzulaufen: ihre Brüste und ihre Schuhe, ihr Kinn, die schrägen Augen, deren geschwungene Form durch den kunstvollen Einsatz eines Kohlestifts noch betont wurde, ihre schimmernde Frisur mit den Schellacksträhnchen. Sie erinnerte Jury an ein kleines, felsiges Vorgebirge. Als er ihr auf dem Flur im obersten Stock folgte, verspürte er stechende Schamgefühle, denn nun erinnerte sie ihn an eine Dreizehnjährige, die sich die Sachen einer älteren Schwester angezogen hatte und die rasend schön gewesen wäre, hätte sie nicht versucht, betörend zu wirken.

An der Schwelle zu Mr. Smarts Büro, in dem leider kein Mr. Smart zu sehen war, baute sie sich auf und sagte: «Er wird gleich hier sein.»

Jury nickte. «Danke.» Dann lächelte er sie an, und sie gab das Lächeln zurück, unsicher jedoch, und ihre Hand ließ auch den porzellanenen Türknauf nicht los; sie schwenkte die Tür ein wenig hin und her, biß sich auf die Lippen und schien zu meinen, daß sie in dieser Position verharren müßte, bis Mr. Smart auftauchte. Sie hatte sehr kleine weiße Zähne. Eindeutig dreizehn, beschloß er, auch wenn sie dreißig war.

Jury trat ein und nahm in einem teuer aussehenden Ledersessel Platz, der so weich war, daß er darin zu versinken meinte. Dunkelgrüne Wände, unter altgoldenem Stuck altgolden abgesetzt, Bücherregale vom Boden bis zur Decke, ein Schreibpult aus Mahagoni, das als Barschrank diente, ein mächtiger Schreibtisch, italienische Ledermöbel: alles schien nur auf die Rückkehr des hohen Herrn zu warten. Auf dem Schreibtisch selbst stapelten sich Papiere und Zeitschriften, kunstvoll nach ‹Eingang› und ‹Ausgang› geordnet. Jury verrenkte sich den Hals nach dem Barschrank. Hier gab es keine Katze; Mr. Smart gab sich mit Courvoisier und handgeschliffenem Kristall zufrieden. Das ganze Büro sah handgearbeitet aus. Ja, Jury hatte noch nie ein Büro gesehen, das so von seinem Besitzer zeugte – alles maßgefertigt und auf einen ganz speziellen Geschmack zugeschnitten.

Jury drehte sich um und wollte schon aufstehen, als ein Angestellter (der einzige, den Jury in den ganzen Büros hier gesehen hatte, der nicht in Schale war) hereingelatscht kam und dabei eine Papierspur hinter sich zurückließ, die restlichen Unterlagen auf den Schreibtisch knallte und Jury im Fortgehen zunickte.

Zumindest dachte Jury, daß er wieder gehen wollte. Statt dessen schob er die Hände in die verschwitzten Achselhöhlen und fragte Jury in geistesabwesendem und recht unfreundlichem Ton, was er wolle. Ehe Jury jedoch antworten konnte, umschiffte er den Schreibtisch von der Größe eines Sees, setzte sich und stiftete binnen fünf Sekunden ein heilloses Durcheinander unter den Papieren.

Martin Smart schnalzte gereizt mit der Zunge und brummelte, warum sie, zum Teufel, die Finger nicht von seinen Sachen lassen konnte, wie sollte er da wohl, verdammt noch mal, etwas wiederfinden? Die säuberlich gestapelten Aktendeckel auf dem Schreibtisch versanken in dem Sturm, den seine Hände entfesselten. Dann steckte er sich zufrieden einen kalten, ziemlich zerfledderten Zigarrenstummel in den Mund und verschränkte erneut die Arme. «Kann ich Ihnen irgendwie behilflich sein?» fragte er. «Ach, lassen Sie doch.»

Jury hatte sich nämlich gebückt und wollte ein paar der Papiere aufheben, die Smart in seinem Kielwasser zurückgelassen hatte.

«Da unten finde ich sie leichter wieder. Was kann ich für Sie tun?» wiederholte er um seine kalte Zigarre herum. Jetzt fahndete er anscheinend unter den Papieren nach Streichhölzern, gab es auf, zog eine Schublade auf, spähte hinein, gab auch das auf und fragte Jury, ob er etwas zu trinken haben wolle.

«Nein danke. Feuer?»

Smart rupfte sich die Zigarre aus dem Mund, bemerkte ihren beklagenswerten Zustand, zuckte die Achseln und sagte: «Ach, was soll's?» und legte sie auf seine Papiere. «Sie sind Superintendent, richtig?»

«Richtig.»

Mr. Smart schürzte die Lippen und schüttelte verwundert den Kopf. «Wie haben Sie es soweit gebracht? Was muß man tun, damit man es bis da oben schafft?»

Das hörte sich nach echtem Interesse an, als wollte er einen Artikel über Jury bringen oder sich selbst bei der Kriminalpolizei bewerben.

«Da oben ist die Luft gar nicht so dünn, wie man so denkt. Über mir ist noch der Chief Superintendent, dann der Stellvertreter des Polizeipräsidenten und der Polizeipräsident selber. Über Ihnen ist niemand.»

Diese Analogie schien Martin Smart zu gefallen. Er grinste breit. «Falsch. Sie vergessen die Leser.» Er kniff die Augen zusammen, beugte sich über seinen Papierwust und sagte: «Superintendent Jury. Jury, Jury, Jury?» Mit dem Zeigefinger skandierte er den Takt. «Wo habe ich diesen Namen schon mal gehört? Teufel auch. Sie waren da oben in Yorkshire, als –»

«Roger Healey erschossen wurde.» Irgendwie schaffte es Jury nicht, ermordet zu sagen.

Smart schlug sich an die Stirn. Er fuhr herum und rollte in seinem ledernen Drehstuhl zum grün umhangenen Erkerfenster, aus dem er hinausstarrte wie ein an den Rollstuhl gefesselter Krankenhauspatient. Dann drehte er um und bewegte den Stuhl Zentimeter um Zentimeter zurück. «Roger.» Er trieb eine Zigarette und ein versilbertes Feuerzeug auf, die sich unter einen Stapel alter Exemplare von *Segue* verirrt hatten. «Teufel auch.»

«Sie standen ihm nah?»

«Das nun auch wieder nicht. Er war nicht fest angestellt, freier Mitarbeiter. Aber einer von den besten. Spitzenklasse. Wenn er einen Beitrag ablieferte, haben wir uns manchmal unterhalten. Ein netter Mensch. Ein wirklich netter Mensch. Die gute Alice da unten» – er deutete mit der Zigarette vage in Richtung Erdgeschoß – «hatte mächtig was für ihn übrig. Hatten alle Frauen. Aber er war ja auch nett zu ihnen. Schleppte Blumen und Pralinen an.» Er schnipste die Asche mit dem kleinen Finger fort. «Eine Affenschande, verdammt noch mal. Keiner kann sich einen Reim drauf machen.»

«Haben Sie auch Mrs. Healey kennengelernt?»

«Nein, nie.»

«Kennt jemand von der Belegschaft Healey näher? Über Blumen und Pralinen hinaus?» Jury lächelte, um seinem Ton die Schärfe zu nehmen.

«Vielleicht fragen Sie Mavis. Mavis Crewes.» Smart lehnte sich zurück und starrte mit gerunzelter Stirn die Rokoko-Stukkatur der Decke an, als wollte er andeuten, er hätte auch keine Ahnung, wer sich den ausgefallenen Deckenschmuck ausgedacht hatte oder warum. «Mavis, Mavis, Mavis.»

Namen schienen auf Martin Smart eine magische Anziehungskraft auszuüben. «Wer ist das, und wo finde ich sie?» Jury hatte bereits sein Notizbuch gezückt.

«Leitende Redakteurin von *Kultouring.* Also, wenn das nicht ein Name ist. Mir hatte etwas in der Art von *Reisen und Kultur* vorgeschwebt, Punkt. Unsere Marketing-Leute – und Mavis natürlich – hielten dagegen, daß unter diesem Namen mindestens ein Dutzend Zeitschriften segeln.» Ein Lächeln blitzte auf. «Aber erst mal einen anderen finden. Einen, der nicht so aufgemotzt ist, daß man meint, es geht Richtung Ende des Regenbogens ab. Also schlug ich *Holy Grail* vor. Und ich glaub ehrlich, den hätten sie geschluckt. Aber Mavis macht ihre Sache gut; sie ist jetzt fast dreißig Jahre im Geschäft. Ich mische mich nicht in ihre Arbeit.» Womit er unterschwellig andeutete, Hauptsache, sie mischte sich nicht in seine Arbeit.

«Ist sie heute da?»

Wieder hob Smart den Blick zur Stuckdecke, dann schüttelte er den Kopf. «Ich habe ihr gesagt, sie kann zu Hause arbeiten, wann immer ihr danach ist. Natürlich kultourt sie jede Menge. Steht auf Afrika. Kenia. Das ganze Zeug. Ihr Mann war ein richtiger Safari-Freak. Sie wohnt irgendwo in der Nähe von Kensington Gardens. Unsere gute Alice kann Ihnen die Adresse besorgen. Momentito.» Er bediente die Sprechanlage, hatte auch schon die gute Alice an der Strippe und kritzelte etwas auf einen Block. «Da.» Er reichte Jury das Blatt. Dann hockte er da und kratzte sich am Kopf, so daß die Haare aufrecht standen. Das schien seine Art zu sein, Streß abzubauen, ähnlich wie Churchill mit seinen Zehn-Minuten-Nickerchen. «Beißt doch keine Maus den Faden ab, daß seine Frau ihn umgebracht hat. Was also wollen Sie hier? Kapier ich nicht.»

«Ich versuche nur, ein paar Ungereimtheiten zu klären.»

«Und die haben mit Roger zu tun?»

«Nicht nur mit Mr. Healey.»

«Gleich werden Sie mir noch einreden, das alles sei bloße Routine. Die Zeitungen haben die Entführung der beiden Jungs damals so richtig ausgeschlachtet.»

Jury nickte.

«Gibt es da noch eine Ungereimtheit?»

«Ich weiß es nicht.»

«Sie sind ein wahrer Born an Informationen.» Smart schwappte aus unerfindlichen Gründen in seinem Papiermeer herum. «Sie sollten an einem unserer Käseblätter mitarbeiten.»

«Roger Healey war also bei jedermann beliebt?»

Martin Smart warf Jury einen prüfenden Blick zu. «Soviel ich weiß, ja. War das falsch?»

«Natürlich nicht. Nur daß jemand, der so allgemein beliebt ist...» Jury hob die Schultern.

«Oh, ein Zyniker sind Sie auch noch.» Wieder ein breites Grinsen. «Ich weiß, was Sie meinen, aber ich weiß nicht, worauf Sie hinauswollen. *Allgemein* würde ich nicht sagen. Sicher gibt es ein paar Konzertmusiker, die ihm am liebsten die Augen ausgekratzt hätten, was weiß ich. Aber die Sache ist die, seine Kritiken waren nie unfair, waren ohne Seitenhiebe und Spitzen. Bissig schon, manchmal.» Er zögerte. «Duckworth, ja, Duckworth natürlich.»

«Duckworth?»

«Morry. Ein Amerikaner. Rhythm and Blues, Straight Blues, Heavy Metal, Reggae, New Wave, das ganze Zeug. Bei denen heißt alles Rock 'n' Roll.»

«Und der kann – konnte Roger Healey nicht leiden?»

«Hat wenig zu sagen. Duckworth kann niemanden leiden. Mich ausgenommen. Ich habe ihn im Village aufgegabelt – New York City. Klebte an seinen Kopfhörern. Ich kann Ihnen sagen, es hat mich was gekostet, bis ich ihn rübergelockt hatte. Was für ein beschissenes Wort. Ich rücke auch bloß mit seinem Namen raus, weil Sie so wild entschlossen sind, irgend jemanden aufzutreiben, der Roger nicht leiden konnte. Hört sich ein bißchen voreingenommen an, nichts für ungut. Aber ich bin überzeugt, die Metropolitan Police hat Gründe, von denen unsereins keinen blassen Dunst hat. Da haben Sie Duckworths Nummer.» Wieder bekam Jury einen Fetzen in die Hand gedrückt, abgerissen von einem Brief des Aufsichtsratsvorsitzenden, was Jury erst bemerkte, als er ihn studierte.

«Die Metropolitan Police weiß Ihre Hilfe zu schätzen. Könnte ich mir ein paar alte Hefte von *Segue* mitnehmen?»

«Healeys Kritiken? Selbstverständlich.» Er bediente erneut die Sprechanlage, sprach mit seiner Sekretärin, lehnte sich zurück und verschränkte die Hände hinter dem Kopf. «Superintendent, *was* suchen Sie eigentlich?»

Jury verstaute sein Notizbuch, stand auf, bedankte sich bei Martin Smart und sagte: «Nichts Besonderes.»

«Sie sollten wirklich für uns arbeiten.»

Im Gehen drehte sich Jury noch einmal um. «Würde es Ihnen etwas ausmachen, wenn mein Sergeant in ein, zwei Tagen vorbeischaut und sich mit ein paar Leuten hier unterhält?»

Wieder sah Smart zur Decke hoch. «Teufel auch. Nein. Von mir aus können Sie uns auch noch die Sitte auf den Hals schikken. Bringt ein bißchen Leben in die Bude.» Er verzog das Gesicht. «Warum zum Teufel hat sie ihn nur umgebracht?» Er sah Jury an. «Vielleicht hatten sie ein paar Differenzen?» Er wirkte jetzt völlig ernst.

«So könnte man wohl sagen.» Jury verabschiedete sich.

Jury wollte seinen Augen nicht trauen, als er das Haus unweit Kensington Gardens, in der Nähe von Rotten Row, betrat. Von außen war es lediglich eines von vielen schmalen Gebäuden im georgianischen Stil mit gelber Tür und Messingklopfer in Form eines Delphins.

Drinnen jedoch schien es sich endlos und höhlenartig bis zu dem Raum zu erstrecken, in welchem er jetzt mit Mavis Crewes saß, ein Raum, der teils Wintergarten, teils riesige Voliere zu sein schien. Vom Boden bis zur Decke nichts als Vogelgefieder, Vogelgezwitscher und Vogelblattwerk. Durch Palmwedel hindurch starrte ihn ein winziges, leuchtendes Auge an, öffnete und schloß sich wieder.

Doch damit nicht genug des Blattgeschlinges. Überall im

Raum standen Kübel mit Pflanzen, einige baumgroß und mit herabhängenden Zweigen; einige mit ledernen, flächigen Blättern; einige fedrig und farnartig; alle jedoch ließen an Hitze und Dschungel denken. Ein fast lebensgroßer Leopard aus Keramik, der schlitzäugig durch die Gummibäume schielte, und ein Eberkopf mit offenem Maul, der rechts von Jury mit seinen Glasaugen von der Wand starrte, verstärkten diesen Eindruck noch. Hinter ihm stand ein Gewehrkoffer; er gab sich Mühe, nicht auf das Zebrafell unter dem Tisch zu treten. Dieser sei aus einem Baum geschnitzt, den ihr seliger Mann aus Nosy-Bé mitgebracht habe. Ein Baum (so Mavis Crewes), der *fadi* – tabu war. Ihr Mann war nicht abergläubisch.

Aber tot. Woran er wohl verschieden sein mochte?

In diesem Wintergarten saßen Jury und Mavis Crewes, umgeben von seltsamen, exotischen Pflanzen, Grasschilden, Speeren und Ibo-Masken, und tranken Kaffee und Evian-Wasser. Als Stärkungsmittel stand außerdem eine geschliffene Karaffe mit Whisky bereit.

Immer wieder mußte Jury die dünnen Stengel einer herabhängenden Bougainvillea beiseite schieben. Das Ambiente, das ihm das Atmen schwermachte, schien auf Mavis Crewes offenbar beruhigend und erholsam zu wirken. Sie redete in kleinen, hastigen Anfällen, die immer dann abbrachen, wenn sie auf Roger Healeys Tod zu sprechen kamen, aber sicher auch durch eine angeborene Schroffheit bedingt waren. Ein riesiges Tigerauge glänzte an der Hand, die hier mit einem Blütenblatt, dort mit einem Palmwedel spielte. An der anderen Hand, welche bedächtig das Wasserglas drehte, funkelte ein klotziger Diamant. Wahrscheinlich gehört das Wasser zu ihrem Reiseschlankheitsprogramm.

Gemessen an ihrer langen Berufserfahrung als Redakteurin durfte sie in den Fünfzigern sein, war aber auf Vierzig heruntergefrisiert, -massiert, -gehungert und -gebräunt. Zu einer sandfarbenen Hemdbluse und teuren Designer-Stiefeln trug sie eine Buschjacke.

Die Umgebung, die Kleidung, das schmale, leicht muskulöse Äußere paßten perfekt zueinander. Nur daß das alles nicht nach Trauer aussah, ein Stichwort, das Mavis Crewes jedoch gleich zu Beginn der Unterhaltung hatte einfließen lassen. Sie besitze nichts Schwarzes, und einen Einkaufsbummel habe sie angesichts des Todes ihres ‹lieben, alten Freundes› unangemessen gefunden. Wenn sie überhaupt erwog, nach seinem Tod Trauer zu tragen, so ließ sich daraus schließen, daß er ihr in der Tat sehr lieb gewesen sein mußte. Bei ihren zurückgekämmten hellblonden Haaren wußte sie vielleicht auch, daß Schwarz unvorteilhaft für sie war. Die Augen, die er anfangs für schwarz gehalten hatte, waren von einem trüben Dschungelgrün.

Nach der Scheidung vom ersten Ehemann und nach dem Tod des zweiten hatte sie wieder zugegriffen und sich anscheinend eine recht große Rosine aus dem Kuchen herausgepickt, Sir Robert Crewes, Safari-Fan, Ritter des Royal Victoria-Ordens, was mehr war als der Orden des Britischen Empire, den ein Vetter von ihr ergattert hatte. Der Titel schien Mavis Crewes tief beeindruckt zu haben, obwohl es unter Beamten, Mitgliedern des königlichen Haushalts und Diplomaten von Ritterwürden nur so wimmelte. Wahrscheinlich köderte man die Leute mit einem Titel, damit sie sich bereitwillig noch in den letzten Winkel der Erde versetzen ließen, um ihr Land zu repräsentieren.

Jury bezweifelte durchaus nicht, daß Mavis Crewes' Kummer echt war; er überlegte lediglich, ob sie überhaupt zu tieferen Gefühlen fähig war – abgesehen vielleicht von dem giftigen Zorn auf Healeys Ehefrau. Obwohl sie sie als solche nicht einmal gelten zu lassen schien: «Diese Frau», so nannte sie Nell Healey, wann immer die Rede auf sie kam.

«Eiskalt», sagte sie jetzt und drehte dabei unentwegt das zarte Glas zwischen Daumen und Zeigefinger, als wäre es ein Stengel, den sie abbrechen könnte. Sie seufzte. «Diese Frau.»

«Erzählen Sie von ihr, Mrs. Crewes.»

«Nell war die zweite Frau.» Jury wunderte sich, daß Mavis

Crewes, die selber als Zweitfrau alle Rekorde geschlagen hatte, das überhaupt erwähnte. «Und nicht die Mutter des Jungen.» Sie warf Jury einen Basiliskenblick zu.

«Was geschah mit der Mutter?»

«Machte sich in die Schweizer Alpen davon. Verunglückte beim Skilaufen.»

«Sie meinen, die Stiefmutter machte sich nichts aus Billy?»

Entweder hatte er das Falsche gesagt, oder er hatte den falschen Ton angeschlagen. Sie lehnte sich wieder zurück, ließ die Arme auf den Lehnen des weißen Korbstuhls ruhen und knackte mit den Fingern. «Superintendent, das klingt, als stünden Sie auf ihrer Seite. Erstaunlich, wirklich. Aber Sie kennen sie eben nicht gut genug.» Sie schenkte ihm ein schmales, schlaues Lächeln, so als bestünde zwischen ihnen irgendeine Abmachung. «Ich bin mir nicht sicher, welche Rolle Sie in dieser Sache spielen. Was untersuchen Sie eigentlich? Daß sie Roger umgebracht hat, steht außer Frage. Fragt sich nur, wie sie es geschafft hat, bis zum Prozeß auf freiem Fuß bleiben zu können. Aber Frauen wie Nell Healey bekommen anscheinend immer, was sie wollen. Die ist aus Marmor, aus Stein.»

Jury hoffte, daß sein Lächeln seine Worte wettmachte. «Stein stößt oft auf harten Widerstand.»

«Falls Sie damit andeuten wollen, daß Roger ein harter Mensch war, irren Sie sich gewaltig. Er war vollkommen am Boden zerstört. Sie haben ihn nicht gekannt. Sie haben seine Wärme, seinen Charme, seinen –»

«Aber Sie», sagte Jury unschuldig.

Gerissen, wie sie ihm auswich. «Sie hatten nichts miteinander gemein. Er reiste gern, liebte neue Erfahrungen, neue... Sinneseindrücke. Er war lebenslustig. Sie war es zufrieden, immer nur in diesem gottverlassenen Winkel von Yorkshire zu hocken...» Ihr Blick wanderte zu den Masken und Gewehren; für sie schien Tansania näher zu liegen.

«Mit Billy», sagte Jury. Ein blitzender Blick. «Ich nehme an, Sie sind dort zu Gast gewesen.»

«Ja. Mehrfach. Charles Citrine liebte Roger wie seinen eigenen Sohn.»

«Das klingt, als sei Mr. Healey ein idealer Ehemann, Vater… und Freund gewesen.» Das Wort blieb in der Luft hängen. «Martin Smart hat ihn bewundert.» Er versuchte ein Lächeln, doch es wollte nicht recht gelingen.

«Ach, Martin…» Sie vergaß das Wasser aus Evian und griff nach der Whisky-Karaffe und tat Jurys Einwurf mit einem Blick ab. «Martin scheint das Verlagswesen für eine Art Spielwiese zu halten; er stellt manchmal völlig *un*geeignete Leute ein –»

«In den Büros, an denen ich vorbeigekommen bin, sahen eigentlich alle sehr adrett aus.»

«Dann sind Sie nicht bei Morpeth Duckworth vorbeigekommen. Mein Gott. Was für ein gräßlicher Mensch. Kaum zu glauben, aber den habe ich doch eines Tages mit Schrubber und Eimer in meinem Büro erwischt. Beim Saubermachen.»

Jury strich sich mit der Hand über den Mund. «Warum?»

«Weiß der Himmel. Aber er sieht ja auch aus wie ein Hausmeister. Bei anderen hat er das auch schon gemacht. Sogar bei Martin. Der findet es umwerfend lustig. Ich glaube, Duckworth schnüffelt in unseren Unterlagen herum. Er ist Amerikaner.»

«Oh.»

Er hörte ihre kalbsledernen Stiefel knarren, als sie sich in ihrem Korbsessel bewegte und ein Bein übers andere schlug. «Wieso stellen Sie mir diese Fragen? Was hat das alles mit Nell Healey zu tun?»

«Ich dachte dabei mehr an Billy. Der Fall ist nie aufgeklärt worden. Es tut mir leid.» Er stand auf. «Sie haben mir sehr geholfen, und das in einer für Sie äußerst schmerzlichen Zeit.»

Daß er sich so leicht abwimmeln ließ, schien sie zu überraschen. «Nein, nein, ich bin nur etwas mit den Nerven fertig.» Die gebräunten, sehnigen Hände winkten ihn wieder in den Sessel zurück.

Jury setzte sich, gönnte ihr ein aufmunterndes Lächeln und sagte: «Wie lange waren die Healeys verheiratet, ehe der Junge verschwand?»

In den Tiefen ihrer grünen Augen funkelte es auf, eine Speerspitze schien sich auf ihn zu richten. Die Hand, die eben noch das Whiskyglas gehalten hatte, fuhr über die Falten des Rockes, dann senkte sie den Kopf. «Fünf, sechs Jahre», sagte sie unbestimmt.

Dabei war Jury überzeugt, daß sie genau wußte, wie viele Jahre es waren. Die Jahre zwischen sechs und elf mußten für jedes Kind von großer Wichtigkeit sein, vor allem aber für ein Kind mit einer neuen Mutter. Er spürte, daß Mavis Crewes sich ihm entzog, jetzt seinen Fragen auswich. Es war wohl besser, wenn er nicht weiter direkt nach der Beziehung – oder ihrer Version davon – zwischen dem kleinen Jungen und seiner Stiefmutter fragte.

«Nell war – ist – eine Citrine.» Sie tat Jurys fragenden Blick mit einer ungeduldigen Handbewegung ab und fuhr fort: «Die Familie Citrine zählt zu den ältesten im Lande. Altes Blut, altes Geld. Charles hat eine Peerswürde *abgelehnt.*»

Stellen Sie sich das mal vor. Ihre gewölbten, säuberlich gezupften Brauen unterstellten, daß ein solches Verhalten auch für Jury unfaßbar sein mußte. Er lächelte insgeheim und wünschte, sein Freund Melrose Plant hätte sie hören können.

Nur der Kakadu hinter den Palmwedeln zeigte eine Reaktion auf das unglaubliche Verhalten von Charles Citrine, er schlug mit den Flügeln und drehte sich auf seiner Stange hin und her, während Mavis fortfuhr: «Verstehen Sie mich nicht falsch, ich habe nichts gegen die Citrines. Trotz dieser Frau. Nun, vielleicht verdenke ich ihnen ihr vieles Geld und ihren Einfluß, denn dadurch ist sie nach der Anklageerhebung gegen Kaution auf freien Fuß gesetzt worden. Aber sie rauspauken – das schaffen sie nicht. Gar keine Frage!» Sie nahm eine winzige schwarze Zigarre aus einem silbernen, ziselierten Etui und ließ sich von Jury Feuer geben. Dann lehnte sie sich wieder zurück und verzog sich hinter einer Rauchwolke. «Er ist wirklich ein feiner Mensch, Charles, meine ich. Ihm ist es zu verdanken, wenn der Lebensstandard dort oben ein bißchen gestiegen ist. In West Yorkshire. Hat Subventionen für die Spinnereien rausgeschlagen und Arbeitsplätze geschaffen, wo andere sie nur zerstört haben – tja, das ist wohl Thatcherismus, oder? Charles hat stets das Gemeinwohl im Sinn, und so ist man immer wieder an ihn herangetreten, für das Unterhaus zu kandidieren...»

Sie ließ sich weitschweifig über Nell Healeys Vater aus und endete mit: «Ich habe ihm geschrieben. Er soll wissen, daß ich mit ihm fühle. Ich fand, es gehörte sich so.»

Die Unterhaltung, die vor einer Stunde mit angeblicher Trauer um einen lieben Menschen begonnen hatte, verkam rasch zu einer Diskussion um Arbeitslosigkeit und Politik. Nein. Das ganze Gerede machte deutlich, daß Charles Citrine mit dem hohen Ansehen, das er genoß, für Mavis Crewes mehr war als nur ein eventueller Kandidat für politische Ämter. Sie mochte zehn Jahre älter als Healey sein. Und wahrscheinlich zehn Jahre jünger als Citrine.

«Natürlich ist es einsam für ihn, so allein in diesem Riesenhaus, nur mit Irene. Nennt sich selbst Rena. Wohl kaum eine anregende Gesellschaft für einen Mann von Charles' Intellekt. Offen gestanden, die Schwester wirkt schon seit ein paar Jahren nicht ganz richtig im Kopf. Tja, so was wird mit der Zeit gewöhnlich schlimmer, nicht wahr?»

«Besser jedenfalls nicht, falls es sich um eine Psychose handelt.»

«Wenn Sie mich fragen, so ist die gesamte Familie, mit Ausnahme von Charles, nicht ganz dicht. Du liebe Zeit, dafür ist Nell wirklich das beste Beispiel.» Sie schenkte sich noch ein Glas ein, stürzte es hinunter, schenkte nach und stöpselte die Karaffe wieder zu. «Ehrlich, ich weiß nicht, ob Roger sie nicht deswegen geheiratet hat. Wegen des Geldes, meine ich.» Sie sah Jury an, als erwartete sie, daß er zustimmte, denn schließlich hatte er sich, ungeachtet der Umstände, schon einmal im gleichen Raum mit Nell Healey aufgehalten.

«Das soll öfter vorkommen.» Sein Lächeln fiel etwas eisig aus. «Und wenn es nun Liebe war?»

Sie kippte den Whisky. «Was gab es da zu lieben außer Geld? Na ja, ganz *unattraktiv* ist sie nicht...»

Jury schüttelte leicht den Kopf. Vielleicht glaubte sie wirklich, was sie da redete. «Was ist mit Citrines Frau? Nell Healeys Mutter?»

«Tot.» Sie errötete unter ihrer Bräune. «Charles ist Witwer –» Dann ging ihr wohl die unterschwellige Bedeutung dieser Bemerkung auf, denn sie fügte hastig hinzu: «Wahrscheinlich ein Segen, daß sie das nicht mehr erleben mußte.»

Diese abgedroschene Floskel war selbst dem Kakadu zuviel. Er kreischte auf.

6

DAS AUFREGENDSTE EREIGNIS, das sich je an einem Neujahrstag in Long Piddleton zugetragen hatte, war der Streich einer Bande von Jungs aus dem nahen Marktflecken Sidbury gewesen, die sich irgendwie durch die Hintertür Zugang zur «Hammerschmiede» verschafft und sich die Treppe zum Abstellraum hochgeschlichen hatten. Sie waren auf den Giebelbalken geklettert, hatten den mechanischen Schmied mit der blauen Jacke abgebaut und die Holzfigur nach Sidbury geschafft. Das lag nun drei Jahre zurück, doch vor drei Nächten hatten die Jungs wieder zugeschlagen. Wenn man Dick Scroggs glaubte, so konnten es hinsichtlich ihres Rowdytums nur noch die Fußballfans aus Newcastle mit den Hooligans aus Sidbury aufnehmen.

Marshall Trueblood, nicht weniger farbenfreudig gekleidet

als die entwendete Figur, saß mit seinem Freund Melrose Plant an einem der Fenstertische der «Hammerschmiede». Beide waren emsig mit einem großen Buch voller Ausschneidebogen beschäftigt, gaben jedoch gelegentlich mitfühlende Laute von sich.

Scroggs, der Wirt der «Hammerschmiede», stand über die Theke gebeugt, raschelte mit den Seiten seines *Telegraph* und rollte einen Zahnstocher im Mund herum. Er hatte sich noch immer nicht von den Ereignissen der Neujahrsnacht erholt. Da hatte die Polizei nämlich die «käsebleiche Räuberbande» (so Marshall Trueblood) dabei ertappt, wie sie auf einer gefrorenen Wiese zwischen borstigem Gras und Farngestrüpp gerade das trockene Reisig in Brand stecken wollte, das sie um den armen Schmied angehäuft hatte. Wo er doch der ganze Stolz und die Freude des Pubs und das Farbenprächtigste war, was Long Pidd abgesehen von Marshall Trueblood zu bieten hatte. Der Schmied wurde gerettet und Dick Scroggs mit etwas angesengter Hose zurückerstattet.

«Schlimm genug, daß man sich die kindischen Streiche der Gören *hier* gefallen lassen muß», sagte Trueblood und drückte behutsam ein vorgestanztes Dracula-Gesicht aus dem Karton, «da haben einem diese Rowdies aus Sidbury gerade noch gefehlt.»

Wozu Melrose Plant nichts sagte. Er saß mit gerunzelter Stirn über einen ausgestanzten Torso gebeugt, an dem ein Bein befestigt werden mußte; seine langen, eleganten Finger mühten sich mit einer winzigen Lasche, die er durch einen kleinen Schlitz schieben mußte. «Wo bleibt das Cape? Ich bin fast fertig.»

«Aber die ganze Sache ist doch ohnehin zu albern; ich begreife nicht, warum wir uns mit diesen Kindereien abgeben. Wenn die kleinen Quälgeister am Guy-Fawkes-Tag zu *mir* kommen, nehme ich sie an der Schulter, wirble sie herum, mache sie ganz schwindelig und sehe ihnen nach, wie sie torkelnd davonziehen. Und die glauben, ich mache Spielchen. Großer

Gott.» Er kniff das kalkweiße Gesicht, wo es in der Anleitung *Knicken* geheißen hatte, und reichte es Melrose Plant. «Hier.»

«Machen Sie das Cape.» Melrose nickte zu dem großen Buch mit Ausstanzfiguren hin.

Trueblood hatte die Ausschneidebogen mit Ungeheuern und Unholden in «Wrenns Büchernest» aufgetrieben («Ein Kampf auf Leben und Tod mit einem gräßlichen Balg», denn es war das letzte Exemplar gewesen). «Sollen wir das wirklich so vor aller Augen machen? Ich meine, sie könnte schließlich jeden Augenblick hereinschneien.» Er lehnte sich zurück, zündete sich eine jadegrüne Sobranie an und musterte Melrose durch einen Rauchschleier.

«Sie kommt schon nicht hereingeschneit; sie packt», sagte Melrose, dem es inzwischen gelungen war, beide Beine am Körper zu befestigen, und der nun nach dem Gesicht griff. «Vielleicht starrt sie auch nur ihre Schrankkoffer an. Oder die Wand. Ich habe Durst.» Und er forderte über die Schulter bei Dick Scroggs eine neue Runde an.

«Es will mir immer noch nicht in den Kopf, daß sie wirklich Ernst macht. Ihnen etwa?»

«Sie ist seit vier Jahren mit ihm verlobt; ich könnte mir vorstellen, daß sie sich allmählich ziemlich albern vorkommt. Wo ist das Boot?»

«Vor Ihrer Nase, alter Junge.» Trueblood lehnte ein schmales Boot an sein Bierglas. Er hatte es unter einem Haufen anderer Sachen entdeckt, die er auf einer Antiquitätenauktion ersteigert hatte. Es war blaßblau bemalt und hatte kleine Dinger an den Enden, was ihm etwas Gondelartiges verlieh. Die vorgestanzte Ratte war schon aus dem Bogen gedrückt, die durfte mitfahren, wurde jedoch vorläufig in einem Aschenbecher abgelegt. «Dick! Noch eine Runde, wenn's recht ist!»

Offenbar war es das für Dick Scroggs nicht, denn er blieb weiter in die Zeitung vertieft. Dann gab er dem Rufen aus dem Raum auf der anderen Seite der Bar nach und ging hinüber, um seine Aufmerksamkeit den Dart-Spielern zuzuwenden.

«Verdammt und zugenäht», sagte Trueblood, «müssen wir uns jetzt selbst bedienen? Daß sie mit ihm verlobt ist, alter Knabe, besagt noch lange nicht, daß sie ihn auch heiratet.»

Melrose nahm ihre Gläser und ging damit zur Theke. «Noch mal dasselbe, Dick.» Dick stellte die Gläser unter den Zapfhahn, und Melrose blätterte seine Zeitung um. Dick hatte gerade den Artikel über den Mord in West Yorkshire ausschneiden wollen. Für solche Zwecke griff er immer zu einem kleinen, nagelscherenartigen Instrument, mit dem er dies und jenes aus Zeitungen und Illustrierten ausschnitt. Melrose überlegte, ob er wohl über Jurys Karriere Buch führte, indem er all diese Artikel in Sammelalben klebte.

Dick ließ den Zapfhahn los, und dann standen die beiden da und sahen zu, wie der Schaum des Old Peculier hochstieg. «Ein Jammer», bemerkte Dick. «Da fragt man sich doch, wie die Frau dazu kommt, ihren Mann so abzumurksen.» Er strich die Schaumkappe mit einem Messer ab und schob die Gläser über die Theke. Natürlich brannte er darauf zu erfahren, ob sich Melrose mit Jury über den Fall unterhalten hatte. «Na ja, die Arme war wohl nich' mehr ganz richtig im Kopf, wo man doch ihren Jungen entführt hat und so. Darüber ha'm Sie doch sicher gelesen, nich'?» Vielleicht war Melrose dieser Leckerbissen ja entgangen.

«Ja, natürlich. Also, eins ist klar – dieses Mal kann sich wirklich niemand beschweren, daß die Polizei nie zur Stelle ist, wenn man sie braucht. Danke, Dick.» Er nahm die Gläser, wollte zum Tisch zurückgehen und blieb wie angewurzelt stehen, als er hinter dem Fenster, vor dem Marshall Trueblood saß, eine Frau vorübergehen sah. «Verflixt! Da ist sie schon!» Die Gestalt verschwand, dann hörten sie, wie sich die Tür des Pubs öffnete. «Schnell! Da!» Melrose schob die Ausschneidebogen und die Gondel Trueblood zu und klatschte seine *Times* über den Papp-Dracula.

Worauf sein Freund wisperte: «Nicht alles mir in die Schuhe schieben, verdammt noch mal...» Trueblood verstaute die

Gondel eiligst hinter sich und schob die übriggebliebenen Stückchen in das Buch, ehe er sich unter heftigem Gefuchtel daraufsetzte.

«Tag, Vivian; wir vermuteten Sie daheim beim Lire-Zählen», sagte Melrose liebenswürdig.

Vivian Rivington wirkte eher, als hätte sie ihre Lebenstage gezählt und dabei festgestellt, daß diese tatsächlich bemessen waren. Aus ihrem lose aufgesteckten Knoten hatten sich kupferne Haarsträhnen gelöst, die sie aus der Stirn blies, als sie sich erschöpft setzte. «Die Arbeit wächst mir über den Kopf, das ist alles. Kann ich einen Sherry haben?» Sie blickte Trueblood an.

«Selbstverständlich», sagte Melrose, schenkte ihr ein strahlendes Lächeln und widmete sich wieder seinem Kreuzworträtsel.

«Na?» Sie blickte von einem zum anderen, dann zur Bar, wo jedoch gähnende Leere herrschte, wenn man von Mrs. Withersby absah, die Schrubber und Eimer angelehnt hatte und sich nach Augenmaß bediente. «Muß ich ihn mir etwa selber holen?»

«Dick ist jeden Augenblick zurück. Sie sehen wunderschön aus, Vivian.» In Wirklichkeit fand Melrose das senffarbene Twinset recht abscheulich. Es entzog ihrem klaren Teint die Farbe und biß sich mit ihrem kupferfarbenen Haar.

Vivian senkte prüfend den Blick. War tatsächlich sie gemeint? Sie runzelte die Stirn. «Wirklich?»

«Absolut», warf Trueblood ein. «Unwiderstehlich, einfach unwiderstehlich.»

«Na gut, wenn ich einfach unwiderstehlich bin, warum holt mir dann niemand einen Sherry?»

Trueblood verrenkte sich ein wenig auf seinem Fensterplatz und sagte: «Sie wissen sicherlich, daß dieser gräßliche Makler – wie war doch gleich sein Name? Haggerty? – angefragt hat, ob Sie Ihr Häuschen verkaufen wollen. *Auf*dringlich, diese Leute, wie? Klar, an ein echtes elisabethanisches Cottage kommt man heutzutage kaum noch ran. Einfach zuviel Zweitklassiges auf dem Markt. Aber ich möchte doch stark hoffen, daß Sie nicht verkaufen, Vivilein. Obwohl Sie das von Zeit zu Zeit angedeutet haben.»

Sie errötete. «Ich bin ja noch nicht einmal weg. Ich reise doch erst in zehn Tagen.»

«Ah. Da ist ja auch Dick! Scroggs! Würden Sie sich freundlicherweise um Ihre Kundschaft kümmern? Miss Rivington möchte das Übliche.»

Dick steckte sich eine Zigarette hinters Ohr und rief zu ihnen hinüber: «Der Tio Pepe ist alle, Miss. Hab 'nen netten Port da; Graham's 82.»

«Egal», rief Vivian gereizt.

«Aufdringlich, wie ich bereits sagte. Lieber Gott, die sind schon hinter den Häusern her, ehe man noch im Grabe kalt geworden ist – oje, Entschuldigung!» Trueblood rang in gespieltem Entsetzen über diese Entgleisung die Hände.

Vivian bedachte beide mit einem angewiderten Blick.

«Und wie werden wir reisen?» warf Melrose ein, hielt jedoch mit dem Ellbogen gut die Zeitung fest, als ihr Blick in diese Richtung schweifte.

«Wir? Ich nehme den Zug», sagte sie und spielte mit einem weißen Pappstückchen herum; dann erkannte sie die Ratte und fragte mit gerunzelter Stirn: «Was *ist* das?»

«Nichts», sagte Trueblood. «In der Regel sagen Leute, die mit dem Orient Express reisen, nicht, daß sie ‹den Zug nehmen›.»

Worauf sie nichts erwiderte.

Melrose wußte, daß sie es nicht leiden konnte, wenn man sie in einen Topf mit Leuten warf, die einen luxuriösen Lebensstil pflegten, weil sie meinten, das sei die beste Methode, sich am Rest der Menschheit zu rächen.

«Selbstverständlich reisen wir auch so», sagte Trueblood und bewegte sich um den Bruchteil eines Zentimeters, damit Dick Scroggs ihre Getränke auf dem Tisch abstellen konnte.

«Das da sieht mir ganz danach aus», sagte Vivian und blickte die Ratte im Aschenbecher mit zusammengekniffenen Augen an, «als stammte es aus einem von diesen Ausschneidebogen oder so etwas Ähnlichem.»

Trueblood entwand ihr geschickt die kleine Pappratte und sagte: «Davon gibt es reichlich in den Kanälen, Vivilein.»

Wenn Blicke töten könnten! Dick Scroggs jedoch strahlte sie an und meinte: «Ja, ja, Miss Rivington, Sie sind woll ganz schön aufgeregt, was? Soll woll bald losgehn, was?»

«In ungefähr zwei Wochen.»

Dick ließ sich durch ihren schnippischen Ton das Lächeln nicht nehmen. «Nur keine Bange. Die vergehn schneller, als Mrs. Withersby 'n Bier zwitschern kann.»

«Einfach zu albern», sagte Trueblood. «Eine *Winter*hochzeit in Venedig. Lieber Himmel. Wir wollten Sie überreden, das Ganze bis zum Frühling aufzuschieben.»

Sie sah Melrose hoffnungsvoll an. «Aber ich habe es doch schon mehrfach aufgeschoben.»

«Na und?» erwiderte Melrose. «Dem wird die Zeit schon nicht lang.»

Jetzt blickte sie argwöhnisch. «Wie soll ich das verstehen?»

«Da fragt man sich», sagte Dick Scroggs, der sich allmählich für das Thema erwärmte, «wieso Sie eigentlich nich' in Long Pidd heiraten.» Das Tablett in seiner Hand schloß das ganze Lokal ein. «Ich, also ich könnt Ihnen 'nen richtig schönen Hochzeitsempfang ausrichten, Miss.»

«... sehr lieb von Ihnen», murmelte Vivian und zeichnete mit ihrem Portglas einen feuchten Kreis. «Aber es geht einfach nicht, Dick.» Sie klang schon wie eine traurige Exilantin.

«Man reist nicht gern», sagte Trueblood. «Die Familie Giopinno hat etwas gegen Reisen.»

Vivians Gefühlsausbruch war so heftig, daß sich Dick Scroggs eilends hinter seiner Theke in Sicherheit brachte. «Sie wissen nichts, aber auch gar nichts über die Giopinnos!» Wütend funkelte sie erst Trueblood, dann Melrose an.

Melrose wandte sich ihr zu, gab jedoch gut acht, daß seine Ellbogen immer noch auf der *Times* ruhten, und sagte dann: «Ach nein?»

«Nein! Alles erstunken und erlogen. Sie haben sich eine ganze Familie aus den Fingern gesogen. Sie haben es mit Ihrer Flunkerei so weit getrieben, daß Sie Phantasie und Wirklichkeit nicht mehr auseinanderhalten können. Kein Wunder –» und jetzt tönte sie wie die Posaune zum Jüngsten Gericht –, «wo Sie doch beide in einer Phantasiewelt leben!» Diese Feststellung schien ihr zuzusagen.

«Oh?» Er sah, wohin ihr Blick wanderte, und seine Hand, die gerade das Glas Stout umfaßt hatte, schoß über die Zeitung.

Die Finger gegen die Tischkante gepreßt, als wollte sie sich ihrer albernen Gesellschaft auf diese Weise entledigen, belehrte Vivian sie in schulmeisterndem Ton. «Ewig hocken Sie vor dem Lunch und dem Abendessen hier herum und haben nichts Besseres zu tun, als sich Geschichten auszudenken –»

«Hm, das würde ich so nicht sagen, Viv –» Ein Knistern, ein Rascheln, als Trueblood versuchte, die Beine anders überzuschlagen.

«– über Francos Familie beispielsweise. Seine Mutter ist ganz und gar nicht fett und hat auch keinen schwarzen Schnurrbart. Und sie kocht nicht, hier zitiere ich Sie –» jetzt war Melrose gemeint –, «trotz ihres Aufstiegs in höchste Gesellschaftskreise Spaghetti Carbonara, und sie brät ihren fünf Brüdern auch keine Tintenfische in der Pfanne, und das zweimal die Woche. Francos Mutter ist klein, eher mager, trägt ärmellose Kleider und spricht vier Sprachen...»

Während sie fortfuhr, ihn über die Gräfin Giopinno ins Bild zu setzen, musterte Melrose ihre Fingerspitzen; um den Daumennagel herum war die Haut etwas eingerissen. Das griff Melrose seltsam ans Herz, und gern hätte er seine Hand auf ihre gelegt.

«– und er hat *keine* sieben Vettern, die den Blasebalg treten und für die Touristen auf Murano Glaspferdchen blasen; oder aber sechs Onkel mit unverhohlenen Sympathien für die kommunistische Partei –»

«Sie haben ein fabelhaftes Gedächtnis, liebe Vivian», sagte Melrose und stellte dabei fest, daß ihre leicht nach oben gebogenen Mundwinkel ihr etwas hilflos Liebenswürdiges gaben, und wenn sie noch so wütend war.

Sie hörte gar nicht hin. «Und was *Sie* angeht –» sie wandte den Kopf so heftig, daß Trueblood wie unter einem Peitschenhieb erschrocken zusammenfuhr, und ihre Stimme war während ihres Vortrags schrill geworden, was ihr den Ausdruck eines Kindes verlieh, das seine auf dem Kinderzimmertischchen versammelten Puppen ausschimpfte – «so hat er *keine* jüngere Schwester, die über die Klostermauer geklettert ist und Schande über die Familie gebracht hat, weil sie mit einem Wanderzirkus durchgebrannt ist; und *keine* ältere Schwester, die dem verrückten Zwerg aus diesem Du-Maurier-Film vorsang; und was die Großmutter mütterlicherseits und ihre mitternächtlichen Sauftouren angeht –» Vivian biß die Zähne zusammen und informierte sie auch über diesen Zweig der Familie gründlich.

Melrose unterdrückte ein Gähnen und sah, daß Trueblood die leere Miene von Blöden, Irren oder Menschen aufgesetzt hatte, die mit ihren Gedanken ganz woanders sind. Auch er hörte nicht richtig zu.

«Du liebe Zeit, Vivian, das sollen wir alles behauptet haben?»

«Je-des ein-zel-ne Wort.»

Trueblood zog ein Schmollmündchen. «Es war Richard Jury, der den Zwerg –»

Krach, knallte ihre Faust auf den Tisch, daß die Ratte aus dem Aschenbecher hüpfte. «Richard Jury hat Besseres zu tun, als den lieben, langen Tag hier herumzuhocken und mit offenen Augen zu träumen!» schrie sie.

Dick Scroggs bewegte den Zahnstocher in den anderen Mundwinkel und sagte: «Ha'm Sie das von dem neuesten Fall da oben im West Riding gelesen, Miss ...?»

Melrose las in der Tat noch am selben Abend in Ardry End von dem Verbrechen, während Agatha auf seinem Queen Anne-Sofa saß, sich mit Pökelzunge und Patisserien vollstopfte und von Harrogate schwatzte.

«Ich verstehe einfach nicht, warum du dir kein Zimmer im ‹Alten Schwan› nehmen willst, wo Teddy und ich absteigen. Teddy hätte dich so gern dabei; sie hat mir mehrfach versichert, wie sehr ihr daran liegt, dich wiederzusehen.»

Melroses Verlangen, Teddy in Harrogate wiederzusehen, hielt sich in Grenzen, nachdem er sie einst in York gesehen hatte. Am Ende hatte er aber eingewilligt, den Chauffeur zu spielen und Agatha dorthin zu kutschieren; das gute georgianische Teeservice würde ihm die Verschnaufpause danken. Jetzt las er erst einmal seine *Times* weiter.

«Melrose, würdest du freundlicherweise die Zeitung weglegen und Ruthven sagen, daß der Käsekuchen alle ist. Und warum gibt es keine Kressesandwiches? Hat Martha nicht gewußt, daß ich komme?»

Melrose faltete die Zeitung zusammen. Er überlegte sich, ob er seinen Freund Jury anrufen sollte, fand dann aber, daß der schon genug am Hals hatte. Seine Tante jedenfalls hatte schon genug. Einen Liebesknochen, einen Windbeutel und ein Kognaktörtchen. Er legte die Zeitung beiseite und griff zu dem Manuskript des neusten Thrillers von seiner Freundin Polly Praed, das er zwischen Kissen und Sessellehne gestopft gehabt hatte. *Sterben wie ein Doge* war anfänglich als *Sterben wie eine Dogge* konzipiert gewesen (so Polly Praed), und als Hauptfigur hatte ihr ein als Blindenführer arbeitender deutscher Schäferhund vorgeschwebt. Doch ihr Verleger spielte nicht mit, meinte allen Ernstes, daß es dieser Tage viel zu viele Krimis mit Hunden und Katzen als Helden gäbe. Das Thema sei mittlerweile abgedroschen. Das alles hatte Polly Melrose erzählt, und zwar in erbittertem Ton, so als sei er daran schuld; schließlich hatte er sie auf die Idee gebracht, als Rahmen einen Jahrmarkt und als Show-down beispielsweise eine Situation zu wählen, in der ein Terrier Jagd auf die Sackhüpfer macht. Doch als er dann auf Vivian Rivington und Venedig zu sprechen kam, da war aus der Dogge unversehens ein Doge geworden und aus dem Jahrmarkt ein Karneval. Bislang hatten zehn Mitglieder einer englischen Reisegruppe auf beinahe ebenso wenigen Seiten daran glauben müssen, waren umgefallen wie die Fliegen. Polly wurde mit jedem Buch blutrünstiger. Das Leben in Littlebourne mußte furchtbar langweilig sein, aber sie ließ sich ihren Wohnort einfach nicht ausreden.

«Dein Betragen ist äußerst flegelhaft, Melrose.»

«Hmm?» Er hob die Augen von der Not Aubrey Adderlys, der, als Harlekin verkleidet, eine unter Wasser stehende Gasse entlangrannte. «Entschuldige, aber ich habe Polly versprochen, das Manuskript zu lesen und ihr zu sagen, wie ich es finde.»

Agatha brummelte etwas von «billigen Schundromanen» und sagte dann: «Du bist, ehrlich gesagt, die letzten Monate äußerst ungesellig gewesen.»

«Warum willst du dich dann in Harrogate eine Woche lang mit mir ungeselligem Kerl abgeben?» Er nippte an seinem Sherry und machte es sich wieder in seinem durchgesessenen braunen Schaukelstuhl bequem, seinem Lieblingssessel für kalte Winternachmittage am Kamin. Seine Hündin Mindy schlief auf einem schmalen Gebetsteppich, den sie aus einem anderen Zimmer angeschleppt hatte.

Innerlich malte Melrose sich genüßlich die Szene aus, wie er sein Fahrrad in der Eiseskälte schob oder völlig durchnäßt auf dem Bahnsteig in Sidbury im Regen stand oder sich durch einen blendenden Schneesturm kämpfte ... Eigentlich konnte er sich nicht erinnern, etwas Derartiges je getan zu haben. Dennoch sah er sich gern in dieser Umgebung mit ihren Adam-Decken, dem georgianischen Silber, den Kristalleuchtern und der langen Flucht des Salons, in dem sie nun saßen, während der Regen gegen die Flügelfenster prasselte und Blitze die Ligusterhecken erhellten –

Er mußte sich endlich Polly Praeds Krimis abgewöhnen. Ständig waren die Elemente im Bunde mit dem Bösewicht, erschienen plötzlich riesige, gespenstische Gesichter auf durchweichtem Moorland, tasteten Hände durch Sümpfe –

«Teddy und ich brauchen dort eine männliche Begleitung.»

Natürlich, wie praktisch für sie. «Wozu um alles auf der Welt? In Harrogate ist doch nichts los, außer Tagungen. Ewig diese Menschenmassen. Weswegen tagen die überhaupt?»

«Unfug. Harrogate ist einfach bezaubernd, und man kann dort viel unternehmen, denk doch nur, die Gärten, der Stray, die Bäder. Du bist wirklich zum Sterben langweilig, Melrose. Warst du früher nie.»

Ehrlich? So wie sie die ganzen Jahre über ihn hergezogen war, hatte er sich längst für scheintot gehalten.

«... ziemlich stumpfsinnig. Ich muß schon sagen, nicht einmal in der Zeit, als du noch auf Freiersfüßen wandeltest, warst du so unleidlich.»

Melrose wußte zwar, daß er der Versuchung zu reagieren hätte widerstehen sollen, doch er ließ das Manuskript sinken und warf ihr einen bitterbösen Blick zu. Hätte seine Tante so etwas nur gesagt, um eine Reaktion von ihm zu bekommen, er hätte nicht geantwortet. Doch sie war viel zu selbstgefällig, um ihn nur ködern zu wollen.

«Was bringt dich eigentlich auf die Idee, daß Heiraten für mich nicht mehr in Frage kommt?»

«Sei nicht albern. Wenn Vivian erst weg ist, gibt es in der ganzen Gegend niemanden mehr zum Heiraten.» Sie stand auf und riß am Klingelzug. «Wo um Himmels willen steckt Ruthven?»

Überall, nur nicht hier, mutmaßte Melrose. Vivian Rivington war stets die größte Bedrohung für die «Hoffnungen» gewesen, die sich seine Tante machte, und Agatha mußte trotz aller Seitenhiebe auf den «gräßlichen Italiener» erleichtert aufgeatmet haben, als der Hochzeitstermin feststand.

«Denn deine sonstigen Chancen hast du dir ja gründlich vermasselt», fuhr sie fort und ließ die Bemerkung in der Luft hängen, ähnlich wie die Teekanne, die sie hochhielt, während sie die Krümel auf dem Kuchenteller musterte.

Jetzt war er völlig konsterniert – keine ungewöhnliche Geistesverfassung, wenn Agatha in der Nähe war – und sagte: «Wie? Welche Chancen?»

«Bei Lady Jane Hay-Hurt. Auf dem Gartenfest der Simpsons.»

«Ich kann mich nicht entsinnen, auch nur ein einziges Wort mit Lady Jane Hay-Hurt gewechselt zu haben. Ich erinnere mich nicht einmal an das Gartenfest bei den Simpsons.»

«Ha! Das wundert mich gar nicht. Du warst völlig ungenießbar. Hast den Mund nicht aufgemacht, finster vor dich hin gebrütet und dich verzogen, um die Enten zu füttern.»

Er erinnerte sich nur an einen Garten, an schreiend bunte Kleider und leeres Geschnatter. An mehr nicht. Vielleicht neigte er ja zu plötzlichen Blackouts. Ach, warum nur wurde ihm nicht auch jetzt schwarz vor Augen?

Als wäre Pollys Szenario plötzlich Wirklichkeit geworden, erhoben sich Regenvorhänge und fielen vor die Verandatüren. Mit unverhohlener Befriedigung plapperte seine Tante weiter über Vivians bevorstehende Hochzeit und die Gelegenheiten zu Reisen ins Ausland, die sich ihrer Meinung nach dadurch eröffneten. «Wie ich mich darauf freue, Northants ein Weilchen den Rücken kehren zu können.» Sie lehnte sich zurück, in einer Hand die Teetasse, in der anderen das letzte Muffin, und ließ sich über Palazzi, Dogen und Loggien, Gondeln, Kanäle und Campaniles aus. (Lieber Himmel, sie hat sich tatsächlich einen Italienführer vorgenommen, dachte er.) «Wie angenehm, sich an einem kühlen Ort aufzuhalten, gekachelt und mit plätscherndem Wasser.»

«Wenn das alles ist, was du brauchst, warum gehst du dann nicht einfach nach Hause zurück und stellst dich unter die Dusche?»

Er widmete sich wieder Pollys Manuskript. Wie viele Krimis

spielten eigentlich im Venedig zur Zeit des Karnevals? Wie viele Leichen trieben bereits den Canal Grande hinunter? Und daran war nur Edgar Allan Poe mit seinem gottverlassenen «Faß Amontillado» schuld.

«Dir fehlt aber auch jegliche romantische Ader, mein lieber Plant. Kein Wunder, daß du bei Frauen keinen Erfolg hast.» Seit Vivian sich entschlossen hatte, den ‹liederlichen Italiener› zu heiraten, war der Graf in ihrer Achtung merklich gestiegen. Er war nicht mehr «dieser verarmte Glücksritter», sondern «der Graf Franco Giopinno, der eine führende Rolle in der italienischen Politik spielt» (ein Widerspruch in sich, fand Melrose). Solcherart unterrichtete sie nun ihre Bekannten, ihre Putze (Mrs. Oilings) und die Näherin, die ein Kleid für das große Ereignis aufpolierte. Daß das Ereignis kurz bevorstand und Vivian noch nicht einmal die Einladungen verschickt hatte, machte für Agatha keinen Unterschied.

«Ach, ich weiß nicht», sagte Melrose, musterte sein leeres Sherry-Glas und langte nach dem Klingelzug. «Würde mich nicht stören, in einem Kanal mit Orsina Luna, der mit den feuchten Augen, herumzuschaukeln.»

An dem Kognaktörtchen kauend, sah sie ihn mit schmalen Augen an. «Wovon redest du?»

Melrose gab keine Antwort. Erstaunlich, wie Polly ihre Handlung, die ursprünglich in den Gäßchen und zwischen den Schornsteinen von Biddingstone-on-Water angesiedelt war, in die wäßrigen Seitengäßchen von Venedig zu verpflanzen verstand. Im Original hatte es damit enden sollen, daß der Blinde mit seinem Schäferhund über die alte Steinbrücke von Biddingstone gejagt wurde, nun aber floh der Held vor seinen Verfolgern über die Accademia-Brücke.

Melrose war fasziniert, nicht jedoch von dem Buch (das nur ein Blinder gut finden konnte), sondern von seiner unerschrockenen Autorin und ihrer erstaunlichen Phantasie: Sie schwang sich nicht in die Lüfte; sie walzte einfach alles auf ihrem Weg platt und schleuderte ohne Rücksicht auf die Bereitschaft, ihr doch einmal zu glauben, Beton und Schotter und Erdklumpen hoch. Ob sie es wollte oder nicht, Polly war alles egal:

Das Pech klebte an Aubrey seit damals im Gritti-Palast, als er die Augen erstmals auf die rätselhafte Orsina Luna geheftet hatte...

Melrose benutzte den Finger als Lesezeichen und blickte auf. Seine Tante hatte unentwegt weitergeredet, es ging inzwischen wieder um die Fahrt nach Harrogate.

«...ein kalter Lunch. Wir können die Reste vom Hähnchen Kiew mitnehmen, das es heute abend gibt; dazu vielleicht eine Flasche Muscadet.»

Melrose musterte sie finster. «Es gibt Schweinsfüße, Markpastete und Kutteln mit Zwiebeln. Martha bereitet sie in einer ganz hervorragenden Soße –»

«Kannst du nicht einmal ernst sein?»

Leider war er das. Bei der kupferhaarigen Orsina Luna im Vaporetto hatten ihn ernstlich Gedanken an die kupferhaarige Vivian Rivington, die bald ebenfalls in einem sein könnte, angewandelt.

Melrose wandte den Blick ab. «Agatha, falls du es vergessen haben solltest, noch ist Vivian nicht verheiratet.» Der Blitz, der wie ein Dolch herniederzuckte, und der dazugehörige Donnerschlag taten Melrose den Gefallen, diese (in Agathas Augen) düstere Andeutung noch zu unterstreichen.

Entweder war es der Krach oder die unterschwellige Drohung, jedenfalls fuhr sie richtiggehend zusammen.

Melrose widmete sich erneut dem Roman, er ließ sich nicht so leicht einschüchtern.

...Aubrey hatte geglaubt, daß dieses Harlekinskostüm ihm helfen würde, seinen schattenhaften Verfolgern zu entkommen, doch als er sich der Rialto-Brücke näherte, mußte er erkennen, daß dem nicht so war. Die Glocke im Campanile ließ ihren ominösen Gong ertönen...

Warum, so fragte sich Melrose, gongten die Glocken von St. Rules nicht auch ominös, sondern schepperten immer nur so dissonant metallisch? Vielleicht, weil St. Rules nur auf Betty Balls Bäckerei hinabschaute und nicht auf den Markusplatz. Doch als er sich wieder dieser tristen Jagd zuwandte, sickerte die Stimme seiner Tante in sein Bewußtsein:

«... haben wir uns gesagt, der ‹Alte Schwan› liegt für uns bequemer zum Zentrum. Außerdem ist er viel näher am Stray ...»

«Reizender Ort», sagte Melrose, der gar nicht wußte, wovon sie redete.

Das aufsteigende Entsetzen unterdrückend, drängte sich Aubrey durch die Menge ...

«Wo bleibt Ruthven? Muß ich den ganzen Nachmittag hier sitzen und auf ein bißchen Käsekuchen warten?»

«Hoffentlich nicht.»

... drängte sich durch die Menge, die über die Brücke strömte. Groteske Masken, gepuderte und geschminkte Gesichter, knallrote, orange, blaue Kostüme züngelten umher gleich Flammen und wurden von dem schwarzen Wasser des Kanals darunter wie eine Vision der Hölle grotesk zurückgeworfen ...

«Wie herrlich, diese ganzen Hektar grünes Parkland mitten in der Stadt; Teddy und ich werden stundenlang spazierengehen und reden können.»

Wie bitte? Vision der Hölle? dachte Melrose.

Als sie schließlich den Palazzo mit Blick auf den Canal Grande erreicht hatten, verstreuten sich die Feiernden, zogen in kleinen Gruppen davon, strömte der Zug der Kleider, schwebten die Capes davon ...

Melrose gähnte. Wenn er schon von dem hektischen Herumgerenne und der erstickenden Enge erschöpft war, wie mußte es da für Aubrey sein? Bestimmt stellte er sich einen Ort vor, wo er die Beine hochlegen konnte ... Aha, da war er ja auch schon. Der Gritti-Palast. Alle landeten irgendwann im Gritti-Palast. Er beschloß, falls Vivian tatsächlich entschlossen war, diese hirnrissige Heirat durchzuziehen, und er zu der Feier eingeladen sein sollte, unbedingt eine heruntergekommene alte

Pension aufzutreiben und den Gritti-Palast Aubrey zu überlassen, der schon des Weges gekommen war und einen quälenden Marsch durch ein «alptraumhaftes Straßengewirr» zur Accademia hinter sich hatte. Hier geriet er wieder in ein Gedränge von Leuten, die ausgelassen Karneval feierten.

Gott sei Dank hatte er sie endlich abgeschüttelt. Aubrey rannte die Stufen hinab, wo er ein Vaporetto sah, das zum Lido fuhr. Es wollte schon ablegen, doch er sprang noch an Bord, als gerade das Tau an Land geworfen und abgestoßen wurde.

Gerettet!

Auf seinem Weg zum Heck erstarrte er.

Da war Orsina Luna – Maske hin oder her –, sie hatte er doch im Dogenpalast zurückgelassen!

Als das Vaporetto Fahrt aufnahm, zauste der Wind ihre kupferroten Haare, und er blickte weg. Der Canal Grande war ein Tunnel der Finsternis …

Melrose blickte von seiner Seite auf. Gott sei Dank, Agatha hatte sich auf die Suche nach Gebäck und Gurkensandwiches begeben. Er konnte nicht begreifen, wie ein solcher Unsinn (Verzeihung, liebe Polly) etwas in ihm ansprechen konnte. Er sah sich im Salon um. Bei Regenwetter wirkte er trübe und dämmrig wie der venezianische Kanal, auf dem Pollys kupferhaarige Heldin dahingondelte, der es bestimmt war, am Ende den Dogen in Notwehr umzubringen und Aubrey zu heiraten.

Er langweilte sich so sehr, daß er die letzten paar Seiten nur las, damit er Polly den Vorteil einer kleinen Schwindelei bezüglich ihrer Qualitäten als Krimiautorin verschaffen konnte. Im Grunde war sie erheblich besser, als dieser Stuß da demonstrierte.

Wenigstens war es noch nicht veröffentlicht (und Polly wußte vermutlich, warum). Melrose konnte es nicht mehr ertragen, schlug das Manuskript zu, stopfte es wieder zwischen Kissen und Armlehne und wünschte, das «sinkende Gefühl» des guten Aubrey würde ihn endlich in den Canal Grande hinabziehen.

Als Melrose dann nach seinem Sherry griff, wurde er bedauerlicherweise einer Leere in seinem Magen gewahr, als das Gesicht der Signora Orsina Luna mit ihren kupferroten, windgezausten Haaren unvermittelt von dem Gesicht Vivian Rivingtons mit ihrem kupferfarbenen, schulterlangen Bubikopf ersetzt wurde.

... ein sinkendes Gefühl, anders konnte er es nicht beschreiben.

Zweifellos konnte eine so farblose Prosa nie so etwas wie Einfühlungsvermögen dem guten Aubrey gegenüber hervorrufen, wie er da am Rande einer hektischen –

Du lieber Gott, er klang ja schon fast wie der gute Aubrey selbst. Oder wie die gute Polly. Melrose kippte seinen Sherry und rutschte tiefer in seinen Sessel. In der Hoffnung, etwas klarer zu sehen, massierte er sich mit beiden Händen die Haare, bis sie in Stacheln abstanden. Das war das Dumme mit dieser Gefühlsduselei; sie sog einen auf.

Seine Hand klammerte sich um die lederne Sessellehne, als er daran dachte, wie Aubreys Hand sich um die Metallreling des Vaporetto klammerte, als er in die haselnußbraunen Augen der Signora... Nein, Vivians Augen waren haselnußbraun.

Und auf einmal trieben Bilder von Vivian vorbei, so als ob auch sie zwischen den Seiten dieses Manuskriptes eingefangen wäre: Vivian im senffarbenen Twinset in der «Hammerschmiede»; Vivian, heiter und in Seide in Stratford-upon-Avon; Vivian in einem schäbigen Bademantel damals in dem Landhaus in Durham; Vivian beim Tee, beim Aperitif, beim Abendessen –

Seine Augen wurden groß, als stünde er unversehens einer Geisterschar gegenüber. Womöglich hatte er einen furchtbaren Fehler gemacht...

«Warum läßt du die Ohren so hängen, Melrose?» fragte Agatha, die mit einem Teller voller Sandwiches ins Zimmer zurückgestampft kam. «Man sollte meinen, du hättest deinen letzten – was ist denn *das*?»

Irgend jemand knallte den Messingklopfer so heftig gegen die Tür, daß der Kronleuchter erzitterte.

«Warum können diese gräßlichen Gören nicht im Dorf bleiben, wenn sie schon Streiche spielen müssen? Nichts wäre einfacher, als Ruthven am Tor zu postieren, damit er sie wegjagen –»

«Für gewöhnlich stellen wir Jaguarfallen auf», sagte Melrose. Aus der Eingangshalle drangen Aufruhr und erhobene Stimmen herein, und dann hörte er das zielstrebige Klappern von hochhackigen Schuhen auf Marmor näher kommen.

Vivian stand auf der Schwelle.

«Miss Rivington, Sir», sagte Ruthven mit dem Rest von Förmlichkeit, den er aufbieten konnte; doch da er wie ein bei Fuß gehender Hund in ihrem Kielwasser gefolgt war, erübrigte sich die Anmeldung.

Melrose schoß aus dem Sessel hoch und schenkte seiner Besucherin ein einfach umwerfendes Lächeln. Einmal im Leben mochte er nicht an Zufall glauben. Das war Vorsehung. «Vivian!»

Vivian Rivington stand da in einem nassen Regenmantel, das Haar ein Gewirr regenfeuchter Locken, und streckte ihm ein großes Pappstück aus dem Ausschneidebogen hin.

«Was in drei Teufels Namen ist *das*?»

7

«ÜBERALL WO SIE SCHORNSTEINE SEHEN, hat man dichtgemacht», lautete der knappe und düstere Kommentar des Taxifahrers über die Spinnereien von West Riding, einst Zentrum der Wollindustrie. Das Taxi setzte ihn bei einem Autoverleih ab, und nach dem verrußten Tal von Bradford, den monotonen Häuserreihen mit Schieferdächern und Schornsteinen, die sich wie Treppenstufen hügelauf und hügelab zogen, hätte er eigentlich erleichtert aufatmen müssen, als er unversehens auf die weite Hochebene der Moore kam. Vielleicht lag es an der Jahreszeit, vielleicht an seiner Stimmung. Doch in den endlosen Mooren, den fernen, schnee- und granitgrauen Hügeln mit braunem Farn- und Heidekraut konnte Jury nichts sehen, was ihn in bessere Laune versetzt hätte.

Das Haus der Citrines am Rande der Moore von Keighley oder Oakworth schmiegte sich in ein Gehölz aus efeuumrankten Eichen und Buchsbaumgebüsch. Schwer zu sagen, wo das eine Moor aufhörte und das andere begann. Als Jury die schmale Straße zum Haus entlangfuhr, stob vor dem Auto ein Fasan aus dem abgestorbenen und fast knietiefen Farnkraut auf. Er war an einem kleinen Haus aus Stein vorbeigekommen, ursprünglich vielleicht das des Verwalters, jetzt jedoch unbewohnt, was man an den blinden Fensterscheiben erkennen konnte. Das ganze Anwesen wirkte ohnehin, als lohnte es die Mühe nicht, es «in Schuß» zu halten. Das wuchernde Unterholz, die abgestorbenen Äste, das Moos und die Schlingpflanzen würden es einfach zurückerobern.

Die Landschaft paßte ausgezeichnet zu solch einem mittelalterlichen Haus, ungefähr fünfzehntes, sechzehntes Jahrhundert, schätzte Jury. Rußgeschwärzter Stein, ein hochgewölbter Vorbau, reihenweise holzgerahmte Fenster über Torbogen, ein Türmchen an einem Ende, ein Turm am anderen. Es war sehr groß und wirkte sehr alt. Die Heizungsrechnung der Citrines hätte Jury nur ungern bezahlt. Ob es wohl schon immer im Familienbesitz gewesen war? Er wußte, daß das Geld der Citrines aus den Wollspinnereien stammte. Daß man die Synthetikfaser erfunden hatte, war nicht Charles Citrines Schuld.

Der Raum, in den ein Hausmädchen Jury führte, hielt, was die Fassade versprach: reinstes Mittelalter. Jury konnte sich unschwer vorstellen, daß er einst der Bankettsaal gewesen war, denn er hatte weder die Größe noch die Atmosphäre eines solchen eingebüßt. Die hochgewölbte Decke ließ ihn an eine Krypta denken. Am anderen Ende des Raumes befand sich ein großer, gekachelter Kamin mit kupfernem Rauchabzug, sicher nicht die ursprüngliche zentrale Feuerstelle. Dahinter folgte ein langer Windfang, den schwere Vorhänge gegen Zugluft abschirmten und der vermutlich zur Vorratskammer oder zu Speisezimmer und Küche führte. Die Wände bestanden aus Fachwerk, das mit Steinen ausgemauert war. Ob die Steine wohl feucht waren, wenn man sie anfaßte?

Die Möbel waren schwer und dunkel und stammten aus der Zeit Jakobs I. Vor dem Kamin standen sich an den Enden eines langen Eßtisches mit Klauenfüßen zwei kunstvoll geschnitzte Barockstühle mit hohen Lehnen gegenüber. Es gab weitere Möbelstücke, ein Sofa und mehrere Sessel. Auf dem mit Steinplatten gefliesten Boden lagen Orientteppiche, doch auch die machten den Raum trotz ihrer ineinander verschlungenen und verblichenen farbigen Muster nicht anheimelnder und lebendiger. Überall Messing- und Zinngefäße voller Blumen: Chrysanthemen und Christrosen. Viele Blütenblätter waren herabgefallen, als kapitulierten auch sie vor der winterlichen Atmosphäre des Raumes. Sie nahmen dem Ganzen ein wenig den feudalistischen Anstrich, aber viel half es nicht.

Etwas jedoch lockerte die Atmosphäre ein wenig auf: ein Erker rechts an der Wand, der etwas erhöht und so groß war, daß er zwei Flügeln Platz bot. Die hohen Spitzbogenfenster, die sich über diesem bühnenartigen kleinen Raum wölbten, waren wunderschön. Auf dem einen Flügel standen Noten. Beim anderen war der Deckel zugeklappt.

Niemand hatte sich um das Feuer gekümmert, und so war es heruntergebrannt. Warum wirkte der Raum nicht heimeliger, wenn schon nicht durch die Temperatur, so doch durch die Farbgebung? An der gegenüberliegenden Wand reichten die Bücherregale in den Nischen vom Fußboden bis zur Decke, und Bücher lassen ein Zimmer in der Regel bewohnt wirken, dachte Jury. Aber diese Bücherregale waren anscheinend nicht geordnet, Bücher und Zeitschriften waren gestapelt oder einfach unachtsam hineingestopft. Zwischen den Regalen gab es eine Sitzbank unter einem hohen Fenster, dessen bleiverglaste Scheiben wohl die Morgensonne einfingen. Er trat ans Fenster und fand die Aussicht deprimierend, denn sie ging auf den Hang eines moorigen Hügels und den verlassenen Hof, dessen Wohnhaus und Scheunen das Land wie Narben verunstalteten. Das einzig Lebendige hier waren Schafe mit schwarzen Köpfen, die vom Farngestrüpp abließen und zu Jury hochschauten.

Charles Citrine kam ins Zimmer getrottet – anders hätte Jury den nachlässigen, etwas schlurfenden Gang des Mannes nicht zu beschreiben gewußt; seine Hände steckten in den Taschen einer ausgebeulten Kordhose, und unter einer dreckbespritzten Denimjacke trug er ein kariertes Wollhemd. Aus der Ferne erweckte er den Eindruck eines Mannes, der in der Scheune gearbeitet oder einen Stall ausgemistet hat; von nahem sah Jury Sorgenfalten.

Er streckte Jury nicht die Hand hin und blickte ihm mißtrauisch entgegen. «Weshalb sind Sie hier, Superintendent?»

«Ich dachte, ich könnte helfen.»

«Ich wüßte nicht wie.» Das wurde in sachlichem, keineswegs feindseligem Ton gesagt. «Es ergibt doch alles keinen Sinn. Weder Rogers Tod noch Nells – ach, zum Teufel. Wieso nehmen Sie nicht Platz... Wie wäre es mit Kaffee?» Citrine lehnte sich auf dem dunklen Holzstuhl zurück, der mit seinen Krallenfüßen und den geneigten, wie Flügel gerippten Tafeln wie ein mythologisches Tier aussah.

Jury dankte ihm, schüttelte jedoch verneinend den Kopf. Von Charles Citrine hätte er mehr Reserviertheit, wenn nicht gar offene Feindseligkeit ihm gegenüber erwartet; schließlich war er Zeuge gewesen, als seine Tochter das Verbrechen beging. Und es schien ihm auch nichts auszumachen, daß Jury hier eigentlich nichts zu suchen hatte. Wenn man bedachte, daß Nell Citrine keinerlei Fluchtversuch unternommen hatte, daß sie sich über die Beweggründe eisern ausschwieg und daß es ihr anscheinend einerlei war, was sie angerichtet hatte, so bedurfte es kaum eines Augenzeugen. Da sie nichts leugnete, erübrigten sich Indizienbeweise.

Und so war Jurys eigene Rolle weitaus unwichtiger, als man hätte annehmen können. Vielleicht wußte Citrine das, und es erklärte sein Benehmen.

Citrine wäre in jedem Kitschroman als «guter Fang» eingestuft worden. Er war in den Sechzigern und strahlte eine Vitalität, ja eine Sinnlichkeit aus, die halb so alten Männern bereits abging. Seine Bodenständigkeit und die lässige, von der Landarbeit geprägte Haltung (die wohl vor allem ein Beaufsichtigen seiner Landarbeiter war, wie es einem Gentleman anstand) wurden noch betont durch eine gewisse Weltläufigkeit, die er sich im Umgang mit allen möglichen Menschen erworben hatte. Trotz der Anspannung der letzten Tage benahm er sich wie jemand, der die Sorgen der großen, weiten Welt aus seinen eigenen vier Wänden weitgehend ferngehalten hat. Diese Mischung aus Kultiviertheit, Lässigkeit und Unschuld mußte auf Frauen ungeheuer anziehend wirken. Ob sich auch Mavis Crewes davon hatte betören lassen? Unmöglich, sich die beiden als Liebespaar vorzustellen; Citrine war weitaus kultivierter und sehr viel klüger.

Dieser Raum ermutigte nicht zu lässigen Umgangsformen. Und doch schien sich Citrine darin wohl zu fühlen – wie konnte jemand nur auf diesem Monstrum von Stuhl aussehen, als säße er bequem? – und gleichzeitig auf Kriegsfuß damit zu stehen. Eine Südseeinsel war eher Citrines angemessene Umgebung als dieser Raum, als die feudale, wie ein Wappen wirkende Erscheinung des Hauses. Sein Gesicht war von dem wie immer gearteten Landleben gebräunt und sein wettergegerbter Teint verlieh seinem graugolden melierten Haar etwas Leuchtendes, ebenso wie seinen Augen, die so klar und durchscheinend wirkten wie das ungetrübte Wasser einer Quelle. Mit aufgekrempelten Hosenbeinen und ohne Schuhe wäre er ein Crusoe gewesen, der an seinem einsamen Strand glücklich war.

Soviel Gelassenheit ging Jury auf die Nerven.

«Ist das nicht etwas gegen die Vorschrift, Superintendent? Ich meine, angesichts der Tatsache, daß Sie Zeuge der Anklage sein dürften?» Die Frage klang eher neugierig als kritisch, und er musterte Jury dabei mit seinen ruhigen aquamarinfarbenen Augen.

«Ich muß nicht als Zeuge auftreten, da der Täter eindeutig feststeht.»

Citrine verwunderte sich. «Das verstehe ich nicht. Sie waren es doch, der Nell – der dabei war.» Citrine betrachtete die fast zu Asche verbrannten Holzscheite.

«Alles, was ich weiß, weiß auch die Polizei von West Yorkshire. Superintendent Sanderson.» Nicht alles. Wie hätte er es auch in Worte fassen sollen? Sie ist zum Pfarrhaus gegangen, durch den Ort, in ein Spielzeugmuseum. Und wie die Nuancen erklären: ihre Geistesabwesenheit, die Hand auf der Glasabdeckung der Spielzeugeisenbahn. Und was genau hätte er über Roger Healey sagen können? Was hatte der Mann gesagt oder getan, daß es zu diesem tragischen Ende kommen mußte? Alles nur Eindrücke, mehr nicht. Haltung, Aura, Vergänglichkeit. Sanderson würde auf seine trockene Art bemerken, ob die schwarze Katze im «Großen Schweigen» wohl ein Hausgeist sei? Er solle seine Glaskugel wegstecken.

«Es sah so aus», fuhr Jury fort, «als hätten sie Streit. Es

schien sich um eine ernste Meinungsverschiedenheit zu handeln.»

Citrine hatte eine Pfeife aus der Tasche geholt, den alten Tabak in einem Aschenbecher ausgeklopft und sie frisch gestopft. Er zündete sie an. Würziger Qualm wölkte hoch, kräuselte sich und verteilte sich in der kalten Luft. «Angesichts des Ausgangs dürften Sie recht haben», sagte er trocken und steckte die Pfeife wieder in den Mund.

Jury wußte, daß man ihn absichtlich falsch verstand. Er erwiderte nichts.

«Ich habe keine Ahnung, wie das passieren konnte. Roger war ein liebevoller Ehemann, ein prächtiger Mensch. Mußte natürlich viel in London sein, das brachte sein Beruf mit sich. Und war vermutlich nicht mehr der alte, seit –» Er verstummte jäh.

«Falls Sie Ihren Enkel meinen, ich weiß Bescheid, und es tut mir aufrichtig leid, Mr. Citrine. Wirklich. Ich möchte einfach nur herausfinden, warum das hier geschehen ist.» Er machte den Versuch eines Lächelns. «Setzen Sie mich vor die Tür, wann immer Ihnen danach ist.»

Charles Citrine bemühte sich ebenfalls um ein Lächeln. «Tja, das möchten wir alle gern wissen. Meine Tochter spricht nicht darüber. Wir ... stehen uns nicht besonders nah. Ich glaube, sie kommt mit meiner Schwester besser aus als mit mir. Wenn Sie mit Irene reden möchten –» er hob die Schultern – «von mir aus jederzeit.»

«Wo finde ich sie?»

«Im Turm. Meine Schwester ist keineswegs eine Exzentrikerin, sondern eher die Summe all dessen, was man ihr angetan hat. Dazu gehört auch, daß ich sie in den Turm zu den Fledermäusen verbannt habe.» Citrine lächelte unfroh.

Jurys eigenes Lächeln war erst halb fertig und blieb in der Luft hängen wie die Frostigkeit im Raum. «Und Ihre Tochter?»

«Ich weiß nicht.» Er musterte Jury. «In meinen Augen wäre

es keine gute Idee, wenn Sie sich mit ihr unterhielten. Und ich sollte mich lieber auch nicht mit Ihnen unterhalten; ihren Anwälten wird das zweifelsohne nicht gefallen. Die drehen bei diesem Fall schier durch, wie Sie sich unschwer denken können. Nell ist es –» er verstummte und versuchte, die erloschene Pfeife wieder in Gang zu bringen – «einerlei.»

Nichts an Citrines Miene deutete darauf hin, daß er Hintergedanken hatte. Dennoch konnte er sich nur irren, was den Gemütszustand seiner Tochter anging. Es mochte Situationen geben, in denen man sich einfach aufgab, an der Zukunft verzweifelte. Aber der Grund dafür war doch, daß es einen ganz und gar nicht kaltließ, wenn etwas falsch lief, das einst irgendwie richtig gewesen war.

Aber welchen Anlaß hatte er, Charles Citrines Feststellung in Frage zu stellen? «Sie zeigt keinerlei Reue?»

Citrine griff nach dem Feuerhaken und stocherte in den Holzscheiten, dann blickte er auf. «Nicht die Spur.» Er schüttelte leicht verwundert den Kopf. «Roger war ein feiner Mensch, herzensgut. Ich hatte große Hoffnungen auf ihn gesetzt, als er Nell heiratete...»

Man sollte meinen, ein Vater hätte es andersherum ausgedrückt: «als Nell Roger heiratete», oder zumindest: «als sie heirateten». So wie er es formulierte, hörte sich Nell Citrine nach einer ziemlich schlechten Partie an. Dann schwieg er und starrte auf die Scheite, die nicht brennen wollten. Jury hakte nach: «Große Hoffnungen?»

Citrine hielt den Feuerhaken ganz in Gedanken wie einen Spazier- oder Rohrstock. Zwei, drei blaue Flämmchen züngelten an den Holzscheiten hoch. «Daß er ihr Halt geben würde.»

Ihr Halt geben? Jury mußte lächeln. «Wenn einer keinen äußeren ‹Halt› zu brauchen scheint, dann Ihre Tochter. Soviel Selbstbeherrschung habe ich meiner Lebtage noch nicht gesehen.»

Citrine lehnte den Feuerhaken an den Kamin. «Teilnahmslosigkeit wirkt häufig wie Selbstbeherrschung.»

Das Bild, welches jetzt Strich um Strich – oder war es Anspielung um Anspielung – von Nell Healey gezeichnet wurde, gefiel Jury nicht. Unbußfertig. Teilnahmslos. Labil. «Das klingt, als wäre sie schwer gestört.»

Ein kurzes, bellendes Lachen. «Lieber Gott, hoffentlich nicht. Nein. Kennen Sie sich mit Melancholie aus, Superintendent?»

Jury dachte an seine eigene momentane Gemütsverfassung. «Nicht besonders gut. Es sei denn als chronische Depression. Und das ist Ihrer Meinung nach der Grund dafür, daß sie offenbar keine Beziehung zu ihrer Umwelt hat?»

«Keine Ahnung. Aber ich glaube nicht, daß man es mit Depression erklären kann.»

«Und ihre Mutter?»

«Helen war recht – lebenslustig, realitätsnah. Eine zauberhafte Frau.» Bedrückt wandte er den Blick ab.

«Die Situation muß sehr schwierig für Sie sein.» Die Art jedoch, wie sich Citrine ungerührt zu einer Situation äußerte, die Jury selbst als entsetzlich empfand, verwunderte ihn. Wie schwer traf Citrine das Ganze wirklich? Der Mann schien wie geschaffen für den Stuhl, auf dem er sich so wohl fühlte, trotz seiner lässigen Kleidung und seiner zwanglosen Art, die dazu im Widerspruch standen. Im spärlichen Feuerschein sah Jury, daß eine kleine Spinne zwischen den Krallenfüßen und dem Sitz hing und ihr Netz spann.

Citrine nickte und klopfte seine Pfeife auf dem Kamingitter aus. «Ich habe Nell sehr gern, muß jedoch zugeben, daß die Sache über mein Begriffsvermögen geht. Ich habe keine Ahnung, was sie fühlt und was der Grund für ihr destruktives Schweigen ist.» Er lehnte sich wieder zurück und fummelte an seiner Pfeife herum. Wieso gaben sich Männer mit Pfeifen ab? Diente die Aufmerksamkeit, die das Pfeiferauchen erforderte, als Sicherheitsventil, als Schutz vor den Ansprüchen anderer Menschen? Jetzt sagte Citrine mit einem entwaffnenden Lächeln, einem Lächeln, mit dem er sich wahrscheinlich bei vielen

Menschen einschmeichelte: «Eigentlich sollte ich überhaupt nicht mit Ihnen reden.»

«Unter den gegebenen Umständen kann es ihr nicht schaden, oder?»

Der Vater schüttelte den Kopf. «Wohl kaum. Manchmal frage ich mich, ob sie Roger geliebt hat.»

«Sicher.»

«Weil sie ihn geheiratet hat?»

«Weil sie ihn erschossen hat», sagte Jury trocken. «Sie sagen, daß die Sache ‹über Ihr Begriffsvermögen› geht, Mr. Citrine. Aber Sie kennen die beiden so viele Jahre, da müssen Sie sich doch Gedanken darüber gemacht haben, was sie zum Mord an ihrem Mann veranlaßt hat.»

Citrine hatte die Pfeife wieder in Gang bekommen, und der Rauch kräuselte sich in der kalten Zugluft, die Jury im Nacken spürte und die wahrscheinlich von dem klappernden Fensterrahmen am anderen Ende des Raumes kam. «Vielleicht wegen Billy, Rogers Sohn. Wissen Sie darüber Bescheid?»

Jury nickte. «Und über den kleinen Holt. Doch das ist schon lange her.»

«Ja. Die armen Holts. Nur ein Adoptivkind, glaube ich.»

Rogers Sohn. Und Toby *nur ein Adoptivkind*. In dieser Gegend war Blut sehr viel dicker als Wasser. «Für eine Mutter könnte es wie gestern gewesen sein.»

«Die richtige Mutter ist bei einem Unfall ums Leben gekommen, als Billy noch ganz klein war. Nell war die Stiefmutter.»

Schon wieder.

Warum war allen so daran gelegen, das herauszustellen? Daß Nell Healey allenfalls verwässerte mütterliche Gefühle gehabt haben konnte, die niemals so dick wie Blut sein konnten? «Angenommen, es hatte mit der Entführung vor acht Jahren zu tun –» Citrine wollte aufbegehren, doch Jury kam ihm zuvor. «Nehmen wir das einfach mal an. Was könnte damals passiert sein, das sich über die Jahre in Ihrer Tochter aufgestaut hat?»

«Sie meinen, daß wir das Lösegeld nicht gezahlt haben?»

Jury wartete.

«Also, wenn sie sich rächen wollte, weil wir uns weigerten –» Citrine machte eine hilflose Geste.

«Mit ‹wir› meinen Sie Roger Healey und sich.»

«Wir haben lediglich die Ratschläge der Polizei befolgt, Superintendent.»

Citrine rutschte jetzt auf seinem Stuhl hin und her, und Jury fiel wieder die kleine Spinne ins Auge, die sich nach einer flüchtigen Berührung mit dem Stuhlbein jetzt an ihrem seidenen Lebensfaden fast auf den Boden fallen ließ. So viele angeknackste Beziehungen in einer einzigen Familie, das hatte er noch nicht erlebt. Sie waren bestenfalls gespannt. Schlimmstenfalls leicht reißbar.

Citrine konnte nicht ahnen, daß Jury das Geheimnis kannte; daß das Geld Nell Healey gehörte und daß sie es gewesen war, die sich geweigert hatte zu zahlen. Soweit Charles Citrine wußte, kannten nur er selber, Roger Healey, Nell, der Banker von Lloyd's und der mit dem Fall beauftragte Superintendent das Geheimnis. Den Sergeant hatte Citrine vermutlich längst vergessen: Brian Macalvie.

8

Ein schmaler Durchlass, breit und hoch genug für einen Menschen, führte zum Turm, an dessen Fuß Jury eine kleine Tür fand. An einem Eisenständer hing eine Glocke mit herabbaumelndem Strick. Er zog daran; die Glocke schepperte, dann summte es. Jury betrachtete die Tür eine geraume Weile, denn er wußte nicht recht, woher der Summton kam. Schweigen. Er zog erneut am Glockenstrang, und wieder summte es. Es schien sich um ein ähnliches Sicherheitssystem wie in Londoner Mietshäusern zu handeln; Jury zog an dem schweren Eisenring. Die Tür öffnete sich.

Sie öffnete sich zwar, aber Jury konnte kaum die Hand vor Augen sehen. Das schummrige Licht der Wandleuchten verzerrte seinen Schatten so grotesk wie in einem Spiegelkabinett. Und dann ging es die Steinstufen hinauf, immer rundherum. Gott sei Dank, dachte er, bin ich schwindelfrei, sonst würde ich auf halber Strecke aufgeben. Rundherum und immer rundherum, aber er blieb nur einmal stehen, um seinen Schlips zu lockern. Und er bemühte sich, nicht auf die Stufen zu sehen, denn er spürte mehr, als daß er sah, wie etwas die Treppe hinunterhuschte.

Irene Citrine legte wohl mehr Wert auf ein ungestörtes Privatleben als auf Besucher. Schwer vorstellbar, daß irgendwelche Busenfreundinnen zu Tee und belegten Broten unter Gekicher diese kalten Stufen hochkraxelten.

Plötzlich fiel ein Lichtstrahl auf die Treppe, und um die Biegung herum flötete man ihm eine Begrüßung entgegen. «Tut mir leid, das mit der Treppe und der Sicherheitsanlage», sagte Irene Citrine. Ihre Silhouette füllte den Türrahmen mehr oder weniger aus. «Aber man weiß nie, wer sich alles draußen auf dem verdammten Moor herumtreibt.» Sie nahm Jurys Hand in einen festen Griff und hievte seine einsfünfundachtzig gleichsam über die Schwelle.

Irene Citrine – die sich als Rena vorstellte – erzählte ihm, daß der heilige Charles das Haustelefon benutzt, Jury angekündigt und ihr gesagt habe, sie solle sich, wenn möglich, zusammenreißen.

«Klar doch, verglichen mit den Moormorden und Jack the Ripper ist so eine kleine lokale Schießerei ein Klacks. Aber dennoch.» Er widersprach ihr zwar nicht, sie hob aber trotzdem die Hand und sagte: «Tut mir leid, tut mir leid. So kaltblütig bin ich nun auch wieder nicht. Die arme Nell steckt in einer verteufelten Klemme, aber irgendwie kriegen wir sie da schon wieder raus. Was zu trinken?» Und schon rauschte sie in ihrem mit Hibiskusblüten gemusterten Hawaiikleid zum anderen Ende des Raumes, wo etwas stand, das nach einer alten Kanzel aussah.

Jury brauchte einen Augenblick, bis er wieder zu Atem kam und ihr Beleuchtungssystem würdigen konnte. Zwar warfen ein paar Stehlampen in der Nähe eines Sofas Lichtkegel auf den Boden, aber Rena Citrine schien Petroleumlampen mit schwimmenden Dochten und dicken Wachskerzen, die in Wandhaltern aus Eisen befestigt waren, den Vorzug zu geben. Die Petroleumlampen warfen lange Schattenfinger über einen massiven Eichentisch.

An einer Wand stand eine mittelalterliche Bank mit vielen farbenprächtigen Kissen, die dem Sitzkomfort indes auch nicht aufhalfen. An der gegenüberliegenden Wand befand sich ein Kamin mit verkröpftem Gesims und prächtig gemeißelter Kranzleiste. Sie bestand aus einer Reihe von kleinen Köpfen, von denen ein jeder unsäglich irre dreinblickte. Durch altertümliche, in das Achteck des Raumes eingelassene Spitzbogenfenster fielen Rauten von Licht ins Zimmer.

Ein langer, klauenfüßiger Bibliothekstisch beherrschte den Raum; auf ihm häuften sich Papiere, Manuskripte, Bücherstapel, dazu gesellten sich eine Schreibmaschine, ein Personal-Computer mit einem ungeheuer langen Kabel, das sich quer durch den Raum zu einer Stromquelle schlängelte, die Jury nicht sehen konnte, Aschenbecher – jeder davon mit einer angerauchten Zigarette, so als erforderte jeder Zug ein eigenes Aschenbechergrab –, ein Wirrwarr von Flaschen; an der Wand lehnten mehrere in Öl gemalte Leinwände; Bücherstapel, vorwiegend gängige Romane. Auf dem obersten Bord standen kleine, gerahmte Fotos, offenbar Schnappschüsse von ihren Reisen.

Jury beugte sich vor, um sie eingehender zu betrachten; Rena Citrine im Bikini an einem weißen Sandstrand (unter dem Hawaiikleid befand sich offenbar mehr, als man vermuten konnte); Rena auf einem Fischerboot; Rena und eine andere

Frau, die zusammen einen riesigen Fisch hochhielten; etliche von Rena in Cafés und einem Klub, der mit seinen Palmwedeln, dem Peddigrohrgestühl und der zum Teil farbigen Combo nach Karibik aussah. Auf diesem Bild wurde sie fast zwischen einem Mann und der Frau von dem Fischfoto zerquetscht, und alle hatten jenes überaus fidele, falsche Lächeln aufgesetzt, das man für Klubfotografen bereithält. Zu beiden Seiten des Kamins und an der Wand hingen Poster von warmen Stränden und sonnenbeschienenen Meeren, woher auch diese Fotos stammen mußten. Barbados. Bimini.

Allein schon ihr Anblick machte, daß Jury in diesem Turm noch mehr fror. Diese Fotos vor dem Hintergrund finstersten Mittelalters warfen die Frage auf, ob er nicht gerade Zeuge einer Art apokalyptischen Kulturschocks war.

«Wie wäre es mit einem Planter's Punch?»

Jury kehrte den Bildern den Rücken. «Einem was?»

Rena Citrine füllte einen silbernen Cocktailshaker. «Was hat Charles Ihnen angeboten? Ein Glas kalten Tee, oder ist er zum Brunnen gehumpelt und hat Wasser geschöpft?» Dazu schüttelte sie den Shaker.

Jury lächelte. «Offen gestanden, er hat mir Kaffee angeboten.»

«Und, ist der je aufgetaucht?»

«Ich wollte keinen.»

Die Flüssigkeit aus dem Shaker gurgelte in zwei hohe Cocktailgläser. Sie nahm sie, kam hinter der Kanzel hervor, die ihr als Barschrank diente, und reichte Jury eines davon. Der Drink sah trübe und blaßrosa aus. Er nippte; er rang nach Atem.

Sie schlug ihm kräftig auf den Rücken. Rena war stärker, als man bei ihren schmalen Schultern und den schlanken Armen vermutet hätte. «Direkt von Barbados, das Zeug. In punkto Rum sind die da nicht zu schlagen.»

«Das will ich auch gar nicht», sagte er.

Irene Citrine schob Papiere von der Bank und schubste ihn mehr oder weniger auf seinen Platz; dann ging sie zur anderen

Seite des Tisches, setzte sich auf die Bank gegenüber und räumte auch den Tisch von Papier frei. Er blickte sie mit vom Rum noch tränenden Augen an. Sie hatte ihr spitzes Kinn auf die verschlungenen Hände gelegt und starrte ihn aus Bernsteinaugen an, deren Iris schmal wie bei einer Katze waren. Ihre schmalen, abfallenden Schultern wurden noch betont durch das zeltartige Gewand. Ihr Haar war feuerrot, fiel von einem Mittelscheitel bis auf die Schultern und schien ein Eigenleben zu führen; es stand nach allen Seiten ab, als hätte man sie an eine Steckdose angeschlossen. Graue Strähnen durchzogen das Rot, und weil das Licht so wunderlich darauf spielte, wirkte ihr Haar wie von einem losen Silbernetz gehalten.

«Prost!»

Jury trank noch einen Schluck von der Flüssigkeit, deren Farbe nur Sergeant Wiggins gefallen könnte, und rang erneut nach Atem. Seine Kehle brannte.

«Man gewöhnt sich dran. Ich trinke Rum, seit Archie – mein Seliger – und ich die Strände von Barbados unsicher gemacht haben. Gefallen Ihnen meine Poster?»

Jury nickte. «Ist das Ihr Mann in dem Klub da?»

«Der? Nein, es ist nur ein Pärchen, das wir auf Bimini kennengelernt haben. Mein bevorzugter Urlaubsort. Zwei Monate waren wir da. Archie war nicht scharf darauf, fotografiert zu werden. Und auch nicht scharf darauf, zu bezahlen. Eine Tatsache, die mir Charles immer wieder unter die Nase reibt.» Sie räumte einige Papiere von der Bank und sagte: «Kommen Sie, setzen Sie sich. Ich bekomme nicht viel Besuch, schon gar nicht von Scotland Yard.» Auch die Bank gegenüber machte sie frei und schob einen Stapel Bücher auf dem Tisch beiseite. «Daß ich verheiratet war, hat er Ihnen sicher nicht erzählt, oder?»

«Nein», sagte Jury. Seine Augen hingen immer noch an dem blau- und malvenfarbenen Poster, auf dem sich atlantische Wogen am Strand von Bimini brachen. Der Sonnenuntergang paßte zum Drink, den er etwas von sich fortschob. Womöglich war das Zeug leicht brennbar.

«Typisch. Er will einfach nicht wahrhaben, daß eine Citrine mit einem amerikanischen Mitgiftjäger durchgebrannt ist.» Sie hob wieder das Glas. «Auf Archie Littlejohn. Friede seiner Asche.»

«Das tut mir leid.»

«Was denn?»

«Nun, daß er tot ist.»

«Abgängig dürfte es eher treffen. Ist jetzt drei Jahre her, daß ich Archie zum letztenmal gesehen habe, auf Bimini; da verschwand er mit einem Fischerboot zum Hochseeangeln. Und mit ihm meine letzten drei Riesen. Aus meinem Anteil an Daddys Geld. Der liebe Daddy war sehr konservativ und fand, auf Frauen wäre in punkto Geld kein Verlaß; also hat Charles den Löwenanteil gekriegt. Zugegeben, Charles hat sich das meiste selbst erarbeitet; trotzdem gehört er zu den Glückspilzen mit den goldenen Fingern. Na gut... Archie schipperte also auf und davon, und ich entschloß mich, an den heimischen Herd zurückzukehren. Ich war völlig pleite. Wir hatten mein ganzes Geld verjubelt.» Sie blickte sich vergnügt im Turm um. «Mir gefällt es so. Ich lese viel, gehe spazieren und mit Charles auf Moorhuhn- und Fasanenjagd, weil es ihn so ärgert, daß ich besser schieße als er. Und im übrigen habe ich meine Malerei.»

Jury drehte sich um und betrachtete eine der Leinwände mit zusammengekniffenen Augen. Eine Spur von Licht fiel auf eine dunkle Oberfläche. «Kein gutes Licht zum Malen.»

Sie hob die Schultern. «Im Dunkeln wirkt meine Malerei besser. Kaum zu glauben, aber ich verkaufe auch.»

Jury mochte es tatsächlich kaum glauben, sagte aber: «Das ist ja großartig.»

«Finden die Käufer nicht, wenn sie damit nach Haus kommen und das Bild bei Tageslicht sehen.»

Oben im Turmdach sah Jury ein mit Brettern vernageltes Loch. «Bauen Sie sich ein Oberlicht oder so etwas?»

Auch sie kniff die Augen zusammen und sah zur Decke

hoch. «Meine passive Solarheizung. Ist vor ein paar Wochen passiert. Irgendeine Firma sollte es längst repariert haben.» Drei Cocktails hatten sie anscheinend recht duldsam dafür gemacht, daß auf die Baufirma kein Verlaß war. «Ab und an besucht mich eine Fledermaus.»

Sie griff nach der dicken Kerze, um sich noch eine Zigarette anzuzünden.

Als sie sich über den Tisch beugte, zeichneten sich ihre runden Brüste unter dem Hawaiikleid ab. In dem Ausschnitt schimmerte ihre Haut so weiß wie der Hibiskus auf dem Stoff, und in ihren schrägen Katzenaugen flackerte es auf. Ob sie sich wohl darüber im klaren war, daß ihr Archie sie vielleicht doch nicht nur wegen des Geldes geheiratet hatte?

«Wie kam das alles?»

«Helen. Unsere Familie, die Citrines, war nicht gerade arm. Aber hier ist die Rede von Geld, das man im Panzerwagen zur National Westminster Bank karrt. Kohle, richtiger Kies.» Rena lehnte sich zurück und drehte langsam am Stiel ihres Glases. Sie wirkte ein wenig traurig. «Ich mochte Helen. Sie war etwas wirr im Kopf, außerordentlich hübsch, dumm, aber ein guter Mensch. Hinterließ mir ein nettes Sümmchen, das ich in Lichtgeschwindigkeit durchgebracht habe. Alles übrige ging an Nell. Mein Bruder, der heilige Charles, hatte ja Daddys Geld. Darf ich eigentlich mit Ihnen reden?» Das «Darf» war, wie auch das Lächeln, schon etwas verschwommen.

«Superintendent Sanderson könnte etwas dagegen haben.» Jury gab das Lächeln zurück.

«Sie sehen besser aus als er.»

«Sie auch.» Jury hob das Glas, als wollte er auf ihr Aussehen anstoßen, in Wirklichkeit aber wollte er verhindern, daß sie ihm noch mehr von dem brennbaren Cocktail einschenkte. «Und jetzt leben Sie hier zu dritt?»

«Abgesehen von ein, zwei Dienstboten. Ich gehe nicht gern nach unten, außer zum Abendessen. Das ist zum Schreien komisch. Als Aperitif ein säuerliches Lächeln; erster Gang: Lachen-als-ob; Hauptgang: Gekabbel, und zum Nachtisch: Schweigen.»

«Falsches Lächeln, Streit und Schweigen. Klingt nicht sehr einladend.»

«So ist es, wenn es bei uns lustig zugeht. So war es, sollte ich sagen. Roger –» Sie wandte den Blick ab, sah an den Postern vorbei zum schmalen Fenster. Dann nahm sie sich aus einem Schälchen eine Zigarette, riß an der Unterseite des Tisches ein Streichholz an und sagte: «...trug zu den Lustbarkeiten bei.» Ihr Ton war ironisch. «Die reinste Ralph Lauren-Reklame. Polo. Das Eau de Cologne, nicht der Sport. Obwohl man ihn sich gut beim Polospielen vorstellen konnte.»

«Dann sind Sie nicht einer Meinung mit Ihrem Bruder?»

«Ich bin nie einer Meinung mit meinem Bruder, schon aus Prinzip nicht. Sie meinen, was Roger angeht?»

«Für Mr. Citrine war er ein prächtiger Mensch. Ein liebevoller Vater und Ehemann.»

Rena wischte Asche vom Tisch zu Boden. «Ach, ‹prächtig›. Was immer das bei Charles heißen mag. Roger war charmant – gutaussehend, witzig, kultiviert, begabt. Und seicht. Ich verstehe nicht viel von Musik, aber ich gehe jede Wette ein, daß er als Musiker gescheitert war, denn seine Musik war nichts als technisch perfekte Schaumschlägerei. Ich meine, braucht ein großer Musiker nicht Seele oder so etwas? Sogar Billy hatte mehr Tiefgang als er. War ein netter Junge, wenn auch etwas bequem. Lieb, charmant – das hatte er wohl geerbt –, aber er nutzte seine Talente nicht richtig. Sein Pech, daß er absolut keine Lust hatte, ein musikalisches Wunderkind zu werden. Was Roger sehr verdroß. Er konnte ein richtiger Tyrann sein.» Sie rauchte und betrachtete die schwankenden Schatten, welche die Kerzen warfen. «Ist vielleicht nicht nett, so von Roger zu reden, nach allem, was er mit Billy und dem anderen Jungen, Toby, durchgemacht hat. Mein Gott. So etwas entscheiden zu müssen...»

«Was hätten Sie getan?»

«Gezahlt natürlich. Aber ich höre ja auch nie auf jemand anders.» Ihr Gesicht wurde hart. «So ein Mistkerl.»

Jury runzelte die Stirn. «Roger Healey selbst besaß nicht genug Geld, um das Lösegeld zu zahlen.»

«Die Citrines hätten zahlen müssen, aber selbstverständlich hätte der Vater das Sagen gehabt. Und wenn er nicht darauf bestand...» Sie hob die Schultern.

«Sie kennen die Statistiken nicht, die –»

«Ihre Statistiken interessieren mich nicht, Superintendent. Die arme Nell hatte nichts zu sagen. Sie war ja nur die Stiefmutter. Wenn Sie mich fragen, so war sie eine bessere Mutter als manche andere. Nell fliegen Kinderherzen einfach zu. Toby Holt hat sie vergöttert, hat immer kleine Besorgungen für sie gemacht, und sie hat ihm dafür viel zuviel gezahlt.» Rena lächelte. «Sie konnte ihnen stundenlang vorlesen, Geschichten erzählen, Gedichte aufsagen, auf dem Klavier vorspielen. Sie hat sogar versucht, Toby Klavierstunden zu geben. Aber der hatte keine Spur Talent.» Schon wieder zündete sie sich eine Zigarette an der Kerze an.

«Sie meinen also, daß Ihre Nichte ihren Mann aus diesem Grund umgebracht hat?»

«Dann hat sie sich aber verdammt lange Zeit damit gelassen.» Wie um ihre Worte zu unterstreichen, knallte sie die Kerze auf den Tisch. «Womöglich ist Roger gar nicht der liebevolle Ehemann gewesen, zu dem ihn der heilige Charles hochstilisieren möchte.»

«Was heißt das?»

«Schon mal mit jemandem geredet, der mit Roger gearbeitet hat? Da gibt es eine Frau, eine gewisse Mavis Crewes. Die ist hier zwei-, dreimal zu Besuch gewesen. Arbeitet bei einer Zeitschrift; sie tat so, als wollte sie einen Reisebericht über die Gegend hier bringen. Der gefiel unser Haus mächtig. So vornehm. Mit der sollten Sie sich unterhalten.»

«Und Sie glauben, daß Nell Healey etwas herausgefunden hat?»

«Nell ist doch nicht blöd. Still, aber eine gute Beobachterin. Andererseits auch vertrauensselig. Vielleicht ein bißchen naiv.»

Naiv war nicht das Wort, das Jury gewählt hätte, nicht nach dem, was er von Macalvie gehört hatte. «Wie spricht – sprach – sie von ihrem Mann?»

Rena Citrine lächelte dünn. «Gar nicht.»

«Aber nach dem, was passiert ist, dürften sie sich … entfremdet haben.»

«Das waren sie wahrscheinlich von Anfang an.»

«Und warum haben sie sich dann nicht scheiden lassen?»

«Roger war sowieso kaum hier, und er hätte sich gewiß nicht von den Citrine-Millionen scheiden lassen.»

«Aber sie –?»

«Vermutlich wegen Billy.»

Stirnrunzelnd sagte Jury: «Aber Billy ist lange fort.»

«Vielleicht glaubt sie, daß er wiederkommt.»

Jury wandte den Blick ab. «Hoffentlich nicht.»

9

Er hatte sie nur absetzen wollen.

Etwa in der Art, wie ein Agent wie Smiley seine aufgerollte Zeitung mit der kodierten Anweisung von Control, die den Sprengstoffanschlag auf die Blumenausstellung in Kew Gardens verhindert, beiläufig irgendwo hinlegt. Oder, dachte Melrose, und seine Metaphern eskalierten zu Gewaltphantasien, während der Wagen nach Harrogate abbog, wie ein Israeli oder ein Mordgeselle der IRA einen Aktenkoffer voller Plastiksprengstoff aus der Beifahrertür stößt, ohne das Tempo zu verringern.

Bedauerlicherweise glich Agatha auf dem Beifahrersitz eher einem Überseekoffer, und seinen sorgfältig geplanten und schlichten Rauswurf (*«Auf Wiedersehen, liebe Tante… ah, da kommt ja auch der Page, der kann dir mit dem Gepäck behilflich sein…» Plumps! Koffer auf den Bürgersteig, das Auto beschleunigen…*) hatte sie ihm schon gründlich vermasselt, als er den Bentley mit ihren Habseligkeiten belud. Warum verschnürte sie ihr Chalet in der Plague Alley nicht einfach mit Bindfaden und schleifte es komplett zum Auto? Schrankkoffer, Reisekoffer, Reisetasche, vier Hutschachteln, Beauty-case, Handkoffer (freue dich, o liebe Seele, sicher plant sie, zehn Jahre fortzubleiben!) und ein Picknickkorb, der Lord Kitchener bei seinem Einzug in Pretoria besser angestanden hätte als Agatha für einen zweiwöchigen Aufenthalt in Harrogate. Etliche Diener im Mufti, eine ganze schwitzende Burenkolonne hätten nicht ausgereicht, um Agatha mit ihren «Siebensachen» behilflich zu sein.

Fand ihr Redefluß denn gar kein Ende?

Er war wild entschlossen, nicht zu antworten.

Die ganze Strecke von Northampton war es um Vivian-hier und Vivian-da gegangen; um Franco-hier und Franco-da; um das Kleid, das sie sich bei der Schneiderin in Northampton anfertigen ließ, obwohl sie wirklich nach London hätte fahren sollen, was sie auch getan hätte, wenn sich Melrose nicht so strikt geweigert hätte, seinen Maßschneider in der Jermyn Street aufzusuchen…

(Bei dem sich Melrose seit Jahren nicht hatte blicken lassen, da sein Laden grabesdunkel und der Schneider selbst auf Fingerhutgröße eingeschnurrt war.)

…und welche *Lumpen* er zur Hochzeit anzuziehen gedächte? Und ob die Giopinnos wohl Snobs wären, die Kanäle voll mit fauligem Wasser, das Hotel eine Touristenabsteige, die Kirche zugig, die Tauben schmutzig…

(Der Papst ein Pole…)

…die Pasta endlos, die Italiener sie gnadenlos kniffen…

Er befürchtete, sich die Lippen innen blutig zu beißen, als er das hörte.

Doch im wesentlichen ging es Agatha darum, die Ereignisse des vergangenen Abends noch einmal Revue passieren zu lassen, und dabei schaffte sie es, den kleinen Streich zu einer römischen Orgie zu machen:

«...absolut kindisch, das Ganze! Warum habt ihr beiden nicht gleich bei den Bälgern mitgemacht, die sich bei Scroggs eingeschlichen haben... oho, Trueblood! O ja, diesem Menschen ist natürlich alles zuzutrauen... der war schon immer ein Leisetreter...»

Agatha war durchaus imstande, Truebloods Lebensgeschichte auf einen einzigen Satz zusammenzustreichen.

«Aber *du*, Plant! Ein Earl of Caverness, fünfter Viscount Ardry...»

Er würde eisern den Mund halten. Immer haute sie ihm seine abgelegten Titel um die Ohren. War das, lieber Gott, bitte, bitte, die Ausfahrt Harrogate? Ja! Ich will auch wieder zur Kirche gehen...

«...deine liebe Mutter, Lady Marjorie. Ich begreife einfach nicht, was in dich gefahren ist. Ich begreife es nicht. So um den Besitz des armen Mädchens herumzuschleichen, sich im Gebüsch zu verstecken, an ihre Tür zu klopfen. Ich bin einfach sprachlos.»

Da mußte schon Jack Nicholson mit einer Axt an ihre Tür klopfen, um das zu schaffen, dachte er, den Mund zusammengepreßt, den Blick auf der breiten, baumgesäumten Straße, die ins Zentrum von Harrogate führte.

«Eines Tages ertappe ich euch beide noch oben in einem Baum, wie ihr ein Baumhaus zimmert. Erwachsene Männer. *Erwachsene* Männer. Und das der armen, lieben Vivian, die soviel zu tun und zu bedenken hat –»

Für dich ist Vivian erst arm und lieb, seit sie den Hochzeitstermin festgesetzt hat, dachte Melrose finster. Gerade noch rechtzeitig wandte er seine Aufmerksamkeit wieder den Straßen von Harrogate zu, um einer alten Dame in einem dieser elektrifizierten Rollstühle auszuweichen. Dachte die etwa, daß ihr das Gefährt das Recht gab, auch bei Rotlicht, bei jedem Licht – selbst am brennenden Dornbusch vorbei – die Straße zu überqueren? Himmel, wie die abzischte!

«O mein Gott! Du hast ja fast die arme, alte, behinderte Frau im Rollstuhl überfahren.»

Im Rückspiegel sah er, wie die arme, alte, behinderte Frau ihm einen Vogel zeigte und alsdann den Bordstein mitnahm. Er sagte nichts.

«... gedankenlos. Was ist, wenn diese Oilings eine Meldung in den *Bald Eagle* setzt? Hast du dir das schon mal überlegt?»

Mrs. Oilings, die Klatschputze von Long Pidd, konnte nur davon wissen, wenn Agatha es ihr am Morgen erzählt hatte. Mrs. Oilings hatte sich geweigert, beim Gepäck mit anzupakken, da sie genug damit zu tun hatte, auf ihren Mop gelehnt neueste Meldungen aufzusaugen. Sie fuhren am Stray vorbei, jenem wunderbaren achtzig Hektar großen Gemeindepark voller Gärten, Wege und Wasserläufe.

«Ich sehe es vor mir –» Dabei zog Agatha mit Daumen und Zeigefinger ein imaginäres Transparent in die Luft: «*Earl of Caverness und hiesige Antiquitätenhändlerin nehmen an Neujahrfeier teil.* ‹Miss Rivington, seit langem in Long Piddington ansässig, die bald den Grafen Franco Giopinno heiraten wird, sagte: ‚Es steckte an meiner Tür. Natürlich glaubte ich, es seien die Kinder gewesen ...'›»

Er tat, als habe ihm der Schneider aus der Jermyn Street die Lippen zusammengenäht, und bekämpfte das Verlangen, *Halt die Klappe!* zu schreien. Man stelle sich vor, zwei paradiesische Wochen ohne eines der Plappermäuler.

Als er den Wegweiser zum «Alten Schwan» erblickte, sagte sie: «Ihr habt dem Faß den Boden ausgeschlagen, Melrose.» Agatha schmatzte vor Zufriedenheit. «Vivian wird nie wieder ein Wort mit dir wechseln.»

Wollte Gott, ihm wäre mit einem Streich vor *ihrer* Haustür auch soviel Erfolg beschieden.

Sie fuhren jetzt die nasse, kiesbestreute Auffahrt hinauf, unter regentriefenden Bäumen. In der rauhen Luft lag eine Ahnung von Schnee. Der «Alte Schwan» war ein Wahrzeichen von Harrogate, unweit der berühmten Bäder gelegen und groß genug für Kitcheners Truppen, denn Stockwerk türmte sich auf Stockwerk. In diesem Hotel, so wurde gemunkelt, hatte sich Agatha Christie während ihres aufsehenerregenden Verschwindens eingemietet. Eine Agatha, die verschwand! Leider passiert so etwas nicht zweimal, dachte er und bremste, daß der Kies aufspritzte.

«Das ist es, Plant. Wir sind da!»

Sie sagte das, als wäre Melrose unversehens mit hysterischer Blindheit geschlagen und mit hundert Sachen schnurstracks am Eingang vorbeigebraust. Agatha überließ es ihrem Neffen und dem Hotelpersonal, sich um das Gepäck zu kümmern, und rauschte die Stufen hoch.

Melrosc klopfte sich im Geist auf die Schulter. Sieg!

Zweihundert Meilen lang hatte er geschwiegen wie ein Grab. Für soviel eiserne Entschlossenheit hätte man ihn eigentlich zum Ritter schlagen müssen, wenn er nicht schon mit seinem Grafentitel aufgeräumt hätte. Vier Stunden, und sie hatte ihm keinerlei Reaktion entlocken können, wie sehr sie ihn auch piesackte und quälte. Melrose stellte sich vor, wie die armen Bären gelitten haben mußten, bevor die Bärenhatz verboten wurde, wie sie an Baumstümpfe angekettet und die Hunde auf sie losgelassen wurden. Als er dann hinter Agathas «Sachen» – den Überseekoffern, den Taschen, den Handtäschchen und Handkoffern – hertrottete, fiel ihm auf, daß der Page, der die Hutschachteln trug, jenen unverschämten und unheimlichen Gesichtsausdruck von Robert Montgomery in *Die Nacht muß kommen* aufgesetzt hatte.

Also wirklich, Alter, dachte er. War da in ihm eine geheime Falle der Gewalt gespannt, die nur darauf wartete, daß man hineintappte? Äxte, knurrende Hunde, Köpfe in Kisten?

Da Agatha sich sogleich daran machte, den Empfangschef darüber zu belehren, wie man ein Hotel führen müßte, und sich sorgte, wo wohl ihr Zimmer lag («Mit Blick auf die Gärten natürlich...»), hatte Melrose Zeit, einen kleinen Prospekt zu studieren, der für Besucher auslag. Natürlich waren die Bäder von Harrogate berühmt. Faszinierend, diese Gräfin von Buckingham, die sich in der Nähe eines Brunnens ein Zelt aufschlagen ließ, anscheinend um als allererste zu den eisenhaltigen Heilwässern zu gelangen. Menschen strömten herzu wie das Wasser selber, in zweirädrigen Karren und Einspännern, nur um dies übelriechende Wässerchen zu schlürfen...

Du lieber Himmel, dachte Melrose, Harrogate bietet genau das richtige Umfeld für Wiggins. Jurys Sergeant würde der These sofort beipflichten, daß, je widerwärtiger der Schwefelgeschmack, desto größer seine Heilkraft und desto wirkungsvoller die Kur.

Er blickte auf und musterte das lange Foyer, wo in Glasvitrinen neueste Modeschöpfungen feilgeboten wurden, die man zu horrenden Preisen in den hiesigen Schickeria-Läden erstehen konnte. In dem riesigen, hübschen Speisesaal gingen Kellner umher und legten letzte Hand an Servietten und Gläser. Zu seiner Linken sah er einen großen Salon, der gleichzeitig Bar und Teestube war. Hier saßen die Teetrinker stocksteif herum, die wenigen jedenfalls, die es gab: drei Pärchen und eine einzelne Dame, alle mittleren Alters und dem Aussehen nach hangend und bangend zwischen Leben und Tod.

Wenn man sich so im «Alten Schwan» umschaute, spürte man regelrecht, wie schwer die Geschichte Harrogates darauflastete, wie es da in dem kalten und nassen Januar in Yorkshires West Riding kochte.

Lieber Gott! Warum mußte ihm gleich wieder *Der Tod in Venedig* einfallen? Melrose kniff die Augen fest zu, bemühte sich, die Traumbilder beiseite zu schieben, wollte sich nicht mehr wie Aschenbach in weißer Flanellhose den Strand entlangschlendern sehen –

«Hierher! Juhu! Melrose, Schatzi! Melrose!»

Die flötende Stimme wirkte wie ein ins Wasser geworfener

Kiesel, sie zerstörte seinen Tagtraum: Gerade hatte er sich in einem Liegestuhl neben einem Badehäuschen sterben sehen. Er blickte sich verdutzt um, und dann hörte er, wie Agatha der Stimme eine Antwort zutrompetete:

«Teddy! Teddy, Liebes!»

Verflixt und zugenäht! dachte er. Da hatte er sich im Geist in der italienischen Sonne geaalt, wo er lieber sein Heil in der Flucht hätte suchen sollen. Jetzt saß er fest, rettungslos fest, während Agatha ihn mit Posaunenstimme zu dem Tisch mit der einzelnen Dame hinlotste. Schließlich war er ein Gentleman und konnte sich kaum davonmachen, ohne guten Tag gesagt zu haben.

Oder doch? Sich verdrücken, das ging natürlich nicht, aber sein Schweigegelübde brauchte er deshalb noch lange nicht zu brechen. Wer es schaffte, zweihundert Meilen lang den Mund zu halten, der konnte das Spiel mit Sicherheit noch eine halbe Stunde fortsetzen. Er warf einen Blick auf seine Uhr und ging entschlossen auf die beiden Frauen zu. Eine halbe Stunde, vom Stuhl zur Tür, der Säuretest.

«Hallo, Melrose!» Teddy streckte ihm eine stark geäderte und schwer beringte Hand hin.

Mit einem – wie er hoffte – galanten Lächeln streifte er ihre Finger so eben mit den Lippen, statt ihr die Hand zu schütteln.

Teddys Äuglein, denen Lidschatten und Kohlestift Glanz verliehen, glitzerten wie Pailletten.

Melrose nahm auf Anweisung seiner Tante Platz, und sie sagte: «Übst du schon für den Kontinent, Plant? Aber deinen angestaubten, mottenzerfressenen, bäurischen Tweedlook, den wirst du doch nicht los...»

Er lächelte und verbiß sich die Frage, ob sie damit zum Ende ihrer Adjektivinflation gekommen sei, schlug statt dessen die Beine in der unerwähnten – maßgeschneiderten – grauen Kammgarnhose übereinander, nahm eine apfelgrüne Serviette vom rosafarbenen Tischtuch und lehnte sich zurück, während Agatha Teddy von der bevorstehenden Italienreise erzählte.

Melrose überlegte, wie er wohl Tee bestellen sollte, ohne den Mund aufzumachen (da kam auch schon der Ober), und ob jene dort wirklich die Frau war, die sie in York besucht hatten. Die Teddy von damals (Althea, wenn er sich recht entsann) war eine schwergewichtige, gedrungene Frau mit einem Kranz orangeroter Haare, die so festgesprayt waren, daß auch ein Nordseesturm kein Haar hätte zausen können. Diese Teddy wirkte ein wenig hager und hatte offenbar dem Henna abgeschworen. Ihr blauschwarzes Haar war im Stil der zwanziger Jahre frisiert, nein, so wie sich ein beschränkter Friseur diesen Stil vorstellte: unzählige, naß aussehende Löckchen, die zerquetschten Weintrauben ähnelten.

Und sie war auch nicht mehr die schlichte, alte Mrs. Stubbs, sondern hatte sich – lieber Himmel, anscheinend gab es sie wie Sand am Meer – einen Edelmann von irgendwo aus Südfrankreich zugelegt. De la Roche, so hieß sie jetzt. Gab es denn so reichlich ledige Prinzen, Grafen und spinnerte Könige, daß man sie wie reife Pflaumen von den Bäumen schütteln konnte? Dieser Gedankengang führte unweigerlich zu Graf Dracula Giopinno und daß Vivian ihn und Marshall Trueblood angeschrien hatte, sie müßte ja wohl noch Schläge dazu haben, wenn sie die beiden zu ihrer Hochzeit einladen würde –

Rums, knallte die Tür ihres Hauses. Er biß sich auf die Lippen. Marshall hatte vor, den Orient Express zu nehmen.

«Du meine Güte, Melrose! Im Orient Express verkleiden Sie sich ja alle. Du müßtest sehen, wie sie in der Victoria Station herumziehen.»

«Sir?»

Ein Kellner mit weißer Jacke riß ihn roh von Vivians Schwelle weg, wo er hatte bleiben wollen, bis er schwarz wurde. Er war so überrumpelt, daß er fast geantwortet hätte. Doch er erwiderte lediglich das Lächeln des Kellners und erzielte damit das gewünschte Ergebnis.

«Tee für drei, Sir?»

Schließlich waren die Kellner in einem Laden wie dem «Alten Schwan» darauf gedrillt, Wünsche zu erraten. Melrose nickte. Erst eine Speisekarte in Griechisch oder so etwas Ähnliches hätte eine echte Herausforderung bedeutet. Oder nein, doch nicht. Da brauchte er ja nur mit dem Finger zu zeigen.

Der Kellner erwiderte das Nicken und sagte: «Das übliche Teegedeck? Oder bevorzugen Sie Sandwiches? Gebutterten Toast –?»

Melrose genoß die kleine Herausforderung in vollen Zügen, bis der Kellner sagte: «Madame?» Verdammt noch mal, «Madame» würde seine ganzen dreißig Minuten – jetzt noch zweiundzwanzig – fürs Bestellen verbrauchen.

«– Törtchen selbstverständlich. Haben Sie Sandwiches mit Wasserkresse? Ja, und dann noch Gurkensandwiches –»

Teddy warf ein: «Du mußt unbedingt den Anchovistoast probieren, Liebes. Einfach köstlich.»

«Sir», sagte der Kellner des «Alten Schwan» und entschwand, als hätte Melrose die komplette Bestellung aufgegeben.

Mit einem Blick auf seine Uhr erhöhte er den zeitlichen Spielraum auf alles in allem fünfundvierzig Minuten, so daß ihm noch einunddreißig Minuten blieben, in denen er ihnen vormachen mußte, er hätte geredet, auch wenn das nicht der Fall war.

Im Vergleich dazu erschien ihm das Lösen des Kreuzworträtsels in der *Times* in weniger als fünfzehn Minuten richtiggehend fade. Bei weiterem Nachdenken ging ihm auf, daß Schauspieler genauso agierten: Bogart brauchte nur die Lippen zusammenzupressen, Cagney mit den Zähnen zu knirschen, Gielgud eine Braue zu heben und Gable – zum Teufel, wer erinnerte sich schon an ein einziges Wort von ihm außer «Ist mir doch egal»?

Und so grinste Melrose, zog Grimassen, griff zu, rutschte hin und her, lachte lautlos, beugte sich vor, lehnte sich zurück, schlug sich aufs Knie, winkelte die Ellbogen an, tat interessiert, und das einunddreißig Minuten, zwei Tassen Tee und einen schmalen Anchovistoast lang.

Binnen einer halben Stunde hatte er sich zum brillanten Konversationspartner gemausert.

Und während sie noch schwatzten und lachten, stand er auf, blickte betrübt drein, weil er gehen mußte, zog noch einmal Teddys Hand an seine Lippen und tätschelte Agatha zum Abschied doch tatsächlich die Schulter.

Im Hinausgehen lächelte er in die Runde der Kellner und Gäste mit den steinernen Gesichtern und dachte noch einmal: *Sieg!*

Er hatte die Sprache ad absurdum geführt, die Wörter parodiert, die Rede travestiert.

«Melrose!»

Agatha posaunte hinter ihm her. Er blieb stehen und drehte sich um. Sie winkte ihn zurück.

Na gut.

Sie war geradezu huldvoll, als sie sagte: «Aber Melrose, ist dir denn gar nichts aufgefallen?»

Er hob fragend die Brauen, und auf seinen Lippen spielte ein schmales Lächeln.

«*Teddy!* Weißt du nicht mehr, wie sie in York ausgesehen hat?»

Ein vertrauliches Wispern von Teddy: «Melrose, Schatzi, ich bin vollkommen runderneuert!» Und schon breitete sie die Arme aus, faßte sich an Hals, Haar und Kopf und drehte ihn hin und her. «In Zürich gibt es eine wunderbare kleine Klinik... Nun? Wie findest du mich?»

Er wußte, daß es nicht nötig war. Er wußte, er war schlau genug, um sich herauszuwinden. Nach der Mühsal dieses Tages hätte er Wellingtons Truppen mit einem Fingerschnipsen befehligen, Connors in Wimbledon mit einem Teebeutel besiegen und Lester Piggot mit einem Steckenpferd um Längen schlagen können.

«Nun, Melrose, nun?»

Er öffnete die Arme, stützte sich auf den Tisch, blickte Teddy tief in die Augen und sagte: «Was sollen da noch Worte.»

Gejuchze und Gekicher flatterten hinter ihm her, als er den «Alten Schwan» verließ.

10

MELROSE NAGTE AN EINER HÄHNCHENKEULE, die Agatha beim Durchstöbern des Picknickkorbes übersehen haben mußte, während er durch Ilkley fuhr.

Die Moore zu umfahren ähnelte dem Versuch, London auf der North Circular Road zu umgehen. Hier schien jedes verrußte Kaff sein eigenes Moor zu besitzen. Ilkley Moor, Stanbury Moor, Haworth Moor, Keighley Moor, Black Moor, Howden Moor: Man konnte sie abklappern wie Bahnstationen. Und sie glichen in nichts den Mooren im Norden von Yorkshire. Die erstreckten sich wie eine riesige arktische Wüste (er hatte sie vor einigen Jahren im Schnee durchqueren müssen); und sie waren auch anders als Dartmoor, diese Mondlandschaft mit wallendem Nebel und peitschendem Regen. Hier im westlichen Yorkshire gab es massenhaft Moore. Die Natur mußte sich vor jedem kleinen Vakuum gegrault und sich gesagt haben: Da ist noch Platz, da paßt noch ein Moor hin.

Und diese handtuchschmale Straße, die angeblich nach Haworth führte, mochte für Schafe eher als für Menschen geeignet sein – mit Sicherheit aber nicht für einen Menschen in einem Bentley. Er sah zum Himmel auf, der mittlerweile die Farbe von Brackwasser angenommen hatte, sah neben der Straße Schafe, die wie sieben Tage Regenwetter dreinschauten, und ließ sich tiefer auf den Fahrersitz rutschen; seine bisherige Euphorie löste sich in nichts auf.

Mach dir nichts vor, du bist eben kein Naturschwärmer. Er seufzte. Was Natur anbetraf, so reichte ihm seine Parklandschaft zu Hause, rings um Ardry End, bilderbuchhaft im Wechsel der Jahreszeiten. Goldener Herbst, fliederduftender Frühling...

Du lieber Himmel; so war es nun auch wieder nicht. Dort gab es drei Meilen im Umkreis keinen Fliederbusch.

War das wirklich die richtige Straße? Sie wirkte nicht mal fertig, so als ginge es hier geradewegs in die ewigen Jagdgründe. Er fuhr an den Straßenrand, bremste und öffnete die Karte. Zwei Moorschafe hoben den Kopf vom Farnkraut, kamen etwas näher, glotzten und kauten.

Ja, es schien sich um die richtige Straße zu handeln. Aber wo war dieser klar und deutlich eingezeichnete Pub? Jeder auf einer Karte eingetragene Pub lohnte einen Halt.

Mein Gott, was war er doch für ein Jammerlappen! Man sollte meinen, er hätte noch nie einen Fuß aus London heraus gesetzt, so verstädtert kam er sich augenblicklich vor. Er sah zu den beiden Schafen hinüber. Mit ihrer ganzen Wolle wirkten sie unbeholfen, sie mißfielen ihm einfach. Aber das schien durchaus auf Gegenseitigkeit zu beruhen.

Er versuchte, die Karte wieder zusammenzufalten, sie widersetzte sich jedoch seinen Bemühungen. Wie kam es bloß, daß Karten, die beim Einkauf so säuberlich klein gefaltet waren, wie von selbst auseinanderklappten und immer größer zu werden schienen, bis sie am Ende wie der süße Brei im Märchen das ganze Auto ausfüllten? Ach, zum Teufel damit! Er knickte sie einfach irgendwie zusammen und stopfte das sich heftig wehrende Objekt ins Handschuhfach.

Was war los mit ihm? Er sollte lieber aussteigen, sich die Beine vertreten und einen kurzen Spaziergang (sehr kurz) übers Moor machen. Langsam erwärmte er sich für die Idee und beschloß sogar, seinen Picknickkorb mitzunehmen. Vielleicht trieb er noch ein Stück Huhn oder ein Törtchen auf. Er hatte nämlich Hunger. Agatha war so damit beschäftigt gewesen, ihm sein unmögliches Verhalten unter die Nase zu reiben, daß sie im Korb doch tatsächlich ein paar Leckerbissen übersehen hatte. War da nicht noch eine dünne, mit Kapern und Kaviar gefüllte Scheibe Lachs? Und so machte er sich zu einem Spaziergang zwischen Farn und Felsen auf und kam sich schon wie ein richtiger wettergegerbter Einheimischer vor.

Nachdem er seine Schuhe von Schafdung gesäubert, ein Taschentuch um den blutigen Kratzer gebunden, seinen Knöchel, den er sich an einem trügerisch bemoosten Felsen gestoßen hatte, vorsichtig hin und her bewegt hatte, fand Melrose einen großen, flachen Stein und setzte sich, um sich in die Betrachtung des dahinplätschernden Baches zu vertiefen.

Stellenweise lag noch Schnee, jenseits des Baches sah er Farngestrüpp und verbrannt aussehende Heide und in der Ferne eine Frau. Und da in den Mooren sowieso nur Irrlichter hausten, war auch sie anscheinend aus dem Nichts aufgetaucht. Unversehens stand sie auf der Kuppe eines baumlosen, schneebedeckten Hügels. Sie trug einen Umhang, der sich hinter ihr blähte, und hatte nichts bei sich, was sie als Touristin ausgewiesen hätte, etwa als Wandersfrau auf dem Pennine- oder Brontë-Pfad; sie ging mit leeren Händen aus dem Nichts ins Nichts. Der Anblick faszinierte ihn, und er sah zu, wie sie als Silhouette vor dem bleichen Horizont dahinschritt, bis ihn ein Geräusch ablenkte. Es war ein eigenartig weinerlicher Laut, so als räusperte sich jemand, gefolgt von einer Art Katzengejaule. Er hob den Blick, sah zwei Vögel kreisen. Hörten sich nicht Brachvögel an wie Katzen? Also, wenn sie über *ihm* kreisten, dann waren es wahrscheinlich Bussarde.

Rasch senkte er den Blick wieder auf den Horizont.

Die Frau war verschwunden. Er zündete sich eine Zigarette an, musterte das glühende Ende und schüttelte den Kopf. Wie konnte man nur im Chesterfield-Mantel und mit silbernem Zigarettenetui ein Tête-à-tête mit der Natur erwarten? Er schüttelte erneut den Kopf. Ein hoffnungsloser Fall.

Er mußte Entscheidungen fällen.

Aber welche Entscheidungen? Die hatte man ihm doch alle abgenommen. Zweifellos saß Polly Praed genau in diesem Augenblick an ihrer Schreibmaschine, die amethystfarbenen Augen auf eine Seite gerichtet, wo es um nichts anderes als um Doggen und Dogen ging, und Vivian Rivington –

Ach! Er fand sich einfach zum Speien. Die Schuld daran traf Trueblood; es war Truebloods Idee gewesen. Gelogen. Trueblood hatte zwar die Ausschneidebogen aufgetrieben, aber er hatte sofort mitgemacht. Was blieb denn noch vom Leben, wenn man Vivian nicht mehr piesacken konnte?

Wenn er etwas haßte, waren es Veränderungen. Während er so dasaß, überlegte er, ob er vielleicht Zen-Buddhist werden sollte. Wenn er das Wasser betrachtete, sich mit dem Bächlein dahintreiben ließ... Gar keine üble Idee. Behaupteten die nicht immer, alles sei fließend? Man müsse sich aller Bindungen entledigen? Müsse das Leben als langen, ruhigen Fluß auffassen und der Illusion abschwören, man könnte Wasser in der hohlen Hand halten? Das Dumme war nur, daß diese Vergänglichkeit scheinbar nur für Freundschaft, Liebe und Schönheit galt. Nicht für Kriege und Seuchen und abscheuliche Menschen. *Die* sah man nämlich nicht mit dem Bach dahintreiben...

Doch welchen Trost bot das Fließen, wo er doch wollte, daß alles beim alten blieb: Ewig dieselbe kleine Gruppe am selben Tisch in der «Hammerschmiede»; ewig derselbe kleine Terrier draußen vor Miss Crisps Trödelladen...

Melrose blickte sich um. Schon wieder dieser Laut.

Und was war mit dem immerwährenden Hier und Jetzt? War das nicht auch ein Zen-Begriff?

Er durchstöberte den Korb und trieb tatsächlich noch einen panierten Hähnchenflügel auf. Das Dumme war, daß ihm jegliche Berufung abging, außer der, Studenten mit Vorlesungen über die Dichtung der französischen Romantik zu triezen. Er betrachtete den Flügel und dachte über Rimbaud nach.

Mußte er sich ausgerechnet ein Genie aussuchen, das mit neunzehn schon Weltbewegendes geschaffen und dann aufgehört hatte? Wo er mit neunzehn weiter nichts geschafft hatte, als vom Pferd zu fallen. Besser, er gab es auf, an all den Knochen noch etwas Fleisch finden zu wollen, sonst bekam er noch einen Silberblick. Er warf den Flügel in den Korb zurück. Natürlich hatte Agatha die halbe Flasche Pouilly-Fumé ausgetrunken, welche die Köchin extra für ihn eingepackt hatte.

Er gestattete sich einen tiefen, selbstmitleidigen Seufzer. Er müßte nur ein Auge auf seine Bestände haben ... Gevrey-Chambertin, Château Margeaux, die unvergleichliche Feinheit der Montrachets; Chevalier, Bâtard, Chassagne. Die, von denen Dumas gesagt hatte, man müsse sie auf Knien trinken; die Chablis Grand Crus; den Côte de Girarmes, den Napoleon so liebte. Und dann der Port... es war interessanter, einen Blick in seinen Weinkeller zu tun.

Dieses Mal ertönte der Laut näher und deutlicher. Melrose kniff die Augen zusammen und musterte die moosbedeckten Felsen. Das Miauen, das er einem Brachvogel zugeschrieben hatte, kam also doch von einer Katze: Da saß sie, blinzelte mit den gelben Augen und sah hungrig aus.

Kaum denkt man an seine Port-Vorräte, schon kommt etwas daher, daß man sich deswegen schämt. Melrose steckte die Katze in den Korb – nachdem er zunächst die Hähnchenknochen weggeworfen hatte – und schleppte sie zur Straße.

An einer Kreuzung stand eine Frau, die offenbar auf irgend jemanden wartete. Sie beschrieb ihm den Weg nach einem Dorf, wo es einen Tierarzt gab. Da sie nichts Besseres zu tun hatte, als herumzustehen und sein Auto anzugaffen, ließ sie sich mit der Wegbeschreibung reichlich Zeit.

Die Tierklinik «Dein wahrer Freund» lag am Ende einer höllischen Straße voller Schlaglöcher, die vor einem klotzigen Würfel aus grauem Stein auf einen zwar geräumten, jedoch ebenso ausgefahrenen Flecken Erde mündete, den Parkplatz gewissermaßen. Dort standen ein Ford-Lieferwagen, ein Modell aus den Vierzigern, ein Mini Clubman Kombi, ein Jaguar und ein paar Fahrräder mit Drahtkörben. Inzwischen hatte strömender Regen eingesetzt. Er schlug den samtenen Mantelkragen hoch und sprintete zur wenig einladenden Tür des «Wahren Freundes».

Das Wartezimmer war mit drei Holzbänken möbliert, an jeder Wand eine, und mit einem Empfangstresen, hinter dem vor einem Stapel Aktendeckel eine müde aussehende Frau saß. Sie trug eine Brille mit Drahtgestell und eine Frisur, die wie ein Topfkratzer aussah.

Melroses Erfahrungen mit Tierärzten hielten sich in Grenzen; er fragte sich jedoch, warum diese Praxen immer Namen wie «Tierhimmel» oder «Lieb & Nett» führten, wo sie im allgemeinen eher Gefängnissen glichen und die Sprechstundenhilfen Gefängniswärtern. Diese hier verkündete gleich, da er keinen Termin habe, müsse er warten, bis die Stammkundschaft drangewesen sei. Nach ihrem Ton zu schließen, mißbilligte sie Laufkundschaft und seine durchweichte, recht laute Katze; alsdann bedeutete sie ihm, auf einer der Bänke Platz zu nehmen.

Als ob die anderen Tiere friedlicher gewesen wären. Ein Bullterrier und ein Schäferhund zerrten an ihren Leinen und wetteiferten offenbar darum, wer als erster Melroses Knöchel erreichte. Ihr Herrchen, ein Mann mittleren Alters mit einem Gesicht wie eine Felswand, fuhr sie an, jedoch vergebens, und dabei schien er sich noch einzubilden, daß er seine Lieblinge im Griff hatte. Einer legte sich endlich, und der andere hockte angespannt da, beide knurrten, und der Bullterrier zeigte einer gescheckten Katze, die ein jüngeres Pärchen zwischen sich gequetscht hatte, die gefletschten Zähne.

Am anderen Ende der Bank saß die Besitzerin des Jaguar (gar nicht zu verkennen); diese wiederum schien zu glauben, sie hätte so viele Stufen der gesellschaftlichen Leiter erklommen, daß man ohnehin nur noch ihre Fußsohlen von unten sehen und daß ihr der sabbernde Bullterrier nichts anhaben konnte.

Sie war vom Scheitel bis zu Sohle auf Hochglanz getrimmt: Chanel-Kostüm, zurückgeföntes, gesträhntes Haar und ein quengeliger Pudel, der die Schnauze gegen das Gitter eines Tragekorbs drückte, wie er für Flugreisen vorgeschrieben war. Sie gönnte Melrose jedoch einen raschen, anerkennenden Blick, fummelte an ihren Perlen herum und verrenkte sich den Hals, um die Motorhaube des Bentley besser in den Blick zu bekommen.

Die beiden Frauen auf der anderen Bank trugen dicke Wollmäntel und unterm Kinn zusammengeknotete Tücher mit Paisley-Muster auf dem Kopf. Auf dem Schoß hatten sie nahezu identische flache schwarze Taschen. Ihren Klatsch über einige «alte Schlampen» unterbrechend, wandten sie ihre breiten, freundlichen Gesichter, fade wie ein Yorkshire-Pudding, Melrose zu und nahmen ihn ebenso wie das Wetter zur Kenntnis, indem sie sich über den Regen äußerten, der gegen die Fenster prasselte. «Sicher schlimm auf der Straße», sagte die eine und schenkte ihm ein Gummilächeln.

Melrose nickte ihr kurz zu und nahm mit dem Korb auf der einzigen noch freien Bank Platz.

Die beiden kehrten wieder zu ihrem Klatsch zurück, offenbar ohne den Skye-Terrier zu ihren Füßen zu beachten, der mit glasigen Augen und von sich gestreckten Vorderbeinen dalag und womöglich schon tot war, oder auch, daß der Karton neben derjenigen, die geredet hatte, sich auf die Kante der Bank zuzubewegen schien –

«... damit die auf Trab kommen, und dann komm ich runter und seh die Gören da mit Mickey ...»

Sie nickte zu dem Terrier hin. «... die elektrische und ... Persil rein. Ich bin fast verrückt geworden, Missus Malby ... bei dem Geheule von den Gören und ... immer rundrum.»

«Ja, ja. Der Arme da sieht ganz tot aus, wirklich, der arme Perky ...» Und sie klopfte auf den Karton mit den Luftlöchern. «... hat immer weiter geklackert, unser Tom ... in die Mangel gekommen, und Alice hat bloß so geheult ...»

Sie öffnete den Karton, und Melrose glaubte, den Schnabel und den Kopf eines bunten Vogels herauslugen zu sehen, bevor die, die Malby hieß, ihn wieder zurückschob.

Die andere schnalzte mit der Zunge: «Ja, Missus Livlis, sieht schon ganz hinüber aus» und schenkte dem ganzen Raum ihr Gummilächeln. Melrose interpretierte das so, daß der Papagei fast tot war.

Melrose fand das ungeheuer faszinierend, denn was er verstanden zu haben glaubte, war, daß Mrs. Malbys Gören den Terrier in die Waschmaschine (die die Malbys offenbar erst unlängst angeschafft hatten) gesteckt und etwas Waschpulver dazugetan hatten. (Manchmal war Melrose heilfroh, daß er keine Gören hatte.) Ob der Terrier vor seiner Rettung durch Mrs. Malby einen Waschgang erlitten hatte, konnte er ihrem Kauderwelsch nicht entnehmen, aber nach dem Aussehen des Terriers zu urteilen, war er geschleudert worden. Das Schicksal des Papageis war ungewiß. In die Mangel geraten? Es mochte sein, daß Mrs. Livlis (oder Lovelace?) vom Schicksal nicht so begünstigt war wie Mrs. Malby und in einem altmodischen Zuber waschen mußte, und vielleicht hatte der Papagei immer gern auf der Mangel gehockt –

Jäh flog die Tür auf und ließ Wind, Regen und ein kleines Mädchen ein, das in einem riesigen gelben Regenmantel mit Kapuze und in schwarzen Gummistiefeln steckte. Melrose hoffte, daß die Schachtel, die sie dabei hatte, etwas Normales enthielt, vielleicht einen Wurf Kätzchen. Sie achtete nicht auf das blutrünstige Gejaule, mit dem Schäferhund und Bullterrier sie begrüßten, sondern stiefelte schnurstracks auf den Empfang zu.

Gott sei Dank bedeutete die Sprechstundenhilfe dem Mann mit den Hunden endlich, er könne ins Sprechzimmer gehen, und der Schäferhund und der Bullterrier kauten und kratzten sich buchstäblich durchs Zimmer, wollten dem Mädchen an die Stiefel, doch der schien das gar nichts auszumachen, denn sie stellte ungerührt ihren Pappkarton auf dem Boden ab. Der

Deckel stand offen; der Karton schien leer zu sein, und Melrose nahm an, daß sie ihr Haustier abholen wollte. Da schöpfte er wieder Mut, denn bislang hatte er angesichts des in Intervallen auftretenden Gekreisches und Gejaules im Innern des Gebäudes seine Zweifel gehabt, ob überhaupt irgend etwas den «Wahren Freund» lebendig wieder verließ.

Die abgespannte Sprechstundenhilfe fragte das Kind etwas. Melrose saß zu weit entfernt, um es genau mitzubekommen, aber «Termin» konnte er heraushören.

Das Kinn des Mädchens reichte so eben an den Empfangstresen. Sie stand wie vom Donner gerührt. Nein, sagte sie und wollte etwas über den Doktor anfügen.

Ungeduldig, wie häufig Erwachsene Kindern gegenüber sind, fragte die Sprechstundenhilfe: «Hast du dein Tier mitgebracht?»

Das Mädchen hob die Stimme. «Nein –» Die Worte schienen ihr im Hals steckenzubleiben.

«Weiter? Wie heißt du?»

«Abby.» Das schoß nur so heraus. «Ich will meine Katze haben.»

«Und der Doktor hat gesagt, du kannst sie abholen? Na schön. Wie heißt sie?»

«Buster!» sagte das Mädchen mit noch lauterer Stimme, fuhr herum und marschierte zu Melroses Bank, wo sie neben ihm Platz nahm, jedoch möglichst viel Abstand hielt. Sie saß mit fest vor der Brust verschränkten Armen, die Hände zu Fäusten geballt, und starrte vor sich hin.

Die Sprechstundenhilfe schüttelte unwillig den Kopf über ein so unleidliches Kind und rief quer durchs Zimmer: «Er ist also in der Klinik?» Ihr Bleistift stach in Richtung Decke.

«*Sie* ist tot!»

Flink wechselte die Sprechstundenhilfe die Tonart, denn nun wußten alle, daß Buster beim «Wahren Freund» eingegangen war. Die Reaktion der Kundschaft war vorauszusehen: Wir haben nichts gehört; sie hat nichts gesagt. Köpfe fuhren herum, wandten sich von der Furie mitten unter ihnen ab. Das Pärchen mit der gescheckten und geradezu penetrant lebendigen Katze räusperte sich einhellig und richtete den Blick zur Decke. Die Jaguar-Besitzerin rutschte bis ans Ende ihrer Bank, beugte sich über die Lehne zu dem wütenden Kind, setzte eine mitleidsvolle Miene auf und versuchte, den Blick der Kleinen aufzufangen.

Oje, dachte Melrose und ließ sich auf seiner Bank tiefer rutschen, es gibt doch immer wieder Menschen, die ihre Finger unbedingt in Steckdosen stecken oder Papageien aus der Wäschemangel ziehen müssen. Er ahnte, was kam.

Zwar weigerte sich das kleine Mädchen, die gutgekleidete Frau oder ihren gräßlichen Pudel eines Blickes zu würdigen, aber die Frau ließ nicht locker. «Mach dir nichts draus, Liebes; du bekommst bestimmt bald ein neues Kätzchen.»

Die Furien, Medea und Pandora zusammen hätten keinen wütenderen Blick zustande gebracht. Die Frau zuckte zurück, als hätte sie einen Kinnhaken bekommen, als die dunklen Augen des Kindes hochschossen und sich in ihre blaßblauen bohrten. Und der Donnerschlag, der ausgerechnet jetzt den Raum erzittern ließ, hörte sich für Melrose so an, als ob sich Gott so seine Gedanken machte über das mögliche Schicksal des Pudels.

Die Frau konnte von Glück sagen, daß die Sprechstundenhilfe mit dem jetzt schwerer wirkenden Karton hereingeeilt kam. Denn das kleine Mädchen war wie in Trance aufgestanden und wollte sich schon auf sie stürzen.

Das Kind nahm den Pappkarton wortlos entgegen, drehte sich in seinem gelben Regenmantel um und ging zur Tür hinaus, die ihr Melrose aufhielt.

Von einem dunkelgrauen Himmel regnete es Bindfäden, doch die Kleine platschte ungerührt durch die Pfützen auf der Straße davon.

Natürlich hätte Melrose sie nach Hause gefahren. Wie konnte man nur ein Kind allein auf solch einen furchtbaren Botengang schicken?

Aber er bot sich nicht an; irgendwie schien sie zu wissen, wie sie gehen wollte und wohin und daß sie mit ihrer schrecklichen Bürde allein sein mußte. Zwei Bürden, dachte er, als er auf der Schwelle stand und naß wurde: ihrer Wut und ihrer toten Katze namens Buster.

11

JURY GING DIE AUFFAHRT der Citrines zu seinem Auto zurück und freute sich schon auf ein heißes Bad, ein gutes Essen und eine hübsche Kellnerin im «Großen Schweigen», da sah er sie.

Wer anders als Nell Healey konnte es sein, dahinten, am Ende eines sich durch die Bäume schlängelnden Pfades? Zumindest hatte er eine Frau gesehen, die dort spazierenging.

Jury schlug den Fußweg ein, der sich durch Kiefern und Ulmen mit spindeldürren Zweigen wand. Kein Lüftchen regte sich. Es war, als hätte es gar keinen Sturm gegeben. In der einfallenden Abenddämmerung wirkte das Gehölz noch bedrückender als am Nachmittag.

Trostlos, schoß es ihm durch den Kopf. Galläpfel rankten sich um Baumstämme und Äste; dürre Birkenskelette zeichneten sich vor dem grauen Himmel ab. Jury blickte sich um und sah das Torhaus, ein dunkler Klotz mit Fensterschlitzen, durch die kein Licht mehr fallen würde. In seiner Blindheit wirkte es beinahe bösartig. Hochragende, spitzige Reste von Wegwarte und Flohkraut säumten den Pfad; zwischen Wurzeln und Baumstümpfen lagen klatschnasse, zusammengeklumpte Blätter; Moos wucherte über schlüpfrige, flechtenbedeckte Steine.

Ob Orte wie dieser ansteckend waren? Konnten sie aufs Gemüt schlagen, einem den Mut rauben? Warum lebte jemand aus freien Stücken so wie sie, in einem derart kalten Gemäuer und in solch einer kargen Landschaft, die zweifellos auch im Frühling nicht viel erhebender war?

Sie stand neben einer Ulme, ohne sich anzulehnen, und sah den Weg hinab, wo ein nutzloses Tor schief in den Angeln hing. Nutzlos, weil die steinerne Mauer zu beiden Seiten fast nicht mehr vorhanden war. In dieser Mauer, die keine Abgrenzung mehr bezeichnete, war das Tor überflüssig.

«Mrs. Healey?»

Sie wandte ihm zwar den Rücken zu, doch sie mußte ihn auf dem Schotter und den heruntergefallenen Zweigen kommen gehört haben. Keine Reaktion. Sie schwieg sich aus, und er vermutete, daß sie den Blick nach innen gerichtet hatte, daß sie Wald, Weg, Tor – die ganze Landschaft – überhaupt nicht wahrnahm.

Bevor er jedoch ihren Namen wiederholen konnte, schwankte sie leicht und drehte sich zu ihm um. «Oh, hallo.» Sie tat nicht so, als erinnerte sie sich nicht an ihn oder als wüßte sie nicht, was ihn hierhergeführt hatte.

Wider alle Vernunft hielt sie eine Handvoll Blätter, die vom Herbst übriggeblieben waren, wie einen kleinen Strauß in der Hand, so als hätte sie ein paar Winterblumen pflücken wollen und nichts Besseres gefunden. Der Schimmer ihrer Haut wetteiferte mit dem matten Glanz ihrer Haare. Zunächst dachte er, sie wirke blasser, weil sie weder Rouge noch Lidschatten aufgetragen hatte; dann ging ihm auf, daß ihre Blässe, die er im «Großen Schweigen» als krankhaft eingestuft hatte, Natur war. Ihr Teint war so durchsichtig wie der eines Kindes; ihr Haar war nicht aschblond, sondern wies hier und da helle und rötliche Strähnchen auf; es veränderte sich, wie auch die Farbe ihrer Augen. Obwohl sie ihm nur einen flüchtigen Blick gönnte – frostiges Licht auf frostigem Wasser –, sah er in der Iris Farbtupfer eingefroren, farbig wie die Blätter, die sie in der Hand hielt: goldene, grüne und braune Sprenkel, silbrig überhaucht. Selbst für ihre Kleidung hatte sie dieselben Farben gewählt –

eine dunkelgrüne Strickjacke über einer goldfarbenen Seidenbluse, eine braune Hose. Irgendwie war es ihr gelungen, die restlichen Farben des Herbstes aufzusaugen. Oder sie versuchte, sich gleich einem Chamäleon anzupassen und sich so zu verbergen.

Nachdem sie erst den Pfad, dann ihn, dann das schiefe Tor gemustert hatte, sagte sie: «Ich wollte Ihnen nicht aus dem Weg gehen –» Sie schwieg und stieß einen langen Seufzer aus.

«Mir aus dem Weg gehen?» Jury lachte ein wenig. «Falls Sie mir wirklich ausweichen wollten, würde ich ungern mit Ihnen zusammentreffen.»

Ihr Blick fiel wieder auf Weg und Tor. Er folgte ihm. «Haben Sie auf jemanden gewartet?»

Das trug ihm ein Aufflackern echten Interesses ein. «Gewartet?» Ein schmales Lächeln. «Nein.»

Entweder erweckte sie nur den Eindruck, als läge ihr ständig etwas auf der Zunge, oder er war schon so daran gewöhnt, daß jedermann ungeniert über sich plauderte, daß ihm mulmig zumute wurde, weil sie sich ausschwieg. «Sie haben sich so – auf die Aussicht konzentriert», setzte er lahm hinzu, den Weg hinabblickend.

Ihr Lächeln war jetzt sehr schmal. «Ich habe keine», sagte sie zweideutig und fast zusammenhanglos. «Ein nutzloses Tor, nicht wahr? Unser Haus dürfte im Mittelalter ringsum eine Mauer gehabt haben. Etwas, das *claire-voie* genannt wurde...»

Er trat ein wenig näher, in eine Position, die noch mehr Aufmerksamkeit erfordert hätte, wäre das denn möglich gewesen, doch sie wirkte immer noch eigenartig achtlos und gleichzeitig achtsam, was seine Gegenwart betraf.

«Mrs. Healey –»

«Nell.» Ihr Lächeln wirkte beinahe überzeugend. «Wir kennen uns, finde ich, gut genug, daß Sie mich mit Vornamen anreden können.» Und wieder wandte sie den Blick von ihm ab, ließ ihn zu den Ulmen und Birken ringsum wandern. «Ich frage mich, warum Sie wieder hier sind.»

Eine Feststellung, weiter nichts; Jurys Gründe schienen sie eigentlich nicht zu interessieren. Er hatte das Gefühl, daß für sie alles abgetan war, vorbei. Da schwang kein Ton von Feindseligkeit mit, aber auch keine Hoffnung. Sie war tief in Gedanken, aber es war nicht ihre Umgebung, die sie so in Bann schlug, und er war es auch nicht. Anscheinend war es ihr einerlei, was er antwortete.

«Der Grund, weswegen ich ‹wieder hier bin›, wie Sie es ausdrücken – nun, ich hatte gehofft, Sie würden mir sagen, warum Sie Ihren Mann umgebracht haben.»

Wie um zu antworten, öffnete sie den Mund. Er wartete auf etwas; es kam nichts. Irgendwo plumpste ein Tannenzapfen sacht zu Boden. Sie hatte ihm das Profil zugewandt, die Arme vor der Brust verschränkt, ihre Hände lagen in der Ellbogenbeuge.

Diese starre Haltung und ihre Weigerung zu reden wirkten auf Jury nicht verstockt. Sie mauerte nicht. Nein, sie öffnete den Mund, als wollte sie antworten, schloß ihn aber wieder.

«Ihr Vater meint, es könnte nur Rache gewesen sein.»

Nach einem Weilchen sagte sie: «Tatsächlich?» und zog die Strickjacke fester um sich. Doch zwischen den Silben brach ihre Stimme.

Spürte sie, daß sie nicht raffiniert, nicht glaubwürdig genug lügen konnte?

«Aber das kann Sie doch nicht überraschen; auf dieser Linie dürften Ihre Anwälte argumentieren – das und zeitweilige Geistesgestörtheit.»

Eine fieberhafte Röte stieg ihr vom Hals ins Gesicht, und ihre kühle Haut wirkte auf einmal fleckig. Doch der Grund für ihre Reaktion schien keineswegs Verlegenheit zu sein. Es zuckte um ihre Mundwinkel.

Wie gern hätte Jury sie durchgeschüttelt, damit sie endlich aus ihrer nonnenhaften Gleichmut und ihrer Schicksalsergebenheit aufwachte. Warum machte sie sein Auftauchen nicht zornig oder zumindest gereizt? Sie schien es nicht einmal zu stören. Er bohrte weiter. «Nach acht Jahren dürfte es ziemlich schwerfallen, das zu beweisen, selbst für einen Fuchs wie Sir Michael.»

Nach einer Weile sagte sie: «Schon möglich.»

Die Feststellung klang so nüchtern und realistisch, daß es ihr wirklich einerlei sein mußte, was aus ihr wurde. Jetzt hatte sie die Hände auf dem Rücken gefaltet; die Augen hielt sie fest auf das Ende des Weges gerichtet. Hinter dem Tor gab es einen kargen kleinen Obstgarten mit gekappten Bäumen, aus deren Stämmen knorrige Äste mit dünnen Zweigen wuchsen. Im Sommer mochte er anders aussehen, und die Bäume mochten Kinder verlocken, hochzuklettern und sich Obst zu pflücken.

«Hat Ihr Sohn hier gespielt?»

«Ja.» Sie brauchte einen Moment, bis sie hinzusetzte: «Mit Toby.»

Eigenartig, aber sie sagte nur den Vornamen, so als stünde unausgesprochen fest, daß er über Toby Bescheid wußte.

«Toby Holt.»

Nell zog die Strickjacke noch enger um sich und nickte. «Sie waren gute Freunde, was eigenartig ist, wenn man bedenkt, daß Billy zwölf und Toby fast sechzehn war. Mit fünfzehn, da...» Sie brachte den Satz nicht zu Ende. «Ich glaube, er hat Billy richtig bewundert. Natürlich wirkte Billy älter, das kam wohl durch die Musik. Er war ein Wunderkind, konnte wirklich alles spielen. Der arme Toby. Er hat sich soviel Mühe gegeben, aber er konnte kaum auf dem Kamm blasen. Und Abby; die beiden haben sich doch tatsächlich mit Abby abgegeben. Und die war erst drei. Wie geht es ihr? Und den Holts? Haben Sie schon mit den Holts gesprochen? Wie sie wohl ohne ihn zurechtkommen?»

Sie schaute kopfschüttelnd zu Boden. Schaute und schüttelte den Kopf, als ob das alles ein Rätsel für sie wäre, ein Geheimnis, das sie einfach nicht ergründen konnte. Wie seltsam, daß sie sich um die Holts sorgte, sich fragte, ‹wie sie ohne ihn zurechtkamen›, so als wäre er gerade vor einer Woche gestorben.

Für sie schien festzustehen, daß er Abby – wer auch immer das war –, daß er die Holts aufsuchen würde. Er war überzeugt, daß sie in diesem Augenblick nicht den Polizisten in ihm sah; vielleicht sah sie ihn überhaupt nicht. Eher redete sie mit sich selbst. Aber wenigstens redete sie.

Jury war ganz sicher, daß sie hinter der verfallenen Mauer den Geist Billy Healeys sah, wie er auf einen Baum kletterte. Und als er sie wieder ansah, da erschien sie ihm wie der Obstgarten selber, verwittert, dünner, mehr nach innen gewandt. Sogar ihr glatter Teint wies jetzt winzige Fältchen auf, glich rissigem Porzellan. Sie hatte einen kleinen Gedichtband aus der Tasche gezogen, und ihre Finger, die ihm jetzt skelettartig vorkamen, drehten ihn hin und her, hin und her.

«Er sieht aus –» und dabei deutete sie mit dem Kopf auf die eher niedrigen Baumreihen des Obstgartens – «als ob er völlig verfroren wäre. Aber er schläft nur. Ein plötzlicher Wärmeeinbruch wäre gefährlich, wenn nicht tödlich für ihn.» Sie schwieg. «Das weiß ich aus einem Gedicht, in dem jemand seinen Obstgarten betrachtet und zu ihm sagt: ‹Leb wohl und bleib kalt.›»

«Der Gedanke scheint tröstlich für Sie zu sein.» Ein kühler Wind war aufgekommen, wirbelte ein paar knisternde Blätter auf, zerrte an ihrem mit einem Perlmuttkamm festgesteckten Haar und wehte ihr Strähnen ins Gesicht. Sie zog sie von Mund und Kinn zurück wie einen Schleier und steckte sich die Haare wieder fest.

«Mögen Sie Gedichte?» fragte Jury.

«Ja.» Seine Augen hingen an ihren Händen, die das Haar zurückstrichen und wieder feststeckten. Jetzt wirkte sie überaus jung. «Ja, denn auf ihre Sprache ist Verlaß. Ich kann Gerede nicht ausstehen.»

Jury lächelte. «Was Sie mehr als deutlich klarmachen. Das einzige, was bei Ihnen klar ist.» Falls er gehofft hatte, sie damit aus der Reserve zu locken, so täuschte er sich. Sie verfolgte ihren eigenen Gedanken.

«Worte sind wie ein Schleier. Halb durchsichtig, leicht zu zerreißen, immer zerfranst.» Ein verhaltenes Lächeln, als müßte sie es erst probieren. Anscheinend freute es sie, daß sie ihre Meinung gesagt hatte.

«Vielleicht haben Sie recht, aber was haben wir denn sonst, und wer von uns ist schon Dichter? Ich kann Ihnen versichern, daß der Staatsanwalt überhaupt keine Ader für Poesie hat, wenn Sie erst auf der Anklagebank sitzen.» Er stellte sich vor sie, so daß sie ihn anschauen mußte. «Hängt Ihr Schweigen, Ihre Abneigung zu reden, etwa damit zusammen, daß Sie sich einbilden, Sie könnten auf eine verborgene Wahrheit stoßen, falls Sie dafür nur die richtigen Worte fänden? Daß die Welt sich taub und dumm stellt und es daher sinnlos ist, zu ihr durchdringen zu wollen?»

Die Worte waren kaum heraus, da wußte er schon, daß er einen Fehler gemacht hatte, aber er konnte nicht mehr zurück. Er ärgerte sich über sie. Als sie sich wieder dem Weg zuwandte, sagte er: «Tut mir leid. Es steht mir nicht zu, überhaupt mit Ihnen zu reden, geschweige denn... Ihnen Vorhaltungen zu machen.» Er lächelte ein wenig; er hatte die richtigen Worte finden wollen und war in seine eigene Falle getappt; er hatte Worte gewählt, die sich in diesem Zusammenhang sehr seltsam anhörten und seltsam schmeckten, wie Meerwasser. «Ich bin jedoch überzeugt, daß mehr dahintersteckt. Vielleicht haben Sie es Ihren Anwälten erzählt; vielleicht wäre ich der letzte, dem Sie es erzählen würden. Und doch glaube ich nicht, daß Sie denen mehr erzählt haben als mir. Ich weiß, es gibt irgendeinen anderen Grund, warum Sie Ihren Mann erschossen haben.»

Das Schweigen zog sich in die Länge wie die Schatten auf dem Pfad. Sie standen jetzt schon so lange hier, daß es beinahe dunkel geworden war. Ein mattgoldener Streifen unterteilte den dunkelblauen Himmel. Sie hob die Arme an die Brust, ihre Finger formten eine kleine Brücke, auf die sie ihr Kinn legte. Ein großes Repertoire an Gesten stand ihr nicht zur Verfügung; sie waren knapp, und sie geizte mit ihnen wie mit ihren

Worten. Während der ganzen Unterhaltung hatte sie sich kaum einen Zentimeter vom Fleck gerührt. «Warum glauben Sie das?» Mehr sagte sie nicht.

Er zögerte. Und sagte etwas anderes: «Für eine rachedurstige Frau sind Sie mir zu beherrscht vorgekommen.»

Ihre Arme fielen herunter, doch die Hände lösten sich nicht. Sie runzelte die Stirn. «Was Sie nicht alles in den paar Sekunden gesehen haben wollen.»

«Es waren keine paar Sekunden. Wissen Sie denn nicht, daß wir beide zur selben Zeit im Speisesaal gesessen haben?»

Sie schüttelte den Kopf. «Ich habe ein Buch gelesen, weiter nichts.»

«Und was für ein Buch. Wenn ich etwas Aufmunterung brauche, greife ich immer zu Camus.»

Darauf erwiderte sie nichts, sondern betrachtete den blauschwarzen Himmel. Zwei Brachvögel kreisten über ihnen und stießen ihre eigenartig störrischen Rufe aus.

«Und vorher, im Brontë-Museum.»

Sie sagte stirnrunzelnd: «Ich habe Sie nicht gesehen.»

«Ich weiß. Sie waren mit Ihren Gedanken irgendwo, nur nicht bei den alten Manuskripten. Und im Spielzeugmuseum habe ich Sie auch gesehen.»

Die Falten auf ihrer Stirn vertieften sich, ihr Blick ließ von ihm ab, kehrte wieder zu ihm zurück. «Sie sind mir *gefolgt*?» Jury nickte. «*Warum?*»

«Ich weiß es nicht.»

Das schien sie eher zu amüsieren als zu verärgern, doch dann schüttelte sie wieder den Kopf und sagte langsam: «Aber Sie haben nichts gesagt.»

Und er sagte auch jetzt nichts, denn einerseits verstieß er gegen seinen Ehrenkodex und schämte sich dafür; andererseits redete sie mehr, wenn er schwieg. Es schien, als hätte man ihnen nur wenige Worte zugestanden, und die reichten nicht für zwei gleichzeitig. Jetzt war die Reihe an ihm, den Blick abzuwenden und das Tor und die Bäume dahinter zu betrachten.

«Ich verstehe das nicht.» Es schien ihr aber ziemlich gleichgültig, ob sie ihn nun verstand oder nicht.

Schließlich sagte er, was er, wie er sehr wohl wußte, nicht sagen durfte, es sei denn vor Gericht. Und dort würde es alle Hoffnung – wenn es überhaupt eine gab – auf einen Freispruch Nell Healeys zunichte machen. «Ich weiß, daß Sie die Unwahrheit sagen. Sie und Ihr Vater. Und Ihr Mann hat auch die Unwahrheit gesagt.»

Da fuhr ihr Kopf jäh herum, und auf ihrem Gesicht lag echtes Erstaunen. Ihre Augen weiteten sich. Im schwindenden Tageslicht konnte man die Farbsprenkel nicht mehr sehen. Die Iris schien zu einem Goldgrün verschmolzen. «Die Unwahrheit gesagt?»

«Über Ihr Motiv. Sie haben sich zwar ausgeschwiegen, aber protestiert haben Sie eben auch nicht. Rache, weil Roger Healey, oder er und Ihr Vater, den Rat der Polizei von Cornwall befolgt und sich geweigert haben, das Lösegeld für Billy zu zahlen. Und was ist mit Ihrem Vater? Wollen Sie den auch aus Rache umbringen?» fragte Jury sanft.

Keine Reaktion; sie wurde nur noch stiller.

«Ihr Mann besaß kein solches Vermögen. Aber Sie. Die anderen taten zwar so, als ob ihnen das Geld gehörte, aber Sie waren diejenige, die den Scheck hätte unterschreiben müssen. Und das haben Sie nicht getan; Sie weigerten sich.»

Sie hob die gefalteten Hände zum Mund und machte die Augen fest zu, so als könnte sie damit zurückdrängen, was sich Bahn zu brechen drohte: Tränen, Worte, Gefühle. Am Ende entspannte sie sich wieder und fragte matt: «Woher wissen Sie das? Der Superintendent –» Sie unterbrach sich, wahrscheinlich war ihr aufgegangen, daß sie sich verraten hatte.

«Goodall hatte Charles Citrine versprochen, daß man den Bericht ein wenig abändern würde, wie? Der Polizei konnte es ohnehin egal sein, wer bei Ihnen das Sagen hatte.»

«Der Sergeant –» sagte sie und wirkte immer noch wie vor den Kopf geschlagen. «Das hat Ihnen der Sergeant erzählt.» Sie kuschelte sich tiefer in ihre Strickjacke – es war jetzt viel zu kalt, um nur eine Strickjacke zu tragen, doch Jury bezweifelte, daß sie das merkte – und sagte: «Ich sehe ihn noch ganz deutlich vor mir. Ein gewisser Macsowieso.»

«Macalvie. Und Sergeant ist er auch nicht mehr. Er ist jetzt ein ziemlich hohes Tier, Divisional Commander. Das gleiche wie ein Chief Superintendent.»

«Dann sind Sie auch ein ziemlich hohes Tier.»

Jury lächelte. «Nicht so hoch wie Macalvie. Nicht mal Gott ist höher als er.» Erstaunlich, aber sie lächelte tatsächlich. Das hatte sie bis jetzt kaum getan, und nun lächelte sie ausgerechnet über Brian Macalvie. «Sie hassen ihn doch nicht etwa? Weil er Ihnen das so unverblümt geraten hat?»

Daß man ihr unterstellte, ihn zu hassen, schien sie zu bestürzen. «Warum sollte ich? Ich hätte seinen Rat ja nicht befolgen müssen. Und die Polizei hatte ohnehin ein ähnliches Vorgehen empfohlen; der andere Beamte sagte das gleiche, nur verstand er kaum zu überzeugen. Der Sergeant jedoch war sehr überzeugend und eindringlich; wahrscheinlich riskierte er dabei selber Kopf und Kragen. Er vermittelte das Gefühl, als wüßte er genau, was er tut.»

Jury lächelte. «Er würde Ihnen sofort zustimmen.»

«Eingebildet wirkte er aber nicht.»

«Oh, das hat nichts mit Einbildung zu tun. Er glaubt lediglich an seine Gaben – und davon hat er reichlich, das können Sie mir glauben. Daß Sie Billy nicht zurückbekommen haben, heißt nicht, daß er sich geirrt hat. Aber manchmal müssen Sie doch gedacht haben, daß, wenn Sie das Lösegeld gezahlt hätten ...»

Sie rückte von ihm ab, und ihre Aufmerksamkeit schien sich auf die schwarze Rinde einer Eiche zu richten. «Vorbei ist vorbei. Aber das ist es schon lange; damit komme ich vor Gericht nicht weit, wie Sie ganz richtig sagen.»

Jury ging zu dem Baum und stemmte die Hand dagegen.

«Ich glaube nicht, daß unser Wissensvorsprung an der Sache etwas ändern würde.»

Sie runzelte die Stirn. «Man wird ihn vorladen, und Sie –»

«Im Polizeibericht steht, daß die ‹Familie› sich geweigert hat, das Lösegeld zu zahlen. Die Sache ist die: Macalvie – und ich – könnten ein Interesse daran haben, daß der Gerechtigkeit Genüge getan wird. Sie aber –» Jury hob die Schultern – «ich bin mir nicht sicher, ob Ihnen damit geholfen ist. Auf mich wirken Sie wie jemand, der endlich eine sehr schwierige Aufgabe zu Ende gebracht hat und sich um die Konsequenzen nicht schert.»

Er war wieder vor sie getreten, und da er nun groß und nahe genug war, um ihren Blick zu verstellen, mußte sie ihn ansehen. Sie starrte auf seinen Pullover, seinen Trenchcoat, mied jedoch seinen Blick. «Sie halten mich für kaltblütig.» Das sagte sie mit betrübter Miene.

«Nein. ‹Unnahbar› ist nicht ‹kaltblütig›.»

Sie stand da, sah die verkrüppelten Zweige an und sagte nichts mehr. Sie hüllte sich in Schweigen wie in ihre Strickjacke.

«Leben Sie wohl, Mrs. Healey.»

«Leben Sie wohl.»

Er hatte sich schon ein paar Schritte entfernt, da hörte er sie sagen: «Und bleiben Sie kalt.»

12

Die Frau am Empfang des Hotels «Zum weißen Löwen» zeigte eine Miene, nach der zu urteilen sie die volle Verantwortung dafür übernehmen mußte – es ihr «ganz furchtbar leid tat» –, daß das Hotel ihn nicht aufnehmen konnte. Als sie aus einem hinteren Raum zurückkam, «nur um noch einmal sicherzugehen, daß es auch keine Absagen gegeben hat», zweimal ihre Entschuldigung wiederholte und ihre wunde rote Nase betupfte, wuchs in Melrose die Besorgnis, daß sein plötzliches Erscheinen im «Weißen Löwen» und sein darauffolgendes Verschwinden einen Tränenschwall ausgelöst hatte, eine Gefühlsaufwallung seitens des Hotelpersonals wegen des Unbehagens zukünftiger Gäste. Doch die frostgebeutelte Nase und die verschmierten Augen verdankten sich keinem Emotionsschwall darüber, daß Melrose wieder in die Kälte hinausgeschickt werden mußte. Sie hatte sich erkältet und hatte Fieber. Sie machte ihm Vorschläge: der «Schwarze Busch» gegenüber? Nein, da war er schon gewesen. Wie dumm von ihm, nicht vorher zu reservieren.

«Wozu auch? Haworth im Januar, da gehen die Zimmer für gewöhnlich betteln.» Offenbar fürchtete sie, daß er sich auch noch der Dummheit zieh, wo seine Lage als Ausgestoßener schon Last genug für ihn (und sie) war.

Melrose kam sich schon vor wie die sterbende Besetzung von *Les Misérables* und versuchte, ihre Stimmung mit der Versicherung zu heben, daß das Fremdenverkehrsamt nebenan schon etwas für ihn finden werde. Die Angestellte war der Verzweiflung nahe, und während Melrose immer nur lächelte und dann ging, fragte er sich, ob die Menschen von Haworth mehr als von Viren oder Mord vom Brontë-Trübsinn infiziert waren.

Da die Angestellte des Fremdenverkehrsamtes von Haworth noch damit beschäftigt war, eine Frau in mittleren Jahren zu bedienen, durchstöberte Melrose den kleinen Raum, griff nach ein, zwei düsteren Broschüren in Schwarzweiß über die Moore ringsum und das Dorf. Vielleicht sollte er eine davon, die mit der Abbildung des Pfarrhauses und des Friedhofs, Vivian schicken, nur damit sie wußte, wo er sich seit ihrer letzten Begegnung herumdrückte. Während er die Ständer durchging, verfolgte ihn ein zehn- bis zwölfjähriger Junge mit Pfannkuchengesicht und einer großen Tüte Chips im Arm; das unleidliche Gör lutschte einen knallroten Lolli, um den sich ein giftgrüner Streifen ringelte, und gehörte wahrscheinlich zu der Frau am Tresen. Der Junge hatte ausdruckslose Augen wie ungeprägte Münzen, und da er nichts Besseres zu tun hatte, plante er anscheinend mit seinem klebrigen Lolli einen Angriff auf Melroses Kaschmirmantel, denn er rückte ihm immer näher auf die Pelle.

«Branwell Brontë?» fragte Melrose, so als ob der Junge ihm eine Frage gestellt hätte. Dann las er, so laut er konnte, Branwells Bemerkung über den «Lord Nelson» vor, welche zusammen mit einem Foto des berühmten Pubs abgedruckt war. «‹Lieber würde ich einer Hand verlustig gehen, als mich noch einmal den üblen und lieblosen Ausschweifungen hinzugeben, denen ich an jenem Ort allzu häufig zum Opfer fiel.›» Melrose legte eine Pause ein, musterte den ungeratenen Jungen und sagte dann gemessen, klar und deutlich: «Keine Ahnung, wonach der süchtig war, du etwa?»

Die Frau, ganz in Türkis, deren langes, bleiches Gesicht durch ein turbanähnliches Gebilde auf ihrem Kopf noch mehr in die Länge gezogen wurde, drehte sich rasch um und sagte mit einer tiefen, ja fast mit einer Baßstimme: «Malcolm!» Sie warf Melrose einen argwöhnischen Blick zu und zog Malcolm an sich, ein Griff, dem sich der Junge flink entwand. Melrose war mehr sein Fall.

An der Wand über dem Tresen hing die riesige Vergrößerung eines Fotos von den Ruinen des alten Bauernhauses, welches Emily Brontë angeblich als Vorbild für ihren Roman *Sturmhöhe* gedient hatte. Die andere Frau, rundes Gesicht, gelbe Haarkuppel und dünnes Stimmchen, fragte, wie gut die Straße dorthin sei. Als die geduldige Frau hinter dem Tresen antwortete, es gebe dahin keine Straße, sie müsse ungefähr einen halben Kilometer übers Moor *zu Fuß* gehen, wandte sie sich wie zur Beruhigung Melrose zu und sagte mit ihrer Flüsterstimme: «Ich kann mir doch das Bild noch ein Weilchen ansehen, nicht?»

«Selbstverständlich, Madam. Genauso habe ich auch den Kilimandscharo bestiegen. Das Lager am Fuß des Berges, dazu eine große Karte und ein paar Stecknadeln, so bin ich bis zum Gipfel hoch. Habe dabei der Atmosphäre wegen Hemingway gelesen. Was soll man schließlich mit der Wirklichkeit, wenn man auch ihren Schein haben kann? Warum Substanz, wenn man auch in ihrem Schatten liegen kann? Warum denn, um Himmels willen, Zeit vergeuden? Etwas anderes haben wir doch nicht.»

Die Dame mit dem Engelsgesicht blickte ihn träumerisch an. «Das hätte ich nie...»

Dessen war sich Melrose sicher.

Melrose ging zum Drehgestell mit den Ansichtskarten, gefolgt von Malcolm und den glühenden, mißtrauischen Blicken der Mutter dieses bösen Buben.

«Zu diesem Trümmerhaufen wollen wir nicht –» Malcolm deutete mit dem Kopf auf das Foto – «*wir* wollen zum Hadrianswall, ätsch.»

Melrose drehte den Ständer und sagte: «Dann solltet ihr euch lieber rasch auf die Socken machen, denn *der* Trümmerhaufen befindet sich in Northumberland.»

«Mum kennt ihn.»

Melrose wandte sich von dem Foto von Haworths Kopfsteinpflaster ab. «Was? Wen?»

«Hadrian. Den Kaiser Hadrian.» Er stopfte sich eine Handvoll Chips in den Mund und wartete, ob der affige Typ das schlucken würde.

Melrose entfernte sich.

Der böse Bube ihm nach. «Sie kann nämlich hellsehen. Sie kann Karten legen und Geister beschwören. Sie hat das Zweite Gesicht.»

Offenbar doch nicht, sonst gäbe es Malcolm nicht. Melrose starrte ihn an. «Zieh Leine.»

Der böse Bube streckte ihm die Zunge heraus, ein rotgrünes Prachtexemplar, und wurde sodann von seiner Mum fortgezerrt, gerade als die toupierte Blondine ihre Landkarten zusammenraffte und Melrose ein strahlendes Abschiedslächeln zuwarf.

Endlich war Melrose an der Reihe.

Es gab mehrere Häuser, die sie ihm vorschlagen konnte, aber alles nur Frühstückspensionen. «Also, da haben wir Mrs. Buzzthorpe; bei ihr bekommt man ein sehr anständiges Frühstück; sie vermietet nur ein einziges Zimmer, da hätten Sie es ruhig. Falls es hier herum noch irgendwo ruhig ist.» Sie fuhr sich mit der Hand über die Sorgenstirn. «Sie wissen vermutlich schon –»

«Ich hatte eher an so etwas wie ein Hotel gedacht. Soviel ich weiß, gibt es hier das Gasthaus ‹Zum großen Schweigen›.» Jedenfalls hatte Jury gesagt, daß er dort absteigen würde.

Die Ärmste hüllte sich fester in ihre Strickjacke und sagte: «Ja, aber da ist doch dieser grausige *Mord* passiert.» Sie ließ sich das Wort richtig auf der Zunge zergehen. Ihre Stimme wurde zu flüsterndem Gezischel, sie beugte sich über den Tresen. «Das war vor zwei Tagen. Da ist ein Mann umgebracht worden. Vermutlich kriegt man darum kaum noch ein Zimmer in den Hotels hier.» Sie rümpfte angewidert die Nase. «Sensationslüsterne.»

«Ist das ‹Große Schweigen› nun ausgebucht?» fragte Melrose und senkte seinerseits die Stimme zu einem Flüstern.

«Die Polizei von Keighley hat das Hotel vorübergehend geschlossen. Ich kann ja mal anrufen.» Was sie auch tat, doch sie mußte ihm leider mitteilen, daß die wenigen Zimmer dort vergeben waren. Sie ging erneut ihre Liste durch. «Weavers Hall.

Da ist es sehr nett.» Ihr bedenklicher Blick galt seiner Kleidung, dem Spazierstock mit dem Silberknauf und dem Bentley draußen vor dem Fenster. Sie sagte mit einem verlegenen Lächeln: «Ich bin nicht ganz sicher, ob das Ihr Stil ist, Sir.»

«Mittlerweile ist mir jeder Stil recht. Wo liegt Weavers Hall?»

Weil er sich so zugänglich für ihre mageren Vorschläge zeigte, zückte sie ohne zu zögern Karte und Bleistift. «Es liegt genau hier, am Naturschutzgebiet.» Sie stach mit dem scharfen Bleistift auf einen Punkt auf der Karte, der unweit des Dorfes gelegen schien. «Hier hinter Stanbury zweigt die Straße rechts ab, bis da ist es eine Meile. Alles in allem nicht mehr als zwei Meilen.»

«Sie haben mir sehr geholfen, vielen Dank. Gibt es dort ein Restaurant oder dergleichen?»

Jetzt wirkte sie kleinlaut. Gerade schien sie sein Problem gelöst zu haben, da mußte sie ihn schon wieder enttäuschen. Rasch fügte sie an: «Bei Miss Denholme bekommen Sie aber ein gutes Abendbrot.»

Er lächelte. Bei dem Wort «Abendbrot» mußte er aus unerfindlichen Gründen immer an Würstchen mit Kartoffelsalat denken. Machte nichts, heute abend würde er sowieso mit Jury essen.

«Führt sie einen guten Weinkeller? Nichts für ungut», sagte er, als er sah, wie ihre Augen vor Erstaunen rund wurden. «War nur ein Scherz.»

13

Der böse Bube betätigte sich als Tierquäler. Melrose hatte den Bentley kaum geparkt, da ertappte er ihn mit einer grauen Katze auf dem Gelände von Weavers Hall. Verflixt noch mal, wieso war er nur nicht darauf gekommen, daß die Dame vom Fremdenverkehrsamt auch diese Familie hierhergeschickt haben könnte, denn weitere Zimmer hatte sie kaum zu vermitteln gehabt.

Der böse Bube hatte sich im Schutz eines großen, flachen Felsbrockens inmitten eines Steinhaufens praktisch auf die Katze gesetzt und versuchte, sie mit gesalzenen Chips vollzustopfen, während er gleichzeitig ihren Kopf mit etwas bearbeitete, das nach einem aufgerollten Poster aussah. An einem anderen Stein lehnte eine riesige Tasche. Die Katze wehrte sich und jaulte jämmerlich. Der Junge kehrte ihm den Rücken zu, sein «Banana Republic»-T-Shirt war hoch- und seine Jeans etwas heruntergerutscht. Zwischen beiden lugte bleiches, wabbeliges Fleisch hervor.

Vermutlich war das am Drahtzaun lehnende tragbare Stereogerät, aus dem dröhnende Rockmusik schallte, daran schuld, daß der Junge Melrose nicht kommen hörte. Hinter dem Zaun scharrten Hühner, Enten torkelten wie betrunken umher, und ein offensichtlich verstörter Hahn stakste durch die Gegend.

Das Stereogerät war eines derjenigen, die die Jugendlichen wie einen Hund spazierenführten oder auf der Schulter trugen (wo sie schon keine andere Last drückte). Hörte er in London einen auf dem Gehweg vorbeigehen, war das für ihn immer wie ein Stammesruf, mit dem einer des Stammes von der Regent Street etwa einem seiner Brüder am Piccadilly etwas mitteilte. Der hier gab ein musikalisches Chaos aus (so klang es jedenfalls) ein paar hundert Zimbeln und einer Chicagoer Schießerei aus den dreißiger Jahren von sich.

Auf dem flachen Stein stand eine Flasche Limo, und nach der

griff der Junge, während die Katze versuchte, sich ihm zu entwinden. Melrose sah, daß er vorhatte, der Katze auch noch das klebrige Zeug einzutrichtern. Im Nu hatte er seinen Spazierstock aus dem ledernen Kofferriemen gezogen, ihn vorgestreckt und damit das Handgelenk, das die Limoflasche hielt, hochgerissen, so daß die Flasche durch die Luft flog und am Zaun auf der Erde landete. Ein paar Enten kamen flügelschlagend herbeigewatschelt, um zu sehen, was da los war.

Der Junge stieß einen Schrei aus und lief im Gesicht rot an. Alles deutete darauf hin, daß ein Wutanfall im Anzug war. Er sprang auf und bebte im wahrsten Sinne des Wortes vor Zorn. Die plattgedrückte Katze richtete sich auf und schüttelte sich.

«Das ist meine Limo!» Aber seine Augen hingen noch an dem harmlos aussehenden Spazierstock, der in Wirklichkeit ein Totschläger war, eine mit winzigen Kügelchen gefüllte Lederröhre. Melrose stützte sich jetzt darauf und betrachtete den Geröllhaufen.

«Wart ihr auch schon in Stonehenge?»

Der Junge versuchte ein böses Funkeln, so gut ihm das durch seine dicken Brillengläser gelang. Die Katze hatte ihre Benommenheit abgeschüttelt und sauste den Weg entlang zu den Nebengebäuden – eine Scheune, Ställe und eine kleine Steinkate. Ein weißbraun gefleckter Hund, wohl ein Border Collie, bellte, als die Katze näher kam, entweder trieb er sie an oder er verbellte sie. Melrose konnte sich gut vorstellen, daß ein ganzes Aufgebot von Hunden der grauen Katze ungefährlicher erscheinen mochte als die Gesellschaft des bösen Buben, der Melrose anstarrte und sich wie ein Wilder Chips in den Mund stopfte. Kauend sagte er: «Sie sind ja bescheuert.»

«Aber auch größer.» Melrose klopfte sich mit dem Totschläger auf die Hand.

Der Junge trat einen Schritt zurück, wobei seine Spinnenwimpern mehrmals flatterten. Er schien nachzudenken, und gemessen an den Grimassen, die er dabei zog, kostete ihn das viel Mühe. «Das sage ich meiner Mum.»

«Nur zu. Dann kommt deine Mum zu mir, und dann erzähle ich ihr mal was. Deiner Mum und allen andern hier.»

Die Augen des Jungen wurden schmal; er musterte Melroses Auto und sagte: «Unser Auto ist besser als Ihres.»

Melrose schob den Spazierstock wieder unter die Kofferriemen und antwortete: «Tauschen wir doch.» Er nahm seinen Koffer und wollte schon gehen, als der Junge seinen Stereoapparat auf volle Lautstärke drehte und ihn näher zum Zaun schob. Die Hühner gackerten und liefen wild durcheinander, und die Enten rannten zum anderen Ende der Einzäunung.

Um Himmels willen, dachte Melrose. «Laß das», sagte er.

«Ich dachte, Sie wollten bei Sirocco vielleicht auch mal in der ersten Reihe sitzen. Sie wissen ja nicht mal, was das ist», sagte der böse Bube von oben herab, während die Musik dröhnte.

«Das ist ein heißer Wind aus der Sahara. Auf Wiedersehen.»

«Blödmann!» kreischte der Junge hinter ihm her. «Eine der besten Rockgruppen auf der ganzen Welt!» Er fuchtelte mit dem Poster. «Und ich sitze im Konzert in der ersten Reihe!»

Melrose ging weiter. Hoffentlich zertrümmerten Musiker immer noch ihre Gitarren wie Peter Townsend, setzten ihr Schlagzeug und ähnliche Dinge in Brand, daß die Trümmer und die brennenden Fetzen nur so in die erste Reihe flogen. Als er sich dem Plattenweg näherte, sah er zu seiner Linken ein kleines Mädchen aus Richtung der Scheune und Ställe kommen. Er kniff die Augen zusammen. Es war die Furie, das Kind, dem er beim Tierarzt begegnet war. Ihr schwarzes Haar glänzte wie ein Helm, sie hatte sich ein weißes Umschlagtuch umgelegt, das ihr fast bis zu den Knöcheln reichte, und trug ein Kleid, das ihr zu lang war.

Falls sie ihn sah, so ließ sie sich nichts anmerken. Angesichts ihres zielstrebigen Schrittes und ihrer Miene zweifelte er ernstlich daran, daß sie überhaupt etwas anderes als den Gegenstand ihres Zorns dort am Zaun wahrnahm. Die graue Katze hatte sie sich wie einen Mehlsack über die Schulter gelegt.

Ein paar Enten kehrten dem Hühnerhofgezänk den Rücken

und kamen ihr am Zaun entgegen. Sie schienen zu wissen, daß etwas im Anzug war, vorzugsweise Futter, und der Hahn kam auch zu ihr herübergestakst.

Als der Junge sie sah, glitt ihm der Stereoapparat aus der Hand (die Musik spielte weiter); dann versuchte er, sich rückwärts durch den Zaun zu verdrücken. Aber kein Entrinnen. Wie die Enten spürte auch Melrose, daß etwas im Anzug war, als das Mädchen die Katze neben dem Steinhaufen absetzte. Die putzte sich friedlich, unter dem Schutz ihrer Herrin konnte ihr offenbar nichts passieren.

Melrose stellte den Koffer wieder ab und eilte ihr vorsichtshalber zu Hilfe, während die Furie dem Jungen auf den Pelz rückte. Wandelte dieses kleine Mädchen tagaus, tagein am Rande des Abgrunds?

Offenbar. Ehe er es verhindern konnte, fuhr ihr Arm hoch, und sie versetzte dem Jungen blitzschnell einen Kinnhaken, daß es nur so krachte.

Die Hühner drehten durch; der Hahn stakste durch die Gegend wie Frankensteins Monster, und aus dem Stereoapparat kam wilder Beifall, Gepfeife und Gejohle, das zu einem brüllenden Crescendo anstieg. Der Junge rutschte vom Zaun und heulte los, doch das ging in dem Krach unter.

«Schluß jetzt!»

Der Klang dieser Stimme ließ wie eine physische Kraft Melrose herumwirbeln. Die türkisfarbene Turbanfrau, die Mutter des bösen Buben, kam vom Haus her auf sie zugelaufen. Sie schreckte die graue Katze auf, die wieder Gefahr witterte und auf dem Weg davonschoß. Die Hühner spritzten auseinander, während die Giftnudel das kleine Mädchen ankreischte. Melrose hatte den richtigen Augenblick verpaßt, um sie gewaltsam aufzuhalten oder ihr ein Bein zu stellen – alles, was sie daran gehindert hätte, der Furie eine Ohrfeige zu geben, bei der das Kind eigentlich hätte zu Boden gehen müssen, doch es wankte nicht einmal. Es stand mit gespreizten Beinen fest auf der Erde und ließ sich einfach nicht auszählen.

Er beugte sich zu dem kleinen Mädchen hinunter. «Alles in Ordnung?» Sie nickte mit gerunzelter Stirn, als versuche sie sich zu erinnern, wo sie ihn schon einmal gesehen hatte. Ihre Augen waren gar nicht braun, wie er anfangs gedacht hatte. Sie waren tief dunkelblau und schwammen jetzt in Tränen. Sie blickte zu den fernen Hügeln; der dunkelrote Fleck auf ihrem Gesicht, der aussah wie das unauslöschliche Mal einer Hexenhand, schien ihr nichts auszumachen. Sie hatte die Augen zugekniffen, und ihre Mundwinkel zeigten nach unten.

«Iih, iih, *iih*!» Sie stampfte mit den Füßen, als würde sie auf heißen Kohlen stehen. Dann drehte sie sich um und rannte mit erhobenen Armen, der Schal flatterte wie Flügel hinter ihr her, in Richtung Scheune davon. Dann blieb sie stehen, wirbelte herum wie ein Derwisch und rannte weiter, als wäre der Zorn Gottes hinter ihr her, der weiße Schal wehte, die Haare schwarz wie die Sünde.

14

WÄHREND MELROSE NOCH dem weißen Umschlagtuch nachsah, das in der Scheune verschwand, war eine Frau auf den Gehweg getreten und fegte die Platten. Als er sie bei dieser häuslichen Tätigkeit sah – in ein ähnliches Umschlagtuch gehüllt wie die Furie, ihres jedoch schwarz –, war er richtig ein bißchen erleichtert. Und als sie näher kam, hatte Melrose das gespenstische Gefühl, sie schon einmal gesehen zu haben; das war doch die Frau, die übers Moor gegangen war. Die Haltung, der entschlossene Blick, das lange Umschlagtuch, all das trug zu diesem Gefühl von Déjà-vu bei.

Man konnte sie durchaus als attraktiv bezeichnen, als eine Art melancholische Schönheit. Ihre Augen waren nicht zu erkennen, da sie den Blick gesenkt hielt, aber ihr Haar hatte die Farbe von Mahagoni und ihr Teint war so klar wie der des jungen Mädchens. Eigentlich sah sie wie eine etwas veraltete Ausgabe des Kindes aus, wie das Vorjahrsmodell, noch gut erhalten, jedoch an den Säumen etwas ausgefranst. Wahrscheinlich die Mutter der Kleinen, die sich da mit einem Eifer betätigte, als sei das die letzte Gelegenheit zum Fegen überhaupt.

Unversehens blickte sie auf. «Oh, Entschuldigung. Ich war mit meinen Gedanken woanders.» Selbst noch das Lächeln wirkte verkniffen. «Sind Sie Mr. Plant? Das Fremdenverkehrsamt hat Ihretwegen angerufen.»

Melrose nickte. Ihre Schönheit wirkte irgendwie unbeabsichtigt; zwar waren alle Zutaten vorhanden, dennoch war sie dem Schöpfer nicht richtig geraten, war wie die Studie zu einem Porträt, das dem Maler mißlungen ist: die Augen standen weder zu eng noch zu weit, aber die Iris war ein verwaschenes Blau; ein voller Mund, aber mit hängenden Mundwinkeln. Bis auf ein paar kaum sichtbare Pockennarben, Spuren einer Kinderkrankheit, war ihr Teint makellos.

Sie streckte ihm die Hand hin. «Ich bin Ann Denholme.» Sie wollte schon nach seinem Koffer greifen, aber Melrose nahm ihn ihr ab. «Die Familie, die vor mir gekommen sein muß – wie lautet wohl ihr Name?»

Sie traten durch eine schwere Eichentür auf eine Diele mit viel dunklem Holz und verblichenen türkischen Teppichen. «Braine, Mutter und Sohn.» Sie sah abfällig zum oberen Stockwerk hoch. «Kaum angekommen, und schon gibt es Krach zwischen dem Sohn und Abby, und sie droht zu packen und abzureisen.» Sie hängte das Umschlagtuch an einen Haken an der Tür, verschränkte die Arme und rieb sich mit bekümmerter Miene die Ellbogen. «Ein richtiges Früchtchen, dieser Junge –»

Melrose lächelte und nickte.

«– aber es geht offenbar nicht in Abbys Kopf, daß sie mit Gästen nicht umspringen kann, wie es ihr beliebt.»

«Ich habe angefangen, nicht Abby.»

Ann Denholme, die ihm auf dem Flur vorausging, blieb stehen und drehte sich um. «Sie?»

«Ja, ich. Der Sohn gehört zu der Sorte, die Zitronenfaltern und Turteltauben die Flügel ausreißt.» Jetzt standen sie auf dem Treppenabsatz. «Ich kam gerade ums Haus, als –» Melrose hielt inne. Es war nicht aus einem Ehrgefühl heraus, daß er sich über die kleinen Sünden anderer ausließ; der Grund dafür (sagte er sich), daß er andere nicht verpetzte, war, daß er reich war und es nicht nötig hatte. Erstaunlich, wie viel ein wenig Geld dazu beitragen konnte, die kleinen Probleme des Lebens zu lösen. «Er hat von mir einen Rüffel bekommen.»

Auf dem langen Flur kamen sie an mehreren hübschen Nußbaumtüren vorbei. «Weswegen?» fragte sie.

Ah, der böse Bube hatte sich ausgeschwiegen; ihm lag wohl nicht daran, daß Melrose seine Version zum besten gab. Außerdem konnte man ja nicht wissen, ob Melrose nicht nächtens mit seinem Totschläger auf den Fluren umging. «Er hat die Hühner aufgescheucht. Welches ist mein Zimmer?»

«Die Hühner?» Sie musterte ihn mißtrauisch, während sie die Tür öffnete, den Türknauf in der Hand behielt und stehenblieb, um ihm den Vortritt zu lassen.

Es war ein viktorianisches Zimmer, vollgestellt und vollgestopft mit einem Himmelbett, samtbezogenen Ohrensesseln, einem Schreibsekretär, langen Vorhängen mit schweren Kordeln, einem Waschständer, verblichenen Blümchentapeten, einem goldfarbenen Heizlüfter im leeren Kamin, Keramik auf dem Kaminsims. Trotzdem ganz reizend, wohl wegen des Übereifers, mit dem eine kleine alte Dame mit Rüschen und Spitzenhäubchen herumgeschwirrt zu sein schien, um ein weiteres Stück überflüssigen Zierats hinzuzufügen.

Während er die Riemen aufschnallte und den Koffer öffnete, sagte er: «Ich habe Ihre Tochter heute beim Tierarzt getroffen. ‹Dein wahrer Freund›, so hieß die Praxis wohl.»

«Abby ist nicht meine Tochter.»

Ihr Ton schien ihm frostig. «Nein? Aber sie sieht Ihnen unglaublich ähnlich, und da sie hier wohnt, dachte ich...»

«Sie ist meine Nichte, die Tochter meiner Schwester. Daher wohl die Ähnlichkeit.» Ihre Augen hingen an Melroses seidenem Morgenmantel mit dem Paisley-Muster, ein Geschenk, das ihm Vivian von einer ihrer venezianischen Spritztouren mitgebracht hatte. «Ist der aber schön. Ich mag schöne Stoffe, nur leisten kann ich sie mir leider nicht.» Daß sie sich einfach auf sein Bett gesetzt hatte und seinen Morgenmantel bewunderte, kam Melrose etwas eigenartig vor, auch wenn es noch so schmeichelhaft war. In Weavers Hall schien sich alles jäh zu entladen – Streit, Sex –, wie ein Ausschlag.

Ein kurzes Klopfen am Türrahmen, dann fragte eine rotbakkige, ältere Frau: «Nehmen Sie 'nen Becher Tee, Sir?» und streckte ihm einen dicken Steingutbecher hin. Sie hatte ein Gesicht wie ein Stiefmütterchen.

«Danke, Mrs. Braithwaite», sagte Ann Denholme kurz angebunden. Doch das schien die Frau überhaupt nicht zu stören. Sie knickste und entfernte sich mit demselben Lächeln, mit dem sie gekommen war. «Normalerweise nehmen die Gäste den Tee um diese Zeit unten im Salon, aber ich dachte mir, unter den gegebenen Umständen...» Sie verstummte.

«Sie denken, ich möchte Mrs. Braine und ihrem Sohn lieber aus dem Weg gehen?» Melrose ärgerte sich ein wenig, daß er unter Zimmerarrest gestellt wurde, nur damit es nicht noch mehr Ärger gab. «Ganz im Gegenteil, ich würde den anderen Gästen sehr gern beim Tee Gesellschaft leisten.»

«Wirklich? Es gibt nur zwei andere Gäste. Ich kann mir kaum denken, daß Sie viel mit einem ältlichen Major und einer etwas... hmm... verblühten italienischen Prinzessin anfangen können. Jedenfalls behauptet sie, eine zu sein.» Ann Denholmes Lächeln sollte wohl andeuten, daß sie ihre Gäste mit Humor nahm. Dann sagte sie: «Ich möchte Ihnen jedoch nicht verschweigen, daß sich die Mutter furchtbar über Abby aufgeregt hat. Und über Sie.»

«Miss Denholme, ich kann dazu nur sagen, daß ich mich über die Braines nicht aufgeregt habe. Der Sohn gehört in eine Erziehungsanstalt.»

Ann Denholme errötete ein wenig, offenbar war ihr aufgegangen, daß sie die Sache am falschen Ende angepackt hatte. «Selbstverständlich. Mrs. Braithwaite hat den Tee gewiß schon serviert. Sie soll Ihnen gleich noch eine Tasse holen.»

«Hier ist mein Becher –», er hielt den blauen Steingutbecher auf Armeslänge von sich – «der tut es.»

«Nein, nein. Ich will nur eben Mrs. Braithwaite sagen ...»

«Bitte, bemühen Sie sich nicht. Ich bin sowieso in zwei Stunden mit einem Freund zum Essen –»

Aber da hatte sie das Zimmer bereits verlassen.

Melrose seufzte und schüttelte den Kopf.

Er hätte lieber petzen sollen.

Im Salon entlockte jemand dem Klavier schauerliche Mißklänge, es klang, als tapste eine Katze über die Tasten.

Das Klavier mußte irgendwo hinter der offenen Tür stehen. Melrose konnte es zwar nicht sehen, war aber sicher, daß der böse Bube darauf einhämmerte. Und die Mutter griff bei diesem Krach nicht ein, sondern saß an einem kleinen Tischchen voller Spielkarten vor dem Kamin. Eine weitere Dame hatte auf einer Chaiselongue Platz genommen; es handelte sich um eine attraktive Frau in den Sechzigern, die sich in ein Gesellschaftskleid aus lavendelblauer Seide geworfen hatte.

Die Braine war wirklich eine Orgie in Türkis. Aus der ballonförmigen Jacke hatte sie sich mittlerweile herausgeschält, trug aber immer noch die knapp sitzende blaugrüne Hose. Hinzu kam weiterer Zierat: hochhackige Schuhe mit Knöchelriemchen, auch in Türkis; baumelnde Ohrringe aus blauem und grünem Glas, die wie Flaschenscherben aussahen; eine dicke Schicht Lidschatten in Türkis. Melrose setzte seine goldgeränderte Brille auf, betrat das Zimmer und begrüßte die Damen mit einem Nicken. An einem zimmerhohen Bücherregal blieb er stehen. Auf dem Chippendale-Tischchen sah er ein aufgeschlagenes Buch liegen. *Doch wohl nicht* (dachte Melrose). *Ja, tatsächlich. Das türkise Klagelied* von John D. MacDonald. Das Ensemble war komplett – nein, doch nicht, denn jetzt steckte Mrs. Braine eine Zigarette in eine türkise Zigarettenspitze. Einen solchen Ausbund an Türkis hatte er noch nie im Leben gesehen. Nur ihre Augen, ihr Haar und ihr Turban, allesamt schwarz, boten dem Auge ein wenig Abwechslung.

Der liebe Malcolm hatte Gott sei Dank für einen Augenblick aufgehört, doch schon schwebten seine Krallen wieder über den Elfenbeintasten. Ein Lächeln huschte über Melroses Gesicht, dann sagte er: «Spiel's noch einmal, Sam.»

Malcolm verwunderte sich, jedoch nur kurz, dann drehte er sich auf dem Klavierhocker um. «Was?»

«War bloß Spaß. Nein, welch anregende Atmosphäre!» sagte Melrose artig, ging zum Kamin und wärmte sich die Hände.

Die aristokratische Dame in Lavendelblau blickte über den Rand des dünnen Bändchens hinweg (das sie nur zu diesem Zweck liest, dachte Melrose) und taxierte ihn mit schlauem Blick.

Kaum hatte Melrose ihn angesprochen, da rutschte der liebe Malcolm auch schon vom Hocker und verzog sich zu seiner Mum, die Melrose dräuende Blicke zuwarf, ihrem Sohn den Arm um die Schulter legte und ihn mit Koseworten wie «Mein Spatz» und ähnlichem bedachte. Malcolm schaute drein, als würde er lieber draußen Hunde quälen.

«Legen Sie eine Patience? Ah, Tarot. Je nun.»

Ramona Braine starrte ihn mit kohlrabenschwarzen Augen an und sagte: «Stier.»

«Wie bitte?»

«Sie. Geboren im Sternkreiszeichen des Stiers. Störrisch, zu Wutanfällen neigend. Aber Sie können auch ein treuer Freund sein. Ich wußte, es würde Ärger geben. Ich habe es gespürt. Und das war noch nicht das Ende. Es wird noch schlimmer kommen.»

Sie hätten in einem Wohnwagen sitzen können, denn sie hörte sich an wie eine Zigeunerin auf dem Jahrmarkt. Da sie den Ärger zeitlich nicht eingrenzte, hatte sie gut weissagen. «Ich bin übrigens Wassermann», sagte er und lächelte.

«So gerade noch», gab sie zurück und sammelte ihre Karten ein. Dann blickte sie sich im Zimmer um, als materialisierte sich ein Geist, und bemerkte, daß sie schon auf der Schwelle eine eisige Kälte angehaucht hätte. «Denken Sie an meine Worte», setzte sie hinzu und zog Malcolm an sich.

«Ach, laß mich, Mum.» Der Junge entwand sich ihrer Umschlingung und fläzte sich auf einen Stuhl, wo er mit den Händen in den Hosentaschen saß und das Kinn auf die Brust drückte.

Das türkisgewandete Orakel erhob sich, schob ein paar blaue Armreifen aus dünnem Draht zurecht und befahl Malcolm-Spätzchen, ihr zu folgen.

Sie marschierten aus dem Zimmer, und Malcolm konnte es nicht lassen, den Tasten noch tüchtig eins zu versetzen; darauf drehte er sich um und funkelte Melrose böse an. *Ätsch, Mann.*

Zwar war die Dame am Kamin bei dem Donnerschlag zusammengezuckt, doch sie wußte sich zu beherrschen und verzog keine Miene, sondern blätterte lediglich um.

Aber man konnte ihr die Erleichterung nach dem Auszug der Braines ansehen. Sie legte das Buch umgekehrt auf den Schoß und stieß einen Seufzer aus. «Tja», sagte sie und schaffte es, mit nur einer Silbe alle Schrecken des Familienlebens anschaulich zu machen.

Melrose stand noch immer an dem Bücherregal und strich mit den Fingern über MacDonalds Werk. Die Titel waren faszinierend, jeder hatte eine eigene Farbe! Die Dame auf der Chaiselongue trug ein äußerst kostspielig aussehendes Kleid aus lavendelfarbener Seide mit rüschenbesetztem Samtoberteil. Kaum die Art von Kleid, die Melrose hier, in dieser etwas aufgemotzten Frühstückspension, erwartet hätte. Das blaugetönte, silbrige Haar hatte sie zurückgekämmt, im Feuerschein schimmerte es im Ton ihres Kleides. Ah ja, dachte er, den Arm auf dem Bücherregal. Eindeutig *Der lange Lavendelblick*. Ihr Buch war genauso elegant wie sie: klein, schmal, ledergebunden und mit Goldschnitt. Sie legte das Lesebändchen hinein, dann klappte sie das Buch zu und seufzte erneut.

«Ob in der Karaffe da wohl noch ein Schlückchen Sherry ist?» Das klang spitzbübisch. Sie blickte von Melrose zu dem geplünderten Sortiment von Tee, Sherry und Süßigkeiten auf dem Rosenholztisch und lächelte.

Er hob die Karaffe hoch. Der Boden war kaum mehr bedeckt, aber ein Gläschen konnte er vielleicht noch herauskitzeln. «Miss Denholme wird uns sicher gern mehr bringen.» Es gelang ihm, das Glas halb zu füllen, und er reichte es ihr.

«O ja, sie ist äußerst zuvorkommend, aber ich falle nicht gern zur Last.»

Was Melrose bezweifelte, doch die Frau hatte etwas Quecksilbriges an sich, das ihm gefiel. «Das hat doch nichts mit Last zu tun. Schließlich haben die anderen Gäste das Tablett als wahres Schlachtfeld zurückgelassen.»

«Sie bleiben Gott sei Dank nur zwei Nächte. In diesem Gewerbe kann man sich seine Gäste wohl nicht aussuchen. In all den Jahren, die ich schon hierherkomme, war die Gesellschaft erträglich, bestenfalls. Über das Schlimmstenfalls schweige ich lieber.»

«Und wie lange kommen Sie schon hierher?»

«Hm… seit zwölf Jahren, mehr oder weniger. Eher weniger.» Sie nippte an ihrem Sherry, machte aus ihrer Hand ein kleines Tablett und stellte das Glas darauf ab.

Melrose hätte nicht gedacht, daß Weavers Hall zu den bevorzugten Aufenthaltsorten einer Frau wie dieser gehörte. «Dann gefällt es Ihnen hier also?»

«Nicht besonders. Haben Sie Feuer?» Sie hatte sich einen dünnen Zigarillo aus einem ziselierten Silberetui geholt.

Melrose lächelte, und während er ihr Feuer gab, sagte er: «Ihr Kleid ist wirklich wunderschön.»

Sie sah es an und schien es selber auch zu bewundern. «Danke. Es ist von Worth. Wenn Sie mich fragen, es gäbe sicherlich nur halb so viele Probleme auf der Welt, wenn sich jeder gut kleiden würde, Dior, Civenchy, Worth.» Sie seufzte. «Wenn sie zu Zeiten Heinrichs des Achten alle genäht und geschneidert hätten, dann hätten seine Frauen nicht solche Schwierigkeiten gehabt. Besonders Anne Boleyn. Großer Gott! Haben Sie *das* Kleid gesehen? Sie begreifen offensichtlich, wie wichtig der richtige Schnitt ist», setzte sie mit einem Blick auf Melroses Jackett hinzu. *«Das da –»* und dabei deutete sie mit dem Kopf auf seinen Blazer – «ist die Art von Kleidungsstück, das von der Stange gekauft eine *Katastrophe* sein kann.» Sie schüttelte sich. «Major Poges – haben Sie George Poges schon kennengelernt? Nein? Also, das muß man ihm lassen; er kleidet sich gut. Und er macht diesen Ort erträglich. Mein Mann ist leider tot.»

Wenn der Ort so unerträglich ist, wieso ist sie dann dauernd hier, dachte Melrose und sagte: «Oh, das tut mir aber leid.» Er holte sich eine Zigarette aus seinem eigenen silbernen Etui.

«Mein verstorbener Mann stammte aus einer alten italienischen Familie, die Viacinni di Belamante. Ich hatte Glück und bin jetzt Principessa Rosetta Viacinni. Aber nennen Sie mich bitte Rose. Ich bin in Bayswater geboren.» Ein mattes, abbittendes Lächeln. «Und Sie sind –?» Sie legte den Kopf schief.

«Plant, Melrose Plant.»

«Haben Sie vor, länger zu bleiben, Mr. Plant? Wandeln Sie auf dem Brontë-Pfad? Erklimmen Sie die sauerstoffarmen Höhen von Top Withins, um alsdann neben den zerfallenen Ruinen in Ohnmacht zu sinken? Sind Sie ein Pilger?»

«Kein Pilger, nein.» Melrose grinste. «Obwohl die Gegend hier recht schön ist, finden Sie nicht?»

Und dabei hatte er, abgesehen von seinen düsteren Meditationen am Bach, noch nicht viel davon gesehen.

«Schön? Du liebe Zeit!» Sie wölbte die Brauen.

Dann wandte sie den Kopf gelangweilt zum Feuer, und Melrose konnte feststellen, daß sie einst weitaus schöner gewesen sein mußte als die Gegend hier. Zwar hatten Stirnfalten und Schlupflider ein wenig die Oberhand gewonnen, doch die hohen Wangenknochen, die gerade Nase und die elegante Haltung wiesen sie immer noch als Schönheit aus.

«Viacinni di Belamante?» Melrose betrachtete das glühende Ende seiner Zigarette und sagte: «Italienischer Adel, nicht wahr?»

«O ja. Ein feiner Mensch, wenn auch politisch etwas fanatisch. Erstaunlicherweise hegte er eine leidenschaftliche Liebe zu England. Und hier habe ich ihn auch kennengelernt...»

O nein, dachte Melrose ein ums andere Mal, während sie von ihrem verstorbenen Mann erzählte. Mußten ihm denn überall und ununterbrochen italienische Adlige über den Weg laufen? Auf einem Gang durch Kew Gardens? In einer Buchhandlung bei Northampton? Im Stakkahn auf dem Cam? War er denn verrückt geworden? Wann hatte er denn überhaupt einmal jemandem in einem Stakkahn auf dem Cam gesehen? Möglicherweise war Vivian einer ansteckenden Krankheit zum Opfer gefallen. Man stolperte ja förmlich über sie – bei einer flüchtigen Unterhaltung, auf Reklameplakaten, in der U-Bahn, in der Zeitung.

«Und so», sagte sie gerade, «wurde ich mit ein bißchen Glück, einem klitzekleinen bißchen Schönheit, besten Umgangsformen und noch besserem Köpfchen eine Principessa.» Das schien sie zu verwundern, denn sie breitete die Hände aus, was kindlich und unaufrichtig zugleich wirkte.

Eine Baßstimme, die ihrem Besitzer vorauseilte, verkündete: «Rose, ich habe alles mitbekommen! ‹Ein kleines bißchen Schönheit›, du liebe Zeit –» Ein hochgewachsener Gentleman war ins Zimmer getreten. «Ganz London würde Ihnen zu Füßen liegen, wenn Sie sich dort nur öfter blicken ließen.»

Melrose zögerte; sollte er sich als wohlerzogener Mensch beim Eintritt von Major Poges vom Sofa erheben? Denn um diesen mußte es sich handeln, ungeachtet des Bildes, das Melrose sich von ihm gemacht hatte. Er hatte sich Major Poges fälschlicherweise als gebeugten, vertrockneten Veteranen im schwarzen Anzug und reihenweise alte Orden an der Brust, mit einer Plastiktüte und sabbernd vorgestellt.

Dieser Major Poges (der gerade auf dem Sofa Melrose gegenüber Platz nahm wie ein Reiter, der aufs Pferd steigt) strahlte überschäumendes Selbstvertrauen und gute Laune aus, die jegliche Unvollkommenheiten an Gesicht, Gestalt oder Kleidung überspielt hätten. Nur gab es keine. Melrose schätzte ihn auf Ende Sechzig, Anfang Siebzig, aber er gehörte, wie die Principessa, zu den Menschen, die alterslos wirkten. Der straffe, etwas rötliche Teint; die frostigen, jedoch überraschend blauen Augen; der adrette graue Schnauzer; die Vornehmheit, die er sich beim Sprechen jedoch nicht anmerken ließ; das vollendet geschnittene Tweedjackett – all das beschwor in Melrose andere Bilder herauf:

Er hatte Major Poges schon einmal gesehen, o nein, nicht *diesen* Major Poges, sondern sein Gegenstück: in Wimbledon, mitten auf dem Centre Court in weißem Segeltuch; beim Rennen von Newmarket mit Tweedjackett und Mütze, das Fernglas auf den Start gerichtet; mit weißer Krawatte und Frack bei einer Konzertpremiere in der Royal Victoria and Albert Hall; bei den Proms; im Frühnebel auf dem Gut von Viscount Sowieso in Schottland, die Flinte auf den Vogel angelegt, der ausschließlich zu dem Vergnügen an dem verhangenen, malzfarbenen Himmel hing, für Major Poges als Opfermahl herabzufallen; in Reitkluft in vollem Galopp auf einem Rasenmeer über ein Zaunlabyrinth jagend, auf seinem Braunen bei den Quorn oder Cottesmore über die Hecken preschend, oder die Rotten Row entlangtrabend oder auf der Hirschjagd auf der Insel Mull; im Traquair House, in Hambledon Hall, im Brown's Hotel… Major Poges war das England, wie es immer sein würde, die Essenz der Hymne.

Was zum Teufel trieb er hier? In diesem einst prächtigen,

jetzt heruntergekommenen Haus, dessen Eigentümerin sich um Familie Braine und ihresgleichen kümmern mußte?

«Wo ist der Sherry?» fragte Poges und ergriff die Karaffe am geschliffenen Hals, als wollte er einen Kranich erdrosseln. Er stellte sie voll Abscheu wieder hin, zog ein ledernes Zigarrenetui heraus und bot ringsum an, selbst der Principessa, die lediglich lächelte und mit ihrem Zigarillo eine ablehnende Geste machte. Er lehnte sich zurück, klopfte sich mit dem Offiziersstöckchen an die Schuhe und runzelte die Stirn. Dann blickte er auf. «Aha! Der Sherry ist durch die Gurgel dieser Person, dieser Braine geronnen – mein Gott! Haben Sie schon mal einen solchen Farbenrausch gesehen? Und dann auch noch Türkis. Hat sie ein Indianerreservat in Brand gesteckt?» Er riß das braune Papier von seiner Schachtel und holte eine Flasche Tio Pepe hervor.

Vivians Lieblingssherry. Melrose zuckte innerlich zusammen. «Nachschub. Hauptsache, man hat immer Nachschub», sagte der Major und schenkte jedem ein Glas ein. Er hatte zu rauchen, zu trinken und seufzte vor Erleichterung. Wieso erleichtert? Melrose hätte es nicht zu sagen gewußt. Schließlich hatte er nicht den ganzen Tag im Bergwerk oder in den Spinnereien geschuftet. «Wissen Sie eigentlich, warum der Ort so von Touristen überlaufen ist, Mr. Plant?»

«Nein. Ich dachte, es sei Nachsaison.»

«Mein Gott, hat Ihnen denn niemand erzählt, was sich in dem Gasthaus weiter unten an der Straße zugetragen hat? Ungefähr eine Meile von hier. ‹Zum großen Schweigen›. Eine Frau hat ihren Mann erschossen, und wir kennen sie.» Er freute sich wie ein Schneekönig.

Die Principessa seufzte. «Gerade wollte ich ihm davon erzählen, Major. Sie haben mir schon wieder die Schau gestohlen.»

Er tat untröstlich. «Meine liebe Principessa, es tut mir wirklich leid.» Womit er ausdrücken wollte, daß die Runde an ihn ging. Als sie gerade den Mund aufmachen wollte, fuhr er fort:

«Alles sehr merkwürdig; also, mir will es nicht in den Kopf, daß die Frau geistesgestört sein soll, nicht nach ihrem Gesicht zu schließen; und wissen Sie was, sie –»

«Hat hier verkehrt», warf die Principessa ein und strahlte vor Freude, daß sie ihm *diese* Pointe direkt vor der Nase weggeschnappt hatte.

«Sie kennen die Frau also?»

Der Major bedeutete der Principessa huldvoll, sie dürfe antworten.

Sie beugte sich zu Melrose. «Ich kann nicht behaupten, daß ich sie gut kenne, aber ich weiß, daß sie mit Ann Denholme befreundet ist. Hat Ann das nicht erwähnt? Das gesamte Dorf steht unter Schock; das Anwesen der Citrines ist nämlich nur ungefähr zwei Meilen von hier entfernt.»

«Zwei und eine halbe», sagte der Major und entkorkte erneut den Tio Pepe. «Ich gehe fast täglich auf dem Keighley-Moor spazieren.»

«Miss Denholme hat nichts davon gesagt, nein.»

Major Poges wandte sich an die Principessa. «Liebe Rose, warum sollte sie? Finden Sie nicht auch, daß sie eine rechte Heimlichtuerin ist?» Und zu Melrose gewandt: «Als ich sie gefragt habe, warum es heute morgen keine Marmelade gab, da hat sie reagiert, als wollte ich sie aushorchen, sie austricksen, als wäre einer von uns beim Geheimdienst –»

Die Principessa lachte und schüttelte den Kopf. «Sie übertreiben gewaltig! So redet er immer. Lieber George, auf nichts, was Sie sagen, ist Verlaß.»

Er lächelte verlegen und hob sein Glas. «Ich kann nicht anders. Das Leben ist sonst so verteufelt langweilig. Aber Sie dürften recht haben.» Das verlegene Lächeln ließ darauf schließen, daß er keineswegs die Absicht hatte, mit dem Übertreiben aufzuhören. «Sie müssen aber zugeben, daß Ann Denholme den Eindruck eines verschlossenen Kästchens voller Geheimnisse erweckt. Erotischer Art, will ich hoffen.» Sein Schnurrbart zuckte.

«Hoffnung läßt nicht zuschanden werden», sagte die Principessa. – Angesichts der Unterhaltung von vorhin fand Melrose Major Poges' Metapher treffend. Sie erklärte die recht aufdringliche körperliche Anwesenheit Ann Denholmes bei gleichzeitiger geistiger Abwesenheit – den unnahbaren Blick, den Ausdruck, als wäre sie irgendwie weggetreten.

Die Principessa beugte sich noch weiter vor, und ihre Augen waren nicht mehr milchiggrau, sondern glitzerten wie Stahlsplitter. «Soviel ich von Ruby gehört habe – Hausmädchen und tolpatschige Serviererin unserer köstlichen Mahlzeiten –, hat Mrs. Healey ihren Jungen immer zum Spielen mit Abigail hergebracht. Das ist Anns Nichte.»

Aber damals konnte Abby kaum mehr als drei oder vier Jahre alt gewesen sein. Eine merkwürdige Spielgefährtin für einen zwölfjährigen Jungen. Wenn man jedoch bedachte, daß es sich bei Abby um die Furie handelte, so war sie wahrscheinlich schon mit zwei interessant gewesen.

«Eine furchtbare Tragödie damals. Mrs. Healeys Sohn und ein Junge von hier, aus Haworth, wurden entführt. Sie haben sicherlich darüber gelesen. Hat sogar in der *Times* gestanden», sagte der Major, womit er Melroses Geschmack in puncto Lesegewohnheiten hinterfragte und zugleich jedes andere Produkt aus der Fleet Street als indiskutabel vom Tisch wischte.

Bevor Melrose ihm noch mehr Informationen über die Leute hier entlocken konnte, steckte Ann Denholme den Kopf durch die Tür und meldete, daß angerichtet sei. Acht Uhr.

«Verdammt», sagte der Major halblaut und drückte seine Zigarre in dem großen Aschenbecher aus. Die Principessa seufzte. Gerade hatten die beiden begonnen, so schön zu klatschen. Der Major antwortete mit erhobener Stimme: «Danke, Miss Denholme. Ich habe mich schon gefragt, ob wir wohl alle an dem langen Tisch essen werden.» Sein Ton machte klar, daß sie das lieber nicht tun sollten. «Gemeinsam mit Master Malcolm zu essen, das kann ich mir nicht recht vorstellen.» Damit stürzte er seinen Sherry hinunter.

«Aber Major Poges, Sie haben doch auch mit Abby Tee getrunken.»

Er schnaubte, denn der Sherry war ihm in die Nase geraten, und zückte ein großes Taschentuch. «Mein Gott, Miss Denholme, das ist doch ein Klacks dagegen. Ihre Nichte ist ein Mensch – zugegebenermaßen ein etwas eigenartiger –, aber das Braine-Früchtchen ist ein Wespenschwarm. Wehe ihm, er landet auf meinem Teller.»

«Der Tisch ist, wie Sie wissen, sehr lang. Ich habe sie ans andere Ende –»

«Quatsch! Für solche Gelegenheiten hat der Junge ganz sicher ein Luftgewehr. Na gut, gehen wir, Princi–» Er verstummte und blickte das Wesen, das jetzt zur Tür hereinkam, mit aufgerissenen Augen an, während Ann Denholme diesem zur Begrüßung ein Lächeln gönnte.

Da das Wesen damit beschäftigt war, sich einen großen schwarzen Helm abzunehmen – Motorradfahrer? Stuntman? Formel-1-Profi? –, konnte man nicht ausmachen, ob es sich um Männlein oder –

Eindeutig weiblichen Geschlechts. Sie schüttelte den völlig verstrubbelten blonden Schopf wie eine Mähne und schwenkte dazu den Helm in der Hand. Schwarzes Leder von Kopf bis Fuß, enganliegend wie die Pelle einer Wurst. Offenbar hatte sie eine Eisenwarenhandlung überfallen, denn sie trug so viele Metallketten um den Hals und gehämmertes Metall an den Ohren und Reifen um die Handgelenke, daß sie durchs Zimmer rasselte wie Marleys Geist.

Ann Denholme stellte die junge Frau als Miss Ellen Taylor vor. Der Major verbeugte sich, die Principessa murmelte etwas, Melrose lächelte. Miss Ellen Taylor war ganz und gar mit sich selbst beschäftigt; ihr vages Lächeln blieb irgendwo in der Luft hängen und schien die drei Gäste nicht zu erreichen.

Major Poges beugte sich vor und sagte sehr leise zu Melrose: «Der Adler ist herabgestoßen.»

Die Principessa hatte bereits den Türknauf in der Hand,

lächelte Miss Taylor zu und meinte: «Dior soll ja wieder Bomberjacken bringen; nein, was für ein *faszinierendes* Ensemble.»

Melrose schlug die Einladung des Majors, mit ihnen zu speisen, aus. Er hatte noch eine Verabredung in Haworth.

Doch der Vorhang zum nächsten Akt hatte sich ohnedies schon gehoben.

15

Weavers Hall wirkte auf ihn tatsächlich wie ein Varieté oder Theater, in dem sich der Vorhang in Falten hebt, um alsdann in großen Kaskaden wieder herunterzurauschen. Das Sofa war die Loge; Melrose brauchte sich nur hinzusetzen und Akt um Akt an sich vorbeiziehen zu lassen. Jeden Augenblick mußten die dressierten Seehunde auftreten. Er lächelte.

Miss Taylor war zu sehr damit beschäftigt, das Bücherregal durchzusehen, als daß sie das Lächeln bemerkt hätte. In der Montur aus schwarzem Leder erinnerte sie tatsächlich an einen Seehund mit geschmeidiger, naß schimmernder Haut; das Licht spiegelte sich in den weichen Falten, wenn Miss Taylor sich bückte, aufrichtete und sich erneut bückte, um ein paar Bücher herauszuziehen und wieder zurückzustellen.

Sie sagte geringschätzig: «Mein Gott, hier steht aber jemand auf Krimis.»

Eine Amerikanerin. Natürlich hatte er kein Vorurteil gegen Amerikaner, für ihn gingen sie keineswegs allesamt in schwarzes Leder gekleidet, fuhren Motorräder, sprachen zu laut und mit breitem Akzent – wie es Miss Taylor zufällig tat.

Ihren geräuschvollen Auftritt schrieb er aus unerfindlichen Gründen ihrer Nervosität zu, während sie sich aufs andere Sofaende plumpsen ließ und sich laut über das Wetter, die frostige Luft, die vereiste Straße und die Spurrillen ausließ, die sie fast umgeworfen hätten. Den Helm hatte sie auf den Fußboden bugsiert, und sie zwirbelte nun ihr langes Haar, als wollte sie sich damit erdrosseln; aus einer kleinen Geheimtasche (die Lederjacke besaß reichlich davon) hatte sie ein paar Haarnadeln gezogen, die ihr jetzt stachlig aus dem Mund standen; damit steckte sie das Haar nach oben und nach hinten fest. Um die Nadeln herum gab sie Unverständliches zum besten («Knbettindiesmvdammtnkaffzkriegn»), während Melrose ihr mit kehligen Mms und Ohs antwortete. Im Schein der Stehlampe schien sich der orientalische Teppich zu rollen, die Dielenbretter erbebten sacht, denn sie redete trotz aller durch die Haarnadeln auferlegten Zwänge immer noch laut.

Ellen Taylor war ungemein attraktiv, obwohl sie gerade das ausgezeichnet zu verbergen wußte. Das volle Haar hätte eine tüchtige Wäsche gebrauchen können, die Hände waren ölverschmiert, die Nägel abgekaut, und Make-up schien sie nur für die Augen zu kennen; und da tat sie des Guten entschieden zuviel. Ihre Wimpern waren so stark getuscht, daß sie wie trokkene Zweiglein aussahen und die dunkelbraunen Augen darunter eher verbargen als betonten.

Interessanter jedoch wirkte ihre Widersprüchlichkeit: Sie hob die Stimme, als ob sie sich alle Menschen vom Leib halten wollte; andererseits aber hatte sie sich bei einem Angebot von einem halben Dutzend Sitzplätzen direkt neben Melrose geflätzt.

Melrose war weit davon entfernt, ihr das Image der naßforschen jungen Amerikanerin abzunehmen; für ihn war sie eher ein Spiel aus Licht und Schatten. Trotz alledem wäre es ihm lieber gewesen, sie hätte sich nicht ausgerechnet zum Schreien berufen gefühlt.

Ah, hatte sie nicht. Das stellte sich heraus, als er sie fragte, ob sie auf Reisen wäre.

«Ich recherchiere für mein nächstes Buch.» Nachdem sie ihr Haar zu einer Art Blüte auf dem Kopf festgesteckt hatte, ließ sie sich tiefer ins Sofa rutschen und lehnte den Kopf zurück. Aus der Reißverschlußtasche der schwarzen Lederjacke zog sie eine Packung Benson and Hedges und schüttelte erst für Melrose, dann für sich selbst eine heraus. Wenn ihr metallenes Gliederhalsband klirrte und die gehämmerten Bronze-Ohrringe schepperten, hörte sie sich an wie ein Kettensträfling.

«Buch? Dann sind Sie Schriftstellerin?»

Sie nickte und stieß eine Rauchwolke aus, die in der Luft zwischen ihnen hing, dann wandte sie ihm den Kopf zu und musterte ihn unter gesenkten Lidern und Wimpern. «Ich bin augenblicklich in New York (‹New Yaak›) ein heißer Tip, sehr heiß sogar. Und Sie wissen ja, was es bedeutet, wenn man in New York (‹New Yaak›) ein heißer Tip ist.» Sie drehte den Kopf weg und rauchte auf Lunge.

«Offen gestanden, nein.»

Ihre Augen wurden rund, sie lehnte die Wange an die Sofalehne und schenkte ihm einen umwerfenden Blick, Marke erschrockenes Reh.

«Das darf nicht wahr sein. Sie wollen doch nicht etwa behaupten, daß Sie noch nie in *New York* waren? Guter Gott, was gibt es denn sonst noch?»

«Da gerade von Gott die Rede ist, wie wäre es mit Rom?»

Sie rümpfte die Nase. «Machen Sie Witze? Da ist der Papst.»

«Letzten Meldungen zufolge, ja. Und London?»

«Zu provinziell.»

«Moskau?»

«Also, wirklich. Moskau ist doch bloß ’ne Marketingidee.»

Soviel zur Bedeutung künftiger Gipfeltreffen; Themenwechsel also. «Ich glaube nicht, daß ich etwas von einer Ellen Taylor gelesen habe; aber ich bin auch nicht auf dem laufenden, was heiß gehandelte New Yorker Autorinnen betrifft.» Und falls sie das kränken sollte, setzte er rasch hinzu: «Aber damit will ich nichts über Sie als heißen Tip gesagt haben. Ich bin einfach nicht besonders weit über Rimbaud hinausgekommen.»

Sie überlegte. «Er war nicht schlecht.»

«Er war, glaube ich, seinerzeit auch ein ziemlich heißer Tip.»

«Würde mich nicht wundern.» Schon wieder vernebelte sie die Luft. «Übrigens schreibe ich nicht unter dem Namen Taylor, sondern unter Tamara.»

«Ellen Tamara? Hmm. Könnte es sein, daß Sie in England noch nicht auf dem Markt sind?»

«Ohne Ellen, einfach Tamara. Ein einziger Name. Wie Cher oder Sting oder Dante.» Offenbar suchte sie auf dem Tisch nach einem sauberen Glas, und als sie keins fand, nahm sie das etwas verschmierte der Principessa und säuberte es mit einer Serviette. Dann streckte sie ihm das Glas hin.

Melrose hielt beim Einschenken inne und sagte sinnend: «Sie haben Michelangelo ausgelassen.»

«Als ich noch unter meinem eigenen Namen geschrieben habe, konnte ich nicht ein Scheißmanuskript an den Mann bringen. Hätte ich nicht mal gekonnt, wenn ich wie Hemingway geschrieben hätte. Was ich rein zufällig tue.» Sie fahndete nach einem Aschenbecher, daß Ketten und Armreifen klirrten.

«Wie Ernest? Oder wie Muriel?»

Als sie lachte, wölkte erneut der Inhalt eines Lungenzugs empor.

«Wie witzig. Zum Glück vertrage ich Spaß. Der Ruhm hat mich nicht verändert, und ‹Alter macht nicht welk, noch täglicher Genuß mir stumpf den Reiz, den immerneuen›. Trotz meiner Berühmtheit bin ich bescheiden geblieben.»

Genau wie Cleopatra, sagte er – nicht.

«Also, wenn der Ruhm einen erst mal eingeholt hat, ist man wie vom wilden Affen gebissen. Obwohl mein Verleger sagt: ‹Bei Ihnen braucht es einen tollwütigen Hund.›» Sie hob das Glas und trank, offenbar auf ihren Verleger. «Sehr aufbauend, der Typ.»

«Hört sich geistreich an.»

Sie hob die Schultern. «Bloß daß er findet, ich sollte wieder so schreiben wie früher.»

«Und wie war das?»

«Nicht so experimentell – schlicht narrativ, so ungefähr jedenfalls. 'ne Art Schauerroman. Ein bißchen Brontë, ein bißchen Le Fanu, ein *soupçon* James.»

Melrose, der gerade an seinem Getränk genippt hatte, blieb der Sherry im Halse stecken. «*Henry* James?»

Sie schlug ihn auf den Rücken und fragte: «Alles okay?»

«Nein.» Seine Kehle kam ihm kratzig vor, die Stimme verrostet. «Nein. Eine Notoperation, bitte, Sie müssen sofort einen Luftröhrenschnitt machen. Also, heute schreibt *niemand* mehr wie Henry James, und, Grundgütiger, es hat auch keiner *je* wie Henry James geschrieben, außer Henry James. Und wie bringen Sie ihn überhaupt in Ihrer Liste von Schauerromanen, eingetragenes Warenzeichen, unter?»

Ihr Kopf fuhr so heftig herum, daß ihr die Metallohrringe klirrend ins Gesicht schlugen. «Das darf nicht wahr sein. Noch nie was von *Die Drehung der Schraube* gehört?»

Zugegeben, das war ein bißchen schauerlich.

Sie musterte ihre Nägel, prüfte offensichtlich, ob sie noch etwas zum Abkauen übriggelassen hatte. «Und dann *Bildnis einer Dame*. Das haben Sie doch wohl gelesen?»

«Selbstverständlich.»

«Keine weiteren Fragen.»

«Aber ich habe noch welche!» Melrose stellte fest, daß er auch schon am Daumennagel kaute. War sie verrückt?

«Sie haben es offensichtlich nicht kapiert», war ihre undurchsichtige Antwort.

Das war nun wirklich zuviel. War dieses kratzbürstige Mädchen mit der saloppen Sprache tatsächlich gebildet, beschlagen, firm und – da sei Gott vor – begabt?

Sie hatte auf die Uhr geblickt, die viel zu schwer für ihr knochiges Handgelenk war, und sagte gerade: «Na, dann will ich mal wieder. Ob man im Dorf 'nen Happen zu essen kriegt? Vielleicht in einer der Absteigen da?»

Sie stand rasch auf und stülpte sich den schwarzen Helm auf

den Kopf. Mit ihrem spitzen Gesicht unter der schwarzen Kugel wirkte sie ein wenig wie ein Astronaut, der sich so lange im Weltraum herumgetrieben hat, daß er etwas zusammengeschrumpft ist.

Melrose erhob sich. «Ich muß auch gehen.» Er holte sich Mantel und Stock und ließ ihr an der Tür den Vortritt.

Auf dem gepflasterten Hof warf Melrose noch einen Blick durch die Sprossenfenster des Speisezimmers, wo die Principessa und Major Poges an einem Ende des langen Tisches saßen und die Braines am anderen. Die Scheiben waren jedoch beschlagen und das Fenster so von Efeu überrankt, daß die in mattes Gold und Rosé getauchten Gesichter und Gestalten zu schwankenden Rechtecken zerflossen – verschwommenes Türkis, ein Stückchen dunkle Wolle, der Schimmer eines lavendelblauen Ärmels. Nachdem er sie in ihrer Lebendigkeit gesehen hatte, fand er ihren Anblick in diesem dekorativen Licht seltsam. Sie schienen auseinanderzufallen und sich wie Kaleidoskopteilchen zu neuen Mustern zu formen. Um den Tisch herum flatterte und schwebte Ruby, das Hausmädchen, mit gestärkter weißer Schürze.

«... erst neunundzwanzig und schon Millionärin. Nicht zu fassen.»

«Warum nicht?»

«Ich bin zu *jung*, verdammt noch mal», sagte sie und kickte einen Stein in Richtung Geröllhaufen.

Sie waren jetzt bei ihrer «Kiste» angelangt, und die verschlug Melrose die Sprache. Er hatte irgend etwas Schickes, Damenhaftes erwartet, und da stand eine ausgewachsene BMW von der ungefähren Größe eines Elefantenkalbs. «Ehrlich, *das* Ding da wollen Sie fahren?»

Sie seufzte, zündete sich schon wieder eine Zigarette an und schüttelte den Kopf. «Nein, mit dem Ding da geh ich Gassi-Gassi.» Und schon war sie wieder bei ihrem frühen Ruhm gelandet und blickte dabei zum nächtlichen Himmel auf, der so glattpoliert und schwarz wie Onyx war; nur ein paar kalte Sterne sahen aus, als funkelten sie Äonen entfernt, was wahrscheinlich auch der Fall war. Der Mond war rund und hell und leuchtete ihnen. Aus der Scheune drang erregtes Gebell, und ein Hund kam aus der Dunkelheit zu einem mondbeschienenen Fleckchen gelaufen. Es war der Border Collie, den er schon einmal gesehen hatte. Für Melroses Geschmack sah der Hund etwas zu scharf aus; da war ihm Mindy, seine alte Hündin, lieber. («Dein Ralph-Lauren-Hund», hatte Trueblood gesagt, «auf ländlich getrimmt, aber unter dem ganzen Strubbelfell der wahre Snob.»)

Aus der Hühner-Enten-Enklave hinter dem Zaun drang ab und an ein warmes Glucken. Es war ein ereignisreicher Tag für die Tierwelt, dachte Melrose. Morgen würden sie wahrscheinlich den Londoner Tower besuchen wollen. Der Hund war näher gekommen und bellte wieder.

«Ich glaube, wir sind Zeugen eines denkwürdigen Geschehens, ein Hund zu abendlicher Stunde.»

Aber Ellen war mit ihren Gedanken immer noch woanders, war in unruhige Träume von ihrem eigenen Erfolg versunken, während sie sich die Zigarette mit einem Feuerzeug anzündete und es wieder zuschnappen ließ. «Ich und *Millionärin.*» Sie blickte Melrose von der Seite an, schließlich wollte sie wissen, ob er auch gebührend beeindruckt war. «In Pfund Sterling», ergänzte sie und setzte hinzu: «Mit einem einzigen Buch», damit er es auch ja begriff.

«Wirklich erstaunlich. Worum geht es in dem Buch? War es Ihr erstes?»

«Mein zweites.» Anscheinend wollte Ellen das erste lieber vergessen. Sie lehnte sich an das Motorrad und kreuzte die Knöchel wie ein Modell. «Es handelt von New York City: *Sauvage Savant*, so heißt es. Übrigens ist es auch in L. A. ein heißer Tip. Aber wenn man als Autorin heiß gehandelt werden will, dann muß man einfach in New York sein.»

«*Sauvage Savant*, hmm», wiederholte Melrose. Ein französischer Titel, wie gestelzt. Doch den Preis mußte man wohl zahlen, wenn man in New York als heißer Tip gehandelt werden wollte. Er versuchte, wissend zu lächeln, und sagte: «In Ihrer Stadt dürften reichlich ‹gebildete Wilde› herumlaufen.»

«Wie bitte?»

«Ich meinte den Titel.»

«Das ist ein Freßschuppen in Queens.»

Der Collie, der sich in einiger Entfernung vor ihnen aufgebaut hatte, legte nachdenklich den Kopf schief. Melrose versuchte, die verschiedenen Stadtteile von New York auf die Reihe zu bekommen. Es gelang ihm nicht, Queens auf seiner geistigen Karte einzuordnen. «Ach so.»

Sicherlich wußte der Hund, daß er log, das konnte man ihm an der Schnauze ansehen. Er saß völlig regungslos, aber aufmerksam. Sein Schweigen war beeindruckend; sein starrer Blick beunruhigend. Wenn er auch keine Gedanken lesen konnte, so doch wahrscheinlich von den Lippen.

«Also, das kam so. Der Besitzer ist Franzose, und der Schildermaler ist sein Vetter, auch Franzose; fragen Sie mich nicht, wie es die nach Queens verschlagen hat. François – ich nenne ihn Frankie – wollte so 'nen abgehobenen Namen haben, um die Schickeria anzulocken. Sollte eigentlich ‹sausages› heißen, aber der Vetter kriegte das nicht auf die Reihe. Aber wer schafft das schon? War von Anfang an Quatsch, denn Frankie ist ein ausgemachter Blödmann, darum kann ich ihn auch so gut leiden. Der weiß, daß ich in New York echt der letzte Schrei bin, und nun erhofft er sich von mir, daß ich aus seiner Bude eine Nobelpinte mache, na, Sie wissen schon, so wie das ‹Algonquin›, wo sich Dorothy Parker immer rumgetrieben hat. Nur daß sich in Queens Autoren, die echt Bücher rausbringen, nicht gerade auf die Füße treten; und Dorothy Parker bin ich auch nicht.»

Diese bescheidene Einschätzung ihrer Schreibkünste erschütterte Melrose denn doch ein wenig. «Wer ist das schon?»

Sie zog den Riemen ihres Helms fest und sagte: «Ich wollte

nämlich etwas anderes machen. Noch ein Buch über Manhattan, einfach zum Kotzen. Ich nehme mir also die anderen Stadtteile vor: es soll so 'ne Art Trilogie werden, nein, schätzungsweise eine Tetralogie...» Sie betrachtete gedankenverloren den nächtlichen Himmel.

Warum blickt auch der Hund hoch? dachte Melrose. War da etwas zwischen dem Collie und Ellen?

«Die Bronx, Staten Island, Brooklyn, Queens. Vielleicht setz ich noch einen mit Jersey drauf.»

«Das gehört aber nicht zu New York.» Melrose stupste die Pfote des Collies mit seinem Stock an, versuchte, ihm eine Reaktion zu entlocken. Fehlanzeige.

«Merkt doch kein Aas.»

Melrose nahm den Spazierstock in die andere Hand und dachte über diese exotische Stadt nach, die so riesig war, daß sie zum Teil aus einer Insel bestand, die von anderen Inseln und Stadtteilen umgeben war, von denen jeder schon wieder eine Stadt für sich bildete. Vielleicht sollte er einmal in sich gehen: Verbrachte er nicht zuviel Zeit mit seinem Port und seiner Zeitung vor dem Kamin? Oder trabte er zuviel durchs Dorf? Würde ihn der Schlag eines Tages ausgerechnet vor Miss Crisps Nachttöpfen treffen? *Reiß dich zusammen*, sagte er zu sich selber. Dann lächelte er. Es wurde Zeit, daß er sein Testament änderte. Das tat er ungefähr alle sechs Jahre, nur um Agatha zur Weißglut zu treiben. Er machte Andeutungen über die Primogenitur, bis sie völlig außer Rand und Band geriet –

«Alles okay?» fragte Ellen, die jetzt mit behandschuhten Händen die Griffe abrieb. Motorenlärm zerriß die frostige Luft. «Sie sehen so komisch aus.» Sie kniff die Augen zusammen. «Übrigens, Sie haben phantastische Augen. Echt grün.»

Melrose wußte, daß seine Augen grün waren. Aber phantastisch? Gerade wollte er den Mund aufmachen und sich bei ihr bedanken –

«Wie Mistkäfer.»

Er klappte den Mund wieder zu. Als sie die Maschine erneut antrat, sagte er: «Ich würde Sie gern mitnehmen –» wobei er auf den mondlichtbeschienenen, schimmernden Bentley vor dem Hintergrund des fernen Stausees zeigte – «aber ich fahre nicht ins Dorf. Ich treffe mich mit einem Freund, in einem Lokal weiter unten an der Straße.»

«Etwa die Pinte, an der ich vorbeigekommen bin?»

«Kann sein; sie heißt ‹Zum großen Schweigen›.»

«Na gut, vielleicht krieg ich ja da einen Happen zu essen.»

Hätte er doch bloß nicht das Gasthaus erwähnt. «Ach, ich … glaube kaum. Es hat mehr oder weniger zu; es war nämlich der Schauplatz eines Verbrechens.»

Der Krach hörte auf. «Das darf nicht wahr sein.»

Verflixt, hätte er doch nie den Mund aufgemacht.

«Und wieso wollen Sie da hin? Wo doch dicht ist?»

«Ich, nun ja, ich treffe mich bloß mit jemand.»

«Was war's denn? Was für ein Verbrechen?»

«Vor ein paar Tagen ist dort ein Mann gestorben.»

«Gestorben? Sie meinen wohl *ermordet* worden, was?» Und dabei runzelte sie die Stirn, als stünde der Schuldige vor ihr im Mondenschein.

«Nun ja, so könnte man wohl sagen.» Er hatte die irre Vorstellung, als nähme auch der Hund an ihrem Gespräch teil. Der nämlich hatte die Ohren gespitzt und schien genauso erpicht auf Einzelheiten wie die junge Frau.

Die schüttelte den Kopf und verwünschte leise Himmel und Götter. «Du liebe Güte. Na, aus Ihnen ist offensichtlich nicht mehr herauszukriegen.» Unversehens fuhr ihr Kopf herum. «Sie sind ein Bulle, was?»

«Nein, ganz und gar nicht –»

«Scheiße, da hab ich die ganze Zeit mit einem Bullen gequatscht.»

Der Collie kläffte, als der Motor wieder aufröhrte.

«Hören Sie, ich bin *kein* –»

«Stranger!»

Der Ruf kam von der Scheune her; Melrose blickte sich rasch

um, und da sah er mattes Licht; es kam von einer alten Petroleumlampe, die jemand hochhielt, so daß sie diffuses Licht auf die Erde warf.

Er hätte nicht verblüffter sein können, wenn plötzlich ein Wegelagerer mit Maske und Umhang seine Kutsche angehalten hätte. Die Stimme klang nicht drohend: Sie war jedoch so hoch und klar, daß sie den Krach übertönte, den Ellens aufheulender Motor machte.

Der Hund fuhr herum und glitt wie ein Schwimmer durch den Bodennebel auf die Lampe zu, während Ellen fragte: «Wer ist denn das?»

«Ein kleines Mädchen. Sie heißt, glaube ich, Abigail.»

«Wohnt sie da?»

Melrose nickte. Seine Augen folgten der Lampe, die frei in der Luft zu schweben schien, gehalten von einem unsichtbaren Arm.

Ellen trat die Maschine erneut an, sagte «Also dann» und glitt ähnlich wie der Hund davon, jedoch in die entgegengesetzte Richtung.

Er sah ihr nach, die ganze Auffahrt lang, bis sie mit ihrer BMW von der Allee verschluckt wurde. Durch die Bäume konnte er sehen, wie der Mondschein auf dem Stausee schimmerte.

Dann wandte er sich zu dem schwarzen, efeuumrankten Fenster und fragte sich in einem plötzlich aufwallenden Gefühl von Angst, ob er sich das verschwommene, goldbeschienene Interieur, die Farbtupfer, die Unterwasserbewegungen nur eingebildet hatte. Doch nein, natürlich nicht: Es war beleuchtet, auch wenn das Silber und Türkis verschwunden waren und die einzige Bewegung von dem Hausmädchen stammte. Er sah, wie der schwarze Fleck ihres Kleids von Scheibe zu Scheibe glitt, während die Lichter eins nach dem andern ausgingen und auch es dunkler wurde. Und dann verschwand der Mond hinter einer Wolke und ging wie die Lichter drinnen aus, als hätte Ruby einen Schalter gedrückt.

Melrose zündete sich eine Zigarette an, eigentlich mehr um die Flamme aufflackern zu sehen, als um zu rauchen.

Als er ins Auto stieg und schnell die Scheinwerfer einschaltete, hörte er schon wieder diese Stimme – *Stranger* – und das scharfe Hundegebell.

16

Das Gasthaus «Zum grossen Schweigen» war unweit der Straße nach Stanbury mitten im Moor gelegen. Bruchsteinmauern zogen sich quer über die schwärzliche Heide hin zu den fernen Hügeln mit ihrem typischen Kennzeichen, den niedrigen, verkrüppelten, windschiefen Bäumen. Eine unwirtlichere Landschaft hatte Melrose noch nie gesehen. Die Straße führte durch eine Bodensenke auf das Gasthaus zu, das ebenso von der Welt abgeschnitten und freischwebend wirkte wie der Hof, den er gerade verlassen hatte.

Als er auf den Parkplatz fuhr, sah er das Gasthaus in etwas wirklicherem Licht: ein gepflegtes, weißgetünchtes Gebäude mit schwarzem Fachwerk und einem Hof, auf dem bei besserem Wetter gewiß Tische standen. Kaum zu glauben, daß dies der Schauplatz eines Verbrechens gewesen sein sollte. Doch dieser Umstand sowie die vierundzwanzigstündige Schließung schienen das Lokal mittlerweile berühmt gemacht zu haben. Der Parkplatz war gegen 22 Uhr noch gerammelt voll. Durch die Fenster, die wie Bernstein schimmerten, sah er, wie sich die Gäste an der Theke drängelten.

Drinnen war es heimelig und nach der Landschaft, die er gerade durchquert hatte, wieder herrlich normal. Melrose wanderte mit seinem Bier durch die Lounge, wo es einen schönen steinernen Kamin gab, über dem ein Gemälde des Gasthauses hing. Davor stand ein alter Stuhl mit hoher Rückenlehne. In so einem hatte er schon immer einmal hofhalten wollen, und so wartete er darauf, daß die Katze, die den Stuhl gerade besetzt hielt, wegging. Doch die Katze dachte nicht daran.

Er wartete auf Jury; studierte im flackernden Schein des Feuers und der beschirmten Lämpchen die Bilder, den Messingzierat und einen Bericht über die Herkunft des Namens «Zum großen Schweigen». Melrose seufzte. Eine weitere Mär über Bonnie Prince Charles. Auch dieses Gasthaus gehörte zu den historischen Stätten, die Charles Zuflucht geboten hatten und (in diesem Fall) auch die Verschwiegenheit der Einheimischen. Angesichts all der Zwischenstopps, die der Prätendent seinerzeit eingelegt hatte, stellte sich die Frage, wie er eigentlich jemals ans Ziel gekommen war. Eins stand jedenfalls fest; was die Reisezeit anging, hatte er reichlich Überstunden gemacht. Melrose schloß die Augen und malte sich den Prinzen mit Agatha als Reisegefährtin aus. In diesem Fall hätte das Gasthaus, das heute «Zum großen Schweigen» hieß, gewiß nicht diesen Namen bekommen...

«Schlafen Sie immer im Stehen?»

Er wußte, daß es Jury war, aber er machte die Augen nicht auf. «Ich mußte gerade an Agatha denken.» Jemand drückte seine Schulter.

«Ach so.»

Sie hatten die Speisekarte studiert und sich für Hecht im Schlafrock entschieden.

«Der Name hat es mir einfach angetan», sagte Melrose Plant. «Ich kann mir den Hecht so richtig vorstellen», fuhr er fort, «in türkisch gemusterter Seide, uni paspeliert.»

Bei einem Teller Ochsenschwanzsuppe berichtete Melrose dann von seinen Erlebnissen und staunte beim Erzählen selber, daß sich das alles im Laufe eines einzigen Tages zugetragen hatte. «Nicht zu fassen, daß ich erst heute morgen mit Agatha und ihrer Freundin Tee getrunken habe. Natürlich hat Agatha gewisse Qualitäten, die sich räumlichen und zeitlichen Dimensionen entziehen. Fernes Geheul in den Wäldern jenseits von Ardry End...»

«Die Suppe schmeckt großartig», sagte Jury und fuhrwerkte mit dem Pfefferstreuer herum.

«‹Die Suppe schmeckt großartig›», wiederholte Melrose aufseufzend. «Der einzige Mensch, der eine noch poetischere Ader hat als Sie, ist meines Wissens Divisional Commander Macalvie. Wahrscheinlich hat Macalvie in der Zeit, als Sie sich bei den Citrines herumgetrieben haben und ich in Weavers Hall gar prächtig unterhalten wurde, mindestens drei Fälle gelöst.»

«Vier», sagte Jury und hielt vier Finger hoch. «Einen Überfall mit Körperverletzung, einen Mord, zwei Einbrüche. Ich will nach Cornwall; ich möchte mich im Ferienhaus der Citrines umsehen.»

«Glauben Sie, daß Sie dort die Antwort finden?»

«Möglicherweise die Frage.»

«Sie hören sich an wie Gertrude Stein. Polizeiarbeit stelle ich mir eigentlich konkreter vor.»

«Konkreter?» Jury schüttelte den Kopf. «Ich will damit nur sagen, ich habe so ein Gefühl, als ob die falschen Fragen gestellt worden sind. Aber das ist nichts Neues. Sie sagten, dieser George Porges –»

«Poges.»

«Wenn Major Poges gern spazierengeht, warum gehen Sie dann nicht mit ihm? Vielleicht können Sie ja noch was lernen.» Jury sah von seinem Brötchen auf.

«Weil man sich da bewegen muß. Gegen eine Bewegung als Mittel zum Zweck habe ich nichts, etwa wenn man zur ‹Hammerschmiede› radelt; ich mag nur sie nur nicht als Selbstzweck. Heute habe ich auf dem Pennine-Weg eine Joggerin gesehen. Sie war ganz in Knallrot, *Neon*rot. Und nun frage ich Sie: Drei der trübseligsten Geister der Literatur, Gott hab sie selig, lassen ihre Berichte von Verzweiflung, Trostlosigkeit, gebrochenen Herzen auf diesem Moor spielen. Wie kann es da jemand *wagen*, in Knallrot darüber zu joggen? Wahrscheinlich hatte sie auch noch ein Körnerbrot und als Gewicht eine Flasche Perrier dabei. Und was tun *Sie*, Richard? Laufen? Racquetball? Zehn Runden um die Nelsonsäule?»

«Nichts. Natürlich denke ich immer mal –»

Melrose zeigte mit dem Finger auf ihn. «Aha! Sehen Sie, wir beide stehen in der wahren Tradition. Wir sind Männer, die über Bewegung *nachdenken*. Und das, Jury, ist vergeudetes Leben. Selbst Trueblood hat eine Rudermaschine zu Hause.»

«Aber nur, damit er von Ihnen eine Gehaltserhöhung bekommt, Trueblood ist nicht so dumm, das verdammte Ding zu benutzen.»

Jury blickte sich um. «Wo bleibt der Fisch im Schlafrock? Ich kann es kaum noch erwarten.»

«Aber ich kann sehen», fuhr Melrose in Gedanken in Long Piddleton fort, «daß es näher kommt. O nein, bei uns gibt's noch keine Joggerinnen; aber neulich habe ich mal im Laden bei der Post vorbeigeschaut. Früher gab's da Wheetabix, jetzt sehe ich dort Früchte-Mandel-Kokos-Pascha-Weizenkeim-Müsli. Das ist der Hund an unseren Fersen – dieses ganze Joggen und Ziegenkäseessen –, wo man sich doch ein saftiges Stück Stilton und ein Glas Cockburn's Port genehmigen könnte – das ist alles Teil des Drangs nach oben. Wenn ich mich schon bewegen muß, dann bitte geistig.»

«Ich auch», sagte Jury. «Da kommt unsere Bedienung.»

Der «Schlafrock» stellte sich als Pergamentpapier heraus. Dampf hatte die glänzende Oberfläche aufgebläht, und jetzt schwebte die scharfe Schere der Kellnerin über Melroses Portion. Sie schnitt die knisternde, dampfgefüllte Pergamenthülle auf, und schon duftete es aromatisch nach Wein, Kräutern, Knoblauch und (teilte sie flüsternd mit) einem Spritzer Brandy. Der würde die Nasenlöcher auch des hartnäckigsten Nebenhöhlenpatienten freigepustet haben.

«Das hier könnte Ihrem Sergeant für die nächsten zehn Jahre die Arztbesuche ersparen», meinte Melrose.

«Es riecht einfach umwerfend», sagte Jury mit einem ebenso umwerfenden Lächeln.

Die Kellnerin machte rasch kehrt, entfloh zur Küche und warf die Tür hinter sich zu.

«Nell Healey war also mit Ann Denholme befreundet?» fragte Jury, nachdem sie ein Weilchen in weihevollem Schweigen geschlemmt hatten.

«Ich wiederhole nur, was ich von Major Poges und der Principessa gehört habe. Und die haben es möglicherweise von der scheintoten Ruby, wer weiß? Oder vielleicht hat es Ann Denholme erwähnt; ich könnte mir durchaus vorstellen, daß bei dem Rummel ganz Weavers Hall durcheinandertratscht.» Melrose hob einen Löffel Fischsud zum Mund. «Das einzige, was daran noch fehlt, ist ein Hauch Old Peculier. Recht wohlschmeckend und auch recht praktisch, wenn man seinen Aperitif, den Tischwein und den Verdauungsschnaps in einem einzigen Pergament serviert bekommt. Ungemein zeitsparend.»

Jury war fast fertig mit Essen. «Erzählen Sie mir mehr von Weavers Hall.»

«Da geht es zu wie im Kabarett. ‹Tamara›, pardon, ‹Tämärä›, was für ein Pseudonym! Aus New Yaak.» Er legte den Löffel hin. «Außer, daß ...»

«Außer, daß ...?»

Melrose hob die Schultern. «Es ist ein Geisterhaus ...» Ihm lag etwas anderes auf der Zunge, doch da er nicht wußte was, sagte er achselzuckend: «Ich weiß auch nicht. ‹Geisterhaus› trifft es nicht. Aber ich finde nicht das richtige Wort. Unheimlich? Nein.» Und wieder überkam Melrose jene Angst, die er verspürt hatte, als er draußen auf dem Hof gestanden und sich nur um des Lichtscheins willen eine Zigarette angezündet hatte.

«Mir egal, ob es das richtige Wort ist. Was für ein *Gefühl* hatten Sie?» Jury schob seinen Teller fort.

«Was sehen Sie mich so an? Ich habe Ihnen doch gerade einen abendfüllenden Bericht über die letzten drei unterhaltsamen Stunden in Weavers Hall geliefert.» Und Melrose beschrieb die Szene.

«Wichtiger als die Einzelheiten ist vielleicht ihre Wirkung auf Sie.»

«Und das von einem Polizisten und Superintendent? Sie sagen, daß *Einzelheiten* vielleicht weniger wichtig sind? Sie wollen *Gefühle*?»

«Warum sagen Sie nicht das erste, was Ihnen in den Sinn kommt?»

«Tristesse», sagte Melrose. «Undurchsichtig», fügte er hinzu. «Ein Abgrund, Traurigkeit, zwanghafte Traurigkeit.»

Jury schob seinen Teller noch weiter fort, verschränkte die Arme und dachte an Nell Healey.

«Sie wissen, daß niemand anders als Nell Healey ihren Mann erschossen hat», sagte Melrose. «Es geht nicht um Schuld oder Unschuld.»

«Es geht um das Motiv.»

«Glauben Sie etwa im Ernst, Sie könnten sie retten, wenn Sie dahinterkommen?» fragte Melrose stirnrunzelnd.

«Ja.»

Melrose zückte sein Zigarrenetui. «Für mich hört es sich an, als ob sie nicht gerettet werden möchte. Wie, wenn sie sich wegen des nicht gezahlten Lösegelds so schuldig fühlt, daß es ihr einerlei ist, was mit ihr geschieht?»

«Dann hätte sie sich umgebracht und nicht ihren Mann, der Macalvie zufolge völlig außer sich war, als sie sich weigerte zu zahlen. Roger Healey war weiß Gott kein Habenichts, aber *soviel* Geld hatte er auch nicht. Nicht das große Geld. Und Charles Citrine hat es auch nicht. Und es ging auch nicht nur um das Geld; sie mußten entscheiden, was für Billy das Beste war, und das brachte sie in eine ganz gemeine Zwangslage.» Jury nahm eine Zigarre aus Plants Etui. «Aber natürlich war Billy Rogers Sohn und Nell Healey nur die Stiefmutter.»

Melrose unterbrach sich beim Anzünden der Zigarre. «*Nur?* Lieber Gott, gehören Sie etwa auch zu den Verfechtern der Theorie, daß Blut dicker ist als Wasser?»

«Natürlich nicht. Aber alle Welt legt doch Lippenbekenntnisse auf diesem Gemeinplatz ab. Für die Medien wäre es ein gefundenes Fressen gewesen, falls durchgesickert wäre, daß nicht Mr., sondern Mrs. Healey entschieden hätte, nicht zu zahlen. Eine steinreiche Frau, die ihren Stiefsohn nicht auslösen will? Einen schönen Eindruck hätte das gemacht. Die böse Stiefmutter blickt in den Spiegel, und da sieht sie jemand, der schöner ist als sie. Nur daß in diesem besonderen Fall die Konkurrenz nicht Schneewittchen ist, sondern der Sohn ihres Mannes.»

«Da mögen Sie recht haben.»

Jury nickte. «Aber ich habe sie in diesem Gehölz stehen sehen wie jemand in Trance; sie hat ein altes Tor zwischen nutzlosen Mauern angestarrt, wo Billy Healey und Toby Holt früher gespielt haben. Ihr Blick war so eindringlich, daß ich nicht im geringsten erstaunt gewesen wäre, wenn der Junge vor meinen Augen erstanden wäre. Vor ihren ist er das vielleicht auch.»

Beide wandten sie sich um, als ein mächtiger, etwas gebeugter Mann mit karierter Mütze und einer alten braunen Strickjacke, eine Kelle in der Hand, an ihren Tisch geschlurft kam. In seinem Blick lag ewige Unzufriedenheit, die schmale, tabakgeschwärzte Linie seines Mundes bob sich an den Enden herab wie die einer Bulldogge. Von der Silberschale mit dem Gemüse zu Jury und dann zu Plant starrend, fragte er. «Na, wie sind die Stangenbohnen?»

Da der Speiseraum des «Großen Schweigens» an dem Abend offenbar nur für sie geöffnet war, hatten sie die ganzen Hilfskräfte des Hauses zu ihrer Verfügung. Dieser Mensch vor ihnen würde stehen bleiben und seinen Tabak kauen, bis er eine Aussage über den Zustand des Gemüses bekam. «Hervorragend. Und Sie sind Mr. –?»

«Oakes. Jimmy Oakes.» Er nahm die Schüssel in die Hand und grübelte anscheinend über den Zustand der Stangenbohnen. «Schlechte Ernte, wie's aussieht.»

«Aber sie sind sehr schmackhaft, Mr. Oakes.»

Der Mann zuckte die Achseln und atmete pfeifend aus. «Werden wohl bißchen fasrig sein. Hab sie in Ha'erth.»

«Ich verstehe nicht, Mr. Oakes. Wollen Sie sagen, daß Ihre *eigene* Ernte schlecht ist?»

«Stimmt. Schlecht gesetzt.»

Er schlurfte mit seiner Kelle davon.

«Und Roger Healey», sagte Melrose, während er Mr. Oakes hinterhersah, «was für ein Mensch war er?»

«Ein Ritter ohne Fehl und Tadel, jedenfalls in den Augen derer, mit denen ich gesprochen habe. Seine Kollegen haben ihn geliebt. Charles Citrine hält Roger Healey für einen der prächtigsten Menschen, die ihm je untergekommen sind, und segnet den Tag, an dem er seine Tochter geheiratet hat. Nell Citrine war nämlich so um die Dreißig, ledig und – mit seinen Worten – ‹labil›.»

«Soll das heißen, daß Miss Citrine Stammgast in der Klapsmühle war oder daß sie sich nur schwertat, die richtige Soße zum Kalbsbraten zu wählen? Wenn ein Mann eine Frau als ‹labil› bezeichnet, so heißt das im allgemeinen, daß sie nicht seiner Meinung ist.»

Jury tunkte das letzte bißchen Soße mit einem Stück Brötchen auf. «‹Etwas exzentrisch› hat er gesagt.»

«Mit anderen Worten, sie hat seine politischen Ansichten nicht geteilt.»

«Wie nett, daß Sie sie verteidigen, ohne sie zu kennen. Haben Sie noch eine Zigarre für mich?»

Melrose zog das Lederetui aus seiner Brusttasche. «Ich kenne sie nicht, Sie aber; und Sie haben nichts von ‹labil› oder ‹exzentrisch› gesagt.»

«Das Seltsame ist, daß sie mir, selbst als sie ihren Mann im Aufenthaltsraum des Gasthauses umgebracht hat –» er zündete die Zigarre an und blies das Streichholz aus – «völlig normal vorgekommen ist.»

Abgesehen, setzte er bei sich hinzu, *von ihrer Schweigsamkeit*. Jury legte die Arme auf den Tisch. «Citrine ist ein äußerst zurückhaltender, umgänglicher Mensch. Hände in den Hosentaschen, geht und spricht, als könnte er eigentlich mehr aus sich machen.»

«Wie auch Mr. Oakes, aber deshalb würde ich ihm dennoch nicht meine Bohnen anvertrauen.»

«Dann ist Nell Healey also das schwarze Schaf unter lauter Übermenschen? Und Daddy setzt sich hin und erzählt ausgerechnet dem Superintendent, der als Zeuge gegen sie aussagt, daß sie ‹labil› sei; Roger dagegen ist ein Ritter ohne Fehl und Tadel und überall beliebt. Außer bei der Tante.»

«Vielleicht eine bemerkenswerte Ausnahme.»

Jury drehte sein Weinglas und dachte an Rena Citrine. «Die Tante ist der Familie nicht grün, mit Ausnahme von Nell. Aber auf mich hat sie ausgesprochen egozentrisch gewirkt. Die reißt sich bestimmt kein Bein aus, um Nell zu retten.»

«Immerhin drei auf unserer Seite.»

«In Wahrheit vier.»

Melrose lächelte, denn er sah, daß die Kellnerin mit dem Dessertwagen über die holprigen Eichendielen auf sie zugerumpelt kam. «Wer ist der Vierte im Bunde?»

«Brian Macalvie.»

«Der kann sich doch nach der kurzen Begegnung vor acht Jahren unmöglich noch an sie erinnern. Pardon, Divisional Commander Macalvie vergißt niemals etwas.» Er sichtete auf dem Servierwagen eine riesige Glasschüssel mit Trifle.

«Er hat sie als ‹sehr beeindruckende Lady› bezeichnet.»

«Lieber Gott, das ist besser als die Schirmherrschaft der Queen. Dann ist der Fall noch nicht verloren.»

«Für Macalvie ist kein Fall verloren. Hauptsache, es ist seiner.»

«Was soll es sein, die Herren?» fragte der Geschäftsführer des «Großen Schweigens» ein Weilchen später in der Lounge.

«Hechtlikör», sagte Melrose. «Oder, falls der ausgegangen sein sollte, einen Rémy. Und Kaffee, wenn Sie so freundlich sein wollen.»

Das Telefon surrte hartnäckig, und der Geschäftsführer blickte Jury fragend an. «Nur Kaffee.»

«‹Zum großen Schweigen›», sagte er dann ziemlich unwirsch in den Hörer, so als befürchtete er, der Name könnte einen neuerlichen Schwall von Fragen auslösen. Dann drehte er sich um, reichte Jury den Hörer und kümmerte sich um den Cognac.

«Lieber Gott, hoffentlich nicht Racer.»

Es war Wiggins. «Wie geht –» Jury entschied sich dann doch dafür, den Satz nicht zu vervollständigen. Er begnügte sich mit: «Hallo, Wiggins.»

Trotz der fehlenden Nachfrage nach der werten Gesundheit schickte sich Wiggins an, Jury zu erzählen, wie es um ihn und das Wetter bestellt war, zwei Befindlichkeiten, die wechselweise aufeinander einwirkten. «Richtig ekelhaft ist es hier, Sir. Winterregen. Sie wissen ja, wie es ist, wenn ...»

«Mir ist zwischen Winter und Sommer noch nie ein Unterschied aufgefallen, Wiggins. Was haben Sie –»

«Und ob da ein Unterschied ist, Sir.» Geduldig wartete Jury das Ende der Vorhersage für Wiggins' Bronchitis und Privatregen ab. Endlich fiel Wiggins ein, daß er eigentlich wegen der Nachforschungen anrief, die er in London angestellt hatte, und nicht wegen seines Gesundheitszustandes. «Sir, es gibt eine gute Nachricht und eine schlechte. Welche wollen Sie zuerst?»

«Beide.»

«Die schlechte Nachricht: Kein einziger Mensch, mit dem ich gesprochen habe, kann etwas Negatives über Roger Healey sagen. Ich habe mich mit zehn Leuten bei der Zeitschrift unterhalten, und die sagen alle das gleiche, nur mit anderen Worten. Für sie war Roger Healey ein feiner Mensch, ein scharfsinniger

Kritiker, ein begnadeter Musiker. Ein paar meinten, Billy wäre eine Art Wunderkind und sein Vater sehr stolz auf ihn gewesen. Das kam alles heraus, als einige erzählten, daß Roger, als er den Jungen verlor, wie ein Fels in einem Meer von Traurigkeit gestanden hätte...»

Auf Jury wirkte soviel Stärke angesichts eines schweren Verlustes etwas abstoßend, etwas steinern und kalt, genau wie Wiggins mit seinen Platitüden hatte andeuten wollen.

«– aber es ist doch merkwürdig, daß selbst die Leute – zumindest die drei, mit denen ich gesprochen habe –, die Healey in seiner Kolumne heruntergemacht hatte, ihm nichts nachtrugen. Beispielsweise der Libretto-Schreiber, dessen experimentelle Oper Healey völlig verrissen hatte. Der hat doch tatsächlich gelacht und gestanden, daß sie absolut nichts getaugt habe. Die Oper, nicht Healeys Kritik.»

Plant war mit seinem Glas und dem Kaffee zum Kamin gegangen und bemühte sich, eine schwarze Katze aus dem Lehnstuhl zu vertreiben. «Haben Sie sich mit Mavis Crewes unterhalten?»

«Nein, Sir. Die hat gesagt, dazu bestünde kein Grund, sie hätte die Nase voll von Scotland Yard und unseren Unterstellungen. Was haben Sie denn unterstellt?»

«Daß Nell Healey keine Kombination aus Skylla und Charybdis ist. Was ist mit Martin Smart?»

«Bei dem war ich. Fand sich recht freundlich damit ab, obwohl er nicht begriff, warum ich noch kam, wo doch schon Sie dagewesen waren.»

«Weiß übrigens Racer, daß Sie Nachforschungen anstellen?»

«Aber Sir, der Chief Superintendent glaubt doch, daß ich nie einen Finger krumm mache», erwiderte Wiggins ohne eine Spur Bitterkeit.

Im Hintergrund hörte Jury Geknister, das vom Ablösen des Zellophans um eine Dose Halspastillen bis zum Zerbröseln von Kohlekeksen alles sein konnte. Die hartnäckigen Telefongeräusche bei Gesprächen mit Wiggins waren wie laut aufgedrehtes Bandrauschen.

«Also, der Flötist, ein gewisser William Browne, der war schon eher sauer; aber er mußte zugeben, daß Healey nicht versucht hatte, ihn fertigzumachen: Er hatte fünf Stücke gespielt, und eins davon hatte Healey teilweise gefallen.»

«Klingt für mich ziemlich abfällig, eins von fünf.»

«Aber ich habe diese Kritiken schon gelesen. Ehrlich gesagt, Sir, Roger Healey erweckt nicht den Eindruck, als ob er unsachlich oder persönlich gewesen sei. Seine negative Kritik klingt fast abbittend.»

«Ein probates Mittel, wenn man jemanden abschießen will.»

Wiggins schwieg. Dann sagte er: «Nichts für ungut, Sir, aber Sie scheinen mir etwas voreingenommen Healey gegenüber.»

Jury mußte lächeln. «Ist schon gut. Sie haben ja recht.» Jury beobachtete die schwarze Katze, die um den Sessel herumstrich, und Melrose, der darin saß und sich Mühe gab, sie zu ignorieren.

«An dem, was Sie sagen, könnte trotzdem etwas dran sein, Sir.»

«Danke. Und weiter?»

«Wie ich bereits sagte, in dem Artikel in *Segue* ging es um ein Benefizkonzert. Healey lobte die meisten Musiker, nur nicht den Flötisten und einen weiteren Musiker. Hören Sie zu: ‹Der Höhepunkt des Abends war der Auftritt Stan Keelers von der Gruppe Black Orchid. Ich nenne es Höhepunkt, weil diese Underground-Gruppe bei ihren ergebenen (fanatischen) Anhängern ein so hohes Ansehen genießt. Mr. Keeler beeindruckte durch eine hervorragende Technik. Um so mehr verwundert es, daß er diese unterirdisch zelebrierte Technik bei den seltenen überirdischen Auftritten von Black Orchid so gut zu verbergen weiß. Seit Pete Townsend und The Who hat es meines Erachtens auf der Bühne keine so exhibitionistische Gruppe wie Black Orchid mehr gegeben. Auch ich schloß mich dem Beifall des Publikums an, als Mr. Keeler seinen berühmtesten Song, ‚Main Line Lady', zum besten gab. Ich applaudierte, weil Mr. Keeler den Anstand besaß, nicht gleich auf der Bühne ein paar *lines* zu schnupfen.› Was ich sagen wollte, Sir, nicht mal Stan Keeler hat sich das sehr zu Herzen genommen.»

«Soll das heißen, Sie haben sich mit ihm unterhalten?»

Eine dramatische Pause – aber vielleicht hatte sich Wiggins auch nur zur Kochplatte mit dem Wasserkessel umgedreht, um sich nachzuschenken. «Aber ja doch, Sir. Habe ihn in seiner Wohnung in Clapham aufgesucht. Er hat eine Vermieterin, einen Drachen, die schirmt ihn vor der Presse, vor den Reportern ab. Eine komische Type.»

«Und was hat er zu der Kritik gesagt?»

«Hat gelacht und sich noch einen eingeschenkt. Lag mitten im Zimmer platt auf dem Boden. Meinte, das beflügele das Denken.» Die erneute Pause legte nahe, daß Wiggins sich so seine Gedanken über dieses Benehmen machte. «Keeler schien es einfach nichts auszumachen.»

«Und die gute Nachricht, Wiggins? Oder war sie das schon?»

«So ähnlich, aber noch besser. Als ich in den Büros von der Zeitschrift war, habe ich beim Weggehen auf dem Flur einen Typen getroffen. Anfangs habe ich ihn für den Hausmeister gehalten. Jeans und schwarzes T-Shirt. War mit Schrubber und Eimer unterwegs.»

Wieder eine Pause. Wiggins schien darauf zu warten, daß Jury ihm bestätigte, ja, er hätte einen solchen Typen auch für den Hausmeister gehalten. «Ich weiß, was Sie meinen. Er gehört aber zur Belegschaft?»

«Ja. Der beliebteste Kolumnist, den sie haben. Ihr Pop-Papst, Sie wissen schon – Jazz, Rock. Heißt Morpeth Duckworth. Er kam mir auch irgendwie bekannt vor; in seiner Kolumne ist nämlich über dem Namen immer ein kleines Foto von ihm. Ich habe ihn angehalten und ihn zu Healeys Tod befragt. ‹Seine Frau hat der Musikkritik einen unschätzbaren

Dienst erwiesen›, hat er mir geantwortet. Lehnte einfach auf seinem Schrubber und rauchte etwas, was mir sehr nach Gras roch. Und das im Büro –»

«Sie haben recht, Wiggins. Und weiter?»

«Natürlich habe ich nachgehakt, was er damit meint. Und da sagte er –» hier hörte Jury Geraschel, Seiten, die rasch umgeblättert wurden – «er sagte also: ‹Healey hat in seinen überaus reichlichen Beiträgen zu dieser Zeitschrift den totalen Dünnschiß salonfähig gemacht.› Aber das hier trifft es noch besser. ‹Healey war der größte Blender in der gesamten Musikszene.› Dann schnappte er sich Schrubber und Eimer und zog weiter. Ehrlich, ich finde, Sie sollten sich mal mit ihm unterhalten. Nur –»

«Nur was?»

«Nichts für ungut, Sir, aber ich glaube, Sie sollten sich ein ganz klein bißchen über die Rockszene schlau machen. Damit Sie ihn verstehen.»

Jury lächelte, einerseits über Plants Gegenwehr mit einem aufgerollten Exemplar von *Country Life*, andererseits über den dringenden Rat seines Sergeant. «Wozu die Mühe, wenn ich Sie habe. Ausgezeichnete Arbeit, Wiggins. Der erste Hoffnungsschimmer in dem ganzen Fall. Mir scheint, Mr. Healey hat seinen Heiligenschein am Ende doch nicht tüchtig genug poliert. Vielleicht können wir ihn noch vom Sockel stoßen. Wirklich gut gemacht.»

«Gern geschehen», sagte Wiggins, und das hörte sich direkt eingebildet an. Doch an der Art, wie Wiggins rhythmisch mit dem Löffel in der Tasse klapperte, merkte Jury, daß ihn das Kompliment unwahrscheinlich freute.

«Ich nehme ihn mir ganz sicher vor. Sonst noch was?»

«Das war's, Sir.»

Jury wollte sich schon verabschieden, als ihm noch einmal die zuvor erwähnte Vernehmung einfiel. «Wiggins. Wie sind Sie denn an Stan Keelers Vermieterin vorbeigekommen?»

«Ich bin in ihrem Windfang mehr oder weniger umgekippt.»

Jury runzelte die Stirn. «Was war denn los mit Ihnen?»

«Ich habe mich krank gestellt.»

17

STRANGER, DER HUND mit den abgeknickten Ohren, hatte emsig in der gefrorenen Erde gebuddelt, doch als er Melrose vom Haus her kommen sah, hatte er sofort damit aufgehört und stand jetzt Wache vor der Scheune.

Um diese Morgenstunde, es war zehn Uhr, ging Abby Cable ihrer Arbeit nach. Dabei half ihr ein anderes kleines Mädchen, das (so hörte Melrose) Ethel hieß – wie in: «Ethel, du hast das Futter wieder mal nicht richtig hingekriegt», und: «Ethel, damit kannst du nichts auf *Stein* festmachen.» Die erste Beanstandung galt einem kleinen Futtereimer, aus dem ein Löffel ragte, die zweite Ethel selber, die auf einem Stuhl stand und ein Poster gegen die Wand hielt.

Ethel war so groß und wohl auch so alt wie Abby. Und sie gab nicht auf, bemühte sich hartnäckig, eine Ecke des Posters mit einer Reißzwecke zu befestigen. Die unselige Reißzwecke wollte sich jedoch nicht in die Wand drücken lassen, und die Ecke rollte sich immer wieder ein. Die andere Ecke hielt, denn die war in dem Holzrahmen der Scheunentür befestigt. Die Wände aber bestanden aus Feldsteinen.

Ethel gab auf und sprang vom Stuhl herunter, ein Bild der Enttäuschung.

Wenn an Ethel überhaupt etwas farbig war, dann nur ihr leuchtendrotes Haar. Sie hatte einen Teint, der bleicher war als alles, was Melrose diesseits des Grabes gesehen hatte, und ein paar winzige Sommersprossen aufwies. Der zu kurz geratene

Hals saß auf schmalen, abfallenden Schultern. Sie trug eine weiße Hemdbluse, eine lange weiße Schürze und weiße Strümpfe. Bei ihrem Anblick mußte Melrose an eine Sahnetorte denken. Ethel war adrett, wirklich zum Anbeißen, sie wirkte, als hätten die Katzen sie saubergeleckt. Ganz im Gegensatz zur Furie, die zwar augenblicklich im Auge des Orkans Ruhe gefunden zu haben schien, aber immer noch schmuddelig aussah. Möglicherweise machte das die Kontrastwirkung; Abby trug ihre Gummistiefel und ein dunkles Wollkleid und an diesem Morgen ein schwarzes Umschlagtuch; es schien, als gäbe sie sich alle Mühe, häßlich und schmutzig auszusehen.

Melrose stand im Schatten des Eingangs und beobachtete sie aus dieser Distanz. Zu Stranger hatte sich nämlich jetzt ein noch größerer Hund gesellt, er hatte ein glattes Fell, etwa die Größe eines schottischen Deerhounds und wog vermutlich an die fünfzig Kilo. Er kam herangetrabt, um nachzusehen, ob sich etwas Interessantes tat. Genau wie der Border Collie schien er nicht gerade erpicht auf eine nähere Bekanntschaft mit diesem Menschen. Melrose ärgerte sich, daß sein heldenmütiger Einsatz für die graue Katze anscheinend noch keine Eintrittskarte für die hermetisch geschlossene Welt der anderen Tiere war. Die Katze selber lag hingestreckt in einer Lache aus Sonnenschein und zeigte noch weniger Interesse für ihren Retter als die Hunde. Seite an Seite dasitzend blickten sie zu ihm hoch.

Er war sich nicht ganz sicher, ob es sich hier wirklich um eine Scheune handelte oder um eines jener alten Langhäuser, die einst Mensch und Tier zugleich Obdach geboten hatten. Das Dachgebälk war hoch und hatte breite Risse, und an einem Ende befanden sich drei Reihen von Gucklöchern, die für Entlüftung sorgten (was angesichts des leichten Dunggeruchs vom anderen Ende des Gebäudes auch nötig war). Durch die Luken streute die Sonne an diesem überaus strahlenden Morgen Lichtflecke auf den Boden wie Konfetti.

Zu seiner Linken, wo Abby sich gerade zu schaffen machte, befand sich der Kuhstall mit seinen hölzernen Trennwänden;

hier standen auch das Pony und der Esel, die er schon früher hinter der Scheune gesehen hatte.

Zwischen den Türen auf beiden Seiten der Scheune lag die einstige Tenne. Die gegenüberliegende Tür war jedoch verbrettert. Melrose stand auf einem Boden aus Schieferplatten, auf dem kleine Vorleger verteilt waren, wohl um das Ganze wohnlicher zu gestalten.

Vor einem steinernen Kamin standen ein behelfsmäßiger Tisch (ein längliches Brett auf zwei Sägeböcken), ein schwerer Mahagonistuhl und ein hoher Schemel. Dem Anschein nach war das der Eßbereich, daneben lag die Küche: der Tisch dort hatte eine Wachstuchdecke, und darauf lagen ein Brotlaib, Fleisch und Käse. Das Fensterbrett diente als Kühlschrank, denn dort stand neben einer Flasche Milch ein Teller mit einem Stück Butter. Über dem Kaminfeuer hing ein Wasserkessel an einem Eisenhaken.

An der gegenüberliegenden Wand stand ein Kinderbett mit mehreren Steppdecken, das aussah, als würde es knarren. Daneben gab es eine Kiste mit einem Stapel Bücher und einer Lampe.

Was Melrose jedoch am meisten ins Auge fiel, waren die zahlreichen Poster an der Wand – Dire Straits, Elvis Presley. Die neueste Erwerbung, mit der sich Ethel geplagt hatte, war ein Poster der Rockgruppe Sirocco. Ja, war das nicht das Hochglanzdings, das er zuvor bei Malcolm gesehen hatte? Es hing neben einem kleineren Poster mit malerischen Klippen in Cornwall, und daneben... verdammt, Venedig. Ein in der Ferne über den Wassern schwebendes Venedig, als wäre es nicht von dieser Welt. Und wenn es auch noch so unwirklich aussah, so war es doch wirklicher als die Klippen von Cornwall, gegen die hohe, gischtgekrönte Wogen anbrandeten...

Über der Kiste mit dem Bücherstapel hing in einem Barockrahmen ein sehr großer, schöner Druck. Melrose meinte, Magrittes «Reich der Lichter» zu erkennen. Das in einer Scheune zu sehen – doch offenbar war Abby Cable hier zu Hause – war merkwürdig, in der Tat merkwürdig. So merkwürdig wie das Bild an sich. Es zeigte ein Haus mit einem erleuchteten Fenster und einer Straßenlaterne, die im Dunkeln brannte; und doch wölbte sich darüber ein klarer blauer Himmel mit Wolken. Er kannte es schon als Kunstpostkarte und wußte, daß das Original im Guggenheim-Museum hing.

Da ihm nun offenbar Zutritt zu diesem Heiligtum gewährt wurde, wußte er nicht recht, was er sagen sollte, und sagte deshalb etwas, das er am liebsten wieder hinuntergeschluckt hätte, kaum daß es heraus war: «Ei! Wenn das nicht eine nette Scheune ist!»

Abby Cable warf ihm einen Blick zu, den die Steinmetze von Stonehenge nicht besser hätten meißeln können, ein Blick, der von Antigone über Lady Macbeth durch die Jahrhunderte weitergereicht und fest im Muster der Welt verwoben war. Ein Blick, der Dummköpfen das Recht, auf dieser Welt zu leben, absprach. Ein Blick, der Züge zum Stehen bringen konnte. Ein Blick von jenem tiefen Blau, das man so oft fälschlicherweise, wenn auch poetisch, den Wassern der Ägäis und dem Himmel über den Kykladen zuschreibt.

«Wenn man Scheunen mag», sagte sie. Dann fiel ihr wohl ein, daß er ihre Katze gerettet hatte, und sie sagte: «Das ist Ethel.»

Ethel war viel zugänglicher, wahrscheinlich weil sie jetzt die Arbeit sein lassen und auf ihn zugehen konnte, um sich richtig bewundern zu lassen – die gesmokte Hemdbluse, das modische Haarband. Sie lächelte zu ihm hoch. «Wir wollen gerade was essen. Sie können mit uns Tee trinken, er darf doch, Abby?» Abby reagierte nicht, sondern beschäftigte sich damit, die Riemen des Eichelsackes auf dem Kopf des Ponys zurechtzuschieben. Ethel zupfte an ihrer Haarschleife und beantwortete ihre Frage selbst, indem sie verkündete: «Ich bin älter als Abby.»

Als Melrose ihr deswegen kein Kompliment machte und auch von Abby keine Reaktion erfolgte, rauschte Ethel zum Tisch mit der Wachstuchdecke und machte sich ans Brotschneiden. «Das da ist mein Hund.» Ethel deutete mit der Spitze des Brotmessers auf den großen Hund. «Das ist kein ordinärer Hütehund, das ist ein Kuvasz.» Sie legte eine besondere Betonung auf das Wort und blickte Melrose erwartungsvoll an, ob er sich von dieser erlesenen Rasse beeindruckt zeigte. Doch als nichts dergleichen geschah, fuhr sie fort (als ob sie es aus einem Buch auswendig gelernt hat, dachte Melrose): «Sie haben einst dem König von Babylon gehört, der richtige Gesetze für sie machte. Sie durften nicht getötet oder geärgert werden. Lange vorher hatte der Sommerkönig sie gezüchtet. Mein Hund ist ungarischer Abstammung und heißt King.»

Abby Cable verzog bei dieser Auslegung von Kings Stammbaum gequält das Gesicht: «Hab ich dir nicht schon tausendmal gesagt, daß es gar keinen Sommerkönig gibt? Es hat nie einen gegeben. Und er heißt Tim, nicht King. Jedenfalls hieß er Tim, als du ihn gekriegt hast.»

Melrose lächelte von einem Ohr zum anderen. «Aber du mußt zugeben, daß es ganz wunderbar klingt. Der König des Sommers.» Als ihn die Furie anblickte, merkte er, daß er einen taktischen Fehler gemacht hatte. «Andererseits muß ich dir recht geben. Ich meine, in Wirklichkeit hat es einen solchen König wohl nicht gegeben.» Wen oder was hatte Ethel wohl mit «Sommerkönig» durcheinandergebracht? Einen sumerischen König? Ja, das mußte es sein.

«Ha, er ist gar nicht so blöd, sag ich doch», meinte Abby und schleifte den Futtereimer zum Esel hinüber.

Melrose wußte nicht, ob er nun geschmeichelt sein sollte, weil sie Ethel offenbar von ihm erzählt hatte, oder ob er lieber noch etwas darüber nachdenken sollte, wie blöd er war, wenn er gar nicht *so* blöd war.

«Es gibt bloß Brote», sagte Abby. Sie kam aus der Box und verriegelte die Tür. Als sie geschlossen war, erblickte Melrose ein weiteres Poster. Anscheinend hatte jedes Tier seinen Favoriten. Das der Kuh konnte er nicht erkennen, aber der Esel hatte ein altes Dylan-Poster und das Pony eines von einem amerikanischen Sänger, der, soweit Melrose wußte, tot war. Ricky noch was.

«Herzlichen Dank. Aber es ist ja erst kurz nach zehn, ich glaube, ein Sandwich wäre jetzt ein bißchen viel. Erst recht nach dem riesigen Frühstück, das mir deine Tante vorgesetzt hat.» Da sie daraufhin nichts Einladendes sagte, setzte Melrose zum Pfeifen des Kessels hinzu: «Aber eine Tasse Tee wäre sehr schön.»

Als das Pony friedlich vor sich hin mampfte, trat Abby von der Box zurück, stützte die Hände in die Seiten und betrachtete entweder Ricky Nelson oder das Pferd. Da sie ihm den Rücken zuwandte, wußte Melrose nicht, was von beidem. Anscheinend aber Ricky, denn sie sagte: «Ethel, wir müssen das Poster abnehmen.»

Ethel fuhr mit dem Messer in der Hand herum. «Es ist *mein* Poster.»

«Und meine Scheune.»

Ethel jammerte: «Wo ich ihn doch so mag.»

«Selber schuld», sagte Abby fest. Und als sie anfügte: «Er ist tot», meinte Melrose das Echo jener Worte zu hören, die sie der Sprechstundenhilfe des Tierarztes an den Kopf geworfen hatte.

Stranger setzte sich auf, er witterte Streit.

«Dann ist er im *Himmel*», greinte Ethel. «Und singt jetzt da oben. Und ich kann ihn heiraten, wenn ich reinkomme.» Ihr helles Stimmchen posaunte so triumphierend wie wohl der Erzengel Gabriel.

Abbys Antwort war prosaisch. «Wer sagt, daß es einen Himmel gibt?» Und damit stapfte sie mit einem Futtereimer, der offenbar für den Hühnerhof bestimmt war, zur Tür.

Diese ketzerische Antwort verschlug Ethel die Sprache. Sie konnte nur noch die Tassen auf den Sägebocktisch knallen. Dann schleppte sie den wackligen Schemel an, der offenbar für Melrose gedacht war, und ließ ihn am Tischende niederplumpsen.

Abby warf Ethel einen gequälten Blick zu. «Der ist zu klein für ihn. Er kann den Stuhl haben. Ich hol mir den anderen.»

Doch ehe sie den Stuhl herantrug, stellte sie sich darauf, griff in ihre Tasche und zog einen Kaugummi heraus. Sie kaute ihn durch, klebte den Gummi auf die Steine und drückte die Ecke des Posters dagegen.

Ethel war rot angelaufen und streckte Abby hinter deren Rücken die Zunge heraus, doch als sie Stimmen an der Tür hörte, nahm sie rasch wieder ihr Prinzessinnengehabe an. Er merkte jedoch, daß sie krampfhaft nach einem letzten vernichtenden Wort suchte. «Aber mein Versteck, das findest du nie. Ich wollte es dir ja verraten –»

Sie log. Selbst Melrose merkte das.

Abby stand stocksteif. «In meiner Scheune hat keiner ein Versteck.»

Offensichtlich eine Dauerfehde, die aber durch Stimmen von draußen unterbrochen wurde. Ein langgezogener Schatten fiel auf die Tenne und verdoppelte sich, als nacheinander ein Mann und eine Frau eintraten.

«Hallo, Abby.»

«Hallo.»

Der Herr und die Dame, die dort standen, redeten beide zur gleichen Zeit, die Frau etwas bestimmter als der Mann, der zwar lächelte, sich aber nicht so sicher schien, ob er willkommen war.

Abby hielt immer noch das Poster fest, drehte sich wieder um, nachdem sie muffig den Gruß erwidert hatte, und machte sich erneut an ihre Klebearbeit.

«Hier wird wohl gerade Tee getrunken, ja?» sagte die Dame und blickte von Melrose zu Ethel und zu dem Tisch und dann wieder zu Melrose und schlug dabei gleichzeitig die Kapuze ihres Mantels zurück. Bronzefarbenes Haar mit ein paar weißen Strähnen, ob nun vom Alter oder vom Friseur, war schwer zu sagen; sie schien in den Vierzigern zu sein und trug eine Art langes, loses, buntes Patchworkkleid, das die Principessa allein schon wegen seiner Farbenpracht gutgeheißen hätte.

Als Abby nicht von ihrer Arbeit abließ, ging die Frau zur Wand, drehte sich um und sagte: «Rena», obwohl Charles Citrine sie als «Irene» vorgestellt hatte. Sie streckte Abby ein kleines Päckchen hin, das (so hörte Melrose sie sagen) «von Nell» war.

Abby musterte die braune Verpackung und ließ es in eine ihrer großen Rocktaschen gleiten.

Melrose bekam Bruchstücke ihrer Unterhaltung mit, während der Bruder mit ihm Allgemeinplätze über das Wetter, das Landleben im Januar und Weavers Hall austauschte. Citrine sagte (wobei er mit dem Kopf in Richtung Tür deutete), daß er in einem alten Haus «jenseits des Moores» wohne.

Irene Citrine stand neben Abby und unterhielt sich mit ihr. Unterhaltung war indes kaum das passende Wort dafür, so einsilbig wie Abby antwortete. Melrose bekam mit, daß das Päckchen von «Nell ist, die es extra für dich ausgesucht hat... und hast du es schon mal mit flüssigem Klebstoff versucht... ein hübsches Poster... wer ist denn das?... es tut Nell so leid, daß sie nicht selbst kommen kann... Nelligans Herde ist... brauchst du etwas...?»

Angesichts von Abbys Antworten fand sie sich wirklich auf die geradesten Pfade der Konversation verwiesen.

«Danke.»

«Nein.»

«Ja.»

«Rockband.»

«Na ja.»

«Ja.»

«Nein.»

Mit anderen Worten: ein typischer Abby-Austausch mit jemandem, der ihr gleichgültig war, und doch schien sie auf die Gabe, wenn auch nicht auf die Überbringerin, großen Wert zu legen. Melrose fand, daß sich die Überbringerin wirklich alle Mühe gab.

Und Charles Citrine auch. Das war ein Mann, auf den die Beschreibung «umgänglich» wie angegossen paßte. Augenblicklich wirkte er jedoch etwas gequält. Er war mit seinen Gedanken woanders; seine hellblauen Augen hingen an der Schwester und an Abby, gleichzeitig jedoch drosch er mit Melrose leeres Stroh, über das Wetter, das Landleben, Weavers Hall.

Auf eine weltläufigere Art ähnelte das durchaus Abbys Antworten auf die Fragen von Nell Healeys Tante.

Kaum waren die Citrines gegangen, lief Abby in den Kuhstall, darauf in ihr «Schlafzimmer» und kam dann zum Tisch zurück, wo sie den angeschlagenen Becher, den Ethel für Melrose aufgedeckt hatte, gegen eine zierliche Tasse und eine nicht dazu passende Untertasse mit winzigen blauen Blümchen austauschte.

«Na? Was ist es?» wollte Ethel wissen. «Was ist in dem Päckchen?»

«Ich hab's nicht aufgemacht», sagte Abby ruhig.

Ethels Hände flatterten aufgeregt. «Mach schon.»

«Es ist in meinem Versteck. Hol den Wasserkessel.» Damit setzte Abby sich hin und faltete die Hände.

Erbost griff sich Ethel einen Topflappen, holte den Kessel vom Haken über dem Feuer und goß das Wasser in den Teetopf. Abby hatte es sich auf dem niedrigen Holzstuhl bequem gemacht, und Ethel saß auf dem Schemel mit dem ausrangierten Kissen, so daß die Sitzhöhe der Teetrinker in gar keinem Verhältnis zueinander stand. Melrose kam sich vor, als blickte er aus jenem Himmel auf die beiden herab, von dem Abby nichts wissen wollte.

Abby schenkte Tee ein, Melrose zuerst, knallte dann die Kanne hin und schnappte sich ihr Brot. Es war wirklich etwas groß, schlecht geschnittene Käsestücke zwischen dicken Brotscheiben.

«Das ist jetzt aber eine nette Abwechslung nach dem, was heute morgen schon los war.»

Als Abby ihn ansah, offenbar im Zweifel, was denn in Weavers Hall groß hätte passieren können, wünschte er, weniger herzlich sein zu können.

Sie tranken in feierlichem Schweigen. Die beiden Hunde hatten zu fressen bekommen, und Stranger faßte das als Zeichen auf, daß er nicht mehr aufpassen mußte und sich am Kamin ausstrecken durfte. Tim hatte sich auf der Suche nach etwas Verlockenderem gemacht, ihn langweilte dieser Faulpelz.

Abby teilte ihre Aufmerksamkeit zwischen der Tasse und der leeren Luft rings um Melroses Schultern.

Ethel erwies sich trotz ihrer Adrettheit als geräuschvoller Tischgenosse. Sie schlürfte ihren Tee und schlug dazu mit den Hacken den Takt am Hocker. Ihr war schon wieder etwas eingefallen, womit sie ihre Freundin ärgern konnte. «Ich hab in der Scheune hier Sachen versteckt», vertraute sie Melrose an, «aber Abby weiß nicht wo.»

Nach Abbys steinerner Miene zu urteilen, nahm sie Ethel ab, was sie sagte. «In meiner Scheune darf niemand ein Versteck haben. Das hab ich dir schon oft gesagt.»

Ethel spielte sich auf. «Ich hab aber eins. Was weißt denn du, ich könnte sogar einen Revolver da verstecken.» Und schon ging es übergangslos weiter zu dem Mord im Gasthaus.

«Überall Blut –»

«Ist ja gar nicht wahr.» Abbys Einspruch klang sachlich. «Hör auf damit.»

Doch Abbys frevlerische Bemerkung über den toten Sänger war nicht vergessen, Ethel wollte es ihr eindeutig heimzahlen. «Sie hat ihn erschossen. Peng!»

«Ethel!»

Selbst Melrose hätte gezögert fortzufahren, wenn man ihn so angeblickt hätte, aber Ethel war wild entschlossen, Salz und Pfeffer in diese Wunde zu streuen.

«Wir dürfen nicht darüber sprechen.» Abbys Stimme klang ruhig, aber ihr Blick hätte einen Menschen zu Stein verwandeln können.

«Diese Missus Healey ist doch *deine* Freundin.»

Melrose merkte, daß Ethel, dieses angebliche Unschuldslamm, trotz ihrer ganzen Rüschen und Grübchen und Bänder eine kleine Hexe war, wie sie da saß mit ihren feurigen Locken und die Gabel zückte wie einen Dreizack.

«Und sie darf nicht mehr herkommen. Weil deine Tante sie nicht läßt.»

Das wurde mit gehässiger Stimme intoniert und sollte ihre Gastgeberin reizen. Ethel fuhr schwere Geschütze auf. «Und wer hat denn hier Fotos von toten Leuten?» Dabei deutete sie mit dem Kopf auf die Kiste mit den Büchern. «Ich hab sie alle gesehen. Du hast Fotos von dem kleinen Jungen, von Billy, und von seinem Freund.» Als Abby darauf nicht reagierte, sagte sie: «Schlechte Menschen sind das, sagt meine Mum. Sie sagt, sie haben den kleinen Billy einfach *umkommen* lassen. Ich hab alle Fotos gesehen, von dir und ihm und dem anderen, diesem Tony.»

«Toby.» Die Berichtigung klang automatisch und schien weder aus Abbys Kopf noch aus ihrem Mund zu kommen.

Melrose unterbrach sie. «Ich finde wirklich, du solltest nicht über Dinge reden, von denen du nichts verstehst.» Er schob seinen Stuhl zurück, sah Abby an und überlegte, ob sie wohl eine Art Magnet für negative planetarische Wellen war. Seit ihrer ersten Begegnung schien sie dauernd in Schwierigkeiten zu sein.

Obwohl sie nichts sagte, schien der Tisch von der Spannung, die von ihrer versteinerten Haltung ausging, zu beben, der gestampfte Boden unter ihren Füßen zu zittern; ihr Gesicht hatte einen Ausdruck, wie Medea ihn bei Jasons Rückkehr gehabt haben mochte.

«Geh nach Haus», sagte Abby.

«Wir wollten Beerdigung spielen. Du hast es versprochen.»

Und jetzt bemerkte Melrose neben dem Bett den kleinen Karton mit einem schwarzen Tuch darüber. An einem Ende stand eine Kerze. Buster. Melrose wandte den Blick ab.

Abby wiederholte nur: «Geh nach Haus.»

«Aber wir müssen Buster beerdigen! Oder soll sie dir die ganze Scheune verstänkern?»

Das mußte bald der Fall sein, dachte Melrose, schließlich stand Buster schon vierundzwanzig Stunden da.

«Geh nach Haus», sagte Abby noch einmal mit der gleichen ausdruckslosen Stimme.

Ethel stand hocherhobenen Hauptes auf, womit sie wohl andeuten wollte, daß es ihr einerlei war, ob sie blieb oder ging. Aber als sie sich im Hinausgehen ihren Mantel anzog, schoß sie den allerletzten Pfeil ab.

«Und wenn es keinen Himmel gibt und wir einfach so rumgeistern, wo ist dann deine Mutter, kannst du mir das sagen?»

Abby hob den Blick zu dem alten Gebälk des Daches. «Bei Ricky Nelson.»

Zweiter Teil

Der Sommerkönig

18

KEIN FALL, den Macalvie bearbeitete, war ein hoffnungsloser Fall; wohingegen er viele seiner Untergebenen dafür hielt.

Viele, jedoch nicht alle. Die weibliche Stimme, die aus dem Laboratorium der Gerichtsmedizin am Ende des Ganges drang, gehörte Gilly Thwaite, Macalvies Tatort-Assistentin.

Als Macalvie Jury an der Tür sah, bedeutete er ihm mit einer ungeduldigen Handbewegung hereinzukommen, so als wäre Jury ein längst überfälliger Schiedsrichter.

Nicht etwa, daß Macalvie einen gebraucht hätte, o nein. Er stand da, wie man es von ihm kannte, die Hände in den Hosentaschen, den Regenmantel, mit dem er vermutlich auch ins Bett ging, zurückgeschoben, und kaute Kaugummi in einem Tempo, das durchaus mit Gilly Thwaites Mundwerk mithalten konnte. Die machte ihm über den Seziertisch hinweg Druck.

Jury setzte sich auf einen weißen, emaillierten Klappstuhl, kippelte und beobachtete Macalvie, der nicht wich und nicht wankte. Sie bearbeiteten zusammen einen Fall, und Gilly wollte ihn mit Fingerabdrücken (oder vielmehr deren Fehlen) in die Knie zwingen.

«... keine vollständigen, keine partiellen, Fehlanzeige auf der ganzen Linie. Und das zum sechstenmal, verdammt und zugenäht. Nichts!» Ihre schwere, schwarzgeränderte Brille ähnelte einer Schutzbrille und verdeckte die Hälfte ihres kleinen, spitzen Gesichtes.

Gilly Thwaite war gereizter als üblich, dachte Jury. Sie wußte natürlich, daß die sogenannte Arroganz des Chief Superintendent eher schlichtes Vertrauen darauf war, daß er in neunzig Prozent aller Fälle recht hätte – und das hatte er auch.

Macalvie kalkulierte allerdings einen gewissen Spielraum für Irrtümer und Naturkatastrophen ein: Der Dart konnte über die Ufer treten oder die Kathedrale von Exeter einfallen, die Küste von Devon und Cornwall verschwinden oder – schlimmer noch – man konnte ihm Informationen vorenthalten. Deshalb war Gilly Thwaite in Verteidigungsstellung. Sie argwöhnte, dachte Jury, daß Macalvie sie über den Tisch ziehen könnte.

«Die Klobrille, Gilly? Damit meine ich, *unter* der Klobrille. Selbst ein Scheißkerl, der einem alten Mann den Schädel einschlägt, könnte sehr pingelig sein, wenn er –»

«Ja! Drunter, drauf, am Spülkasten...» Sie sah aus, als wollte sie ihm den Aktendeckel, mit dem sie ihm vor dem Gesicht herumfuchtelte, um die Ohren schlagen. Macalvie schob ihn beiseite wie eine Mücke. «Chief, Sie scheinen zu vergessen, daß ich für Fingerabdrücke nicht zuständig –»

«Sie haben allen Grund, dafür dankbar zu sein, Gilly», sagte Macalvie um die Zigarette herum, die er sich gerade anzündete. «Und was ist mit der Telefonzelle an der Ecke? Von da ist fünf nach eins angerufen worden. Um zehn nach eins wurde der Alte umgebracht –»

«Zwei Telefonzellen, Superintendent, *zwei.*» Und sie hielt ihm zwei Finger vor die Nase.

Macalvies Miene veränderte sich nicht, und so ließ sie schließlich die Hand sinken. «Uns geht es nur um die, von der aus es möglich war, binnen vier Minuten zu dem Haus zu gelangen.» Er hob die Schultern. «Aber wenn Sie auf zwei bestehen, dann machen Sie nur, es dauert lediglich länger.»

«Beide Telefonzellen sind auf Fingerabdrücke hin untersucht worden; Sie glauben wohl, die ganze Mannschaft hier ist total bekloppt... das nehme ich zurück.» Gilly Thwaite wurde nicht schnell rot, aber jetzt sah Jury, wie ihr die Röte ins Gesicht stieg.

«Ist eines davon ein Kartentelefon?»

Wiggins, der gerade die auf einem Tisch aufgereihten Fläschchen überprüfte, die entweder dem Gesund- oder dem Krankwerden dienten, warf beiden einen Blick zu.

«Normale Telefonzellen.» Gilly Thwaite schien das mit einem Achselzucken abtun zu wollen, weil sie ahnte, daß es wichtig war und daß sie etwas übersehen hatte. Jury spürte, wie ihr Hirn raste, die Bahn entlangsprintete, um mit dem Meckerfritzen Macalvie wenigstens Schritt zu halten oder ihn sogar zu überrunden.

Der stand da und kaute, während sie sich ausschwieg. «Schon daran gedacht, Telecom anzurufen?» Er schnipste die Asche von seiner Zigarette. «Die werden Spaß an der Sache haben; ein paar Brechstangen, ein, zwei Äxte...»

Sie stand mit gerunzelter Stirn und sagte immer noch nichts.

«Überlegen Sie es sich.» Er sah auf seine Uhr, als wollte er am Ziel ihre Zeit nehmen, dann ging er zur Tür.

«Warum müssen Sie Ihre Leute immer aufs Glatteis führen, Macalvie?» fragte Jury auf dem Flur, der zu Macalvies Büro führte.

«Weil ich wissen will, ob sie das Gleichgewicht halten können. Sie gehört zu den wenigen, die nicht ausrutschen. Ist was, Wiggins?»

Sergeant Wiggins wirkte ausgesprochen verdutzt, während er bedächtig eine Schachtel Lutschtabletten auspackte. «Was? Ach, nichts. Nichts.»

Im Büro war es kalt, denn Macalvie arbeitete zu jeder Jahreszeit bei geöffnetem Fenster. Da er seinen Mantel nie abzulegen schien – er war mehr draußen als drinnen –, machte ihm die Kälte nichts aus. Verblüfft stellte Jury fest, daß das Fenster mit blauen und messing-orangen Girlanden, den traurigen Resten der vergangenen Feiertage, geschmückt war. Die tiefstehende Sonne warf ihre Farben auf Macalvies kupferrote Haare, und wenn er sich umdrehte, ließ sie seine leuchtendblauen Augen aufblitzen. Bei Macalvie sorgte Gott für die Beleuchtung.

Er ließ sich vor einem Schreibtisch voller Aschenbecher, Aktendeckel und Kaffeetassen, die allesamt eine Laboruntersuchung verdient hätten, auf seinen Drehstuhl plumpsen. Mitten aus diesem Wirrwarr, das auf Jury wie der Kaffeesatz alter Fälle wirkte, die Macalvie nicht abschließen und daher auch nicht in die Registratur geben wollte, zog er einen Aktendeckel hervor, nach dem seine Sekretärin eine Woche lang hätte suchen müssen.

Wiggins hockte sich in seinem dick gefütterten Mantel hin und warf einen gequälten Blick zum offenen Fenster, während er die warmen Handschuhe aus der Tasche holte und sie mit anklagendem Blick auf Macalvie anzog. Doch dieser Wink mit dem Zaunpfahl war zwecklos; solange Macalvies Geist auf Hochtouren lief, brachte er keinerlei Verständnis für die Gebrechlichkeit des Körpers auf.

Auch Jury hatte sich nicht die Mühe gemacht, den Mantel auszuziehen, noch hatte er Platz genommen; er starrte wie gebannt auf die Fotos, die Macalvie vor ihm ausbreitete. «Was ist das, Macalvie?»

«Fotos.» Macalvie griff in die Schublade seines Aktenschranks, stellte eine Taschenflasche Glenfiddich und drei Pappbecher auf den Schreibtisch, lehnte sich zurück und legte die Füße hoch. «Fotos von sterblichen Überresten. Ein Junge und sein Hund.»

«Wovon reden Sie?»

«Sehen Sie sich die Fotos an. Den Hund haben sie mit begraben.»

Jurys Kopf fuhr hoch. «Brian, ich gehöre nicht zu Ihrer Mannschaft. Sie müssen nicht darauf warten, daß ich Sie einhole. Wenn hier die Rede von Billy Healey ist, so hat man den nie gefunden, und Toby Holt ist von einem Lastwagen überfahren worden. Wir sind hier nicht beim Pferderennen, und mir ist es egal, ob ich gewinne, zweiter oder dritter werde. Ich will nur etwas vorzuweisen haben, wenn es um die Wurst geht –»

«Es geht immer um die Wurst. Ein Schlückchen gefällig?» Und schon bedeckte er den Boden der Pappbecher.

Wiggins, der Alkohol für gewöhnlich keines Blickes würdigte, trank seinen Whisky tatsächlich in einem Zug, hustete und griff zu seinen Halspastillen.

«Nein danke», sagte Jury und wischte den Whisky bildlich gesprochen vom Tisch. Er beugte sich über den Schreibtisch des Divisional Commander, stützte sich auf und sagte ruhig: «Nun passen Sie mal gut auf: Sie sind Chief Superintendent gleich Divisional Commander und nicht Sam Spade, auch wenn Sie Ihre Sekretärin Effie nennen – und sich aufführen, als würden Joel Cairo und der Dicke gleich den Perlenvorhang teilen. Holen Sie endlich das As aus dem Ärmel!»

Wiggins griff rasch zu den Kohlekeksen, seinem unfehlbaren Mittel gegen Durchfall, Ärger und dergleichen mehr, und schob auch Jury einen hin. Jury nahm ihn in Gedanken, biß die Hälfte ab und kaute das grausige Gebäck. Kein Wunder, daß Wiggins ewig krank ist, dachte er.

Macalvie riß die Augen auf, heuchelte Erstaunen... heuchelte Besorgnis... heuchelte schlechterdings alles. «Sind Sie fertig?»

Jury schluckte schwer, würgte und griff zu dem Pappbecher, den ihm Macalvie wieder hinhielt. Er trank einen Schluck und sagte dann: «Ich kann nur *annehmen*, da Sie ja den Mund nicht aufmachen und ich in Sachen Nell Healey hier bin, daß Sie die Leiche des Jungen gefunden haben. Wie, weiß ich nicht.»

Macalvie tat verwundert. «Wie? Ich höre einfach nicht auf zu suchen, Jury.» Und seine Miene besagte: *Eigentlich müßte jeder Polizist so arbeiten.*

Jury studierte die Polizeifotos von den Skelettresten, den menschlichen und denen, die offenbar von einem Hund stammten. Sie waren aus allen erdenklichen Blickwinkeln aufgenommen, anfangs im Grab liegend, dann sorgsam herausgehoben und auf der Erde ausgebreitet. «Nell Healey scheint nicht zu wissen, daß Sie etwas gefunden haben.»

Macalvie nahm die Füße vom Schreibtisch, stapelte die Fotos fein säuberlich, schob sie wieder in den braunen Umschlag und gab ihn Jury. «Möchten Sie's ihr sagen, Jury?»

Wiggins hustete, lutschte geräuschvoll seine Halspastille und blickte von einem zum anderen. Macalvie war schon aufgestanden und klatschte sich eine Tweedmütze auf den Kopf. «Wo Sie nicht mal die ganze Geschichte kennen? Na los, fahren wir nach Cornwall.»

Wiggins schob sich seine Pastille unter die Zunge und sagte: «Es könnte nicht schaden, wenn Sie uns die Geschichte erzählen würden.» Er nieste. «Sir.»

Jury lächelte. «Lassen Sie das Fenster ruhig offen, Macalvie. Man weiß nie, wann *Sein* Ruf an Sie ergeht, hinaus- und gen Himmel zu fahren.»

Das Fenster wurde zugeknallt, daß die alte Farbe an den Ecken absplitterte. «Sie beide sind wirklich feine Kollegen.»

Sie kamen am Schreibtisch von Macalvies Sekretärin vorbei, die die Augen auf einen Stickrahmen gerichtet hielt. «Sehe ich Sie wieder?» fragte sie und lutschte am Daumen, denn anscheinend hatte sie sich beim Auftauchen ihres Chefs gestochen. «Oder soll ich den Schmuck bis zum nächsten Weihnachten dranlassen?» Ihr Gesicht, geschnitten wie ein vierkantiger Diamant, wandte sich dem Stuck zu, an dem weitere trübe und verstaubte Girlandenfetzen hingen. «Sergeant Thwaite hat angerufen und gesagt, daß Telecom gerade Ihren Anschluß zu Hause abstellt.»

Macalvie hatte sich die Mütze fast bis auf die Nase gezogen. «Ich habe kein Zuhause; ich habe kein Büro; ich brauche keine Sekretärin. Wiedersehen, Effie.»

Sie schien das zu bedenken, während sie mit einer Hand den Rahmen losließ und sich fast meditierend wie eine Katze in der Achselhöhle kratzte. «Dann kann ich also den blöden Glitzerkram und den mottenzerfressenen Kranz abnehmen?»

Jury lächelte ihr zu. «Ein wenig Flitter könnte nicht schaden.» Er blickte auf die verblichene goldene Girlande und lächelte noch breiter. «Die Dekorationen waren wohl nicht Ihre Idee.»

Der Rahmen war nun vergessen, er lag auf der Schreibmaschine, eine jahrzehntealte IBM. Ihr Lächeln war so breit wie der Kranz. «Seine. Jedes Jahr will er das verdammte Zeug dranhaben.»

Wiggins machte ein Geräusch zwischen einem Kichern und einem Nieser, während Macalvies Mantel um die Tür verschwand.

Jane stützte ihr kantiges Kinn auf ihre ebenso kantigen Fingernägel. «Und jedes Jahr schenkt er mir das gleiche.»

«Badesalz», sagte Jury feierlich.

«Badesalz», sagte Jane und fügte ihrem Lächeln etwas Glanz hinzu. «Crabtree and Evelyn.»

«Auf Wiedersehen, Jane.»

Als Abschiedswinken klappte sie ein paarmal die Finger an die Hand.

19

«LASSEN SIE NUR, WIGGINS, ich fahre», sagte Macalvie, als Wiggins eilig den Fahrersitz mit Beschlag belegen wollte.

Jury setzte sich auf den Beifahrersitz, während es sich Wiggins auf dem Rücksitz bequem machte und ein Stoßgebet zum Himmel zu schicken schien.

Macalvie verrenkte sich nach hinten und meinte: «Wir können die A-38 nehmen, aber die Abkürzung durchs Dartmoor ist besser. Kein Verkehr.»

Wiggins erinnerte sich offenbar an eine frühere Fahrt durch strömenden Regen und eingezwängt zwischen Mauern aus Stein (von denen Macalvie jeden einzelnen ins Rollen bringen würde, wenn man ihn ließe) und zückte seine beste Waffe: den Zerstäuber.

Macalvie warf ihm einen angewiderten Blick zu. Jury deutete

mit dem Kopf auf die Straße vor ihnen. «Nehmen Sie die A-38.»

Macalvie hob die Schultern und ließ dieses eine Mal den Bordstein ungeschoren.

Als sie in den Kreisel schossen, schnitt ein schwarzer Lamborghini ihren Wagen. Am Steuer saß eine Frau, die wie ein Weihnachtsbaum funkelte, einen Fuchspelz trug, ihm einen Vogel zeigte und auf der Autobahn sofort auf neunzig Meilen pro Stunde beschleunigte.

«Lady, Lady», seufzte Macalvie. Er schnappte sich das Blaulicht und schob es auf das Dach des Ford.

«Brian, wir wollen nach *Cornwall*. Sie sind nicht –» Macalvie trat das Gaspedal durch, daß Jury gegen die Rücklehne seines Sitzes geschleudert wurde.

«Wenn wir ihr folgen, kommen wir erheblich schneller dort an.» Macalvie grinste breit.

Wiggins hatte einen Hustenanfall, und Jury schüttelte den Kopf, während sich der Ford immer näher an den Lamborghini heranschob. «Lieber Himmel, Sie sind doch kein Verkehrspolizist.»

«Na und? Die sind doch nie da, wenn man sie braucht.»

Schließlich fuhr der Lamborghini an die Seite. Macalvie bremste auf dem Seitenstreifen, stieg mit dem Strafzettelblock aus, den er im Handschuhfach in Reserve hatte, und sagte: «Dauert nicht lange.»

Jury wußte, daß Macalvie gern den Streifenpolizisten herauskehrte. Sein Repertoire war groß.

Wiggins blickte durch das Rückfenster hinter ihm her und fragte: «Was meinen Sie, Sir, ob er wohl in seiner Kindheit irgendwie zu kurz gekommen ist?»

«Nein.» Jury blies sich in die Hände. «Aber seine Eltern.»

«Ha, ein alter Lambo weniger, der die Autobahnen unsicher macht. Zumindest für sechs Monate.» Er pfiff vergnügt und fädelte sich wieder in den Verkehr ein.

Eine Stunde später zischten sie an einer hellerleuchteten Raststätte vorbei, und als der Fahrtwind ihnen durch das offene Fahrerfenster den Duft von Fischfilet mit Pommes und Bohnen auf Toast zuwehte, bekam Wiggins einen richtig sehnsüchtigen Blick.

Macalvie setzte Jury noch einmal die Einzelheiten der Szene im Haus an der Küste von Cornwall auseinander, so wie sie sich vor acht Jahren abgespielt hatte. Es waren die gleichen Einzelheiten, aber Macalvie gehörte zu den Leuten, die gern alles zweimal erklären, ehe sie weitermachen. «Sie hätten die beiden hören sollen, Jury – Healey und Citrine –, als sie sich weigerte zu zahlen. Ich dachte, Roger Healey würde mit dem Feuerhaken auf sie losgehen. Daddy reagierte nicht ganz so heftig, sah aber aus, als würde ihn gleich der Schlag treffen. ‹*Bist du nicht ganz bei Trost, Nell? Es geht um meinen Sohn!*› oder: ‹*Lieber Gott, du mußt einfach zahlen. Er ist doch wie mein eigener Enkel.*› Keiner von beiden schien auf die Idee zu kommen, daß Billy Healey auch *ihr* etwas bedeuten könnte.»

Macalvie versuchte, einen alten Ausflugsbus von der Überholspur wegzuhupen, doch der ratterte unbeirrt weiter. Durch die dreckverschmierte Heckscheibe erkannte Jury eine Menschengruppe, die eine Art Kostüm zu tragen schien. Schließlich schwenkte der Ford auf die Spur, und Macalvie drosselte das Tempo, beugte sich vor, um etwas zu erkennen. Ein breites weißes Transparent an der Seite des alten Busses kündete von den Twyford English Country Dancers. Offenbar sangen sie gerade; jedenfalls klatschten sie zu etwas den Takt und schienen blau wie Veilchen zu sein.

«Vielleicht haben sie einen Elefanten als Fahrer.»

Der Elefant lächelte auf den Ford herunter und hob einen Plastikbecher.

«O nein», stöhnte Jury.

Wieder kam das Blaulicht auf das Dach. «Soll dieser Pferdearsch etwa hier auf der *Autobahn* fahren, Jury? Kein Wunder, daß ständig alte Leute auf Zebrastreifen umgenietet werden.

Wahrscheinlich bügelt sie immer Ihre Scheiß-Kripo nieder.» Er brüllte zu dem Bus hin und winkte ihn bei der nächsten Ausfahrt heraus.

«Sie müssen zugeben, Sir», sagte Wiggins zu Jury, als sie auf dem Parkplatz kreischend zum Stillstand kamen, «Mr. Macalvie hat recht. So etwas kann man nicht auf der Straße dulden.»

Der Sergeant lächelte zu einem blauen Neonschild hoch, dem ein Buchstabe fehlte: CAF E.

Auf Jury wirkten die Insassen keinen Tag unter achtzig, wie sie so noch immer singend, klatschend und trinkend aus dem Bus quollen.

«Hallo, Süßer», schrillte eine Dame mit Lavendelhaaren, nahm Wiggins an der Hand und versuchte, mit ihm über den Parkplatz zu tanzen.

Ein alter Mann, der nicht besonders stabil wirkte, ging in die Hocke, die Arme über der Brust verschränkt, und machte etwas, das mehr Russisch als Englisch aussah. Alle trugen sie Rüschenhemden und Hosenträger.

Jury lächelte und löste sich von den drei drahtigen Damen, die sich in den Kopf gesetzt hatten, eine Tanzgruppe mit ihm zu bilden, während Macalvie sich die Zeit mit dem massigen Fahrer vertrieb, der mit seinen Sepialocken und der eng sitzenden Hose, die von hinten wie zwei Monde aussah, keine Probleme mit seiner sexuellen Identität hatte, da diese ihm offensichtlich gleichgültig war.

Macalvie brüllte wie ein Fußballtrainer: «Und Sie –» er steckte dem Elefanten einen Strafzettel in die Jackentasche – «tanzen jetzt mit Ihrer Bagage in dieses Lokal da und *denken* nicht einmal daran, wieder herauszukommen, bevor Sie nicht auf *Händen* eine gerade Linie gehen können.» Er trat zu Jury hin: «Sie können Ihren engagierten Blick lassen, Jury. Wir mußten ohnehin anhalten; Wiggins braucht sein Teechen.»

«Folgendes war also passiert.»

Die drei versuchten, das *«Hallo, ihr Süßen»*, das Winken, das Fuchteln mit Papierservietten von dem langen Tisch mit der blau gesprenkelten Resopalfläche auf der anderen Seite des Lokals zu ignorieren.

Eine Tasse Kaffee im Stehen war nicht das, was Sergeant Wiggins sich unter einer richtigen Teepause vorstellte, ganz zu schweigen von einem Happen zu essen; er hatte gerade noch Zeit, sich einen Schokoriegel zu schnappen, und schon waren sie wieder draußen im Nebel, knallten die Autotüren zu, und Macalvie trat aufs Gas, daß der Kaffee überschwappte.

Der Divisional Commander hielt sich nicht mit linguistischen Spitzfindigkeiten wie *ich könnte mir vorstellen* oder *eine mögliche Theorie wäre* oder *so dürfte es gewesen sein* auf. Jury schüttelte den heißen Kaffee von der Hand und ließ Macalvie weiterreden, und das trotz der Tatsache, daß sie schon halb Devon durchquert hatten und er sich immer noch nicht zu den Polizeifotos geäußert hatte.

«Also, so ist es passiert: Billy Healey geht ins Haus und will Tee machen – Tee für sich und Toby, und das bedeutete laut seiner Mum mehrere Brotlaibe und zehn Kannen Tee.» Der Anflug eines Lächelns, so als gehörte Macalvie zur Familie oder wäre zumindest ein entfernter Verwandter. «Er ist also mit seinem Hund Gnasher in der Küche. Er setzt den Wasserkessel auf, säbelt dicke Scheiben ab, bestreicht sie zentimeterdick mit Johannisbeermarmelade, stellt für Toby Milch raus und Butter –» Macalvie schwenkte auf die Überholspur.

Und Wiggins, der mit sehnsuchtsvollem Blick einer weiteren Raststätte nachsah, die sich im Nebel hinter ihnen verlor, sagte, als sich das Auto der Abfahrt Ashburton näherte: «Erstaunlich, wie Sie sich noch an alles erinnern. Ich meine die Johannisbeermarmelade und so weiter. Es ist, als wären Sie dabeigewesen.»

Dem konnte Macalvie nur voll und ganz zustimmen. «Jammerschade für die Kripo von Devon-Cornwall, daß das nicht der Fall war. Als ich endlich ins Haus kam, war alles aufgeräumt. Man hätte sich die ganze Küche – ganz zu schweigen vom Rest des Hauses – auf Händen und Knien vornehmen müssen.»

«Stimmt», sagte Jury. «Weiter.»

«Nell Healey hat ausgesagt, er hätte sogar die Vitaminpillen aufgereiht: Kalzium, C, A, alles, was das Herz begehrt. An der Stelle dachte ich, sie klappt zusammen. Immer hatte sie Billy in den Ohren gelegen, er soll sein Kalzium nehmen, er war nämlich hochgradig allergisch gegen Milch. Und sie dachte immer, er flunkert, wie Kinder das so tun, sagt, klar doch, ich hab sie genommen. Aber da standen sie wirklich.»

Jetzt befanden sie sich in Wiggins' Revier – nicht Ashburton, sondern Allergien. Er legte die Arme auf den Vordersitz. «Das kann einem verteufelt zu schaffen machen. Wenn einer darüber Bescheid weiß, dann ich.»

Jury hatte das Fenster heruntergekurbelt und den ungenießbaren Kaffee ausgeschüttet. «Sie sind doch nicht allergisch gegen Milch, Wiggins.» Er drehte sich um und erwischte Wiggins dabei, wie der ein braunes Arzneifläschchen aus seiner Büroapotheke zog.

«Eine pro Tag.» Er spülte die Kapsel mit seinem Kaffee hinunter. «Vor allem dann wichtig, wenn man keine Zeit für eine anständige Mahlzeit hat. Was leider viel zu häufig vorkommt.» Das klang düster.

«Ja, ja. Offenbar hat jemand Billy Healey vor acht Jahren bei seinem kleinen Imbiß gestört», sagte Macalvie. «Jemand ist reinspaziert und hat Billy erschreckt. Und dieser Jemand bekam selber einen kleinen Schrecken, als Toby zum Tee reinkam, woher auch immer.»

«Hätte er nicht auch in der Küche sein können?»

«Nein. Wir haben Fotos.» Macalvies Stimme klang unwirsch. «Die Scheibe Brot mit der Marmelade war halb aufgegessen, das Brot mit der Butter nicht angerührt. Und die zweite Tasse mit Tee auch nicht. Billy macht sich also daran, den Tee zuzubereiten, und sagt Toby Bescheid, wo immer der steckt, und während dieser, sagen wir, fünfzehn, zwanzig Minuten kommt jemand zur Küchentür rein. Die Küche geht nach hinten auf einen Feldweg. Es war jemand, den Billy Healey kannte.»

«Ein Schuß ins Blaue, Macalvie.»

«Dann haben Sie nicht aufgepaßt – he, was soll das?»

Ein pechschwarzes Auto schoß an ihnen vorbei, überholte auf der falschen Spur. Es hatte mindestens hundert Sachen drauf.

Jury zuckte zusammen. «Macalvie, das ist ein Jaguar. Es ist ein XJSC Zwölfzylinder. Spitzenklasse. Und wir haben einen achtzylindrigen Ford, Mittelklasse, den holen Sie nie –» Jurys Worte verwehten im Wind, als Macalvie das Gaspedal durchtrat.

20

Das Häuschen ertrank fast in hohem Gras und Unkraut; der Garten sah aus, als müßten alle Bäume und Sträucher kräftig beschnitten werden. Er umgab ein kleines, mattweiß getünchtes Geviert, dessen Erbauer mehr auf Funktionalität als auf Wohnlichkeit Wert gelegt zu haben schien. Fehlte nur noch ein Neonschild, dann hätte es für einen Autobahn-Imbiß durchgehen können.

Macalvie hämmerte mit der Faust auf die Tür ein, und eine dünne, zänkisch aussehende Frau öffnete ihnen. Man hätte meinen können, sie seien nicht zu Besuch, sondern zum Brandschatzen gekommen.

Die Stirnfalten der blassen jungen Frau waren wie eingemeißelt, und ihre unruhigen Augen lagen tief in den Höhlen. Sie hatte sich ein Geschirrtuch über die Schulter geworfen und zerrte einen Staubsauger hinter sich her. Sie teilte ihnen mit, der

«Perfesser» speise zu Abend, sie könnten gleich durchgehen, zeigte mit dem Staubsaugergriff zum hinteren Teil des Hauses und verzog sich.

Dennis Dench speiste Wachteln mit Salat und spülte das Mahl mit einer halben Flasche Weißwein hinunter.

Ein jedes der winzigen Knöchelchen lag auf einem Knochenteller, und das nicht etwa beliebig, sondern so, wie man sich das Knochengerüst des kleinen Vogels vorstellen mußte. Dr. Dench begrüßte Macalvie, der sich seinerseits wenig überzeugend dafür entschuldigte, daß sie ihn beim Essen störten, und widmete sich wieder der Wachtel. Er nagte nicht etwa den Schenkel ab, sondern verspeiste fein säuberlich tranchierte Scheibchen.

Er begrüßte auch Jury, und da er nun sowieso stand, legte er die Serviette hin.

Dennis Dench trank einen letzten Schluck Wein und sagte: «Also, Brian. Es sind nicht die sterblichen Überreste des kleinen Healey.»

Im Hinausgehen warf Dench Macalvie einen Blick über die Schulter zu. «Das wissen Sie doch; ich habe es Ihnen bereits ein halbes dutzendmal gesagt.»

«Oh, sicher.» Das war Macalvies nichtssagender Ton, den er immer dann anschlug, wenn er Diskussionen vermeiden wollte.

Sie gingen durch einen freudlos weißen, aber hell erleuchteten Gang auf eine Tür an dessen Ende zu, um einen großen Druck zu betrachten, der die einzige Farbe in dem Haus lieferte, soweit er bis jetzt gesehen hatte. Es war wohl ein O'Keeffe, der mit dem Kuhschädel.

«Ganz hübsch», sagte Dennis. Er hatte kehrt gemacht und stand nun neben Jury. Er fummelte an seiner dicken Brille, als wäre sie ein falsch eingestelltes Mikroskop. «Sehr schön.» Er trat ein wenig zurück, hielt den Kopf schief und runzelte etwas die Stirn. «Na ja... so gut eben, wie man mit so was als Maler werden kann.»

Das Laboratorium im Keller war nicht antiseptischer als das übrige Haus, nur wesentlich interessanter. Mit seinen aufgereihten Knochen, den ledrigen Hautfetzen und all den Dingen, die in großen Behältern schwammen, glich es einem Bild von Dalí, wirkte alles in allem eher surreal als grausig. Zwei Skelette standen in voller Blüte, falls man die leuchtendrote Nelke zwischen den Rippen des einen und einen vertrockneten Kranz aus Gänseblümchen ums Schlüsselbein des anderen so deuten wollte.

Dennis Dench schüttelte den Kopf. «Das geht auf Minervas Konto.»

«Minerva?» fragte Sergeant Wiggins und riß die Augen von einem Glasbehälter los.

«Die Sie reingelassen hat. Sie findet das hier anscheinend zum Schieflachen.»

Jury konnte sich nur schwer vorstellen, daß die junge Frau, die sie hereingelassen hatte, sich über irgend etwas schieflachte; ihr Gesicht hatte wie eine aschfarbene Totenmaske ausgesehen.

Dench holte sich eine gestärkte weiße Jacke vom Haken und sagte: «Ich habe ihr ein dutzendmal gesagt, das Laboratorium braucht nicht gesaugt zu werden, aber sie besteht darauf, daß der Fußboden geschrubbt und die ‹Skellis› abgestaubt werden müssen. Ich glaube, sie hat ihnen sogar Namen gegeben. Selbstverständlich rührt sie sonst nichts an, ich habe ihr nämlich gesagt, ich stecke sie in die Wanne da –» er deutete mit dem Kopf auf eine Art Waschwanne – «und verstreue ihr ‹Skelli› in der Salcombe-Bucht.»

«Was bauen Sie denn da zusammen?» Macalvie zeigte auf die lange weiße Resopalplatte eines Tisches, an dessen einem Ende ein Kasten mit Sand und am anderen die bedrohlich wirkende Wanne standen. Aus dem Sandkasten ragten Knochen, wohl zum Trocknen; andere schwammen in der Wanne in einer ekelhaften Brühe, die das restliche Fleisch von den Knochen lösen sollte. Dennis Dench zog sich Chirurgenhandschuhe an, holte ein paar kleinere Knochen heraus und tauchte sie in ein anderes Bad. Die Hängelampe blendete, eine falsche Sonne. «Jason am Strand?» fragte Macalvie und kaute seinen Kaugummi.

Dennis wandte sich zu Jury. «Ich hab ihm gesagt, wie absurd es ist, Sie von Exeter hierher zu schleppen.»

«Sie sind berühmt, Dr. Dench. Die Reise ist nicht umsonst.»

Dennis Dench warf Macalvie ein kleines Lächeln zu.

«Sagen Sie Dennis zu ihm», sagte Macalvie, trat an ein Schränkchen und klopfte darauf, als erwartete er, jemand oder etwas darin würde es öffnen.

«Sehen wir uns mal Billy Healeys Skelett an, ja?»

Nachdem der Doktor die beiden Knochen in die Wanne getaucht hatte, stellte er sie aufrecht in den Sand und sagte: «Ich kann Ihnen zwar ein Skelett zeigen, aber es gehört nicht Billy Healey.»

«Bloß weil ich kein Examen in Anatomie habe, heißt das noch lange nicht, daß ich mich darüber nicht schlau gemacht habe. Wer zum Teufel hat denn dieses Schränkchen gebaut? Dr. Caligari?»

Dennis Dench nahm das weiße Tuch hoch, und da lag das Skelett eines Kindes, das nach Jurys Meinung noch nicht in der Pubertät war. Abgesehen von ein paar Teilchen, die säuberlich im Halbkreis neben einem Bein aufgereiht waren, hatte Dennis Dench alles wieder zusammengebaut. Zu Füßen des Kinderskeletts lagen kleinere Tierknöchelchen.

Macalvie stand mit den Händen in den Hosentaschen, den Regenmantel zurückgeschoben. Er deutete mit dem Kopf auf die Knochenteilchen. «Passen die nicht ins Puzzle?»

«Lohnt sich nicht. Sie dürften sich sowieso verzogen haben. Die würden uns auch nicht weiterhelfen.»

Wiggins hatte sich inzwischen an dem Eingemachten in den Glasgefäßen und den Fotoreihen an der Wand satt gesehen und gesellte sich zu ihnen, um das Skelett zu betrachten. Er fuhr sich mit der Hand über den eigenen Brustkorb und sagte: «Sieht so aus, als wäre alles da.» Das wirkte, als stellte er Vergleiche an. «Was läßt sich an Hand von Skelettresten am schwersten bestimmen, Professor?»

Macalvie fauchte: «Das Alter.»

Dennis Dench wandte gequält den Blick ab. «Brian, wie viele Male haben wir uns deswegen schon gestritten? Bei einem Kind ist das Alter am leichtesten zu bestimmen. Sie wissen sehr wohl – wie Sie sagen, haben Sie sich ja darüber schlau gemacht –, daß die Knochenfuge nur beim Erwachsenen völlig geschlossen ist.» Und zu Wiggins und Jury gewandt: «In diesem Fall ist es ziemlich leicht. Es handelt sich um das Skelett eines noch nicht geschlechtsreifen Weißen zwischen vierzehn und, sagen wir, sechzehn. Der kleine Healey war erst zwölf.»

Macalvie schüttelte unentwegt den Kopf. «Erzählen Sie mir nicht, daß Sie das so genau eingrenzen können.»

«Verdammt noch mal, und ob ich das kann. Abgesehen von ein paar milieubedingten Abweichungen kann man die Knochenfuge bei einem Kind im Wachstum von Jahr zu Jahr exakt bestimmen.»

Macalvie sagte großmütig: «Gut, zugegeben, aber –»

«Und die Zähne? Alles deutet darauf hin, daß es sich um das Skelett eines Jungen handelt, der älter war als Billy Healey.»

Jury sagte: «Sie haben etwas von milieubedingten Abweichungen gesagt. Darunter fällt doch auch Unterernährung, oder?»

Dennis runzelte die Stirn. «Dafür habe ich hier aber keine Anzeichen gefunden. Wollen Sie darauf hinaus, daß der kleine Healey allergisch gegen Milchprodukte war?»

«Soviel ich weiß, mußte Billy Healey Vitamine und Kalzium in hoher Dosierung einnehmen... Obwohl niemand genau zu sagen wußte, ob er auch alles eingenommen hat, was er sollte.»

Macalvie nahm Dennis die Antwort ab. «Nichts deutet auf Unterernährung hin, aber das schließt nicht aus, daß die Knochen nicht doch dem kleinen Healey gehören.»

«Brian, vergessen Sie bitte nicht, daß ich drei Bücher zu diesem Thema geschrieben habe.»

«Ich weiß, ich habe sie gelesen.» Macalvie stand vor Denchs Schreibtisch und fuhr mit dem Finger über die Einbände. Rasch zog er ein Buch heraus, blätterte es durch, fand die gewünschte Stelle und sagte: «Zitat Anfang: ‹Verknöcherungszentren sind oftmals schwer zu erkennen, und beim noch nicht geschlechtsreifen Individuum zuweilen gar nicht.›» Dennis verdrehte die Augen, und Macalvie blätterte weiter. «Hier zitieren Sie den Fall eines Jugendlichen, dessen Größe Sie nur mit einer möglichen Abweichung von sieben bis acht Zentimetern bestimmen konnten. Verteufelt viel Spielraum.»

«Ach, kommen Sie, Brian. Gehen Sie in eine Schule, sehen Sie den Jungs beim Sport zu, da können Sie feststellen, daß ein Zwölfjähriger genauso groß sein kann wie ein Sechzehnjähriger. Und in der Größe sollen sich Billy und Toby nicht viel unterschieden haben. Vielleicht drei, vier Zentimeter. Aber hier geht es nicht um Größe, sondern um *Alter.*» Dennis betrachtete das Skelett mit wehmütigem Blick, und seine Hand streichelte den langen Oberschenkelknochen, als berührte er ein Bein aus Fleisch und Blut.

«Denny, Sie vergessen etwas. Nehmen wir einmal an, daß Sie mit dem Alter recht haben», sagte Macalvie. «Ihre Hypothese beruht doch nur auf dieser Geringfügigkeit –»

«Es ist keine Geringfügigkeit. Jede Knochenfuge wächst altersgemäß immer weiter zusammen –»

«Verdammt, können Sie die nicht mal eine Sekunde vergessen und mich ausreden lassen.»

«Nein.» Dennis ordnete den Oberschenkelknochen wieder säuberlich dem Schambein zu.

Macalvie stützte sich auf den Tisch, gab jedoch acht, daß er dabei nicht den Schädel des kleinen Skeletts berührte. «Mein Gott, bin ich froh, daß Sie nicht in meiner Gerichtsmedizin arbeiten –»

«Ich auch.» Dennis unterdrückte höflich ein Gähnen. «Sie

sind vielleicht ein Dickschädel.» Seine Augen wanderten langsam über Macalvies Gesicht. «Im wahrsten Sinne des Wortes.»

«Denny, Sie arbeiten in einem Vakuum. Ich kann Ihnen auch sagen, warum ich recht habe –»

«Sie haben nicht recht.»

«Weil wir erstens –» Macalvie war zu dem Ständer mit den Reagenzgläsern getreten und zog zwei aus ihrer gezinkten Halterung – «die Bodenproben hier haben. Also, der Pastor von der Kirche da hat Ihnen gesagt – was Sie vergessen haben, weil es Ihnen nicht in den Kram paßt –, daß seines Wissens in dem aufgelassenen Friedhof seit vierzig Jahren niemand mehr beerdigt worden ist, und wir haben hier Boden, der lange danach ausgehoben und wieder zugeschüttet wurde. Meine Gerichtsmedizin hat das Zeugs geprüft –»

«Und ich dachte immer, Sie trauen Ihren Leuten nicht über den Weg.» Dennis war einen Schritt zurückgetreten und betrachtete betrübt das kleine Hundeskelett.

«Die haben nicht gewußt, worum es überhaupt ging.»

«Das hätte ich Ihnen auch sagen können.»

«Kann sein, denn offenbar sind Sie allwissend. Der Bodenaushub und seine Zusammensetzung zeigen, daß das Grab innerhalb der zwei Jahre gegraben wurde, in denen man in der Nähe einen Stollen buddelte, denn wir haben im Boden Spuren von Zink und anderen Substanzen gefunden. Das war erstens. Zweitens ist in diesen zwei Jahren in der Gegend kein jugendlicher Weißer als vermißt gemeldet worden, der nicht freiwillig zurückgekehrt *oder* gefunden worden wäre *oder* dessen Überreste man gefunden –»

Wiggins ließ von dem markierten Grab ab und sagte stirnrunzelnd: «Entschuldigung, Sir, aber Ihr Argument ist irgendwie nicht stichhaltig. Was ist mit den nicht gemeldeten Fällen?»

«Da ist was dran, zugegeben. Nur daß hier die Rede von einem vermißten Jungen und einem Hund ist, die zusammen in einer Grube begraben wurden, in der sie anscheinend die Möglichkeit hatten, *weiterzuleben*. Bis jemand das Ganze dichtmachte.» Macalvie sprach über die Schulter zu Wiggins. «Ganz zu schweigen davon, daß dieser verlassene Friedhof kaum eine Viertelmeile vom Haus der Citrines entfernt ist. Und bei soviel Beweismaterial stehen Sie da und faseln von einer eventuellen drei- bis vierjährigen Differenz bei der *Knochenfuge*.»

«Stimmt. Und ich beschäftige mich mit Fakten, Sie mit zusammengestoppelten Beweisen. Sie nehmen all Ihre Informationen zusammen und ziehen daraus Schlüsse. Aber Sie haben eben nicht alle Informationen. Ergo: Fehlschluß», sagte Dennis gelassen.

Macalvie schüttelte den Kopf wie ein Schwimmer, der sich das Wasser aus den Ohren schüttelt. Er warf Jury, der die ganze Zeit am Tisch gelehnt hatte, einen Blick zu. «Sie haben den Mund noch gar nicht aufgemacht. Wie hoch schätzen Sie die Wahrscheinlichkeit ein, daß man in diesem Zeitraum dicht beim Haus der Citrines heimlich zwei Jungen und zwei Hunde begraben hat?»

Jurys Augen hingen immer noch an dem winzigen Hundeskelett zu Füßen des Jungen. Vor seinem geistigen Auge lagen sie in Stein gemeißelt wie die Grabfiguren, die er so oft in Kirchen und Kathedralen gesehen hatte – Lord und Lady, Graf und Gräfin, mit einem kleinen Hund, manchmal auch zweien, zu Füßen. Doch dann fiel ihm ein, wie sie Dennis Dench zufolge gelegen hatten: die Knochen des Hundes hatte man oben auf dem Skelett des Jungen gefunden. Während ein Teil seines Verstandes mechanisch arbeitete und das Problem objektiv betrachtete, war er selbst immer weiter fortgerückt, waren die Gestalten immer matter geworden. Trotzdem hatten seine Ohren alles vernommen, was die anderen sagten. Gleichzeitig aber nahm das Licht ab, als würde es vom Nebel verschluckt. Er bekam kaum noch Luft. Wer von ihnen hatte den letzten Sauerstoff verbraucht? Das Kind? Der Hund? Wenigstens hatte er den Hund dabeigehabt. Obwohl er bezweifelte, daß man ihm den Hund zur Gesellschaft mit ins Grab gegeben hatte.

Wer wußte das schon? Wer wußte schon, was in einem so perversen Hirn vorgegangen war? «Ich mußte an Toby denken», sagte Jury schließlich und beantwortete damit Macalvies Frage.

«Toby? Toby ist tot. Sie haben den Bericht gelesen.»

«Er war fünfzehn.»

Dennis Dench lachte schroff. «Wäre doch praktisch für mich, oder?»

«Für den Kidnapper war es sicher verdammt praktisch. Der einzige Zeuge stirbt bei einem Autounfall. Wenn das kein Zufall ist.»

«Ist es aber», sagte Macalvie. «Der Polizei zufolge bestand nirgendwo eine Verbindung zwischen Toby und dem Fahrer des Lastwagens. Der hatte doch tatsächlich am Zebrastreifen gehalten – kaum zu glauben, aber das tun sie wirklich manchmal –, da kam der Junge über die Straße gesaust, als er anfahren wollte. Es war dunkel, es regnete, er wollte ausweichen. Zu spät.»

«Da ist aber noch etwas. Was zum Teufel hatte der Junge in London zu suchen?»

«Er war auf der Flucht. Und wo kann man sich besser verstecken als unter vielen Menschen.»

«Normalerweise flüchtet sich ein Kind nach Haus.»

Macalvie seufzte. «Nicht wenn *zu Haus* jemand weiß, daß man Zeuge einer Entführung war.»

«Ihre Theorie, Macalvie.»

«Und wie lautet Ihre?»

«Ich habe keine.»

Macalvie stellte sich zu Wiggins, der das auf Originalgröße gebrachte Foto studierte. Er faltete einen alten Zeitungsausschnitt auseinander und legte ihn auf den Tisch neben das teilweise rekonstruierte Foto. Das Zeitungsfoto war keine Aufnahme aus einem Fotoatelier. Es zeigte einen Jungen mit nachdenklichem Blick, der seine Wolljacke wie eine Mönchskapuze über den Kopf gezogen hatte. Er blinzelte. Macalvie betrachtete das Bild kurz, dann sagte er zu Dennis: «Ich würde meine eigene Mutter nicht wiedererkennen, wenn ihre Augen bloß leere Höhlen wären; was dagegen, wenn ich das hier verändere?»

«Ja.» Dennis wollte das kleine Skelett zudecken.

Während er noch redete, hatte Macalvie schon irgendwo ein Stückchen Papier abgerissen, zeichnete mit Blick auf den Zeitungsausschnitt etwas und legte den winzigen Streifen auf das Foto. «Wiggins, Ihren Schal bitte.»

Sergeant Wiggins nahm sichtlich widerstrebend den langen braunen Schal ab wie ein Arzt, der bei einem Patienten nach einer Augenoperation den Verband wechseln will.

Macalvie drapierte den Schal um den Schädel auf dem Foto und kopierte so das Zeitungsfoto. Den Rest des Schals legte er über die linke Gesichtshälfte und kam zu einer zwar undeutlichen, aber doch recht annehmbaren Nachbildung eines Gesichts.

«Also, wenn das nicht Billy Healey ist, dann lehne ich die Beförderung zum Hilfswachtmeister ab.»

Dennis deckte das Skelett des Jungen und des Hundes zu wie eine Mutter beim Gutenachtsagen. «Die Wette gilt nicht. Der Oberwachtmeister hat Sie gar nicht vorgeschlagen.»

Macalvie grinste. «Vielen Dank, daß wir Ihnen die Zeit stehlen durften.»

Im Hinausgehen kamen sie durch das Eßzimmer, wo noch immer das Geschirr und die Flasche Weißwein standen. Dennis Dench stellte drei Gläser auf den Tisch und sagte: «Den müssen Sie probieren. Er ist superb. Chablis.»

Macalvie hielt sein Glas gegen das Licht und ließ den Wein kreisen. Dennis Dench verdrehte die Augen.

«Er versteht von Wein genausoviel wie von Knochenfugen», sagte Dench.

Macalvie trank einen Schluck und rollte den Wein im Mund. «Voll und kräftig. Feines Bukett, wenn auch etwas aufdringlich. Bemerkenswert trocken – was meinen Sie, Wiggins?»

Wiggins nippte; sein Gaumen zog sich zusammen. «Sehr trocken, Sir.»

«Knochentrocken», sagte Jury.

«Der Kerl ist ein Genie», befand Macalvie, als die drei wieder am Auto standen. Der Wind fegte Regen vom Meer herüber und blies Wiggins' Schal nach hinten; er griff danach, denn an einem Abend zweimal ohne Schal, das war zuviel. «Jammerschade, daß er so dickköpfig ist», fuhr Macalvie fort und knallte die Autotür zu.

«Wie weit ist es bis zum Haus der Citrines?» fragte Wiggins mit starrem Blick auf die Regenwolke.

Jury drehte sich um und antwortete: «Drei, vier Strafzettel wahrscheinlich.»

Jury hinten auf dem Rücksitz fragte sich, ob die Polizei von Devon-Cornwall wohl alle ihre Polizeiautos mit Tapedecks ausstattete oder ob Macalvie das nur bei diesem hier durchgesetzt hatte, um Elvis hören zu können.

Nach zwanzig Meilen ließen sie «Heartbreak Hotel» Hotel sein und widmeten sich der Erinnerung an einen strahlenden Sommertag, der so flüchtig war, wie es strahlende Sommertage nun einmal sind.

Wiggins, der vorn neben Macalvie saß, hatte während der letzten Viertelstunde unablässig über Telefonzellen geredet, wahrscheinlich (dachte Jury) in dem Versuch, Macalvie dazu zu bringen, Gilly Thwaites eigene Zelle und die Rolle der Telecom dabei zu erklären.

«Es ist wie mit den roten Doppeldeckerbussen. Wahrzeichen sind sie, diese Zellen, und überall reißen sie sie ab. Bloß ein paar lassen sie stehen, wohl aus Nostalgie. Es überrascht mich, daß sie in Exeter noch stehen. Wie die, von der Miss Thwaite gesprochen hatte...»

Kein Kommentar. Macalvie sang mit Elvis über die leeren Stühle, den kahlen Salon.

«Eine Schande», sagte Wiggins.

«Was?» fragte Macalvie, als der Salon und die Türschwelle von *Are You Lonesome Tonight* wie die vorbeifliegende Landschaft verschwanden.

«Daß sie diese Zellen abreißen. Die Regierung läßt nur rund zweihundert von den K 2 stehen – das ist die normale, wie die, von der Miss Thwaite sprach...» Wiggins verstummte. Keine Antwort. Er fuhr mit einem Seufzer fort: «Mir hat die Jubilee immer gefallen. Oben ein bißchen ausgefallener. Die ist jetzt bestimmt sehr wertvoll.» Wiggins' Lächeln war mehr als ein Kichern. «Glaube nicht, daß Telecom eine von *den* Telefonzellen aufbricht.» Vom Fahrersitz kam keine Antwort. Wiggins' nächster Seufzer war tiefer. «Wenn Sie eine wollten, ich meine, eine von den King George-Zellen, so eine könnten Sie sogar kaufen. Kostet Sie bestimmt über tausend Pfund, vielleicht sogar zweitausend. Wird von einer Firma exportiert. Die restaurieren sie. Die Amis stellen sie sich wahrscheinlich in den Flur. Gußeisen, postrot. Wie wohl die amerikanischen Zellen funktionieren. Wie sie die Münzen rauskriegen –»

Jury drehte sich um und warf ihm einen Blick zu. «Mit der Holzhammer-Methode, Wiggins...» Jury schüttelte den Kopf und lehnte sich wieder zurück.

Wiggins war nicht zu bremsen. «Man stelle sich vor, sogar Antiquitätenhändler kaufen sie auf und verkaufen sie weiter.»

«Bei Antiquitätenhändlern kann ich mir alles vorstellen.» Macalvie drückte die Auswurftaste, und Elvis sprang heraus.

Jury bemühte sich, an Denchs Knochen zu denken und gleichzeitig einen Eindruck von der dunklen Landschaft zu gewinnen, an der Macalvie vorbeibrauste. Auf einmal erzitterte das Auto unter Heavy Metal.

«Mein Gott, Macalvie, so stellen Sie doch leiser.»

«Led Zep?» Macalvie verrenkte sich etwas auf seinem Sitz. «Nicht mal Led Zep mögen Sie?»

Nicht mal. Jury, der musikalische Stiesel. «Und immer schön die Straße im Auge behalten.»

«Eine schöne Stimme, dieser Robert Plant», sagte Wiggins und begleitete «Stairway to Heaven» mit *da-di-da-da*.

«Und Pages Gitarre. Astreiner Anschlag. Dabei stehe ich sonst gar nicht auf Klampfenheinis wie Edward und Yngwie.»

Klampfenheinis?

«Da muß ich Ihnen heftigst widersprechen. Die können Sie doch nicht einfach als Tempo-Freaks abqualifizieren. Yngwies Sequenzen sind klassisch, klassischer geht's gar nicht», sagte Wiggins.

Yngwie? Edward? Duzten alle Fans ihre Idole? «Und was ist mit Charlie?» fragte Jury.

Macalvie verrenkte sich erneut auf seinem Sitz. «Welcher Charlie?»

Jury seufzte. «*Raine*. Sind Sie etwa nicht auf dem laufenden über die neueste Musikszene?»

«Meinen Sie diese Gruppe, die in London gastiert? Dann habe ich etwas für Sie.»

Erschrocken sah Jury, daß Macalvie die Hand vom Steuer nahm, seine Bänder durchsuchte und dann eins einschob. Eine Stimme, gläsern wie eine frostige Nacht, mitten in einem Song.

...sky
Was blue above
The trees but only
For a while

Jury hatte den Eindruck, als ob dieser Song denselben Weg nahm wie Elvis' strahlender Sommertag. Licht wich der Dunkelheit, Sommer dem Winter, Steinmauern Ruinen, Klippen den anbrandenden Wellen. Irgendwie erinnerte der Song Jury an die *claire-voie*.

I watch the streetlamp
Down below
I watch you turn
I watch yo go –

«Ei, ei, ei», sagte Macalvie und stellte das Band ab, als ein flacher Sportwagen auf dieser sonst so verlassenen Strecke an ihrem Ford vorbeisauste.

Wiggins wurde zurückgeschleudert, als Macalvie Gas gab.

Jury seufzte.

Das Haus der Citrines hob sich blendendweiß vor dem Regenhimmel ab; es lag unweit einer Klippe an einer einsamen Stelle der Küste von Cornwall. Die gefrorene, ausgefahrene Straße war nicht gerade eine Einladung für Besucher. Nell Citrine Healey war die einzige gewesen, die das Haus je genutzt hatte; sie schien großen Wert auf ihre Privatsphäre gelegt zu haben. Doch gerade das, dachte Jury, ist ihr zum Verhängnis geworden.

Nach hinten ging das Haus auf einen Feldweg. Sie betraten es durch die unverschlossene, unverriegelte Küchentür.

«Macht sich niemand die Mühe abzuschließen?» fragte Wiggins.

«Sie muß wohl gedacht haben, daß es hier nichts Wertvolles mehr zu stehlen gibt», sagte Macalvie.

Wiggins wandte den Blick ab.

Jetzt standen sie in der großen Küche, und Macalvie betrachtete den langen Eichentisch in der Mitte, als ob er selbst jetzt noch die Butterbrote – eines halb aufgegessen, eines unberührt – und daneben die Tabletten sehen könnte. Er zeigte auf die Sprossenfenster. «Billy dürfte nicht gehört haben, als –»

«Niemand kann gewußt haben, daß Mrs. Healey nicht im Haus war; reiner Zufall, daß sie draußen war», sagte Wiggins.

«Natürlich. Wenn es also jemand war, den sie kannte, und wenn sie, sagen wir, in der Küche gewesen wäre, dann hätte derjenige nur zu sagen brauchen, daß er auf dem Weg da lieber nicht mit dem Auto bis ans Haus hatte fahren wollen. Aber die Entführer wollten trotzdem nicht mehr Lärm machen als nötig. Und deswegen dürfte auch Billy nichts gehört haben. Jeder hätte schnurstracks in die Küche marschieren können, aber ich bin sicher, daß es jemand war, den Billy kannte.»

Jury lehnte sich an den walisischen Küchenschrank aus wurmstichigem Nußbaum, verschränkte die Arme und betrachtete den Küchenkamin, die davor aufgestellten Stühle. Das wirkte so gemütlich, daß jeder hier gern eine Tasse Tee getrunken hätte. «Macalvie, Sie vergessen immer wieder, daß Sie nicht hier waren, daß Sie nicht in dieser Küche waren.» Er blickte in die Dunkelheit hinaus.

«Und wie lautet Ihre Theorie?»

«Ich habe keine.»

Wiggins kam aus dem nach vorn gelegenen Wohnzimmer und sagte: «Sie haben ein Klavier, einen Salonflügel – um Himmels willen, Sir, so machen Sie doch die Tür zu!» Er warf Macalvie einen verweisenden Blick zu und klappte den Mantelkragen hoch.

Macalvie schloß die Küchentür.

So wie sich Jury gleich in der Küche ausgekannt hatte, würde er sich nach Macalvies Beschreibung auch in diesem Raum ausgekannt haben. Mitten im Zimmer stand der Schreibtisch, an dem Charles Citrine während seiner Unterhaltung mit dem Superintendent gesessen haben mußte. Dort drüben war die Fensterbank, auf der Nell Healey gesessen und aufs Meer gestarrt hatte. Keine Laken über den Möbeln, keinerlei Abdeckung. Zwar war die Feuchtigkeit in den Wänden hochgestiegen, und viele Jahre waren ins Land gegangen, und doch sah es immer noch so aus, als hätten die Bewohner das Zimmer erst vor ein paar Minuten verlassen: Auf einem Couchtisch lag ein aufgeklapptes Buch verkehrt herum, in den hellen Kissen eines Sessels sah man noch den Abdruck dessen, der darin gesessen hatte; das Feuer war angelegt; auf dem Klavier stapelten sich Noten. Aber dann ging ihm auf, daß der Buchrücken aufgeplatzt war, die Seiten spröde vom Alter; das Notenblatt vergilbt; das Klavier völlig verstaubt.

Wiggins sagte: «Die müssen das Klavierspielen ziemlich ernsthaft betrieben haben, wenn sie einen Flügel in einem Haus stehen hatten, das sie nur für kurze Zeit des Jahres bewohnten.»

«Billy soll eine Art musikalisches Wunderkind gewesen sein. Das Klavier –» Macalvie deutete mit dem Kopf in die Richtung – «war die Idee seines Vaters. Healey hatte es als Konzertpianist nicht geschafft und wollte seine Rachmaninow-Phantasien über sein Kind ausleben. Jede Wette, daß er ein richtiger Schinder war. Der Junge hat jedenfalls nicht darauf gespielt.»

«Woher wissen Sie das?» fragte Jury, den Macalvies Sehergabe dieses Mal nicht mehr groß überraschte.

«Keine Noten auf dem Ständer; der Deckel war zugeklappt; ich bin mit dem Finger darübergefahren. Ganz schön staubig.» Macalvie lächelte. «Er hat hier nicht geübt; sie hat nicht Staub gewischt. Sagt einiges darüber aus, wie sie hier gelebt haben.»

Macalvie lächelte zwar, aber das Lächeln reichte nicht bis zu den Augen, stellte Jury fest. Dann verschwand es ganz; Macalvie ging zu der Terrassentür, von wo aus man einen Blick auf die Wellen hatte, die man sonst zwar hören, aber nicht sehen konnte.

«Sie mag Sie auch, Macalvie.» Jury lächelte hinter dem Rükken seines Freundes. «Sie sollten sie mal besuchen. An Sanderson kommen Sie sicher problemlos vorbei.»

Keine Antwort.

«Ich sehe mich mal oben um. Brian?»

Ohne sich umzudrehen, sagte Macalvie: «Billys Zimmer ist ganz oben, neben dem Gästezimmer. Das hatte Toby.»

Während Wiggins sich das Gästezimmer vornahm, ging Jury in Billy Healeys Zimmer. Wie schon im Wohnzimmer sah auch hier alles aus, als ob es noch benutzt wurde. Billys Sachen waren noch an Ort und Stelle: Kricketschläger auf einem geschnitzten Nußbaumstuhl, Mütze auf dessen Blätterknauf; an der anderen Wand ein Stapel Illustrierte und Taschenbücher; Fossilien und angeschlagene Muscheln auf der Kommode; ein besonders gutes Exemplar auf einem Stück Papier, auf dem mit Bleistift «Chessil Beach» geschrieben stand; das Papier an den Rändern vergilbt, fast schon pergamentartig. Doch das Wichtigste im Zimmer breitete sich auf einem verschossenen Orientläufer am Fußende des Bettes aus – ein kompliziertes Gewirr von Metallschienen, Miniaturhäusern (oder Teilen eines Monopoly-Spiels, die Billy zweckentfremdet hatte): eine elektrische Eisenbahn. Jury betrachtete sie einen Augenblick und biß sich auf die Lippen. Dann konnte er der Versuchung nicht länger widerstehen, er kniete sich hin und drückte auf den Knopf. Langsam, mühsam kam die angerostete Lokomotive wieder in Gang, tuckerte die Gleise entlang und verschwand in dem bemoosten Tunnel unter einem Hügel aus Pappmaché.

Er ließ sie laufen, während er sich den Büchern an der Wand zuwandte, sich auf den Fußboden setzte und sie durchsah. An den Büchern konnte er ablesen, wie Billy langsam erwachsen geworden war. Bilderbücher, die *William*-Serie, Comic-Hefte. Seinen Hund mußte er nach dem Hund in den alten *Beano*-Heften Gnasher genannt haben. Dann kamen *Oliver Twist* und *Die Schatzinsel*, nichts von den Brontës – vielleicht hatte er von Yorkshire her die Nase voll davon –, ein paar Gedichte. Jury erkannte das schmale Taschenbuch mit amerikanischer Lyrik, es war das gleiche, das Nell Healey bei sich gehabt hatte. Er zog es heraus, blätterte, bis er zu Robert Frost kam, und stellte dabei fest, daß vieles unterstrichen war, Randbemerkungen hatte, was ihn überraschte. Anscheinend hatte Billys Stiefmutter starken Einfluß auf seine Lektüre gehabt. Er fand das Gedicht mit dem Titel «Leb wohl und bleib kalt» und las es zweimal.

Was kümmert ihn Sturm und die eisigste Nacht,
Es muß um ihn kalt sein, dann schlummert er sacht.
«So lasse dich warnen, sonst wirst du nicht alt,
Bleib kalt, junger Obsthain, leb wohl und
Bleib kalt…»

Jury stützte den Kopf auf. Er blätterte weiter und hielt bei einem Gedicht von Emily Dickinson inne, auch dieses dick unterstrichen. Sein Auge wurde gleich zu der Zeile gezogen: *Es war nicht Frost, denn meine Haut verspürt' Schirokkos Glut…* Das Wort Schirokko war zweimal unterstrichen, und am Rand stand hingekrakelt: «Wüstenwind, heiß.»

«Ich hab auch eine gehabt, aber keine so tolle wie die da.»

Wiggins' Stimme brachte Jury zurück auf die Erde. «Was?»

«Eine Eisenbahn, Sir.» Wiggins kniete neben den Gleisen. Die Lokomotive fuhr durch den Tunnel, wahrscheinlich zum dutzendstenmal. Jury hatte sie ganz vergessen. «Es war ein richtiger Wettkampf, wer die meisten Teile hatte. Ich hatte als einziger einen Pullman-Waggon von British Rail. Was für eine hatten Sie, Sir?»

Jury war aufgestanden, hielt jedoch immer noch das Buch in der Hand. «Gar keine. Wiggins, was ist ‹Schirokko›?»

Der Sergeant hob den Blick von dem Miniaturbahnhof aus Blech und runzelte die Stirn. «Sie meinen die Band, ja?»

«Nein. Ich meine, was *ist* das? Was bedeutet das Wort?»

Wiggins schüttelte den Kopf. «Keine Ahnung. Komischer Name, wenn Sie mich so fragen. In der Regel nennen sie sich Kiss of Death oder machen Wortspiele wie Dire Straits. Was ein guter Name ist.» Wiggins stand auf. «Das Gästezimmer ist bestens aufgeräumt. Da gibt es nichts, was uns weiterhelfen könnte.»

«Ich sehe es mir mal an», sagte Jury mit gerunzelter Stirn. «Haben Sie noch diese Nummer von –»

Wiggins warf ihm von der Schwelle einen Blick zu. «Welche Nummer, Sir?»

«Schon gut», sagte Jury. «Schon gut.»

Auf der kurzen Fahrt zu Macalvies Friedhof war aus dem Regen ein Dauerregen geworden. *Macalvies Friedhof:* Der Gottesacker rings um die stillgelegte Kirche wirkte auf Jury, als diente er nur noch Macalvies Zwecken. Er umgab die Kirche an drei Seiten.

Sie stapften durch Morast und hohes Gras und trampelten dabei vermutlich auf Gräbern herum, deren Grabsteine so tief eingesunken waren, daß Jury sie kaum noch erkennen konnte. Kurz vor der Friedhofsmauer richtete Macalvie den Strahl seiner Taschenlampe auf die Erde, kniete sich hin und entfernte die Plane, mit der man das Grab zugedeckt hatte.

Dennis Dench hatte es sorgfältig abstecken lassen. Die Markierungen, die zeigten, wie die Leiche gelegen hatte, waren noch da. Rings um das Grab hatte man Unkraut beseitigt. Sonst wies nur wenig darauf hin, daß man hier eine Leiche exhumiert hatte, daß die Grube nicht für eine anstehende Beerdigung ausgehoben worden war.

Nur (dachte Jury), daß hier längst niemand mehr beerdigt wurde. Er kniff die Augen zusammen und sah in der Finsternis krumme und schiefe Grabsteine, die unter dem hohen Gras und Unkraut kaum noch auszumachen waren. Es regnete stetig.

Wiggins stand am Fußende des Grabes und starrte hinab, das Päckchen, Denchs Buch, in den behandschuhten Händen wie eine Bibel. Er unternahm nichts, um sich den Schal wieder umzubinden, den ein Windstoß gelöst hatte; er sagte nichts über das Wetter.

Jury hob den Blick vom Grab und bemerkte, daß die alte Mauer genauso zerfiel wie die Mauer rings um das Haus der

Citrines in West Yorkshire. Was um alles in der Welt mochte im Kopf der armen Frau vorgehen, die unablässig ein Tor anstarrte, das ebenso Schlagseite hatte wie die Grabsteine und die brüchige Mauer hier? Wie mochte sie sich den Tod ihres Stiefsohns ausmalen?

Daß sie alle Hoffnung, ihn wiederzusehen, hatte fahrenlassen, das war klar. Sie gab nicht auf den kleinen, verfrorenen Obstgarten acht, weil sie auf ein Wunder wartete, darauf wartete, daß der Junge von einem Baum heruntergeklettert kam, in dem er sich versteckt hatte. Die Aura von Hoffnungslosigkeit umgab sie wie Nebel.

Hatte sie sich seinen Tod in den dunkelsten Stunden ihrer Verzweiflung so vorgestellt?

Eine Eule schrie. Da standen sie alle und starrten in die ausgehobene Grube, die sich mit Regen füllte.

Wiggins beschwerte sich nicht über das Wetter.

21

Melrose hörte, wie auf seinem Nachttisch ein Becher Tee abgestellt wurde, aber er machte die Augen nicht auf. Im Gegenteil, er machte sie noch fester zu, als die Vorhänge an den Holzringen langsam aufgezogen wurden; dann schob jemand das Fenster hoch. Warum um Himmels willen schienen sich alle Leute einzubilden, daß man ohne einen Tee am Morgen nicht in Gang kam? Wenn alle Welt einfach so ins Schlafzimmer spaziert kam, konnte er ja gleich in Liberty Hall nächtigen. Und Schritte hörte er auch nicht, die Person verzog sich nicht. Sie mußte noch im Zimmer sein – die langsamen Atemzüge schienen vom Fußende des Bettes zu kommen – und ihn, den armen Schlafenden, anstarren wie ein böser Geist. Etwas Nervtötenderes gab es nicht, es sei denn, man lag in einem Schützengraben und der Feind stand über einem und überlegte, ob man auch wirklich tot war.

Endlich schlich sich die Person auf Zehenspitzen hinaus, und die Tür fiel leise ins Schloß.

Kurz darauf machte er ein Auge auf, und siehe da, die Sonne schien durchs Fenster herein. Es war ein wunderschöner Morgen.

Melrose schlug die Bettdecke zurück, ließ aber die Kuh nicht wissen, daß er sie bemerkt hatte.

Als er das Speisezimmer betrat, saßen nur noch Major Poges und die Principessa bei Tisch. Ruby hatte dem Major gerade ein gekochtes Ei serviert. Die Principessa saß mit ihrem Kaffee mehrere Stühle entfernt am anderen Tischende und flötete Melrose ein «Guten Morgen» entgegen.

Ruby hatte streng zurückgekämmtes Haar, einen fahlen Teint und ein Gesicht wie eine Kopfwehtablette. In einschläferndem Ton betete sie jetzt eine recht umfangreiche Frühstückskarte herunter, in der auch Hammelkoteletts vorkamen. Melrose bestellte Tee, Toast und Porridge. Feierlich nahm Ruby die Bestellung auf, nahm einen Teil des beschmutzten Geschirrs und trollte sich.

«Und bitte noch etwas heißes Wasser, Ruby», rief ihr der Major hinterher.

An der Art, wie jemand sein gekochtes Ei in Angriff nahm, ließ sich (so bildete sich Melrose jedenfalls ein) viel über einen Menschen ablesen. Major Poges köpfte seines nicht (wie Agatha), sondern klopfte und klopfte mit der Rückseite des Eierlöffels sanft auf die Spitze und pellte sie ab.

Die Principessa rief von ihrem Tischende: «Wir sind die letzten. Sie jedenfalls. Es ist fast zehn.»

«Miss Denholme wirkt nicht sehr streng, was die Essenszeiten angeht.»

«Auch nicht, was das Essen angeht», sagte die Principessa,

deren Teller, soweit Melrose sehen konnte, vom Gegenteil zeugte. Er war leer. «Sie bietet etwas für jeden Geschmack.» Die Principessa hob das fein geschnittene Gesicht zur Decke und stieß eine Rauchwolke aus. An diesem Morgen war sie in rosa Wolle gekleidet und hatte sich ein Umschlagtuch nach Art des Hauses (ihres jedoch in Fuchsrot) um die Schultern gelegt und mit etwas Kostspieligem befestigt, das im Sonnenschein funkelte.

«Und recht nett ist sie obendrein, wenn auch mit einem Hang zur Schwermut. Bei meinem ersten Aufenthalt hier war sie gar nicht da, sie pflegte ihre Schwester – Iris hieß sie, glaube ich. Soviel ich weiß, befürchteten die Ärzte bei ihr eine Fehlgeburt. Ich selber habe nie Kinder gehabt.» Womit sie unterschwellig andeutete, daß sie keine Ahnung hatte, warum alle so wild darauf waren.

«Sie wären allesamt kleine Malcolms geworden.» Der Major löffelte sein Ei aus. «Miss Denholme kommt mir allerdings nicht gerade mütterlich vor, weiß Gott nicht. Warum hat sie nur das Kind aufgenommen? Sie macht sich doch gar nichts aus ihm. Und wenn sie für jeden Geschmack etwas bietet», sagte er und steckte eine Runde Toast in den Toaster, «wie steht es dann mit Ihrem? Sie essen wie ein Vögelchen.» Und zu Melrose gewandt: «Sie will nur Sachen essen, die keinen Krach machen und nicht geschnitten werden müssen.» Und dann rief er zu ihrem Tischende hinunter: «So kommen Sie doch endlich auf Ihren alten Platz zurück, und setzen Sie sich.»

Ihre Miene machte deutlich, daß er ihr das Stichwort lieferte, auf das sie sehnsüchtig gewartet hatte. «Ich habe mich hierhergesetzt, Mr. Plant, weil ich mir meine Morgenzigarette nicht vermiesen lassen möchte. Und es ist gräßlich unmanierlich zu rauchen, wenn andere noch essen. Das jedenfalls hat man mir angedeutet.»

Der Major sagte *sotto voce*: «Ach, halten Sie den Mund.» Und laut zur Principessa: «Wir hier oben mögen nicht länger brüllen. Einmal, ein einziges Mal, habe ich mich beschwert, nämlich als Sie diesen Stumpen geraucht haben. Kommen Sie zurück auf Ihren angestammten Platz.»

«Ah!» rief sie und stand auf. «Vielen Dank auch.»

Melrose lächelte, denn nun kam sie und nahm den Stuhl links vom Major ein. Der war aufgestanden und schob ihn ihr zurecht. Der Seufzer des Majors war tief und resigniert; er war der eines Märtyrers. Ihr *Vielen Dank* verriet vorgetäuschten Respekt, ebenso ihr paralytisches Lächeln, das sie ihm schenkte, als sie sich auf dem herrschaftlichen Stuhl niederließ.

«Ich muß gestehen, mich fasziniert eher die Braine», sagte sie, nachdem sie sich gesetzt hatte. «Die hat doch nicht alle Tassen im Schrank. Haben Sie gewußt, daß sie zum Hadrianswall will? Sie behauptet wahrhaftig, daß sie mit dem Kaiser in Kontakt steht, was schwierig sein dürfte, da er schon etliche Jahrhunderte tot ist.» Die Principessa beugte sich zu Melrose. «Behauptet, das Zweite Gesicht zu haben. Sie hätte gewußt, daß es hier in der Nähe einen Mord geben würde, denn der hätte sich in ihrem ‹Magnetfeld› manifestiert. Sie wurde von einer unwiderstehlichen Kraft ‹hierhergezogen›.»

«Meiner Erfahrung nach führt Hellsehen häufig dazu, daß man das Nachsehen hat», sagte Melrose. «Ich könnte mir vorstellen, daß sie weiteren Ärger weissagt.»

Major Poges machte große Augen. «Tatsächlich. Woher wissen Sie das?»

«Ich wußte es gar nicht. Aber wer weiteren Ärger weissagt, kann nichts verkehrt machen. Es gibt immer welchen.»

«Kein Wunder, daß Malcolm so mißraten ist. Sie reisen ab, sagt sie, um sich mit Hadrians Geist zu treffen. Morgen. Gegen Mittag.» Sie schnipste Asche auf einen Teller. «Und da meinen die Leute, daß Mörder verrückt sind.»

«Wird das von der Frau behauptet, die ihren Mann umgebracht hat? Ich könnte mir denken, daß man kein gutes Haar an ihr läßt.»

«Man denkt sich sein Teil, ja. Die Familie ist sehr alt und sehr alteingesessen», sagte der Major. «Ich kenne sie. Eigentlich nur ihn, Charles Citrine. Bin ein paarmal mit ihm auf die Jagd gegangen.»

«Aber dieser Schießwütige hier», sagte die Principessa und wies mit dem Kopf auf Poges, «hat noch nie etwas für unsere mager bestellte Tafel mitgebracht.»

«Nennen Sie mich nicht immer so. Bloß weil jemand gern frühmorgens übers Moor geht und manchmal schießt –»

«Seine Trefferquote liegt ungefähr bei eins zu tausend.»

Melrose lächelte. «Und Charles Citrine –»

Ruby unterbrach ihn, denn sie kam mit dem Tablett herein und stellte ihm seinen Tee und seinen Porridge hin sowie dem Major sein heißes Wasser. Dann machte sie sich daran, das schmutzige Geschirr abzuräumen, als müßte sie es stehlen. Sie nahm ein Kelchglas und betrachtete es gedankenverloren. Dann stellte sie es rasch auf das Tablett, griff nach dem Teller mit den Knochen vom Hammelkotelett und verließ das Zimmer fast im Laufschritt.

«Benimmt sie sich immer so?» fragte Melrose, ließ ein Butterstückchen mitten in den Porridge fallen und sah zu, wie sich die schmelzenden Rinnsale verteilten.

«Sie ist eine dumme Pute. Beachten Sie sie gar nicht», sagte der Major und bediente sich tüchtig aus dem Marmeladenglas.

«An Porridge hatte ich gar nicht gedacht», sagte die Principessa und beugte sich vor, um Melroses Teller besser sehen zu können.

Major Poges blickte abrupt auf. «Geben Sie ihn ihr ja nicht. Sie will ihn unbedingt, Mr. Plant, aber geben Sie ihn ihr ja nicht.» Zu der Principessa sagte er: «Wenn Sie Porridge wollen, dann *bestellen* Sie auch Porridge.» Er knallte das Marmeladenglas hin.

Ein dünnes Rauchband schlängelte sich in die Luft, als sie sagte: «Man kann die Küche nicht den ganzen Tag auflassen, Major.»

«Ha! Dann essen Sie eben ein gekochtes Ei.» Er schob ihr den Silberteller hin.

Die Principessa wich etwas zurück und zog einen Flunsch. «Wenn Sie immerzu klopfen und schälen wollen, dann bitte. Und dann muß man es ja auch noch um das Weiß herum *tranchieren*, um es herauszubekommen, als wäre man ein Bildhauer. Nein, danke. Sie haben ja wohl auch ziemlich damit zu kämpfen.» Sie beugte sich zu seinem Teller hin. «Sehen Sie sich nur einmal diese ganzen kleinen Schalenstückchen an – »

«Sie sind doch die *faulste* Frau, die ich kenne.» Er legte seinen Löffel hin, schlug die Zeitung auf und wandte ihr den Rücken zu. Doch er war mit seinem Vortrag noch nicht zu Ende. Zu Melrose sagte er: «Fast alles ist ihr zu schwierig zum Essen.» Heimlichtuerisch, als wäre die Principessa gar nicht vorhanden, beugte er sich zu Melrose hin. «Wissen Sie, was sie gestern abend gegessen hat? Einen Teller Kartoffelbrei, pürierte Steckrüben und eine Gabelvoll Erbsen. *Eine!*» Er hielt den Zeigefinger hoch.

Die Principessa streckte seinem Rücken die Zunge heraus und legte dann das Kinn in einer gekünstelten Pose auf den Handrücken. «Man kann ja wohl kaum Erbsen essen, wenn sie nicht mehr auf einem Haufen liegen, oder? Ich habe keine Lust, hinter ihnen herzujagen.»

Major Poges vergrub das Gesicht in der Zeitung. «Als wir einmal in London waren, beging ich den Fehler vorzuschlagen, wir könnten im ‹Wheeler's› essen. Kann denn jemand finden, Seezunge sei schwierig zu essen?»

«Ja. Nichts können sie da richtig filettieren. Immer gibt es noch eine Gräte, die groß genug ist, um sie Dracula ins Herz zu rammen.» Sie nahm einen Schluck Kaffee und sog tief die Luft ein.

Melrose fragte sich, ob er denn immer an Vivians bevorstehende Hochzeit erinnert werden müßte.

Die Principessa seufzte. «Die einzigen Geräte, die man braucht, sind ein Mixer und ein Cuisinart. Mehr habe ich auch nicht in meiner Küche.»

«Küche?» Der Major blickte von seiner Zeitung auf, um sie anzustarren. «Welche Küche?»

«Major, Sie wissen genau, daß ich ein Haus in London habe.»

Er zuckte die Achseln und forschte weiter seine Zeitung durch. «Ach, *das*. Bestimmt ist die Küche da schon längst mit Brettern vernagelt. Ah, da ist es. Man glaubt es kaum, aber sie haben den Mord in dem Gasthaus ganz hinten in der Zeitung vergraben. Wahrscheinlich ist er einfach nichts Neues. Sie haben lediglich die alten genommen und kräftig durchgeschüttelt.»

Die Principessa drückte ihre Zigarette aus und stützte das Kinn auf die gefalteten Hände. «Ich finde es sehr interessant, daß immer nur davon die Rede ist, wie untadelig der Mann doch war. Und wie ‹unerschrocken› er sich vor Jahren geweigert hat, das Lösegeld zu zahlen. So als ob das seine Frau überhaupt nichts anginge. Die wenigen Male, die ich mich mit Mrs. Healey unterhalten habe, ist sie mir recht zurückhaltend vorgekommen, doch gewiß nicht wie eine Landpomeranze und schon gar nicht wie eine Frau ohne Rückgrat.»

Melrose trank seinen Tee aus. «Das klingt, als ob Sie dem Mann nicht über den Weg trauten.»

«Du liebe Zeit, ich traue niemandem, der so ohne Fehl und Tadel sein soll. Jedenfalls klingt das alles recht klischeehaft, dieser unerschrockene Ehegatte mit der Frau, die anscheinend zur Schwermut neigt. Als ob sie in der ganzen Sache nichts zu sagen gehabt hätte. Nun, am Ende hat sie ihre Meinung doch noch geäußert, nicht wahr?»

«Man könnte fast meinen, Sie billigten ihre Tat.» Der Major faltete seine Zeitung zu einem Fächer.

«Aber sicher. Wie dramatisch. Die schleicht nicht durch die Gegend und versucht, ihn in einer dunklen Gasse abzumurksen. Ihre Anwälte müßten Vollidioten sein, wenn sie sie nicht herauspauken könnten.»

«Sie herauspauken? Die Frau hat ihn vor der Nase eines Kriminalbeamten umgebracht.»

Sie antwortete dem Major, sah dabei aber Melrose an. «Das macht keinen Unterschied. Es geht um das Motiv. Der Mann hat sich geweigert, das Lösegeld zu zahlen.» Sie streckte Melrose eine neue Zigarette hin.

Melrose gab ihr Feuer und sagte: «Damit dürfte sie kaum durchkommen, oder? Hätte sie ihn gleich oder sechs Monate oder auch noch ein Jahr danach ermordet, dann hätte man wohl auf hochgradige Depression plädieren können.»

Die Principessa stand auf und griff nach ihrem Zigarettenetui. «Es ist mir neu, daß sich Verzweiflung zeitlich begrenzen läßt, Mr. Plant. Da, es schneit schon wieder. Hat sich was mit meinem Nachmittag in Leeds. Speisen Sie mit uns? Das möchte ich doch sehr hoffen. Die Abwechslung täte uns gut.» Ein blumiger Duft schwebte hinter ihr her, als sie den Raum verließ.

Der Major sah ihr mißmutig nach. «Dieses Frauenzimmer! Behält immer das letzte Wort. Na schön, ich bin für einen Spaziergang, Schnee hin, Schnee her. Kommen Sie mit, Mr. Plant?»

Melrose sah auf. «Ach, das geht nicht, leider. Äh, haben Sie übrigens Miss Taylor heute morgen schon gesehen?»

«Heute morgen noch nicht. Nein, nicht mehr, seit sie gestern auf ihrem Motorrad in die Nacht gebraust ist und sicherlich alles plattgewalzt hat, was ihr in den Weg kam.»

«Genau das ist es. Wir hätten sie hören müssen, wenn sie nach Haus gekommen wäre, oder?»

Major Poges warf einen Blick auf seine Uhr, schüttelte sie und hielt sie ans Ohr. «Wer sagt, daß sie nach Haus gekommen ist? Sie ist schließlich aus New York.»

Er machte kehrt, verließ den Raum und brummelte dabei so etwas wie «Rose rumkriegen, daß sie mit mir im Stanbury-Moor spazierengeht» vor sich hin.

New York hin, New York her, in Haworth gab es kaum etwas, das ähnliche Reize bot. Da saß er nun mit einem flauen Gefühl im Magen und starrte nach draußen in den sachte fallenden Schnee. Es mochten fünf Minuten vergangen sein (oder fünfzig?), in denen er sich Zusammenstöße auf vereisten Straßen ausmalte, als ihn eine Stimme hinter seinem Rücken zusammenfahren ließ.

«Kommen Sie mit?»

Er drehte sich um und sah Abby Cable in einer Aufmachung, die einem Eskimo wohl angestanden hätte. Ihr Gesicht war kaum noch zu sehen, doch er spürte ihren Blick. Es war, als glänzte Eis im Licht. «Was? Wohin denn? Hast du einen Iglu gebaut?»

Schweigen. Ihr Gesicht war in Schals, Tücher und etwas Federbesetztes, das sich bei jedem Atemzug bewegte, eingemummt. Doch ihr durchdringender Blick war immer noch zu spüren. «Schafe suchen. Sie haben gesagt, Sie wollten mit.»

Im Ernst? Als er nicht gleich von seinem Stuhl hochschoß, sagte sie: «Na, dann auf Wiedersehen.»

Erwachsene lügen, besagte ihr Ton klar und deutlich. Ich weiß Bescheid.

«Ich habe keine Ahnung, was ich für dieses Abenteuer anziehen soll.»

Schweigen. Der Eskimo drehte sich um. «Wie wäre es mit einem Mantel?» Und schon wollte sie zur Tür hinaus, so daß Melrose hinter ihr herstürzen mußte. «Kannst du denn nicht drei Minuten warten?»

Sie machte die Haustür auf. Draußen lag alles unter einer geschlossenen Schneedecke. Vor der Tür saß Stranger mit schneebestäubtem Fell. «Na gut», sagte sie kurz angebunden.

Während er sich in seine Gummistiefel quälte, konnte er die Uhr ticken hören.

22

Er kam sich albern vor, wie er da mit einem Hirtenstab in der Hand durch die Gegend stapfte.

«Den brauchen Sie», hatte sie gesagt. «Mit Ihrem Stockdings kommen Sie nicht weit.»

Das, so hatte er gesagt, sei kein «Stockdings», sondern ein Totschläger aus dem neunzehnten Jahrhundert. Als Abby hörte, daß es sich um eine Waffe handelte, hatte sie die Ohren gespitzt und ihn in der Hand gewogen, ihn betrachtet und gefragt, ob die Polizei ihn gegen Menschen gebraucht hätte. Welche Enttäuschung, daß dies nicht der Hauptzweck des Totschlägers gewesen war. Doch sie war wieder ganz Ohr, als er anfügte, daß man damit natürlich einen Menschen totschlagen könne. Warum? fragte er sie.

Die Frage blieb unbeantwortet, da sie sich auf der Rückseite von Weavers Hall gen Norden auf den Weg machten.

«Ich sehe überhaupt nicht ein, warum wir uns nicht an gebahnte Pfade halten können», bemerkte Melrose gereizt, als sie zwanzig Minuten lang stur vor sich hin gestapft waren. Ihm schwante, daß sie die letzten Spuren der Zivilisation bereits an der Oakworth Road hinter sich gelassen hatten, wo eine rote Telefonzelle ganz allein auf weiter Flur stand. Er sah, daß sich zwei lange Wege wie Furchen im Neuschnee kreuzten. Tief lag der Schnee nicht, nur wirkte er angesichts dieser Landschaft unheimlich.

Ihr Seufzer – recht übertrieben, fand er – tat kund, daß er ein hoffnungsloser Fall war und keine Ahnung von Schafen hatte. Der Seufzer bekam weiteren Nachdruck durch einen Hieb mit dem Totschläger, den sie sich angeeignet hatte und mit dem sie (witsch!) heftige Schläge austeilte. «Schafe halten sich nicht an Wege. Aber mit Schafen kennen Sie sich wohl nicht aus.»

Mußte sie eigentlich jede Bemerkung damit beginnen, daß sie sich bei ihm zwar einen kleinen Wissensfundus erhoffte, aber nicht recht glaubte, daß er überhaupt etwas wußte? *Aber-hiermit-kennen-Sie-sich-wohl-nicht-aus, aber-damit-kennen-Sie-sich-wohl-nicht-aus…*

«Aber gewiß doch. Ich weiß, daß sie unter dem Außenfell noch ein Innenfell haben, das sie warm hält.» Ach, wenn er doch auch so ein Innenfell hätte; er bewegte die Hand, die den

Hirtenstab hielt, um die Blutzirkulation in Gang zu halten. Seine Finger kamen ihm vor wie vereiste Äste.

Aber selbst auf seinem bißchen Schaf-Wissen mußte sie noch herumtrampeln. «Alle glauben, daß sie dumm sind. Sind sie aber nicht. Geraten Sie mal an ein eigensinniges altes Mutterschaf, da können Sie aber was erleben.» Es kam fast einer Aufforderung gleich, denn sie deutete mit dem Totschläger auf ein etwas entfernt stehendes großes Schaf mit schwarzem Kopf.

«Tatsächlich?»

Abby beantwortete keine rhetorischen Fragen; sie sah anscheinend nicht ein, warum sie ihre Feststellungen wiederholen sollte. Ob er es kapierte oder nicht, das machte für sie keinen Unterschied! Melrose stellte sich vor, daß er die wenigen Informationen, die er ihr doch noch aus der Nase ziehen konnte, trocken wie kalter Toast, ohne eine Spur Marmelade sein würden. Anders als bei Ethel würde es bei ihr nie üppig werden.

«Man weiß nie, wo Mr. Nelligans Schafe sind. Die strolchen durch die Gegend.»

«Wer ist übrigens dieser Mr. Nelligan?»

Statt einer Antwort drehte sich Abby um und deutete mit dem Totschläger in Richtung eines Hügels, der aussah, als läge er eine Meile entfernt, was aber sicherlich nicht stimmte. In dieser Landschaft war das Schätzen von Entfernungen eine Kunst für sich. «Der Wohnwagen da drüben.»

Melrose schirmte die Augen ab und blickte zu dem fernen Hügel hin, wo er eine Art kleinen Kasten auszumachen meinte, aus dessen Dach sich Rauch kringelte. «Ein Wohnwagen mit Schornstein?»

«Er hat ein Loch ins Dach gemacht.»

Melrose fragte gar nicht weiter nach. «Und warum ist Mr. Nelligan nicht unterwegs, wenn seine Schafe gerettet werden müssen?»

«Er trinkt schwarzgebrannten Whisky. Einmal sind ihm mehr als hundert Schafe in ein tiefes Bachbett geraten. Stranger hat sie wieder zusammengetrieben.» Sie schüttelte den Kopf und stellte damit klar, daß sie ohne ihren Hund sowieso alle den Bach runtergehen würden.

Sie stapften weiter auf die zerfallene Mauer «dahinten» zu. Ihm fiel auf, daß er nicht einmal genau wußte, was diese ausgemacht gräßliche Unternehmung eigentlich bezweckte. Er blieb stehen. «Wohin gehen wir?»

«Immer Stranger hinterher», sagte sie mit einem Blick zu ihm hoch. Ihre Augen leuchteten aus dem Rund ihrer Kapuze, ein dunkles und unergründliches Blau.

«Soll das heißen, wir folgen dem *Hund*?» Keine Antwort. «Mein Hund geht hinter *mir* her.» So ganz stimmte das nicht: Mindy gab für einen «Spaziergang» nur höchst selten ihren Platz am Kamin auf. Aber Mindy war alt. Und er wohl auch. Noch zehn Minuten, und ihm würde ein Bart aus Rauhreif wachsen. Er rümpfte die Nase; in der trockenen Luft froren ihm schier die Nasenlöcher zusammen.

Die Landschaft wirkte wie ein Negativ der Landschaft von gestern abend, als er mit Ellen (wo zum Teufel steckte Ellen?) vor Weavers Hall gestanden hatte. Ein toter weißer Mond vor einem schwarzen Himmel, dahinter der silbrige Stausee. Heute war der Himmel kränklich bleich, die Wolken hingen niedrig und bleiern, und das Moor mit seinem Farn- und Heidegestrüpp wirkte unter der Schneedecke wie eine Mondlandschaft voller Krater. Melrose gefiel die Art, wie sich sein eigenes Haus in eine Landschaft aus Wäldern und Wegen schmiegte; ein großartiger Blick, eine malerische Aussicht. Zuweilen, wenn er in seinem bequemen Sessel vor dem Kamin saß und Mindy zusah, wie sie so gleichmütig dahinlebte, hatte er das Gefühl, er müßte jetzt aufspringen, sein Fernglas holen, nach draußen laufen und Vögel beobachten. Ein Landedelmann von guter Herkunft und mit irdischen Gütern gesegnet sollte wirklich mehr Interesse für die Natur ringsum aufbringen. Melrose schloß einen Kompromiß. Er hatte das Fernglas immer neben sich auf dem Fußboden parat liegen und hob es gelegentlich ans Auge, wenn etwas am Salonfenster vorbeiflatterte.

«Wo sind wir?» fragte er schon wieder, und seine Augen suchten die Schneewüste nach irgendeiner Markierung, irgendeinem Wegweiser ab. Vor kurzem hatten sie einen Bach überquert (unter Lebensgefahr, fand er), dessen Fluten, angeschwollen durch den geschmolzenen Schnee des Vortages, über abgestorbene Wurzeln und Steine gurgelten.

«Nirgendwo Bestimmtes», sagte Abby.

Er blieb stehen, stieß den Hirtenstab in den Schnee und sagte: «Willst du damit sagen, daß du es nicht weißt?»

Sie musterte ihn frostig. «Wir haben uns nicht verirrt.»

Der Hund rannte auf eine alte Bruchsteinmauer zu, daß der Schnee hinter ihm nur so hochstiebte.

Melrose war aber verirrt zumute. «Ich hätte eine Karte mitnehmen sollen.» Sie stapfte vor ihm auf die Mauer zu, immer hinter dem Hund her, und schwang dabei den Totschläger. Für sie war das wohl ein recht lustiges Abenteuer, eine Art Spiel. Ihm ging auf, daß er noch immer nicht genau wußte, was sie vorhatten. «Mein Gott, so warte doch. Was bezweckst du eigentlich mit diesem Moorausflug?»

«Möchten Sie etwa lebendig begraben sein?» In den blauen Augen gewitterte es.

Sie hörte sich schon an wie die Braine, wenn die eine ihrer sibyllinischen Äußerungen über Hadrians Truppen vom Stapel ließ.

Sie schnalzte mit der Zunge, und Stranger machte sich auf einen Erkundungsgang längs der Mauer. Hier hatte der Wind den Schnee zusammengeweht, und der Hund schnüffelte die Wächte langsam ab. «Los, stochern Sie mit dem Stock.»

«Suchen wir jetzt nach Schafen? Du liebe Zeit, wer hier einschneit, ist doch tot.»

«Sind sie nicht», sagte sie sachlich. «Damit kennen Sie sich wohl nicht aus, die machen sich mit ihrem Atem nämlich Luftlöcher –»

«Ach, sei still.» Aber er tat wie geheißen und riß sich zusammen. Er würde nichts mehr aus ihr herausbekommen, wenn er sie noch tiefer in ihr Schweigen trieb. Der Stab traf auf keinerlei Widerstand; was sollten sie nur mit den eingeschneiten Schafen machen, falls sie welche fanden? Stranger war am Ende der Mauer angelangt und drehte sich hechelnd um.

«Alles in Ordnung hier», sagte sie. «Dahinten kommt noch eine Mauer.»

«Dann weißt du also, wo wir sind.»

«So ungefähr.» Sie stiefelte weiter und schwenkte den Totschläger wie ein Bajonett über dem Kopf. Eine weitere Mauer!

Sie kamen näher. «Sieht so aus, als ob wir da nicht durchkönnten.»

«Es gibt ein Loch», sagte sie und überhörte damit seine Bemerkung. Sie legte Melroses Totschläger sorgsam neben das Loch, ging auf alle viere und kroch durch.

Das letzte, was er von ihr sah, war eine behandschuhte Hand, die nach dem Totschläger griff und ihn durchs Loch zog. Dann herrschte Schweigen.

Er überlegte, wie groß das Loch sein mochte, taxierte die Größe des Schafes mit dem schwarzen Kopf und dachte bei sich, daß er durchkriechen könnte, wenn er sich auf Bauch oder Rücken legte. Er rief: «Ich bin viel zu groß für das Loch.»

Keine Antwort. Der Wind verwehte seine Stimme; er hörte ein fernes Echo, oder vermeinte, eines zu hören. Dann legte er die Hände vor den Mund und rief: «Hallo. Hallo!» Er pfiff, als ob ihm der Hund gehorchte. Warum machte er sich eigentlich die Mühe? Der Hund da würde nicht einmal dem Hunnenkönig Attila gehorchen.

Er ging auf die Knie und spähte durch das Loch. Keine Spur von einem Mädchen oder einem Hund. Verdammt noch mal, wo war sie? Abgesehen von dem Wind, der durch ein immergrünes Gehölz etwas weiter östlich rauschte, herrschte allumfassendes Schweigen. Die Wolken wirkten dunkler, der Himmel wurde bleicher, die Brachvögel zogen immer dichtere

Kreise, wie Aasgeier, die sich niederlassen wollten. Lieber Himmel, dieses gottverlassene Moor konnte wirklich Phantasien heraufbeschwören.

«Ich kehre um!» rief er gereizt und stieß den Stab fester in den Schnee. Warum sollte er sich weiter auf eine so sinnlose Unternehmung einlassen? Eine Strapaze war das, und was hatte er, verdammt noch mal, aus dem Kind herausgeholt? Nichts als einsilbige Antworten. Die wenigen Worte über Stranger waren für Abby Cable bereits eine Parlamentsrede gewesen. Es mußte sich um zwei, vielleicht sogar drei Sätze gehandelt haben. «Also, dann *auf Wiedersehen*!»

Keine Antwort, obwohl sie sicher gleich hinter der Mauer stand und mit seinem Totschläger Männchen in den Schnee malte. Dennoch. Man wußte nie, wem man begegnete. Ihm fiel die Gestalt im schwarzen Umhang ein, die mit großen Schritten übers Moor gegangen war. Und außerdem (so redete er sich ein, als er den Stab durch das Loch schob, sich auf den Rücken legte und die Arme ausstreckte, um sich an den Steinen festzuhalten), außerdem konnten sie nicht weit vom Anwesen der Citrines sein.

Guter Gott. Er machte sich flach und schob sich durch das Loch, das nach Schaf roch und voller Schafwolle hing. Dann stand er auf und schüttelte den Schnee ab.

Sie waren gleich hinter der Mauer; Stranger hatte sich eine Seite vorgenommen, Abby die entgegengesetzte. Melrose stapfte an der Schneewächte entlang bis zu der Stelle, wo sie mit dem Totschläger herumfuhrwerkte.

«Nehmen Sie Ihren Stock», sagte sie.

«Du hast mich doch rufen hören. Warum hast du nicht geantwortet?» fragte er und stieß den Hirtenstab gereizt in den Schnee.

«Sie haben gesagt, Sie gehen nach Haus.» Abby hob die Schultern und sah ihn mit zusammengekniffenen Augen an, so als blendete sie etwas. «Sie sind ja immer noch da.»

Wer sie so reden hörte, konnte sie für eine Hellseherin halten. Was sie erwartete, das geschah.

«Lieber würde ich mich mit dem Hund unterhalten. Hast du ihn als Welpen bekommen?»

«Nein.»

Er seufzte und sah Stranger zu, der die Schneeverwehungen absuchte. «Und wie *hast* du ihn bekommen?»

«Er kam vorbei», war die prosaische Antwort.

Der Hund kratzte wie wild und wirbelte Schnee auf wie ein Schneepflug.

«Wenn ein Border Collie verschwindet, der hundert Schafe in einer Wasserrinne zusammentreiben kann, so dürften es die Besitzer merken.»

Das schien Abby nachdenklich zu stimmen. Sie sagte, sachlich wie es ihre Art war: «Vielleicht war es den Leuten egal.» Und als der Hund weiterbuddelte, fügte sie an: «Er hat was gefunden.»

Der Höhepunkt des Morgens bestand für Melrose darin, daß er ein Schaf aus seiner Schneehöhle herauszog und -zerrte. Das Schaf sah nicht besonders mitgenommen aus, als Stranger es aus dem Schnee heraustrieb.

«Und was fangen wir jetzt mit ihm an?»

«Gar nichts. Jetzt wird es allein fertig.» Sie drehte sich um und stapfte weiter übers Moor, wahrscheinlich in Richtung einer neuen Mauer «dahinten».

Da Fragen nicht weiterhalfen, sie sich nicht auf eine tiefschürfende Unterhaltung über ihr Leben, über Mrs. Healey, über irgend etwas einließ, beschloß er, mit der Tür ins Haus zu fallen, auch wenn das Thema grausig war. Abby Cable hatte zwischen sich und der Welt offenbar eine kleine Mauer errichtet, die das Grauen von ihr fernhielt.

«Schrecklich, was da in dem Gasthaus passiert ist, findest du nicht auch? Muß dich ganz schön mitgenommen haben.» Aber wenn, so ließ sie sich nichts davon anmerken. Ihre Miene blieb genauso steinern wie die Umrisse der fernen Felsnasen am Horizont. «Schließlich ist sie eine Freundin von dir und deiner Tante.» Er warf das ein, weil er sich tatsächlich fragte, ob die beiden Frauen befreundet waren.

«Glaub ich nicht.»

«Was glaubst du nicht?»

«Daß sie eine Freundin von Tante Ann ist.» Sie schnalzte kurz, und Stranger, der in weiter Ferne nur noch ein Punkt im Schnee war, machte kehrt und kam zurückgelaufen.

«Ach? Und ich hatte gedacht, Mrs. Healey hätte deine Tante immer besucht.»

«Mich hat sie besucht.»

Ihre helle Wut traf auf ihn wie ein Wind auf der *Sturmhöhe*, der Schnee vor sich her treibt und die Bäume beugt. «Billy und Toby waren meine besten Freunde.» Damit drehte sie sich um und versuchte zu rennen, da sie aber in ihre schwere Kleidung vermummt war, wurde daraus nur ein Gehoppel.

«Ein totes Lamm», sagte sie, als er sie eingeholt hatte. Sie stand still da und betrachtete das Lämmchen mit den angezogenen Beinen. Eine geraume Weile starrte sie es an, dann schaufelte sie, sachlich wie immer, Schnee darüber.

«Hör mal, laß es für heute morgen genug sein mit Tod und Verderben.»

Aber sie folgte dem Hund bereits die Mauer entlang. Der Wind blies jetzt so stark, daß sich die Fichten drüben im Gehölz bogen. Was für ein gräßliches Fleckchen Erde; was für ein gräßliches Wetter. Wenn Cathy Earnshaw versucht hatte, aus dem Himmel herauszukommen, nur um hierher zurückzukehren, wie kalt mußte es dann erst dort oben sein? Melrose blickte hoch und dachte sehnsuchtsvoll an den Pub, der nicht weit entfernt sein konnte. Er beschirmte die Augen mit der Hand, wandte sich vom Hochmoor ab und blickte hinab. War das da unten, wo Autos, aus der Entfernung klein wie Käfer, geparkt waren, ein Pub an der Straße? Wenn sie nicht ständig nach Schafen und erbarmungswürdigen toten Lämmern graben müßten, könnten sie in zwanzig Minuten dort sein. Wärme! Licht! Gastlichkeit! Ja, das Bild, das er heraufbeschwor, war der Inbegriff der Gemütlichkeit; ein rundlicher, zuvorkommender Wirt; freundliche Stammgäste an der Bar; dunkles Bier; polierte Fichtenmöbel; schimmerndes Messing, rosiger Lichtschein hinter Sprossenfenstern...

Um Himmels willen, wo war sie? Zischend fegte der Wind über den Schnee und riß kreiselnde Schneefahnen hoch. Er sah sie und Stranger weit hinten am Ende der Mauer und verwunderte sich, warum ihn das erleichterte. Er rief. Keine Antwort.

Aber er war es mittlerweile gewohnt, ihre Anweisungen zu befolgen; also ging er den beiden entgegen und stocherte mit dem verdammten Stab aufs Geratewohl in den Verwehungen herum; fast freute er sich schon darauf, ein Schaf an einer Stelle zu erwischen, wo es richtig weh tat. *Ha!* dachte er, als er endlich auf Widerstand traf. Geschafft! Er ging in die Hocke und wollte den Schnee mit den Händen wegschaufeln, die sicherlich schon unrettbar erfroren waren. Er legte eine Stelle mit schmutzigem rosa Schnee und einen schwarzen Ärmel frei und kam sehr rasch hoch.

Der Ärmel war steif gefroren, die Finger der herausragenden Hand gebogen, als wollten sie irgend etwas festhalten. Vielleicht das Leben. Da stand er mit zusammengekniffenen Augen und starrte die gefrorene Hand an wie Abby das erbarmungswürdige tote Lämmchen.

Aus ihm selbst unerfindlichen Gründen hielt er nach dem Motorrad Ausschau, fürchtete, daß es schwarz und glänzend an die Bruchsteinmauer gelehnt stand.

Er hatte Ellen nicht mehr gesehen; keiner hatte Ellen gesehen, seit sie gestern abend vor dem Hintergrund des dunklen Himmels und des silbrigen Stausees auf der Zufahrt verschwunden war...

Dieses Bild, das wußte er, würde ihn bis an sein Lebensende verfolgen. Wutentbrannt schaufelte er Arm und Gesicht frei.

Ann Denholmes Augen standen offen, waren zum Teil mit Schnee gefüllt. Das Gesicht blickte zum Himmel, und was er von dem dunklen Haar sehen konnte, stand vom Kopf ab und war grau bereift, als wäre es durch einen furchtbaren Schreck über Nacht weiß geworden. Ihr Mantel war steif gefroren, doch als er ihren Arm etwas anhob, war das kalte Handgelenk schlaff.

Melrose blickte nach rechts und sah, daß Abby und Stranger sich langsam an der Mauer entlangarbeiteten. Rasch deckte er die Tote wieder zu.

Zwar hatte er alles zertrampelt, aber er hoffte, der Schnee würde das Werk seiner Hände und die Witterung von Blut verbergen. Es ging nicht an, daß das arme Kind (denn das war sie jetzt für ihn) die Leiche der Tante entdeckte.

Beim Näherkommen senkte Stranger den Kopf und nahm die Fährte auf. Melrose tat, als rutschte er aus, und ließ sich auf die Tote fallen. Hoffentlich überdeckte seine Witterung ihre.

Stranger, da war er sicher, konnte den Tod riechen.

Der Hund schien da, wo Melrose saß, herumscharren zu wollen. Melrose versetzte ihm einen Klaps und versuchte, ihn wegzuziehen. Stranger ließ sich nicht wegziehen.

Abby legte den Kopf schief, schüttelte ihn dann langsam und warf dem Obertolpatsch einen äußerst geringschätzigen Blick zu, ob wegen seines Sturzes oder weil er zu blöd war, daß der Hund ihm folgte, das wußte er nicht zu sagen. Sie sah Stranger an, machte einen leisen Laut, und der Hund hielt inne.

Beide standen jetzt wie angewurzelt einen halben Meter von Ann Denholmes Schneegrab entfernt.

Wie zum Teufel sollte er sie von hier weglocken? Und nicht nur das, wie gelangte er entweder zum Gasthaus oder zur Telefonzelle hinten an der Oak Road? Er fragte sich, ob sie den faulen Schäfer, Mr. Nelligan, auch so ansah.

Melrose kam hoch und versuchte Zeit zu gewinnen, zog und zupfte an seinem Mantel und ordnete mit den (gewiß schon brandigen) Fingern das steifgefrorene Haar. In Gedanken spielte er eine List nach der anderen durch und verwarf sie allesamt wieder. Schließlich sagte er: «Ich kann einfach nicht mehr. Wir müssen zurück.» Wie geschwollen sich das anhörte.

Als ob es etwas genützt hätte. Abby stand da, in einer Hand den Hirtenstab, in der anderen seinen Totschläger, die sie beide wie Krücken in den Schnee gestoßen hatte. Und der verdammte Hund schien ihn hypnotisieren zu wollen. Melrose schwirrte der Kopf.

«Na, dann gehen Sie doch», sagte der kleine Krüppel mit gerunzelter Stirn.

«Gut, gut.» Melrose machte einen Schritt und blieb jäh stehen, so als wäre ihm gerade etwas eingefallen. «Ach, übrigens, ich weiß, wo Ethels Versteck ist.» *Einsundzweiunddreiundvier* zählte er im Gehen ab.

Bei *vier* schossen die beiden an ihm vorbei, schoben sich durch das Loch und waren auch schon in Richtung Oakworth Road verschwunden, daß der Schnee hinter ihnen nur so aufstiebte.

23

«Schrecklich, ja das war's, aber wie sollte ich Ihnen helfen können», sagte Mrs. Holt. Ihr breitflächiges Gesicht wirkte dabei leicht gereizt. «Als ob wir damals nicht genug durchgemacht hätten.»

Hat uns gerade noch gefehlt, daß die Polizei alles wieder ausgräbt, besagte ihr Blick. Sie hatte sich in einen tief gepolsterten Sessel Jury gegenüber gesetzt, doch ihre Augen waren nicht auf ihn, sondern auf den Aschenbecher auf dem Tisch zwischen ihnen gerichtet. Und so war der Grund für den gereizten Blick, der ihn streifte, möglicherweise doch nicht das Schicksal von

Toby Holt, sondern die Zigarette, die Jury gleich beim Eintreten ausgemacht hatte. Die Art, wie sie schnüffelte, schien das zu bestätigen. Owen Holt, ein großer Mann mit kantigem Gesicht und bedrückter Miene, sah Jury ebenfalls nicht in die Augen, sondern über Jurys Schulter hinweg anscheinend aus dem Fenster. Seine Augen waren so graublau und verwaschen wie ausgeblichene Jeans.

Als Mrs. Holt die Tür des Reihenhauses in Oakworth geöffnet hatte, hatte sie einen Overall und auf dem Kopf einen Turban getragen. In der weiß behandschuhten Hand hielt sie einen regenbogenfarbigen Staubwedel und ein Polierleder. Hätten sie nicht in dem gnadenlos aufgeräumten Wohnzimmer gesessen, wo ihr Ehemann wie ein Besucher wirkte, Jury hätte die Einrichtung für eine Schaufensterdekoration gehalten, die Passanten verlocken sollte, die dreiteilige Sitzgarnitur als Schnäppchen auf Raten zu erstehen. Das Sofa und die beiden Sessel hatten einen häßlichen bunten Bezug und Zierkissen mit Fransen, die sich mit dem blauen, rosa und gelben Zickzackmuster des Bezugsstoffs bissen. Das Ganze wiederum paßte überhaupt nicht zu der altmodischen sepiafarbenen Tapete mit einem Muster kleiner Blumensträuße, von denen Bänder flatterten. Die falschen Kohlen in dem nicht zu benutzenden Kamin wirkten wie aus demselben Schaufenster stiebitzt.

Was aber im Wohnzimmer der Holts besonders auffiel, waren nicht so sehr die sich beißenden Farben und Muster: es gab keinerlei Schnickschnack, ja nicht einmal Bilder. Nirgendwo Andenken, keine kleine Sammlung von Porzellanfiguren; keine gerahmten Fotos oder Stickereien; keine Bücher, nur ein kleiner Stapel Illustrierte auf dem Couchtisch. Im Eckschrank war Porzellan, das wohl seit Jahren nicht mehr benutzt wurde. Das einzige Anzeichen von Frivolität war ein Vorhang aus Glas- und Holzperlen, der in einem Alkoven am Fuß der Treppe hing.

«Das Jugendamt ist vorbeigekommen», antwortete Alice

Holt zögernd auf Jurys Frage, «die haben gesagt, sie hätten da einen traurigen Fall, einen kleinen, verwaisten Jungen...»

Sie verstummte, und ihre Hand griff, ohne daß sie sich darüber klar war, nach dem Aschenbecher auf dem Tisch. «Und weil Owen ewig am Reden war, könnte doch nett sein, so ein Kind im Haus...» Sie stand auf, um die anstoßerregende Asche wegzubringen. «Immer mit dem Mund vorneweg, aber wer hatte die ganze Arbeit?» bemerkte sie noch, und schon war sie mit dem auf Armeslänge gehaltenen Aschenbecher aus dem Zimmer.

Entweder hatte sich Owen Holt damit abgefunden, daß seine Frau das Reden übernahm, oder er war von Natur aus schweigsam. Zu dieser Unterhaltung hatte er nur sporadisch etwas beigetragen. Jetzt aber sagte er: «Still war er. Auch, als er noch klein war. Wollten ihn auch adoptieren. Ist nicht dazu gekommen, amtlich meine ich. War aber für mich wie ein eigenes Kind.» Immer noch sah er an Jury vorbei.

Die Standuhr tickte stoßweise vor sich hin, ein wenig wie Owen Holts Sprechweise. Jury schwieg. Dann sagte er: «Wie schrecklich für Sie beide. Und für Sie besonders, weil Sie...» Er hatte *seine Leiche* sagen wollen, aber kein Laut kam über seine Lippen. *Identifizieren mußten.*

Jury verlor sich in Gedanken. Wie bei einem doppelt belichteten Film legten sich zwei Bilder übereinander: das des Jungen in einer Kühlbox, die man aus Reihen anderer wie eine große Schreibtischschublade herauszog, und eines von ihm selbst, wie er an jenem Abend vor langer, langer Zeit in den Trümmern ihrer Wohnung auf den ausgestreckten Arm seiner Mutter, ihre geöffnete Hand und den schwarzen Samtärmel gestarrt und wie ein Wilder Putz und Holz beiseite geräumt hatte, wo doch nur immer mehr herunterfiel. Ihre Hand schien genau in der Geste zu verharren, die sie so oft machte, wenn sie die Arme nach ihm ausgestreckt hatte.

Als würde ein ungestümer Fotograf immer wieder blitzen, kehrte das Bild noch nach all den Jahren wieder, wenn er die ausgestreckten Arme einer Frau sah. Was ihn fast in den Wahnsinn getrieben hatte, war, daß seine Mutter allein gewesen war.

«Ja, ja.» Holt nickte bedächtig ein ums andere Mal. «Und für Alice. Seit der Junge tot ist, ist sie andauernd am Putzen.»

Jury schämte sich ein wenig, daß er Alice Holt so oberflächlich eingeschätzt hatte. Mit einer einzigen Bemerkung hatte ihr Mann klargestellt, wie seine Frau zum Putzteufel hatte werden können, der immer alles in Ordnung halten, alle Dinge auf ihren angestammten Platz stellen und den Kopf von allem befreien mußte, was der Vergangenheit angehörte, wie das Wohnzimmer vom Staub der Gegenwart. Und schon wieder fielen ihm die Trümmer ein.

Alice Holt kam zurück, nahm wieder Platz, griff nach dem Staubwedel wie nach einer Waffe und fuhr fort: «Sollte nur für ein Weilchen sein. Bis man für den Jungen alles geordnet hätte. Wo Owen doch wegen seiner Arthritis nicht mehr in der Spinnerei arbeiten konnte. War sowieso schwer genug für uns, auch ohne ein weiteres hungriges Maul.» Sie starrte jetzt auf eine ganz bestimmte Stelle auf dem Couchtisch, wo nämlich Jury Notizbuch und Kuli weggenommen hatte. «Klar, es gibt Waisenhäuser. Aber...» Und schon polierte sie verstohlen die Stelle, wo das Notizbuch gelegen hatte.

Jurys Kehle schnürte sich zusammen, denn ihm fielen die trostlosen Flure des Waisenhauses ein, wo er sechs Jahre seines Lebens zugebracht hatte. Immerhin konnte er sich an die Gesichter seiner Eltern erinnern. Viele hatten nicht einmal das, auch Toby Holt nicht.

«Und so haben wir den Jungen für immer behalten», sagte Alice gerade, fuhr mit dem weiß behandschuhten Finger um den Lampenfuß und musterte ihn argwöhnisch.

«Für immer, ja. Und das war kurz genug», sagte Owen.

Sie schien das zu verdrängen, denn sie überhörte die Bemerkung ihres Mannes. Statt dessen wechselte sie zu den Citrines.

«Als ob solche Leute arme Kinder aufnehmen würden. Die, wo das ganze Geld haben –»

Jury unterbrach die drohende Jeremiade. «Soviel ich weiß, waren Billy Healey und Toby gute Freunde.»

«Dicke Freunde», sagte Owen.

«Wär besser gewesen, wenn Toby solche Leute nie kennengelernt hätte. Sie haben ihm Flausen in den Kopf gesetzt. Ein schlechter Einfluß war das, ja, ja.»

Owen Holt tat ihre Bemerkung mit einem nachsichtigen Lächeln ab.

«Was für Flausen denn?»

«Musik; sie hat behauptet, er wär genauso musikalisch wie ihr eigener Junge.» Sie zückte den regenbogenfarbigen Staubwedel. «Warum bloß? Wo Toby doch ganz unmusikalisch war. Billy, ja, der konnte Klavier spielen und alles, was man ihm in die Hand drückte.»

Owen Holt lachte unvermutet auf. «Das war doch bloß, damit Toby nicht traurig war. Aber er hat sich viel Mühe gegeben.»

«Dickköpfig.»

Vielleicht wollte sie damit Toby charakterisieren oder Owen oder ihn selbst, denn ihn funkelte sie dabei böse an.

Dann sagte sie argwöhnisch, mit zusammengezogenen Brauen: «Sie sind von Scotland Yard in London. Was hat denn Scotland Yard damit zu tun, daß dieser Healey im ‹Großen Schweigen› umgebracht wurde? Als ob wir hier keine Polizei hätten. Das einzige Mal, daß Scotland Yard hier aufgetaucht ist, war wegen diesem Peter Sutcliffe.» Alice Holt schien zu glauben, Jury wolle eine ähnlich riesige Polizeiuntersuchung aufbauen wie im Fall des Yorkshire Ripper.

«Nichts dergleichen», sagte er unbestimmt.

Sie machte sich an den Illustrierten zu schaffen, die bereits säuberlich gestapelt waren. «Ich weiß auch nicht mehr, als was ich der Polizei damals erzählt hab. Wieso fragen Sie nicht die Citrines? Eine kaltschnäuzige Sippschaft ist das. Als ob es nicht gereicht hätte, daß sie das Lösegeld für ihren eigenen Jungen nicht zahlen wollten, nein, die mußten auch noch Toby umbringen.»

«War nicht ihre Schuld, Alice.»

«Ach nee? Wenn er damals nicht mitgefahren wäre, er könnte heute noch am Leben sein!»

«Hat sehr an Mrs. Healey gehangen, unser Toby», sagte Owen, ohne sich bewußt zu sein, daß er damit die Eifersucht seiner Frau auf Mrs. Healey nur noch schürte. «Nicht zu fassen, aber er hat sogar versucht, in dem unfruchtbaren Boden hier 'nen Garten anzulegen. Immer mit dem Kopf durch die Wand, der Junge. Und Mr. Citrine ist sehr gut zu uns gewesen, der hat mir Arbeit gegeben, wo ich doch kaum noch 'ne Harke halten kann.»

«Geld, mit dem er sein Gewissen beruhigt, weiter –»

«Sei still», fuhr Owen sie an, und dieser Jähzorn paßte gar nicht zu ihm. Er starrte auf seine verkrüppelten Hände.

Jury sah sich noch einmal im Zimmer um. Der große Fernseher, der Kühlschrank, den er vorhin kurz gesehen hatte, das gute Geschirr (wenn auch unbenutzt): Das mußte nicht unbedingt etwas besagen, doch irgendwie wirkte alles zu üppig für einen Mann, der seit Jahren nur noch Gelegenheitsjobs auf dem Anwesen der Citrines hatte... und dann fiel ihm Nell Healeys Bemerkung ein, sie hätte alles getan, was in ihrer Macht stand. «Sicherlich haben sie sich für die ganze Sache verantwortlich gefühlt. Sie dürften Ihnen, nach allem, was Sie durchgemacht haben, eine Leibrente ausgesetzt –»

Alice Holt setzte sich kerzengerade auf. «Wir nehmen keine Almosen. Es war Tobys –»

«Alice!» Schon wieder fuhr Owen ihr über den Mund.

«Na und, was soll daran unrecht sein? Waren doch nur zehntausend, die hatte sie für Tobys Ausbildung festgelegt», sagte sie zu Jury. «Und zwei Wochen nachdem Toby verschwunden und –» jetzt richtete sich ihr Blick zur Decke, nicht wegen möglicher Spinnweben, sondern damit die Tränen nicht liefen –

«und tot war, da hat sie alles umgewandelt. Die Stiftung nämlich. Hat gesagt, wir sollen das Geld für uns verbrauchen…»

Owen Holt schüttelte den Kopf. «So was interessiert die Polizei doch nicht.» Er sah aus, als wollte er Streit anfangen. «Das ist unsere Sache.»

Seine Frau warf ihm einen scharfen Blick zu. «Wo du fast die Hälfte versoffen hast.» Offenbar betrachtete sie Jury jetzt als Verbündeten. «Saufen und spielen, ja, das konnte er. Immer im ‹Schwarzen Busch› mit 'n paar Kumpels rumgehockt und Karten gespielt. Von denen hatte doch keiner auch nur 'n Pence in der Tasche, aber bei ihm nassauern, das konnten sie.»

Holt kippelte unruhig mit seinem Stuhl hin und her und schüttelte schon wieder den Kopf. «Hab ich dir nicht immer wieder gesagt, das war, weil ich irgendwie durchgedreht bin, als der Junge weg war. Als ob nicht schon lange damit Schluß wäre.»

«Ja.» Alice Holt lehnte sich zurück, legte den Staubwedel beiseite, zog den Handschuh aus und zerknüllte ihn wie eine weiße Waffenstillstandsfahne. «Soviel ich weiß.» Geschlagen, wenn auch nicht im Streit, so doch vom Leben.

Owen Holt wandte wieder den Kopf und starrte teilnahmslos aus dem Fenster, und Jury überlegte kurz, woran ihn diese Haltung erinnerte. Nell Healey fiel ihm ein, wie sie dastand und auf den Obstgarten starrte.

Wie sie hatte auch Owen Holt darauf warten können, daß Toby da plötzlich den Sandboden bearbeitet, damit endlich ein paar Blumen darauf wachsen.

24

Jury hatte noch immer den Hörer in der Hand.

Er starrte nun schon eine ganze Weile durch die kleinen viereckigen Scheiben in der Tür der Telefonzelle. Einige waren bereift, sechs waren gesprungen. Er hatte sie gezählt.

Als er aus dem Haus der Holts gekommen war, hatte es genieselt. Zwanzig Minuten später geregnet. Der Regen hatte gerade eingesetzt, als er die Telefonzelle betrat. Die Sprünge und der Regen verzerrten das Kopfsteinpflaster, die Steinmauer gegenüber und die Gestalten, die mit einer Zeitung über dem Kopf über die Straße huschten.

Die Nachricht im Gasthaus «Zum großen Schweigen» hatte gelautet, er möge Melrose Plant anrufen, und der hatte ihm dann erzählt, was sich zugetragen hatte.

Jury ärgerte sich über sich selbst, daß er es verabsäumt hatte, sich nach näheren Einzelheiten zu erkundigen, ehe Melrose auflegte. Mit einer Hand hielt er noch immer die Türklinke der Telefonzelle fest, so als hätte er sie gerade erst zugemacht, als wollte er erst anrufen.

Zumindest aber hatte er es geschafft, seine rasenden Gedanken, die ihm wie die verzerrten Gestalten im Regen davonliefen, so lange festzuhalten, daß er Melrose beglückwünschen konnte, weil er das kleine Mädchen von etwas weggelockt hatte, das bei ihr sicherlich ein Trauma ausgelöst hätte.

Abby, so hatte Melrose gemeint, könnte mit Traumata weitaus besser umgehen als zum Beispiel er selbst.

Jury hängte ein.

Zwei Morde in vier Tagen.

Hoffentlich hatte Nell Healey ein Alibi.

Er kam an einem guten Dutzend Polizeiautos vorbei; sie standen am Ende der Oakworth Road quer zur Straße, manche mit zwei Rädern im Graben wie aufgegebene Fahrzeuge.

Es war zwar schon Stunden her, daß Melrose Plant die nächstgelegene Polizeistation benachrichtigt hatte, aber immer noch standen zwei Wagen mit kreisendem Blaulicht auf dem Parkplatz des Gasthauses «Zum großen Schweigen», eine gute Meile von den anderen entfernt.

«Ei, wer kommt denn da», sagte Superintendent Sanderson huldvoll, ohne den Blick vom schneebedeckten Moor loszureißen.

«Ich bin im Urlaub, wie Sie wissen.»

«Ach nee. Der Januar ist ja auch ein beliebter Monat für Ferien in Yorkshire. Fast so beliebt wie der Lake District.» Sanderson blies die Backen auf und bemühte sich, einer kalten Zigarre etwas Feuer zu entlocken.

In der Ferne tummelten sich ungefähr zwei Dutzend von Sandersons Leuten, und das bedeutete, daß weiter weg noch mehr sein mußten, die Jury nicht sehen konnte.

Und dabei waren schon fünf Stunden vergangen.

Jury stand da und blickte in dieselbe Richtung. «Liegt das Haus der Citrines nicht irgendwo da drüben?»

«Ungefähr eine Meile von hier, Luftlinie, wie Sie sehr wohl wissen.»

«Vermutlich hilft ihr ein weiterer Mord direkt vor der Haustür – wenn ich so sagen darf – auch nicht weiter.»

Sanderson nahm die Zigarre aus dem Mund und sagte: «Sagen Sie es, wie Sie wollen, Superintendent.» Er sah Jury an und lächelte grimmig.

Jury ließ sich nicht abwimmeln. «Mrs. Healey ist nach dem Mord an ihrem Mann knapp am Gefängnis vorbeigekommen. Die Citrines haben Ann Denholme gekannt, und Roger Healey kannte sie auch, nehme ich an.» Er riß den Blick vom Moor los und sah Sanderson an. «Binnen vierundzwanzig Stunden haben Sie sie sicher in U-Haft.» Er versuchte erst gar nicht, die

Bitterkeit in seiner Stimme zu unterdrücken. Dann wandte er sich zum Gehen.

Er wunderte sich, als Sanderson sagte: «Das kann durchaus sein.»

Wenigstens, dachte Jury, als der Mann seine ausgegangene Zigarre in den schmutzigen Schnee warf, lächelt Sanderson nicht.

Beim Anblick des Drahtzauns runzelte Melrose Plant die Stirn. Mußten die Enten wirklich jedesmal angewatschelt kommen, wenn er den Hof betrat? Er stand neben Jurys Auto und blickte zu dem Wachtmeister hinüber, den die Polizei aus Keighley in Weavers Hall stationiert hatte.

«Versuchen Sie, sich an möglichst viel zu erinnern», sagte Jury. «Sanderson ist nicht gerade eine Plaudertasche.» Er betrachtete das Meßtischblatt, das Melrose aus der Jackentasche gezogen hatte. «An der Mauer», sagte Melrose. «Ungefähr sieben Meter vom Loch entfernt.»

«In welchem Zustand war die Leiche?» fragte Jury.

Melrose fröstelte in seinem Kaschmirpullover und verschränkte die Arme auf der Brust. «Meine Kenntnisse von Totenstarre beschränken sich auf Agatha, wenn sie mal aufhört zu reden. Sie setzt um den Kiefer herum ein, oder?»

Jury nickte. «Wandert von oben nach unten. Abgeklungen konnte sie noch nicht sein, denn das dauert länger als dreißig Stunden. Und bei der Kälte wahrscheinlich noch länger.»

«Das Handgelenk war schlaff. Dann hat sie noch nicht lange da draußen gelegen. Ruby ist die letzte, die sie gesehen hat, als sie gestern abend gegen elf zu Bett ging. Ruby fand es komisch, daß sie heute morgen nicht zum Frühstück aufstand.»

«Telefonanrufe?»

«Für sie?»

«Oder von ihr, gestern abend, heute morgen.» Als Melrose den Kopf schüttelte, sagte Jury: «Dann dürfte sie irgendwann heute morgen in aller Frühe erschossen worden sein. Die

Totenstarre würde bei dieser Kälte nach ungefähr zwölf bis fünfzehn Stunden einsetzen. Kaum anzunehmen, daß sie mitten in der Nacht ganz allein übers Moor gegangen ist.» Jury blickte aus dem Fenster. «Wer ist denn das?»

Melroses Augen folgten seinem Blick. «Malcolm. Für den ist das Ganze zweifellos ein gefundenes Fressen.»

Der Junge drückte das Gesicht über der mageren grauen Katze, die auf der Fensterbank lag, an der Scheibe platt und zog dabei eine Fratze wie ein grinsender Wasserspeier.

«Ich sehe nicht ein, wieso wir diese gräßliche Sache immer wieder durchkauen müssen», sagte Ramona Braine mehr zu ihren sorgfältig gelegten Karten als zu der Runde im Salon, die sich angesichts des Kriminalbeamten in ihrer Mitte wieder dem Mord an ihrer Wirtin zugewandt hatte.

«Ich aber», sagte die Principessa und warf Jury einen Blick zu. Ihre Stimme klang, als wäre sie richtig scharf darauf, und sie raffte, um Platz für den Neuankömmling zu schaffen, den Bahnenrock ihres hübschen rosa Wollkleides, den sie auf der Chaiselongue ausgebreitet hatte. «Sie sind ein Freund von Mr. Plant? Wie nett.»

Jury lächelte verbindlich und nahm auf dem gegenüberstehenden Sofa neben dem hingelümmelten Malcolm Platz, was diesen sehr verwunderte. Aber das Manöver sagte ihm offensichtlich zu. Er zog ein Flugzeug aus der Hosentasche, eine Miniatur-Spitfire, und tat so, als ließe ihn das Ganze kalt. Er schwenkte das Flugzeug in der Luft, während er mit den Lippen blubbernde Motorgeräusche machte.

Jury nahm dankend eine Tasse lauwarmen Tee aus der Teekanne entgegen, lehnte sich zurück und ließ sich von der gräßlichen Sache erzählen, die morgens passiert war. Die Principessa und Major Poges schnitten sich gegenseitig das Wort ab und widersprachen sich bei jeder sich bietenden Gelegenheit. So ging es eine gute Viertelstunde lang, und Ramona Braine, die laut Melrose wild entschlossen gewesen war, nach Northumberland aufzubrechen, war es nun anscheinend zufrieden, noch etwas zu bleiben und im nachhinein alles vorauszusagen. «Als sie sagte, sie sei Schütze, da war mir auch schon alles klar...»

«So wie es hier von Polizei gewimmelt hat, sollte man meinen, wir wären allesamt verdächtig», meinte George Poges.

«Das möchte ich doch schwer hoffen», sagte die Principessa und streckte Poges ihre Tasse hin, damit er ihr nachschenkte.

Jury musterte Malcolm mit seiner hocherhobenen Spitfire und sagte in einem spaßhaften Ton: «Und wo bist du gewesen, als Miss Denholme verschwunden ist?» Jury machte oft die Erfahrung, daß Kinder bei polizeilichen Ermittlungen leicht übergangen wurden.

Malcolm hielt mitten im Sturzflug inne und starrte den Neuankömmling mit offenem Mund an. «Ich?»

«Hmm.»

Ramona Braine ließ Geisterwelt Geisterwelt sein, warf sich in die Bresche und dabei fast das Holzbrett mit ihren Tarotkarten um. «Im Bett, natürlich!»

Was Jury überhörte, Malcolm übrigens auch. Der war Feuer und Flamme, denn endlich interessierte sich jemand für ihn, und da tat es so ein nichtssagendes Im-Bett-und-geschlafen-Alibi einfach nicht. Er machte schmale Augen und lächelte etwas verkniffen, gleichzeitig aber rutschte er näher. «*Wann* heute morgen?» Das klang irgendwie triumphierend.

Natürlich hatte er wie jedes andere Kind in Großbritannien auch sein Teil von ‹Cagney & Lacey› aufgesogen.

Jury gab ihm einen kameradschaftlichen Klaps auf die Schulter. «Gute Frage.» Er blickte in die Runde.

«Na, so gegen fünf etwa.»

Das gefiel Malcolm nicht. «So *gegen* fünf? Bei ‹Miami Vice› würden sie nie so *gegen* fünf sagen.»

Poges brüllte: «Das hier ist nicht eine deiner blutrünstigen Fernsehserien. Das hier ist das wirkliche Leben!»

Bei der Mutter dürfte Malcolm nur selten mit dem wirklichen Leben in Berührung kommen, dachte Jury.

Die Principessa sagte: «Also wirklich, George. Was blaffen Sie ihn denn so an. Das arme Kind weiß doch gar nichts.»

«Denkste.» Malcolm zog sein Metallflugzeug *wrrruuum* nach unten. «Ich weiß nämlich, daß Sie lügen.» Schweigen. «Sie nicht», sagte er und blickte dabei die entsetzte Principessa an. «Der da. Der Major.» Jetzt ließ er sein Flugzeug Achten fliegen.

Selbst seiner Mutter hatte es bei dieser Feststellung die Sprache verschlagen, da konnte sie noch soviel die Lippen bewegen. Sie saßen da wie Figuren im Wachsfigurenkabinett, abgesehen von Plant, der lächelte und sich eine seiner kleinen Zigarren anzündete.

«Was in Gottes Namen geht hier vor?» George Poges wollte aufstehen. «Sie glauben doch nicht etwa, was dieser boshafte Bengel hier –»

In Ramona Braines Karten trug Wut eindeutig den Sieg über Mord davon. «Was fällt Ihnen ein, Malcolm so anzupöbeln, Sie widerlicher alter Knacker –»

«Bitte», sagte die Principessa und griff sich an die Schläfen.

Für Malcolm war es ein Fest, er *wrrruuumte* sein Flugzeug hinauf und hinunter, genoß es, wie den anderen die Nerven durchgingen, und sonnte sich in einer Aufmerksamkeit, die ihm sonst nicht zuteil wurde. Was ihn anging, so konnten sie ihn anpöbeln, soviel sie wollten.

Jury packte ihn beim Handgelenk, entwand ihm das Flugzeug und überhörte seinen wütenden Protest. «Es muß für kurze Zeit landen.» Jury holte sich eine Messingdose vom Beistelltisch und schob die Spitfire hinein. «Es wird gewartet. Im Hangar.»

Malcolm machte zwar ein entsetzlich finsteres Gesicht, nahm den Schachtelhangar, spielte damit herum, gleichzeitig aber genoß er es, daß der Neuankömmling mitspielte. Jury fand, daß Malcolm in seinem jungen Leben nie so recht erkannt hatte, daß er auch andere Möglichkeiten als die krassen Kindermethoden des Lärmens, Möbeltretens oder Katzen-auf-

Bäume-Scheuchens hatte, um Macht über Erwachsene auszuüben. Er zeigte auf den Major, eine Geste, als machte er als Zeuge in einem dramatischen Prozeß vor Gericht seine Aussage. «*Sie*, Sie haben der Polizei nicht die Wahrheit gesagt. Ich hab da am Fenster gestanden –» Er wies zur Fensterbank, wo die graue Katze ein Nickerchen machte.

«Und spioniert!» sagte Major Poges und stand auf. Seine Augen glänzten wie Stahl.

«Ich hab Sie heute früh gesehen; Sie sind zur Hintertür raus, Sie mit Ihrem Schlapphut, Ihren Überschuhen und Ihrer… Kanone.» Jetzt sah Malcolm doch ein wenig bänglich aus und ließ sich tiefer ins Sofa rutschen.

Die kleine Pause vor «Kanone» könnte heißen, daß er die Geschichte nur ausschmücken will, dachte Jury.

«Und wo warst du, als du das alles gesehen hast?»

«Malcolm! Du sagst kein einziges Wort mehr!»

«Wieso denn? Ich hab doch nichts getan», sagte ihr Sohn sachlich. «Ich war in meinem Zimmer. Von da hat man einen Superblick auf das Moor hinter dem Haus.» Bei ihm hörte es sich eher nach Gemüsegarten an. Feierlich zog er sein T-Shirt herunter, lehnte sich zurück und setzte noch einen drauf: «Sie wollten wohl zum Schießstand.»

Major Poges klappte den Mund auf und zu.

«Absurd», sagte die Principessa. «Völlig absurd! Major Poges kann doch keiner Fliege –»

Aber er unterbrach sie mit einem matten Lächeln. «Lassen Sie nur, Rose.» Und zu der Runde: «Der Junge sagt die Wahrheit. Nichts Schlimmes dabei. Ich konnte nicht schlafen und dachte, da gehe ich lieber im Moor spazieren, vielleicht bringe ich ja ein Moorhuhn mit heim.»

«Dann wollten Sie also zum Schießstand?» fragte Plant und sah dabei Jury an.

«Nein, nein. Da braucht man einen Treiber, der die Vögel hochjagt. Nein. Ich wollte zum Stausee von Keighley. Es war stockdunkel – so gegen halb fünf, fünf, und ich wollte das Morgengrauen ausnutzen. Ich bin wohl etwa eine Stunde draußen gewesen. Ein, zwei Schnepfen habe ich gesehen, aber keinen Fasan, kein Moorhuhn. Bin sowieso kein guter Schütze; wahrscheinlich hätte ich die verdammten Viecher verfehlt – oder es wenigstens versucht.» Er lächelte matt. «Ich wollte mich nur sportlich betätigen, und einen Nutzen sollte es auch haben. Nach einer Stunde bin ich umgekehrt.» Er trank einen Schluck Sherry. «Kurz nach sieben war ich zurück, wie Master Malcolm zweifellos bestätigen kann.» Jetzt klang seine Stimme eher humorvoll als bitter.

Doch Master Malcolm schien das Interesse an der Zwangslage des Majors verloren zu haben, er war ganz auf seine Spitfire konzentriert, die er in ihrem neuen Hangar hin und her schob.

«Das hätten Sie Superintendent Sanderson sagen müssen», meinte Melrose.

Poges wirkte ein wenig blaß um die Nase. «Ich habe sofort daran gedacht, daß ich in der Nähe der Stelle gewesen sein könnte, wo Ann Denholme erschossen wurde, und das auch noch mit meinem Gewehr. Na gut, ich gebe zu, daß ich geflunkert habe.»

Die Principessa schwenkte ihre Zigarettenspitze und sagte: «Natürlich. Wer hätte das nicht.» Sie streckte Melrose die Spitze hin, und er gab ihr Feuer.

Ramona Braines Blick schnellte hoch. «Woher wissen Sie denn, daß sie *erschossen* wurde? Der Polizist, der uns ausgequetscht hat, hat nichts davon gesagt.» Sie lächelte hinterhältig.

Das Lächeln der Principessa überbot ihres noch an Hinterhältigkeit. «Mir hat er es aber erzählt, meine Liebe. Und ich habe es dem Major erzählt.» Sie seufzte und zupfte an ihrem seidigen, silbrigen Haar. «Ich habe es ihm irgendwie aus der Nase gezogen.» Dann schenkte sie Jury ein Lächeln, so tauzart wie ihre perlmuttfarbene Zigarettenspitze, die zur Decke wies, stützte sich mit dem Ellbogen aufs Knie und wippte mit dem schmalen Fuß.

«Rose will mich nur in Schutz nehmen. Ich bin gerührt.» Der Major hörte sich ganz aufrichtig an.

Ramonas Ohrringe schwangen hin und her, so jäh hatte sie den Blick gen Himmel gerichtet und angestimmt: «Mitten wir im Leben sind von dem Tod umge –»

Die Principessa blickte sie gelangweilt an. «Für so eine banale Feststellung lohnt sich doch der ganze Geisteraufwand gar nicht.» Ramona gab den Blick wütend zurück, schob ihren Beistelltisch beiseite und zerrte Malcolm vom Sofa hoch. Doch der hatte gar keine Lust, seiner Mutter zu folgen.

Die Principessa warf Jury unter gesenkten Lidern einen Blick zu. «George geht andauernd spazieren. Und das auch noch in aller Herrgottsfrühe, einfach gräßlich. Das weiß ich, weil ich einmal mitgegangen bin.» Sie erschauerte ein wenig. «Um sechs Uhr früh. Wir haben ein paar Schafe gesehen. Ich wußte gar nicht, daß um die Zeit schon irgendein Lebewesen auf ist –»

«Rose.» George Poges sah sie an und fuhr fort: «Ich nehme an, weil ich weiß, daß sie da draußen ermordet worden ist, und ich immerzu an mein Gewehr denken muß...» Er hob die Schultern und sagte trocken: «Hoffen wir, daß Superintendent Sanderson diese Assoziation nicht groß ausschlachtet.»

«Und abgesehen von Malcolm hat Sie niemand gesehen?» fragte Melrose.

Die Principessa wollte schon reden, biß sich aber auf die Zunge.

«Niemand, soviel ich weiß.»

Jury beugte sich vor und stellte seine Teetasse hin. «Vielleicht hat Sie aber jemand gesehen. Das wäre gut für Sie.»

Poges schüttelte den Kopf. «Draußen auf dem Moor und um die Zeit – falls man Mr. Sanderson Glauben schenken kann.» George Poges lächelte grimmig. «Meine Marschroute – bitte, Ihr Meßtischblatt, Mr. Plant. Dürfte ich das kurz haben?» Melrose zog es aus der Tasche und reichte es ihm. Der Major zeichnete etwas ein. «So bin ich gegangen.» Mit einem Blick zu

Melrose, als erhoffte er sich Unterstützung von ihm, reichte er es zurück. Jury betrachtete die geschwungene Bleistiftlinie.

«Fichtengehölz, Schießstand. Da ist die Mauer und weiter hinten der Stausee. Mein üblicher Spaziergang. Fragen Sie Abby.»

Die Principessa legte die Hand auf den Mund. Dann sagte sie: «Abby. Das arme Kind. Hat jemand überhaupt schon einen Gedanken an sie verschwendet?»

«Ich», sagte Melrose betrübt.

Mrs. Braithwaite war mit verweinten Augen ins Zimmer gekommen und wollte das Geschirr abräumen. Sie staunte über den neuen Gast in ihrer Mitte. Oder hinter der Principessa her, die verkündete, sie werde jetzt ihr Nickerchen machen, und, gefolgt von Major Poges, aus dem Zimmer rauschte.

«Sie hätten mir Bescheid sagen sollen, Sir, daß Sie einen Freund zum Tee haben. Jetzt muß ich wohl neuen aufgießen.» Ganz die gute Haushaltshilfe, obwohl sie sich die Augen mit dem Ärmel wischte.

«Lassen Sie nur, Mrs. Braithwaite», sagte Jury und nahm ihr flink das Tablett mit dem Geschirr ab. «Ich trage das schon hinaus.»

«Sie sind nicht zufällig», rief Melrose hinter ihm her, «einer Motorradfahrerin begegnet?»

In der Küche erging es Jury besser, denn hier bekam er einen Becher mit sehr heißem Kaffee in die Hand gedrückt. Rechts und links vom Kamin, in dem ein Kohlefeuerchen brannte, standen zwei Stühle mit einem verschossenen, indisch gemusterten Baumwollbezug, aus dem schon die Füllung quoll. Das würzige Kaffeearoma mischte sich mit dem Duft von frischgebackenen Brötchen und durchzog zusammen mit dem Dampf von den Kochtöpfen die Küche, daß die Fenster beschlugen. Es war fünf Uhr nachmittags und fast schon dunkel.

«Und ich sag also zu ihr: ‹Ich hab genug zu tun, auch ohne daß ich das Abendessen mache.›»

Er hatte einen Augenblick nicht aufgepaßt. Nachdem ihm Mrs. Braithwaite den Kaffee gegeben hatte, beschwerte sie sich jetzt über Mrs. Hull, die Köchin, die schlappgemacht hatte, als die Yorkshire-Polizei eintraf und ihnen vom Tod ihrer Arbeitgeberin Mitteilung gemacht hatte.

«...weiche Knie hat sie gekriegt, wie Wackelpudding», schnaubte Mrs. Braithwaite, die für Schlappschwänze nur Verachtung übrig hatte. «‹Als ob die anderen nichts mehr zu essen brauchen›, sag ich zu ihr. ‹Ich hab auch mein Päckchen zu tragen, ja, ja, aber schmeiß ich etwa den Kram hin?› hab ich gesagt.»

«Muß ganz schön schwierig für Sie sein, Mrs. Braithwaite», meinte Jury. «Es gibt eben Menschen, die klappen einfach zusammen, wenn es hart auf hart kommt.» Die Haushälterin war eine mollige Person mit kurzen, dicken Armen, zuverlässig und kräftig wie ein Hydrant. In den zehn Minuten, die ihr Jury nun schon zusah, hatte sie unentwegt in der Küche herumgewerkelt, nach etwas gegriffen und damit gefuchtelt, Wandschränke und Küchenschränke aufgerissen. Sie hatte den Tod ihrer Arbeitgeberin bereits im stillen Kämmerlein beweint; davon zeugten die Papiertaschentücher, die aus ihrer Schürzentasche quollen, und ihre rotgeweinten Augen.

«Isses wirklich. Überall Polizei, oben im Zimmer von Miss Denholme, die kriechen in allen Ecken rum.» Sie hob den Deckel eines schweren Topfes, und der entweichende Dampf nebelte die Fenster ein.

«Vielen Dank für den Kaffee, Mrs. Braithwaite. Tut mir leid, daß ich Ihnen soviel Mühe gemacht habe.»

Sie wischte sich die Hände an der Schürze ab, protestierte, das sei nicht der Rede wert, nicht bei einem Freund von Mr. Plant, diesem «feinen, netten Herrn», und war das nicht einfach schrecklich, da kam Mr. Jury ihn besuchen, und dann so etwas.

Jury dankte noch einmal und mußte insgeheim darüber lächeln, daß sie es nicht merkwürdig fand, wenn es sich

Mr. Plants Freund vor dem Kamin auf einem der Polsterstühle gemütlich machte und sie sozusagen als Gastgeber aufforderte, ihm Gesellschaft zu leisten.

«Warum trinken Sie nicht auch einen Kaffee? Sollen sich die anderen doch Fisch mit Pommes kommen lassen.» Er stand auf. «Na los, setzen Sie sich.» Und er nahm sie beim Arm und zog sie auf den Stuhl ihm gegenüber. Erleichtert ließ sie sich niederplumpsen und fächelte sich mit der Hand Kühlung zu. «Ich bringe Ihnen den Kaffee.» Er holte einen Becher aus dem Ausguß, schenkte Kaffee ein und fragte: «Haben Sie was zum Aufhübschen?»

«Schrank neben der Tür, unterstes Fach», antwortete sie und starrte in die glühenden Kohlen.

Jury brachte ihr den Kaffee mit dem Schuß Brandy und setzte sich. «Wie lange arbeiten Sie schon hier?»

«Fast zwölf Jahre. Ob Sie mal die Flasche holen? Ich könnte einen anständigen Schluck gebrauchen. Die Gläser stehen im selben Regal», rief sie hinter ihm her.

Jury goß den Brandy in kleine Kognakschwenker und setzte die Flasche ab. «Tut mir leid, daß Sie so was durchmachen müssen.»

Der ernste Ton, in dem er das vorbrachte, führte fast zu einer neuerlichen Tränenflut. Aber sie preßte die Hand auf den Mund und hielt sie zurück. Als sie sich gefaßt hatte, sagte sie: «Wieso die Ärmste dieses Haus überhaupt gekauft hat, ist mir ein Rätsel. Das war vor zwölf Jahren; sie muß es für ein Butterbrot gekriegt haben. Die Denholmes kommen aus London; keine Ahnung, warum sie hier draußen leben wollte, wo sich Füchse und Hasen gute Nacht sagen. Wie oft hab ich mir schon überlegt, ob ich nicht lieber nach Harrogate zurückgeh – so hübsch ist es da –, aber das kam mir vor, als würde ich sie im Stich lassen. Ich glaub nicht, daß Miss Ann viel Geschäftssinn hatte.»

Jury dachte einen Augenblick nach und sagte dann: «Was ist mit ihrer Nichte?»

Mrs. Braithwaite hob den Blick, etwas verwundert über den Themenwechsel. «Abigail? Wir nennen sie Abby.» Sie musterte die wenigen Schnappschüsse rings um einen alten Spiegel, der dringend einer Versilberung bedurfte, und sagte dann: «Das ist sie, mit ihrer Tante.»

Jury stand auf und betrachtete das Foto. Auch wenn es nur klein war und die Frau im Gegenlicht stand, so war doch die starke Ähnlichkeit zwischen dem kleinen Mädchen und der Tante unverkennbar. «Warum lebt Abby hier? Was ist mit ihrer Mutter und ihrem Vater?»

Gewärmt vom Feuer, Brandy und von der Wendung, die das Gespräch nahm (so mußte sie nicht dauernd an Ann Denholmes Tod denken), beugte sich Mrs. Braithwaite vor und vertraute ihm an: «Sie meinen Anns Schwester, Iris. War schon ziemlich merkwürdig, ja. Die Arme hatte schon zwei Fehlgeburten gehabt, und ihr Arzt wollte, daß sie richtig gut gepflegt würde.» Sie wurde noch vertraulicher. «Und der Mann schaffte es allein nicht; mußte ja auch arbeiten gehen. Diese Iris, das war eine blasse, dünne kleine Frau; die sah aus, als könnte man ihr das Vaterunser durch die Rippen lesen. Ann ist für sechs, sieben Monate zu ihr gezogen und hat sich um sie gekümmert. Und drei Jahre später, da stirbt die arme Iris, und Ann nimmt Abby zu sich. Trevor ist hiergewesen – Trevor Cable, Abbys Dad. Ja, noch einen Schluck, gern, danke. Er wollte oder konnte anscheinend nicht für sie sorgen. Der dachte wohl, Abby braucht eine Frau um sich.»

«Und hat Ann Denholme ihre Nichte gemocht?» fragte Jury und schenkte ihr noch ein wenig nach.

«Gemocht? Na ja – ich denk schon.» Der Gedanke, daß jetzt dergleichen Fragen auftauchten, schien sie zu beunruhigen. «Ann war so eine Verschlossene. Diese ewigen Spaziergänge im Moor...» Sie verstummte unsicher. Dann schniefte sie. «Nicht etwa, daß sie rausgeworfen worden wäre, falls Sie das meinen.»

«Warum sollte ich?»

Die Frage blieb unbeantwortet.

Auf dem Herd klapperte ein Deckel. Als Mrs. Braithwaite murrend und mühsam vom Stuhl hochkommen wollte, sagte Jury: «Lassen Sie, ich mache das schon.»

«Ach, wie nett. Es ist die Suppe. Bloß einmal umrühren und das Gas kleindrehen.»

«Was wird nun wohl aus ihr?» fragte Jury mit dem Rücken zu ihr und rührte die dicke Suppe um. «Kommt sie wieder zum Vater? Oder kümmert sich das Jugendamt um sie?»

Er kehrte zu seinem Sitzplatz zurück und sah, daß ihr die Zornesröte ins Gesicht gestiegen war. «Wieder zu dem Menschen zurück? Nicht, solange noch ein Fünkchen Leben in mir ist. O nein.» Und sie schüttelte heftig den Kopf. «Er will sie sowieso nicht haben, jedenfalls hat Ann das gesagt.»

Jury wartete ein Weilchen, machte ein paar Bemerkungen über das Landleben im allgemeinen und sagte dann: «Die Gegend hier hat letztens gut was abgekriegt. Erst der Mord in diesem Gasthaus...»

«Ja. Furchtbar, das mit Mrs. Healey. Mr. Citrine war gerade heute mittag hier, hat zwei Fasanen gebracht.»

Jury sah sie an, doch sie hielt den Kopf gesenkt. «War Charles Citrine ein guter Freund?»

«‹Gut›, nein, das wohl nicht. Ann kannte die Familie; und Mrs. Healey hat immer vorbeigeschaut und hat...» Wieder preßte sie die Hand auf den Mund und blinzelte in die Kohlen, die aufglühten und zu Asche wurden. «Diesen armen Jungen, diesen Billy, mitgebracht.»

«Billy?»

Sie hatte anscheinend das Knäuel Papiertaschentücher in ihrer Schürze vergessen, denn sie wischte sich die Tränen mit dem Unterarm ab. «Es will und will mir nicht in den Kopf, Sir. So ein netter Mann, dieser Mr. Healey. Der hat seinen Sohn richtig vergöttert. Muß ihn fast umgebracht haben, als –» Sie verstummte jäh, denn ihr war aufgegangen, daß daran etwas Wahres war, auch wenn sie die Wahrheit nicht kannte.

«Man sollte meinen, das gilt auch für die Mutter –» Jury unterbrach sich.

«O ja, ja», hakte sie rasch ein. «Aber sie war ja nicht die *richtige* Mutter. Ich meine, ich weiß, daß sie an dem Jungen wirklich gehangen hat. Aber so richtige mütterliche Gefühle, die kann sie doch nicht gehabt haben.»

Jury fröstelte. Er beugte sich vor und wollte ihr nachschenken; der Brandy schien auf sie keine große Wirkung zu haben. «Ich habe Ihre Zeit schon zu lange in Anspruch genommen», sagte er und stand auf.

Doch daran, wie sie seine ausgestreckte Hand festhielt, merkte er, daß sie offenbar anderer Meinung war. «Ob Sie die Suppe noch mal kurz umrühren würden?»

25

Gleich vor der Doppeltür zur Scheune saß ein schwarzweißer Collie und witterte in die Abendluft. Er blickte Jury neugierig an, unternahm aber nichts, außer daß er sich umdrehte, sich ihm an die Fersen heftete und ihm folgte.

Die Sonne war schon fast untergegangen und malte Rechtecke auf den Boden, die sich bis zur Mitte der Scheune erstreckten. Die große Tür an der gegenüberliegenden Seite war fest geschlossen, die Ritzen waren mit Stoff abgedichtet. Zu seiner Linken, hinten im Schatten, lag der Stall, von wo er Geraschel und das leise Muhen einer Kuh hörte. Vor der Wand mit dem Kamin stand ein Tisch mit nicht zueinanderpassenden Stühlen. Unter einem kleinen Fenster befand sich ein alter Ausguß.

Am anderen Ende der Scheune, dem Kuhstall gegenüber, stand ein Kinderbett. Die umgedrehte Kiste daneben diente als

Ablage für Bücher und einige Schallplatten, und daneben thronte ein Plattenspieler, der noch älter war als sein eigener daheim. Am Fußende des Bettes erblickte Jury auf einem niedrigen Schemel unter schwarzem Tuch einen Karton, der etwas größer als eine Schuhschachtel wirkte. Auf der Kiste stand eine kleine Stehlampe, deren Schein durch den oben offenen Lampenschirm fächerförmig auf den unteren Teil eines gerahmten Drucks, ein Haus inmitten dunkler Bäume, fiel. Der ist in einer Scheune genauso fehl am Platz, dachte er, wie die vergilbten Reisefotos von Venedig (lieber Himmel, er mußte unbedingt Vivian anrufen!) und die Ansicht einer Küste von Cornwall, wo schaumgekrönte Wogen gegen Klippen anbrandeten. Dazwischen ein leerer Fleck mit Kaugummiklumpen, so als hätte dort ein weiteres Bild gehangen. Venedig und Cornwall waren verblichen, doch der junge Elvis wirkte wie neu.

Das kleine Mädchen kam aus dem Dämmer des Kuhstalls und rollte ein Poster auf, das sie sich an den Leib drückte. Sie machte das bedächtig und feierlich. Zwar tat sie so, als bemerkte sie den Fremden in ihrer Scheune nicht, und hielt den Blick fest auf ihre Arbeit gerichtet, aber er spürte, daß sie um seine Anwesenheit wußte.

«Hallo», sagte Jury.

Keine Antwort; sie war ganz bei der Sache, rollte, hielt inne und schob die Enden wieder hinein. «Ich nehme Ricky Nelson ab.»

«Den Sänger, meinst du?»

Der dunkle, immer noch gesenkte Kopf nickte. «Er ist tot.» In ihrem Ton lag etwas, das jede sentimentale Bemerkung über den Trost, den man in Andenken findet, im Keim erstickte. Sie blickte zur Feuerstelle, wo ein neues Poster lag, der obere Rand mit einem Hammer, der untere mit einem schlafenden Hund beschwert. Die Ecken rollten sich nach innen. «Dafür hänge ich die auf.» «Die» waren die Mitglieder der Band Sirocco, und ganz gleich, ob sie sich mit Ricky messen konnten oder nicht, sie waren zumindest lebendig. So jedenfalls schien sie die Sache zu sehen. Es handelte sich um das Poster, das er vergrößert in einem Schallplattenladen am Piccadilly Circus gesehen hatte. Eine ziemlich spröde und gekünstelte Pose, wie dieser Charlie Raine da als Mittelpunkt an einem kahlen Baum lehnte, während die vier anderen in verschiedene Richtungen in die unwirtliche Landschaft blickten.

Ricky Nelson war vor einigen Jahren gestorben, doch es schien Jury, als habe Abby gerade erst bemerkt, daß aus ihrer Vergangenheit – die wirkte wie ein aus Geschehnissen zusammengestoppeltes Stückwerk, das ihr andere vermacht hatten – noch etwas anderes verlorengegangen war. Ihre wild zusammengesuchte Kleidung paßte auch ins Bild; das schmuddelige weiße Umschlagtuch hing ihr vom Rücken bis zu den Knöcheln, darunter trug sie einen Pullover mit Zickzackmuster und einen braunen Wollrock, der bis zum Rand der alten Stiefel reichte.

Aber als sie den Kopf hob und Jury grimmig anblickte, staunte er über ihre Schönheit. Ihre Augen waren tiefblau, so blau wie das Meer vor Cornwalls Küsten nie sein würde. «Ich finde es nicht richtig, ein Poster von einem Toten an der Wand zu haben», sagte sie. Da sah er, wie sie einen raschen Blick zu Elvis hinten an die Wand warf, neben dem das Sirocco-Poster befestigt war. «Ist mir doch egal, ob Ethel verrückt ist. Das ist meine Scheune.» Aus einer Tasche unter dem Umschlagtuch zog sie etwas heraus, das wie ein verheddertes Bindfadenknäuel wirkte, fand ein Gummiband und schob es sorgsam über das Poster. Dann richtete sie den blauen Blick auf ihn, schien auf etwas zu warten.

«Soll ich dir helfen, das da anzubringen?»

Natürlich ließ sie sich von einem derartigen Hilfsangebot nicht täuschen. «Sie sind wohl auch so ein Polizist.»

Unter ihrem blauen Blick kam er sich eher wie ein Verdächtiger vor. Er lächelte vorsichtig. «Dann war also schon einer hier?»

«Zwei. Die haben alle möglichen Fragen gestellt. Einer war beinah so groß wie Sie. Der hat mich gefragt, ob ich Rock-Musik mag.» Wieder dieser abwartende Blick. Er mochte größer sein, aber war er auch schlauer?

«Das kann man doch wohl sehen, oder?» Keinerlei Zustimmung. «Ich stelle auch nicht viele Fragen.»

«Tun sie doch alle.» Sie hielt immer noch das aufgerollte Poster umklammert, und Jury sah, daß es mittlerweile Flecken von ihren schweißigen Handflächen hatte. «Aber sagen tun sie einem nie was. Außer daß Tante Ann eine Art Unfall hatte.»

Die Worte kamen gemessen und wohlgesetzt heraus, so als wären sie mit dem Schleifstein geschliffen. Sie hatte festgestellt, daß man sie anlog.

In der Scheune herrschte Schweigen, das nur von der Kuh unterbrochen wurde, die in ihrem Stall mit den Füßen scharrte.

«Sie muß ihre Medizin haben», sagte Abby rasch, denn mit der kranken Kuh konnte sie gut vom Thema ablenken. «Sie können zusehen.»

«Manchmal muß ich auch nach Mr. Nelligans Schafen sehen.» Ein rascher Blick zu Jury, ob der auch glaubte, daß ein Kind schon Tiere verarzten konnte.

«Wer ist das?»

Abby entstöpselte eine Flasche und stieg vom Schemel. «Er wohnt in einem alten Wohnwagen draußen auf dem Moor. Er kümmert sich überhaupt nicht um sie.» Sie hob das Poster vom schmutzigen Fußboden auf. Jury musterte die beiden Türen zu den leeren Ställen. Auf einer klebte ein Poster von Mick Jagger, auf der anderen Dire Straits.

«Ich leg das bloß weg», sagte sie und ging zu einem alten Kabinenkoffer. Dort hockte sie sich hin und klappte die angelaufenen Messingschließen auf, hob den Deckel und legte das Poster behutsam hinein. Aber sie kam sofort wieder hoch und ließ mit zorniger Miene den Kofferdeckel fallen. «Wir hier trinken jetzt

Tee», sagte sie und ging zum Kamin, wo der Collie mittlerweile mit ausgestreckten Pfoten neben dem größeren Hund lag und jede Bewegung, die Jury machte, mit argwöhnischem Blick verfolgte.

Jury lächelte verhalten, denn mit «Wir» meinte Abby offenbar sich und die Hunde.

«Sie können was abhaben», sagte sie, ohne sich jedoch anmerken zu lassen, ob sie seine Gesellschaft nun freute oder nicht.

«Danke.» Und während sie feierlich den Tisch deckte, sagte Jury nichts; wahrscheinlich würde er ihren Gedankengängen doch nicht folgen können, denn die kamen ihm so verheddert vor wie das Bindfadenknäuel in ihrer Tasche.

«Ich hab nur Teebeutel», sagte sie, während sie eine Schachtel P & Gs öffnete und mehrere Beutel auf den Tisch setzte.

Jury lächelte. «Wenn sie für Prinz Edward gut genug sind, dann sind sie auch gut genug für mich.»

Verwirrt sah sie ihn über einen kleinen Teller mit Brötchen hinweg an.

«Vor über einem Jahr war ein Bild von Edward in der Zeitung, wie er seine erste Stelle antrat – er will Schauspieler werden. Darauf hielt er genau so eine Schachtel Teebeutel.» Jury nickte zu der P & G-Schachtel hin.

Noch immer stirnrunzelnd ließ sie drei Beutel in die Kanne fallen. «Also, wenn ich seine Mutter wäre, dann würde ich dafür sorgen, daß er ordentlichen Tee bekommt.» Vergrätzt knallte sie je ein Brötchen auf zwei kleine Teller. «Sonst hat sie doch keinen mehr.»

Diese traurige Einschätzung der sinkenden Zahl der Familienmitglieder im Palast erstickte jeglichen Verweis auf Prinz Charles und seine Geschwister im Keim. Die waren schließlich verheiratet und aus dem Haus. «Es muß schwer sein für eine Königin, wie ihre Kinder nach und nach erwachsen werden und wegziehen.»

Sie fingerte an ihrem Schal und sagte nichts.

Jury betrachtete die Scheunenwände ringsum. «Hast du aber nette Poster und Fotos.»

Erst goß sie den Tee auf, dann sagte sie: «Das Katzenposter ist von Ethel», und zeigte dabei auf eins, dessen Ecke sich aufrollte, weil die Reißzwecke fehlte. Ihre Stimme war unsicher, und sie blickte auf die Truhe, als wäre das Geschenk von Ethel eine Aufgabe, die sie innerlich noch nicht abgeschlossen hatte und die sie konfus machte. Jury hatte das Bild schon öfter gesehen – ein beliebtes und kitschiges Idealbild von Kindheit: ein kleines Mädchen mit bauschigem, weitem Rock, das auf seinem Schoß eine Schüssel mit Milch hielt. Ihr Grübchenlächeln galt einer Reihe von mageren Kätzchen, die geleckt und geschleckt wirken sollten, aber nur auf ihr Fressen zu warten schienen.

Dabei mußte Abby ihr Hund eingefallen sein, denn sie griff nach einem Emaillekrug und goß Milch in eine Blechschüssel neben dem Feuer. Der Collie machte sich eifrig darüber her. «Sie hat es mir nur geschenkt, weil sie findet, daß sie dem Mädchen ähnlich sieht. Ethel hat auch so rote Locken. Und so weiße Haut.» Abby zog ihre Wangen mit den Fingern auseinander und sah mit ihrem herzförmigen Gesichtchen auf einmal wie eine Witzblattfigur aus. «Sie hat ein rundes Gesicht», sagte sie, so gut das mit breitgezogenen Lippen ging. «Ethel ist meine beste Freundin. Wie finden Sie sie?» fragte sie und wartete auf die Urteilsverkündung. Daß Jury und Ethel sich noch nicht kennengelernt hatten, stellte für Abby anscheinend kein Problem dar. Ihre Beschreibung und das Bild mußten genügen.

Er stand auf und ging zu dem Bild. Das Kind darauf hatte eine Stupsnase, Grübchen und war über die Maßen brav und süß.

Erst als Abby sich räusperte, merkte er, daß sie hinter ihm stand. «Hmmm.» Er legte den Kopf schief und sagte: «Sie sieht klebrig-süßlich aus. Und sie macht den Eindruck, als würde sie die Milch aus der Schüssel der schwarzen Katze, die sich in ihr Kleid krallt, liebend gern über den Kopf schütten.»

«Haarscharf Ethel», sagte Abby und entfernte sich.

Jury betrachtete dieses Ende der Scheune: die Ecke mit dem Kinderbett und der Kiste mit dem Bücherstapel und den Comic-Heften. «Darf ich mir mal deine Bücher ansehen?»

«Ja», rief sie zu ihm hinüber. «Aber nicht *Jane Eyre.*»

«Nein? Wieso denn nicht?»

«Nur wenn Sie's mögen, daß Ihnen schlecht wird.»

Jane Eyre wirkte trotz ihrer übelkeitserregenden Eigenschaften recht zerlesen. Er blätterte das Buch durch und sah lauter Eselsecken. Es handelte sich um einen alten, schweren Band mit Illustrationen.

«Das hier ist besser», sagte sie, kniete sich hin und zog das schwarze Tuch von dem Karton, der einst Stiefel enthalten haben mußte. Sie hob den Deckel hoch und holte einen schmalen Band heraus. «Das hat mir Mrs. Healey geschenkt. Ihre Tante hat's gebracht. Sie hätte lieber selber kommen sollen.»

Es war der Gedichtband, den Nell Healey bei ihrer Begegnung in der Hand gehalten hatte. Das gleiche Buch wie in Billy Healeys Zimmer. Er blätterte es durch. Die gleichen Unterstreichungen, die gleichen Randnotizen. «Sieht mir aus, als wäre es eines ihrer Lieblingsbücher gewesen.»

«Ist es auch.» Sie nahm es ihm weg, legte es in den Karton zurück und deckte alles mit dem schwarzen Tuch wieder zu.

Jury runzelte die Stirn. «Warum bewahrst du es da drin auf?»

«Das ist ein Versteck. Kommen Sie.» Sie stand auf und zupfte an ihm, der immer noch in der Hocke saß.

«Und warum ist über dem Karton ein schwarzes Tuch?»

«Das ist für Busters Beerdigung. Sie ist tot.»

Sie? «Dein Haustier?»

«Meine Katze.»

Dieses Kind war wirklich faszinierend. «Hast du sie begraben?» Abby schien vom Tod umgeben.

«Noch nicht. Kommen Sie schon.»

Bei Tisch sah er ihr zu, wie sie Milch in ihre Tasse goß und vier Teelöffel Zucker hinzufügte. Sie schenkte ihm die gleiche Menge Milch ein, und auch er bekam seine vier Teelöffel Zucker.

Die Stille bedrängte ihn, als sie beide einen Schluck aus ihren Tassen nahmen, sich dann zurücklehnten und in die milchigen Tiefen blickten, als wäre darin irgendeine Teeblätterweissagung im Entstehen begriffen. Die Königin mochte keinen ordentlichen Tee machen, aber immerhin hatte Abby die Teebeutel aufgerissen und den losen Tee in die Kanne gekippt. An Stelle eines Teewärmers hatte sie ein Handtuch darübergedeckt. Auf Jurys Becher war ein Bild der Kathedrale von Winchester.

Abby hob den Kopf und blickte stur geradeaus. Jury folgte ihrem Blick. Sie zupfte an ihrem Umschlagtuch und starrte auf die Nische mit dem Bett, die Kiste mit den Büchern, vielleicht aber auch auf den Druck im festen Rahmen.

«Woher hast du den, Abby?»

Sie wandte den Blick ab. «Von Billys Mama. Mrs. Healey.» Jetzt sah sie ihn an. «Ihr habt ihn einfach nicht gefunden.»

Ihr Blick besagte nicht, daß sie ihn persönlich dafür haftbar machte. Aber er war Polizist und mitverantwortlich für das, was seine Kollegen versiebt hatten. «Ich weiß.»

«Er ist weg. Er ist tot. Er ist mein Freund gewesen, und Toby auch. Wir haben viel bei ihm zu Hause gespielt. Sind auf Bäume geklettert.»

In dem kargen Obstgarten. Doch damals konnte sie nicht älter als drei oder vier gewesen sein.

«Jetzt schicken sie mich sicher auf die Lowood School», sagte sie und setzte sich kerzengerade hin. Schon wollte er den Mund zu einer Antwort aufmachen, doch sie ließ ihn nicht. «Also, wenn die sich einbilden, ich bin so blöd wie Jane Eyre, dann haben sie sich aber geschnitten. Mir hängt keiner ein Pappschild um den Hals.» Sie kniff die Augen zusammen und ihr Mund wurde schmal, als spielte sich die schreckliche Szene direkt vor ihren Augen ab. «Und wenn die sich einbilden, sie könnten mich dazu kriegen, daß ich wie die blöde Helen andauernd im Regen rumlaufe –» Sie schoß Jury einen Blick zu. «Stranger steht vor der Mauer und holt mich raus. Ich laufe jedenfalls nicht hustend durch den Regen.» An der Stelle mimte sie einen Hustenanfall. «Und *dann* legt sich diese Helen einfach ins Bett und stirbt und lächelt, als würden die ganzen Engel sie mit Kitkat füttern.» Wütend schüttelte sie ihren schwarzen Bubikopf. «Ganz wie Ethel.»

Wie lange hatte sie da unter der Lampe gesessen und über die Details gegrübelt, den Regen auf dem alten Scheunendach gehört, den Regen im Hof, den Regen in ihren Gedanken?

Jury musterte den Collie, der mit gespitzten Ohren dasaß und witterte. «Der Hund da sieht so schlau aus, als könnte er jeden rausholen.»

Abby räumte die Teller ab. «Bloß nicht Jane Eyre. So schlau ist keiner. Der ist nicht zu helfen.» Und sie hielt die Tasse, als wöge sie einen Zentner.

«Wie Ethel», sagte Jury. Es zuckte um ihre Mundwinkel.

Jury betrachtete den Druck auf der gegenüberliegenden Wand. Er war so groß, daß man die Einzelheiten gut erkennen konnte. «Dein Bild gefällt mir.»

Sie deckte Teller auf und sagte: «Ist auch mein liebstes.» Sie betrachteten ihn gemeinsam und schwiegen dazu, bis sie sagte: «Wieso ist es unten bei dem Haus und den schwarzen Bäumen dunkel, wie wenn es Nacht ist, und oben blauer Himmel, wie wenn es Tag ist?»

Jury sagte kopfschüttelnd: «Ich weiß auch nicht so recht.»

Ihre Miene besagte, er solle sich lieber etwas Besseres einfallen lassen.

Dann posaunte sie: «Es ist wie eine Kirche.»

«Ich verstehe nicht, was du meinst.»

Abby beugte sich vor. «Der hohe Baum da sieht wie ein Kirchturm aus.»

Er legte den Kopf schief und starrte das Bild an. «Nein, finde ich nicht.» Er spürte ihren Blick von der Seite und hörte, wie ihr Stuhl zurückgeschoben wurde. Dann marschierte sie um den Tisch herum und baute sich direkt vor ihm auf. «Ein Kirchturm», wiederholte sie, hob die Arme, preßte die Handflächen aneinander, als wollte sie ihre Vorstellung anschaulich machen. Ihre Wangen glühten vor Eifer. Jury reckte den Kopf, um das Bild sehen zu können, doch sie verstellte ihm den Blick. Sie hatte ihren Standpunkt klargemacht, ein Vergleich mit dem echten Gegenstand war nicht nötig.

Jury blinzelte, so blendete ihn ihr strahlendblauer Blick.

Als er nicht reagierte, ließ sie die Arme fallen. Sie kam um den Tisch, klammerte sich an seinen Pulloverärmel und zog daran. «Los, kommen Sie!» Er ließ sich von der Bank wegzerren, während sie mit der Zunge schnalzte und der Hund sich sofort wachsam aufrichtete. Dieser Mann kapierte aber auch gar nichts, sie würde es ihm so richtig zeigen, doch dazu brauchte sie einen Zeugen. Stranger folgte ihnen.

Sie standen jetzt zu dritt vor dem Bild «Das Reich der Lichter». Da sie in diesem Museum die Führerin war, ließ er sie gewähren. «Da ist eine Straßenlaterne. Genau in der Mitte.» Sie verstummte.

Er sah, daß sie sich auf die Lippen biß, die Arme fest vor der Brust verschränkt hatte und daß ihre Finger mit den losen Fäden des Umschlagtuches spielten. Stranger blickte zu Jury hoch und Jury zu ihm hinunter, und auch er schien sich zu fragen, wie sie das mit ihrer Kirche in Einklang brachte.

«Mit der Straßenlaterne und dem erleuchteten Fenster hast du recht.» Sein Blick wanderte von der Nacht unten zum Tag oben im Bild, zu einem Himmel von hellem, jedoch pulsierendem Blau mit dahinziehenden Wolken, und er überlegte, wann er wohl an seine Grenzen kam. Warum mußte er immer alles, was ganz war, in Stücke zerlegen, in Symbole und Zeichen? Das machte wohl sein Beruf. Nichts konnte er als Ganzes sehen; er beschäftigte sich mit Spiegelscherben, mit Lichtsplittern. *Wie war er angezogen, als er verschwand? Unverwechselbare Kennzeichen? Routineuntersuchung.* Hier war die Straßenlaterne der Mittelpunkt; aber wenn man sie zu lange betrachtete, würde sie dann unversehens erlöschen? Das Bild hing hier in angenehmer Stille, für jedermann zugänglich, der es auf die rechte Weise betrachtete.

Ihre Stimme störte ihn in seinen Gedanken, sie war jetzt eine Lage höher und beharrte: «Besser als die Lowood School jedenfalls.» Dann machte sie auf dem Hacken kehrt, stapfte zu ihrer Bücherkiste und drückte *Jane Eyre* mit einem Arm an ihre Brust, während sie mit dem angefeuchteten Finger der anderen Hand wie wild darin herumblätterte, so als arbeitete der Finger aus eigenem Antrieb. Als sie den Beweis gefunden hatte, kam sie zurückgestiefelt. «Da.» Sie streckte ihm das Buch hin, den Finger direkt auf dem Gesicht des Direktors, der gerade ein Kind mit dem Rohrstock verprügelte.

Das Bild sprach Bände. Wortlos setzte sie sich auf einen Melkschemel und blätterte das gräßliche Buch nach weiteren Greueln durch.

Jury hielt den Blick weiter auf den Magritte-Druck geheftet. Er sagte: «Sie können dich nicht auf die Lowood School schikken. Du bist zu wichtig.»

Auf der Stelle hörte das Geblätter auf. Er spürte, wie sie ihn ansah, aber als er den Kopf wandte, hatte sie den ihren fast auf das geöffnete Buch sinken lassen, zog mit dem Finger eine Linie nach und tat, als hätte sie nichts gehört.

Er sagte: «Vielleicht wohnst du ja im ‹Reich der Lichter›.» Er wußte, die Idee war so ungeheuerlich und aufregend, daß sie sicher etwas daran auszusetzen fand.

Ihr Kopf fuhr hoch, und ihr blitzblauer Blick besagte wieder einmal, daß ihre Geduld gleich am Ende war. Wenn er ein solcher Blödmann war, dann mußte sie Köpfchen für zwei haben. «In Bildern kann man nicht wohnen.»

«Es ist nicht so hübsch wie deine Scheune, aber es könnte genauso wirklich sein. Wie wäre es, wenn du hinter dem erleuchteten Fenster wohnen würdest?» Und er deutete mit dem Kopf auf das Bild.

«Wenn es wirklich ginge, wetten, daß Ethel hinter einem der anderen wohnen würde», sagte sie in Richtung des Buches auf ihrem Schoß. «Außerdem ist es da dunkel.»

«Irgendwie sehr dunkel.» Er kam zu ihr, setzte sich in den Schaukelstuhl und holte eine Packung Kaugummi aus der Tasche. Er schob einen Streifen heraus und sagte zu ihrem Scheitel (sie hielt den Kopf immer noch gesenkt): «Magst du?»

Abby sah auf, nahm den Streifen und schien zu prüfen, ob es ihre Marke war. Dann bedankte sie sich und holte die verbeulte Messingschachtel von der Kiste. Sie klappte den Deckel auf und legte den Kaugummi hinein. Es klapperte in der Schachtel, als sie sie wieder wegstellte. «Der ist wohl in Ordnung», sagte sie und schob Jury das Buch so hin, daß er die Illustration mit dem Arzt sehen konnte, der (laut Bildunterschrift) gekommen war, um Helen zu behandeln.

«Ja.» Er wippte ein wenig und sah ihr zu, wie sie langsam erst die Ecke, dann die ganze Seite aufrollte. «Du kannst mir glauben, es wird etwas geschehen, auch wenn es lange nicht so gut ist wie das ‹Reich der Lichter›. Es wird etwas mit dir geschehen, meine ich.» Jury schob sich einen Kaugummistreifen in den Mund und wartete, während sie langsam das Gesicht hob. «Und das ist viel besser als die Lowood School, auch wenn es dir vielleicht nicht besonders gut gefällt.» Er kratzte sich am Kopf. Sie legte das Buch aufs Bett. «Weavers Hall hat nämlich deiner Tante Ann gehört. Und jetzt gehört es dir.»

Sie klappte *Jane Eyre* zu wie den Deckel der Messingschachtel. Zum erstenmal wurde ihr Gesicht weich, kindlich, großäugig. «Das geht nicht. Mir gehört doch nichts außer Stranger und den Sachen hier.» Sie schob das Buch fort und begann, Stranger geistesabwesend hinter den Ohren zu kraulen, die er gespitzt hatte, als sein Name fiel. «Mir gehört doch nichts», wiederholte sie, und ihr Gesichtchen wurde ganz blaß bei dem schrecklichen Gedanken, daß ihr da etwas in den Schoß fallen könnte wie das eben weggelegte Buch und daß sie damit nicht fertig werden könnte.

«Du kannst alles machen, was du willst, fast alles.»

«Will ich aber gar nicht.» Sie holte sich die Messingschachtel wieder, setzte sie auf ihren Schoß und hielt sich daran fest.

«Du bräuchtest gar nicht viel zu tun. Nichts würde sich ändern. Die Köchin wäre da und Mrs. Braithwaite. Und Ruby.»

Rasch sah sie auf; ihre Augen wurden schmal. Sie schien zu erwägen, ob sie Ruby noch unter ihrem Personal haben wollte. Dann sagte sie: «Eins steht fest. Wenn das hier mir gehören würde, dann müßten ein paar Leute gehen.»

«Die wären?»

«Malcolm!» Und wieder schaffte sie es, aus ihrem Gesicht eine Knetgummifratze zu machen. Sie zog die Wangen nach unten, daß man den roten Rand unter ihren Augen sah.

«Der wollte meine andere Katze umbringen. Der Lord hat sie gerettet. Ist schon in Ordnung.»

Jury dachte, sie meinte die Katze, aber sie klappte den Deckel der Schachtel auf, stöberte darin herum und gab ihm eine Karte. Eine Visitenkarte von Plant. Titel, Adresse. Am Rand schon etwas eingerissen, da Lord Ardry längst kein Lord mehr war und die Karte nur noch für Notfälle bei sich trug. Jury lächelte. «Ich kenne ihn. Der ist schwer in Ordnung.» Und er gab ihr die Karte zurück.

Abby nahm sie geistesabwesend; sie war mit ihren Gedanken bei den Wertsachen, die in der Schachtel sein mochten. Sie holte ein Medaillon heraus und ließ es wie hypnotisiert an der Goldkette hin- und herschwingen. «Hat mir Billys Mama geschenkt.»

Echt Gold, fünfhundertfünfundachtziger schätzungsweise. Jury ließ es aufklappen. Aus dem Doppelrahmen blickten ihn zwei Jungen an. Sie sahen sich ähnlich, aber das machten die etwas verschwommenen sepiafarbenen Fotografien, die gleichen Pullover und das gleiche Lächeln. Er musterte sie eingehend, ja, der rechts war älter. Zwischen elf und fünfzehn machen vier Jahre eine Menge aus. Was für eine Kostbarkeit, die Nell Healey da verschenkt hatte.

Jury sagte: «Billy und Toby, nicht wahr?»

«Wir sind dicke Freunde gewesen. Ich bin immer rübergegangen, und dann haben wir zusammen gespielt, sind auf Bäume geklettert. Oben vom allerhöchsten – die haben da so einen riesigen Baum – hab ich alles sehen können.» Sie hob den Blick zu dem alten Gebälk des hohen Daches, und bei dem Gedanken schien ihr fast der Atem zu stocken. «Einfach alles. Das ganze Moor und Haworth. Goose Eye und Keighley. Sogar Leeds», setzte sie hinzu und erweiterte damit den Horizont beträchtlich. «Da bin ich noch nie gewesen», fuhr sie dann nüchtern fort und stöberte wieder in der Schachtel herum.

An wieviel erinnerte sie sich wirklich und was war Phantasie?

Jury gab ihr die Kette zurück, und wie in einem feierlichen Tauschritual reichte ihm Abby einen weißen Umschlag mit schmutzigen Fingerabdrücken rings um die Kanten. Die Adresse war schwungvoll geschrieben, der Poststempel verblaßt. Er konnte *Venezia* ausmachen und das Jahr. Das Jahr, in dem Billy und Toby verschwunden waren. In dem Umschlag war eine Kunstpostkarte, ebenfalls von dem Magritte-Gemälde.

Er sah auf. Sie spielte das alles mit einem Achselzucken herunter und sagte: «Sie dürfen sie lesen.»

«‹Liebe Abby, mir gefällt dieses Bild. Alles Liebe, Nell.›» Jury hob den Blick, doch sie sah in eine andere Richtung und strich sich das schwarze Haar zurück, so fest, als wollte sie es zusammenstecken, dann ließ sie es fallen und gab Stranger einen brüsken, lautstarken Befehl, der den Hund zu überraschen schien. Sogleich ging er zur Scheunentür und stellte sich als Wachposten auf.

Dann rutschte sie von ihrem Bett, pflanzte die gestiefelten Füße auf den Vorleger, ging in die Knie und fuhrwerkte mit ihren Platten herum. «Sie gehen jetzt besser; wenn ich meine Platte angehört habe, werde ich ein Nickerchen machen», sagte sie.

«Okay», sagte Jury und stand auf.

«Ich hab drei von Ricky Nelson – eigentlich gehören sie Ethel – und eine von Dire Straits und zwei von Elvis.»

Brian Macalvies Dauerbrenner. Er lächelte. «Ich habe einen guten Freund, der steht auf Elvis.»

«Er ist tot.» Sie setzte die Nadel auf die Platte, und man hörte ein paar Takte Elvis. Er sang «The Impossible Dream». Sie lauschten. «Was ist ein ‹nie wiedergutzumachendes Unrecht›?» Sie zeigte auf die Platte. «Und wenn es so schlimm ist, daß man es nicht mehr gutmachen kann, wieso versucht er's dann doch?»

Sie war nicht böse, sie war voller Sorge. Es mußte einfach eine Antwort geben.

Jury starrte auf die Platte. Er dachte ein Weilchen nach und sagte dann: «Weil es Menschen gibt, die nie aufgeben, auch wenn die Chancen noch so schlecht sind.»

Ein Rätsel mit einem anderen beantwortet. Ihr jedoch schien das völlig einzuleuchten, denn sie setzte wieder ihre etwas abfällige Miene auf und fragte: «Haben *Sie* keine Karte?»

Jury griff nach seiner Brieftasche und gab ihr eine.

Im Hinausgehen sah er, daß sie sie musterte, und das gründlich.

26

Melrose war richtig erleichtert.

Bei dem Versuch, die Schallmauer zu durchbrechen, riß das Motorrad die Schotterstraße auf und kam auf dem Kies vor dem Salonfenster knirschend zum Stehen. Das ganze Zimmer erzitterte, und die graue Katze wurde von der Fensterbank geschubst, als Malcolm den Fensterflügel aufstieß, sich hinausbeugte und etwas schrie, was in der Januarnacht verwehte.

Musik in Form eines Trommelwirbels, Marke Trauermarsch, begleitete sie, als sie ins Haus trat.

Ellen polterte den Flur entlang, stieß die Tür zum Salon auf und blieb stehen, das tragbare Stereogerät auf der Schulter. Dergleichen kannte Melrose; so was schleppten Schlägerbanden auf dem Piccadilly Circus herum. Jetzt fiel eine Stimme in den Rhythmus von Baß und Schlagzeug ein, die allerdings so gar nicht zu dem Hintergrundchaos passen wollte, eine Stimme wie Sandpapier, aber weich:

Caroline says –
as she gets up off the floor

«Hi», grüßte Ellen die Anwesenden, blickte dabei aber vor allem Jury an. Sie hatte die Kleidung nicht gewechselt, trug aber andere Ohrringe, lange, sich überschneidende Dreiecke in Mattschwarz, die aussahen, als könnte man damit ein kleines Boot verankern. Und um den Hals schien sie sich auch neue Sklavenketten geschlungen zu haben.

life is meant to be more than this
and this is a bum trip

klagte die Stimme, sang an gegen Trauer-Trommeln und Gitarren.

Ellen stellte das Gerät leiser und übergab es Melrose, als sei er das Mädchen für alles, dann drehte sie sich zu Jury um, der vom Sofa aufgestanden war und sich als Freund von Mr. Plant vorstellte.

Melrose seufzte. Er stellte das Stereogerät ins Bücherregal und lehnte sich dagegen.

but she's not
afraid to die
all of her friends call her A-las-ka

Allmählich begann er sich für diese Caroline zu interessieren, die offenbar fixte.

when she takes speed,
they laugh and ask her

«... eines der amüsantesten Bücher, die ich kenne», sagte Jury gerade zu Ellen.

Zum erstenmal erlebte Melrose Ellen fassungslos. Sie stand da und bekam den Mund nicht wieder zu. «Soll das heißen, Sie haben *Sauvage Savant* echt gelesen?»

«Nicht ganz ...»

Wie hatte er *überhaupt* etwas von ihr lesen können? Bis gestern hatte er noch nie von dem Mädchen gehört. Verhökerte man ihr Buch etwa schon im Pfarrhaus von Haworth?

Melrose stellte das Gerät lauter.

Man hörte Glas klirren. Caroline hatte mit der Hand eine Fensterscheibe durchstoßen –

it's so cold in A-las-ka

Plötzlich schmetterte die Stimme.

«Wie wäre es, wenn Sie das da abstellten», rief Jury zu ihm hinüber, «und uns Gesellschaft leisteten?»

Die beiden hatten es sich auf dem Sofa gemütlich gemacht, wie alte Freunde, die sich nach langer Zeit wiedersehen.

Er stellte das Gerät leiser, jedoch nicht ganz aus, denn er wollte zu gern wissen, was aus Caroline wurde.

it's so cold in A-las-ka

Caroline hätte es mit West Yorkshire versuchen sollen, dachte er, belegte den Schaukelstuhl mit Beschlag, den George Poges freigegeben hatte, und versuchte, das Stereogerät noch mit in den Stuhl zu quetschen.

«…‹heiß›?» fragte Jury gerade. «Bedeutet das erfolgreich? Oder wahnsinnig berühmt?»

Man kann das Wort auch überstrapazieren, dachte Melrose grämlich. In Alaska waren Veränderungen eingetreten; anscheinend ging alles den Bach runter. Man nahm Caroline die Kinder weg.

because they said she was
not a good mother –

«Gute Frage.» Ellen lächelte verhalten. «Ehrlich gesagt, es bedeutet wahrscheinlich berühmt, aber nur warholmäßig…»

Dickensmäßig, shawmäßig, warholmäßig. Großartig, dachte Melrose, heutzutage kann man offenbar jedermann in ein Adjektiv verwandeln. Ihm war bereits äußerst carolinemäßig zumute.

«Andy Warhol?» Jury lachte. «Tja, Bescheidenheit ist eine Zier –»

Doch weiter kommt man ohne ihr, dachte Melrose. «Ruhm», sagte er, und da blickten die beiden ihn an. «Vielleicht ist es ganz gut für Sie, daß Sie nicht so richtig berühmt sind.» Er blickte zur Decke hoch. «Ruhm heißt auf lateinisch *fama*, wissen Sie.» Nein, wie geschwollen er sich anhörte. «Wissen Sie, was das bedeutet?» Sie schwiegen. «Schlechter Leumund. Üble Nachrede.» Er lächelte geringschätzig. «Besser, man läßt die Finger davon.» Damit widmete er sich wieder dem Stereoapparat.

because of the things she did in the streets
in the alleys and bars

Jeder kann einen Fehler machen.

«Sie könnten recht haben. Fortuna ist eine feile Metze.» Sie seufzte.

«Sie erkunden England also mit dem Motorrad?»

«Hmm. Mit einer BMW. Hab ich mir in London zugelegt.»

«Eine K-100 RS. Neunzig PS. Ein ganz schön heißer Ofen.»

Lieber Himmel, dachte Melrose, kann der Mensch durch Wände sehen?

Verblüfft sagte sie: «Jaha. Ein ganz schön heißer Ofen.»

Ein Scheißtrip, dachte Melrose, ohne Frage ein Scheißtrip.

that miserable, rotten slut

Aha, Caroline war also... nun, ein wenig leichtlebig. Melrose legte den Arm um das Stereogerät. Die graue Katze kam herbeigetapst, setzte sich zu seinen Füßen und zwinkerte ihrem Retter zu. Wenigstens, dachte Melrose – während er mit halbem Blick Jury musterte, der seinerseits Ellen musterte – wenigstens ein Lebewesen, dem ich Achtung einflöße. Die graue Katze gähnte und verzog sich.

«Sie waren nicht hier, als die Yorkshire-Polizei Sie befragen wollte», sagte Jury und zündete sich eine Zigarette an.

Ellen angelte mit dem Fuß nach einem alten Schemel, lagerte die schweren, hochgeschnürten Stiefel hoch und stieß eine Rauchwolke aus. «Und wissen Sie warum?» Sie warf Jury einen Blick unter gesenkten Wimpern zu.

«Keine Ahnung.»

Melrose seufzte.

«Weil ich gar nicht gewußt habe, daß hier Polizei ist.» Sie legte den Kopf auf das Sofa und blies die Rauchringe an die Decke.

Als Jury ihm einen Blick zuwarf, drehte Melrose das Gerät etwas leiser, aber nur ein bißchen. Die schreckliche, schäbige, herzzerreißende Geschichte von Caroline und ihrem Lover oder Ehemann war zu faszinierend. Er wußte, was Jury sie fragen würde.

Melrose war mulmig zumute.

«Und wo waren Sie?» Jury lächelte. Melrose warf finstere Blicke.

«In Harrogate.»

«Was?» Beinahe hätte Melrose den Stereoapparat fallen lassen. Ellen wölbte die Brauen. «Har-ro-gate.» Sie sprach die Silben so exakt aus, als unterrichtete sie Erstkläßler. «Ist berühmt. Als Kurort und so.»

«Eine gewaltige Strecke», sagte Jury, «mit dem Motorrad.»

Sie schlug sich theatralisch an die Stirn. «Lieber Gott, hab ich nicht eben gesagt, daß ich damit ganz von London gekommen bin? Dagegen ist Harrogate ein Katzensprung. Fünfzig, sechzig Meilen. Netter Ort. Haben Sie gewußt, daß sie dort dieses Agatha –»

«Ja», fauchte Melrose, während Schlagzeug und Bässe langsamer und schwerer wurden.

«Miss Taylor –»

Sie beugte sich geradezu zu Jury hinüber. «Ellen.»

«Ellen. Welchen Weg genau haben Sie genommen?» Er lächelte.

Sie drückte die Zigarette aus und stopfte die Hände in die Taschen ihrer Lederhose. «Wissen Sie was? Sie hören sich an wie ein Bulle. Gleich rufe ich die Botschaft an.»

«Gute Idee», sagte Melrose.

Jury überhörte beides und breitete wieder die Landkarte aus. «Also, dann wollen wir mal. Sind Sie durch Ilkley gekommen?»

Ellen hatte den Kopf zum Fenster gewandt. Betrachtete interessiert die fernen Hügel und den dunkelgrauen Horizont. Sie stopfte sich einen Kaugummi in den Mund und sah auf die Landkarte.

Dies, dachte Melrose, und das Unbehagen stieß ihm sauer auf, nahm Formen an wie das Verhör von Major Poges. Sie zuckte die Achseln. «Keine Ahnung. Wahrscheinlich bin ich hier rum –» Ihr Finger stieß auf die Karte nieder.

Jury reichte ihr einen Bleistift.

Jetzt verspürte Melrose etwas, was Baudelaire *frisson* genannt hätte. Er sah ihr zu, wie sie, immer noch mit hochgelegten Füßen, mit dem Bleistift über das Papier fuhr wie ein Kind, das spaßeshalber Punkte verbindet. Melrose hätte die Karte gern gesehen, aber der Sessel und der deprimierende Song ließen ihn nicht los.

I am the waterboy
the real game's
not oh-vah here

Sie gab Jury die Karte zurück und verschränkte die Hände hinter dem Kopf. «Fahren Sie auf Lou ab?»

Seine Augen waren auf die Wolkenbank draußen vor dem Fenster gerichtet, und so hörte er sie zwar, brauchte jedoch ein Weilchen, bis es ihm aufging, daß Ellen ihn und nicht Jury meinte.

«Wie?»

«Lou Reed?»

Er stellte das Gerät aus; nun mußte er Caroline und ihren Liebsten ihrem unseligen Schicksal überlassen. Beim Aufstehen stellte Melrose eine gewisse Steifheit in seinen Gelenken fest, es kam ihm vor, als hätte er gerade einen Unfall gehabt.

«Was für ein Band ist das eigentlich?»

«*Berlin.*»

«Ost? Kein Wunder.»

Gereizt verzog er sich zu dem Sofa beim Fenster, wo er sich halb auf die Fensterbank hockte. Er sah, daß sie einen Schmollmund machte; dann blies sie einen rosa Kaugummiballon in seine Richtung, bis er ihr vor dem Gesicht zerplatzte.

Ohne die Augen von der Karte zu heben, streckte Jury Ellen die Hand hin. «Ob Sie mir einen Streifen abgeben könnten? Bei mir ist totale Ebbe.»

Melrose hatte nicht gewußt, daß bei Jury in puncto Kaugummi je Flut gewesen war.

Ellen zuckte die Achseln. «Klar.» Sie schob einen Streifen aus der Packung, und Jury nahm ihn und steckte ihn in die Tasche. «Danke.»

Kleine Tricks, kleine Tricks, dachte Melrose... alles nur Taktik, damit macht er ihr angst und klopft sie weich. Die Verdächtige jedoch hockte einfach da wie ein Kleiderbündel und drehte die Daumen. Sie gähnte wie die Katze. Gähnte? Eine Frau, die in Gegenwart von Richard Jury *gähnte*? Er riskierte einen Blick aus dem Fenster. Waren die Sterne noch alle am Himmel?

«Wie nimmt Abby das Ganze auf?»

«Sehr stoisch.» Jury drehte die Landkarte um.

«Das ist mir mal ein umwerfend cooles Balg.»

Jury drehte die Landkarte erneut um. «Stimmt. Ein umwerfend cooles Balg.»

Ellens Kopf fuhr herum. «Soll das heißen, Sie haben mit ihr gesprochen?»

«Ganz recht.»

Melrose bekam es schon wieder mit der Angst zu tun. Er wandte dem Fenster den Rücken zu und setzte sich auf die Lehne des Sessels mit dem Rosenmuster. Zwischen Kissen und Lehne steckte eine leuchtende Karte. Er zog sie heraus. Der Gehängte. Rasch schob er ihn wieder zurück.

«Also, gibt es nun ein großes Geheimnis oder so etwas?» Ihre Stimme klang ein paar Lagen tiefer und recht melodramatisch, so wie sie jedes Wort betonte.

Jury schüttelte den Kopf.

«Ich meine, hat sie etwa behauptet, ich hätte Ann Denholme in eine Schneewehe geschubst oder über eine Mauer geworfen und mich dann aus dem Staub gemacht?»

Jury schüttelte den Kopf.

«So hören Sie doch auf damit!» Als sie aufstand, klingelten und klirrten ihre langen Ohrringe. Sie hatte die Hände an die Brust gepreßt. «Sie glauben, *ich* hab damit zu tun? *Moi?*»

Melrose sagte unter den zum Zelt aufgestellten Händen: «Um Himmels willen, so halten Sie doch den Mund! Seien Sie nicht so dramatisch, Sie reden mit einem teuflisch schlauen Polizisten.»

«Schlau», sagte Jury. «Aber teuflisch? Sie brauchen hier nicht länger herumzuhocken, Ellen.»

«Genau wie ich dachte, ein Bulle.»

Aber sie schien gar nicht gehen zu wollen. Jetzt hatte sie die Daumen in die Gesäßtaschen ihrer Hose geschoben, die Hände lagen auf dem Po.

Es war, wie Melrose irritiert feststellte, eine Pose, die er sehr sexy fand. Wie konnte das sein bei dem ganzen schwarzen Leder und den nervtötend klirrenden Ketten? Für Vivian Rivington existierten nur Twinsets, gute Wolle oder irgendein italienischer Designer. Er rief sich zur Ordnung. Jury streckte ihm gerade die Karte hin.

Melrose studierte sie, sah die Linie, die George Poges über das Keighley-Moor zur Oakworth Road in Richtung des Gasthauses «Zum Moorhuhn» eingezeichnet hatte. Er studierte Ellens Linie. Dann sah er Jury an.

Ellen blickte von einem zum anderen. «Verständigen Sie sich jetzt mittels Zeichensprache?»

Jury lächelte. «Sie können gehen.»

«‹Können gehen.› So was sagt Ihr Jungs wirklich?» Ein mattes Kopfschütteln, dann nahm sie das Stereogerät. «Ach, verdammt. Ich geh nach oben und zieh mir ein bißchen Trane rein.»

«Wollen wir zusammen essen?» fragte Melrose. Sie standen mit hochgezogenen Schultern auf dem Hof und froren.

«Geht leider nicht. Ich muß zurück nach London.» Jury stand vor der Scheune. Unter dem Saum des ausgefransten, zugezogenen Vorhangs vor dem kleinen Fenster konnte er einen Lichtstreifen sehen «Warum führen Sie nicht Ihre Freundin Ellen zum Essen aus?»

«Dieses ganze Gerede über ihre Fahrtroute, Ilkley, Harrogate. Sie glauben doch nicht wirklich, daß sie da draußen auf dem Moor war… oder doch?»

«Habe ich das behauptet?»

«Nein, aber angedeutet.»

Jury schlug den Mantelkragen hoch und lächelte. «Bestellen Sie ihr, daß ich auf sie abfahre.»

«Den Teufel werde ich.» Melrose drehte sich um und knirschte über den Kies zurück zum Haus.

Jury ging zur Scheunentür, zog eine Visitenkarte aus der Jacke, faltete sie zweimal der Länge nach und schob sie zwischen Umhüllung und Silberpapier des Kaugummistreifens, den Ellen Taylor ihm gegeben hatte.

Er ging in die Hocke und schob das Ganze unter der Tür durch.

Dritter Teil

Das Reich der Lichter

27

Das hier war früher ein Filmpalast gewesen, ein altes Arthur Rank-Kino, doch Jury sah in diesen mächtigen Gebäuden mit ihren Riesenmarkisen und den übereinandergestaffelten Rängen in seiner Erinnerung lieber prächtige Orte der Zerstreuung, die im Krieg die Samstagnachmittage von einer sonst trostlosen Woche abgehoben hatten. An die Zeit vor dem Krieg erinnerte er sich so gut wie gar nicht. Warum auch? Er war im Krieg aufgewachsen, und der Krieg hatte ihm den Vater genommen, und die Mutter auch.

Jury tauchte aus einem Labyrinth von Tunneln auf, bei dem ihm die Treppen einfielen, die zu einem Luftschutzraum und einem ganzen Netz von Wegen unter der todbringenden Einflugschneise von Hammersmith geführt hatten. Die Straße sah noch genauso trostlos aus wie zur Nachkriegszeit. Zeitungsfetzen, weggeworfene Blechdosen, eine streunende Katze – alles schien Abfall vom letzten Konzert zu sein, den man aus den Türen des Hammersmith Odeon hinausgefegt hatte, inklusive der struppigen Katze, die sich wie ein Dieb in der Nacht an den Plakaten von Sirocco und drei anderen Bands mit deren Vorgruppen vorbeischlich. Sirocco brauchte keine Vorgruppe. Da war ja auch das Foto von Charles Raine, das er schon auf dem Titelblatt von *Time Out* gesehen hatte. Die neuen Poster waren einfach über die verblichenen geklebt worden. Das Konzert von gestern war Schnee von gestern.

In schwarzen Buchstaben, die bestimmt einen halben Meter hoch waren, zog sich SIROCCO quer über die weiße Markise, wo ein junger Mann auf einer sehr langen Leiter eine kleine künstlerische Veränderung vornahm; er kippte nämlich das S leicht und brachte an dessen Ende eine dünne schwarze Linie an. Das sollte vermutlich wie vom Winde verweht wirken.

Der Mann – nein, eher ein Jugendlicher, so um die neunzehn – kam langsam heruntergeklettert und wischte sich die schmutzigen Hände an einem Tuch ab, das er sich in die Gesäßtasche seiner Jeans gestopft hatte. Dann trat er einen Schritt zurück, um das Werk seiner Hände zu bewundern. Ein anderer Junge, ungefähr in seinem Alter, mit Instrumentenkästen und einem schwarzen Verstärker behängt, hatte die Straße überquert und erkundigte sich anscheinend nach irgend etwas, während er einen der beiden Instrumentenkästen über der Schulter zurechtrückte. Er wischte sich das vom Wind verstrubbelte Haar aus der Stirn, schob die Sonnenbrille zurück auf die Nase und betrat das Odeon durch eine Doppeltür.

Der Markisen-Künstler trat noch ein wenig weiter zurück, damit er sein Kunstwerk noch besser bewundern konnte, und dabei Jury fast auf die Füße. «Oh, Entschuldigung.» Und als wäre Jury ein Lehrer oder Aufpasser, sagte der Junge: «Hat jetzt doch mehr Klasse, was?» Er schleuderte sich die langen Strähnen aus der Stirn und verschränkte die Arme über der Brust, wobei er die Hände unter die Achselhöhlen klemmte.

Jury lächelte. «Sehr einfallsreich. Besonders die Linie da, die unten von dem S weggeht. Wie haben Sie das gemacht?»

«Mit drei quer gelegten I. Schwierig, so was Kompliziertes auf 'ner Markise zu machen, das kann ich Ihnen sagen. Ich hab eben versucht, gewissermaßen einen Wind durch den Namen wehen zu lassen. Das bedeutet es nämlich – ‹Sirocco› – ein wehender Wind», setzte er belehrend hinzu. Ein heftiger Windstoß fuhr aus der Gasse, in die die Katze davongeschlichen war, vielleicht ein gutes Omen. Beide fröstelten sie. «Verflucht kalt. Seit einer Stunde arbeite ich da jetzt schon. Glauben Sie, es gefällt ihnen?»

«Bestimmt.»

«Wollen Sie noch Karten haben? Die sind schon seit der ersten Ankündigung ausverkauft. Aber ich geb Ihnen 'nen Tip:

Kommen Sie am Freitag, am Tag der Vorstellung, um zehn wieder. Dann ist schon geöffnet, obwohl die zurückgegebenen Karten erst ab zwölf verkauft werden. Mary Lee hält aber immer fünf, sechs zurück, falls mal 'n hohes Tier kommt.» Das Lachen des Jungen pfiff. «Sind auch mal 'n paar dagewesen. Das waren, glaube ich, die Gören von so 'nem Herzog. Mary Lee hat sie echt am ausgestreckten Arm verhungern lassen. Sie hat sich in der Zeit, glaube ich, 'ne neue Dauerwelle machen lassen, während die vor dem Schalter rumlungerten und aussahen, als ob sie ganz nötig müßten. Nach Ihnen.» Damit öffnete er Jury schwungvoll die Tür.

«Danke. Und danke für den Tip.»

Der Junge winkte, eilte durch das große Vestibül und sprang die breite Treppe zwei Stufen auf einmal hoch. Jury blickte sich um und malte sich aus, welches Gedränge am nächsten Abend herrschen würde. Noch in dem leeren Vestibül miefte es nach zusammengepferchten Leibern, Schweiß und Bier. Wie bekam man da Luft? Ging Wiggins wirklich in solche Konzerte? Er verrenkte sich den Hals und sah über sich die riesige, offene Rotunde, über deren Geländer sich demnächst Hunderte von bierselig lächelnden Gesichtern beugen würden. Und noch weiter oben war die Barockdecke, bei der ihm wieder jene längst vergangenen Nachmittage einfielen. Der Filmpalast.

«Wir sind ausverkauft!» Eine kindlich näselnde Stimme riß Jury aus seinen Tagträumen von Filmpalästen; er drehte sich um und sah eine junge Frau mit einem Haarschnitt Marke Rasenmäher über verbranntem Gras, die auf einen Getränkeautomaten einhämmerte.

«Mary Lee?»

Das überraschte sie und riß sie aus ihrer trüben Stimmung, zumindest so lange, daß sie fragen konnte: «Und wer sind Sie?»

Anstatt ihr zu antworten, ging Jury zum Automaten, packte ihn mit beiden Händen und schaukelte ihn ein wenig. Die Dose plumpste ins Fach. Mary Lee stieß einen kleinen Schrei aus, zog die Lasche der Dose hoch und brachte sodann ihre miniberockten Schenkel und ihren Pullover mit dem runden Ausschnitt zur vorteilhaftesten Geltung. «Wo haben Sie denn das gelernt?»

«In den Zeiten, als ich pleite war.»

«Woher kennen Sie mich?» Mary Lee blickte von ihrer Coke hoch, an der sie mit der Zunge leckte, und klimperte langsam mit den sandfarbenen Wimpern.

Das arme Ding, etwas mehr Farbe, wie beispielsweise Lippenstift, hätte ihr nicht geschadet. Zumindest aber glitzerten die großen Ringe in ihren Ohren und das im Dekolleté strategisch gut plazierte und mit Straßsteinen besetzte Medaillon. «Ein Freund hat mir erzählt, daß Sie den Laden hier mehr oder weniger schmeißen. Ich wollte mich nur mal umsehen.»

An der Art, wie sie sich mit den langen, perlmuttschimmernden Fingernägeln durch das stoppelige Haar fuhr, um sich den Anschein einer Geschäftsführerin zu geben, war zu merken, daß sie mit dieser Äußerung kaum etwas anzufangen wußte – vollkommen bestreiten wollte sie sie allerdings auch wieder nicht. «Na ja, so könnte man vielleicht sagen. Ich bin eher die Assistentin des Managers. Ich kann Ihnen aber nicht gestatten, daß Sie hier so einfach durch die Gegend laufen. Drinnen ist es ungefähr so gemütlich wie in einem Flugzeughangar. Wieso wollen Sie sich da umsehen? Sind sowieso nur die Roadies drin und bauen auf. Für Sirocco.» Ihre Augen funkelten wie das Aluminium der Dose. «Ich würde sonstwas darum geben, Charlie kennenzulernen.»

«Lernen Sie denn die Stars kennen, die hier auftreten?»

«Eric Clapton schon. Ich hab noch die ganze Woche danach gezittert.» Sie merkte, daß ihre Manager-Aura ins Rutschen kam, und setzte hinzu: «So was wie ihn gibt es natürlich nicht oft. Die meisten sind ziemlicher Durchschnitt.»

Die Tür zum Saal ging auf, und ein junger Mann, einer von den Roadies, dem sie einen kundigen und verächtlichen Blick zuwarf, kam heraus und ging zum Getränkeautomaten.

Gerade wollte er eine Münze einwerfen, da rief sie: «Der ist nur für Angestellte, wenn Sie nichts dagegen haben. Sie haben Ihren eigenen oben in der Garderobe.»

Er drehte sich überrascht um, wirkte ein wenig hilflos, und Jury sah, daß es der junge Mann mit den Instrumentenkästen war, der unter der Markise an ihm vorbeigekommen war. «Entschuldigung», sagte er und verzog sich wieder in den Saal.

«Ich weiß auch nicht, wieso die schon einen Tag im voraus hier rumgammeln müssen.»

«Proben sie hier?»

«*Die?* Die verlassen doch um nichts in der Welt ihre Suite im ‹Ritz›. Wenn man so berühmt ist, braucht man wohl nicht mehr zu proben. Also, wenn der nicht süß ist.»

«Wer? Der Typ, der gerade herausgekommen ist?»

«Nein. Charlie Raine. Und zu haben ist er auch noch.»

Sie seufzte, musterte ihre offensichtlich neuen Schuhe und hielt eine Fessel hoch. «Gefallen sie Ihnen? Haben mich fast dreißig Pfund gekostet, und das im Sonderangebot.» Sie setzte den Fuß wieder zu Boden und den anderen direkt daneben und betrachtete beide andächtig. «Sieht wie Glas aus, was?»

Nicht ganz. Eher wie Acryl; das Oberteil war durchsichtig, die hohen Hacken rauchfarben und die Knöchelriemchen, schmale, mit winzigen Perlen besetzte Acrylstreifen, paßten zu den Hacken. «Schön», sagte Jury. «Schick; für die, die ich neulich im Schaufenster von –» er überlegte einen Augenblick – «Fortnum and Mason gesehen habe, hätten Sie doppelt soviel ausgeben müssen.»

«Echt?» Das wurde geradezu gehaucht.

Tatsächlich konnte Jury sich kaum erinnern, wann er zuletzt bei Fortnum and Mason ins Schaufenster gesehen hatte. Alles viel zu teuer. Dennoch gab es Leute, die dort einkauften: Möhren, Salat, Kohl, zweifellos Könige. Er nickte ernsthaft.

Als das Telefon klingelte, drehte sie sich verdrießlich um und schwankte auf hohen Hacken zur Kasse, um abzuheben. Sie überlegte es sich aber noch einmal anders, kam rasch zurück und flüsterte: «Also, wenn Sie nur mal einen Blick reinwerfen wollen... Aber nicht verraten, okay?» Sie zwinkerte ihm zu und eilte dem hartnäckigen Geräusch entgegen.

Ehe er an jenem Morgen mit der U-Bahn nach Hammersmith gefahren war, hatte er nach dem Exemplar von *Time Out* gesucht, das er schon am vergangenen Abend nicht hatte finden können, ehe er in Kleidern auf dem Sofa eingeschlafen war.

Jury wühlte sich durch unordentliche Stöße von Illustrierten und Papieren, drehte Kissen um, riß die Laken vom Bett, durchstöberte Schubladen und Schränke. Wenn man seine Wohnung vorher als Stall hatte bezeichnen können, so glich sie jetzt einem Schlachtfeld. Und dabei wußte er die ganze Zeit, daß er vergebens suchte; die Illustrierte hatte ganz oben auf dem Stapel da gelegen... Carole-anne... natürlich.

Jury riß sich das Jackett vom Leib und zog sich einen dicken Pullover an, den dunkelbraunen mit dem eingestrickten, schiefen Elch. Ein Geschenk von Carole-anne, die sich Mühe gab, ihn – bekleidungsmäßig – in dem Maß herunterzumachen, in dem sie Mrs. Wassermann aufputzte.

Und schon rannte Jury zur Haustür und die kleine Treppe zu Mrs. Wassermanns Souterrainwohnung hinunter. Sie öffnete beim ersten Klopfen und warf die Hände hoch, als hätte er sie gerade vor einer Diebesbande errettet. «Endlich, endlich sind Sie wieder da.» Sodann faltete sie die Hände unter dem Kinn, als wollte sie ein Dankesgebet zum Himmel schicken.

Aber diese Mrs. Wassermann war nicht mehr die, die er vor wenigen Tagen verlassen hatte. Ihr graues Haar war kraus, eine neue Frisur, aber keine besondere Verbesserung gegenüber ihrem vertrauten, adretten Nackenknoten. Offenbar hatte Carole-anne seine Wohnung gebrandschatzt und Mrs. Wassermann durch die Friseursalons gescheucht. Doch er lächelte nur und machte ihr ein Kompliment über ihre Dauerwelle.

«Nein, nein. Keine Dauerwelle, Mr. Jury. Das ist mit dem Kreppeisen gemacht.»

«Wie bitte?»

«Mit dem Kreppeisen. Sassoon. Die arbeiten nur mit Kreppeisen und Luftdusche.» Dabei bewegte sie die Hand langsam hin und her, um die Bewegungen des Haartrockners anschaulich zu machen. «Nicht mit der Bürste, o nein, Luftdusche. Sie legen viel Wert auf natürliches Haar.»

Jury lehnte sich gegen die Tür. «Sagen Sie, hat Carole-anne auch eine Kreppeisensitzung gehabt? Oder eine Luftdusche?»

«O nein. Doch nicht bei ihrem Haar. Sassoon hat gesagt, wenn man so schönes Haar hat, sollte man nichts damit anstellen.» Mrs. Wassermann hörte sich an, als hätte Vidal höchstpersönlich um sie herumscharwenzelt.

«Aha. Könnte ich wohl den Ersatzschlüssel zur Wohnung unserer schönen Helena haben?»

«Natürlich, natürlich.» Sie ging zum Bücherregal. «Er liegt gleich hinter Mr. le Carré.»

Mrs. Wassermann benannte ihre Bücher immer mit den Nachnamen der Autoren. Miss Austen. Mr. Dickens. Miss Krantz.

Sie gab ihm den Schlüssel, wollte jedoch im Gegenzug keinerlei Erklärung von ihm haben. Mrs. Wassermann hatte eine große Tugend; sie steckte nie die Nase in anderer Leute Dinge. Keiner achtete die Privatsphäre anderer Menschen so wie sie. Jammerschade, daß sich Miss Palutski davon keine Scheibe abschnitt.

«Wenn sie doch bloß nicht meine Wohnung als Flughafen-Lounge für Zwischenstopps benutzen würde.»

«Ach, aber Sie wissen doch, sie kann sich kein Telefon leisten.»

«Warum auch? Sie hat ja meins. Und wenn sie bloß nicht immer Dinge mitnehmen würde. Ich hatte ein Exemplar von *Time Out*, und das brauche ich.»

«Ach, *das*. Das ist hier…» Sie enteilte. «Carole-anne findet, ich müßte wissen, was in der Stadt so alles los ist.»

Ihm schwante nichts Gutes. «Danke, Mrs. Wassermann…»

«Und nicht zu böse auf Carole-anne sein, Mr. Jury. Sie wissen doch, sie steht in der letzten Zeit sehr unter Stress.»

Jury hatte den Fuß schon auf der ersten Stufe, drehte sich aber noch einmal um. «Ja, als ich wegfuhr, war sie kurz vorm Durchdrehen.»

Mrs. Wassermann schlug die Lider nieder und tz-tzte mit der Zunge, als redete er schlecht von den Toten.

Mit ernster Miene sagte Mrs. Wassermann: «Nein, sie liest ihre Karten nicht –»

Ihre Karten? Alles schien unter Carole-annes Regie zu fallen, selbst der Atlantik. Sie sollte im Starrdust nicht Tarotkarten legen und wahrsagen; sie sollte sich den Balboas und Byrds, die es noch gab, anschließen.

«– und sie ist ganz trübsinnig geworden.»

«Trübsinnig. Nein, *das* glaube ich niemals.» Verrückt, ja. Aber trübsinnig, nein. Er war froh, daß sich ihre Obsessionen nur auf Karten und die Fahrpläne der Fähren von Cork und Belfast erstreckten. Was für gefährliche Gewässer sie auf ihrem Weg nach Atlantis festlegte, konnte er sich nicht vorstellen; er wußte nur, daß Carole-anne mit absolutem Selbstvertrauen über die Meere fuhr, und gnade Gott den Haien.

«Sie läßt die Ohren hängen, Mr. Jury. Sie sollten sich um sie kümmern, sie aufheitern. Das kommt wohl davon, daß sie die Rolle nicht gekriegt hat, für die sie so geschuftet hat.»

Carole-anne hatte sich hinsichtlich ihrer ‹Rolle› nicht in die Karten schauen lassen, außer daß sie tüchtig blinde Frau geübt hatte. Weißer Stock, Geklopfe, Gesicht etwas angehoben, Augen, die sich bemühten, glasig auszusehen.

Das war ihr (dachte Jury und lächelte insgeheim) nun wirklich nicht gegeben. Lapislazuliaugen, die versuchten, ausdruckslos und leer zu scheinen – ein Ding der Unmöglichkeit selbst für einen Shakespeare-Darsteller, ganz zu schweigen von einer Teilzeitschauspielerin mit begrenztem Repertoire.

Und dabei war Carole-anne in Wahrheit eine Ganztagsschauspielerin mit riesigem Repertoire, nur weil sie Carole-anne war. Es fiel äußerst schwer, bei diesem jungen Ding bis zum Wesenskern vorzudringen. Frau. Junge Dame. Er war sich nie sicher; und ihr Alter änderte sich von Tag zu Tag.

«Danke.» Er grüßte Mrs. Wassermann mit der aufgerollten Illustrierten. «Ich kümmere mich um sie.»

Charlie Raine war anscheinend berühmt für sein Talent, Interviews aus dem Weg zu gehen und den Medien ein Schnippchen zu schlagen.

Jury las den Artikel über Sirocco, fing noch einmal von vorn an und las ihn ein zweites Mal. Darauf las er ihn ein drittes Mal. Die anderen Mitglieder der Band – Alvaro Jiminez, Caton Rivers, der hünenhafte John Swann (ein Sexsymbol, was er auch wußte), der Drummer, Wes Whelan – alle waren interviewt worden, alle hatten etwas von sich gegeben. Jiminez erzielte Spitzenwerte für Natürlichkeit und Intelligenz. Swann war ein einsilbiger Selbstbeweihräucherer, jemand, der mit sich selbst Tennis spielte. Whelan und Rivers wirkten recht still. Aber Charlie Raine war nicht einmal in der Hotelsuite gewesen, was der Reporter übel vermerkte.

Und so bekam der geneigte Leser über Siroccos Lead-Gitarristen und Sänger nur Informationen aus zweiter Hand. Wobei Jiminez eine verläßlichere Quelle war als jemand wie Swann, der allen die Schau zu stehlen suchte. Doch nicht einmal die Doppelhalsgitarre, die er andauernd ins Bild hielt, vermochte davon zu überzeugen, daß er der wichtigste Mann der Truppe war.

Wenn überhaupt, dann war es Alvaro Jiminez, der die Band ursprünglich zusammengestellt hatte, ein Schwarzer aus dem Mississippi-Delta, ein Meister des Blues. Whelan stammte aus Dublin, Rivers aus Chicago und Swann und Raine waren Engländer. Eine merkwürdige Mischung, fand der Interviewer mit fragendem Unterton. Niemand ging auf die «Mischung» ein; niemand klärte ihn auf, wie sie sich gefunden hatten. Jiminez sagte: «Wir sind uns einfach über den Weg gelaufen.»

Und die wichtigste Frage überhaupt konnte niemand beantworten: Warum verließ Charlie Raine die Band? «Vermutlich» – Jury mußte lächeln, weil Jiminez nicht zu packen war – «will Charlie einfach nicht mehr.»

Und wie sollte es mit der Band weitergehen?

«Haarscharf wie früher, Kumpel», hatte Swann gesagt (ein wenig aggressiv, befand der zartbesaitete Reporter).

Es gab mehrere Fotos von ihnen in ihrer schlampigen Kleidung und in unterschiedlichen Posen; salopp, ungeniert lümmelten sie sich in ihrer Suite im «Ritz».

Das Interview war Quatsch mit Soße. Jury mochte die Band, sogar Swann, der irgendwie einem altmodischen Helden aus Kitschromanen glich. Zumindest bei diesem Interview waren sie ein Herz und eine Seele gewesen. Jury legte die Illustrierte beiseite, verschränkte die Hände hinter dem Kopf und ließ sich tiefer aufs Sofa rutschen. Nein, hatten sie gesagt, sie wüßten nicht, warum Charlie aufhören wollte. Nein und nochmals nein. Sie hatten nicht den leisesten Schimmer.

Jury hatte durchaus einen.

28

Jury betrat den Saal durch die mittlere einer Reihe von Doppeltüren. Der Saal war leer, abgesehen von einem Mann an einem der Mischpulte zu seiner Rechten. Wohl der Toningenieur von Sirocco. Der Bursche gönnte ihm keinen Blick, widmete sich nur seiner Technik. Dem war es sicher einerlei, wer hier sein durfte und wer nicht. Beim Anblick seines langen Pultes mit den komplizierten Tasten, Hebeln und Knöpfen und den pulsierenden Lämpchen mußte Jury an ein Raumschiff denken.

Mary Lee hatte mit ihrer Einschätzung des Saals völlig danebengelegen. Er hatte überhaupt nichts von einem Hangar oder Lagerschuppen an sich, nein, er ließ immer noch ahnen, wie prächtig dieses Art déco-Interieur einst gewesen war. Die Vorrichtungen für die Beleuchtung stammten wahrscheinlich nicht mehr von damals, aber er konnte sich auch täuschen.

Die Entfernung von seinem Standort hinten im Saal bis zur Bühnenmitte betrug an die dreißig Meter, und die Bühne mußte insgesamt das gleiche in der Breite messen. Das ist sicher mal die größte Leinwand von ganz London gewesen, dachte er.

Seitlich befand sich eine Phalanx von Lampen, und über ihm werkelten ein paar Techniker an der riesigen Verstrebung, auf der Stahlbänder mit zwei, drei Dutzend Lampen nebeneinander angebracht waren. Die Arbeiter hockten so hoch oben, daß es gefährlich für jeden wirkte, der kein Trapezkünstler war. Die große Verstrebung befand sich an die sieben, acht Meter über der Bühne. Die Männer beendeten ihre Arbeit, kletterten herunter und gingen nach rechts ab. Jury konnte ein Stück Metalltreppe sehen, die zu den nicht zugänglichen Räumen im nächsten Stock führen mußte.

Einer der Roadies kam herein, stellte einen weiteren Verstärker ab und ging durch die Bühnentür rechts ab. Jury hatte draußen die Lieferwagen parken sehen.

Der einzige von der Truppe, der jetzt noch auf der Bühne war, schleifte ein Kabel hinter sich her und zog ein Mikrofon – es gab ihrer fünf – zur Bühnenmitte, vorn an die Rampe. Es war der Typ, den Mary Lee vom Getränkeautomaten verscheucht hatte. Er richtete das Mikrofon und horchte dann auf eine Stimme, die offenbar von der Treppe an der rechten Seite gekommen war. Jury konnte nur etwas mit «Licht» hören.

Der junge Mann antwortete mit einem Lachen und einem «Wozu?». Dann schirmte er die Augen mit der Hand ab und blickte zum hinteren Teil des Saals – Jurys erster Gedanke war, daß er jetzt rausgeworfen würde –, aber die Aufmerksamkeit des Burschen auf der Bühne galt anscheinend dem Mann am Mischpult. Der Toningenieur hob die Hand.

Der junge Mann holte eine Gitarre aus einem der Kästen, legte sich den Gurt um und begann mit der klassischen Einleitung zu einem spanischen Stück, das, soweit Jury wußte, von Segovia war.

Mary Lee hatte ihn nicht erkannt, und doch wünschte sie sich nichts sehnlicher, als seine Bekanntschaft zu machen. Jury lauschte den Stakkati des Gitarristen und den Arpeggio-Läufen des Liedes und dachte bei sich, daß Anonymität gar nicht so schwer zu haben war. Der junge Mann da hatte ihr direkt gegenübergestanden, und sie, die sein Foto Tag für Tag vor Augen hatte, hatte nicht geschaltet. Selbst im Umfeld des Theaters, in dem er am nächsten Abend auftreten sollte, war er nicht erkannt worden. Vielleicht doch nicht so erstaunlich. Man sieht, was man erwartet, und man erwartet eben nicht, daß der Lead-Gitarrist einer berühmten Rockband seine Instrumente selber anschleppt oder sich bemüht, seine Coke selbst zu holen, wo ein halbes Dutzend Groupies – ganz zu schweigen von Mary Lee – für das Privileg, ihm zu holen, was immer er brauchte, auf Knien dorthin gekrochen wären. Und mit Sicherheit erwartete man nicht, ihn ohne die übrige Band zu sehen.

Und Starallüren hatte er auch nicht. Weder sein Äußeres (Jeans und verwaschenes Denimhemd) noch seine Bühnenpräsenz strahlten dergleichen aus. Gerade seine Bühnenpräsenz nicht (dachte Jury), wirklich bemerkenswert. Charlie Raine schien nichts von dem zu besitzen, was Wiggins und Macalvie als «Auftreten» bezeichnet hätten. Denn dieses klassische spanische Stück gewann seine Kraft nicht durch Charlie Raines Auftreten. Die Gitarre hätte genausogut ihn spielen können wie umgekehrt.

Das hier war schlichte Selbstentblößung. Er mußte exakter und präziser sein als mit der elektrischen Gitarre; die Noten lagen bloß wie Nervenenden.

Und sie schienen in der Luft zu kristallisieren; lange Noten, die sich aufschwangen und einschlugen wie ein Gewitter, wie Leuchtspurmunition, so daß sich Jury vorkam wie im Kreuzfeuer.

Die Musik war einschmeichelnd und ungestüm zugleich. Unversehens endete das Stück mit einer donnernden Folge von ausgehaltenen Akkorden.

Als das Echo verklungen war, hatte Jury die eigenartige Empfindung, in einem Vakuum zu stehen, als wäre die Luft aus dem Saal gesogen worden und als würden die Wände jeden Moment nach innen einfallen.

Charlie Raine schlüpfte aus dem Gurt der Gitarre und legte sie wieder in ihren Kasten, knöpfte sich das Hemd auf und trocknete sich Gesicht und Haare mit dem Hemdzipfel ab. Dann holte er eine andere Gitarre aus dem zweiten Kasten und machte den Gurt daran fest. Sie war so weiß wie bleiche Gebeine und schien im Halbdunkel zu leuchten. Sodann steckte er das herunterhängende Kabel an eine der vielen schwarzen Boxen, klimperte einige Akkorde und stimmte.

Jury stieß die nahegelegene Tür in der Nische gerade weit genug auf, daß er das Vestibül überblicken konnte. Keine Mary Lee in Sicht. Dann tauchte ihr Gesicht hinter dem Kassenfenster auf, sie wirkte eher verloren als gelangweilt. Von der kleinen Öffnung umrahmt, wirkte das Gesicht kleiner, ja, erschöpft, und da niemand da war, den sie damit hätte beeindrukken oder einschüchtern können, erheblich trauriger und verletzlicher. Jury ließ die Tür leise ins Schloß fallen, ging zum Automaten und warf Münzen ein. Er schnappte sich die Dose und drehte sich um. Mary Lees Kopf fuhr von ihrer Illustrierten hoch. Er winkte sie zu sich.

Sie verschwand vom Fenster, trat aus der Tür ihres «Büros» und bemühte sich wieder um Blasiertheit. «Immer noch da?»

«Los, kommen Sie.»

Sie runzelte die Stirn. «Wohin denn? Ich muß meine Buchführung machen.»

«Haben Sie nichts gehört?»

«Was denn?»

Jury drückte ihr die Coke in die Hand und ergriff ihren Arm. Sie schien über diese unsanfte Behandlung so überrascht, daß sie sich in den Saal schieben ließ. Sie begehrte allerdings leise auf, murmelte so was wie, sie würde ihren Scheißjob verlieren –

«Pssst.»

Das mußte er nicht zweimal sagen.

Sie stand mit offenem Mund im Mittelgang, stand wie angewurzelt im Bann der Bühne, des Sängers, des Liedes. Sie neigte sich zur Seite, so als ob die Schwerkraft, die sie auf den Sitz zog, nicht stark genug wäre, um gegen die Urgewalt dieser Entdekkung anzukommen. Und immer noch hielt sie die Dose umklammert, stand mit Schlagseite wie ein Hypnotisierter, der stundenlang den Arm hochhalten kann.

Charlie Raine sang, wie er Gitarre spielte, jedes einzelne Wort kam über. Seine Stimme füllte den riesigen, leeren Raum und klang so gläsern und klar, als klopfte jemand an Kristall.

and yesterday's sun
have all begun
to fade

Charlie besaß keine dieser Killer-Stimmen wie Otis Redding oder Presley, die die Zuhörer mit einer Note, einem Satz zur Strecke bringen konnten. Was Jury jedoch anrührte, war die Aufrichtigkeit, der «Sound», von dem Wiggins gefaselt hatte, als er mit Macalvie stritt; leider hatte Jury nur die Hälfte davon mitbekommen. Doch selbst sein ungeschultes Ohr merkte, daß dieser Sänger völlig in seiner Kunst aufging.

I watch the streetlamp down below
I watch you turn, I watch you go
away
under yesterday's sky

Was er in diesen Song hineinlegte, war mit Worten nicht zu beschreiben. Jury war, als öffnete der Song das Fenster auf eine weiträumige Landschaft, die er noch nie zuvor gesehen hatte. Charlie war durchsichtig; er war zugänglich. Jede Wette, daß diese Eigenschaft umwerfend auf seine Zuhörer wirkte.

and when the leaves are blowing down the lane
I know I'll see your image through
yesterday's rain
yesterday's rain
yesterday's rain.

Der Regen von gestern warf jedenfalls Mary Lee einfach um. Sie weinte jetzt, wie er manchmal Kinder hatte weinen sehen, war sich gar nicht bewußt, daß ihre Tränen wie Wassertropfen auf die Cokedose perlten, die sie noch immer in der Hand hielt.

Jury holte sein Taschentuch hervor, doch sie stand wie verzaubert, selbst als der Schlußakkord mit einem Tremolo verklungen war. «Kommen Sie», sagte er und trocknete ihre Tränen. «Er packt zusammen.»

Als Mary Lee aufging, daß sie Jury durch den Mittelgang zur Bühne folgen sollte, erstarrte sie zur Salzsäule. Der Typ am Mischpult hatte sich verzogen, wahrscheinlich zum Getränkeautomaten oder auf die Toilette. Mary Lee kniff die schmalen Lippen zusammen, damit sie nicht einfach herausplatzte. Das einzige, was sie zustande brachte, war ein anhaltender *Ammmmmmm*-Ton gleich einer vibrierenden Gitarrensaite.

Jury schob ihr die Hand unter den Arm und gab ihr einen kleinen Schubs. Er wußte, daß sie es sich später nie verzeihen würde, wenn sie diese Chance verpaßte. «Ich übernehme das Reden. Sie sehen ihn einfach nur an.»

Bei diesen Worten strich sie die Segel, gab einer Versuchung nach, die einfach zu groß war. Sie wankte auf hohen Hacken und mit weichen Knien durch den Mittelgang hinter ihm her.

«Sie sind Charlie Raine?»

Er drehte sich überrascht um, wieder beladen mit seinen beiden Gitarren, einem tragbaren Verstärker und zwei kleinen schwarzen Blechkästen. Er kam an die Rampe, kniff die Augen zusammen und blickte zu ihnen hinunter.

«Ja. Wieso?»

Jury zückte seinen Dienstausweis, was schwierig war, weil er sich kaum bewegen konnte. Mary Lee stand so dicht hinter ihm, daß sie fast mit ihm zu verschmelzen schien. «Ich bin Richard Jury, Metropolitan Police.» Es war besser, er verschwieg den Kriminalbeamten; sollte Charlie Raine doch denken, er käme vom Rauschgiftdezernat. Und schon schämte er sich wegen seiner albernen Lüge. Aber durch eine Lüge kam er nun mal leichter mit ihm ins Gespräch. Welchen Grund hätte er sonst auch nennen können, der ihn aus der Masse x-beliebiger Fans herausgehoben hätte?

Charlie musterte den Dienstausweis kurz; sein hübsches Gesicht blieb gelassen und ernst. Er sah Jury an. «Haben Ihnen meine Stücke nicht gefallen?»

Wenn er lächelte, stand alles unter Hochspannung, und das schien Mary Lee im wahrsten Sinne des Wortes an- und hinter Jurys Rockschößen hervorzuziehen.

«Das ist Mary Lee», sagte Jury. Er kannte nicht einmal ihren Nachnamen.

Charlie begrüßte sie und reichte ihr die Hand, die aber nur auf die Cokedose in Mary Lees Hand traf. Er blickte darauf und dann zu Mary Lee.

«Hab ich Ihnen mitgebracht», platzte sie heraus und fügte hinzu: «Es tut mir leid.»

Er verstand, wofür sie sich entschuldigte. «Danke, Mary Lee.» Er wischte die Dose mit dem Hemdzipfel ab und zog sie auf. Trank einen Schluck und runzelte leicht die Stirn.

Jury fragte sich, ob die Coke wohl nach Mary Lees Tränen schmeckte. «Ich mag Ihre Stücke, Ihre Musik. Sehr sogar.»

«Was soll das Ganze dann? Habe ich etwas verbrochen –?»

«Ich hätte gern gewußt, ob Ihnen irgend etwas zu Ohren gekommen ist?»

Charlie runzelte die Stirn, schüttelte den Kopf, nein, Fehlanzeige. Er drehte sich um und griff sich eine große Tasche.

«Wir haben nämlich Ärger.» Erstaunlicherweise kam das von Mary Lee. Sie hatte festgestellt, daß ihre Stimme doch noch funktionierte, hatte Jurys schützende Fittiche verlassen und machte sich nun ans Ausschmücken seiner Andeutungen. «Man hat Koks gefunden – ein ganzes Kilo, um genau zu sein –, oben im Projektionsraum.»

Jury traute sich nicht, sie anzusehen, er mußte zu sehr mit dem Lachen kämpfen. Wieso machte Mary Lee bei dieser Scharade mit? Sie hatte wirklich eine rasche Auffassungsgabe und schien zu ahnen, daß es sich um ein Spiel handelte. Wahrscheinlich wollte sie nur die Begegnung in die Länge ziehen. Oder sie wollte Charlie nur wissen lassen, daß sie nicht zu den üblichen geschwätzigen Fans gehörte, sondern jemand mit Einfluß war.

«Tut mir leid. Wie ich schon sagte, mit Rauschgift habe ich nichts am Hut. Ich nehme keins.»

Sie riß die Augen auf. «Oh, das haben wir auch gar nicht unterstellt; ich meine, das sieht man doch auf Meilen gegen den Wind. Aber wenn Ihrer Band was zu Ohren kommt, wenn sich was tut –»

Sich etwas tat? Jury biß sich auf die Lippen.

«– dann kommen Sie direkt zu mir damit, okay? Mit niemand sonst darüber reden.» Sie hob die Schultern, gab Jury eine Chance. «Außer vielleicht mit ihm.»

«Wird gemacht.»

«Noch was...» Mary Lees Stimme hüpfte unversehens eine Oktave nach oben. «Ob ich wohl ein Autogramm von Ihnen haben könnte?»

«Klar.» Charlie lächelte, und das beendete ihre hektische Suche nach einem Fetzen Papier beinahe durch elektrischen Kurzschluß. Jury sah, wie sie sich bückte, und befürchtete schon, sie würde den Saum ihres Unterrocks abreißen. Sie streckte Charlie einen hochhackigen Schuh hin. «Da.»

Ein kurzes, verblüfftes Lachen. «Aber ich versaue Ihnen ja die Schuhe. Ich müßte doch etwas…» Aber er hatte nichts in der Tasche. Jury hatte schon sein Notizbuch hervorziehen wollen; doch er ließ es stecken. Die Ernsthaftigkeit, mit der Mary Lee ihr Ziel verfolgte, hielt ihn zurück.

«Ach, das geht schon in Ordnung. Machen Sie sich keine Gedanken. Es sind alte; ich zieh sie kaum noch an.»

Jury reichte Charlie, der immer noch unschlüssig schien, seinen Füller. «Ich glaube nicht, daß die Tinte auf dem durchsichtigen Zeugs hält –»

«Geht in Ordnung. Wenn nicht, dann finde ich was anderes», sagte sie sachlich und sah wie gebannt zu, als er das Oberteil ihres Schuhs vorsichtig mit Tinte beschrieb. Er reichte ihr den Schuh zurück.

Mary Lee nahm ihn behutsam entgegen, so als wäre er wirklich aus Glas. Sie sagte gar nichts, sondern studierte nur die Beschriftung. Jury, der neben ihr stand, konnte sie auch lesen: *Für Mary Lees Schuh. Charlie Raine.*

Das war zuviel für sie. Wortlos drehte sich Mary Lee um und humpelte auf dem Mittelgang zurück ins Dunkel.

«Kann ich Sie ins Hotel bringen?» fragte Jury.

Charlie warf sich auch noch die Tasche über die Schulter und sagte: «Schönen Dank. Aber ich wollte eigentlich nur in den Pub um die Ecke. Habe den ganzen Tag noch nichts gegessen. Wollen Sie mitkommen?»

«Ich könnte auch einen Schluck vertragen.»

Charlie Raine stellte die Wattzahl seines Lächelns höher. «Da können wir über Rauschgift reden.»

«Sie sind nämlich nicht vom Rauschgiftdezernat», sagte Charlie, als sie dort waren. «Sie sind von der Kripo.»

Jury holte gerade die Getränke, und Charlie stand am Tresen mit den warmen Gerichten und schien mit seinen Gedanken ganz bei den großen Schüsseln mit Salat und Reis, die eine junge Frau mit rostrotem Haar beflissen mit Frischhaltefolie abdeckte.

Der Pub war einfach, Tische und Stühle aus Kiefernholz, eine lange Theke, der nur die auf den Borden aufgereihten Flaschen ein wenig Flair und Farbe gaben. Keine hübschen Spiegel, keine unechten Tiffany-Lampenschirme. Aber eine Reihe von gerahmten Postern und Fotos von Musikern, die vermutlich im Odeon gespielt hatten. Tatsächlich, gleich hinter der Essenstheke und dem Mädchen mit der Schürze hing das mittlerweile wohlbekannte Poster von Sirocco.

Sie richtete sich auf, Hände in den Hüften. «Schon nach zwei. Essen gibt's nur bis zwei Uhr.» Sie warf beiden eisblaue Blicke zu.

«Auch keinen Käseteller? Irgendwas Kaltes?»

Ihr Seufzer war überwältigend, die zur Decke gerichteten Augen signalisierten Gott, daß sie in ihrem Job eine wahre Märtyrerin war. «Und was, bitte schön, ist daran so lustig?»

Das galt Jury, der an der Bar stand und dem fetten Barmann beim Bierzapfen zusah. Er hatte auf das Poster hinter ihr geblickt, gelacht und den Kopf geschüttelt.

«Wenn ich Sie wäre», sagte Jury, «würde ich ihm geben, was er will.» In seinem Ton lag eine leise Drohung.

Das verstärkte ihr Märtyrertum noch. «Wenn Sie *ich* wären... tja, sind Sie aber nicht, jedenfalls, soweit ich das sehe.» Die Hände in den Hüften, drehte sie sich vom einen zum andern, zeigte ihre Hüften von ihrer besten Seite. «Wer sind Sie überhaupt, daß Sie hier reinkommen und mir sagen –»

«Polizei», sagte Jury und hielt ihr seinen Dienstausweis unter die Nase.

Ihr Gesicht erbleichte unter dem braunen Make-up, als würde eine Maske abrutschen. «Also, das... ich... oh...» Und sogleich machte sie sich daran, den Deckel von der Käseplatte zu nehmen und ein dickes Stück abzutrennen. Nicht jedoch, ohne ihnen mit einer wegwerfenden Handbewegung zu bedeuten, daß er ihr damit keineswegs Angst eingejagt hätte, sondern daß sie den Imbiß nur in ihrer unendlichen Güte zubereitete.

Sieh doch hoch, forderte Jury sie stumm auf. Sie tat es nicht. Charlie betrachtete das Gesicht auf dem Poster, als gehörte es einem andern, der auch nicht weiter interessant war.

Sie setzten sich an einen zerkratzten Tisch mit Brandlöchern, und Jury sagte: «Kripo. Sie sehen aber genau hin.»

Charlie schüttelte den Kopf, musterte Jury über den Rand seines Bierglases und sagte: «Nein. Das habe ich nicht von Ihrem Dienstausweis; ich kenne Ihren Namen.»

Jury betrachtete das riesige Poster, nach dem man Charlie offenbar doch nicht erkannte, und antwortete lächelnd: «Bin ich so berühmt?»

Charlie erwiderte das Lächeln nicht. «Ich lese Zeitung –»

Der Rotschopf vom Essentresen stellte Charlie einen Teller hin. Sie trödelte jedoch ein wenig und musterte ihn prüfend.

«Danke», sagte Charlie.

«Gern geschehen.» Und sie entfernte sich mit wiegenden Hüften wie ein Seemann auf Landgang.

«Kommt das öfter vor?»

«Was?» Charlie belegte eine Scheibe Brot mit Käse.

«Daß man Sie nicht erkennt. Sie zerbricht sich den Kopf, wo sie Sie schon mal gesehen hat, dabei hängt das Poster direkt über ihrem roten Haar.»

«Kommt öfters vor.» Er dekorierte den Käse mit einer Gewürzgurke und biß ab. «Alvaro wird von uns allen am meisten erkannt. Aber der ist auch groß und schwarz. Ich will damit sagen, Hendrix hätte bestimmt nicht die Straße langgehen können, ohne daß man ihn betatscht hätte und ein paar Leute umgekippt wären und so weiter. Oder Elvis. Ich habe ein Dutzendgesicht. Ist mir aber recht so.»

«Sie sagen, Sie lesen Zeitung –»

«Ihr Name stand drin. Der Mord in Yorkshire. Was passiert, wenn ein Polizist Zeuge ist?»

«Gar nichts. Der hat nicht mehr Gewicht als jeder andere Zeuge.»

«Ach ja?» Charlie belegte eine weitere Scheibe mit einem Stück krümeligem Cheshire-Käse, tat Mixed Pickles obenauf und versuchte, einen Bissen von der dicken Schnitte abzubeißen. Und die ganze Zeit fixierte er Jury mit ausdruckslosen Augen. Merkwürdig, im Theater hatten sie ganz anders gewirkt. Es war, als wären die Farben auf einem impressionistischen Gemälde verblaßt, wären aus einem Monet entwichen, abberufen worden, um anderswo Farbe zu geben. Jury bezweifelte, daß das Lächeln, das Mary Lee gegolten hatte, oft zum Einsatz kam.

Selten war er auf eine Situation so schlecht vorbereitet gewesen. Die Bemerkung über den Mord traf ihn völlig überraschend.

Beide schienen sie darauf zu warten, daß der andere mit Informationen herausrückte – ein Signal, einen Anhaltspunkt gab –, als pokerten sie.

Jury legte die Karten auf den Tisch. «Sie sind seit zwei Tagen in London, wollen ein Konzert geben, und da fällt Ihnen ein so obskurer Mordfall in West Yorkshire auf?» Er lächelte dünn.

«Ich fand die Meldung einfach interessant. Ein Beamter von Scotland Yard als Zeuge. Sie haben alles mit angesehen.»

«Ja.» Mehr sagte Jury dazu nicht.

«Sie dürfen wohl nicht darüber sprechen.»

«Was möchten Sie denn gern wissen?»

«Ich?» Er riß die Augen auf. «Nichts.» Als Jury sich nicht dazu äußerte, setzte er hinzu: «Na ja, es hat mich wohl interessiert, weil ich da geboren bin. Leeds. Aber das wissen Sie wahrscheinlich.»

«Woher sollte ich das wissen?»

«Sie sind doch ein Fan.» Charlies Versuch zu lächeln ging daneben. Als er zur Papierserviette griff und sich scheinbar den Mund abwischte, kam es Jury vor, als wolle er eher das falsche Lächeln abwischen.

Jury blickte zum Imbißtresen hinüber. Dort stand die Rothaarige, die Beine gekreuzt, rauchte und grübelte noch immer. *Ein Stammkunde? Sei nicht doof, die kennst du doch alle. Vielleicht ein Straßenmusikant. Hat eine Gitarre dabei. Das wird's sein. Bin in der U-Bahn Hammersmith an ihm vorbei. Nein, doch nicht.* Mit einer gereizten kleinen Bewegung schnippte sie Asche von der Zigarette, stellte sich aufs andere Bein und starrte wieder Charlie Raine an.

Jury konnte ihre Gedanken lesen. Wenn er doch nur auch die von Charlie lesen könnte.

«Ich glaube, es war – eine große Tragödie, der Mord da.»

Charlie legte das angebissene Brot auf den Teller zurück und sah es an, als gehörte es zu einer verschwommenen Erinnerung, als wäre es ein Puzzleteilchen aus seiner Vergangenheit, das nirgendwo passen wollte. Dann griff er in die Tasche seiner Jeans, zog ein paar Münzen heraus, stand auf und ging zur Musikbox.

Dort trödelte er ein wenig herum, stützte sich auf das Glasgehäuse und blickte hinein. Als er zurückkam, begann eine volle Stimme, eine Stimme wie ein Reibeisen, zu singen. *«I was born... by a little old river...»* Der Sänger hielt das *born* lange aus, eine aufregende Stimme.

«Otis Redding», sagte Charlie. Er lehnte sich zurück, kippelte mit dem Stuhl und sah an Jury vorbei ins Nichts. Dann sagte er: «Sein Flieger ist über Wisconsin abgestürzt; er war erst sechsundzwanzig.»

«Wie alt sind Sie? Zwanzig, einundzwanzig?»

«Dreiundzwanzig. Warum?»

«Weil Sie aufhören.» Jury erwartete darauf keine andere Antwort als die, die Charlie schon Jiminez gegeben hatte.

Und so überraschte es ihn, daß Charlie seinen Teller zurückschob und erwiderte: «Ich habe alles geschafft, was ich wollte.» Er rutschte etwas auf der Bank, lagerte einen schmuddeligen Reebok-Turnschuh hoch und legte den Arm aufs Knie. Eine lustlose Pose; entweder blickte er den Rotschopf oder die Musikbox an. Die junge Frau wusch immer noch ab und behielt ihn dabei mit leicht gefurchter Stirn im Auge. «Ob sie noch schaltet?» Er holte sich eine Zigarette aus Jurys Packung, riß mit der Daumenkuppe ein Streichholz an und inhalierte tief. «Mir geht es wie Otis: ‹Too hard living, afraid to die›.» Er fixierte dann seine Zigarette und rauchte vor sich hin.

«Sie sind ganz oben, und das wollen Sie nicht genießen, obwohl Sie dafür unendlich geschuftet haben müssen? Sie haben sich beim Üben doch sicher die Finger blutig gespielt.» Jury betrachtete die Hand mit der Zigarette. Die Fingerkuppen waren mit winzigen Narben geriffelt.

Charlie antwortete nicht.

«Und was dann?» fragte Jury.

Er hob die Schultern. «Für eine Weile nach Haus.»

«Nach Leeds?»

«Nach Leeds. Ich suche mir ein festes Engagement.» Er blickte Jury mit zusammengekniffenen Augen durch den Rauchschleier an. «Lahme Antworten, was?»

Dieses Mal ging Jury nicht darauf ein.

«Ich muß los, Mann.»

Sein amerikanischer Akzent überlagerte den britischen; er war wohl seit Jahren daran gewöhnt.

«Wer ist am Keyboard?» fragte Jury.

Charlie war darüber so erstaunt, daß er aufhörte, Pfunde und Pence hinzuzählen. «Caton Rivers. Warum?»

«War nur so eine Frage. Spielen Sie auch manchmal Keyboard?»

Er stapelte die Pfundmünzen, die Zehn- und Fünfpencestücke und winkte dem Rotschopf. «Nein, kaum.» Dann zog er den Reißverschluß seiner Jacke hoch und sammelte seine Instrumente ein.

«Nell Healey wird nicht mit einer Standpauke davonkommen. Es hat schon des ganzen Gewichts des Namens Citrine-Healey bedurft – ganz zu schweigen von dem Geld –, damit sie nach dem Mord an ihrem Mann nicht in Untersuchungshaft kam. Jetzt –»

Charlie erstarrte in der Bewegung. «Wahrscheinlich hatte sie einen verdammt guten Grund, ihn umzubringen.» Die Kellnerin schob das Geld zusammen, ohne ihn aus den Augen zu lassen. Aber Charlie bemerkte sie nicht einmal. «Und es kann Gott weiß wie lange dauern, bis sie vor Gericht kommt.»

Jury stand auf. «Ich fahre morgen nach Haworth. Soll ich Sie nach Leeds mitnehmen?»

«Morgen abend gibt Sirocco ein Konzert. Wußten Sie das nicht?»

«Doch.»

«Kommen Sie auch?»

«Hoffentlich. Wenn ich Mary Lee ein paar Karten abluchsen kann.»

Charlie griff in seine Gesäßtasche. «Klar könnten Sie das, aber nehmen Sie lieber die hier.» Er gab Jury zwei Karten. «Ein Freund von mir schafft es nicht.»

Jury lächelte. «Auf dem Weg zum Yard werde ich garantiert niedergestochen. Es ist so schwer, dranzukommen.»

Charlie Raine fuhr sich mit der Hand durchs lange Haar. «Also –» Sein Blick wanderte an Jury vorbei zur Theke. Jurys Augen folgten seinen, und da stand der Rotschopf, die Füße brav nebeneinander, Geld in der Hand, mit einem unglücklichen, wissenden Blick. «Halten Sie bitte mal.»

Jury sah ihm nach, sah, wie er sich umblickte, sich einen Pappteller von dem Stapel griff und ihr den Kugelschreiber aus dem Gürtel zog. Er schrieb, gab ihr den Teller, fast mußte er ihn ihr aufdrängen, denn sie stand noch immer mit aufgerissenen Augen wie angewurzelt da.

Seinetwegen müßte niemand leiden, dachte Jury, wenn er etwas daran ändern könnte.

«Danke für das Bier», sagte Jury. «Kann ich Sie irgendwo absetzen?»

Sie standen jetzt draußen und betrachteten den kalten, harten Himmel. «Ich will eigentlich nirgendwo richtig hin. Nur ein bißchen rumgucken. In London gehe ich gern zu Fuß.»

«Ich auch», sagte Jury.

29

JURY BETRAT SEIN BÜRO im New Scotland Yard und fand Wiggins damit beschäftigt, sich emsig durch ein abschreckend dickes Buch zu blättern, dessen Einband sich seinen behutsamen Bemühungen zu widersetzen schien; es hatte schon zu lange ungelesen herumgelegen.

«Hallo, Wiggins.» Jury hängte seinen Regenmantel auf und ließ sich auf seinen Stuhl fallen, daß es krachte, was den Anschein erweckte, als bestünde zwischen dem Stuhl und der alten Schwarte eine symbiotische Beziehung. Drei andere, gleichermaßen dicke Wälzer lagen aufgeschlagen und waren mit Sachen beschwert, die Wiggins gerade zur Hand gehabt hatte: ein kleiner Tonkrug, aus dem Jury ihn etwas löffelweise in seinen Tee hatte geben sehen; eine Dose mit Halspastillen zwischen den Seiten eines anderen Buches, ein Kohlekeks als Lesezeichen. In seiner augenblicklichen Lektüre hatte er mehrere Stellen mit Aspirin markiert.

«Was ist das? *Gray's Anatomie*?»

Wiggins schenkte ihm ein zerknittertes Lächeln, widmete sich wieder seinem Buch und markierte eine weitere Seite mit einem kleinen Zylinder, der Jury ganz nach einem Räucherstäbchen aussah. Der Sergeant war so in seine Recherchen vertieft, daß ihn nichts zum Lachen bringen konnte.

Jury griff nach dem Eingangskorb und sah den unordentlichen Haufen durch, als Wiggins höflich aufblickte und sagte, er habe mehrere Berichte zum Abzeichnen und was übrigens der Arzt sage?

«Hmm? Das Übliche.» Jury unterschrieb zwei Papiere, die als «Dringlich» markiert waren, und warf sie, zusammen mit der Hälfte von all dem anderen Kram, der sowieso nur den üblichen Büroumlauf machte, in den Ausgangskorb. Dann drehte er sich um und starrte aus dem Fenster ohne Aussicht und dachte über Charlie Raine nach. «Versuchen Sie, an die Band ranzukommen.»

Wiggins warf ihm über den Schreibtisch hinweg einen erstaunten Blick zu. «Die Band?»

«Sirocco. Sie wohnen im ‹Ritz›, oder?»

«Ja.»

«Ich möchte mich mit ihnen unterhalten – mit Jiminez.»

Wiggins verzog gequält das Gesicht. «Nicht *Schim*-inez, Chim-*in*-ez. *Chim*.»

«Hört sich an wie eine Halskrankheit. Rufen Sie das Hotel an. Richten Sie ihm aus, daß ich ihn sprechen möchte. Ist was?»

«Nichts, Sir.» Das kam geradezu zackig heraus.

«Sie brauchen nicht gleich zu salutieren.»

«Die geben morgen aber ein Konzert.»

«Na und? Die Rede ist von heute. Und Morpeth Duckworth und Mavis Crewes.»

Wiggins blickte ihn fragend an. «Gibt es eine Verbindung zwischen Sirocco und den beiden?»

«Nicht unbedingt.» Jury hatte bei sich beschlossen, Wiggins nichts von Charlie Raine zu erzählen. Er mußte auf Nummer Sicher gehen; je weniger Wiggins wußte, desto weniger würde Chief Superintendent Racer Neigung zeigen, ihn mit dem Spazierstock zu Brei zu schlagen, weil er in fremden Revieren wilderte. Meine Güte, was für ein bescheuerter Ausdruck. «Ich bin bloß ein Fan.» Jury lächelte. «Toll, was.»

Dann drehte er sich wieder um und starrte den nackten Beton an, auf den das Fenster ging. Er dachte über das Lied nach. Er hatte einfach nicht mitgekriegt, was er da hörte. «Yesterday's Rain». Er stützte die Stirn in die Hände und betrachtete die grauen Betonplatten des gegenüberliegenden Gebäudes.

Er schaffte es nicht, Vergangenheit und Gegenwart auseinanderzuhalten. Es klappte nicht mit der Konzentration. «Yesterday's sun...» In Gedanken war er wieder in der Wohnung in der Fulham Road und in seinem ersten Leben mit seiner Mutter, das sechs Jahre gedauert hatte. Er kletterte wieder auf den Schemel und spähte durch ein Holzwurmloch in die Nachbarwohnung.

Mit halbem Ohr hörte er Wiggins am Telefon und dachte, wie viele Lichtjahre vom «Ritz» entfernt er damals gewesen war. Einmal hatte er dort mit seiner Tante und seinem Onkel Tee getrunken, und der Luxus, die gleißenden Lichter, die dikken Teppiche und die Tänzer, die schwerelos über das polierte Parkett schwebten, hatten ihn schier überwältigt.

Woran er am meisten dachte, wenn er Musik hörte, das war die zerkratzte Platte, die durch die Schlafzimmerwand der Wohnung nebenan gedrungen war. «Yesterdays». Nicht der berühmte Beatles-Song, ein anderer. Immer wenn er die alte Aufnahme von «Yesterdays» im Nachbarzimmer gehört hatte, war er rasch aus dem Bett gesprungen, auf einen Schemel gestiegen und hatte zu der Bewohnerin des Zimmers hinübergeäugt, ein Mädchen, vielleicht ein Jahr älter als er, die er Elicia Deauville taufte.

Elicia Deauville tanzte gern zu «Yesterdays». Entweder war es das einzige Lied, das ihr gefiel, oder die einzige Platte, die sie hatte (wobei sie allerdings nie die andere Seite auflegte). Abgesehen von jenen seltenen und wunderbaren Augenblicken, da sie tanzte, sah Elicia Deauville, wenn sie die Treppe hinunter- und zur Schule ging, wie eine Eisverkäuferin aus. Ihre langen goldbraunen Haare waren zu einem festen, dicken Zopf geflochten, am Hinterkopf streng zu einem Dutt gedreht, in dem etliche Nadeln wie Säbel steckten. Es war, als wäre ihr Haar wegen seiner Schönheit und Fülle kasteit. Jury fragte sich, ob die gräßlichen älteren Leute bei ihr – ein polterndes, rüstiges

Paar – tatsächlich ihre Eltern waren, wie seine Mutter ihm versichert hatte. Seine Mutter war schön und schlank und hatte seidige blonde Haare, und ihre Augen hatten die gleiche Farbe wie seine. Er bewunderte sie und zweifelte nie an dem, was sie sagte, bis auf diesen einen Fall.

Doch Elicia Deauvilles wahres Ich (dessen war er sich sicher) zeigte sie zur Schlafenszeit (die auch die seine war) als jemand ganz anderes, wenn sie nämlich eine alte Victrola aufzog und zu «Yesterdays» tanzte.

Nur mit ihrem weißen Nachthemd bekleidet, barfuß und mit ihrem hüftlangen goldbraunen Haar, huschte sie blitzschnell von einem Ende ihres Schlafzimmers zum andern, wiegte und neigte sich wie ein Bäumchen im Wind, sauste vor und zurück wie eine Ballerina, wobei der Raum, auf dem sie tanzte, immer enger wurde. Ihr Körper bewegte sich verzückt, ihr Haar wogte und fiel wie Blätter im Wind.

Es war totale Hingabe und Beherrschung des Raums zugleich, nie wieder hatte er dergleichen gesehen. Zwanzig Jahre danach hatte er Margot Fontayn gesehen und dabei gedacht: *Du bist sehr, sehr gut, aber du bist nicht Elicia Deauville*.

Mitten in der Nacht hatte er die Luftangriffe durch den Spalt in dem Verdunkelungsvorhang beobachtet und die großen Lichtkegel aufschießen, am Nachthimmel zittern gesehen und an Elicia Deauville gedacht. So hatte er dagestanden, als die Brandbombe fiel und den halben Wohnblock in Schutt und Asche legte. Die andere Hälfte, die der Deauvilles, war stehengeblieben.

Er hatte seine Mutter im Wohnzimmer vorgefunden, das heißt ihren Arm, in schwarzen Samt gekleidet, wie er unter dem vormaligen Decken- und Wandputz hervorragte. Der Arm war in Schwarz, die Hand in Weiß, in der vertrauten *Komm her*-Geste gebogen.

Am nächsten Tag, er saß auf der noch verbliebenen Türschwelle und wartete darauf, daß seine Verwandten ihn abholten, sah er zu, wie die kleine Ansammlung von Koffern und Taschen nebenan größer wurde, als die grell gekleideten Deauvilles, bei denen er an ein irres Patchwork denken mußte, nach und nach ihre Habe abstellten.

Wie er so dasaß, hatte er seinen kleinen Taschenblock hervorgezogen und daraufgeschrieben: *Ich liebe dich.* Das war ihm nicht richtig erschienen, und er strich es heftig durch, als würde der Himmel, der sich aufgetan und ihm die Zukunft genommen hatte, es noch einmal täte, wenn er das sah und hörte.

Yesterdays war schön. Auch das fand er nicht richtig, da konnte sie ja denken, daß er ihr nachspioniert hatte, wenn er von dem Lied wußte. Der Vater kam herausgetrampelt und schmiß einen Armvoll Kleider hin, und obenauf sah er das weiße Nachthemd liegen; es hatte eine kleine Tasche.

Leb wohl, Elicia Deauville. Er faltete es viermal und steckte es in die Tasche.

«Er hat sechs gesagt.»

«Was?» Jury war ganz in die Betrachtung der Streichholzflamme versunken, mit der er sich eine Zigarette anzünden wollte. «Wer hat was gesagt?»

Wiggins sah ihn besorgt an. «Alvaro Jiminez. Sechs Uhr geht in Ordnung.»

«Gut.»

«Sie sehen sehr blaß aus. Sie sollten im Bett bleiben. Ich könnte Ihnen eine Liste von Medikamenten zusammenstellen, die Sie im Nu wieder auf die Beine bringen, Hauptsache, Sie hüten das Bett.»

«Danke, aber jetzt nicht.»

«Ich glaube, er hat recht, Sir.»

«*Wer* hat recht? Drücken Sie sich weniger undurchsichtig aus.»

«Commander Macalvie.»

«Er würde Ihnen sicherlich beipflichten. Recht womit?»

Wiggins deutete auf seine Bücherberge und vergaß auch nicht, zu einem Aspirin zu greifen. «Kopfschmerzen», sagte er als Einleitung. «Mit der Knochenfuge. Man kann das Alter doch nicht eindeutig an der Knochenfuge feststellen.»

Jury beugte sich über den Schreibtisch und kniff die Augen zusammen. Nicht, weil er Wiggins nicht glaubte, sondern weil ihn das grelle Licht der Lampe blendete. «Dennis Dench hat die ganze Wand voller Diplome –»

Wiggins schluckte sein Aspirin und tat Denchs höhlenartiges Laboratorium mit einer Handbewegung ab. «Knochen, abgesehen von den Zähnen, sind zwar gute Indikatoren, aber keine absolut sicheren Determinanten.» Er legte der Reihe nach die Hand auf seine Wälzer. «Ich habe hier drei Autoritäten, die sich darin einig sind, einer ist dagegen. Doch auch der gesteht einen gewissen Spielraum für Ausnahmen zu. Und noch etwas Interessantes: Ich habe mich mal mit dem Anthropologen von unserer Gerichtsmedizin unterhalten, und der sagt, daß man am Armknochen erkennen kann, ob jemand Rechts- oder Linkshänder war. Ich meine ja nur, es könnte ein Indikator sein. Davon hat Professor Dench nämlich nichts gesagt.» Wiggins entfernte den Tonkrug von einem der Bücher, klappte es zu, strich mit der Hand darüber und sagte: «Ich habe ihn also angerufen und ihn gefragt, was in seinen Notizen über die Armknochen steht. Ich habe ausdrücklich nachgefragt, ob der Knochen des rechten Arms länger als der des linken ist. Sie erinnern sich, Billy Healey war Rechtshänder.»

«Das hatte ich, offen gestanden, vergessen. Sind doch die meisten Menschen.»

Der aufflackernde Blick, den Wiggins seinem Vorgesetzten zuwarf, war zwar nicht abfällig, aber auch nicht besonders wohlwollend. «Ja. Und Dr. Dench hat tatsächlich zugegeben, daß da ein kleiner Unterschied ist, der Knochen des rechten Arms ist ein wenig länger als der des linken. Und dann hat er gleich nachgeschoben, das würde uns auch nicht viel weiterhelfen, da die Knochen von einem Kind stammen und somit noch nicht voll ausgebildet sind.»

«Sie sehen aus, als ob Sie nicht seiner Meinung wären.»

Wiggins verschränkte die Hände hinter dem Kopf, kippelte mit seinem Stuhl und musterte die Decke, ehe er sein Urteil fällte. Jury erkannte die Pose, so saß auch er häufig. «Ich frage mich nur, wieso versucht er mir zu beweisen, daß ich mich irre?»

Jury stand auf und trat zu dem Fensterchen, das nichts als die trostlose Aussicht auf die drei anderen Seiten des Gebäudes und den Hof unten bot. «Vielleicht weil er auf seinem Fachgebiet seit zwanzig Jahren Spitze ist.»

«Keiner von uns ist unfehlbar, Sir.»

Jury betrachtete das Stückchen blassen Himmel. Vor Wiggins waren alle Menschen gleich – wie vor dem Tod.

«Was ich meine, Sir – vielleicht ist er in seinem Urteil befangen; das kann schließlich jedem von uns passieren...»

Jury drehte sich um, denn er hatte die bedeutungsschwere Pause bemerkt. «Ja, und?»

«Könnte es sich nicht um einen wunden Punkt bei ihm handeln? Und der Punkt ist Commander Macalvie. Professor Dench kennt ihn seit einer Ewigkeit. Beide sind auf ihrem Gebiet Experten. Dr. Dench kann es, glaube ich, nicht leiden, wenn Mr. Macalvie Schlüsse zieht, die plausibler sind als seine eigenen. Sie müssen zugeben, möglich wäre das.»

Jury betrachtete das kleine Geviert des Hofes und nickte. «Und Sie glauben, mein wunder Punkt ist Billy Healey.»

Kurzes Schweigen. «Na ja, das wäre doch verständlich. Sie wollen, glaube ich, nicht, daß der Junge im Grab Billy Healey war, stimmt's?»

Es wurde dunkel, und der Hof unten lag durch das hochragende Gebäude ringsum ohnedies im Schatten. Jury spürte, daß sich sein Magen zusammenzog. «Wiggins, ich möchte, daß es überhaupt kein Junge war.»

Er drehte sich um. Wiggins war etwas rot angelaufen und tunkte seinen Plastiklöffel in das Töpfchen mit Honigmixtur. «Nein, natürlich nicht. Doch das ändert nichts daran.» Er blickte auf, und seine Augen fragten, ob er fortfahren sollte.

«Weiter. Sie haben gute Arbeit geleistet. Was ist das für ein Zeugs?»

Wiggins' Mittel gegen Wehwehchen aller Art waren genau das richtige Thema, wenn es heikle Situationen zu überspielen galt.

«Das ist gegen meinen trockenen Husten. Honig, Ingwer, Zitronensaft und ein wenig Wasser. Das Beste, was man dagegen tun kann.» Er rührte seine Medizin im Tonkrug um. «Die Sache ist doch die: *Falls* Sie glauben, daß Mr. Macalvie recht hat, was das Todesdatum, die Nähe zum Haus der Citrines und den stillgelegten Friedhof angeht, und *falls* das Skelett nicht Billy Healeys ist, wessen ist es dann? Toby Holts kann es nicht sein, denn der wurde fünf Wochen später in London überfahren. Das würde doch heißen, daß es einen dritten Jungen so zwischen elf und fünfzehn gegeben haben muß, und damit würde man den Zufall doch auf die Spitze treiben, oder?»

«Und Macalvie hat das sicher schon überprüft… und Sie?»

«Natürlich.»

«Nichts?»

«Nichts.»

«Sie haben Macalvie angerufen?»

«Jawohl.»

«Und wie lautet seine Theorie?»

«Immer gleich. Er war stets der Meinung, daß es Billy Healey ist.» Wiggins schürzte die Lippen, seine Art zu lächeln. «Es schien ihn aber doch zu freuen, daß ich Professor Dench ins Unrecht gesetzt habe.»

«Hat sich Commander Macalvie gar nicht daran gestört, daß damit alle anderen Möglichkeiten vom Tisch sind?»

«Nein.»

«‹Zunächst die Wahrheit herausfinden und später klären, was sie zu bedeuten hat.› So ähnlich dürfte er sich geäußert haben», meinte Jury.

«‹Erst schießen, dann Fragen stellen.› Das waren, glaube ich, seine Worte.»

«Sagen alle Pistolenhelden.»

Jury war zu seinem Schreibtisch zurückgekehrt und ließ

sich schwer auf seinen Stuhl fallen. Die Stapel von Aktendeckeln, die auf ihre Bearbeitung warteten, schien er gar nicht zu sehen. «Macalvie irrt.»

Wiggins klopfte gerade prüfend seine Brust ab. Der Husten war verschwunden, die Stimme jedoch noch kratzig. «Sie sagen das, als ob Sie sich ganz sicher wären.»

Wiggins wartete darauf, daß sein Vorgesetzter sein stures Beharren irgendwie rechtfertigte. «Wir reden später noch darüber. Dieser Stanley Keeler –»

Mit dem gekränkten Blick, mit dem man bei ihm jederzeit rechnen mußte, gab Wiggins zurück: «Stan Keeler. Den vergißt mein Trommelfell auch nicht mehr. Ich weiß nicht, wie seine Vermieterin das erträgt; vielleicht hält sie ihn für einen polnischen Spion. Sie hat beinahe den Umfang einer Litfaßsäule. Aber das muß sie wohl auch, sonst dürfte sie den Erschütterungen kaum gewachsen sein.»

«Mit dem möchte ich mich auch unterhalten. Über Roger Healey.»

«Wie Sie meinen.» Wiggins klappte das Buch über Osteoanatomie so nachdrücklich zu, als wollte er damit den ganzen Fall abschließen. «Vergessen Sie nicht, sich Oropax in die Ohren zu stecken.»

«Haben Sie nicht gesagt, er hätte, als Sie dort waren, friedlich auf dem Fußboden gelegen?»

«Mit dem Kopf auf einem Autoreifen.» Wiggins entwickelte allmählich eine Neigung zu sibyllinischen Bemerkungen, undurchschaubaren Antworten.

«Er lag auf dem Fußboden mit dem Kopf auf einem Autoreifen?»

«Gnzrchtich», trompetete Wiggins in sein Taschentuch. «Mit einem Labrador. Riesig.»

«Duckworth. Den will ich auch sprechen.»

Wiggins fragte ernst: «Sie haben sich also mit Rockmusik beschäftigt?»

«Tagelang. Was ist denn das?» Gerade hatte er in dem Ausgangskorb einen rosa Zettel mit einer Telefonnotiz entdeckt. «Riving–» Er schloß die Augen.

«Jawohl, Sir. Miss Rivington aus Long Piddleton. Wo Mr. Plant lebt. Vor ungefähr einer Stunde. Ist was?»

«Nein.» Jury griff in seine Brieftasche, holte eine Zehnpfundnote heraus und reichte sie Wiggins. «Besorgen Sie mir bitte ein paar Blumen.» Er überlegte kurz. «Tigerlilien. Etwas Grünes und etwas Braunes. Und dazu ein paar weiße Rosen. Ein Stück die Straße runter ist ein Blumenladen.»

«Eine merkwürdige Zusammenstellung, Sir. Ich kenne keine braunen Blumen. Und sie müßten doch sowieso durch einen Zustelldienst ... Sir!» Wiggins schoß hoch, als er die Miene seines Vorgesetzten sah.

Zwei Tage noch. Was war er doch für ein Vollidiot, daß er das verschwitzt hatte. «Natürlich habe ich den Termin nicht vergessen, Vivian. Wie könnte ich so etwas vergessen?»

«Mit Leichtigkeit», sagte Vivian. Ihre Stimme klang kläglich. Sie kam aber rasch in Schwung. «Ich meine, bei allem, was Ihnen zugestoßen ist. Ihr Foto war in der Zeitung. Sie müssen wohl als Zeuge vor Gericht.»

«Nein, wahrscheinlich nicht.»

«Dann kann Sie das auch nicht davon abhalten, mich zum Zug zu bringen?»

«Nie im Leben. Nichts könnte mich davon abhalten, Sie zu verabschieden. Mir wäre es nur lieber, Sie würden überhaupt nicht fahren.» Hatte er anfangs auch gelogen, so sprach er jetzt die Wahrheit. Er stand mit dem Hörer in der Hand und betrachtete immer wieder das Stückchen schmuddeligen Winterhimmel. *Und manchmal denke ich an hohe Fenster. Die Sonne ist* – «Yesterday's Sun», Sonne von gestern.

«Wie? Was haben Sie gesagt?»

Er hatte wohl laut geredet, ohne sich dessen bewußt zu sein. «Ich dachte an eine Nachricht, die ich vor langer Zeit einmal geschrieben habe.»

«Was für eine war das?»

«An ein Mädchen, das immer zu einem alten Jerome Kern-Song namens ‹Yesterdays› tanzte.» Jury fragte: «War es immer besser? Gestern, meine ich. Es gibt so viele Lieder darüber.»

Vivian schwieg eine Weile. «Vielleicht. Vielleicht wird es einmal so sein», setzte sie traurig hinzu. «Das mit dem Mädchen tut mir leid.»

«Ich war da erst sechs.» Er versuchte, sein kleines Geständnis etwas leichter zu machen.

«Dann ist es noch trauriger.» Sie verstummte.

«Der Zug geht um elf Uhr. Übermorgen.» Sie schwieg kurz. Die Worte kamen zögernd heraus, so als nähme sie es ihm nicht ab, daß er zur Stelle sein würde. «Victoria Station, glaube ich.»

Jury lächelte. «Der Orient Express fährt immer von Victoria.»

«Oh. Marshall bringt mich nach London... Wo steckt Melrose? Ich kann Melrose nicht erreichen.»

Ihre Stimme war weit weg, so als spräche sie nicht in den Hörer, sondern blickte sich im Zimmer um in der Hoffnung, Melrose zu finden. Verflixt, hatte Melrose den Termin etwa auch verschwitzt?

«Wo stecken nur alle?» weinte sie in das Schweigen.

Rasch sagte Jury: «Vivian, er ist in Haworth. Er hat auf dem Rückweg von Harrogate Station gemacht.»

«Weswegen?»

«Vermutlich, weil er müde war. Wenn Sie gerade Agatha über hundert Meilen chauffiert hätten, wie wäre Ihnen wohl zumute?» Wenigstens darüber konnte sie lachen. «Er will wohl die Woche über bleiben, bis er sie wieder abholen muß, statt den ganzen Weg zurückzufahren.» Ehe sie über die geographische Lage des Gasthauses «Zum großen Schweigen» nachdenken konnte, flunkerte er auch schon weiter: «Passen Sie auf, ich rufe ihn an und sage ihm, er soll Sie sofort zurückrufen. Ich glaube, er hat etwas von Ärger mit dem Telefon gesagt –»

«Klingt gut.»

«Gut?» Er hörte das Lächeln in ihrer Stimme.

«Das Märchen. Hauptsache, Sie beide sind da, Richard. Richten Sie ihm aus, ich hätte ihm verziehen.»

«Verziehen –?» Aber da hatte sie bereits aufgelegt.

Acht Jahre, und jetzt ging sie fort, um irgendeinen affektierten Italiener zu heiraten, und da nannte sie ihn zum erstenmal Richard.

«HAT MIR EIN FREUND GESCHENKT», sagte Jury. «Mit besten Wünschen für eine baldige Genesung.» Er hielt den riesigen Blumenstrauß, den Wiggins ihm besorgt hatte, im Arm und blickte Chief Superintendent Racer mit unbewegter Miene an.

Sergeant Wiggins hockte auf der Kante des Ledersofas; Fiona (die Racer hereingerufen hatte, damit sie Cyril suchte) bemühte sich, eine weiße Rose aus dem Strauß an ihrem Dekolleté zu befestigen, was dieses um so tiefer wirken ließ. «Er sieht mir immer noch bläßlich aus, ehrlich.»

Wiggins pflichtete ihr bei. «Bettruhe, habe ich zu ihm gesagt, und die richtige Medizin –»

«Schluß jetzt», brüllte Racer. «Er ist ungefähr so krank wie dieser Panther im Kleinformat, der mir dauernd auflauert.» Er hob ein wenig das Gesicht, schien zu wittern. Dann verschwand sein Kopf unter der Schreibtischplatte, und seine Stimme drang dumpf und whiskygeschwängert zu ihnen hoch. «Wo steckt er?» Sein Kopf tauchte wieder auf. «Unterlassen Sie das Gefummel mit der verdammten Rose, treiben Sie ihn lieber auf, Miss Clingmore. Und was Sie betrifft –» Racer zielte mit dem Finger auf Jurys Brust. «Mit Ihnen bin ich sowieso fertig. Das ist ja wohl der häßlichste Riechbesen, den ich meiner Lebtage gesehen habe. Wer hat den geschickt? Die Polizei von Keighley?»

Die Blumen waren in der Tat eine seltsam widersprüchliche

Mischung aus Tigerlilien, weißen Rosen, Gummibaumblättern und braunen, distelähnlichen Gewächsen. Jury hatte keine Ahnung, wie sie hießen. Er sagte nichts, weil er hoffte, Racers Monolog auf diese Weise zu beschleunigen; er wollte nur antworten, wenn es unbedingt notwendig war.

«Ein neuerlicher Anruf von Sanderson, heute nachmittag. Er wußte schon wieder zu berichten, daß Sie in –»

Einem fremden Revier wildern, dachte Jury müde.

«– seinem Revier wildern.» Racers Kopf ruckte von links nach rechts und wieder zurück, wobei er Fiona anbrüllte, daß das räudige Tier wieder da sei. Umständlich schaute Fiona hinter Kissen und spähte unter die Couch. Heimlich entfernte Wiggins ein Päckchen Fisherman's Friends. «Haben Sie das gehört? Die Glöckchen?»

Jury zupfte sich am Ohrläppchen und überlegte, wann Racer endlich in einen Poe-esken schwarzen Bergsee rutschen würde. Mit dem Glöckchen meinte er jene vier Exemplare aus Aluminium, die an Cyrils neuem Halsband befestigt waren, denn der Chief Superintendent bestand in jüngster Zeit darauf, daß Cyril ein Halsband trug. Aber nur mit Gummizug, beharrte Fiona, falls sich Cyril an einem Ast verfangen und aufhängen sollte. *Sehen Sie hier im Büro irgendwo Bäume, Miss Clingmore? Warten Sie, das ist eine Idee. Lassen Sie irgendwo einen pflanzen. Soll sich das Untier doch daran hochkrallen. Ich sorge schon dafür, daß es nie wieder herunterkommt.*

Was Racer hörte, waren jedoch keine süß klingenden Glöckchen, sondern klirrende Flaschen. So geschmeidig Cyril auch war, selbst er schaffte es nicht, sich geräuschlos durch den gläsernen Flaschenwald des Barschranks zu winden. Aus dem Halsband befreite er sich natürlich in Null Komma nichts, kaum daß Racer ihn morgens damit gesehen hatte.

«Sie brauchen nur zu unterschreiben, Jury. In dreifacher Ausfertigung.» Und er klopfte mit seinem teuren Füller auf ein paar Blätter mit dem Briefkopf von Scotland Yard.

«Unterschreiben, was?» fragte Jury mit Unschuldsmiene.

Worauf wollte sein Chef nun wieder hinaus? Das Papier war leer.

«Ihre Kündigung.» Racer fletschte recht gelbliche Hundezähne, als er sein hinterlistiges Lächeln lächelte. «Ausfüllen können wir das später.»

Jury warf unter dem Schutz der Blumen einen Blick auf seine Uhr. Bei Smart war sicher um fünf Büroschluß, und er wollte, ehe er ins «Ritz» ging, auch noch im Starrdust vorbei... jetzt war es schon nach vier... Er kalkulierte die Zeit. Mindestens zwanzig Minuten bis zur Elizabeth Street (noch dazu in der Hauptverkehrszeit), also konnte er Racer bestenfalls eine fünfminütige, geschwollene Predigt über den Ruf des Yard und Jurys Anteil daran, diesen in den Schmutz zu ziehen, zugestehen. Der Polizeipräsident wußte natürlich, daß es genau umgekehrt war. Nein, die Zeit langte nicht.

«Schon gut.» Er griff nach den leeren Blättern, unterschrieb in dreifacher Ausfertigung rasch und schwungvoll, so wie es sich mit einem teuren Füller geziemt. «Darf ich jetzt gehen? Die Blumen lassen schon die Köpfe hängen.» Im selben Moment sah er, daß sich Fiona rückwärts zum Barschrank bewegte, wo sie, wie er wußte, die Tür mit ihren hohen Hacken öffnen konnte. Folglich mußte er Racer so lange ablenken, bis er ein Klicken hörte.

Wiggins hatte sich an der Tür zu Fionas Vorzimmer postiert, und Racers Augen wanderten rasch um Jury herum zu ihm hinüber; er mußte das Gesicht wahren und sich einen Grund ausdenken, aus dem er den Sergeant anbrüllen konnte. «Und wohin wollen *Sie*, verdammt noch mal?»

Jury sah gerade noch ein kupferfarbenes Fell durch die Tür flitzen. Gemessen an seinem Tempo gehörte Cyril dieses Mal nicht in die Ausnüchterungszelle.

«Auf die Toilette, Sir.»

Fiona und er sausten aus dem Zimmer, gefolgt von Jury mit den Blumen. An der Tür drehte er sich um und salutierte. «Stehe jederzeit zur Verfügung, falls Sie beim Ausfüllen Hilfe brauchen.» Er schenkte Racer ein beseligtes Lächeln und schloß die Tür.

Ein dumpfer Aufschlag, etwas splitterte; drinnen flog wieder einmal ein Briefbeschwerer durch die Gegend.

30

Mit Blumen kam man fast an jedem vorbei, Racer ausgenommen, dachte Jury, als die Empfangsdame des Smart-Verlages unsicher nach dem Haustelefon tastete. Sowohl Jurys Erscheinung als auch die seines riesigen Straußes aus Tigerlilien und Rosen hatten sie aus der Fassung gebracht.

Jury blieb nur kurz an ihrem Schreibtisch stehen, zupfte aber eine weiße Rose aus dem Strauß und legte sie ihr aufs Eintragungsbuch. Und schon hatte er den Fuß auf der Treppe. «Ich geh mal rasch nach oben, ja?» Kurzschluß in dem niedlichen Händchen, der Hörer entfiel ihm; sie stützte das Kinn auf. Sie wußte, was wahre Liebe war.

Mavis Crewes jedoch nicht. Als Jury ihren Büro-Regenwald betrat, die Blumen hinter dem Rücken, fuhr sie hoch. «Wie können Sie es wagen –» und schon griff sie zum eigenen Telefon, entweder um die Empfangsdame zur Schnecke zu machen oder um New Scotland Yard zu benachrichtigen.

Doch dann erblickte sie den mächtigen Strauß, den er zusammen mit einer umständlichen Entschuldigung vorbrachte, die alles oder nichts bedeuten konnte. «Und zehn Hefte von *Kultouring* habe ich auch gelesen.» Er schenkte ihr ein Lächeln, so berauschend wie ein Riff von Charlie Raine.

Das stopfte ihr wirklich den Mund. «Wenn Sie eine Vase haben – ich fülle sie Ihnen.»

«Ich, äh. Ja. Es muß hier eine geben.» Sie griff in einen elfenbeinfarbenen Bücherschrank und holte eine Kristallvase mit eingeschliffenem Jaguar-im-Baum-Motiv heraus. Sie zeigte auf eine Tür. «Waschkabinett», sagte sie geziert.

Welche Bequemlichkeit im Dschungel, eine eigene Toilette. Denn das Büro war wie ihr Zuhause in dunklem Olivgrün, Schlammbraun und Elfenbein mit orangefarbenen Spritzern gehalten. Diese Farben gingen irgendwie wirr ineinander über, dazu gesellten sich Pflanzen und Dschungelersatz wie beispielsweise die ausgestopfte Kreuzung zwischen einem Kaninchen und einem Affen, die einen dürren Baum hochkletterte. Auf eine Wand hatte irgendein Künstler in Trompe-l'œil-Manier seine Version eines Dschungels gemalt. Eine riesige Katze kam geradewegs auf Jury zu.

Eine weitere Katze, ihre eigene, wie es schien, fauchte ihn heftig an. Zu mehr als Kopfheben und Fauchen reichte es nicht. Sie lag faul zusammengerollt auf dem besten Sitzplatz – einem dunkelgrünen Samtsofa –, prangte in voller Schönheit vor einem Hintergrund aus braunen und elfenbeinfarbenen, orangefarben paspelierten Kissen. Eine Langhaarkatze, vielleicht aus dem Himalaya, jedenfalls ein exotisches Rassetier.

Er füllte die Vase in ihrem Waschkabinett mit Wasser. Dabei fiel ihm der Pub mit Namen «Der blaue Papagei» ein, der vor den Toren von Long Piddleton gelegen war. Trevor Sly, der Wirt, hatte mit weitaus geringeren Mitteln und ohne vorher kultouren zu müssen, einen Wüsten-Safari-Look erzielt. Die alten Filmplakate mit den unglückseligen Reisen Peter O'Tooles und Peggy Ashcrofts hatte er wenig überzeugend gefunden. Jury mußte an Hannah Lean denken…

«Wieso brauchen Sie so lange?» zirpte und zwitscherte Mavis.

Jury betrachtete sich in dem Jugendstilspiegel über dem Waschbecken und überlegte, wer er war. Racers Angebot in dreifacher Ausfertigung schien gar keine so üble Idee zu sein. Ein schon lange überfälliger Urlaub. Ein anderer Ort, ein anderes Land. Irgendwo, wo es ums nackte Überleben ging, wo die Rationen so knapp waren, daß man, wie Cyril, nur mit Gerissenheit über die Runden kam.

Während Mavis Crewes, mit einer Zigarette in einer – wie er annahm, echten – Elfenbeinspitze von ihren Reisen und ihren Safari-Abenteuern faselte, hockte er am anderen Ende des Katzensofas und fand sie zum Speien. Sie war seicht, viel zu affektiert in ihren Bewegungen, egozentrisch. Man konnte durch sie hindurchsehen wie durch Mary Lees neue Schuhe aus rauchigem Acryl. Und in ihrem Kleid mit den gleichen Wischiwaschifarben wie ihr Büro hätte sie vor seinen Augen verschwinden können, ohne daß er es überhaupt bemerkt hätte.

«... ein *Wahnsinns*essen, wie im Vier-Sterne-Lokal. Der Küchenchef war Ungar. Kaum zu glauben.»

Offenbar ging es um eine ihrer Safaris. «Und ich dachte, die Leute dort würden aus Dosen trinken und sich von Armeerationen ernähren.»

Darüber mußte sie so schallend lachen, daß selbst die Katze einmal zwinkerte. «Du liebe Güte, nein. Man hat dort sein ganzes gewohntes Ambiente.»

Jury überlegte, warum immer die Leute, die mit einem «Ambiente» gesegnet waren, es am wenigsten verdienten. Nell Healey fiel ihm ein und das mittelalterliche Gefängnis ihres Vaters; er dachte – nach vielen Jahren – wieder an Jenny Kennington in ihrem riesigen, leeren Speisezimmer, wo der einzige Farbklecks der Sonnenschein auf dem lackierten Fußboden gewesen war. Frauen wie sie, Frauen, die ihm im Gedächtnis blieben, besaßen kein Ambiente; vor seinem geistigen Auge standen sie draußen, Statuen im Schnee, obwohl es ihnen nicht an Geld mangelte.

«Nehmen Sie Ihre Katze mit?» Er blickte auf die offensichtlich verwöhnte und boshafte Katze. Cyril brauchte nur mit der Pfote zu zucken.

Jury verzog das Gesicht, wenn er sie über Taffy reden hörte, lächelte jedoch, wenn er an Cyril dachte. Leute wie Mavis Crewes hatten es sich so gut gehen lassen – selbst mit der Hungerdiät, die sie grausam dünn hielt, hätschelte sie ihr Ego –, daß sie gefühllos wurden. Ihre Pflanzen, ihre Katze, sie selbst, die in der gleichmäßigen Temperatur ihrer Umgebung gediehen, das alles würde in der kalten Welt jenseits ihres Solariums nicht überleben. Ihr Thermostat atmete für sie.

«...haben Sie selber Urlaub nötig.» Ihr breiter Mund lächelte listig, sie hatte die Lider gesenkt, die Stimme desgleichen, und hoffte wohl, an Lauren Bacalls echtes Dschungelkatzen-Image heranzureichen.

Jurys Lächeln war ebenso falsch. «O ja, doch. Sind Safaris eigentlich besonders erholsam?» Er machte es sich auf dem Sofa bequem, verschränkte die Hände hinter dem Kopf und erweckte den Eindruck, er hätte alle Zeit der Welt. Er zwang sich zu einem besonders verführerischen Lächeln – hoffentlich erreichte es auch die Augen.

Mavis schien es zu gefallen. Sein Blick riß sie buchstäblich vom Hocker und zog sie um den Schreibtisch herum, so wie Charlie Raines Lächeln Mary Lee hinter Jurys Rockschößen hervorgelockt hatte.

Sie lehnte jetzt am Schreibtisch, stützte sich auf und sagte: «Das kommt darauf an. Wieviel Erholung brauchen Sie denn?»

«Völlige. Ich muß mal völlig raus – aus dieser fürchterlichen Stadt» (dabei liebte er London), «aus meinem Job rund um die Uhr» (seinen Job liebte er wohl auch), «aus meinem einsamen Leben» (was er nicht liebte). «Wie schläft man dort? In Zelten?»

«In sehr schönen jedenfalls, sehr gemütlich, wirklich.»

«Gibt es auch Doppelzelte?»

Mavis Crewes machte das Spiel riesigen Spaß. Im Spielen war sie gut. Jury fand es scheußlich.

«Aber natürlich.»

Er stand nicht auf, um ihr die Zigarette anzuzünden; es hätte ihn um eine Spur seines Vorteils gebracht. Schläfrig sagte er:

«Aber ich wäre der Konkurrenz wohl nicht gewachsen. Tiger, Jaguare und so weiter.»

«Ganz im Gegensatz zu Roger. Wahrscheinlich sind Sie kein Jäger. Im wahrsten Sinne des Wortes, meine ich.»

«Oh, aber ja doch. Ich habe eine Ausbildung im Präzisionsschießen gemacht. Ich bin zwar kein Scharfschütze, aber ich hatte immer gute Punktzahlen. Wie gut war denn Roger?»

«Gut, aber nicht so gut wie ich – in den meisten Disziplinen.» Sie schürzte die Lippen und stieß eine Rauchwolke aus. Dann veränderte sich ihre Miene.

Jetzt hatte sie verstanden. Ihr Körper gab nach, ihre Miene verhärtete sich, und nun sah man ihr auch ihr Alter an. So stand sie einen Augenblick, ehe sie die Vase zu Boden schmetterte.

Die Katze fuhr zurück, fauchte und sprang vom Sofa. Jury stand auf, trat auf Wasser und Glasscherben und umfaßte Mavis mit festem Griff, der unter anderen Umständen als Umarmung eines feurigen Liebhabers hätte gelten können.

Er legte ihr die Hand unters Kinn und hob es an. «Es tut mir leid; ich lege nur ungern jemanden herein. Meine Güte, warum haben Sie mir nicht gleich gesagt, was für eine Sorte Mann Healey war? Ich nehme an, Sie werden das sein, was man einen befangenen Zeugen nennt. Es tut mir wirklich aufrichtig leid.» Und das meinte er auch so, denn ihm war klar, daß er sie benutzt hatte. Aber er bemühte sich um ein Lächeln, das sie besänftigen sollte, und machte damit alles wahrscheinlich noch schlimmer.

Wie es ansonsten Cyrils Art war, wollte auch Mavis ihm mit den lackierten Krallen ins Gesicht, erwischte ihn Gott sei Dank nur unter dem Kinn. Jury ließ sie los.

Sie schrie ihn an, doch sie brachte vor Zorn fast kein Wort heraus. «Sie sind Superintendent bei der Polizei! Wenn ich das Ihrem Vorgesetzten, wer auch immer es sein mag, erzähle, sind Sie es die längste Zeit gewesen.»

«Racer. Chief Superintendent Racer.» Jury hatte zum Taschentuch gegriffen und wischte sich das Blut vom Kinn. «Ich glaube nicht, daß ich ein Safari-Typ bin, Mavis. Ich brauche ein kühles Klima, einen Ort, wo man nachdenken kann. Keinen Überfluß, nur knappe Rationen, das kurbelt den Überlebensinstinkt an.»

it's so cold
in Alaska

Dabei schoß ihm eine Zeile aus dem Lied durch den Kopf, das Plant so gern hörte, und er mußte lächeln. «Wie Alaska.»

HIMMLISCHES SPEKTAKEL AM 15. JANUAR

Das gewohnte Planeten-Mobile, das sich an unsichtbaren Fäden drehte, war beiseite geräumt worden, offenbar wollte man Platz für das «Himmlische Spektakel» schaffen.

Als ob der Anblick im Fenster nicht schon spektakulär genug gewesen wäre. Jury stand da und staunte; was konnte am Fünfzehnten denn noch alles passieren? Schon jetzt zog das Schaufenster die Passanten an, in vorderster Reihe etliche Kinder, feierlich aufgereiht wie die Spatzen auf der Stange.

Der vertraute, winzige Merlin mit Umhang und besterntem Spitzhut hatte einem Miniaturprinzen auf weißem Roß weichen müssen, der ein Banner hielt, sich langsam auf einer schmalen elektrischen Schiene bewegte, anhielt und sodann in die dunkle Waldkulisse zurückkehrte, aus der er gekommen war.

Die Jungs mit dem stachlig-feuchten Haar, die sich nach vorn gedrängelt hatten, stießen einen tiefen Seufzer aus. Denn aus einem kleinen Kristallpalast in der anderen Ecke des Fensters kam eine Prinzessin aus Glasgespinst hervor, deren bauschiges

Gewand die Schiene bedeckte, auf der sie lief. Ihre Begegnung war eher symbolisch als wirklich. Die beiden Figuren berührten sich nicht, sondern blieben stehen, als sie nur noch eine Haaresbreite trennte, so nahe jedenfalls, wie es das Wunderwerk der Technik oder die Schienen erlaubten. Jeder kehrte in seine Abgeschiedenheit zurück.

Sodann erhob sich ein Schneesturm, fegten Flocken durch die Gegend, die in einem anderen Teil des Schaufensters wieder herabschwebten. Irgendwo mußte es eine Schneekanone geben. Dann funkelten winzige Lichtbündel – Laserstrahlen? – in Regenbogenfarben, kreisten am Schaufensterhimmel, beschienen Pluto und Venus und warfen zum Schluß regenbogenfarbige Lichtlachen auf die kleinen Schneeverwehungen.

Und diese kleine, in sich geschlossene Welt sollte noch weiter verschönert werden?

Wiggins wisperte: «Ob wir um den Fünfzehnten herum im Lande sind, Sir?»

Jury sagte: «Das dürfen wir doch nicht verpassen, wie?»

Als sie eintraten, hörte Wiggins prompt auf zu niesen und steckte sein Taschentuch ein. Der Starrdust war der einzige Ort, wo Wiggins sich nie etwas wegholte.

Meg und Joy, die Starrdust-Zwillinge, waren es, die flüsternd und kichernd hinter dem Samtvorhang an irgend etwas arbeiteten.

Als sie sahen, wer es war, standen sie schnell auf, wischten sich ihre schwarzen Kordjeans ab und richteten ihre silbernen und goldenen Hosenträger. Ihre Hemden waren aus weißem Satin.

«Hallo.»

«Hallo. Wollten Sie zu Andrew? Der hat gerade Kundschaft.»

Als Wiggins zu den blinkenden Lichtern an der Decke des Planetariums hochblickte, blinzelte Jury zurück in die dunkle Tiefe des Ladens. Das meiste Licht kam von gedämpften

Wandleuchten mit Viertelmond-Schirmen oder hohen, schmalen Lampen, auf denen oben Planeten mit Ringen saßen.

Andrew Starr, ein Antiquar mit einem starken Hang zur Astrologie, schaute von seinem Kassentisch auf und winkte. Die Kundschaft war eine füllige Frau mit einem russischen Pelzcape und einer Halskette aus russischem Bernstein.

«Eigentlich wollte ich mir die Zukunft vorhersagen lassen», sagte Jury. «Wer hat denn das Schaufenster gemacht?»

«Wir», sagte Meg, etwas außer Atem. «Joy hat ein Händchen für so was.»

Verblüfft schaute Jury Joy an. Er hätte nicht geglaubt, daß beide zusammen auch nur eine Tür mit einem Schlüssel aufschließen konnten.

«Aber Meg hat es sich ausgedacht», sagte Joy großzügig. «Und Andrew hat gesagt, wir könnten so viel ausgeben, wie wir wollten», sagte sie stolz.

Andrew Starr würde reich belohnt werden, das wußte Jury. Mit der Einstellung von Joy und Meg und besonders Carole-anne hatte er seinen Umsatz verdoppelt.

Als einige der Rangen aus der kleinen Hütte mit Namen Horror-Scope auftauchten, sagte Jury: «Na ja, hoffentlich behandelt Andrew euch gut, denn wenn sie bei Selfridge's das Fenster sehen, dann auf Wiedersehen, Meg und Joy.»

Bei dieser Andeutung, daß sie womöglich illoyal gewesen waren, machten sie ein gequältes Gesicht. Schließlich war das Starrdust ihr Zuhause.

Dasselbe konnte für Carole-anne Palutski gelten, die ihnen gerade mit einem Teller voll Kuchen entgegenkam. Seit sie sich diesen Superjob als Madame Zostra geangelt hatte, war das Universum ihr Zuhause. «Teepause, Jungs», sagte sie.

Carole-anne Palutski trug ihr Haremskostüm: rote Pluderhose mit Goldfäden durchwirkt, eine kurze Bluse in Lapislazuli – ihre Augenfarbe – und mit Gold paspeliert und einen fließenden, durchsichtigen, ärmellosen Mantel. Abgesehen von ihrem Turban aus Goldlamé, dachte Jury, würde die Principessa den Schnitt für einen unverfälschten Lacroix halten.

«Ich habe jemanden kennengelernt, der Ihre Farbwahl zu würdigen wüßte.»

Carole-annes Gesicht tauchte hinter einem dicken Stück Schwarzwälder Kirschtorte auf, das sie sich mit weitaus mehr Begeisterung in den Mund schaufelte, als sie in den Blick legte, der Jury traf. «Na, da sind Sie ja endlich. Nun ja...» Ihr Seufzer hatte mehr Gewicht als das Tortenstück, ein Sündenbock-Seufzer. «Und wer ist die Frau?»

«Die Principessa Rosetta Viacinni di Belamante.» Jury klappte sein kleines Notizbuch zu. «Ich habe nichts von einer Frau gesagt.»

«Hat sie Telefon?»

«Keine Ahnung.»

«Ich kann es kaum erwarten, daß Sie es nachschlagen.» Mit dem Gabelrücken zerdrückte sie Schokoladenkrümel.

«Die Prinzessin ist so um die siebzig.»

Carole-anne hob eine mit transparentem Goldstoff bedeckte Schulter. «Als ob Sie das je abgehalten hätte.» Womit sie unterschwellig andeutete, daß sich Jury heimlich einen Harem an ältlichen Damen hielt. Sie stellte ihren Teller hin und legte eine neue Platte auf das alte Grammophon. «Und S-Punkt-B-Strich-H dürfte das auch nicht gefallen.» Susan Bredon-Hunt stand noch immer in telefonischem Kontakt mit Jury; ihr unaussprechlicher Name fiel als Haufen von Initialen wie die Sterne auf Alabama in dem Song, den das Grammophon quäkte.

Im Starrdust war nur außerirdische Musik erlaubt. Pennies, die vom Himmel herabfielen, oder Treppen, die zu ihm hinaufführten, ganze Sterne oder Sternschnuppen, Monde jeglicher Farbe. Perry Como hatte eine Chance, denn wenn seine große Liebe den Mond von ihm begehren würde, würde er losziehen, um ihn zu holen. Sonne, Mond und Sterne – der Kosmos. Hauptsache, es war überirdisch, schon fuhren Andrew und sein Team darauf ab.

Meg und Joy, Andrews Verkäuferinnen, waren Naturtalente. Sie waren vermutlich in der Milchstraße No. 17 geboren, so hübsch und sternenirre wie sie aussahen. Augenblicklich kicherten sie mit Wiggins im Horror-Scope.

Jury nahm Carole-annes Arm und geleitete sie zu dem Zelt, wo sie ihre Madame Zostra-Rolle spielte. Starr selber war ein ernsthafter Astrologe mit einer hervorragenden Nase fürs Geschäft, und Carole-anne hatte sich von seiner Begeisterung anstecken lassen. Doch ihre Krankheit war kein echtes Interesse an Tierkreiszeichen oder Planetenringen, nein, sie wollte lediglich Jurys Leben und das Leben aller dirigieren, die ihren eigenen Sternenpfad kreuzten, unter anderem auch das von Mrs. Wassermann. Glücklicherweise hatte sie einen Heidenrespekt vor Andrews komplizierten Horoskopen; warum das alles lernen, wo der *Daily Mirror* recht annehmbare brachte? Vermutlich war Vidal Sassoon in der Kolumne letzten Dienstag aufgetaucht.

Das Zelt war ein Gebilde aus Gazestoff, welcher sich über Stäben bauschte, die an der Wand befestigt waren. Carole-anne und Jury hockten einander auf riesigen Kissen gegenüber. Auf einem Schemel in der Ecke thronte das große, ausgestopfte Monster, das Jury ihr letztes Jahr aus Long Piddleton mitgebracht hatte. Der schwarze Spitzhut mit dem goldenen Viertelmond gehörte nicht zur ursprünglichen Ausstaffierung, stand ihm aber recht gut.

Sie überprüfte ihren Lippenstift in der Kristallkugel, die auf einem goldenen Ständer mit dünnen Spinnenbeinen lag – sie preßte die Lippen zusammen, zog sie zurück, damit sie ihre Zähne betrachten konnte –, und dann griff sie zu ihren Tarotkarten und breitete sie auf dem schwarzen Tuch aus. «Ziehen Sie eine.»

«Nein, nicht schon wieder.»

«Wie Sie wollen.» Sie zuckte die Achseln, schob die Karten zusammen, deckte den Gehängten und den Eremiten auf und stellte sie vorsichtig mit der Isis zusammen hochkant. Sie blieben stehen.

«Sie sehen ein bißchen blaß um die Nase aus, Carole-anne. Fehlt Ihnen etwas?»

Ein rascher Blick in die Kristallkugel, und sie sagte: «Nein. Außer daß ich überarbeitet bin.»

«Sie hätten weniger Arbeit, wenn Sie Mrs. Wassermann nicht mehr zum Friseur schleppen würden. Lassen Sie ihr Äußeres in Ruhe. Ich mag sie, wie sie ist.»

«Sie muß mal anders aussehen. Ihnen hat sie ja auch nicht die Ohren vollgejammert, oder?» Auf ihrer Unschuldsstirn kräuselten sich Sorgenfältchen.

Jury lächelte. «Nein. Aber geben Sie ein wenig Ruhe, ja? Noch eine Behandlung mit Sassoons Kreppeisen, und ihr Haar sieht aus wie die Romney-Marsch oder die Norfolk Broads.»

Kein Wunder, daß Carole-anne müde aussah. Aus Tarotkarten ein Kartenhaus zu bauen, das mußte schlauchen. «Wir haben gedacht, Sie wollten verreisen. Die vielen Landkarten und Zugverbindungen, die bei Ihnen herumlagen. Mrs. Wassermann hat mir vor ein paar Tagen erzählt, daß Sie zur Victoria Station wollten.»

«Ach, das.» Vorsichtig legte sie drei weitere Karten auf die ersten. «War nur so eine Idee.»

Jury wartete, während sich die «Moonlight-Serenade» ihrem Ende näherte. Wie anders die Musik damals war, dachte er, und dachte an Elicia Deauville. «Was für eine?» fragte er schließlich.

«Diese Band. Kennen Sie doch nicht. Sirocco. Also, ich hatte gedacht, die könnten doch mit der Fähre von Irland kommen.» Als hätte er sie ausgelacht, ging sie in Verteidigungsstellung. «Sie waren nämlich in Irland. Ich glaube, wegen ihres Drummers, Wes Whelan.»

Jury schwieg einen Moment. «Wäre es nicht vernünftiger, wenn sie nach Heathrow fliegen würden, statt von Dublin oder Cork die Fähre zu nehmen? Oder von Belfast?» Der Glenn Miller-Platte war «Yesterday's Rain» gefolgt. Er drehte den Knopf, hörte dieser Musik, die sie zu ignorieren suchte, indem sie eine völlig andere Melodie summte, ein paar Takte lang zu. «Haben Sie es etwa auf den Lead-Gitarristen von Sirocco abgesehen?»

Das Kartenhaus kam ins Wanken. «Erstaunlich, daß Sie je von ihm gehört haben.»

«Es stand in dem *Time Out*-Heft, das Sie gemopst haben. Ich habe den Artikel gelesen. Er reist nämlich manchmal allein. Aber Victoria Station, das war doch kaum drin. Wäre es nicht vernünftiger gewesen, Sie wären nach Heath –»

«Auf Flughäfen gehe ich nicht», unterbrach sie ihn hastig.

«Soll das heißen, Sie haben Angst vorm Fliegen?»

Sie schüttelte ungeduldig die roten Locken, daß sie im Widerschein der sternenbesetzten Decke golden aufschimmerten. «Nein. Ich mag einfach das ganze Drumherum nicht.» Sie stützte die Hände in die Seiten und sagte ärgerlich: «Ist Ihnen da noch nie was aufgefallen? Müßte es aber, als Sie mit Ihrem Maschinengewehr in Heathrow waren, damals, als die Bombe hochging.»

Es fehlte der rote Faden; was ihr wirklich zusetzte, blieb unklar. «Haben Sie Angst, Sie könnten ins Kreuzfeuer geraten? Übrigens war es kein Maschinengewehr.»

«Na schön.» Und als ob damit das ganze Geheimnis entschlüsselt wäre, legte sie die letzte Karte an Ort und Stelle. «Nicht draufpusten, wenn Sie es irgendwie vermeiden können.»

Dann sagte sie düster: «Ist doch so, daß Flughäfen die letzte Haltestelle sind. Menschen trennen sich. Das ist wie der letzte... Schützengraben. Menschen liegen einander sterbend in den Armen.» Sie starrte ihn durch ihr Kartenhaus an. «Ehe ein paar von ihnen ins Feuer geschickt werden.»

Woher nimmt sie jetzt diese Kriegsmetaphern, dachte Jury. Das kam vielleicht von ihren Unterhaltungen mit Mrs. Wassermann, die in Polen während des Krieges, den sie den Großen Krieg nannte (und den Jury auch erlebt hatte), Furchtbares hatte mitmachen müssen, nur daß Mrs. Wassermann Carole-anne nie davon erzählen würde. Es war einfach zu schrecklich gewesen.

Sie erzählte ihm eine Geschichte. «...dies kleine Mädchen, nein, ein Junge. Seine Mutter hielt ihn im Arm, und beide weinten. Es war dort an dem Tor, und dann andere, möglicherweise die Opas, ein alter Mann mit einer Menge Orden auf der Brust, die standen darum herum und sahen schrecklich aus. Der kleine Junge war vielleicht drei oder vier. Und er weinte, als ginge die Welt unter. Auch seine Mama. Na ja, es *muß* wohl seine Mama gewesen sein.» Sie fuhr mit dem Finger unter die untersten Karten, und das Haus stürzte wie in Zeitlupe ein, als wehrte es sich gegen die Schwerkraft. «Der kleine Junge war mit dem Gesicht ganz nahe bei dem seiner Mama, und ganz... richtig schrecklich war, daß er, obwohl er völlig hysterisch war, ihr übers Gesicht fuhr, ihr mit der Hand die Tränen abwischte. Vielleicht wurde es alles erst dadurch, daß sie auch weinte, wirklich.»

Sie hielt plötzlich inne, das «wirklich» hing in der Luft, fiel am Ende nicht herab. Es war, als käme noch viel mehr, als hätte sie aber weder Luft noch Kraft dafür.

Jury sagte nichts. Es gab wohl nichts, was er sagen konnte. Aus irgendeinem Grund fiel ihm der Verlust Elicia Deauvilles ein. Ihm fielen die ganzen irren Geschichten ein (er genoß sie insgeheim), die Carole-anne erzählte, um ihren sichtlichen Mangel an Familie zu erklären. Daß man sie in einem Überseekoffer in Victoria Station gefunden hätte; daß man sie in einem Zug chloroformiert habe – alles aus Geschichten, die sie gelesen oder gehört hatte. Abgesehen von der Geschichte ihrer Amnesie. Wie sie in St. Andrews von einem Golfball getroffen worden war, das Märchen hatte sie sich eindeutig selbst ausgedacht.

Und während also die Fans von Sirocco darauf warteten, einen Blick auf die Band zu erhaschen, wenn sie die Metallgangway ihres Privatflugzeugs herunterkam, stand Caroleanne auf einem Bahnsteig der Victoria Station.

Jury schluckte. Dann zog er die Karten aus der Tasche, schob sie ihr über den Tisch zu und versuchte zu lächeln.

Als Carole-anne sie sah, mußte sie es gar nicht erst versuchen. Auf einmal hatte ihr Gesicht wieder Farbe. «Super! Wo haben Sie die denn her?» Ihre Augen wurden schmal. «Sie haben doch nicht etwa die Wucherpreise auf dem Schwarzmarkt bezahlt?» Dann machte sie ganz runde, o so blaue Augen, schnappte sich das Tischchen, beugte sich darüber und küßte ihn. «*Wo* um alles haben Sie die Karten aufgegabelt?»

Jetzt lächelte Jury wirklich und stand auf. Seine Beine waren eingeschlafen und taten höllisch weh. «Mein Geheimnis.»

Carole-anne liebte Geheimnisse.

31

Das «Ritz» war immer noch so luxuriös, wie er es in Erinnerung hatte, nur nicht so groß, wie es ihm als Sechsjährigem damals vorgekommen war. Aber so ging es einem meistens. Wenn es auch an Größe abgenommen hatte, so doch nicht an Glitzer und Glanz, Pracht und Prunk: dicke Teppiche, Kristallüster, Sessel aus Rosenholz und Gold, Nischen mit Säulen, wo Gäste ihren Kaffee oder Cocktail zu sich nahmen, und natürlich der lange, höher gelegene Salon mit seinen weißgedeckten Tischen und Teegedecken. Selbst zu dieser späten Stunde saßen einige Gäste noch bei ihrem Nachmittagstee.

Alvaro Jiminez trank in der Lobby in einer der Nischen Kaffee. Er stand auf und schüttelte Jury die Hand, nachdem dieser sich vorgestellt hatte. Ein eindrucksvoller Mann, größer als einsachtzig, dunkles Gesicht und feine Züge, Designer-Jeans und eine Denim-Jacke mit Nieten über einem schwarzen Rollkragenpullover. Abgesehen von einer Rolex trug er keinerlei

Schmuck. Er sprach mit einer gewissen Selbstironie, schien sich perfekt zu beherrschen. Seine Mutter, so erzählte er Jury, stammte aus Puerto Rico; sein Daddy vom Mississippi. Sein Daddy habe den besten Blues gespielt, den er bislang zu hören gekriegt hatte.

«Ist bei Earl Hooker in die Schule gegangen. Keiner konnte spielen wie mein Daddy, außer vielleicht Robert Johnson, Otis Rush.»

Jury lächelte. «Und Sie?»

Jiminez lachte. «Ich? Teufel auch, ich tauge doch bloß zum Hinterhof-Blues.» Er schenkte sich Kaffee aus dem Silberkännchen nach. «Hab mir nie was aus dieser wahnwitzigen Runterfetzerei gemacht. Nicht etwa, daß ich sie schlechtmachen will. Gibt keinen Gitarristen, der soviel Power hat wie Van Halen. Ich steh einfach nicht auf diese Solonummern wie ‹Spanish Fly›. Ist mir zuviel Metal; hier mehr als bei uns in den Staaten. Vergessen Sie Metal. Ich steh nun mal auf das barocke Zeugs. Unsere Musik ist nicht bloß ein stupider Rhythmus oder zehntaktige Sequenzen –» seine Hand glitt eine imaginäre Griffleiste entlang – «sie ist – nun, eklektischer vielleicht.»

Nicht nur sein Vokabular veränderte sich, wenn er auf seine wahre Liebe – den Blues – zu sprechen kam, auch seine Stimme wurde dunkler. Nach seinem Benehmen zu schließen, war er ein gebildeter Mann. Und obgleich Alvaro die treibende Kraft hinter der Band war – er hatte sie zusammengestellt –, war doch keine Spur von Häme oder Eifersucht zu spüren, wenn er auf Charlie Raine zu sprechen kam (der mittlerweile alle Sensationsblätter, die Medien und die Titelblätter der Illustrierten okkupierte). Das mochte daran liegen, daß Charlie keinen Wert darauf legte, daß es ihm egal war. So jedenfalls behauptete Jiminez.

«Ich hab jede Menge Respekt vor Charlie. Der bleibt auf dem Teppich. Der pfeift auf Ruhm und Geld und auch auf die Fünftausend-Watt-Scheinwerfer, die auf ihn gerichtet sind. Ich hab ihn gefragt: ‹Charlie, was *willst* du eigentlich?› Und er lächelt nicht mal und sagt: ‹So gut werden wie du.›» Alvaro lachte in sich hinein und schüttelte den Kopf. «Und das meint er auch so.»

Jury lächelte. «Ist er so gut?»

Alvaro lachte schon wieder, während er eine dünne Zigarre aus der Kiste auf dem Teetisch herauspflückte. «Natürlich nicht. Sehen Sie's mal von dieser Seite: ich hab Charles fünfzehn Jahre voraus. Fünfzehn Jahre in Kneipen, in Jazzkellern –» er blickte Jury durch die aufflackernde Flamme seines Feuerzeugs an – «aber er könnte irgendwann so gut werden.»

«Dann hätten Sie ihm immer noch fünfzehn Jahre voraus.»

Alvaro schüttelte den Kopf und lehnte sich zurück. Rauch ringelte sich zur Decke, er blies danach, verteilte ihn. «Ich kenn einfach keinen Gitarristen, der sich so auf seine Musik konzentriert. Das ist mehr als bloße Konzentration; er geht darin auf. Man darf sich nämlich nicht auf das ganze Rockstar-Getue einlassen. Auf der Bühne, das ist eine andere Sache, da man muß sich richtig verkaufen, aber wenn man die Klampfe weggepackt hat, dann muß man, wie Sly Stallone gesagt hat, nach Haus zu Mama gehen und Spaghetti essen. Als ich noch jung war, da hab ich mir nie überlegt, ob man mich mit einem Vertrag verheizt oder ob mein Agent Mist gebaut hat mit der Einkommensteuererklärung. Damals hab ich nur gespielt, um zu spielen. Damit will ich sagen: Man muß das ganze Drumherum vergessen können und einfach spielen. Mich muß keiner daran erinnern, wie ich vierzehn war und noch ganz grün hinter den Ohren und mit meinem Daddy getingelt bin; ich hab in Mississippi nämlich noch 'ne Menge Freunde, die mich fragen: ‹Immer noch mit deinem Gitarrenkasten unterwegs? Was ist denn drin, Koks? Crack?› Ich hab einen Freund, der spielt fast so gut wie Stevie Ray Vaughan, und der stößt mich immer wieder drauf, daß ich gar nichts kann, und dann sitzen wir da und improvisieren und ich merk, daß ich keine Sekunde zu früh von der Bühne runter bin. So geht's Charlie auch.»

«Ist das der Grund, warum er aufhört?»

Jiminez hob die Schultern. «Da kann ich bloß raten. Außer, daß er es satt hat und was Neues ausprobieren will – davon faselt er jedenfalls –, sonst gibt er keinen Grund an. Und auch keinen Grund, warum er die Terminplanung umgeworfen hat. Eigentlich sollten wir diese Woche in München auftreten. Den Manager hat bei der Umbuchung fast der Schlag getroffen.»

«Ergibt keinen Sinn.» Jury blickte zur Decke und betrachtete den prächtigen, leicht rosa schimmernden Kristallüster. «Sie sagen, er ist mit Leib und Seele dabei, geht in seiner Musik auf. Für mich klingt das nach Ehrgeiz. Aber er hört ganz oben, oder fast ganz oben auf.» Er blickte Jiminez über den Teetisch und das silberne Kaffeegedeck hinweg an.

«Raus damit, mein Freund, was wollen Sie damit andeuten?»

«Finden Sie das nicht eigenartig?»

«Eigenartig? Ich find, es ist der helle Wahnsinn. Aber Reisende soll man nicht aufhalten.»

Jury konnte sich unschwer vorstellen, daß Alvaro Jiminez oft zu den Reisenden gezählt hatte. «Wann ist Raine zu Ihrer Band gestoßen?»

«Ich habe Charlie auf einer Tournee kennengelernt, Moment mal, das war vor vier Jahren. Heute hier, morgen dort, an die tausend Auftritte, so ist es uns vorgekommen, von Kalifornien bis Florida. Und eines Abends kommt Charlie in diese Kaschemme in Key Biscayne reinspaziert. Wes kannte ihn schon von Gigs in New York. Wir hatten auf Mundpropaganda gehofft, bloß daß wohl keiner den Mund aufgemacht hatte, denn in der Kneipe hockten nicht mehr als zwanzig, dreißig Figuren, und die waren fast alle zugekifft.

Charlie wäre mir auch so aufgefallen. Stand an der Theke und nippte bloß an seinem Bier, hatte einen kleinen Verstärker, das reinste Kinderspielzeug, in den Gürtel gehakt und seinen verbeulten Gitarrenkasten an einen Barhocker gelehnt. Irgendwie kam er mir bekannt vor. Dann ging mir auf, daß er ein Jünger war.»

Jury runzelte die Stirn. «Er war Ihnen von Ort zu Ort gefolgt?»

«Du hältst uns wohl für diese beschissenen Dead, frag ich ihn, hast mich mit Garcia verwechselt, und er sagt ungerührt: ‹Wie könnte ich?›» Alvaro grinste. «So wie er das sagte, mußte ich entweder besser oder ein Scheißdreck sein. Er schiebt mir jedenfalls ein Demoband rüber und sagt, er würde gern eine Nummer mit uns zusammen spielen, falls es mir nichts ausmacht. Jetzt, an diesem Abend. Ich frag ihn, was zum Teufel ein britisches Gör wie er in Key Biscayne zu suchen hat? ‹Bin auf Arbeitssuche›, sagt er. Der Typ hatte wirklich was an sich, also sag ich: ‹Du spielst natürlich als Lead-Gitarrist.› Wollen sie doch alle. Er sagte: ‹Ich spiel alles, Rhythmus, Baß, was du willst. Welche Musik auch immer.› Bei der nächsten Nummer steht er mit auf der Bühne, und nicht zu fassen, die zwanzig, dreißig Leutchen ziehen sich doch wahrhaftig den Strohhalm aus der Nase. Mann, fuhren die auf ihn ab. Der konnte noch das ganze verstaubte Zeugs spielen, was sie hören wollten. ‹Georgia On My Mind› – da hoben sie völlig ab. Und ein paar kriegten sogar den Hintern hoch und tanzten. Der weiß einfach, was die Leute wollen. Das zusammen mit so einer Wahnsinns-Blues-Tour, so wie Clapton – das ist der Stoff, aus dem Stars gemacht werden.»

Jury dachte kurz nach. «Sie haben den Namen der Band geändert.»

«Je nun. Wir fanden alle, daß Bad News Coming ziemlich abgedreht war, und haben ein paar neue Sachen überlegt. Sirocco stammte von Charlie. Keiner von uns wußte, was es war, aber es klang gut.»

Jury lächelte. «Wußte es Charlie?»

«‹Ein heißer Wüstenwind›, so ähnlich jedenfalls. Sehen Sie mal, was da kommt.»

Eine Frau im üppigen grauen Zobel mit dazu passender hochgetürmter Frisur kam um die Ecke gerauscht, ein junges Mädchen im Gefolge. Lederne Abendhandschuhe, italienische

Schuhe aus Glacéleder, Baumelohrringe, Kette und Armbänder, alles mit Diamanten besetzt, so daß Jury bei ihrem Anblick an die Kristallüster denken mußte. «Sind Sie nicht von dieser Band, Sirocco?» Ihre Stimme war so exaltiert wie die Aufmachung, leise und bemüht kultiviert. «Sind Sie nicht Mr. Jiminez?» Das «Schim-» hätte Wiggins hören sollen. Das Mädchen errötete und wandte den Blick ab. Sie war es, die Alvaro Jiminez erkannt hatte.

«Stimmt, Süße.» Er kritzelte seinen Namen auf eine Meldekarte des «Ritz», musterte die Frau und fragte: «Sie kommen doch zum Konzert?»

Die Mutter wirkte irritiert. «Welches Konzert?»

Jury sah, daß das Mädchen am liebsten in ein Mauseloch gekrochen wäre, so peinlich war ihr die Szene. Alvaro fing ihren Blick auf, fragte nach ihrem Namen (der Belle lautete) und sagte: «Belle, erzählen Sie Ihrer Mama, welches Konzert.»

Das schien Belle zu freuen; ihre Wangen nahmen wieder eine normale Farbe an, sie strahlte, und ihre Augen funkelten. «Hammersmith Odeon. Morgen abend.»

Jiminez grinste. «*Sie* kommen doch sicher.»

Die Mutter setzte zu einer langatmigen Erklärung an, was sie morgen alles für «Verpflichtungen» hätten, wohin sie überall wollten, wen sie alles besuchen müßten (wichtige Leute allesamt), und Jiminez blickte die ganze Zeit Belle an, der bei der Aufzählung ihrer Mutter, die Alvaro völlig links liegenließ, wieder alle Farbe aus dem Gesicht gewichen war.

«Belle, an der Kasse ist eine Karte für Sie hinterlegt. Von mir. Man kommt leicht mit der U-Bahn hin, aber hinterher nehmen Sie besser ein Taxi.»

Belles Augen wurden bei seinen Worten immer größer. Jiminez hatte sie mitten im Wunderland abgesetzt, wo auf einmal alle früheren Regeln außer Kraft waren. Die Mutter im Zobel, das merkte man, schnaubte vor Wut. Ihre Belle auf eigenen Füßen, und das auch noch auf dem Weg nach Hammersmith?

Alvaro lachte in sich hinein, als die beiden gingen. Der Zobel hüpfte, denn die Lady konnte kaum Schritt mit der Tochter halten, die, ohne sie zu beachten, voranging.

«Wenigstens ein Platz besetzt», sagte Jiminez. «Polizisten haben für so was wohl keine Zeit.»

«Es gibt keine Karten mehr.»

Das schien Alvaro verflixt lustig zu finden. «Ein Superintendent von Scotland Yard, und Sie kriegen keine Karten? Wie viele wollen Sie haben?» Ehe Jury antworten konnte, sagte er: «Teufel noch mal, an der Kasse liegen vier für Sie. Der Inspizient ist ein netter Kerl. Hält immer ein paar für uns zurück. Nichts für ungut, aber darf ich mal was sagen?»

Jury lächelte. «Natürlich.»

«Irgendwie hab ich's im kleinen Finger, daß es Ihnen gar nicht um die Scheißsicherheit geht. Weiß auch nicht wieso. Jetzt muß ich ziehen, mein Freund.» Jiminez stand auf. Er schien Jury um einiges zu überragen.

Jury stand auch auf, um ihm die Hand zu schütteln, und sagte: «Ich bin bloß einer Ihrer Fans, Alvaro. Darf ich mich bedanken? Sie hätten nicht mit mir reden müssen.»

«Ich komm gern hierher und häng ein bißchen bei den feinen Pinkels rum. Fast hätten sie mir keinen Platz gegeben, hatte nämlich keinen Schlips um. Der Manager glaubt, wenn er das ‹Ritz› bucht, belästigt uns niemand, weil alle so reich sind. Solange wir einen Schlips umhaben.» Seine Miene war vollkommen ausdruckslos. «Warum interessieren Sie sich so für Charles?»

«Ich versuche, jemandem das Leben zu retten.»

«Nun denn.»

Nach seinem Ton zu schließen, würde Jiminez nicht plaudern. Sie strebten jetzt dem Ausgang zu, einer langen Reihe von Glastüren, in denen sich die Kristallüster spiegelten. «Nichts für ungut, aber ich darf *Ihnen* noch eine Frage stellen? Über Sie selber?»

«Schießen Sie los, Mann.»

Sie blickten jetzt nach draußen, auf den Piccadilly Circus. «Sie haben gesagt, daß Ihr Daddy den besten Blues im Mississippi-Delta gemacht hat. Hieß er Jiminez?»

«Nee. Das ist der Mädchenname meiner Mutter. Bis zu seinem Tod bin ich unter Johnson gelaufen. Das hab ich dann geändert.» Er schwieg. «Mama ist mit einem Barpianisten durchgebrannt, als ich acht war. Hab nie wieder was von ihr gehört.»

Und während sie die flackernden Lichtkegel betrachteten, welche die Birnen unter der Markise des «Ritz» warfen, fuhr er fort: «Ich dachte mir, es gibt 'ne Menge Johnsons auf der Welt, aber vielleicht erkennt sie ja ihren eigenen Namen und meldet sich.»

Jury brauchte nicht zu fragen, ob sie es je getan hatte.

MORPETH DUCKWORTH saß, ganz in Schwarz, in einem Lagerhaus auf der Isle of Dogs wie die Spinne im Netz.

Als Jury und Wiggins eintraten, drehte er gerade Knöpfe, drückte Tasten und fuhrwerkte mit Hebeln nach rechts und links, als hätte er zehn Arme; rings um ihn waren Verstärker, Stereogeräte, ein ausgeklügeltes Sound-System, digitale Synthesizer und Video-Leinwände übereinandergestapelt. Seine ausgestreckten Beine ruhten jedes auf einem Bürostuhl mit Rollen. Er war in seinem Element.

Duckworth nickte zur Begrüßung und schob ihnen die Stühle zu, was einer Aufforderung zum Platznehmen gleichkam. Er drückte ein paar Schalter, regelte die Lautstärke, so daß das, was sich wie das nervtötende Pfeifen einer Rückkopplung angehört hatte, nun zu Musik reduziert wurde, aber immer noch so laut, daß sie wie ein Hitzeschild zwischen ihnen zu flirren schien. Diese Lautstärke galt bei Duckworth offenbar als brauchbare Backgroundmusik für eine Unterhaltung.

«Ob Sie das noch etwas leiser stellen könnten? Mein Sergeant neigt zu Ohrenbluten.»

Dieses eine Mal wußte Wiggins die Sorge um sein Wohlergehen gar nicht zu schätzen. Er warf Jury einen strengen Blick zu. Vielleicht wollte er auch verhindern, daß dieser sich über die Qualität des Gebotenen ausließ.

Morpeth Duckworth betätigte weitere Hebel, offenbar erstaunte es ihn, daß jemand im Vollbesitz seiner fünf Sinne solch eine Bitte vorbrachte, denn schließlich hörten sie einen Spitzen-Hendrix. «Das ist ‹The Wind Cries Mary›. Das absolut Schönste, was er an ruhigen Sachen je gemacht hat.» Und er verbreitete sich über Umkehrungen, doppelte Umkehrungen, satten Ton und Bendings wie jemand, der gerade mit angesehen hat, wie sich Mary im Schatten all der riesigen Kisten ringsum materialisierte.

«Man spielt eben nicht nur mit den Fingern und singt mit den Stimmbändern, und das ist genau das, was diese geklonten Nachaffen nicht kapieren. Van Halen ist bis zum Erbrechen nachgeäfft worden. Entschuldigung, aber das ist wortwörtlich Jimmy Page. Jeder halbwegs anständige Gitarrist kann Van Halen oder Yngwie oder jeden von diesen technisch perfekten Wunderknaben nachmachen. Was die Typen aber nicht kapieren, ist, daß sie nicht die sind, bei denen sie sich bedienen. Die müßten schon ihr ganzes genetisches System ändern, wenn sie sich wie Page oder Knopfler oder einer von denen anhören wollten. Aber das ist ihnen scheißegal. Die meisten Leute sind sowieso total unmusikalisch, und wenn zwei Gitarristen tüchtig einen auf Barock machen, nur Klassisches runterfetzen, und der eine schmeißt mit Arpeggios nur so um sich und der andere bringt lauter Bach-Läufe, dann merkt ein unmusikalischer Mensch den Unterschied überhaupt nicht. Ich steh nun mal nicht auf technische Schaumschlägerei.»

Er beugte sich vor, wie um das noch zu unterstreichen. «Es ist doch so: Die sind so verdammt gut, Jungs wie Van Halen und Malsteen, da haben Sie völlig recht, daß die Technik dominiert; das ist so klar, das klingt, als wär es von den Jungs, die da spielen, völlig abgetrennt. Aber das stimmt nicht. Und deshalb kann sich so ein kleiner Scheißer hinsetzen und rumklampfen und glauben, er wär Joe Pass, aber er ist es nicht.

Wenn du Riley B. King sein willst, dann mußt du mit dem Arsch hochkommen und raus aus den Studiosessions und die Ochsentour machen wie die ganzen andern, die echten Bluestypen. Aber wenn du lieber beim Grammy Award auf der Bühne rumflimmerst und die Multiplatin abräumst, gut, okay, aber da kannst du dich von keinem mitziehen lassen. Ein Clapton oder B. B. King oder Hubert Sumlin oder Gatemouth Brown wirst du nie –»

Da Duckworths Redefluß nicht aufhören wollte, sich nicht verlangsamte und er nicht gewillt schien, sich auf etwas so Morbides wie Mord einzulassen, kam Jury rasch dazwischen. «Was halten Sie von Stan Keeler? Soviel ich weiß, kennen Sie ihn.»

«Ich halte ihn für den besten Rhythm-and-Blues-Mann, den wir hier haben. Gehen Sie mal ins Nine-One-Nine, Sie werden schon merken, was ich meine. Stan kann einfach alles: Rock, Jazz, Fusion-Blues. Blues, Blues, anarchischen Blues. Wenn Black Orchid gut drauf sind, können Sie Sirocco vergessen. Aber Sirocco sind gut. Die drei möchte ich mal zusammen erleben, Raine, Jiminez und Keeler. Das Odeon würde explodieren. Stan gibt keine Konzerte. Teils weil er sich kennt, teils weil er weiß, wie der Hase läuft: Underground-Musik ist *in*. Die Fans hier sind anders als in den Staaten; hier geht alles sehr persönlich zu. Mit dieser Tour kann er ewig weitermachen. Sein blöder Hund ist berühmter als Fergies Balg. Für die Bands aus den Staaten ist England das Tor zum Paradies, hier kann man nämlich einen Senkrechtstart machen. Was die nicht wissen: Wessen Stern hier sinkt, der ist so gut wie tot. Hier ist immer zwölf Uhr mittags. Die Presse wetzt andauernd das Messer. Mit einer einzigen Kolumne könnte ich eine arme Metal Band, die die Fans noch nicht im Griff hat, fertigmachen. In den Staaten funktioniert das alles anders.»

«Und weshalb hat sich Roger Healey auf Ihr Territorium gewagt?»

«Ich glaube, der Mistkerl wollte Keeler abschießen.»

«Sie haben Healey nicht gemocht?» fragte Wiggins.

Wenn Blicke töten könnten.

«Warum hatte der Mann nur so eine blendendweiße Weste? Jeder, mit dem wir gesprochen haben, schwört auf ihn. Selbst Martin Smart», sagte Jury. «Und der ist nicht auf den Kopf gefallen.»

«Aber auch kein Musiker. Der wirft Käseblätter auf den Markt, und davon versteht er was. Healey – okay, eins muß man ihm lassen, von Bach und Paganini hatte er eine gewisse Ahnung –, aber vermutlich weniger als ein paar Gitarristen, die ich kenne. Healey war Musiker, aber nicht gerade ein umwerfender Pianist, soviel ich weiß, und darüber hat er sich grün und schwarz geärgert. Man mußte seine Kritiken schon sehr genau lesen, wenn man mitkriegen wollte, daß einige wirklich ätzende Dinge drinstanden. Er war abartig. Sie haben sich schon mit Mavielein unterhalten, ja? Hat er sie also doch gebumst.»

«Sonst noch jemand?»

Morpeth Duckworth sagte achselzuckend: «Nicht daß ich *wüßte*. Dazu war er viel zu diskret.»

«Wo ist dieser Klub, in dem Keeler spielt?»

«Meistens tritt er im Nine-One-Nine auf. Quint Street, geht von der Shepherd's Bush Road ab. Ein Kellerlokal. Kriegt man erst mit, wenn man die Stufen runtergefallen ist. Hat kein Schild, nur eine Hausnummer.»

Jury stand auf; Wiggins verstaute seinen Kuli.

«Vielen Dank. Sie haben uns sehr geholfen.»

Duckworth zog sich seine Stühle wieder heran und legte die Füße hoch. «Gern geschehen.»

Im Hinausgehen drehte sich Jury noch einmal um und fragte: «Wer ist Trane?»

Wiggins' Kinnlade klappte herunter; Duckworth riß es die Füße vom Hocker. «Trane.»

«Gestern hat jemand Trane erwähnt. Ich dachte nur...»

Totenstille.

«John Coltrane.» Duckworth sah Jury an, als wäre dieser nicht ganz bei Trost.

«Oh.»

«Hat Saxophon gespielt», sagte Duckworth.

«Oh.»

«Ist zwanzig Jahre her.»

«Habe ich etwas Falsches gesagt?» fragte Jury, als Wiggins die Tür an der Beifahrerseite zuknallte. «Sie sehen aus, als müßte ich Ihnen einen Druckverband anlegen; gleich platzt Ihnen eine Ader.»

Wiggins hatte Mühe, die magere weiße Hand vom Mund loszulösen, dann sagte er grimmig: «John Coltrane. John Coltrane ist möglicherweise der beste Saxophonspieler, den es je gegeben hat. Hätten Sie doch bloß mich gefragt. Ich wäre am liebsten im Boden versunken –» Er blickte Jury an, der sich mit einem kleinen Apparat abmühte. «Was haben Sie da?»

«Einen Walkman.» Jury legte eine Kassette ein und setzte die Kopfhörer auf. «Recherchen.»

Als das Auto losbrauste, gab Wiggins eine Art Todesröcheln von sich, und Jury hatte in dieser Woche zum erstenmal etwas zu lachen.

32

Abby war wütend. Wer auch immer es war – wenn er sich einbildete, sie würde hier draußen im Moor sterben, so hatte er sich in den Finger geschnitten.

Ihre Stiefel waren voller Schnee und ihre Socken klitschnaß, aber lieber ließ sie sich die Zehen abfrieren, als daß sie sich durch das quatschende Geräusch verriet, das ihre Stiefel beim Ausziehen machen würden. Viel durfte sie sich in ihrem Versteck hinter der niedrigen Mauer des Schießstandes sowieso nicht bewegen.

Ein Wunder, daß Tim neben ihr sich so ruhig verhielt. Natürlich lag Tim sonst auch viel in der Scheune herum, aber er war wachsam, blickte immer wieder nach rechts und links und dann wieder zu ihr.

Abby verstand nichts von Gewehren, doch sie war ein paarmal mit Major Poges zu diesem Schießstand für Moorhühner gewandert und hatte zugesehen, wie er hochgekraxelt war, angelegt, gezielt und einen ganzen Schwarm Moorhühner knapp einen Meter vor seiner Nase verfehlt hatte.

Mehr hatte sie bis zu diesem Abend nicht über Gewehre gewußt. Aber der Knall des Schusses, der sie um Haaresbreite getroffen hätte und von der Mauer abgeprallt war, den würde sie so schnell nicht vergessen. Wie lange war das jetzt her? Wohl erst ein paar Minuten, denn als sie den Zauntritt erreichte, hatte es zu dunkeln begonnen. Der Schuß war gefallen, als sie gerade über den Zaun klettern wollte, und sie hatte sich fallen lassen und überlegt, was sie jetzt tun sollte: entweder zum Gehölz oder zum Schießstand rennen. Da sie wußte, wie ihre Tante umgekommen war, brauchte sie nicht lange zu überlegen: das Gehölz fiel aus.

Alle glaubten, sie wüßte nicht, daß ihre Tante erschossen worden war. Kamen die nicht auf die Idee, Kinder könnten an Türen und Fenstern lauschen? Vielleicht wußte es der Polizist von Scotland Yard, denn der schien sowieso gut über sie Bescheid zu wissen. Abby hatte seine Visitenkarte in der Tasche ihres Pullovers bei sich. Sie zog sie hervor und las sie, obwohl es eigentlich schon zu dunkel war, um zu lesen.

Wo war Stranger? *Wo?* Sie wußte, daß er noch lebte; es war nur dieser eine Schuß gefallen.

Abby zog an ihrem feuchten Haar, griff mit beiden Händen

hinein und riß daran, damit ihre Gedanken nicht aufloderten wie Feuer im Hochofen. Sie kam sich rotglühend vor. Ihr Leben lang hatte sie vor Wut gekocht, und es gab keinen Grund, das jetzt zu ändern.

Vorsichtig streckte sie die Hand hinter dem Schießstand hervor, griff eine Handvoll Schnee und rieb sich damit das Gesicht ab, um die Blutzirkulation in Gang zu halten. Der Major hatte ihr mit Vorliebe Vorträge über das «Überleben in der Wildnis» gehalten, weil er wußte, daß sie gern übers Moor strolchte. Der brauchte sich ja auch um sein Überleben nicht zu sorgen, dachte sie. Der hatte immer drei Butterbrote und einen Flachmann mit Whisky dabei, ehe er überhaupt einen Fuß vor die Tür setzt.

Kein Laut war zu hören, nichts als das Wispern des Windes in Binsen und Farnkraut.

Ihr Regenmantel war gelb. Ausgerechnet gelb. Daran war Mrs. Braithwaite schuld, die darauf bestand, daß sie auf dem Schulweg etwas Helles anhatte, damit Autos, die um die Kurven bogen, sie auch sahen. Sie hatte aufbegehrt; die Straßen hier waren so schmal, daß Autos sowieso nicht schnell fahren konnten, und ihr wäre ein schwarzer Regenmantel lieber gewesen. Der hier war wie die Reflektoren an Ethels Fahrrad. Der Mond war wie ein Scheinwerfer und sie wie eine Sternschnuppe, wenn sie es in diesem leuchtenden Gelb vom Schießstand bis zur Mauer schaffen wollte. Sie sah Tim an. Ein gelber Mantel, Vollmond und ein weißer Hund. Gott hatte etwas gegen sie.

Das war auch ein Grund, warum ihr Jane Eyre anfangs gefallen hatte, die dachte nämlich auch, daß Gott etwas gegen sie hätte; aber als Jane dann bei Mr. Rochester zu arbeiten anfing, da wußte Abby schon, was kommen würde und daß Gott gar nichts gegen Jane hatte; er stellte sie nur «auf die Probe».

Wie Hiob. Ihre Tante schickte sie immer in die Kirchenschule, wo Abby sich anhören mußte, wie der Pastor von Hiob und den drei Tröstern mit den verrückten Namen erzählte. Sie saß einfach da, dachte an Hiob und fragte sich, warum er nicht einfach von seinem Misthaufen runterging und die drei verprügelte. Nachdem sie das und noch einiges andere in der Kirchenschule gesagt hatte, hatte ihre Tante gemeint, sie müsse nicht mehr da hin.

Abby senkte den Kopf, dachte an Tante Ann und versuchte, wegen ihr ein schlechtes Gewissen zu haben. Aber sie schaffte es nicht, und ihre Gedanken wanderten wieder zu Stranger. Stranger war ihr und Tim gefolgt, war hinter ihnen hergezokkelt, hatte in den Überbleibseln der Schneewehen gebuddelt und war weit zurückgeblieben.

Aber irgendwo mußte er sein. Und sie saß hier fest mit einem Irren, einem Ballermann, der ihre Tante umgebracht hatte, soviel stand fest.

Und sie hatte gar nichts. Nur ihren Stab, mit dem sie den Ballermann liebend gern zu Tode geprügelt, ihm den Schädel eingeschlagen hätte, daß sein Gehirn nur so übers Moor spritzte, und Ethels braven Hund, dem sie gern befohlen hätte, dem Irren an die Kehle zu gehen und an alle anderen Körperteile auch. Doch sie ließ den Kopf sinken und preßte die Fäuste gegen die Schläfen, denn sie wußte, daß sie ihn mit keiner dieser Waffen erwischen würde. Es hatte alles keinen Zweck.

Eine Idee schimmerte in ihr auf. Langsam hob sie den Kopf und beschirmte die Augen mit der Hand, kniff sie zusammen und blickte übers Moor.

Schafe.

Verdammt noch mal, wo steckten bloß alle?

Weavers Hall war, abgesehen von Melrose und dem Personal, wie ausgestorben; und mit Ausnahme von Ruby waren alle auf ihren Zimmern, denn Mrs. Braithwaite hatte beschlossen, wenn die Köchin krank sein konnte, konnte sie es auch, jedenfalls solange sie noch den armen Tolpatsch Ruby Cuff hatte.

Sollte die sich doch darum kümmern, daß eine Platte mit kaltem Hühnchen, Käse und Salat auf den Mittagstisch kam.

Und nach dem Lunch hatten sich die Gäste in alle Winde zerstreut; Mrs. Braithwaites Kochkünste und dann auch noch ein Mord waren eben zuviel, dachte Melrose. Niemanden schien es zu kümmern, daß Superintendent Sanderson darum gebeten hatte, man möge sich für eine eventuelle Befragung zur Verfügung halten. Der Wachtmeister, den man dagelassen hatte (in seiner verwaisten Position an der Tür der Aufseher), war am Morgen abgezogen worden – mit etwas Mithilfe seitens Ellens und des BMW. Die Insassen von Weavers Hall schienen aufzuatmen.

Das Abendessen hatte aus einer Art geschmortem Huhn mit matschigen Erbsen und verkochten Kartoffeln bestanden. Der heutige Lunch war eine trockenere Version des Abendessens gewesen.

Major Poges hatte das Handtuch – besser, die Serviette – geworfen und verkündet, er werde in diesem Haus keinen Bissen mehr zu sich nehmen, ehe die Köchin nicht wieder auf den Beinen sei, er werde abends im «Weißen Löwen» speisen und ob ihm dabei jemand Gesellschaft leisten wolle? Nicht einmal die Principessa wollte; sie hatte eine gräßliche Migräne und zog sich in ihre «Gemächer» zurück. So wie sie es ausdrückte, hätte man denken können, ihr Zimmer in Weavers Hall gehörte zu einer Flucht von Räumen in einem prächtigen, wenn auch heruntergekommenen venezianischen Palazzo, dessen Fassade sich vor Melroses geistigem Auge nachts in den schimmernden Wassern des Canal Grande spiegelte. In seinen Phantasien gondelte stets Vivian daran vorbei. Er konnte Vivians neueste Kreation eines *couture*-Hauses so deutlich sehen, wie er sich das Gemach der Prinzessin vorstellen konnte, übersät mit Seide und Tüll, bedrucktem Samt und Brokat.

Ramona Braine hatte während des ganzen Essens eisern geschwiegen, alle zehn Minuten auf ihre türkise Uhr geschaut und, ihrer Miene nach zu urteilen, an ihre ruinierten Ferien in

Cumbria und ihre Begegnung mit Kaiser Hadrian gedacht – zunichte nun, weil sein Geist dort schon umgegangen war (es war schon weit nach Mittag), da und wieder weg, wie bei Geistern so üblich. Melroses Versuch, sie mit dem Hinweis auf «vielleicht nächstes Jahr» zu trösten, wurde mit einem wütenden Blick quittiert, der ihn völlig aus dem Reich der Geister entfernte.

Nur Malcolm genoß die Situation in vollen Zügen. Und er hatte das Thema «Mord an der Wirtin» ausgeschlachtet, bis Major Poges ihm frostig den Mund verbot. Also ersetzte er die blutige Leiche durch eine weitschweifige Beschreibung der blutigen Hühner, die Ruby erst erwürgt und dann, Malcolm zufolge, mit einer Kettensäge gänzlich hingemeuchelt hatte. Ihre sterblichen Überreste lagen jetzt kalt auf der Platte vor ihnen; Malcolm beschrieb das Schlachtfest so genüßlich wie Atreus, der Vater Agamemnons, nachdem er seinem Bruder Thyestes die eigenen Kinder als Kesselfleisch vorgesetzt hatte. An den Griechen fand er so beeindruckend, daß sie nie etwas vergaßen, nie eine Beleidigung durchgehen, nie einen Fehdehandschuh unbeachtet ließen, ohne Vergeltung zu üben. Die Griechen erinnerten ihn an Commander Macalvie.

Melrose schob den bleichen Hähnchenflügel auf seinem Teller hin und her, aß einen Bissen kalte Kartoffel und dachte an Agamemnon, der von Klytämnestra und Ägisth umgebracht worden war. Die nächste Generation: Orestes und Elektra. Ja, es nahm und nahm kein Ende. Blutrache um jeden Preis, da mußten sie ja irgendwann durchdrehen (wie Ellen es ausdrükken würde).

Diese Gedanken gingen ihm durch den Kopf, während er hinaus in die Abenddämmerung starrte. Er runzelte die Stirn. Wo zum Teufel *steckte* Ellen? Nach dem Frühstück waren sie und ihr Motorrad die Einfahrt entlanggeschlittert und hatten auf dem Weg zu weiteren Leckerbissen der Brontë-Forschung – heute wollte sie sich Wycoller vornehmen – Schotter und Kiesel hochgespritzt. Das war fast zwölf Stunden her.

Er ging zum Kamin, trat nach einem kaum angebrannten Holzscheit, betrachtete sein Abbild in dem vergoldeten Spiegel und fand sich nicht gerade überwältigend. Und wo steckte Abby? Er sah schon genauso oft auf seine Uhr wie Ramona Braine, und als er jetzt aus dem Fenster blickte, da war ihm, als müßte ihm gleich der Geist von Hamlets Vater in seinen zerlumpten Leichentüchern erscheinen und ihn zum Steinhaufen hinüberwinken.

Nach dem Frühstück war Abby noch in der Scheune gewesen, doch seither hatte er sie nicht mehr gesehen. Sein Auftauchen dort hatte nur dazu geführt, daß sie ihre Elvis-Platte lauter abspielte als gewöhnlich und in den Kuhstall stapfte, um ihre Kuh zu verarzten.

Es war wohl besser, er bat Ruby, Tee für Abby zu machen, doch als er mit der Bitte in die Küche kam, wurde ihm bedeutet, das hätte keinen Zweck; Abby bereite sich den Tee immer selbst, so wie sie ihn haben wollte.

«Aber sie muß sich doch zumindest Vorräte aus dem Haus holen.» Selbst Admiral Byrd hatte welche gebraucht, nur daß Melrose vergessen hatte, wie er drangekommen war.

«Der geht es gut; um Abby braucht man sich keine Sorgen zu machen.»

Das fand er so merkwürdig, daß er ganz in Gedanken zu einem Geschirrtuch griff und eine Platte abtrocknete. Ruby wusch das Geschirr von Frühstück und Lunch ab und war nicht erfreut über diese Mehrarbeit. Ihre buschigen Augenbrauen gruben sich wie zwei Maulwürfe auf die Mitte ihrer Stirn zu. Natürlich kam sie sich ausgenutzt vor, nachdem beide, die Köchin und Mrs. Braithwaite, das Feld geräumt hatten.

Sie meinte, Melrose müsse nicht abtrocknen, aber es gefiel ihr ganz offensichtlich, daß ihr ein Gast bei der Küchenarbeit half und ihr eine Last von den schmalen Schultern nahm.

Niemand (auch er) hatte Ruby Cuff offen gestanden bislang

mehr beachtet als eine Lampe oder einen Stuhl. Er legte die Platte hin und wählte etwas Kleineres – eine Teetasse. Die Polizei hatte Ruby ein paar Routinefragen gestellt, doch weil Mrs. Braithwaite dem Personal so sichtlich vorstand und am längsten dort arbeitete, hatte man sich mit Ruby nicht lange aufgehalten. Ruby hatte jenes enggeschnürte und zugeknöpfte Aussehen, bei dem man kaum schätzen konnte, ob sie nun zwanzig oder vierzig war. Wäre sie eine Schönheit gewesen – wie die Prinzessin –, dann hätte ihr diese alterslose Schwebe gute Dienste geleistet.

«Ruby, wie lange haben Sie für Miss Denholme gearbeitet?»

«Fast zehn Jahre, Sir.» Das Interesse schien sie zu freuen. «Die muß nicht abgetrocknet werden», sagte sie und hielt eine große Bratpfanne hoch.

Was Melrose auch nicht vorgehabt hatte. Sie stellte die Pfanne auf das Abtropfbrett.

«Dann dürften Sie Miss Denholme recht gut kennen.»

Diese Frage freute sie weit weniger, da sie eingestehen mußte, daß dies nicht der Fall war. «Geben Sie sich keine Mühe mit dem Dreck in dem Eierbecher. Da hat die Prinzessin eine Zigarette ausgedrückt. Er gehört dem Major.»

«Deshalb hat sie's wohl gemacht.» Der Eierbecher hatte Stummelbeine und blau gepunktete Schuhe. Stirnrunzelnd betrachtete er ihn.

Das Lächeln hellte ihre schlichten Züge nicht auf. «Die sind wie Hund und Katze.»

«Die Polizei hat Sie sicherlich gefragt, wie Sie zu Miss Denholme gestanden haben?»

Er trocknete den Eierbecher nochmals ab, wodurch er sich vor dem Besteck und vor allem vor der schweren Bratpfanne drückte.

«Ach, die haben gefragt, wie lange ich schon hier arbeite und ob ich wüßte, ob jemand etwas gegen sie hatte.»

«Aber es hatte doch gewiß niemand etwas gegen sie – ich meine, sicherlich niemand, von dem Sie wüßten?»

Da er anscheinend seine Frage selber beantwortet hatte, sah sie keinen Grund zu einer Antwort ihrerseits und schrubbte schweigend einen verbeulten Wasserkessel.

Melrose seufzte und griff zu einem weiteren Eierbecher. Der hatte ebenfalls Schuhe, gelbe Schuhe. Vor seinem geistigen Auge marschierten Hunderte von Eierbechern die Oxford Street entlang. Er kniff die Augen zusammen, um das Bild zu verscheuchen, und überlegte, wie Jury sie wohl zum Reden brachte – die Verdächtigen, die Zeugen, die Kinder, die Hunde und Katzen. Gras und Bäume... Sei nicht albern, du bist ja nur neidisch. «Hat Miss Taylor zufällig verlauten lassen, wann sie zurück sein wollte?» Das hatte Melrose gar nicht fragen wollen; es lenkte sie nur ab.

«Nein, Sir.» Ruby wischte sich eine Strähne aus der Stirn. «Die ist zum Schieflachen, was? Ob sie in New York City alle so rumlaufen?»

«Ja.» Besser, er verteidigte Ellen Taylor und ihre Aufmachung nicht, sonst würde er nie im Leben etwas aus Ruby herausholen. Er polierte die gelben Schuhe und sah zu, wie Ruby das Wasser aus der Wanne ausgoß. Als sie ein weiteres Geschirrtuch aus der Schublade holte und zu der Bratpfanne griff, nahm er sie ihr ab. Das hätte Jury auch getan. Der hätte den ganzen Abwasch gemacht. «Nein, Ruby, Sie müssen so schwer arbeiten. Ruhen Sie sich ein bißchen aus.» Die Pfanne schien eine Tonne zu wiegen. Wenn er in der Küche das Sagen hätte, er würde alle schweren Sachen auf der Stelle hinauswerfen und nur noch Wegwerfgeschirr aus Plastik verwenden.

Ruby strahlte – soweit ein Pfannkuchengesicht strahlen konnte –, stieß einen gequälten Seufzer aus und verkündete, sie müsse sich wirklich setzen. Sie goß sich einen Becher Tee mit dem Wasser auf, das im Kamineinsatz vor sich hin kochte, machte es sich in einem Schaukelstuhl am Feuer gemütlich, trank einen Schluck und schwieg weiter.

«Ich finde, Sie sind zu bewundern. *Sie* (hier etwas mehr Betonung) brechen nicht zusammen, wenn's hart auf hart kommt.» Keine Antwort, nur ein selbstgefälliges kleines Lächeln und weitere Seufzer. Das Mädchen war die geborene Märtyrerin. «Nein, wie gräßlich aber auch», fuhr Melrose fort. «Gräßlich. Und im Moor. Wer kommt schon auf die Idee, daß da draußen so etwas passiert.»

Sie hob die Schultern. «Ob da oder anderswo, ist doch egal. Da draußen hat ihn wenigstens keiner gesehen.»

Ihn? Er hatte die halbherzig abgetupfte Bratpfanne hingestellt und tupfte jetzt halbherzig einen Topf ab. «Dann meinen Sie, es war ein Mann?»

Sie sagte mit ungläubigem Blick: «Also, eine Frau würde so was doch nicht tun, oder?»

«Eine Frau? Aber Mrs. Healey...» Er warf das Geschirrtuch hin und ließ Besteck Besteck sein.

«So hab ich's nun auch wieder nicht gemeint.» Sie schüttelte den Kopf. «Wieso Mrs. Healey das getan...» Neuerliches erstauntes Kopfschütteln. «Wenn das keine Überraschung war. Damit Sie's wissen, ich kenn sie nicht, hab nie ein Wort mit ihr geredet. Ist eine von der kühlen Sorte. Aber Abby hat sie richtig gern gehabt. Hat ihr immer was mitgebracht, o ja.»

Melrose ging zu ihr und stellte sich ans Feuer. «Sie haben gesagt, *das* wäre eine Überraschung gewesen, so als ob Sie der Mord an Miss Denholme nicht sonderlich überrascht hätte. Und Sie haben gesagt, so hätten Sie's auch wieder nicht gemeint – daß eine Frau ‹so was› nicht tun würde. Was *haben* Sie gemeint?»

Und schon machte Ruby den Mund so fest zu wie eine knikkerige alte Dame ihre Geldbörse.

Er hätte nicht so direkt fragen dürfen. Sie schloß die Augen. «Finden Sie es nicht auch etwas seltsam, daß Miss Denholme nie geheiratet hat? Wo sie doch wirklich attraktiv war.» Ruby schlug die Augen wieder auf und musterte ihn prüfend. «Offen gestanden –» er lachte gekünstelt – «sie hatte ein bißchen was von... nun, über Tote soll man nicht schlecht reden, nicht wahr.» Hoffentlich strahlte sein Lächeln so wie seine grünen

Augen. Zumindest behaupteten alle, die sie nicht mit Mistkäfern verglichen, daß sie strahlten.

«Sie meinen Ann Denholmes Umgang mit Männern?» Rubys Lächeln war schmal und ein bißchen niederträchtig. «Oh, es gab genug, die ihr schöne Augen gemacht haben.»

Endlich zahlten sich seine Mühen aus. «Hier, in der Gegend?» Er lachte schon wieder. «Etwas öde für Romanzen, was?»

«Wer hat was von Romanzen gesagt? Ich mache schließlich die Zimmer.»

Mit dieser Andeutung und einem verkniffenen, wahrscheinlich neidischen Lächeln ging sie, um ihren Mittagsschlaf zu machen.

Wie gut, daß Ruby Cuff eine so schmutzige Phantasie besaß. Ann Denholme hatte die Grenze anscheinend bei ihren Gästen nicht gezogen.

Und wer kam sonst noch in Frage? Diese Frage trieb Melrose um, als er gereizt aus dem Fenster schaute, das nach vorn ging, und dann schon wieder auf seine Uhr. Fast neun, und keine Ellen. Und auch keine Abby. Seit seiner Unterhaltung mit Ruby hatte er dreimal in der Scheune nachgesehen, aber sie ließ sich nicht blicken.

Er ließ sich mit einem großen Brandy nieder und versuchte sich mit der Vorstellung zu trösten, daß man bei Abby nie wußte, woran man war. Sie strolchte sicher mit Stranger herum und buddelte Schafe oder sonstwas aus.

Nur daß gar kein Schnee mehr gefallen war.

Es taute nämlich.

Aber mit Schafen mußte es etwas zu tun haben.

Sie musste es darauf ankommen lassen.

Abby legte den Kopf auf die verschränkten Arme. Wenn sie doch bloß Mr. Nelligan besser zugehört hätte. Nichts war so schwierig, wie es darauf ankommen zu lassen, und sie wußte nicht einmal, wo Stranger steckte.

Tim schnüffelte an ihrem Haar und winselte. Abby hob den Kopf und blickte dem Hund, den sie immer für einen faulen Tagedieb gehalten hatte, direkt in die Augen. Daran war Ethel schuld, denn Ethel hatte sich nie die Mühe gemacht, ihn zu erziehen. Wenn der überhaupt je einen Befehl bekommen hatte, dann nur von ihr –

Also klappte es vielleicht doch, sie mußte es eben darauf ankommen lassen. Als sie jetzt in Tims funkelnde Augen blickte, war sie willens, Ethel alles über Babylon, den Sommerkönig und diese untadelige Rasse abzunehmen. Abby vergrub die Finger in Tims Fell und versuchte, seine volle Aufmerksamkeit auf sich zu ziehen. Der Trick war, daß man sich ganz auf den Hund einstellen mußte. Sie war oft bei Prüfungen von Hütehunden dabeigewesen und hatte gesehen, was Hunde alles konnten. Die besten hatten ohne einen einzigen Befehl einen Haufen wildgewordener Schafe lenken können.

Wenn Tim das ganze königliche Blut hatte, selbst wenn er nichts getan hatte, seit Ethel ihn in ihre glatten, feinen Hände bekommen hatte, so war doch Blut immer noch Blut, und man vergaß nicht, wie man das tat, wozu man geboren war. Die Königin von England würde nie vergessen, wie man sich als Königin verhält; es war wie Fahrradfahren.

Die Nacht wurde kälter, der Mond hatte einen Hof, und die Steinmauern waren unüberwindlich. Ihr Mund war steif, mehr aus Angst als vor Kälte, ihr Regenmantel bereift, ihr Haar feucht und struppig vom Nebel.

Aber sie würde *nicht* wie Jane Eyres Freundin Helen sein, die im strömenden Regen immer im Kreise gelaufen war, rührselig ihren Peinigern gehorchend, eine Heilige unter Teufeln.

Stranger. Sie versuchte, sich Mut zu machen. Er wartete bestimmt irgendwo da draußen auf ein Zeichen. Die Schafe an den Hängen in der Ferne waren nur noch Pünktchen. Da vor dem Mond Nebel aufzog, konnte man sie kaum noch sehen, sie waren so fern, so unerreichbar. Trotz seiner Schrullen schien Mr. Nelligan nie eines abhanden zu kommen, und der hatte über hundertfünfzig... Nein, sie konnte es nicht schaffen, ihr Herz hämmerte. Dann hörte sie – diesmal ein wenig näher – Steine kollern, ein Geräusch, als ob jemand über eine Mauer kletterte. Langsam drehte sie sich in ihrem Versteck um und blickte auf. Sie sah, wie sich hinter dem Schießstand eine schwarze Masse vorsichtig über die Bruchsteinmauer schob.

Abby senkte den Blick und sah wieder Tim in die Augen. Die Wut schürte ihre Energie; sie wurde zu einem Feuerball aus purer Konzentration. Sie würde Tim nach rechts schicken, da bot ihm wenigstens der weiße Hintergrund Schutz, denn an den Hecken lagen noch Reste von Schneeverwehungen.

Ganz langsam und ganz leise sagte sie zu Tim: «Pack an.»

Tim fuhr hoch, drehte sich um und flitzte auf den verschneiten Hang zu, wo er sich erneut nach rechts wandte und wie ein weißes Geschoß ins ferne Moor abzischte.

Abby kauerte sich hin. Der Ballermann würde wohl kaum eine Patrone verschwenden (und damit seine Position verraten), indem er auf einen fliehenden Hund schoß.

Und so brachte sie der Gewehrschuß völlig aus der Fassung, wenn auch nur kurz; bei dem Knall drehte sich alles um sie; es war ein fürchterlicher Krach, so als würde er jedes Lebewesen im Moor, ja das Moor selber vernichten. Sie machte die Augen ganz fest zu.

Und doch arbeitete ein Teil ihres Hirns ganz ruhig und sagte ihr, daß sie die Sekunde des Nachhalls nach dem Schuß nutzen müßte. Ohne die Augen zu öffnen, steckte sie die Finger in den Mund und pfiff. Das Geräusch war so durchdringend, daß es bis zu dem weit entfernten Hügelkamm dringen mußte.

Dann herrschte Stille. Abby schlug die Augen auf und sah, daß Tim immer noch auf die fernen Felder zuflitzte.

Der Ballermann hatte nicht getroffen.

Der Ballermann war bescheuert, und fast wäre Abby vor Erleichterung aufgesprungen und hätte es hinausgeschrien, hätte es hinausgejubelt: Daneben, daneben, du Mistkerl, du dämlicher, bescheuerter Blödmann. Blödmann war eines von Ellens Lieblingsworten.

Nun war alles still.

Tim war am Leben; sie war am Leben; das Moor war Moor.

Melrose schob den Serviertisch zur Seite, auf dem noch die Karten der Braine ausgebreitet lagen, und ließ sich in den tiefen Sessel plumpsen, den sonst sie mit Beschlag belegte.

Die Tarotkarten und Malcolms Stereoapparat leisteten ihm Gesellschaft. Der Magier starrte ihn an; im Apparat quakte leise einer von Malcolms unverständlichen Oo-ah-oh-oh-oh-Schlagern. Er streckte den Arm aus, drückte die Stop-Taste, legte das Band von Lou Reed ein, stellte lauter und lehnte sich zurück, um nachzudenken.

Caroline says –
while biting her lip

Ehrlich gesagt, Carolines verrücktes, verkorkstes Fixerleben faszinierte ihn wirklich. Alle Lieder handelten von Caroline, da war er sicher, obwohl sie namentlich nur in zweien davon erwähnt wurde. Caroline und ihr Liebhaber oder Ehemann, deren Ehe in der Hölle geschlossen worden war.

it's so cold in A-las-ka
it's so cold in A-las-ka

Endlose Schneewüsten. Melrose stand auf, ging schon wieder zum Fenster und sah, daß der Mond ein diffuses Licht auf den nebligen Hof warf. Wo konnte das Mädchen sein, wenn nicht im Moor? Auf einmal fiel ihm Mr. Nelligan ein, und der Gedanke beruhigte ihn kurz. Wahrscheinlich hockte Abby in Mr. Nelligans Wohnwagen und wärmte sich ausgerechnet in dem Augenblick bei einer Tasse Kakao auf, als Caroline verprügelt wurde.

Aber das glaubte er ja selber nicht, und so kehrte er verdrießlich zu seinem Sessel zurück. Er ließ den Brandy im Schwenker kreisen und dachte über Ann Denholme nach. Ann Denholme, die sich einfach auf sein Bett gesetzt hatte. Rubys Bemerkungen. Der unentwegte Rhythmus des niederdrückendsten aller Songs.

they're taking her children away
because they said she was not a good mother

Unerbittliche, klagende Gitarrenakkorde. Die Akkorde äfften Carolines ewig gleiche, sinnlose Affären nach – Armeeoffiziere, Inzest, sie machte vor nichts halt. Er lächelte ein wenig, als er an Major George Poges denken mußte. Doch Ruby mochte noch soviel Andeutungen über Ann Denholmes Promiskuität machen, Melrose konnte sich nicht vorstellen, daß sie ihre Talente an dem Major erprobt hatte.

miserable rotten slut couldn't turn
anyone away

Er stand wieder auf und ging im Zimmer auf und ab, blieb stehen, trat auf die Diele, musterte die dort aufgereihten Stiefel und stellte fest, daß die hermelingefütterten der Principessa fehlten. Vielleicht hatte sie sich doch noch dazu durchgerungen, mit Poges essen zu gehen.

Was tat eine Frau wie sie, eine Frau mit Kleidern aus Samt

und geblümtem Satin von Worth und Lady Duff Gordon... was tat sie hier?

Er kehrte zum Kamin in den Salon zurück und stützte den Kopf in die Hände. Polizei. Sollte er sie anrufen? Weswegen? Keiner außer ihm machte sich hier auch nur die geringsten Sorgen, weil Abby nicht zum Tee erschienen war. Er seufzte und ging auf und ab.

Charles Citrine. Charles Citrine war ein regelmäßiger Besucher in Weavers Hall... Es war lächerlich, daran überhaupt zu denken. Er hatte den Mann nur kurz kennengelernt. Dennoch.

Ann Denholme hatte einen Anruf bekommen; sie hatte sich in Richtung jenes Hauses aufgemacht. Als er auf dem Weg von Harrogate hierher Pause gemacht hatte, war die Gestalt in dem Umhang da nicht auf demselben Weg gewesen?

Aber wenn Charles Citrine angerufen hatte, wenn er nun auf dem Moor gelauert hatte – was war das Motiv? Oder wenn es jemand anders aus dem Haus gewesen war – Nell Healey oder ihre Tante? Hatte Charles Citrine Ann Denholme heiraten wollen? Die Erbschaft konnte doch kein Motiv sein. Machte sich die Schwester, Rena, Hoffnungen auf das Geld ihres Bruders? Jury zufolge kamen die beiden nicht gut miteinander aus. Und Nell Healey war weitaus reicher als ihr Vater. Wenn es nicht das Geld war, was dann?

Wissen? Erpressung?

since she lost her daughter
it's her eyes that fill with water

Dieser Gesprächsfetzen beim Frühstück. Daß Ann Denholme ihre kranke, schwangere Schwester gepflegt hatte, weil der Arzt eine Fehlgeburt befürchtete.

Die Principessa hatte erzählt, daß sie Ann Denholme bei ihrem ersten Aufenthalt in Weavers Hall nicht angetroffen hatte. Das war elf Jahre her. *Mir kommt sie nicht gerade mütterlich vor, nein, weiß Gott nicht*, hatte George Poges hinzugefügt.

Warum hat sie nur das Kind aufgenommen? Scheint sich doch nicht viel aus ihm zu machen …

because of the things that
she did in the streets and

Er hörte den durchdringenden Pfiff aus ihrem Versteck. Sie kam nicht hinter dem Pfiff her. Er wußte, was das zu bedeuten hatte, aber er war daran gewöhnt, daß sie dem Laut folgte, mit dem Hirtenstab herumfuchtelte oder mit der Zunge klickte und schnalzte oder manchmal nur mit den Augen Befehle erteilte. Oder es zumindest versuchte. Gut verstand sie sich noch nicht darauf, aber sie war noch zu klein, und so waren auch die meisten Laute, die sie machte, etwas mickerig. Schließlich konnte sie nicht alles wissen.

Er wußte jedoch, daß Gefahr drohte; der Knall, mit dem die Luft über seinem Kopf geborsten war, roch eindeutig nach Gefahr. Die konnte er wittern wie Blut. Blut, überall Blut im Schnee.

Er war nicht weggelaufen. Hatte sich nur etwas zurückgezogen, war höher geklettert, um zu beobachten und abzuwarten.

Er blickte prüfend von einer Seite zur anderen und nahm dabei die verlockende Fährte der Wolligen auf. Die standen einfach da oder wanderten schweigend übers Moor und um Böschungen herum. Auf der anderen Seite des Hügels waren noch mehr, er mußte in ihren Rücken gelangen und –

Er erstarrte. Etwas Weißes kam herangestürmt, auf die Wolligen los. Es lief schneller, als er es ihm zugetraut hätte. Es war der Faulpelz, der sich nie von der Matte vor dem Feuer wegrührte.

Der konnte *rennen*?

So schnell konnte sich der Faulpelz bewegen? Aber wenn sie

ihn so weit ausgeschickt hatte, dann wollte sie, daß er mit ihm zusammenging.

Er jaulte kurz auf, nicht vor Schmerz und nicht zur Begrüßung. Es hieß «O nein, o nein, o nein», und er versuchte, es zu unterdrücken.

O *nein*.

Von seinem Standort aus konnte er dem Glotzer direkt in die Augen blicken; er japste, denn es war ein gutes Stück Wegs bis zu den Wolligen gewesen. Er hatte schon öfter gesehen, wie der Glotzer die Wolligen mit seinen Glotzaugen versteinerte, bis er selber zu Stein wurde. Der konnte sich anscheinend in die eigenen Augen glotzen.

Nicht besonders geschickt, wenn man wollte, daß einem die Wolligen gehorchten. Die reagierten nur, wenn sie Zähne zu spüren bekamen.

Aber sie mußten zusammenarbeiten. O nein.

Er lief hügelan, und der Faulpelz auch, einen unwegsamen Hang mit Böschungen hinauf, wo die Schafe weit verstreut weideten, einen schotterbedeckten Hang, der das Laufen schwer und das Rennen fast unmöglich machte. Und während er lief, drehten sich ein paar Wollige nach ihm um und sahen ihm zu.

Sie wußten Bescheid; sie wußten immer Bescheid.

Weit entfernt vom Glotzer kam er gleichzeitig auf der anderen Seite an. Er blickte über die Wolligen hinweg zum Glotzer hin und fing ein Signal auf. Sie stoben in entgegengesetzten Richtungen davon.

Er würde versuchen, möglichst viele zu erwischen; das war besser, als sich auf eines zu konzentrieren.

Sie zogen ihre Kreise immer weiter, bis sie beide, er und der Glotzer, im Rücken der Wolligen waren.

Abby schälte sich vorsichtig aus dem gelben Regenmantel. Innen war er blau und somit dunkel.

Sie schlüpfte aus einem Ärmel, ohne dabei das Moor und den Hang aus den Augen zu lassen, und da sah sie es.

Quer über der Hügelkuppe zogen Schafe auf wie Soldaten. Wie in diesem Film über Zulus, wo unversehens der ganze Stamm auftaucht. Damals hatte sie große Augen gemacht. Jetzt stockte ihr der Atem.

Sie vergaß alles – Kälte, Hunger –, denn so etwas hatte sie noch nie in ihrem Leben gesehen.

Der verschleierte Mond stand über einer hoch aufragenden schwarzen Fichte und sah aus wie die Straßenlaterne im «Reich der Lichter».

Ellen schwang sich von der BMW, schnappte sich die weißen Behälter, die im Gepäckkorb lagen, und streckte sie Melrose hin. «Mögen Sie Chinesisch? Schweinefleisch süß-sauer? Lo-Mein-Nudeln?»

«Nein. Abby ist verschwunden.»

Ellens Arme fielen herab. «Verschwunden? Was reden Sie da, *verschwunden?*» Ihre Stimme klang wütend, und sie sprang schwarz und panthergleich auf ihn zu.

«Verschwunden! Nicht zu finden! Weg.»

Sie blieb stehen und sah völlig verstört aus.

«Ich habe mit Superintendent Jury telefoniert –»

«Bilden Sie sich etwa ein, daß der Abby auftreibt? Sie ist ja wohl nicht zu Fuß nach London, oder?»

«Halten Sie den Mund. Ich habe die Polizei von Keighley angerufen.»

«Polizei. Wunderbar. Die brauchen eine Stunde, bis sie ihre Maschinen überhaupt in Gang haben.» Zornentbrannt hob sie den Arm.

«Wir sind hier nicht in New York», brüllte er, als die weiße Pappschachtel herangesegelt kam. Im Flug regnete es Nudeln. Sie fielen auf die Erde, wo sie glitschig und tropfend liegenblieben. Wütend legte sie noch einmal an, und das Schweinefleisch kam geflogen, doch dieser Behälter landete innerhalb des Maschendrahtzauns vom Hühnerhof. Er hörte Geraschel, Gegakker, und schon nahten sich flügelschlagend die Hühner. Er drehte sich um und ging zu seinem Bentley. Das Ganze ließ ihn eiskalt, außer daß er ärgerlich war. Wenn sie unbedingt Anfälle bekommen mußte, bitte schön.

«Wohin wollen Sie?» gellte sie hinter ihm her.

Er ließ sich auf den Sitz rutschen und schrie zurück: «Sie suchen, was sonst!» Damit knallte er die Tür zu.

Sie war ihm gefolgt und stand jetzt da, die Hände in die Seiten gestützt, und musterte den Bentley kopfschüttelnd vom Kofferraum bis zum Kühler. «Großartig.»

«Gehen Sie chinesisch essen mit den Hühnern.» Melrose drehte den Zündschlüssel um. Der Motor sprang fast geräuschlos an und surrte vor sich hin.

«Toll. Brillant. Im Bentley übers Moor!» Ellen streckte die Arme aus und schrie es in die Nacht hinaus. «*Typisch* für Sie!»

«Weg da.» Er setzte langsam zurück und zog sie mit, weil sie sich an den Fensterrahmen klammerte. «Verschwinden Sie! Sie sind mir im Weg!» Dennoch trat er auf die Bremse.

«Hören Sie gut zu, Sie gräfliches Wundertier», sagte sie mit gefährlich leiser Stimme, «mit diesem Schlitten kommen Sie gerade hundert Meter weit. Und falls die Polizei jemals auftauchen sollte, wer empfängt sie, wenn Sie die Gegend mit Ihrem Batman-Auto unsicher machen?»

«Malcolm. Hände weg.» Melrose versuchte, ihre Hände wegzuschieben. Doch das schienen Stahlklammern zu sein. Er deutete mit dem Kopf zu dem matt erleuchteten Fenster. Malcolm winkte wie verrückt.

Sie kniff die Augen zusammen, bis sie nur noch Schlitze waren. «Sie sind ja nicht bei Trost!»

«Sie auch nicht.» Da sie ihren Griff gelöst hatte, setzte er zurück, wühlte Schotter auf.

Ellen warf sich gegen den Wagen, und er trat wieder auf die Bremse. Sie riß die Tür auf, schnappte sich seinen Arm und zerrte ihn heraus.

«Verdammt, nehmen Sie die Pfoten weg!»

Sie gehorchte nicht.

Er stolperte über einen Stein, ging beinahe zu Boden und dachte, wenn er wirklich gefallen wäre, hätte sie ihn vermutlich einfach beim Kragen gepackt und hinter sich her geschleift. Jetzt schubste sie ihn auf den länglichen Ledersitz der BMW. Als sie vorn aufsprang, wurde er gegen die metallenen Schutzbleche gedrückt. Der Motor sprang mit ohrenbetäubendem Krach an. Sie schossen vom Hof, so daß Melrose sich an ihr festhalten mußte. Er sah sich um und sah Malcolm immer noch mit einer albernen Fahne winken. Melrose war sicher, daß die Hühner sich in einer langen Reihe aufgestellt hatten und flügelschlagend applaudierten.

DAS MOTORRAD war einen überwucherten Feldweg entlanggerumpelt und auf der Oakworth Road herausgekommen, hatte in einem verfallenen Zaun eine Öffnung gefunden, und nun ging es über Stock und Stein und gefrorene Erde querfeldein.

Melrose hob die Stimme, die im Wind verwehte, und fragte: «Wissen Sie, wohin Sie fahren?»

«Nein.» Der stürmische Gegenwind trug das Wort weg.

«Keighley Moor.» Er löste einen Arm von ihrer Taille und zeigte nach Westen: «Da hinüber.»

Ellen holperte durch einen Bach und riß das Motorrad in der angegebenen Richtung herum.

Der schneidende Wind wehte ihm das Jackett nach hinten.

Eines stand fest, man würde ihn sofort in ein Krankenhaus einliefern müssen. Doch offen gestanden, fand er die wilde Fahrt durch kalte, feuchte Luft, so eng an Ellen geschmiegt, recht erregend.

Jedenfalls bis er eine niedrige Steinmauer rasend schnell auf sie zukommen sah.

Da kam die Mauer; er wußte, die Wolligen würden stehenbleiben, wenn sie dort ankamen, wußte, er könnte sie gleichsam überfliegen, doch sie mußten durch eine Lücke im Geröll. Das Leittier würde versuchen, sie anzuhalten und dann auszuscheren.

Der Ansturm der Wolligen vor ihm geriet schon ins Stocken und wollte nach links ausweichen. Er umkreiste sie, schlug Haken, um sie zu verwirren, und brachte sie damit wieder auf Kurs. Wollige konnten rennen. Und Wollige waren schlau.

Er wußte dumpf, daß er in dieses dicke, salzige Zeug nicht hineinbeißen durfte, aber wenn der Wollige nicht weitergehen wollte, würden die anderen um ihn herum auch stehenbleiben. Und dann alle. Zeitverschwendung. Er umrundete den Großen, Sturen, erwischte ihn am Knöchel und biß zu. Der Wollige stieß ein dumpfes, wütendes Geblök aus, verzog sich aber zurück zur Herde, und die anderen ihm nach. Flink lief er im Zickzack vor diesem Teil der Herde auf und ab und zeigte ihnen die Zähne, Zähne, ja Zähne, Zähne, Zähne. Dann ging er wieder in Position, hielt sich dicht hinter ihnen. Er sah zum Glotzer hinüber, der in der Ferne auf einen Wolligen zuschoß. Der Glotzer hatte nur Augen. Augen.

Er hatte recht gehabt. Die Wolligen waren fast bei der Mauer angelangt. Dunkel und naß zog sie sich durchs Moor wie ein

Bach. Er konnte die Stelle nicht sehen, wußte aber, seit er den Hügel hinter sich gelassen hatte, wo sie sich versteckte, wußte, daß auf der anderen Seite dieser Mauer nur noch ein unbestelltes Feld zwischen ihnen lag. Zu dieser Stelle ging sie immer mit dem, der die großen Stiefel und das Gewehr hatte und immer versuchte, den Himmel herunterzuschießen. Es gelang ihm aber nie.

Er hatte recht gehabt; er mußte den Alten, das Leittier, gut im Auge behalten. Denn nur das Leittier bekam die Wolligen durch die Mauer und auf die andere Seite.

Er kauerte mit eingekniffenem Schwanz, als läge ein Sattel auf seinem Rücken. Sein Bauch berührte fast die Erde.

Er blickte dem alten Wolligen fest und lange ins Auge. Das hätte er eine ganze Nacht durchhalten können, aber er mußte darauf achten, daß sie weiterliefen. Der Wollige gab den Blick zurück, dann riß er die Augen los und trabte etwas nach rechts, dann etwas nach links. Er konnte dem eindringlichen Blick nicht entkommen.

Der Blick machte, daß er weiterlief.

Der Faulpelz zog flache Halbkreise hinter der Herde. Gut.

Die Herde drängelte sich an der Mauer, aber der alte Wollige bockte.

Er durfte keine Zeit mehr verlieren, sie schwebte in Gefahr. Ihm blieb keine andere Wahl.

Er erschauerte. Er würde bellen müssen.

Der alte Wollige brach durch die Öffnung, und die anderen strömten hinter ihm her.

Am liebsten wäre Abby aufgesprungen; sie traute ihren Augen nicht, aber es hatte geklappt. Soweit jedenfalls hatte es geklappt.

Mr. Nelligans Schafe hatten den felsübersäten Hang schneller geschafft, als sie ihnen zugetraut hätte. Eine böse Wegstrecke. Normalerweise dauerte das Stunden.

Jetzt brachen sie durch die Mauer, als wäre diese gar nicht vorhanden, als bestünde sie aus Nebelschleiern, Dunst und Wolken.

Wieder wäre Abby gern aufgesprungen und hätte diesem wilden Haufen zugejubelt, der da, von Stranger und Tim angetrieben, auf sie zugerannt kam. Nun konnte der Ballermann nicht mehr schießen, nachladen und wieder und wieder schießen, selbst wenn er so bescheuert sein sollte, hundertfünfzig Schafe abknallen zu wollen.

Zumindest aber kam sie auf die Knie und faltete die Hände unter dem Kinn wie zum Gebet.

Sie blickte hoch zum Himmel und dachte: *Wieso eigentlich nicht?* und bedankte sich bei Janes, Helens und Charlottes Gott. Doch dann ließ sie die Hände sinken, stemmte die geballten Fäuste in die Seiten und rief hoch: «Die Idee war aber von *mir*.»

Sie ließ sich zurückfallen, versuchte, sich wie ein Akkordeon zusammenzufalten, schlang die Arme fest um die Beine und behielt dabei immer noch die Schafe fest im Auge, die direkt auf sie zugelaufen kamen –

O nein!

Das Motorrad röhrte durch dichten Bodennebel, und Melrose wurde fast abgeworfen, als Ellen einen gefrorenen Bach nahm wie ein Hindernis beim Pferderennen.

Auf der Suche nach der einen Mauer, die Melrose kannte,

waren sie im Zickzackkurs zwischen den Bruchsteinmauern herumgefahren. Einmal hatte das Motorrad im weichen Morast geschlittert und hatte sie beide in eine halb aufgetaute Schneewehe geworfen. Sie zog mit der BMW immer größere Kreise und Spiralen, die von den Enden verlassener Feldwege ausgingen.

Nach dem zweiten Sturz bedachte Ellen die BMW mit milden Flüchen, denn sie schien nun metallisch zu stottern und zu klopfen. Melrose versuchte, einen Felsbrocken aus seinem Schuh und den Schmutz von seiner Jacke zu entfernen. Ellen hatte die Karte ausgebreitet, die sie für ihre Brontë-Trips benutzte, und kümmerte sich nicht um ihn; sie hielt die Karte vor den Scheinwerfer und ließ den Motor aufheulen. Sie wollte unbedingt weiter.

Als Melrose mühsam aufgestiegen war, drückte sie ihm die Karte in die Hand und gab so viel Gas, daß das Motorrad bockte wie ein noch nicht zugerittenes Pferd.

Er unterbrach sich in seiner Sorge um Abby, um sich daran zu erinnern, daß sie trotz ihres unglaublich entschlossenen Blicks, jener Intensität der Augen, des Frosts, der in ihren Haaren funkelte, unbeugsam war, schmutzig wie sein Gärtner, und dabei, mit ihrer BMW eine Untat zu begehen.

«Da drüben!» gellte Melrose, als er den fernen Lichtschimmer von Nelligans Zigeunerwagen sah.

«Wo?»

«Geradeaus. An der Mauer da entlang –»

Die Worte verwehten, während sie mit dem Motorrad hügelabwärts donnerte, daß ihm der Gegenwind erneut ins Gesicht knallte.

Melrose riß die Augen auf und blickte ihr, so gut es ging, über die Schulter. «Da runter», schrie er, als er die Lücke in der Mauer sah. Er legte die Hand über die Augen, sah etwas Unförmiges, das wie ein totes Schaf wirkte, bis es sich träge bewegte. «Nicht das Schaf an –»

Nein, geschafft. Sie flogen nicht durch die Öffnung, sondern eher darüber hinweg. Er drehte sich halb um und sah durch das Bruchsteinmauerwerk das mondscheinbeschienene Hinterteil des Schafs, und so kam es für ihn völlig überraschend, als sie jäh bremste.

Ellen sagte: «Was zum Teufel –» doch da tanzte die BMW auch schon wild auf der Stelle, und Melrose flog in hohem Bogen in Geröll und Stechginster – «ist das?» setzte sie hinzu, bekam das Motorrad wieder in die Gewalt und hielt mit einem Ruck. Ihr schwarz gekleideter Arm zeigte nach vorn. Sie richtete sich auf und benutzte die Pedale als Steigbügel.

Melrose kam mühsam aus dem Gestrüpp hoch und untersuchte sein aufgeschlitztes Hosenbein und den Schaden, den sein Ärmel genommen hatte, der fast in Fetzen herunterhing.

«Da, sehen Sie mal!» rief Ellen ihm zu.

«Schafe! Können Sie nicht mal ein Schaf erkennen, wenn Sie eines sehen? Ich glaube, ich habe mir den Knöchel gebrochen.»

Ihre Stimme klang jetzt hoch und schrill. «Ich gehe wohl besser nach Queens zurück.»

Melrose quälte sich wieder auf die BMW, die es offensichtlich kaum erwarten konnte weiterzukommen, und sagte: «Hören Sie auf zu jammern. Los!» Er versetzte dem Schutzblech einen aufmunternden Klaps.

Knapp eine Minute später kam die Maschine dicht bei der Herde schlitternd zum Stehen, und Melrose wollte sich herunterschwingen, übersah allerdings, daß sich sein Schnürsenkel in den Speichen verfangen hatte, und machte eine Bauchlandung.

«Himmel und Zwirn», knurrte er und befühlte sein Gesicht, um sich das abzuwischen, was sich wie lauter kleine Blutrinnsale anfühlte. Ellen war natürlich auf beiden Beinen gelandet und winkte ihm ungeduldig.

Wohin? Es wimmelte nur so von Schafen, zweihundert schätzte er im Weiterhumpeln. Da war ja auch Ethels Hund Tim, der sich auf ein Schaf stürzte, das durchgehen wollte. Der

Kuvasz verbiß sich in der dicken Wolle des Schenkels. Melrose vergaß seinen Knöchel, der mordsmäßig schmerzte, und lief zur anderen Seite, wo Ellen hin und her rannte wie der Border Collie, sie allerdings eher kopflos.

Melrose sah, daß Stranger gespannt war wie ein Flitzebogen und ein altes Mutterschaf nicht aus den Augen ließ. Mitten in dem Geblöke und dem gräßlichen Gestank nach feuchter Wolle ertönte eine Stimme.

«Holt mich hier *raus*!»

Die Stimme kannte er, kannte ihren Klang und ihren Ton. Fordernd und reizbar.

«Wir haben sie. Es ist Abby!» Ellen hüpfte auf und ab und versuchte, sie ins Blickfeld zu bekommen.

Fassungslos arbeitete sich Melrose zu der niedrigen Mauer durch. Ein Dutzend Schafe standen wie festgewachsen, und Melrose mußte sie zur Seite schieben, um zur Mauer zu gelangen; dann zog er Abby hoch und wuchtete sie über die Schafrücken.

Sie sah furchtbar aus, war übel zugerichtet und noch übler gelaunt. Sie sagte: «Ich hätte hier draußen *sterben* können. Und Strangers Pfote blutet... Geben Sie mir ein Stück von Ihrem Hemd.»

«Soweit noch etwas davon übrig ist», antwortete Melrose und riß einen Streifen vom zerfetzten Saum ab. «Da!»

Abby bückte sich und verband Strangers Pfote so gut es ging. Dann stand sie auf, wandte sich jählings ab und klopfte sich Dreck und Schotter aus Regenmantel und Umschlagtuch. Die beiden Erwachsenen standen da und sahen von ihr zu den Schafen. Sie wirbelte wieder herum und sagte: «Ach, lassen Sie sie, lassen Sie sie nur», so als ob es sich bei der schubsenden, blökenden Herde um einen großen Stapel schmutzigen Geschirrs handelte. «Es sind Mr. Nelligans Schafe; der findet sie schon wieder. Vielleicht lernt er ja auch daraus.»

Ellen hob ihr Motorrad auf und schob es neben sich her, während Abby beide unverzüglich ins Bild setzte, *wer* und *was wen* bei dieser Aktion gerettet hatte. Sie begann bei sich, verbreitete sich des längeren über Stranger und Tim und bedachte dann die Schafe mit Lob für den Anteil an der Rettung. Menschen kamen in ihrer Geschichte nicht vor.

So zogen sie dahin, gefolgt von zwei erschöpften Hunden, und Melrose sagte, eher ginge er nach Harrogate als nach Weavers Hall, falls das hieße, daß er mit dem Motorrad durch Feuerreifen und über Abgründe setzen und mit Ellen als Fahrerin Hechtsprünge machen müsse.

«Lieber krieche ich zurück», verkündete er. «Schlimmeres als Sie hat die Welt noch nicht gesehen.»

Genau in diesem Augenblick hörten sie in der Ferne Motorengestotter und sahen querfeldein gespenstische Lichter auf und ab tanzen, die je nach Bodenwelle auftauchten und wieder verschwanden. Es waren mindestens drei, wenn nicht vier Motorräder, die sich übers ganze Moor verteilt hatten.

«Polizei!» rief Melrose und wollte sich schon das zerfetzte Hemd vom Leibe reißen und ihnen zuwinken wie ein Schiffbrüchiger. «Polizei! Gott sei Dank, endlich, jetzt kann ich mit jemandem zurückfahren, der weiß, wie –»

Der Knall war ohrenbetäubend und zerriß die Luft. Er kam von links, und zu seiner Rechten sah er, daß eine dunkle Gestalt durch die Luft gewirbelt wurde und zu Boden ging, daß es nur so krachte.

Ellen riß ein Streichholz an, um sich eine Zigarette anzuzünden, die sie, auf ihre BMW gestützt, lässig rauchte. Sie sah ihn an, und ihr schmutziges Gesicht war ein einziges Fragezeichen. Dann hob sie die Schultern. «Zwei üben noch.»

Melrose zuckte die Achseln, und ein Hemdsärmel fiel zu Boden.

So zogen sie unter dem eisigen Mond dahin, und Fetzen ihres Streits wehten bis zu den Hunden zurück, die weit abgeschlagen hinter ihnen dahintrotteten...

«Alle *drei*? Auf dem Ding da?» Melroses Frage verwehte in der Ferne.

«... in den Korb», schrie Ellen.
«... *ich* nicht. Ich setze mich nicht ...» verkündete Abby.
«Dann sitze ich eben im Korb.» Melrose humpelte weiter.

Stranger und Tim trabten auf blutenden Pfoten und lahmen Beinen hinter ihnen her und warfen sehnsuchtsvolle Blicke auf die Schafe zurück, die sich wieder verstreuten und anfingen, die neue Gegend abzuweiden.

Sie drehten sich fast Nase an Nase um, blickten sich an, gähnten beide und schüttelten sich.

Schafe benahmen sich seltsam, zuweilen rätselhaft.

Menschen unmöglich.

33

DAS NINE-ONE-NINE WAR eine Kellerkneipe, wo sich im Augenblick nichts regte als der Rauch von den Zigaretten und Zigarren der Gäste. Im hinteren Teil des langen, höhlenartigen Raumes hatte man etwas Platz für eine kleine Bühne mit Verstärkern, Schlagzeug, einigen Mikrofonen und einem Keyboard geschaffen. Blaue Lampen hingen von einem Kreuzbalken und erhellten die Bühne, doch die Band ließ sich nicht blicken.

Laufkundschaft würde es wohl nie in dieses Lokal verschlagen, also mußte es sich bei den Leuten – eigenartigen Wesen beiderlei Geschlechts, die in den verschiedensten Stadien der Langeweile herumlehnten und -hockten – um Stammgäste handeln. Frauen mit glatt zurückgekämmtem und anliegendem dunklem Haar, Männer mit hellen Locken und Ringen in den Ohren, die (jede Wette, dachte Jury) nichts zu bedeuten hatten. Sie drängten sich im Mittelgang; sie saßen an der Bar. In diesem architektonisch nichtssagenden Raum war nur die enorm lange Theke mit ihrer Kupferplatte ein Zugeständnis an die Wohlstandsgesellschaft; hinter ihr reihten sich auf den Borden meterweise Flaschen mit dem Etikett nach vorn. Der Rauch kräuselte sich hoch, schwebte und zerfloß, wölkte über den Tischen; die Bänke an der Wand links wirkten durch ihre strenge Aufstellung wie Kirchengestühl.

Neben diesem ausgemusterten Volk gab es noch ein paar Arbeiter, die in dichten Grüppchen zusammenhockten, geballten Fäusten gleich, und mit knochigen Fingern ihr Bierglas umklammert hielten.

Die Gäste sahen alle aus, als gehörten sie hierher, weil sie sonst nirgendwo hingehörten. Jury fiel ein Café in Berlin ein, das auch so ausgesehen hatte – verstaubt und muffig – und in dem es nach schalem Zigarrenrauch und Bohnerwachs gerochen hatte.

Er hätte Stan Keeler auch ohne Morpeth Duckworths Beschreibung in dieser Räucherkammer, dieser Filmkulisse aus den dreißiger Jahren erkannt. Der Mann am Tisch in der Mitte hatte das gewisse Etwas; seine Ausstrahlung und sein Auftreten und die Leute an seinem Tisch sagten Jury, wer er war. Er trug ein einfaches schwarzes T-Shirt, Jeans, niedrige Stiefel, hatte die Füße auf einen Stuhl gelegt und lümmelte sich auf einem zweiten. An seinem Tisch saßen zwei Frauen und ein Mann. Eine der Heldenanbeterinnen hatte portweinfarbene Haare, in denen ihre Schultern fast ertranken; die andere war eine hermetisch verschlossene Blondine, die aussah, als hätte sie schon tagelang keinen Muskel mehr bewegt, als ob ihr Mund unter dem Make-up platzen und die Wangenknochen splittern könnten, wenn sie lächelte. An der Wand lehnte noch eine weitere Frau – hochgewachsen, schlangengleich, Rauch kräuselte sich von ihrer Zigarette hoch und ging in dem allgemeinen Dunst auf. Ihr Haar und ihr schwarzes Kleid sahen aus, als wären sie mit derselben Heckenschere behandelt worden:

Beides war gestutzt und gezackt. Ihre Augen waren nahezu geschlossen, schwer von Kohlestift und als tiefe Schatten in dem pudrig-weißen Gesicht versunken.

Als Jury sich durch ein dichtes Knäuel von Gästen hindurchschob, redete der Kerl mit Lederweste und Sunburst-Gitarre auf Keeler ein und beugte sich zu ihm hin, als stemmte er sich gegen einen Baum, der nicht nachgibt: «... kannst du sagen, daß das Weichei Blues spielen kann? Der macht Heavy Metal und ist ein Bach/Barock-Freak, der keinen Zwölftakt-Blues spielen kann, und wenn's um sein Leben ginge.» Dabei knallte er sich die Gitarre auf die Knie und machte eine *Wumpa-wumpa-wumpa-wumpa-wumpa*-Sequenz, die ihm einen dünnen Applaus und die Aufforderung weiterzuspielen eintrug. Jemand nannte ihn Dickie. Dickie hörte es nicht oder wollte es nicht hören. «Der Blödmann ist also schnell –» Seine Finger glitten den Hals entlang und rissen die Saiten in einer, wie Jury fand, Blitzgeschwindigkeit an, und weiterer Beifall erscholl zwischen den Tischen. «Der ist also schnell? Du bist schnell, ich bin schnell, und ich weiß, wie ein Blues-Lauf klingen muß. Mit so was hat der aber nichts am Hut. Komm, Stan, gib's schon zu.»

Stan Keeler saß einfach nur da und starrte ihn an.

«Du oder ich, wir beide könnten ihn von der Bühne fegen. Warum gibst du nicht zu, daß ich recht hab?»

«Weil du erstens einen Scheiß weißt und du's zweitens nicht auf schwedisch kannst.»

Dickie fluchte vor sich hin, packte seine Gitarre und stapfte grollend in einem John Wayne-Gang zurück zur Bühne am Ende des Raumes.

Als sich Jury dem Tisch näherte, sah er einen schwarzen Labrador, der mit der Schnauze auf den Pfoten zu schlafen schien. Der schwarze Gitarrenkasten, den man an ihn gelehnt hatte, störte ihn dabei anscheinend nicht, obwohl der Hals quer über seinem Rücken lag.

«Sie sind Stan Keeler?» sagte Jury, und schon schossen die

Augen der Mädchen hoch. Der Rotschopf lächelte. Die Blondine kam damit nicht recht in Gang. Die an der Wand senkte die Lider noch tiefer.

Stan Keeler blickte auf, und da wußte Jury, was mit einem brennenden Blick gemeint ist. Ein Glas Brandy, an das eben jemand eine Flamme hält, ja, das Bild schien auf sie zu passen. Augen wie diese straften die blasierte Miene unter dem schwarzen Lockenschopf Lügen; damit hätte er Jury glatt versengen können. In gewisser Weise war er die Apotheose der hageren Frau hinter ihm; er hatte die Farbe und Intensität, die sie in den Töpfen auf dem Schminktisch zu finden versucht hatte. Das Gesicht mit den hohen Wangenknochen wirkte unter den dichten schwarzen Locken etwas abgezehrt. Und der Ausdruck auf Stan Keelers Gesicht schien vollkommen passiv.

Stan Keeler sagte mit tonloser Stimme: «Ich bin zweiunddreißig und wohne in einer Einzimmerwohnung in Clapham. Das nervt. Black Orchid treten hier erst wieder in zwei Wochen auf. Ich bin in Chiswick geboren; meine Mum wohnt noch immer da. Mein Lieblingsgericht ist Aal in Aspik. Mit dem Fixen habe ich aufgehört, als ich vor drei Jahren von der Bühne gefallen bin. Meine Vermieterin hat eine Nase, an der man seine Unterwäsche aufhängen kann. Sie nervt. Der Grund, weshalb ich nicht ausziehe: London nervt sowieso. Ich rauche wenig, trinke wenig. Das ist alles. Drucken Sie das. Auf Wiedersehen.»

«Ich habe ja kaum guten Tag gesagt.»

«Guten Tag. Auf Wiedersehen. Verpiß dich zur Fleet Street. Du bist von *New Dimensions*, richtig?»

«Falsch. Ich bin von der Kripo.» Und Jury zeigte ihm seinen Dienstausweis.

Stan Keelers Miene veränderte sich nicht, als seine Augen über den Ausweis huschten und er Zigarettenasche in den Aschenbecher schnipste. Gleichzeitig nahm er die Stiefel vom Stuhl und bedeutet Jury, Platz zu nehmen. Dann sagte er zu dem Rotschopf und der Blondine: «Zieht Leine.» Zu dem Domino an der Wand sagte er nichts; Jury hatte den Eindruck, daß sie ohnehin an nichts Interesse hatte.

Die beiden Mädchen standen synchron auf und ließen den leeren Blick über die Gäste hinweg bis zum hinteren Teil des Raumes schweifen. Dickie stimmte anscheinend; ein fahler Jüngling mit langem, krausem Haar machte sich am Schlagzeug zu schaffen; ein hagerer Schwarzer hatte sich neben einen Instrumentenkasten gehockt.

Stan Keeler schlug ein Bein mit dem kurzen Stiefel über und polierte ihn mit Fingern, die so geschickt wirkten, als könnten sie Falter fangen, ohne ihnen die Flügel zu beschädigen. Fast schien er sich zu freuen. «Da vertrimm ich meine Alte, und schon hab ich die Kriminalpolizei am Hals? Sie hat's verdient gehabt.» Er kratzte sich am Kopf und richtete noch größere Unordnung in seinen Locken an. «Der einzige, den sie in Clapham ausgelassen hat, ist der Spanner aus dem Park, und nicht mal bei dem bin ich mir sicher.»

«Ihre Alte? Hab schon befürchtet, Sie reden von Ihrer Mutter.»

«Mum wohnt in Chiswick. Außer ihr hab ich alle verprellt. Und auch bei ihr hab ich mir alle Mühe gegeben, weiß Gott. Für die macht es keinen Unterschied, auch wenn ich gleich zweimal Platin kriege. Die sagt bloß: ‹Stanley, bist du zur Messe gewesen?›» Seine Stimme klang schrill und hoch. «Was wollen Sie mir also anhängen? Sind Sie sauer, weil ich Delia ein bißchen ramponiert hab?»

«Das nicht gerade.»

«Ihr Brüder seid Sadisten. He.» Er schnipste mit den Fingern. «Ich hab mich doch schon mit Ihrem Freund unterhalten. Ein cooler Typ.» Stan lachte und verschluckte sich am Rauch. «Ihr Freund hat es an meiner Supernase vorbei geschafft. Die bildet sich nämlich ein, sie beschützt mich vor der Presse. Hat nichts mit meiner Band zu tun; sie hält mich für einen Polen, einen *agent provocateur* oder so. Hat mich in der Zeitung auf einem Foto mit Lech Wałęsa gesehen.»

«Was hatten Sie auf einem Foto mit Wałęsa zu suchen?»

In Stans Blick lag Abscheu, er schien in Jurys Gesicht nach Anzeichen von Intelligenz zu suchen. «Was zum Teufel ich auf einem Foto mit Wałęsa zu suchen hatte? Habe ich etwa in Danzig gespielt? War bloß ein Kretin, der mir ähnlich gesehen hat. Ich erzähl die Geschichte Mum, und die sagt, Lech geht andauernd zur Messe, und wieso bin ich nicht auch wie er? Ein Bierchen? Wenn Sie Flaschenbier trinken, schick ich Stone. He, Stone, Alter –» Er hob die Flasche Abbott's hoch, und der Labrador rappelte sich gähnend hoch. Keeler hielt einen Finger hoch. Der Hund schlängelte sich durch das Gedränge. «Er kann nur eins auf einmal holen.» Das klang wie eine Entschuldigung.

«Ich kann auch nur eins auf einmal trinken. Also, Mr. Keeler –»

«Nennen Sie mich Stanislaw. Wie die Supernase. Wollen Sie mit nach Brixton? Manchmal spiele ich da umsonst in einer Kneipe. Die sitzen ganz schön in der Scheiße; ich greif dem Geschäftsführer ein bißchen unter die Arme.»

«Wie menschenfreundlich.»

«Hat sich was mit menschenfreundlich. Ich will mit seiner Frau pennen.»

«Schade. Brixton läuft heute nicht. Ich brauche Informationen.» Zwei andere Frauen hatten sich auf die leeren Stühle gleiten lassen. Sie sahen wie Zwillinge aus. Stan bedeutete ihnen, sich zu verziehen.

«Sie haben Roger Healey gekannt, den Musikkritiker.»

«Gekannt hab ich ihn nicht, und einen Musikkritiker würde ich ihn auch nicht nennen.»

«Meinem Sergeant zufolge haben Sie das aber.» Jury hörte, wie der Gitarrist das Mikrofon ausprobierte, dann setzte die Band ein. «Healey scheint sich nicht sehr viel aus Ihrer Musik gemacht zu haben. Die Kritiken, die ich gelesen habe, hörten sich nach einem Rachefeldzug an. Warum hat er Ihnen überhaupt je einen Artikel gewidmet? Morpeth Duckworth schreibt bei *Segue* doch die Pop-, Jazz- und Rock-Kritiken.»

«Sie haben sich mit Rubber Ducky unterhalten?» Er sah jetzt zur Band hin und schloß gequält die Augen, als die Slide-Gitarre schrillte. «Mann, wenn wir nicht gleich zweimal Platin kriegen.»

Langsam wachten die Gäste auf und drängten zur Bühne. Stone kehrte mit einer Flasche im Maul zurück, Stan nahm sie und öffnete sie mit einem Bieröffner von seinem Schlüsselbund. Stan schob Jury das Abbott's hin.

«Noch mal, warum?»

«Äh?»

«Roger Healey. Warum hat er versucht, Ihnen eins auszuwischen?»

«Wohl weil er meine Alte bumsen wollte.»

«Soll das heißen, er hatte eine Affäre mit Ihrer Frau?»

«Mann, sind Sie altmodisch. Wer sagt denn, daß sie meine Frau war?» Er suchte den vollen Aschenbecher nach einem Stummel ab. Jury warf seine Packung auf den Tisch, doch Stan lehnte ab. «Vielen Dank, aber angerauchte schmecken geiler.» Er trieb eine halbe Zigarette auf und zündete sie an. «Deli ist nicht meine Frau, aber bei ein paar anderen Typen könnte das der Fall sein. Sie hat gesagt, nein, sie bumst Healey nicht, aber Deli brauchte nur den Mund aufzumachen, schon kam 'ne Lüge raus. Hat sogar gelogen, wenn man sie nach dem Wetter fragte. Pathologisch.»

«Deli und wie weiter?»

Stans Augen waren auf die in blaues Licht getauchte Band gerichtet. Er gab keine Antwort.

«Mr. Keeler?»

Seine Finger trommelten rhythmisch auf den Tisch.

«Delis Nachname?» fragte Jury ungeduldig.

«Hab sie nie gefragt. Dickie wird langsam besser; hat wohl das Moos von der Gitarre abgekratzt.»

«Für mich hört es sich ganz gut an, aber länger können wir nicht warten. Kommen Sie.» Damit stand Jury auf.

«Wohin denn, zum Teufel?»

«New Scotland Yard. Anscheinend können Sie sich hier nicht aufs Antworten konzentrieren.»

«Sie haben wohl gar kein Sitzfleisch.»

«Stimmt genau.»

«Ich weiß eben nicht, ob's ihr richtiger Nachname ist.» Stan bedeutete ihm, sich wieder hinzusetzen. «Sie hat gesagt, sie heißt Magloire, Delia Magloire. Konnte keiner richtig aussprechen, also haben wir sie einfach Deli MacGee genannt.»

Jury hatte bereits sein Notizbuch gezückt. «Woher kam sie?»

«Martinique. Hat sie jedenfalls behauptet. Sah auch aus, als könnte sie von da kommen. Honigfarbene Haut, Haar so schwarz wie Stone hier.» Er kraulte dem Hund den Kopf. «Fragen Sie mich nicht, wo sie hin ist...» Er verstummte, beschäftigte sich mit dem trägen Hund. Stone war ein guter Name.

«Hübsch?»

«O ja. Dumm wie die Nacht, aber hübsch, o ja.»

«Wie hat sie Healey kennengelernt?»

Stan drückte den Stummel aus und machte sich auf die Suche nach einem neuen. «Sie wollte ins Hammersmith Odeon und verirrte sich per Zufall in die Royal Albert Hall. Wer's glaubt, wird selig. Um zwei Uhr früh schleicht sie sich an der Supernase vorbei und in die Wohnung und sagt: ‹Schätzchen, Eric hat 'ne richtig neue große Band...›» Er wölbte die Braue über der winzigen Streichholzflamme. «Das London Symphony Orchestra. Für so dumm wollte sie mich verkaufen. Dann quasselt sie los von diesem berühmten Musikkritiker und macht in der ollen Einzimmerwohnung rum, legt Robert Plant auf, schwenkt die Hüften und will tanzen. Hab mir nie zusammenreimen können, welche Zentrifugalkraft meine Deli diesem Scheißer Healey in die Arme getrieben hat.»

«Wann hat Deli Sie verlassen?»

Stan hob die Schultern. «Vor einem Jahr.» Er warf einen Blick zur Bühne, zu der blausüchtigen Gruppe. Dickies Gitarre schrillte in Jurys Ohren. Ein Wunder, daß Wiggins ein solches Konzert ohne Nasenbluten durchstand. «Wenn die Gitarre da Moos angesetzt hat, kann ich jedenfalls nichts davon hören», rief er Stan über den Tisch hinweg zu. «Haben Sie ihr das abgenommen? Das mit Healey?»

Stan hob schon wieder die Schultern. «Wieso nicht? Der Kerl war doch ein geiler Bock.»

Reden und Verstehen wurden immer schwerer. Die Riffs waren ohrenbetäubend, und der Drummer hatte offenbar einen epileptischen Anfall. Jurys Ohren schienen verstopft zu sein, ihm war, als ob er im Flugzeug in ein Luftloch fiele. Stan holte eine schwarze Stratocaster aus dem Kasten am Boden.

Als er sich den Ledergurt umlegte, schlug der Hund kurz und scharf an. «Hört sich an, als ob Dickie mal wieder richtig die Sau rausläßt. Na, dann will ich mal. Sie bleiben doch noch.»

«Stone, wo ist das Plektron?»

Der Hund schnüffelte im langen Arm des Kastens und förderte ein Plektron aus Schildpatt zutage.

«Das doch nicht, verdammt noch mal, das dünnere.»

Stone spuckte seines aus, schnüffelte erneut und fand ein schwarzes, beinahe durchsichtiges.

«Danke.» Er legte das Plektron unter die Saiten.

«Hat Deli MacGee Healey den Laufpaß gegeben?»

«So könnte man sagen. Sie hat sich so ähnlich ausgedrückt wie, er würde auf eine ‹Art herummachen›, die – wie hat sie das noch genannt – nicht ‹ihre Schuhgröße› wäre.» Stan lächelte. «Hat mir ganz gut gefallen.»

«Was hat sie damit gemeint?»

Stan ließ die Wirbel los und schlug einen Akkord an. «Mann, Mann. Was glauben denn Sie? Healey war kein Gitarrist. Bestenfalls ein Schürzenjäger, zweitbestenfalls ein geiler Bock, schlimmstenfalls ein Sadist. Überrascht Sie das? Sie sind Bulle; Sie dürften solche Frettchentypen doch kennen.»

«Und sind die Kritiken geschrieben worden, nachdem sich Deli abgesetzt hatte?»

«Klar, Mann.»

«Eifersucht?»

«Wer weiß?» Stan hob die Schultern. «Ist doch egal.»

Dir nicht, dachte Jury betrübt und musterte die dunklen Ringe unter Stan Keelers Augen. «Martin Smart hielt ihn anscheinend für fähig. Wie konnte der Mann, den Sie beschreiben, sich einen solchen Ruf als Kritiker erwerben?»

Stan hob ein wenig die Arme und deutete in den Raum. «Sehen Sie hier irgendwo Kritiker? Die hocken auf italienischen Drehstühlen in ihren Arbeitszimmern und recyceln in ihren PCs Scheiße zum Quadrat. Der einzige, der ins Nine-One-Nine kommt, ist Duckworth. Healey hat nicht die Bohne über Rock und Jazz gewußt, keinen blassen Schimmer gehabt. Was soll die ganze Fragerei überhaupt?»

«Es geht um Mrs. Healey. Sie hat ihn erschossen.»

«Dann hat sie einen Orden verdient, keine verdammte polizeiliche Untersuchung.»

Jury stand auf. «Vielen Dank, daß Sie mir geholfen haben. Ich frage mich, warum Sie das nicht alles schon meinem Sergeant erzählt haben?»

«Weil ich 'nen Wahnsinnskater hatte, Mann. Keinen Bock, mich mit 'nem Bullen zu befassen. He, so bleiben Sie doch. Wir könnten noch in die Kneipe in Brixton gehen, von der ich Ihnen erzählt hab.»

Jury schüttelte den Kopf, lächelte und reichte ihm die Hand.

Die Band spielte jetzt einen Blues, und der alte Mann neben dem Klavier hatte seinen Kasten aufgemacht und setzte gerade das Mundstück auf sein Saxophon. Mehrere Pärchen hatten sich zur Tanzfläche begeben und schmiegten sich verträumt aneinander.

«He, Stone.» Der Hund sprang blitzschnell auf. Stan drehte sich um und sagte zu Jury: «Wollen Sie Deli suchen?»

Jury lächelte. «Wenn ich sie finde, kriegen Sie Bescheid.»

«Ach zum Teufel, suchen Sie mir lieber 'ne anständige Vermieterin. Na los, Stone, seifen wir sie ein.»

Stan bahnte sich einen Weg durch die Menge, die sich bereitwillig vor ihm und dem schwarzen Hund an seinen Fersen teilte. Er sprang auf die Bühne unter den blauen Lampen, und seine Füße hatten den Boden kaum berührt, da stürzte er sich auch schon in einen hitzigen Riff, dann folgte ein Stakkato, daß Jury fast eine Gänsehaut bekam, so schnell war er. Dann wechselte er zu einem dumpfen Bending und nahm das Blues-Thema des alten Saxophonspielers auf. Es war so sehnsuchtsvoll, daß Jury das Gefühl hatte, daß alle Verluste seines Lebens ihm immer noch wie Gift im Blut kreisten.

Er wandte sich zum Gehen, warf noch einen Blick auf Karla, die noch immer an der Wand lehnte, noch immer verludert und traurig aussah wie eine lange, verregnete Berliner Nacht.

34

Am nächsten Morgen stellte sich Jury früh in Weavers Hall ein, doch anscheinend waren nur die Principessa (und Ruby, die ihm die Tür öffnete) zugegen.

Ruby sagte, Mr. Plant schlafe wohl noch, denn in der Regel komme er als letzter zum Frühstück. Dieser Satz wurde von einem mißbilligenden Blick begleitet.

Plant war jedoch nicht in seinem Zimmer. Auf dem Weg nach unten sah Jury die Principessa in ihrem, denn die Tür stand offen; sie packte einen alten Überseekoffer mit ihrer eleganten Garderobe voll. Sie hielt sich ein Kleid an und prüfte die Wirkung vor einem Standspiegel. Das blaue Kleid aus Crêpe und Chiffon war lang und fließend und hätte bei den Präraffaeliten großen Anklang gefunden.

Als sie Jury im Spiegel sah, drehte sie sich gelassen um und fragte: «Wie finden Sie es?»

«Wunderschön. Wollen Sie abreisen?»

«O ja. Der Major und ich gehen für ein, zwei Monate nach London. Oder für drei. Ich habe genug vom Tod...» Sie seufzte.

(Ihr Seufzer könnte genausogut der Ballsaison in London oder dem Sommerende in Cannes gelten, dachte Jury.)

«Er geht anscheinend um wie ein Virus.» Sie warf ihm im Spiegel ein aufblitzendes Lächeln zu, drehte sich wieder um und warf das blaue Kleid in den geöffneten Schrankkoffer, dann holte sie das nächste Kleidungsstück aus dem Schrank. «Und zur Zeit sieht man hier ja nur die Polizei.» Die Prinzessin hielt sich das bedruckte Samtjackett mit den dunkelgrünen Satinärmeln an die Schultern. «Das arme Kind», fuhr sie fort, während sie ihr Spiegelbild aus unterschiedlichen Winkeln betrachtete, «ganz allein draußen auf dem Moor. Es will mir einfach nicht in den Kopf, daß ihr jemand nach dem Leben trachtet.» Sie warf das Jackett neben das Kleid über den Koffer. «Das Dumme ist, man weiß gar nicht, was man mitnehmen soll. *Sie* waren doch gerade dort. Was trägt man? Givenchy? Lacroix? Ich habe gehört, Saint Laurent will den Rock wieder kürzer machen. Hoffentlich nicht zu kurz; seine langen Röcke sind so herrlich.» Gerade hielt sie sich einen der ihren an die Hüfte, einen schwarzen, der in tausend schmalen Falten herabfiel. «Was sehen Sie mich so an?» sagte sie zu seinem Spiegelbild.

«Wie denn?»

«Vorwurfsvoll. Mißbilligend. Weil ich nicht auf der Beerdigung bin.»

«Beerdigung?»

Sie drehte sich hin und her, posierte mit dem Rock. «Eine Katze. Das Geschrei heute morgen, das hätten Sie hören sollen.» Als Jury sie fragend anblickte, erklärte sie sich näher. «Ruby hat die Katze in der Tiefkühltruhe gefunden. Mrs. Braithwaite hat Abby tüchtig ausgeschimpft. Hat aber keinen Eindruck auf sie gemacht.»

Sie warf Jury einen ungeduldigen, jedoch schimmernden Blick zu. «Du liebe Zeit, ich *kannte* die Katze doch gar nicht.»

HINTER DER SCHEUNE war ein Gottesdienst im Gange. Die vier Trauergäste standen im Rahmen der großen, offenen Tür am Ende der Tenne. Jury stellte sich in den Türschatten; er wußte nicht recht, ob er weitergehen sollte, denn sein Gefühl sagte ihm, daß er nicht teilnehmen dürfte. Schließlich war er nicht dagewesen, als die Tragödie passiert war.

Melrose und Ellen standen mit ernster Miene an einer Seite des kleinen Grabes, in das man den Karton mit Buster (unter einem schwarzen Tuch) gesenkt hatte. Rings um das Grab waren sechs Kerzen aufgestellt. Auf der anderen Seite saßen Tim und Stranger dicht nebeneinander. Beide hatten verbundene Pfoten und blaue und grüne Bänder am Halsband, wie sie Hunde auf Hundeschauen bekommen. Tim zerrte mit den Zähnen an seinem blauen Band. Stranger sah mit gramvollem Blick erst zu Abby hoch, dann zum Himmel, denn für ihn schien sie mit ihren Worten eine Art Tierhimmel zu beschwören.

Ein kleines Mädchen in Taubenblau mit einem neuen Haarband (sicherlich Ethel, Abbys Freundin) stand neben den Hunden. Sie hielt den Kopf gesenkt, hatte die Händchen vor ihrem gestärkten Rock gefaltet und sah weitaus engelhafter und paradiesmäßiger aus als Abby, die sich im schwarzen Regenmantel und in Gummistiefeln mit der Bibel am Kopfende des Grabes aufgestellt hatte und mit ihrem windzerzausten Haar wie ein dunkler, wilder Racheengel wirkte. Ihre Miene war beherrscht, als akzeptierte sie Schmerz und Tod als ungestüme, schlecht abgerichtete Hunde, die sich ihr bis ans Ende an die Fersen heften würden.

Ob sie ihn ansah oder durch ihn hindurch, Jury wußte es

nicht zu sagen. Als sie dann las, merkte Jury, daß es nicht aus der Bibel war, sondern aus einem Gedichtband mit dunklem Deckel und dünnen Seiten.

Nie wieder jagst du hinter meinen Schafen her,
Das Ohr gespitzt, den prächt'gen Schweif gesenkt,
Und deine Kreise ziehst du nimmermehr.

Während Abby las, huschte ein Schatten über Ethels Gesicht. Dann klappte Abby das Buch zu, und das Lesezeichen fiel zu Boden. Es war seine Visitenkarte, die er ihr gegeben hatte, ehe er nach London fuhr. War das wirklich erst gestern gewesen?

Sie nahm eine Handvoll Erde und ließ sie auf das schwarze Tuch rieseln.

Ethel jaulte: «Ach, Buster, ich werde dich so sehr vermissen...» Dieser Gefühlsausbruch trug ihr einen bösen Blick von Busters Herrin ein, der auch jedwede leeren Worte, die Melrose auf der Zunge lagen, bremste. Er schluckte sie hinunter.

Dann blickte sie ins Grab, nickte kurz und sagte, als wäre nun eine furchtbare Rechnung zwischen Buster und den unheilvollen Mächten dieser Welt beglichen: «Leb wohl.»

Und bleib kalt, dachte Jury.

Abby hob seine Karte auf, steckte sie in die Tasche und reichte Melrose die Schaufel.

Ethel spielte die Gastgeberin, reichte Tassen mit Tee und dicke Schnitten Schwarzbrot mit Butter herum. Sie war es gewesen (so verkündete Ethel), die Abby daran erinnert hatte, daß Trauergäste nach einer Beerdigung etwas zu essen haben müssen. So gehörte es sich. Den ganzen Tag hatte sie gestern damit verbracht, den Kuchen zu backen.

Abby saß in ihrem Schaukelstuhl, umklammerte die Lehnen, daß die Knöchel weiß hervortraten, und starrte zu Boden. Ethel wippte durch die Scheune, denn ihr bauschiger Rock mußte fliegen, wenn sie ihren Spitzenunterrock zur Geltung bringen wollte. Als sie das Stück Kuchen auf den Kisten-Nachttisch legte, flüsterte sie: «Das Gedicht ging über einen *Hund*; Buster hat doch keine Schafe getrieben.»

Abby sah sie mit einem Blick an, der einen ganzen Pöbelhaufen hätte zur Strecke bringen können.

Ethel wirbelte davon, zurück zu Melrose, Ellen und den Hunden. Sie nahm ihnen die Bänder ab und steckte sie auf der Pinnwand fest. Es waren alte, verschlissene, verschossene Bänder. Jury bemerkte, daß Tim das blaue hatte und Stranger das grüne. Zweiter Preis.

Abby sah sie starr an; sie hatte jetzt eine Armlehne losgelassen und ballte die Hand auf dem Schoß zur Faust. «Haarscharf Ethel», sagte sie mit einem Seufzer, die ersten Worte, die sie an Jury richtete. Er saß auf ihrem Bett tief in den Steppdecken.

«Haarscharf Ethel», antwortete er lächelnd.

Ihre Mundwinkel bogen sich nach oben, aber sie unterdrückte das Grinsen. Grinsen gehörte sich nicht, nicht auf Busters Beerdigung. «Der Graf war dabei, als ich Buster abgeholt habe.» Angesichts von Jurys ratloser Miene setzte sie hinzu: «Beim ‹Wahren Freund›. Die Tierklinik. Er hatte seine Katze mit. Keine Ahnung, was er mit ihr gemacht hat.»

Bei der Vorstellung, daß Melrose Plant eine Katze in eine Tierklinik schleifte, mußte Jury lächeln. Es konnte nur eine streunende Katze gewesen sein, denn das einzige Tier, zu dem Melrose je im Leben eine Beziehung entwickelt hatte, war seine alte Hündin Mindy.

«Sicherlich war es nicht seine Katze», sagte Jury. «Sie muß ihm unterwegs zugelaufen sein.»

«Ach so.» Abby schaukelte ein wenig schneller und verdaute die neue Information. Der Graf war also kein herzloses Scheusal, das Katzen aussetzte und sie nicht wieder abholte. «Jedenfalls ist er ganz schön schlau.» Ihre Mundwinkel hoben sich nun doch zu einem wohlgefälligen, kurzen Grinsen. «Er hat Ethels Versteck gefunden.» Sie warf Jury einen Blick zu. «Und ein Polizist ist er auch nicht.»

«Wo war es denn?»

«Dahinten, hinter den Medizinfläschchen. In einer Flasche, auf der ‹Grüße aus Brighton› steht.»

«Nicht zu fassen. Woher hat er das gewußt?»

Sie hob die Schultern. «Keine Ahnung. Er hat einfach zu ihr gesagt, daß er Bescheid weiß, und sie hat gleich hingesehen.»

Jury unterdrückte ein Lächeln und beobachtete die Kufen des Schaukelstuhls, die so schnell schaukelten wie eine richtige Schaukel. Nach kurzem Schweigen sagte er: «Tut mir leid, daß du heute morgen noch mal ins Moor mußtest. Ist dir sicher nicht leichtgefallen.»

«Leichter als das erste Mal», sagte sie mit einem gleichmütigen Unterton.

«Möchtest du lieber nicht darüber sprechen?»

Mit einer gespielten Weltverdrossenheit, die nicht einmal die Principessa hinbekommen hätte, erzählte sie. Von dem Telefonanruf, der gedämpften Stimme, dem Husten, Gemurmel, etwas über Stranger und Mr. Nelligans Schafe. Sie breitete ihr ganzes schreckliches Erlebnis vor Jury aus.

Er fragte nicht weiter; welchen Sinn hatte es schon, ihr Antworten zu entlocken, die sie schon ein dutzendmal gegeben hatte. Er sagte: «Es tut mir leid. Tut mir leid, daß ich nicht da war.»

Er folgte ihrem Blick zur Pinnwand, an die Ethel gerade sorgfältig blaue Bänder heftete. «Macht nichts. Ich hatte ja Stranger und Tim. Und die Schafe.»

Darin lag keine unterschwellige Anschuldigung, keine Spur Ironie. Sie stellte eine Tatsache fest: So ist die Welt eben.

Jury sah ihr zu, wie sie ihren Kuchen aß, und spürte ihre Enttäuschung.

«IHRE TOCHTER.» Jury schüttelte den Kopf, während er den Zigarettenanzünder des Volvo hineindrückte.

«Wer die beiden sah, meinte, Ann Denholme *sei* Abbys Mutter. Was für eine Ironie.» Melrose auf dem Beifahrersitz machte sich an dem Funkgerät zu schaffen. Die Türen waren auf beiden Seiten offen, und das Auto stand noch immer in der Einfahrt, wo Jury es abgestellt hatte.

«Trevor Cable aufzutreiben war nicht weiter schwer. Wiggins sagt, er hört sich nach einem netten Kerl an, er sei entgegenkommend gewesen, wenn auch ‹ein wenig duckmäuserisch›, so seine Worte. Er hat Abby auch nicht abschieben wollen. Bei dem Streit mit Ann Denholme, den Mrs. Braithwaite mitbekommen hat, ging es darum, daß Ann Denholme Abby zurückhaben wollte.»

«Sie wollte sie zurückhaben und hat sie dann in eine Scheune gesteckt?» Melrose schüttelte den Kopf. «Es läuft mir immer noch eiskalt den Rücken herunter.» Er blickte durch den feinen Nieselregen zur Scheune, aus der sie gerade gekommen waren. «Verglichen mit Ann Denholme hätte man Medea zur Mutter des Jahres gewählt und Iokaste hätte das Mutterkreuz gekriegt. Und Klytämnestra, mein Gott, eine wahrhaftige Heldin. Alle scheinen zu vergessen, daß Agamemnon ihre Tochter opfern wollte. Man sollte meinen, sie hätten irgendwann die Nase voll gehabt von soviel Vatermord, Muttermord, Kindermord und Inzest. Und wer sagt es nun Abby? Wäre es nicht besser, endlich den Irrtum aufzuklären?»

«Damit sie mit einer weiteren Täuschung leben muß?»

«Was ist mit dem Onkel? Trevor Cable? Will der sie nicht wiederhaben?»

«Würde *sie* das wollen? Wenn Sie glauben müßten, Ihr richtiger Vater hätte Sie abgeschoben, würden Sie dann zu ihm zurückwollen?»

Melrose ließ von dem Funkgerät ab, lehnte sich zurück und schwieg eine Weile. Dann sagte er: «Aber sie ist noch so klein, Richard. Sie braucht jemanden.»

«Soll das heißen, einen Verwandten? Seit wann ist Blut dikker als Wasser? Von Verwandten bekommt man so was nie zu hören, nein, von denen sicher nicht. Für mich ist das eine Leerformel.»

Melrose machte das Handschuhfach auf. «Superintendent Sanderson ist der Ansicht, daß Nell Healey ein Mordmotiv für den Mord an Ann Denholme hat, falls Roger der Vater ist.»

Jury ließ sich tiefer auf seinen Sitz rutschen. «Ich wittere überall Geld.»

«Ich wittere *Der scharlachrote Buchstabe*.»

«Ann Denholme ist mir nie wie eine Märtyrerin vorgekommen. Weit gefehlt. Eher wie eine Erpresserin.»

«Damit will ich sagen, falls das Motiv Ehebruch war, muß das Kind leiden. Die Rede ist von Abby, diesem dauernden Denkzettel für Healey. Wetten, daß Ann Denholme sie ihm buchstäblich vor die Nase gesetzt hat?» Melrose schloß das Handschuhfach. «Vielleicht hat sich einer nicht mehr an die ‹Absprache› gehalten. Vielleicht sollte Ann ursprünglich Abby abschieben, und dann wollte Healey sich von seiner Frau scheiden lassen und sie heiraten. Oder so ähnlich. Aber sie muß ganz schön blöd gewesen sein, daß sie zehn Jahre mitgespielt hat.»

«Klingt plausibel.» Jury unterbrach sich. «Suchen Sie was?»

Melrose hatte sich vorgebeugt und unter das Armaturenbrett gespäht.

«Ich? Nein.»

Jury lehnte sich zurück. «Seelische Erpressung; bei dem schuldigen Pfarrer in *Der scharlachrote Buchstabe* hat das gewirkt. Bei Healey mit Sicherheit nicht.»

«Es gibt andere Mittel und Wege, jemand nach seiner Pfeife tanzen zu lassen. Und wenn sie es der Ehefrau erzählt hätte, wären aus der Pfeife die Trompeten von Jericho geworden.»

«Und dann bringt sie ihn um? Nell Healey wußte, was er für ein Typ war. Auf andere muß er unglaublich glatt, unglaublich überzeugend gewirkt haben. Aber wegen seiner Liebschaften hätte sie ihn nie umgebracht.»

«Und wenn sie nun herausgefunden hätte, daß Abby seine Tochter ist –?»

Jury schüttelte den Kopf.

«Warum dann?» Melrose suchte mit der Hand unter dem Armaturenbrett.

«Langsam sieht es so aus, als – was zum Teufel machen Sie da?»

«Hat dieses Auto kein Tapedeck?»

Jury schloß die Augen. «Jesus von *Nazareth*.»

«Nein, nicht die. Ellen hat eine Aufnahme von ‹Rock 'n' Roll Animal› aufgetrieben. Aber Malcolms Stereogerät ist nicht in Ordnung.»

Jury langte auf den Rücksitz und warf Melrose seinen Walkman zu. «Da. Ich fahre zu den Citrines.»

Melrose schlüpfte aus dem Auto und schloß die Tür auf seiner Seite. Er öffnete den Walkman, nahm ein Band heraus und musterte es. «Was ist denn das?»

Jury nahm es ihm weg. «Coltrane. Auf Wiedersehen.» Er legte den Gang ein und fuhr langsam an.

Melrose lief nebenher, die Hand am Fensterrahmen. «Sie hätten nicht zufällig die Kopfhörer dazu?»

Jury bremste, daß Melrose fast hinfiel. *«Da!»* Er warf sie aus dem Fenster, das Auto fuhr an, hielt wieder, und Jury rief zurück: «Haben Sie Vivian angerufen?»

«Vivian? Selbstverständlich habe ich Vivian angerufen.»

Als der Volvo sich wieder in Bewegung setzte, stöpselte Melrose die Kopfhörer ein und ging zurück ins Haus, um Vivian anzurufen.

35

«Ich komme schon zurecht», sagte Jury zu der stummen Hausangestellten, die gerade die schwere Tür geöffnet hatte und damit einen bedrückenden Blick auf die kalte Empfangshalle und den schummrigen Gang gewährte, der ins Dunkel führte. «Sie brauchen mich auch nicht anzumelden.»

Sorgfältig legte sie seinen Mantel über den Arm und betrachtete ihn skeptisch. Jury lächelte nur und wartete. Die Bitte, angemeldet zu werden oder auch nicht, war sie offenbar nicht gewohnt, und so schlurfte sie mit seinem Mantel davon.

Im großen Rittersaal brannte Feuer im Kamin und im Kohlebecken. Doch nur in ihrer Nähe wirkte der Raum warm, der Rest war immer noch kalt; es war, als ob man aus der Sonnenwärme in den Schatten träte. Jury stand jetzt im Schatten des Torbogens.

Charles und Rena Citrine saßen, jeder an einem Ende des langen Tisches, auf den mächtigen Stühlen und sahen aus, als hätten sie sich gestritten. Und doch wirkten sie mit ihren gedämpften Stimmen, der Art, wie sie die Anwesenheit Jurys ignorierten, eher wie Verschworene denn als Gegner. Vielleicht bildete er sich das alles nur ein, aber als er sie so erblickte, sah er ihre Beziehung in einem ganz anderen Licht.

Bei seinem Gruß fuhren ihre Köpfe gleichzeitig herum. Und da stand Charles Citrine auch schon und ließ die ganze Feindseligkeit durchblicken, die er sich in seiner Reserviertheit jemals gestatten würde. Jury schätzte, daß ihm diese kühle, hemdsärmelige Art über alles andere ging.

Man mußte sich schon gut im Griff haben, um Jurys Auftauchen lediglich mit: «Was wollen Sie hier?» zu quittieren.

«Ich möchte Ihrer Tochter helfen.»

Citrine ließ sich wortlos auf seinen Stuhl sinken.

Seine Schwester blickte von ihm zu Jury. «Und das wollen

wir Ihrer Meinung nach nicht?» Ihr Lächeln wirkte etwas spöttisch.

«Woher soll ich das so genau wissen?»

Citrine warf ihm einen giftigen Blick zu.

«Charles ...» Rena beugte sich vor.

Rena Citrine als Friedensstifterin, das war neu. Und das machte sie gewiß nicht ihrem Bruder zuliebe, den sie oft genug mit ‹Der heilige Charles› tituliert hatte. Doch die Lage war so ernst, daß der Groll, weil er sie in jenen Teil des Hauses abgeschoben hatte, nicht mehr zählte.

Sie deutete auf den schweren Nußbaumstuhl unweit des Kohlebeckens und sagte: «Sie müssen nicht stehen, Superintendent.» Dann griff sie nach der Brandy-Karaffe, deren Inhalt sie mit ihrem Bruder geteilt hatte, und lud ihn ein, ihnen Gesellschaft zu leisten. Die beiden tranken aus spitz zulaufenden Kristallgläsern. Die schlichte Karaffe sah eher nach altem Preßglas aus. Sie schob sie Charles über den Tisch zu, und der schenkte sich einen Fingerbreit ein. Die Falten um seinen Mund hatten sich seit ihrer letzten Begegnung tiefer eingekerbt, glichen den scharfen Rillen des Glases in seiner Hand.

Jury sagte: «Ann Denholme hat, ehe sie sich ins Keighley-Moor aufmachte, einen Anruf bekommen. Zweifelsohne von jemandem, den sie kannte, denn die Haushälterin sagt aus, daß Miss Denholme kaum etwas gesagt habe. Es könnte eine Benachrichtigung des Milchmanns wegen einer Lieferung gewesen sein. Es könnte auch Mr. Nelligan wegen eines verirrten Schafes gewesen sein. Oder irgend jemand anders.» Jury sah zu, wie ein großer Holzklotz zerfiel und ein Funkenregen aufstob. Er machte sich nicht die Mühe, ihre Mienen zu studieren, denn das alles hatten sie schon einmal gehört.

Und darauf wies ihn Charles Citrine denn auch mit matter Stimme hin. «Aber alles spricht dafür, daß es jemand aus diesem Haus war. Das haben wir mit der Polizei von Wakefield und diesem Kriminalbeamten, diesem Sanderson, bis zur Bewußtlosigkeit durchgekaut.»

«Sie glauben doch», sagte Rena, «daß jemand aus diesem Haus die arme Ann Denholme in den Tod gelockt hat. Wenn man bedenkt, daß es uns augenblicklich etwas an Familienmitgliedern mangelt, so sind die Verdächtigen nicht gerade zahlreich. Und unsere Dienstboten dürften Sie kaum für die Schießwütigen halten.» Sie gab Charles mit einer Handbewegung zu verstehen, daß sie die Karaffe wollte. Dafür, daß es erst kurz nach elf war, schien die Karaffe schon tüchtig auf Wanderschaft gewesen zu sein. Und doch wirkten beide ganz und gar nicht betrunken.

«Und natürlich Mrs. Healey», warf Jury sanft ein.

Citrine ließ den Kopf auf die Hände sinken. Doch seine Schwester drehte sich um, wie er vorhin, und schoß Jury einen wütenden Blick zu. «Seien Sie nicht albern. Das glauben Sie doch selber nicht!» Sie knallte ihr Glas auf den Tisch.

Jury antwortete im gleichen sanften Ton: «Beide Anrufe, der für Ann Denholme und der für Abby, könnten aus einer öffentlichen Telefonzelle gekommen sein.»

Rena griff wortlos zu ihrem Glas.

«Wir wissen nur, daß es nicht der Milchmann war. Abby lebt noch und kann aussagen.»

Keiner von beiden äußerte ein Wort, noch blickten sie einander an.

Nachdem sich Charles geräuspert hatte – als wollte er prüfen, ob seine Stimme noch funktionierte –, sagte er: «Dieselbe Person?»

«Können Sie sich vorstellen, daß zwei Personen dieses Spiel spielen?»

Charles schüttelte den Kopf. Rena blickte ihn mit steinerner Miene an, und Jury hätte nicht zu sagen gewußt, ob sie Charles nun wahrnahm oder nicht. Schließlich sagte sie: «Im Fall von Ann Denholme dürfte es eine Reihe von Kandidaten geben. Männer.»

Citrine erhob die Stimme etwas und sagte warnend: «Rena.»

Schweigen. Dann stand sie auf und stellte sich mit den Händen in den großen Taschen ihres gefütterten Rocks vors Feuer. Er war ein Patchwork aus Vierecken und Halbmonden, Seide, Satin und Wolle, ein Kaleidoskop aus Grün-, Blau- und Goldtönen, die im Schein des Feuers schimmerten. Sie trat mit der Hacke ärgerlich nach einem heruntergefallenen Holzklotz. Eine blaue Flamme züngelte hoch. Die Funken ließen ihr rotes Haar silbrig schimmern und ihre bernsteinfarbenen Augen aufleuchten.

Das ganze Geviert des freudlosen Raumes schien rings um Jury aufzulodern; hinter ihm das Kohlebecken, vor ihm die funkenstiebenden Holzklötze und Rena in ihrer flammenden Farbenpracht. Jury sah sie an, sah ihre feurige Pose und wußte, daß die schludrige, komische Rolle als Irre im Turm, als Ausgestoßene, als verlorene Tochter, trog.

Und dann sah er es:

Nicht die Einzelheiten, nicht den Wipfel des dunklen, belaubten Baumes, nicht den geschwungenen Rand des hellblauen Himmels und auch nicht die Symmetrie der Fensterchen, ob nun dunkel oder erleuchtet. Es war nicht das prächtig gerahmte Rechteck des Magritte-Druckes, sondern das Licht, das die Straßenlaterne auf Abbys Bild warf. In diesem Licht sah er es.

36

«Sie ist Deutsche.»

Ellen bastelte an ihrer BMW herum; die hatte weniger Schaden genommen, als es zuerst den Anschein gehabt hatte. «Deutsche? Wer ist Deutsche?» Sie sah ihn über die Schulter mit zusammengekniffenen Augen an.

Obwohl sie einen bedrohlich wirkenden Schraubenschlüssel in der Hand hielt, antwortete er. «Caroline. Sie ist seine ‹Germanenkönigin›.»

So ein Motorrad mußte einiges aushalten können; ein Wunder, daß das Leder nicht platzte, als sie den Schraubenschlüssel auf den Sattel knallte. «Wann hören Sie endlich mit dieser Scheißkassette auf! Hätte ich Lou Reed doch bloß nie erwähnt!»

«Sie haben sich in Berlin kennengelernt. Die ganze Liedfolge handelt von ihrer Beziehung.» Und er setzte die Kopfhörer auf. Leider schirmten sie nicht genug ab.

«Ist doch piepegal, wo sich diese Idioten kennengelernt haben!» Sie schob das Motorrad immerzu im Kreis herum und erinnerte ihn dabei an Abby. Ellen zu ärgern machte fast so viel Spaß, wie Agatha zu ärgern.

«Sie sehen echt bescheuert aus mit Ihren blöden Kopfhörern», schrie sie.

«Ist das alles, was Ihnen einfällt?» fragte er sanft.

Sie unterbrach ihre Derwisch-Kreiserei unmittelbar vor ihm und fragte argwöhnisch: «Sonst noch was?»

Melrose streckte die Hand aus, packte sie hinten am Kragen ihres schwarzen Pullovers und zog sie an sich. Als er sie küßte – feuriger, als er je geküßt hatte –, gab sie einen erstickten Laut von sich. Erdrosselte er sie etwa mit dem Kragen? Er küßte unbeirrt weiter, ließ jedoch ihren Pullover los und faßte statt dessen nach ihrem Hinterkopf; ihr Haar war trotz der wirren Lockenpracht weicher, als es aussah. Nachdem sie ein Weilchen mit den Fäusten auf seinen dicken Pullover eingetrommelt hatte, erlahmte sie. Der Teil seines Gehirns, der noch mit Blut versorgt wurde (das übrige verteilte sich in die verschiedensten Richtungen), dachte, daß sie vielleicht tot war. Erwürgt. Er küßte weiter.

Aber irgendwann hatte er sie offenbar doch losgelassen, denn sie trat einen Schritt zurück, rang nach Luft und brummelte etwas. Er sah das alles wie durch ein feines, flirrendes

Gespinst, wie durch einen sprühenden, klaren Wasserfall. Oder war das schon der graue Star?

Ellen wankte wie beschwipst zu ihrer BMW und legte sich immer noch brummelnd über den Sattel.

«Müssen Sie sich übergeben?» fragte Melrose. «Haben wir zu früh aufgehört?»

Sie kam wieder hoch und fuhr herum. «*Nein!* Meine Güte, so hat mich noch keiner geküßt –»

«Das kommt davon, wenn man sich auf Männer aus Manhattan fixiert. Allesamt Trottel, die ihr Leben lang dem flüchtigen Schatten des Erfolges nachjagen statt den Frauen –»

Sie faßte sich an den Kopf. «Seien Sie still, seien Sie still. Das sollte doch kein *Kompliment* sein. Meine Güte, fast vergewaltigt, und das von einem Grafen.»

«Ist das Ihr Problem, das ‹fast›?»

Ihre Hände fielen herab. Sie sah ihn mit großen Augen an. «Wie eingebildet! Wie halten es Frauen bloß in Ihrer Nähe aus? Warum reißen sie sich nicht die Haare aus oder so was?»

Melrose mußte an Vivian denken, die morgen abfuhr. Die hatte keine Zeit mit Männern aus Manhattan verplempert. Nur mit Italienern, dachte er wehmütig. Er geriet in Untiefen, wußte nicht, wie ihm geschah. Im Kopfhörer hörte er, wie sich Caroline im Schlafzimmer die Pulsadern aufgeschnitten hatte, und er hätte am liebsten geheult. Er riß sich zusammen, der Fieberanfall war vorbei. Und da merkte er, daß Ellen ihn ehrlich besorgt ansah.

«Ellen, Sie sind zu klug, zu jung und zu scharf darauf, eine neue Brontë zu werden. Nichts wie weg von hier, sonst sterben Sie noch an Ihren Illusionen.» Er rückte die Kopfhörer zurecht. «Lassen Sie uns nach Berlin fahren.»

«Keine Ahnung, wovon Sie reden.» Sie hörte sich eher verzagt als abweisend an. «Ich muß das Manuskript pünktlich abliefern.»

Melrose hob die Schultern. «Dann fahren wir eben nach New York und liefern. Und jetzt seien Sie still. Ich habe bei

Caroline den Faden verloren.» Und er drückte sich die Kopfhörer fester auf die Ohren.

Ellen ging gelassen zu ihrer BMW zurück und schraubte die Radbolzen fest.

37

Die Beamtin führte ihn sie in einen holzgetäfelten Raum, der wie die Bibliothek eines Privathauses wirkte, wenn man davon absah, daß darin nur ein langer Tisch mit einem Stuhl an jedem Ende stand. Jury riß den Blick von dem vergitterten Fenster los; er hatte hinaus in den Himmel gestarrt, der nur um ein weniges heller war als das Zimmer selber. Schnee lag in der Luft. Keine brennenden Holzscheite, keine Orientteppiche lenkten von der fleckenlosen Tünche ab. Der Raum war so sauber wie Räume sind, in denen sich so gut wie niemand aufhält. Jury schloß die Augen und machte sie wieder auf; wie ein Kind enttäuscht, daß sich nichts verändert hatte. Daß an Stelle dieses Zimmers kein hoher Baum, kein matter, schräger Sonnenstrahl, kein verfallendes Tor getreten war.

Nell Healey trug ein eckig ausgeschnittenes Anstaltskleid und sah aus wie eine Gestalt auf einer Ferrotypie, wo die Gesichter die Färbung der amorphen stahlgrauen Einfassung annehmen. Auf Grund ihrer freudlosen Komplizenschaft mit der Kamera sehen die Gesichter alle gleich aus.

Sie blickte ihn an, sie wartete. Keiner von beiden setzte sich. Das ganze Zimmer lag zwischen ihnen.

«Nett von Ihnen, daß Sie gekommen sind.»

Ihre Stimme klang dünn, kläglich. Sie hustete ein wenig.

Er verwarf die gebräuchlichen Einleitungen – hoffentlich bekommen Sie keine Erkältung; ich war gerade bei Ihrem Vater,

Ihrer Tante; behandelt man Sie hier gut? Vielleicht war ihr Schweigen ansteckend. Allmählich begriff er die Sinnlosigkeit solcher Worte. Und so sagte er: «Ich habe mich mit Commander Macalvie unterhalten. Sie erinnern sich doch an ihn. Es führt wohl kein Weg daran vorbei, daß er als Zeuge aussagt.»

Ist das alles? besagte ihr verhaltenes, etwas verächtliches Lächeln. «Da der Bevollmächtigte von Lloyd's und auch der verantwortliche Superintendent tot sind, heißt das, er ist der einzige, der noch von dem Lösegeld weiß.»

«So wie ich ihn kenne, wird die Staatsanwaltschaft wenig Freude an ihm haben, auch wenn sie glauben, sie hätten einen fetten Brocken erwischt. Da täuschen sie sich gewaltig.»

Sie runzelte die Stirn. «Bekommt er dadurch keine Ungelegenheiten? Von Ihnen ganz zu schweigen. Ich weiß, daß Vater das Präsidium in Wakefield angerufen hat –»

«Ich habe dauernd Ungelegenheiten. Zumindest mit meinem Chef.»

«Commander Macalvie ist sehr überzeugend.»

«Sehr.»

«Und hat in der Regel recht?»

«Fast immer.» *Möchten Sie's ihr sagen, Jury. Na los.* Vor seinem geistigen Auge sah er die Fotos von dem Jungenskelett. «Fast», wiederholte Jury. Ihm war übel. Die Versuchung, ihr den Artikel in *Time Out* zu zeigen, ihr von seinem Lunch mit Charlie zu erzählen, war groß. Nein und nochmals nein; es durfte nicht sein. Teils lag es an Macalvie, teils an etwas anderem. Und dieses Etwas wollte sich nicht fassen lassen.

«Sind Sie gekommen, um mir das zu sagen?»

«Nein. Ich möchte, daß Sie mir erzählen, was geschehen ist.»

Ist das alles? besagte ihr schmales Lächeln. Sie hatte den Kopf zum Fenster gewandt. Machten ihr die Gitter etwas aus? Wohl kaum. Sie war hier nicht mehr eine Gefangene als an jenem Nachmittag vor einer Woche, als sie dagestanden und den verkümmerten Obstgarten betrachtet hatte.

«Ich habe mich», sagte Jury, «mit einem Freund über griechische Mythologie unterhalten. Medea, Iokaste, Klytämnestra. Sie kennen doch die Geschichte von Klytämnestra und Agamemnon? Ich meine, die ganze. Agamemnon gilt immer als der verratene und gemeuchelte Ehemann.»

Daß er diese Geschichte erzählte, schien sie zu belustigen. «Was auch stimmt. Wollen Sie auf eine Analogie mit mir hinaus? Hält Ihr Freund mich für so teuflisch wie Klytämnestra?»

«Er sprach von Ann Denholme.»

Ihre Miene veränderte sich sofort, wurde undurchdringlich.

«Sie haben gewußt, daß Abby ihre Tochter ist. Und Sie haben auch gewußt, daß Roger der Vater ist. Woher, weiß ich nicht, aber Sie haben es gewußt.»

Jetzt lächelte sie wirklich. «Und ich habe ihn in einem Anfall rasender Eifersucht ermordet. Ist es das?»

«Nein. Sie haben ihn ermordet, weil Sie glauben, daß er Ihren Sohn ermordet hat. Und das nicht aus dem Grund, aus dem Agamemnon fast Iphigenie geopfert hätte. In jenem Fall hatten die Götter ihre Opferung verlangt. Glücklicherweise verschonten diese Götter sie in letzter Minute. In Ihrem Fall gab es keine Götter zu besänftigen. Und keine Schonung. Healey war hinter Ihrem Geld her.»

Sie blickte ihn mit offenem Mund an.

«Commander Macalvie hat immer geargwöhnt, daß Sie etwas ahnten, daß Sie Ihren Entschluß, nicht zu zahlen, außerordentlich rasch und bestimmt faßten. Der Entführer mußte jemand sein, mit dem Billy ohne weiteres mitgegangen war; kein Laut, nicht einmal der Hund schlug an. Nicht einmal Toby Holt, der sie überrascht haben mußte, sagte etwas. Sie haben nie daran geglaubt, daß man die Jungen mit Gewalt entführt hatte. Aber wer hätte Ihnen das schon abgenommen bei dem makellosen Ruf, in dem Ihr Mann stand, und Ihrer eigenen ‹ausgeprägten psychischen Labilität›? Nicht einmal Ihr eigener Vater. Und wer hatte ihm diese Idee in den Kopf gesetzt? Sie sind doch die *einzige* in der ganzen Familie mit starken Nerven. Natürlich hatten Sie keine stichhaltigen Beweise, daß Roger hinter der Entführung steckte, aber dieser Verdacht, zusammen mit Commander Macalvies Empfehlung, hat zu Ihrem Entschluß geführt.

Eines stand für Sie ziemlich fest: Wenn Sie zahlten, würden Sie Billy nie wiedersehen. Und Toby auch nicht. Und Sie würden es nie beweisen können», fügte Jury hinzu. «Aber falls etwas schiefging und Roger aufflog, dann würde Billy ihn identifizieren können. Hatten Sie das einkalkuliert?»

«Bei Roger ist nie etwas schiefgegangen», war die trostlose Antwort. «Wenn er sich etwas in den Kopf gesetzt hatte.»

«Warum haben Sie so viele Jahre gewartet?»

Sie betrachtete ihre Hände. «Ihnen mag das vielleicht – unbedeutend scheinen, aber ein Grund war, daß Billy und Toby ‹amtlich› für tot erklärt worden waren. Darin lag so etwas furchtbar Endgültiges.»

Als sie schwieg, hakte Jury nach. «Sie sagten ‹ein Grund›. Gab es noch einen?»

«Ja. Aus diesem Grund habe ich mich mit Roger in dem Gasthaus verabredet. Er hatte mir aus London geschrieben, daß er sich mit mir über Billy unterhalten wolle, und gemeint, es wäre doch ‹nett›, wenn wir im ‹Großen Schweigen› zu Abend essen würden.» Sie hob den Blick. «Absolut nichts Belastendes an solch einem Brief; er war sorgfältig formuliert.»

«Der Brief, der im Feuer landete?»

Sie nickte. «Aber dann wollte er doch nicht zu Abend essen. Er wollte eine Million Pfund.» Sie wandte den Kopf und schaute aus dem vergitterten Fenster. «Im Gegenzug für Informationen über Billy. Er meinte nämlich, er wüßte, was damals geschehen sei.»

Jury runzelte die Stirn. «Aber so leichtsinnig war er doch wohl nicht, daß er zugegeben hätte –»

«O nein.» Sie stand auf.

Er blickte sie lange an und sagte: «Dann waren Sie sich also nie hundertprozentig sicher?»

«O nein.» Sie verschränkte die Arme vor der Brust und

lächelte ihr schmales Lächeln. «Aber was würden Sie mit einem Vater machen, der für Informationen über die Entführung des eigenen Sohnes Geld von Ihnen erpressen will?»

Sie standen da, und die blasse Sonne warf die Schatten der Gitterstäbe über den Tisch, der sie trennte.

Das bedurfte keiner Antwort.

38

Marshall Trueblood war überglücklich.

Er sagte Melrose am Telefon, alles sei gut mit Viv, sie habe ihnen verziehen, sie sollten sich wieder als zur Hochzeit eingeladen betrachten. Allerdings gebe es, nun ja, ein paar kleine Auflagen... Sie müßten versprechen, den einen oder anderen Plan, den sie anscheinend in «den Hühnerställen, die Sie und Melrose Ihre ‹Gedanken› nennen», ausgeheckt hätten, nicht in die Tat umzusetzen. *Das war ihre Formulierung. Sie möbelt lediglich ein paar scharfe Antworten für diesen laschen Grafen auf, dem sie erlaubt, sie vorzeitig ins Grab zu bringen...*

Was für ein Plan? Wovon redete sie? Sie hatten so viele gemeinsam ausgeheckt, daß Melrose sich gar nicht mehr an alle erinnern konnte.

Vivian hatte offenbar ihr geflüstertes Gespräch über «Backsteine» und «Weinkeller» mitgehört, *und da die Hochzeit während des Karnevals stattfinden soll, hat sie sich etwas zusammengereimt. Ich habe ihr gesagt, sie solle nicht albern sein, daß ich verrückt sein müßte, wollte ich versuchen, Franco einzumauern – «Ich schließe mein Plädoyer.» Das hat sie dann gesagt. «Ich schließe mein Plädoyer.»*

...Dior oder Saint Laurent. Das Kleid, das sie in London kaufen möchte. Ich habe ihr gesagt, sie solle bis Italien damit

warten und sich einen Utrillo holen. Ich natürlich werde mich ausgiebig in einem Armani-Geschäft umsehen. Sie sollten diese knubbligen alten Tweeds loswerden und es einmal mit Giorgio versuchen. Ach, diese Eleganz, dieses Understatement.

Understatement? Nicht, wenn Trueblood sich zu Giorgio durchringt.

Müssen die unbedingt über *Kleider* reden, Herrgott noch mal? Melrose fand, daß er an dem Nachmittag zu Tode eingekleidet worden war, wie er so der Principessa zuhörte, die wie auch der Major (der noch seine Stiefel mit Spucke wichste) mit ihrem Überseekoffer nicht auf das Taxi aus Haworth wartete. Wie zum Teufel wollte sie dann das Ding in Leeds in den Zug bekommen? Das ganze Frühstück hindurch hatte sie versucht, Ellen in einen absolut *göttlichen* Rock zu bekommen, von dem Ellen sagte, er werde ihr die Form eines Baumstamms verleihen, während sie Mrs. Gaskells Biographie von Charlotte Brontë auf den Tisch fallen ließ und ihre Lederjacke anzog.

Melrose hatte einer rosig lächelnden Ruby geholfen, die Teller und das Besteck hinauszutragen, und hatte die zwei Eierbecher sorgsam mit Servietten eingewickelt, in die Tasche gesteckt und sich dann zur Tür gewandt. Er blieb stehen, stellte sich Jurys fragenden Blick vor und seufzte. Er ging zum Tisch zurück und wickelte Mrs. Gaskell in sein Handtuch ein.

Im Speisesaal «Zum großen Schweigen» saß zur Lunchzeit ungewöhnlich viel Kundschaft. Jury durchquerte die Lounge und die Bar und erbat sich von dem Wirt ein Bier, ein Käsebrot und das Telefon.

Dicht beim Kamin saß ein junges Pärchen, ganz offensichtlich Flitterwöchner, die Jury weiter keine Beachtung schenkten.

Jury hatte sein Bier halb geleert, als ihm der Streit zwischen Macalvie und Gilly Thwaite in der Gerichtsmedizin wieder einfiel. Sein Anruf bei der Polizeiwache von Bradford ging durch die Hände (und Ohren) dreier Beamter, ehe sich Chief Superintendent Sanderson dazu durchrang, selbst abzunehmen. «Was gibt es, Superintendent?» fragte Sanderson gereizt und stellte sogleich klar, daß er die Antwort entbehren konnte.

Die junge Kellnerin stellte Jury das Brot hin – eine dicke Scheibe Cheddar zwischen körnigem Vollkornbrot, hübsch mit Kresse und Tomaten garniert. Er bedankte sich.

«Wofür?» fragte Sanderson.

«Für gar nichts. Das galt der Kellnerin. Ich bin im ‹Großen Schweigen› und esse ein Käsebrot.»

«Leider reicht meine Zeit nicht für einen Lunch. Wir könnten sonst hier bei mir einen Happen essen. Weshalb rufen Sie an, Mr. Jury?»

«Wegen der Telefonzelle an der Oakworth Road. Ungefähr eine Meile vom Schieß-»

Sanderson fuhr grob dazwischen. «Ich weiß, wo sie steht. Und meine Spurensuche auch. Sonst noch eine Frage?»

Jury lächelte und biß ab. Lecker, doch leider hatte er keinen richtigen Hunger. Sanderson hielt sich weiß Gott nicht lange mit netten Floskeln auf. «Keine. Ich wollte mich entschuldigen.»

Das Schweigen besagte, daß er den Superintendent etwas überrumpelt hatte, was ja auch Zweck der Übung gewesen war. Natürlich war das mit der ‹Entschuldigung› blanker Unsinn; sie sollte Sanderson nur für Jurys nächste Worte so richtig schön in Fahrt bringen. Jetzt mußte er erst mal die Entschuldigung abschmettern. Jury schob die Kresse vom Brot und biß noch einmal ab, obwohl er keinen Appetit hatte.

«Mr. Jury, ich habe Ihre Entschuldigung gehört, und sie bedeutet mir und meiner Abteilung einen Scheißdreck. Sie sind zufällig Zeuge eines Verbrechens in einem Gerichtsbezirk gewesen, in dem Sie nichts zu suchen haben, und Sie bestehen darauf, den Fall zu untersuchen. Das alles habe ich, wie Sie sicher wissen, Ihren Vorgesetzten mitgeteilt. Sie sind uns in die Quere gekommen –»

Sieh einer an, er *wilderte also nicht mehr in fremden Revieren*? Für Sanderson würde Jury gern arbeiten.

«– und wenn ich Sie wäre, dann würde ich mir nicht länger ins Ohr mampfen.»

Jury mußte schon wieder lächeln. «Ich dachte nur.» Er trank einen Schluck Bier.

Ein neuerliches, kurzes Schweigen. «Sie dachten was?»

«Na ja, diese Telefonzelle –»

Sanderson mußte sich zu weit zurückgelehnt haben, denn das jähe Krachen hörte sich an, als ob etwas Schweres zu Boden gegangen war. Mit Sicherheit war er stinksauer, weil er das ursprüngliche Thema dieser Unterhaltung vergessen hatte. «Nun passen Sie mal gut auf: Sie wissen verdammt gut, daß wir keine Trottel sind und daß London uns nicht erklären muß, wie man Fingerabdrücke abnimmt. Wir haben uns diese Telefonzelle so gründlich vorgenommen, daß sie wahrscheinlich neu gestrichen werden muß. Wir überprüfen routinemäßig sämtliche Fingerabdrücke, die wir gefunden haben.» Seine Stimme wurde leiser. «Aber ich bezweifle sehr, daß ein Mörder vergessen würde, den Hörer, den Türgriff, von mir aus das ganze verdammte Mistding abzuwischen.»

«Bis auf die Münzen. An die kommt man einfach nicht mehr heran, wenn sie erst eingeworfen sind. Es sei denn, Telecom greift zur Axt.»

Sanderson war still.

Das hatten sie also nicht gemacht; Jury wußte, daß es in Sandersons Hirn ebenso schnell klick machen würde wie in Gilly Thwaites. Wahrscheinlich kamen nur die Münzen, die obenauf lagen, in Frage, denn die Anrufe waren innerhalb der letzten sechsunddreißig Stunden getätigt worden.

Jury gab Sanderson noch etwas mehr Zeit zum Luftholen, indem er sich weiter unbeliebt machte. «Ich bin nicht auf den Kopf gefallen, Chief Superintendent. Ich weiß, das letzte Mal, als Sie um Hilfe gebeten haben, war im Fall des Rippers. Der Mann war brillant; die Polizei von Yorkshire hat ihm das Leben so sauer gemacht, daß er aufgab und sich wieder nach London verzog.» Jury verließ sich darauf, daß Sanderson im Gegensatz zu Racer ein Profi war. Der würde wissen, worauf Jury hinauswollte.

Wußte er auch. «Die einzigen Abdrücke, die wir haben, stammen von Nell Healey. Wir haben sie ihr bei der Verhaftung abgenommen.»

«Im Haus der Citrines gibt es eine Brandykaraffe, von der tüchtig Gebrauch gemacht worden ist. Ihnen fällt doch sicher ein Grund ein, warum Sie etwas aus dem Haus mitnehmen müssen. Was Fingerabdrücke angeht, so habe ich noch etwas anderes für Sie. Heute nachmittag wird ein Päckchen im Präsidium abgeliefert. Wollen Sie Einzelheiten?»

«Nein, zum Teufel.» Dann war die Leitung tot.

Jury trank den Rest des Biers, während er die Nummer der Holts wählte. Zum Glück nahm Owen ab. Ja, er könnte sich wohl mit dem Superintendent im Gasthaus treffen, wenn es so wichtig wäre.

Jury legte auf und betrachtete das kaum angebissene Brot. Ihm war, als blickte ihm Sergeant Wiggins über die Schulter – *Sie müssen bei Kräften bleiben, Sir.* Er sah starr vor sich auf den Tisch; was war ihm entgangen? Irgendeine Einzelheit, eine kleine Einzelheit schien unter der Bewußtseinsschwelle zu lauern wie etwas unter dickem Eis, dessen Umrisse man nicht richtig ausmachen kann. Er ging die Unterhaltung mit Sanderson noch einmal durch, prüfte jede Einzelheit. Nichts wollte an die Oberfläche kommen. Er seufzte, griff nach dem Brot, aß es auf und las unterdes, was Plant in seiner geraden, recht eleganten Schrift notiert hatte.

Die Principessa war ‹möglicherweise› verdächtig (*mögl.*). Sie hätte seit dem Tee auf ihrem Zimmer sein und eine ihrer ‹üblen Migränen› (wie sie es nannte) gehabt haben können, doch die hermelingefütterten Stiefel waren nicht dagewesen, als Plant durch die Diele gegangen war. George Poges: *Abendessen bezeugt, aber danach? Mögl.* Ramona Braine: *Früh zu Bett, schnarcht.* Und Malcolm, na ja, nur der Hauch eines Verdachts, obwohl es zu seinem Charakter passen würde. Plant hatte neben seinem Namen ein *X* gemacht. Kam nicht in Frage. Das gleiche galt für Mrs. Braithwaite und Ruby, die entweder auf ihrem Zimmer oder in der Küche gewesen waren. Aber Jury mußte doch grinsen, denn als Plant zu Ellen Taylor kam, veränderte sich seine Handschrift. Fast konnte man der Schrift die Mißbilligung ansehen, denn sie wurde noch gerader, enger und war am Ende fast unleserlich. Es mußte Plant fast umgebracht haben, das *X* durchzustreichen und *Mögl.* danebenzuschreiben (denn Ellen war erst lange nach Abbys Verschwinden in Weavers Hall aufgetaucht). Eine Randbemerkung konnte sich Plant jedoch nicht verkneifen: *Absolut lächerlich!*

Jury sinnierte noch eine Weile, dachte an Dench und Macalvie. Er wählte die Nummer in Exeter.

Beim ersten Summton wurde nicht nur abgenommen, nein, das erste Summen wurde noch unterbrochen. «Macalvie.»

Erstaunlich, wie Macalvie es schaffte, gleichzeitig außer Haus und im Büro zu sein; Jury wußte, daß er sich dort nur selten aufhielt. Trotzdem nahm er stets das Telefon ab. Er schien sich auf magische Weise verdoppeln zu können.

Ehe Jury mehr als seinen Namen sagen konnte, nahm Macalvie den Hörer vom Ohr und brüllte jemanden an. Jury hörte, wie eine scharfe Stimme aufbegehrte. Es mußte sich also um Gilly Thwaite handeln.

«An Stelle eines Mundes hat diese Frau eine Schere. Ja, Jury, was gibt's?»

«Sie ist wahrscheinlich die beste Beamtin, die Sie haben. Wenn Sie es zu weit treiben, läßt sie sich versetzen.»

Ein Laut, halb Gurgeln, halb Lachen, kam durch die Leitung. «Machen Sie Witze?»

Das klang ganz wie Melroses *absolut lächerlich*! Jury lächelte und fiel dann mit der Tür ins Haus. «Für Sie steht es wohl außer Frage, daß Dench recht haben könnte, wie?»

«Ja. Er hat unrecht.»

Jury hörte ein leises Knarren und einen sachten Plumps: Macalvie hatte sich zurückgelehnt und die Füße auf den Schreibtisch gelegt. Jury sah ihn fast vor sich. Wahrscheinlich hatte er auch seinen Regenmantel an.

«Schon mal was von W. B. Yeats gehört?» fragte Macalvie. Bevor Jury antworten konnte, schaltete Macalvie ihn in die Warteschleife, um einen anderen Anruf entgegenzunehmen.

Was Bücher anging, war Macalvie ein Allesfresser. Das war er geworden, weil er bei Verdächtigen zu Hause immer am Bücherregal stand. Das hatte sich öfter ausgezahlt, besonders einmal, als er zwischen den in gepunztes Leder geschlagenen Bänden eines Gräzisten, der unter dem Verdacht stand, einem Kollegen ein Federmesser zwischen die Rippen gerammt zu haben, jedoch behauptete, nicht einmal zu wissen, was ein Federmesser sei, auf einen von Polly Praeds Krimis gestoßen war. Pollys Buch trug den Titel *Mord in der Reetdachscheune*. Während sein Inspektor den Professor verhörte, der meisterliche Übersetzungen von Plinius dem Jüngeren angefertigt hatte, las Macalvie die erste Hälfte des Buches im Schnellgang durch. Später teilte er dann Melrose mit, daß seine krimischreibende Freundin zwar nicht gerade auf Pegasus' Schwingen fliege, dafür aber wie im Galopp schreibe, so überladen sei die Handlung und so dämlich die Arbeit der Polizei dargestellt. Jetzt aber sei er ein rasender Fan von ihr, da sie ihm geholfen habe, ohne es allerdings zu wissen.

«*Liebe Miss Praed:* Die Flinte, die, wie Sie behaupten, Doris Quick (S. 134) in Sussex getötet haben soll, hätte sie, aus diesem Winkel abgefeuert, bis Cornwall geblasen. In der Anlage finden Sie...»

Solches Zeug. Und Polly schoß ihm umgehend, wie eine Kugel, einen Brief zurück.

Während Macalvie einem armen Trottel von der Spurensicherung, der vermutlich ebenfalls dem Gott der Ungenauigkeit angetraut war, «Anweisungen» gab, fragte sich Jury, wie die Praed–Macalvie-Korrespondenz wohl lief. Nach Pollys Büchern zu urteilen stand fest, daß sie das Material, das der Commander ihr so hilfreich schickte, gar nicht las.

Und so rauchte Jury seine Zigarette und überlegte, wie wohl Yeats in das alles hineingeraten war.

«‹Eine schreckliche Schönheit ist geboren›», sagte Macalvie. «Dieser Yeats.»

«Macalvie, es gibt nur *einen* W. B. Yeats.»

«Stimmt. Und was wissen Sie über seine Knochen?»

Jury runzelte die Stirn. *Knochen?* Er hörte, wie Schubläden aufgerissen und wieder zugeknallt wurden, dann raschelte Papier. «Das habe ich aufgehoben; ich hab's Dench unter die Nase gehalten. Jetzt reden wir aber über W. B. Yeats. Sie können sich vorstellen, wie man seine Knochen untersucht hat, um zu beweisen, daß es seine waren.»

«Yeats wurde in County Sligo beerdigt.»

«Frankreich. In einem provisorischen Grab, bevor sie die Knochen zurück nach Irland schaffen konnten. Da kommt einer daher und behauptet, die Knochen seien in ein riesiges Armengrab gekippt worden und keiner habe so richtig gewußt, daß es sich um die sterblichen Überreste des Dichters handelte. Natürlich ist die Familie durchgedreht. Kann man ihnen nicht verdenken. Was ich sagen will, ist: Der Experte sagte, daß man nach der ganzen Zeit unmöglich beweisen könne, ob es sich um W. B. Yeats' Knochen handelt oder nicht.»

«Was bedeutet, daß Dennis Dench unrecht haben könnte.»

«Er hat wirklich unrecht, Jury. Zu viele Zufälle, einfach zu viele. Der Zeitraum, der Begräbnisort, der Hund – der kleine *Hund*, Jury –, die Spuren von Metallen und so weiter und so weiter –»

«Wo wir gerade von Lyrik sprechen: Als wir in dem Haus in Cornwall waren, habe ich ein kleines Taschenbuch in Billys Zimmer gefunden. Amerikanische Lyrik – Frost, Whitman, Dickinson und so weiter. Emily Dickinson gehört zu Nell Healeys Lieblingsdichterinnen. Sie hatte, als ich mit ihr gesprochen habe, ein anderes Exemplar dieses Buches in der Tasche.

Das hat sie Abby Cable, dem kleinen Mädchen in Weavers Hall, geschenkt. Nell Healey liebt Gedichte; sie hat sie Billy und Toby vorgelesen, vor allem Frost und Dickinson.»

«Und zu was soll das Ganze gut sein?»

«Mehrere Gedichte in dem Taschenbuch sind dick unterstrichen oder mit Bemerkungen versehen. Eines davon ist besonders interessant:

Es war nicht Tod, denn ich erstand,
Da alle Toten ruhn –»

«Hört sich ganz nach Präsidium an –»

«Passen Sie auf, Macalvie:

Es war nicht Frost, denn meine Haut
Verspürt Schirokkos Glut.»

Jury hielt inne. Ein kurzes Schweigen auf Macalvies Seite.

«Am Rand steht eine Notiz: ‹Wüstenwind, heiß›.» Jetzt schwieg auch Jury. «Sie kennen die Band namens Sirocco?»

«Ja…»

«Haben Sie die letzten Nummern von *London Weekend* oder *Time Out* gelesen?»

«Mein Terminkalender ist voll: eine Premiere im Haymarket, Derek Jacobi, erste Reihe. Dann Wembley, Jimmy Page. Und Michael Jackson lasse ich mir nie entgehen. Zum Teufel, nein, ich habe sie nicht gelesen.»

«Früher hieß die Band Bad News Coming. Das haben sie geändert; Alvaro Jiminez sagte, sie wollten sich eine neue Identität zulegen, so ähnlich jedenfalls. Sirocco war die Idee des Gitarristen, Charlie Raine. Und Charlies Idee war es auch, die Tour umzudrehen und erst im Odeon aufzutreten statt in München. Wissen Sie, wie schwer so etwas zu bewerkstelligen ist? Auftrittstermine zu ändern? Der Manager hat sich die Haare einzeln gerauft.»

«Warum wollten sie die Termine ändern? Obwohl das alles einen Dreck wert ist, ich weiß nämlich genau, worauf Sie hinauswollen, und Sie irren sich.»

«Nein, Sie wissen nicht, worauf ich hinauswill, Macalvie. Dazu komme ich gleich. Kennen Sie ihre Lieder? Oder hören Sie nur Elvis?»

«Ein paar von ihren Nummern kenne ich. Haben wir nicht eine auf dem Weg nach Cornwall gespielt?»

«‹Yesterday's Rain›.»

«Bitte nicht vorsingen. Die Texte haben mir gereicht.»

«Die Worte bedeuten gar nichts, wenn Sie nicht ein Bild von Magritte kennen, es heißt ‹Das Reich der Lichter›. Ein Druck hängt in – ach, ist ja auch egal. Jedenfalls ist es eines von Nell Healeys Lieblingsbildern. Der Text des Liedes bezieht sich ganz stark sowohl auf Cornwall wie auf das Bild.»

Macalvie seufzte. «Denny hat wenigstens ein paar Knochen, mit denen er rumspielen kann.»

«Ich habe mich mit Charlie Raine unterhalten. Ich bin ins Odeon gegangen, und wir haben zusammen gegessen. Er wußte Bescheid über den Fall Healey –»

«Das weiß halb England.»

«Die Band ist noch nicht lange in England, Macalvie. So wie der eingespannt ist, wundert es doch, daß er sich für diesen Fall interessiert. Er kannte ihn in allen Einzelheiten. Mehr noch, er dachte, ich sei ins Odeon gekommen, weil ich wüßte, wer er ist. Er hat den Konzerttermin abändern lassen, weil er hier sein wollte.» – «Hmm.»

«Das heißt?»

«Wir sind wieder bei dem unbekannten dritten Kind angelangt, oder... ach, lassen Sie mich mal raten. Gleich rücken Sie damit raus, daß das Skelett im Grab –»

«– Toby Holt ist.»

Es war so totenstill in der Leitung, daß Jury quer durch die Lounge die kleine schwarze Katze in dem ledernen Lehnstuhl schnarchen hören konnte.

«Toby Holt. Na großartig. Vergessen Sie da nicht wesentliches Beweismaterial? Toby Holt wurde fünf Wochen nach der Entführung von einem Lastwagen überfahren. Owen Holt hat ihn identifiziert.»

«Wer sagt Ihnen, daß er nicht gelogen hat?»

«Warum zum Teufel sollte er?»

«Zehntausend Pfund. Nell Healeys Rücklage für Tobys Ausbildung. Davon wußten Sie nichts, man hatte Sie von dem Fall abgezogen.» Und Jury erzählte ihm, was die Holts ausgesagt hatten. «Sie wissen auch, wie sich die Chancen, ein vermißtes Kind zu finden, mit jedem Tag, mit jeder Minute verschlechtern. Es ist gar nicht so kaltblütig –»

«Nur ein bißchen ungesetzlich. Und woher wissen Sie das?»

«Ganz sicher bin ich mir nicht. Ich muß mich erst noch mit Owen Holt unterhalten.»

Jury hörte, wie eine Schublade aufgezogen und wieder zugeknallt wurde. Macalvie griff zum Pappbecher. «Es war nicht Ihr Fall, Macalvie.»

«Ganz offensichtlich nicht. Er wurde ja nie gelöst.»

«Dieser Lead-Gitarrist, Charlie Raine.» Jury stockte. «Ich glaube, er ist Billy Healey.»

Jetzt sprach Macalvie mit einer Stimme wie Katzenpfoten, weich und leise, was besagte, daß er wirklich durcheinander war. «Jury. Billy Healey ist *tot*.»

«Ich habe schon befürchtet, daß Sie das sagen würden. Passen Sie –»

«Nein. Da unterhalte ich mich lieber mit Denny. Bei dem kriegt man wenigstens ein Glas Wein.»

«Gut, gut, Sie können mich gern für verrückt –»

«Nichts leichter als das.»

«Bei Konzerten wie diesen gibt es so gut wie keine Sicherheitsvorkehrungen. Die tun nur so, damit diese Schreihälse, Bierbäuche, Kraftprotze, diese glühenden Fans sich ruhig verhalten. Wiggins hat ein paar Mann aufgetrieben, die dienstfrei haben.»

«Soll das heißen, Sie glauben, jemand legt Ihren Jüngling mitten im Konzert um? Zum Teufel, Sie haben zu viele Hitchcock-Filme gesehen.»

Jury wurde langsam ungeduldig, zwang sich aber weiter zur Ruhe. «So kapieren Sie doch, Brian, verdammt noch mal. Hier ist nicht die Rede vom London Symphony oder der Royal Albert Hall. Es geht um das Hammersmith Odeon, und seine Besucher werfen sich nicht in Abendkleid und Frack, um gesehen zu werden. Das hier sind *Fans*. Die verrenken sich nicht den Hals nach den Logen, weil sie unbedingt jemanden mit einem Diadem auf dem Kopf ausmachen wollen. Das sind Fans, die zehn Pfund hinblättern, um ein paar der besten Musiker zu sehen, die es auf der Welt gibt. Die hören zu –»

«Sie sollten Kritiken für *Juke Blues* schreiben. Okay, okay, ich kapiere. Da ist so viel Krach, daß Sie nicht mal Gilly hören würden, selbst wenn sie direkt neben Ihnen stünde. Sie brauchen also Verstärkung. Gut, gut. Welche Uhrzeit heute abend?»

«Acht.»

«Wunderbar. Da bleiben mir rund sechs Stunden, um Leute aufzutreiben, die so dumm sind, daß sie mir die Geschichte abkaufen, und sie dann auch noch hinzukarren. Großartig. Nur daß es nicht Billy Healey ist, Jury.»

«Und was wäre dann verloren?»

«Wahrscheinlich unsere Jobs. Nicht der Rede wert.»

Jury konnte ihn beinahe grinsen sehen. «Danke. Ich schicke Ihnen die Fotos von sechs Personen per Draht. Eine aus London, fünf von hier. Eine habe ich besonders im Visier. Es gibt gerade einen Massenexodus von West Yorkshire nach London.»

Das Schweigen zog sich in die Länge, bis sich Jury fragte, ob Macalvie aufgelegt hätte.

«Und haben Sie Nell Healey gesagt, daß Sie glauben, ihr Sohn sei am Leben? Daß er so berühmt geworden ist, wie es dieser Mistkerl von einem Ehemann immer gewollt hat?»

Jury gab keine Antwort.

«Billy Healey war *Pianist*, Jury, nicht Gitarrist.»

Für Macalvie war das ganz schön lahm. «Er konnte alles spielen, was er in die Finger bekam, das haben mehrere Leute bestätigt. Und Charlie spielt auch Keyboard, wenn auch ‹nicht viel›, wie er selbst sagt.»

«Wie Ihre Theorie, auch ‹nicht viel› dran. Psychologisch lausig, Jury. Ein Kind, das sich acht lange Jahre nicht bei der heißgeliebten Stiefmutter meldet.»

«Wenn jemand versucht hätte, Sie lebendig zu begraben, dann wären Sie auch nicht gerade scharf darauf, daß man Sie findet.»

«Und so wird Billy Healey ein in New York heiß gehandelter junger Gitarrist. Lächerlich. Absolut lächerlich.» Der Hörer wurde aufgeknallt.

Jury saß mit dem Hörer in der Hand da und wußte, daß Macalvie wirklich ernste Zweifel an seiner Theorie hatte. Er mußte an Plants Liste denken.

Absolut lächerlich.

Jury legte den Hörer auf und dachte an Melroses heiß gehandelte junge Schriftstellerin aus New York.

Mögl.

So wie Owen Holt an der Tür des Gasthauses stehenblieb, die Mütze in der Hand drehte und sich umsah, als wäre er an fremden Ufern gestrandet, wo er die Sprache nicht verstand, erweckte er durchaus nicht den Eindruck eines regelmäßigen Kneipengängers. Er lächelte etwas unschlüssig und warf Jury einen unsicheren Blick zu.

Jury führte ihn zu einem Stuhl in der Lounge und sagte: «Danke, daß Sie so schnell gekommen sind.» Der Mann nickte nur und wartete. «So setzen Sie sich doch. Möchten Sie etwas trinken?»

«Für mich nur ein kleines Guinness. Danach schlaf ich besser.»

Jury beobachtete Owen Holt, während er auf das Bier wartete. Der musterte den Raum und die ungewohnte Umgebung und betrachtete das alles mit der Naivität eines Menschen, der nur selten aus dem Haus kommt. Jury wußte auch nicht warum, aber er erinnerte ihn an eine schwerfällige Märchengestalt: den verläßlichen Holzfäller etwa oder den gütigen, aber vollkommen phantasielosen Mann, der mit seiner Frau ein Findelkind aufnimmt. Wurden Kinder im Märchen nicht häufig verstoßen?

Als Jury die Biere abstellte, sagte er: «Hoffentlich war Ihre Frau nicht zu böse, daß ich Sie hierhergelockt habe?»

«Weiß sie doch nicht. Hab nur gesagt, ich bin in den ‹Schwarzen Busch›, einen Kumpel treffen.» Er trank langsam einen großen Schluck, wischte sich mit der Hand den Mund und beugte sich vor. «Es geht wohl um das Geld, was?»

«Ja und nein. Ich wundere mich nur, daß Sie nicht verbitterter sind, was die Citrines angeht. Kam es Ihnen nicht anmaßend vor, daß sie den Entschluß, nicht zu zahlen, allein getroffen haben? Schließlich war Ihr Sohn auch in Gefahr.»

Holt seufzte, griff nach dem Glas und stellte es wieder hin. «Die Polizei ist zu uns nach Hause gekommen und hat uns gesagt, was passiert ist. Und daß es nicht viel nutzt, wenn man blecht. Der Rat war sowieso überflüssig. Als ob wir soviel Geld gehabt hätten.»

«Und runde fünf Wochen später hatten Sie doch etwas», sagte Jury trocken. «Haben Sie sich nicht gefragt, was Toby in London gewollt hat?»

«Sicher.» Holt umklammerte das Glas und wich Jurys Blick aus. Der beugte sich vor. «Mr. Holt, Sie müssen sich doch auch gefragt haben, warum sich Toby fünf volle Wochen nicht bei Ihnen gemeldet hat.» Er wartete. Holt ließ sein Glas langsam los und legte die Hände in den Schoß. «Sind Sie ganz sicher, daß es sich um Tobys Leiche gehandelt hat?»

«Mit einem haben Sie recht. Wieso hat Toby nicht wenigstens versucht anzurufen? Kein einziges Wort. Kein Wort. Kein Wort.»

Er überhörte die letzte Frage, sah weiter auf seine Hände und knetete die Gelenke, als ob sie schmerzten.

«Es gibt viele vermißte Kinder, die nie gefunden werden, Mr. Holt. Die meisten, leider. Jeder Tag, jede Stunde verringert die Chance, sie zu finden. Vielleicht haben Sie gedacht, auch Toby würde nie gefunden werden.»

Endlich blickte Owen Holt auf und sagte mit einem flüchtigen Lächeln: «Sie sind wirklich helle. Es war nicht Toby. Aber wenn Sie glauben, es war von wegen dem Geld, dann sind Sie auf dem Holzweg.»

«Warum dann, Mr. Holt?»

«Wegen Alice.» Sein Blick kehrte zu dem kleinen, halb ausgetrunkenen Bier zurück. «Wo die Ärmste doch so gehofft hat. Sieht so aus, als hätte sie den Jungen nicht gemocht, ist aber nicht wahr. Hat Tag für Tag das Küchenfenster geputzt. Tat so, als ob sie putzt, hat aber immer nur den Weg runtergeguckt, wo Toby langkommen mußte. Und ich hab in der Küche gehockt und mitgezählt. Sechsmal hat sie dieselbe kleine Scheibe hintereinander geputzt.» Er wollte nicht aufhören mit dem Kopfschütteln. «Acht Jahre ist das her. Ich glaub, es war richtig so.» Er lächelte Jury flüchtig zu. «Wenigstens putzt sie jetzt, damit es sauber ist, und nicht um weiter zu hoffen.»

«Es tut mir sehr leid.»

Owen Holt holte Luft und blies dabei die Backen auf wie der Nordwind im Märchen. «Und was passiert jetzt mit mir?»

«Nichts.»

Holt hob überrascht die Augenbrauen. «Nichts?»

«Warum sollte es?»

Neuerliches Schweigen. «Dann ist er wohl tot.»

Der ansteigende Tonfall machte aus dem Satz eine Frage. Dennis Dench fiel Jury ein, und das Grab in Cornwall. Was sollte er dem Mann sagen? Owen Holt wandte den Kopf ab und betrachtete das Fenster des «Großen Schweigens» mit seinen blinden Scheiben.

39

Der Fahrer des Taxis, Major Poges und Melrose versuchten zu dritt, den Überseekoffer oben auf das Auto zu hieven, denn in den Kofferraum oder auf die Kofferraumklappe paßte er beim besten Willen nicht.

Alle schwitzten, nur die Principessa Rosetta Viacinni di Belamante stand im Chanel-Kostüm daneben und machte ihrem Titel Ehre. Zugleich aber lieferte sie Ellen einen wehmütigen Kommentar zu jedem der verblichenen Aufkleber auf dem Koffer, lauter Andenken an ihre Reisen allein oder mit dem Principe («Eskapaden», wie sie es zu nennen beliebte) in mehreren Kontinenten. Ach, Saigon, ach, Kenia, ach, Siena, ach, Orlando.

Ellen machte große Augen. «Sie meinen Disney World, nicht Virginia Woolf, nehme ich an.» Über Ellens Arm lag ein Gewand in gedecktem Grün, ein Geschenk der Principessa, ein ganz besonderes Stück, wie diese sagte, eines ihrer Lieblingskleider und genau das richtige für Ellen; es stehe ihr gewiß gut, sie werde schon sehen, wenn sie es anprobierte. Die Principessa hatte es in der venezianischen Traumstraße der Mode erstanden, der Calle Regina. Ein Inder habe es entworfen.

Vermutlich, dachte Melrose gereizt, ein tibetischer Mönch. Mußte die Principessa dauernd Venedig erwähnen?

George Poges sagte gerade: «Warum zum Teufel haben Sie keine normalen Koffer wie vernünftige Menschen?» Trotz der frischen, kalten Luft schwitzte er und mußte sich den Nacken mit dem Taschentuch wischen.

«Ich laufe doch nicht Reklame für irgendwelche Firmen. Von wegen. Gekritzelte Namen auf meinem Gepäck, nein danke! Können Sie sich Madame Vionnet vorstellen, wie sie mit einem Firmenemblem auf dem Rockaufschlag herumläuft? Die Geschmacklosigkeit kennt keine Grenzen mehr. Sie können mir glauben, das Kleid –» und dabei streichelte sie das dunkle Schlabbergewand über Ellens Arm – «ist halb Venedig wert. Aber nicht an jeder.» Die Principessa umarmte Ellen und küßte sie auf die Wange, nicht etwa in die Luft (wie diese widerlichen, hochgestellten Gesellschaftsziegen, dachte Melrose), sondern richtig.

Major Poges tat es ihr recht knurrig nach.

Keiner von beiden jedoch fühlte sich berufen, den Braines, die gerade aus der Tür traten, ebenso zärtlich adieu zu sagen.

Ellen saß mit tieftrauriger Miene auf einem der Steine im Hof und rauchte vor sich hin.

«Ich verstehe nicht, warum Sie nicht mit Richard Jury und mir nach London zurückfahren wollen.»

Das überhörte sie und sagte statt dessen: «Charlotte Brontë hat gesagt, daß jedes ihrer Bücher eine Qual für sie war.»

Melrose hatte während des Frühstücks, vor dem Frühstück, beim Mittagessen, nach dem Mittagessen mit ihr gestritten. «Sie hätte über Feinkostgeschäfte schreiben sollen.»

Ellen blickte dabei betrübt zu Boden. «Die Schule da bei Kirkby Lonsdale – die war wohl das Vorbild für die Lowood School. Die Disziplin war streng; Marie Brontë ist mit elf an Schwindsucht gestorben, und Eliza einen Monat später, mit zehn.» Melrose konnte ihren Gedankengängen erst folgen, als sie anfügte: «Was wird nun aus Abby?»

«Sie wird gewiß nicht an Schwindsucht sterben. Ihr gehört –»

Ellen drückte eine Zigarette aus. «Nein, an einer Kugel im Rücken, so ist das. Schei – benhonig! Wie könnt ihr Mistkerle sie hier nur allein lassen?»

«Sie ist nicht allein! Wie viele Male muß ich Ihnen noch sagen, daß die Polizei von Keighley sie schü-»

«Ach was! Ha! Ha!» Soviel zur Polizei von Yorkshire. Dann fragte sie: «Wann bringen Sie eigentlich Ihre Busenfreundin zum Zug?»

Vivian. Freundin hier, Freundin da, bis sie sich zur Busenfreundin gemausert hatte. Er sagte, und das nicht zum erstenmal: «Morgen früh um elf. Sie fährt mit dem Orient Express nach Venedig.»

«Dann dürfte sie Kies haben.»

«Sie doch auch, falls das wichtig ist.»

Aber sie hörte nicht zu; sie hielt das Geschenk der Principessa hoch, versuchte, es über Lederjacke und Jeans zu drapieren. «Was halten Sie davon?»

Darauf Melrose: «Ich weiß nicht recht. Tragen Sie überhaupt Kleider?» Er war ärgerlich, weil sie schon wieder die Busenfreundin erwähnt hatte. Dann sah er ihren gesenkten Kopf und schämte sich. Was das Kleid anging, so schienen Zweck und Form unergründlich, die Farbe ein schlammiger Grünton, dunkel und verschossen. «Vielleicht sollten Sie es einmal anprobieren. Sie hat gesagt, es paßt sich der Trägerin an.» Die Prinzessin hatte ein wenig wie Ramona Braine geklungen, als hätten manche Kleider eine gewisse Aura an sich, an der sich keine falsche Person zu schaffen machen durfte.

Melrose war so in den Streit vertieft, daß er kaum mitbekam, wie ein anderes Auto, Jurys nämlich, beim Haus hielt.

Jury stieg aus, kam zu ihnen herüber und brachte dabei die wenigen Enten in Aufruhr, die unbedingt zum Zaun watscheln mußten.

«Wir unterhalten uns gerade darüber», sagte Ellen, «ob man Abby hier allein lassen kann, da Sie alle nach London verduften wollen.»

Selbstverständlich hörte sich das bei ihr an, als ob Melrose ihre Meinung teilte.

Statt sie zu beruhigen, fragte Jury: «Und Sie, Ellen? Kommen Sie etwa nicht mit?»

«Ich? *Ich* lasse sie nicht allein.»

Jury blickte erst zur Scheune und dann wieder zu Ellen. «Ich dachte, Sie hätten vor Ihrer Rückkehr noch in London zu tun. Hatten Sie nicht ein Ticket für die ‹Queen Elizabeth II.›?»

Sie vergrub die Hände in den Jackentaschen und kratzte mit dem Schuh im Kies. «Kann immer noch die Concorde nehmen.»

«Heute abend ist ein Konzert. Sirocco. Das wollen Sie doch wohl nicht verpassen, oder?»

Melrose gefiel die Wendung nicht, die das Gespräch nahm; das hörte sich eher nach Verhör als nach Befragung an. «Kommen Sie schon, Ellen; wir können mit meiner Busenfreundin und meiner Busentante und dem Antiquitätenhändler von Long Pidd zu Abend essen. Er allein lohnt schon die Fahrt.» Melrose lächelte strahlend.

«Nein.»

Jury schwieg. Dann sagte er: «Ich glaube nicht, daß Abby augenblicklich in Gefahr schwebt.»

«Mir machen Sie das nicht weis.» Ellen drehte sich um, steckte die Finger durch den Maschendraht und ignorierte die beiden.

Jetzt kam Ethel mit einem Korb aus der Scheune, gefolgt von Abby mit ihrem Futtereimer.

Ethel trug jetzt statt des Trauergewands ein eher schlichtes Ginghamkleid; wo das Jackett aufhörte, blähte sich der gestärkte Rock wie ein heiter kariertes Zelt. So wie der Rock abstand, das rosa Jackett von seinen Gänsefedern angeschwollen war und ihre dünnen rötlichen Locken den Eindruck von Engelshaar vermittelten, sah sie aus, als wollte sie gleich abheben und davonschweben und dabei Rosenblüten aus ihrem Korb verstreuen.

Im Gegensatz dazu hätte Abby gut und gern bleigefüllte Gummistiefel tragen können. Sie trug ihre gelbe Regenjacke verkehrt herum; die Innenseite hatte die Farbe ihrer Augen, ein tiefes Dunkelblau.

Ethel wippte, Abby stapfte. Stranger und Tim trabten hinterher. Als sie den kleinen Menschenauflauf im Hof sahen, blieben sie stehen. Stranger wollte auf Malcolm zukriechen; der fuhr zurück, doch auf ein Schnalzen von Abbys Zunge ging Stranger wieder bei Fuß. Er setzte sich und starrte in die Runde.

Dann herrschten Lärm und Durcheinander, was jedes Abschiednehmen nur noch schwerer macht; vermutlich wären alle gern in einer Staubwolke davongebraust; gleichzeitig ergingen sie sich, um den Moment der Trennung hinauszuzögern, in leerem Geschnatter, leeren Einladungen: *Sie müssen uns nächste Woche besuchen, nächsten Monat, nächstes Jahr*, Versprechungen, die man gemeinhin dann doch nicht einhält: *...bis nächsten Winter also, bis zu den Michaelisferien.* Das Gewühle von Koffern und Taschen, die noch untergebracht werden mußten, das Händegeschüttel, das steife Lächeln. Und doch brach niemand auf.

Ramona Braine stand verlegen und mit verdutzter Miene neben dem Taxi, als hätten die Karten ihr diese Situation nicht geweissagt; der Major wollte sich eine Zigarre anzünden, hielt aber mittendrin inne; die Principessa hatte bereits Lebwohl gesagt und stand nun mit der Hand auf der Hüfte und blickte mit einem unschlüssigen Lächeln in die Runde; Ellen mochte keinem in die Augen sehen und lehnte an ihrer BMW, der Inbegriff von Schwarz in Schwarz; Ruby, mit Häubchen, blickte Mrs. Braithwaite über die Schulter; beide standen vor der Haustür wie Gestalten auf einem Bild von Breughel.

Die kleine Gruppe, die sich unter so grausigen Umständen zusammengefunden hatte, schien eine Art geschlossene Gesellschaft.

Stranger saß beinahe in der Mitte, hatte alle fest im Auge, als wollte er sie hypnotisieren und festhalten. Abby brach als erste den Bann; sie ging zu Jury, doch nur so weit, daß sie ihre

Hand wie einen weißen Nachtfalter ganz kurz in seine legen konnte.

Darauf ging sie zu Melrose, streckte auch ihm die Hand hin und blickte ihn ernsthaft an.

Ein dunkelblaues Lebwohl.

Vierter Teil

Wie Alaska

40

Jury war froh, daß er das Hammersmith Odeon zuerst leer und nicht so brechend voll wie heute gesehen hatte. Die Menschenmenge, die aus dem U-Bahn-Tunnel geströmt und im peitschenden Regen über die Eisengitter gesprungen war, auf denen sich der helle Schein der Lampen spiegelte, drängte sich im Vestibül und schob sich nach oben, wo die Bar geöffnet war.

Die Schlange vor dem Verkaufstisch mit Postern und T-Shirts schob Jury beiseite. Er blickte zur Rotunde hoch, die gestern noch menschenleer gewesen war und wo sich heute Gesichter drängten und sich über das Geländer beugten, zu ihren Häuptern der glitzernde Kristallüster, der funkelnde Lichtflecken auf Gesichter und Hände warf. Ach, wenn er doch nur wegen des Konzerts hier wäre. Herrlich, diese erwartungsvolle Atmosphäre; die Gesichter ringsum machten den Eindruck, als ob ihnen die Luft dort oben zu Kopf stiege. Und so beschwipst wie einige aussahen, mußte die Luft tatsächlich wie Sekt sein. Man redete, lachte, kicherte, schrie seinen Freunden unten etwas zu, und alle wirkten wie verzaubert, waren für diesen einen Abend eine große Familie.

Mary Lee war hier unten in ihrem Element, saß wohlbehalten hinter ihrem Kassenfenster und verteilte an eine Schlange von Hoffnungsfrohen großzügig die wenigen nicht abgeholten Karten. Und das zum Spottpreis, den Eindruck jedenfalls machte sie. Mary Lee hatte sich in etwas Dunkelrotes, Seidiges geworfen, ihre Lider schimmerten blau und golden.

Wiggins hatte von Jury wissen wollen, warum ihr Schuh hinter dem Kassenfenster thronte.

Es erstaunte Jury stets von neuem, daß man Carole-anne – und wenn der Raum noch so brechend voll und groß war – immer ausmachen konnte, so als ob die Menschen instinktiv einen Schritt zurückwichen, damit man Miss Palutski besser sehen konnte. An diesem Abend hatte sie sich in ihr knallrotes chinesisches Gewand mit kurzem, silbernem Paillettenjäckchen gekleidet, welches funkelte und glitzerte wie der Kristallüster in der Kuppel. Und dabei brauchte Carole-anne das alles gar nicht. Ihr rotgoldenes Haar und ihre blauen Augen funkelten wirklich genug.

«Super!» Sie warf die Hände hoch, machte einen Luftsprung und ignorierte die sich ihr einhellig zuwendenden Männerköpfe. Denn eigenartigerweise war Carole-anne nicht richtig eitel. Wenn man so aussieht wie sie (dachte Jury, als er sich durch die Menge schob), dann erübrigt sich Eitelkeit.

Er suchte die Menge nach Andrew Starr oder einem der rund ein Dutzend männlichen Wesen ab, denen er manchmal auf der Treppe zu seiner Wohnung begegnete.

Ein paar Meter entfernt hörte er seinen Namen. Eine atemlose Mrs. Wassermann, die sich offenbar gerade vom Verkaufsstand durchgeschlagen hatte, hielt ein T-Shirt hoch, auf das vorn in silbernen Lettern *Sirocco* gekritzelt stand, während auf dem Rücken die Bandmitglieder als Silhouette zu sehen waren. «Ich weiß nicht, ob es paßt, Mr. Jury. Es kommt mir so klein vor.» Und schon hielt sie es ihm an.

Mrs. Wassermann sah fast wieder wie Mrs. Wassermann aus. Zwar war es ihr noch nicht ganz gelungen, die Wirkungen des Kreppeisens zu beseitigen, aber ihr Haar war zurückgekämmt, und nur noch ums Gesicht krausten sich ein paar Locken. Sie hatte eines ihrer gutgeschnittenen, so angenehm vertrauten, dunklen Kleider angezogen und sich ihre silberne Brosche angesteckt. Jury bedankte sich für das T-Shirt, sah Carole-anne an, bückte sich und küßte sie. Das trug ihm den Beifall von ein paar Wandermusikern ein (die vielleicht hofften, etwas von der Magie von Sirocco würde sich auf ihre Gitarrenkästen übertragen).

«Warten Sie nach der Vorstellung vor der Eingangstür; ich möchte Sie mit jemandem bekannt machen.»

«Bekannt machen? Mit wem denn?»

«Mit einem Mann... eine Art Musiker.»

Carole-anne gab sich Mühe, sich weder die Freude über den Kuß noch über das Geheimnis anmerken zu lassen, und zog Mrs. Wassermann mit sich.

In deren Nackenknoten prangten zwei glitzernde Kämme in Shocking Pink.

Jury ließ sich von der Menge auf die Doppeltüren zuschieben, als er spürte, wie ihm jemand auf die Schulter klopfte.

«Falls Sie mal wieder einen Auftrag für mich haben, dann bitte Lourdes», sagte Melrose Plant. Er hatte seinen Totschläger unter den Arm geklemmt und zog Lederhandschuhe aus, die so weich waren, daß ein Chirurg darin hätte operieren können. «Zuerst erpreßt mich Trueblood zu einem Londoner Einkaufsbummel mit ihm, doch Gott sei Dank wenigstens auf der Upper Sloane Street und nicht bei Harrod's. Er hat nicht lokkergelassen, bis ich das hier gekauft habe.» Melrose zupfte an den Aufschlägen eines neuen Mantels.

«Sie sehen aus wie Armani höchstpersönlich. Haben Sie unseren Mann erwischt?»

Melrose quetschte sich zwischen zwei Mädchen, eins mit regenbogenfarbigem Haar, das andere mit Lederjacke; letztere liebäugelte mit seinem Mantel und erinnerte ihn ein wenig an Ellen. Er erwiderte: «Ja, aber ich mußte meine Rolex dalassen.»

Jury gab über die Schulter zurück: «Sie tragen doch gar keine.»

«Extra für diese Gelegenheit gekauft. Die habe ich auf dem Rückzug gegen das hier eingetauscht.» Er hielt ein perlmutternes Opernglas hoch.

Jury zog ihn auf die Seite des Sperrsitzes und ließ die Menge auf der Suche nach ihren Plätzen vorbeiströmen.

«Wo ist Sergeant Wiggins?» fragte Plant.

«Da oben.» Jury deutete mit dem Kopf zum Balkon. «Projektionsraum.»

«Sie haben zu viele Wiederholungen von – aua!» Ein angesäuselter Fan hatte ihm den Ellbogen in den Magen gerammt. «– *Botschafter der Angst* gesehen. Mein Gott!» Jetzt war ein Stiefelhacken mit voller Wucht auf seinem Fuß gelandet.

«Schon möglich», sagte Jury und überprüfte die Leuchtschilder mit «Ausgang» darauf und die Doppeltüren hinten im Saal. Fünf Mann, mehr hatte er nicht auftreiben können, einer am Bühneneingang, einer vorn, einer handelte schwarz mit Karten, die anderen beiden waren drinnen. Nicht gerade Bataillonsstärke. Die beiden riesigen Scheinwerfer zu beiden Seiten des Runds flammten auf und warfen ihre Strahlen kreuz und quer über die Bühne. Das Publikum jubelte.

Plant hob die Stimme, denn schon wieder bohrte sich jemand in seine Schulter. «Mein Gott, allein hier herumzustehen heißt den Tod herausfordern.»

«Und Sie beide warten also darauf, daß in der ersten Reihe jemand mit einer Knarre aufsteht?» Abscheu lag in der Stimme des Ellbogeneigentümers.

«Macalvie?» Jury traute seinen Ohren nicht.

«Sie wollten doch Hilfe haben, oder? Und die haben Sie weiß Gott nötig.» Er schob ein Pärchen beiseite, das ihm Rauch ins Gesicht blies. «Im Präsidium kenne ich niemanden, der Rockmusik mag. Also bin ich selber gekommen. Wieviel Mann haben Sie? Na, ist sowieso ziemlich egal bei den Menschenmassen hier.»

«Fünf», sagte Jury und sah zum Balkon hoch, doch von dort blendeten ihn die Scheinwerfer einen Augenblick lang. Die umherstreifenden Scheinwerfer erinnerten ihn an die Luftangriffe. Ihm fiel wieder ein, daß der Saal hier der Treffpunkt der Operation Overlord gewesen war. Das Publikum hier, Hunderte von Menschen, die alle noch standen, hätten ebensogut auf die letzten Anweisungen für den Tag X warten können.

Die Bühne war leer, abgesehen von den Verstärkern, einem eher tiefen als breiten schwarzen Podest mit zwei Ebenen und einem langen schwarzen Vorhang im Hintergrund, auf dem in silbernen Lettern *Sirocco* stand. Dahinter oder in den Kulissen mußte es eine Windmaschine geben, denn der Vorhang wellte sich und wehte, daß sich die kursiv geschriebenen Buchstaben sanft kräuselten.

Die fünf betraten gleichzeitig die Bühne, und sofort brandete ihnen ein Beifallssturm entgegen. Sie trugen fast ausschließlich Schwarz, Hemden wie Kordhosen. John Swann hatte sich eine kurze, glitzernde Silberweste über die nackte Brust gezogen; sie ermöglichte dem Publikum einen guten Blick auf Bizeps und Brustmuskeln. Jiminez' lose schwarze Jacke war mit rotem Satin gefüttert, und Wes Whelan trug ein rotes Satinhemd und eine Mütze aus dem gleichen Silberstoff wie Swanns Weste. Whelan nahm sofort seinen Platz hinter dem Schlagzeug auf der zweiten Ebene ein, während sich Caton Rivers in das Halbrund der Keyboards auf der unteren Stufe des Podests setzte.

Die Spots oben im ersten Rang warfen große Lichtkreise auf die Bühne, und irgendwo wurde ein Schalter gedrückt. Die Lichtanlage tauchte die Bühne in irisierendes, regenbogenfarbiges Licht. Es konnte losgehen.

Diese Band heizte ihr Publikum nicht an, schmeichelte sich nicht bei den Leuten auf den teuren Plätzen ein, verzichtete auf Mätzchen. Kaum flammten die Scheinwerfer auf, da stürzte sich Wes Whelan in das knisternde Schlagzeugsolo, das die Einleitung zu der legendären Nummer «Windfall» war. Und schon gerieten die Menschenmassen schier außer sich. Jiminez setzte mit dem Riff ein, das nur aus einem Ton bestand und die Baßlinie bildete, während Charlie Raine ein paar Schritte vortrat und einen seiner Arpeggio-Läufe herunterfetzte. Das schlug in dem riesigen Saal ein wie der Blitz, und das Publikum reagierte mit donnerndem Applaus.

«Ich glaube», sagte Plant und zupfte etwas von seinem neuen

Mantel, was nicht dorthin gehörte, «jetzt weiß ich, was Sie meinen.»

Der erste Rang war eine formlose Masse wogender Leiber... mit Ausnahme von Carole-anne, deren Glitzerjacke in der Mitte der zweiten, dritten Reihe vom Rand des Lichtkegels erfaßt wurde.

Höhe, dachte Jury.

Natürlich, der Mörder brauchte Höhe. «Vestibül», sagte er zu Plant und Macalvie.

Mary Lee hielt hinter ihrem Fenster eine unerschrockene Menschenmenge, die noch immer versuchte hineinzukommen, in Schach. Als die Musikwoge, die durch die Türen drang, hinter Jury und Plant abgeschnitten wurde, schnappte sie sich ihren Schuh, schrie einem Paar in Ledermontur «Das war's, Leute!» zu und verriegelte das kleine Fenster. Die übriggebliebenen Sirocco-Jünger fuchtelten verzweifelt mit den Armen.

«Haben Sie noch so eins?» fragte Macalvie, als Jury die Antenne aus seinem Funkgerät zog. Er schüttelte den Kopf, als Wiggins' Stimme gerade über den Empfänger geknattert kam.

«Soweit alles in Ordnung, Sir. Hier oben sind zwei Vorführer, hier kommt keiner ungesehen rein. Ich habe sogar den alten Scheinwerfer überprüft, der scheint seit der Einweihung nicht mehr ausgewechselt zu sein. Ist groß genug, daß sich einer drin verstecken könnte.» Er schwieg und schwelgte in seinem Einfallsreichtum. «Ein ganzes Labyrinth von Räumen und Treppen hier; wir haben es überprüft, so gut es ging.»

«Wieviel vom Saal können Sie einsehen? Den Rang?»

Pause. Anscheinend blickte sich Wiggins um. «Kaum.»

«Gehen Sie in den ersten Rang runter, und versuchen Sie, den hinteren Teil abzudecken.»

«Jawohl, Sir.»

Die Musik kam wie eine Welle herausgebrandet, als Macalvie durch die Doppeltür trat und sie hinter sich zuklappen ließ. «Tolle Band. Was mir allerdings Sorgen macht –»

«Ihre Karte, *bitte* schön», sagte Mary Lee in einem Ton, der ihn klar verdächtigte, sich hineingeschlichen zu haben.

«Geht in Ordnung, Schätzchen. Ich bin von *Juke Blues*.»

Ihre Augenbrauen schossen geradezu hoch. «Von dem Magazin?»

Macalvie reichte ihr eine Visitenkarte, und sie wirkte beeindruckt.

«Na schön. Aber so was sollte man uns mitteilen.»

Das Vestibül war keineswegs leer. Die beiden Typen vom T-Shirt-Verkaufstisch standen an der anderen Doppeltür und lauschten; vor der Kasse veranstalteten mißmutige Fans, die hofften, wie durch ein Wunder noch Karten durch Mary Lees Fenster herausgereicht zu bekommen, ein Sit-in; ein paar zugekiffte Konzertbesucher zog es an die frische Luft.

«Mary Lee –» Er blickte sie an und überlegte, ob sie wohl den Schneid hätte, auf die Bühne zu gehen, falls es nötig werden sollte. «Mary Lee. Es könnte sein, daß ich Sie brauche.» Damit reichte er ihr ein weiteres Funkgerät.

«Wofür ist das denn?»

«Nehmen Sie es und gehen Sie hinter die Bühne.»

«*Hinter* die Bühne? *Wieso?*»

«Das sage ich Ihnen, wenn es – falls es soweit ist.» Er zeigte ihr, wie man das Funkgerät bediente. «Es wird ein Heidenspaß für Sie.»

Mary Lee runzelte die Stirn; sie schien sich mit dem Apparat nicht anfreunden zu können. «Also, ich weiß nicht –»

Macalvie sagte: «Tun Sie's einfach, ja? *Juke Blues* bringt einen großen Artikel über dieses Konzert, richtig groß, und darin sollen auch ein paar von den Leuten hinter den Kulissen vorkommen.» Er zwinkerte und klopfte ihr auf die Schulter.

Mary Lee sah ihn mit großen Augen an.

Jury hakte nach. «Zunächst aber gehen Sie zum ersten Rang hoch und richten der Dame in Silber und Rot – sie muß in der Mitte der zweiten, dritten Reihe sitzen –»

«Oh, die ist mir schon aufgefallen.» Mary Lee rückte ihr

eigenes Dekolleté zurecht, als wollte sie es mit dem chinesischen Ausschnitt aufnehmen. «Was ist mit ihr?»

«Richten Sie ihr aus, ich brauche mein ganz persönliches Team von Claqueuren, wenn etwas Außergewöhnliches passiert. Sie soll applaudieren, kreischen, auf und ab hüpfen –»

«Das klappt nicht, Jury», sagte Macalvie. «Vielleicht fünf Sekunden, länger nicht.»

«Ich brauche nicht mehr als fünf Sekunden.»

«Ich brauche nicht mehr als eine Erklärung», sagte Melrose.

Daß der feine Pinkel neben ihr anscheinend auch nicht besser im Bilde war, brachte Mary Lee in Schwung. «In Ordnung, Süßer.» Und schon marschierte sie hüftschwingend die Treppe hoch.

«Los», sagte Macalvie, «nichts wie nach oben.»

Das Odeon hätte genausogut lauter Stehplätze verkaufen können, denn niemand saß. Die Sitzreihen waren überflüssig geworden. Angesichts der Begeisterung bei den beiden nächsten Nummern war Jury sicher, daß sich die Zuhörer das ganze Konzert im Stehen anhören würden.

Unterstützt nur von Caton Rivers stürzte sich Swann in ein Solo von «Sunday's Gone Again». So wie Swann auftrat, hätte sein Selbstverständnis für ein Dutzend Bands gereicht, aber er konnte singen wie eine Nachtigall und besaß einen unglaublichen Stimmumfang. Die höchsten Töne waren so silbrig wie die Jacke, die er trug. Kein Wunder, daß Jiminez (der eher unterkühlt auftrat) ihn unbedingt in der Band haben wollte.

Jury hielt den Atem an, denn im nächsten Stück kam Charlie Raines Solo. Charlie bewegte sich nicht wie die anderen; er wirbelte nicht herum wie Jiminez, der die Anmut eines Tänzers besaß; er beherrschte die Szene nicht wie Swann, der unter dem Beifall des Publikums die ganze Bühne für sich beanspruchte. Charlie agierte scheu und zugleich distanziert; er ließ sich nicht aus der Ruhe bringen.

Und so stand er auch jetzt gelassen da, in das Licht zweier

Scheinwerfer getaucht, und sang zur akustischen Gitarre in den stillgewordenen Saal «Yesterday's Rain». Als er verstummte, wog das Schweigen der Zuhörer so schwer wie der stürmische Applaus, der kurz darauf unter Getrampel und Gejohle einsetzte.

Jury bekam wieder Luft und blickte zu Macalvie neben dem Treppenaufgang hinüber, dann zu Plant, der den Balkon mit seinem Opernglas absuchte.

Die Band hatte eine knappe Stunde gespielt... weitere vierzig, fünfzig Minuten standen noch aus. Eine Pause machten sie nicht.

Jiminez und Rivers am Keyboard improvisierten, was auch den Zuhörern ein wenig Zeit zum Durchatmen gab und Charlie die Gelegenheit, sich den Kopf abzutrocknen. Die beiden Suchscheinwerfer hatten sich jetzt getrennt, einer folgte Jiminez, der andere Raine, die sich nun abwechselnd in technischen Kunststücken überboten, Alvaro mit einem funkigen Blues-Thema, das immer wieder an eine klassische Sequenz erinnerte – Bach, dachte Jury. Er mußte lächeln, obwohl ihn vor Anspannung alle Glieder schmerzten. Dieser «Hinterhof-Blues» war ein Ohrenschmaus, eine Mischung aus perfekt verstärkter akustischer Gitarre mit kräftigen, verzerrten Slide-Effekten.

Jury spürte, wie die Menschen vor ihm und die Menschen hinter ihm schoben und drängelten; Menschen standen im Mittelgang mit dem Rücken zur Wand und applaudierten. Er zwängte sich durch und stellte sich unter dem «Ausgang»-Schild auf, konnte aber nichts sehen, weil ihn das reflektierte Licht der Scheinwerfer blendete. Beide Beleuchtungstechniker hielten die Scheinwerfer genau auf die Musiker gerichtet –

Macalvie stand neben dem Treppenaufgang, runzelte die Stirn und starrte zur Bühne hin. Die Scheinwerfer arbeiteten nicht mehr synchron. Einer folgte dem Schwarzen, diesem Jiminez, der überall und nirgends zu sein schien. Der andere bewegte sich nicht, war nicht mehr auf Raine gerichtet, verfolgte ihn trotz seiner sparsamen Bewegungen nicht. Raine trat ins Licht und dann wieder ins Dunkel. Gebückt versuchte Macalvie, auf dem Mittelgang zu Jury zu gelangen.

Plant riß sein Opernglas von der Bühne los und richtete es auf den Scheinwerfer. Der lag jetzt ganz im Dunkeln, und alles, was er vage sehen konnte, war der Beleuchtungstechniker, ein Typ in Lederjacke und Mütze. Anscheinend brachte der unten an dem riesigen Scheinwerfer etwas an. Neben sich hatte er einen Instrumentenkasten stehen.

Bei dem Versuch, sich eine Gasse durch die glühenden Verehrer zu bahnen, schien Macalvie der Krach ringsum das Odeon in einen Kompressionsraum zu verwandeln. Um Himmels willen –

Jury sah die beiden und schob sich, die Hand auf der Pistole in seinem Schulterhalfter, langsam an der Wand entlang.

Wieso war er nicht daraufgekommen? Natürlich würde es nicht während Charlies Solo passieren, wenn sich das Publikum mucksmäuschenstill verhielt; nein, Charlie und Alvaro mußten erst improvisieren und den Saal zum Toben bringen. Sie spielten zwar zusammen, standen jedoch weit voneinander entfernt.

Charlie schickte feurige Arpeggio-Läufe über die breite Bühne; Jiminez brachte den Saal mit seinen stark verzerrten Power-Slides außer Rand und Band. Es war ein vielschichtiges, umwerfendes Wechselspiel, das das Publikum in einer Art kontrollierter Ekstase hielt; immer wieder brandeten kleine Wellen von Applaus auf: für Charlies Aufschlag, für Jiminez' Return.

Plant schaffte es nicht bis nach hinten, dann quer hinüber und wieder zurück. Dazu war keine Zeit mehr. Er sprang auf einen leeren Sitz und klapperte eine ganze Reihe entlang zur anderen Seite hinüber, was ihm empörte Rufe und Verwünschungen, da verdammt noch mal runterzugehen und sich zum Teufel zu scheren, eintrug. Unterwegs warf er mindestens einen verbotenen Kassettenrecorder und mehrere Bierdosen um, wirbelte mit seinem Totschläger ein als Fahne geschwenktes Sirocco-T-Shirt hoch in die Luft und brach vielleicht (dem Knacken nach zu schließen) das Handgelenk, das ihn herunterzerren wollte.

Es war kein Instrumentenkasten.

Der Gewehrlauf klickte und rastete ein, wurde angehoben und richtete sich durch das Geländer des Rangs auf die Bühne. Es war das perfekte Versteck; sie selbst blieb im Dunkeln, während der Scheinwerfer alle blendete. Wen kümmerte es schon, wer den Super Trooper bediente? Sie befand sich ohnedies zwischen Wand und Gerät.

Jury kauerte sich hin und hielt die Wembley mit beiden Händen. «Rena.» Das Wort durchschlug den Krach wie ein mit der Schlägerkante geschlagener Ball.

«Rühren Sie sich nicht von der Stelle», sagte Macalvie, der eine Achtunddreißiger gezogen hatte.

Rena schoß den Bruchteil einer Sekunde früher.

Wes Whelan drehte sich einmal um sich selbst und war trotzdem auf der nächsten Taktzeit wieder da, erwischte alle Geräte, ließ nicht einen Schlag aus.

Die anderen zögerten, blickten ihn an und setzten wieder nach dem Rhythmus ein, den er ihnen vorgab.

Als sie das Gewehr herumschwenkte und auf Jury richtete, warf Melrose mit seinem Mantel danach. Macalvie stürzte sich auf ihre Beine und hob den Pistolenkolben. Der Suchscheinwerfer fiel herunter und landete krachend auf Rena Citrine.

Und jetzt, dachte Jury, kommt der schwierige Teil.

Panik in einem mit mehr als tausend Menschen besetzten Saal.

In der zweiten Reihe kreischten, hüpften und klatschten Carole-anne und Mrs. Wassermann dem Drummer und Jiminez Beifall für ihre improvisierte Mischung. Das lenkte die Menschen ringsum für kurze Zeit ab. In der Nähe des Geschehens standen die Besucher stumm und starr, aber Jury wußte, daß es nur noch Sekunden dauern würde, bis die Panik ausbrach. Das Publikum im Sperrsitz hatte noch nichts mitbekommen, doch schlechte Nachrichten breiten sich schnell aus. Er drückte den Knopf seines Funkgeräts und sagte etwas hinein.

Melrose Plant hatte gesehen, daß sich Macalvie und Jury auf Rena Citrine stürzten; er zündete sich gelassen eine Zigarette an und sagte zu den Nächststehenden: «Das ist Showbiz, meine Damen und Herren.»

Eine Frau kreischte so schrill, wie es Jury noch nie gehört hatte.

Er kam aus der Hocke hoch, blickte zur Bühne, und kaum dachte er – verdammt noch mal, Mary Lee! –, da trat sie auch schon auf...

Ängstlich stelzte sie auf den hohen Hacken ihrer Glasschuhe nach vorn. Die Leute im Sperrsitz blickten von ihr zum ersten Rang hoch, wo Schlimmes vor sich zu gehen schien.

Wes Whelan hielt sich den Arm; die übrigen Mitglieder der Band schienen vorübergehend irritiert vom Anblick der jungen Frau.

Los, Mary Lee, *mach schon*!

Na endlich. Sie schnappte sich ein Mikrofon und rief: «Meine Damen und Herren! Staaan *KEEEELER*!»

Wenn Stan Keeler einmal in Fahrt war, dann aber richtig. Er kam so rasch aus den Kulissen gesaust, daß er die letzten Meter auf Knien rutschte, ehe er zum Halten kam, und bereits im Aufstehen griff er in die Saiten.

Die Leute dicht bei Jury, die durchzudrehen drohten, waren hin und her gerissen zwischen Angst, Staunen und Entzücken.

Keeler brauchte lediglich die berühmten Akkordsequenzen zu «Main Line Lady» zu spielen, und schon hatte er alle in seinen Bann geschlagen.

Niemand drängelte mehr zum Ausgang, alles schob nach vorn, hielt den Atem an, und als die Frau wieder loskreischte, sah Jury, wie eine Hand hochschnellte und sie auf ihren Sitz drückte.

Mittlerweile hatte auch die Band eingesetzt.

Stan Keeler höchstpersönlich und *in concert* mit *Sirocco*?

Was war dagegen irgendein herumballernder Irrer?

41

DER POLIZEIKRANKENWAGEN HATTE EBEN – ohne Martinshorn – mit seiner Fracht die Zufahrt zum Hintereingang verlassen, und die paar Roadies und der Fahrer der großen Limousine starrten mit offenem Mund hinter ihm her. Die Sicherheitspolizei war in ihrem Element, obwohl nicht ganz klar war, um welches Element es sich handelte. Die Beamten schienen enttäuscht, daß keine Menschenmassen abgesperrt und zurückgehalten werden mußten, daß es keinen wilden Haufen irrer Punks und Rockfans gab, die alles in vorderster Linie mitbekommen wollten. Abgesehen von einer einzigen Bahre, die von zwei Sanitätern in Zivil getragen wurde, und von einem jüngeren Mann, den zwei andere stützten, hatten sie noch nie jemanden so klammheimlich aus dem Bühneneingang schlüpfen sehen, nicht einmal die Stars selber.

...deren Konzert seinen Gang nahm. Jury, Plant, Macalvie und Wiggins hockten in einem der Lieferwagen für technisches Zubehör auf Verstärkern und Kästen und ließen sich von Mary Lee mit Tee in Bechern und labbrigen Sandwiches verwöhnen. Die war nun wirklich in ihrem Element. Als ihr einer der Roadies nachlief, um von ihr zu erfahren, was denn los sei, wand sie sich von ihm los, sagte ihm und dem Chauffeur, sie sollten sich verpissen, und stolzierte zurück durch den Bühneneingang, das Blechtablett mit dem Essen in den Händen.

Sie hielt einen Augenblick für einen jungen Mann still, der ein Foto von ihr machen wollte und von sich behauptete, Fotograf bei *Kregarrand* zu sein, in Wirklichkeit aber zu Jurys Spurensicherung gehörte und seine Doppelrolle sichtlich genoß.

Jury sah die Polizeipathologin aus dem Bühneneingang kommen und sprang aus dem Auto.

Dr. Phyllis Nancy war für Jury als Ärztin absolute Spitze, aber er hatte sie nicht nur deshalb angefordert, weil sie in Lichtgeschwindigkeit arbeiten, sondern weil sie eine Situation intuitiv erfassen konnte, etwas, was ihren Kollegen abging.

Andererseits aber war Phyllis Nancy eine gespaltene Persönlichkeit; sie tat so, als lehnte sie ihre Weiblichkeit ab, und trug streng geschnittene Kostüme und kleine Kordelschlipse. Außerhalb des Dienstes jedoch tat sie sich keinerlei Zwang an.

Als sie auf Jury zukam – zuschlenderte –, war klar, daß sie dienstfrei hatte. Unter ihrem Pelzmantel lugte ein langes grünes, vorn geschlitztes Abendkleid hervor. Auf die Tatsache, daß man sie angefordert hatte, reagierte sie ebenso widersprüchlich.

«Mitten aus einer Vorstellung von *La Bohème* herausgeholt, Superintendent. Mit Pavarotti. Loge, eine Flasche himmlischer Chablis –»

«Kenne ich. Den Sänger, meine ich, nicht den Wein.» Er lächelte.

Phyllis Nancy blickte erst nach rechts, dann nach links, dann zum Himmel. Überallhin, nur nicht Jury in die Augen, während sie sich fester in den Pelzmantel hüllte. In einer Hand hielt sie eine schwarze Abendtasche. «Das Opfer ist in einem kritischen Zustand. Wahrscheinlich vier Rippen gebrochen, eine hat die Lunge perforiert, demzufolge innere Blutungen und Blut aus Ohr und Mund. Das rechte Handgelenk ist gebrochen, ein Splitterbruch, der Knochen ist sichtbar. Eine Schläfe hat einen Schlag mit einem stumpfen Gegenstand abbekommen, im Blut finden sich Splitter von den Wangenknochen...»

Jury hörte Dr. Nancy geduldig zu. Normalerweise waren

ihre Berichte wie ihre prosaischen, adretten Kostüme: knapp, stakkato, atonal. Abgetrennte Gliedmaßen wurden geprüft und eingesammelt wie Muscheln. Aus unerfindlichen Gründen schien es ihr Spaß zu machen, Jury mit Grand-Guignol-Effekten zu kommen, wenn sie Bericht erstattete. Diesen hier schloß sie mit der Frage, was zum Teufel hier gespielt werde; gleichzeitig zog sie ein Zigarettenetui aus ihrer Tasche, nahm sich eine Zigarette und hatte das Feuerzeug angeknipst, ehe Jury zum Streichholz gegriffen hatte. Es schien ihr nichts auszumachen, daß der Nieselregen ihren Pelzmantel verfilzte und ihr das anscheinend teuer gewellte Haar an den Kopf klatschte.

Ehe Jury antworten konnte, stieß sie eine Rauchwolke aus und sagte: «Der Polizeifotograf da –» und dabei zeigte sie auf den jungen Mann am Bühneneingang, der unentwegt Fotos von den Roadies schoß, denen das einen Mordsspaß zu machen schien – «war auf dem Balkon, blitzte die Schaulustigen und behauptete, Fotograf bei *Kregarrand* zu sein.»

Jury lächelte. «Ein Ablenkungsmanöver, Phyllis. Wie geht es dem Beleuchter? Wir haben ihn im Lagerraum gefunden, gefesselt und bewußtlos. Ein Wunder, daß er noch lebt.»

«Ich habe ihn wieder zu sich gebracht. Er sagt, daß ungefähr eine halbe Stunde vor der Vorstellung, als er den Scheinwerfer richten wollte, eine Frau hinter ihm auftauchte und sagte, sie wäre von der Ersatzteilfirma und der Scheinwerfer da wäre kaputt. Er sagte, nein, das wäre er nicht –»

«Und hat ihn ihr vermutlich gezeigt.»

«Und dann war seine Lederjacke weg, seine Mütze weg und sie auch. Na ja, wir wissen, wo sie war. Sie sieht aus, als wäre sie einer Bande Punks in die Hände gefallen. Die Schläge am Kopf stammen nicht alle von dem heruntergefallenen Scheinwerfer –»

«Eine Bierflasche möglicherweise?» fragte Macalvie und kam aus dem Lieferwagen geklettert.

Phyllis Nancy machte große Augen, und als sie nichts erwiderte, meinte er achselzuckend: «Ein paar Bierflaschen?»

Sie ließ die Zigarette auf den Bürgersteig fallen und trat sie mit dem Satinschuh aus. «Und wer sind Sie?»

«Macalvie, Brian. Devon-Cornwall-Polizei.» Er zückte seinen Dienstausweis. «Ich bearbeite den Fall.»

Sie sah ihn an, dann Jury, und versuchte mit zugekniffenen Augen, das Innere des Lieferwagens zu ergründen. «Wer ist sonst noch alles da drin?»

«Sie wissen doch, wie leicht die Fans bei solchen Konzerten außer sich geraten», sagte Macalvie. «Was kann da nicht alles passieren.»

Wie um dieser Bemerkung Nachdruck zu verleihen, kam Sergeant Wiggins aus dem Bühneneingang, als hätten ihn die Wogen der Musik und der donnernde Beifall hinausgeschleudert. «Ich habe Sanderson erwischt –»

Phyllis Nancy sagte: «Also, wenn das nicht Sergeant Wiggins ist, unser Karate-Fachmann.»

«Kung Fu», verbesserte er sie. «Und Fachmann», setzte er bescheiden hinzu, «bin ich auch nicht.»

«Es dürfte reichen, um ein Handgelenk oder einen Arm zu brechen. Wieso hocken Sie alle in dem Lieferwagen herum? Ist das ein Fluchtauto oder so etwas?»

«Wir sind scharf auf Autogramme», sagte Jury. «Erzähle ich Ihnen alles später.»

«Das dürfte einer der interessantesten Berichte werden, die ich bislang schreiben mußte.» Sie warf einen Blick auf ihre winzige Uhr. «Vielleicht komme ich zur letzten Arie gerade noch zurecht.» Damit klappte sie ihre schwarze Tasche zu und wollte zum Polizeiauto zurück.

«Sie hätten das Konzert besuchen sollen, Phyllis», rief Jury ihr nach. «Viel schöner als ‹O sole mio›.»

Sie blieb stehen und rief zurück: «Keine Karten mehr bekommen.» Damit knallte Dr. Phyllis Nancy die Autotür zu, das Auto ruckte an und schlitterte in Richtung Hammersmith Road davon.

«Was hat Sanderson gesagt?»

Wiggins blies sich in die Hände. «Daß er jemanden vom Präsidium in Wakefield schickt. Und daß die Abdrücke auf den Münzen aus dem Telefonapparat mit den Abdrücken auf der Brandykaraffe übereinstimmen – mit Irene Citrines. Er hat aber hinzugesetzt, daß damit nicht bewiesen ist, *wann* die Anrufe getätigt worden sind.»

«Eine ebenso harte Nuß wie Macalvie», sagte Jury.

«Schön für Sanderson. Ich gehe also davon aus, daß die Citrine auch zu Roger Healeys Harem gehörte?»

«Es kann sich auch um reine Habgier und nicht um Liebe plus Habgier gehandelt haben. Rena ist die arme Citrine. Alle anderen Familienmitglieder haben Geld. Roger und Rena müssen ein göttliches Paar abgegeben haben, so scharf wie sie beide auf das Geld seiner Frau waren. Sie wollten Billy entführen, aber Toby war auch da, und somit hatten sie zwei Jungen am Hals. Irgendwie ist ihnen Billy entwischt. Aber Toby mußte sterben, sonst hätte er sie später identifizieren können –»

«Also begruben sie Toby», sagte Wiggins. «Dr. Dench hatte also recht mit dem Alter.» Wiggins klang fast enttäuscht.

Macalvie musterte die Runde mit scharfem Blick. «Nein, hatte er nicht.»

«Warum wollen Sie es immer noch nicht wahrhaben, Macalvie? Die Frau wollte ihn umbringen. Sie hören sich an wie Sanderson, der mir mit dem Zeitpunkt kommt, zu dem die Anrufe getätigt worden sind. Sie hinken beide hinter den Tatsachen her, oder?»

«Nicht ganz. Sie hat versucht, *jemanden* zu –»

«Sie sind der größte Dickschädel aller Zeiten.»

Aber Macalvie ließ sich nicht aufhalten. «Psychologisch gesehen zieht Ihre Theorie nicht, Jury. Was ich Ihnen schon gesagt habe. Statt nach Hause zu seiner Mum zu laufen, was nur natürlich wäre, verschwindet er –»

«Man darf davon ausgehen, daß er vor Angst völlig von Sinnen war.»

«Weshalb er nach Haus gerannt wäre. Oder irgendwohin, wo er sich sicher fühlte. Statt dessen geht er nach Irland. Ausgerechnet *Irland*.»

Jury seufzte. «Ich behaupte nicht, daß er mit zwölf –»

«Was für ein Zufluchtsort.» Macalvie hatte die Arme fest auf der Brust verschränkt und den Schirm der bauschigen Tweedmütze bis auf die Nase gezogen. «Dieses zwölfjährige Wunderkind am Klavier verduftet einfach, schnappt sich die Fähre nach Larne, wird Gitarrist, läßt die heißgeliebte Stiefmutter alles allein ausbaden und obendrein in dem Glauben, daß er tot ist. Einen Fisherman's Friend, Wiggins. Mir bleibt die Luft weg.» Macalvie schüttelte mehrmals langsam den Kopf. «O nein.» Er stand auf und leerte seinen Becher Tee. «Eigentlich sollte ich in Sidmouth sein. Lassen Sie mich wissen, was passiert ist, wenn die ganze Show ein Ende hat.» Er deutete mit dem Kopf auf Melrose. «Plant ist richtig engagiert. Der liest *Segue*.»

Melrose blickte auf. «Jimi Hendrix war Linkshänder.»

«Aha.» Macalvie stand auf, und da kam Mary Lee wieder aus der Bühnentür, quer durch die Absperrung. Sie trug ein Tablett mit frischem Tee und einen Teller mit muffig aussehenden Broten.

Sie stellte das Tablett auf dem Boden des Lieferwagens ab: «Noch ein Täßchen? Und dann hat noch jemand angerufen und will – Momentchen...» Sie zog einen Zettel aus ihrem Schuh, den sie für den einzigen sicheren Aufbewahrungsort zu halten schien, und las ab – «Chief Superintendent Macalver sprechen.» Betonung auf der zweiten Silbe.

«*Mac*-al-vie», sagte der. «Was für ein Jemand?»

«Eine Frau. Hat gesagt, Sie möchten gleich zurückrufen.»

Macalvie sprang fluchend aus dem Lieferwagen, stieß beinahe das Tablett um und brachte Mary Lee endgültig aus der Fassung. «*Sie* sind das? Sie haben doch gesagt, Sie sind von *Juke Blues*.»

«Für die arbeite ich halbtags, denn von einem Polypengehalt

kann keiner leben.» Er tätschelte ihr die Wange. «Keine Bange; Ihr Foto kommt in alle Zeitungen. Wo ist das nächste Telefon?»

Sie klang etwas feindselig, als sie sagte: «Von mir aus können Sie mein Büro benutzen.»

Macalvie wollte schon gehen, drehte sich jedoch noch einmal um und rief Jury zu: «Wenn Sie so sicher sind, Jury, warum rufen Sie dann nicht das Präsidium in Wakefield an? Ich könnte mir vorstellen, daß sich Mrs. Healey über die Nachricht, daß er lebt, freuen würde.»

Damit verschwand er im strömenden Regen.

Als erster kam Stan Keeler heraus, gefolgt von Stone. Das Nieseln war zum Dauerregen geworden und durchweichte die Zigarette in seinem Mundwinkel. «Wenn das keine Riesenschau war, Mensch.» Er warf die Zigarette zu Boden. «Bin ich blöd, oder war das eine Kugel, die Wes erwischt hat? Will da irgendein Irrer klarstellen, daß er nicht auf Sirocco steht? Was zum Teufel war da drinnen los?» Anscheinend erwartete er keine Antwort. «Ihr Freund ist ein Überredungskünstler. Wo steckt nun die neue Wirtin, von der er mir vorgequatscht hat?»

«Vor dem Theater. Sie können sie gar nicht verfehlen. Rotes Haar, silbernes Jäckchen, schöne Nase.»

Stan grinste. «Kapito, Mann.» Er drehte sich nach dem schwarzen Labrador um.

Aber Stone hatte schon die halbe Zufahrt zurückgelegt.

«Das letzte Stück; gleich kommen sie», sagte Wiggins auf Jurys Frage. «Sie müssen bei Kräften bleiben, Sir.» Damit schob ihm der Sergeant den Pappteller hin. Wiggins mampfte eine von Mary Lees Käseschnitten. Das Brot bog sich an den Ecken hoch. Jury nahm sich ein bläßliches, rundes Stück und legte es wieder hin.

Er sah sich im Gasthaus «Zum großen Schweigen» sitzen, wie er nach der Unterhaltung mit Sanderson auf seinen Teller starrte. Es ging nicht um das, was gesagt worden war, es ging um den Teller. Die Einzelheit, die damals unter der Bewußtseinsschwelle gelauert hatte, stieg nun an die Oberfläche.

Wiggins faselte von dem Kerl, der den Scheinwerfer eigentlich hatte bedienen sollen. «Der könnte sie identifizieren, Sir. Warum hat sie ihn nicht umgebracht, wenn sie so verzweifelt war?»

Jury starrte seinen Sergeant an, ohne zu antworten. Da hatte er seinen persönlichen Allergie-Fachmann direkt vor der Nase. «Wiggins, können sich Allergien im Laufe der Zeit auch auswachsen?»

Wiggins sah verdutzt aus. Warum interessierte sich Jury für ein Thema, das für ihn sonst so interessant war wie eine Moralpredigt von Racer? Dennoch, es freute ihn, und er wollte schon zu einem langatmigen Vortrag über die verschiedenen Arten von Allergien anheben. «Billy Healeys Allergie?» Wiggins runzelte die Stirn. «Möchte ich bezweifeln. Der war schlimm dran.»

«Dann würde er wohl kaum ein Käsebrot essen.» Jury blickte von den Broten zu seinem Sergeant. «Lunch. In der Hauptsache Käse.»

Wiggins' Tasse verharrte auf halbem Weg zum Mund. «Hätten Sie mir doch nur gesagt, was er zum Lunch gegessen hat –»

«In Duckworths Kolumne», sagte Melrose, «werden die Eigenheiten von einigen Gitarristen aufgezählt. Hendrix war Linkshänder und hat sich Gitarren für Rechtshänder neu aufziehen lassen, weil er sie einfach für besser hielt.»

«Na und? Charlie Raine ist ein rechtshändiger Gitarrist.»

«Er hat sich das Spielen nach Anleitungsbüchern beigebracht und in seiner Naivität angenommen, daß man die Gitarre eben so hält. Spiegelverkehrt.» Er warf Jury die Illustrierte zu. «Mittlerweile kann er's beidhändig. Ist aber als Linkshänder zur Welt gekommen.»

«Erinnern Sie mich daran, daß ich Dr. Dench anrufe», sagte Wiggins voll diebischer Freude.

Die Band kam heraus.

Jury sprang aus dem Lieferwagen und ging zu Wes Whelan. Ein Ärmel seines roten Hemdes war blutverkrustet. «Erstaunlich, daß Sie nicht mal aus dem Takt gekommen sind. Solch eine akrobatische Drehung habe ich noch nie gesehen.» Er schüttelte ihm die Hand.

Whelan sagte grinsend: «Vergessen Sie nicht, daß ich in Derry mit der IRA aufgewachsen bin.» Er musterte sein Hemd. «Ist bloß ein Kratzer. Nicht der Rede wert. Ein Streifschuß.»

«Sie haben allesamt unglaublich geistesgegenwärtig reagiert.»

Jiminez lachte; ein sehr tiefes, sehr kehliges Lachen. «Mann, wir waren so bei der Sache, daß wir kaum mitgekriegt haben, was passierte, bis Stan Keeler auf die Bühne kam. Das geht nicht auf unser Konto.»

Jury lächelte. «Natürlich nicht. Wo ist Charlie?»

Swann deutete nach hinten. «Noch drin. Kann sich nicht von der Bühne losreißen, unser Charlie.» Er schob die goldenen Haare nach hinten und lächelte.

«Warten Sie nicht auf ihn», sagte Jury, als sie sich in ihre Limousine schoben.

«Falls Sie ins ‹Ritz› fahren», sagte Melrose, «könnten Sie einen armen Anhalter mitnehmen?»

42

Er hockte auf dem unteren Teil des schwarzen Podestes in der Mitte der Bühne, ein Handtuch um den Hals geschlungen, hatte die weiße Fender noch nicht weggepackt und zupfte von Zeit zu Zeit eine Saite, spielte einen Akkord, so als säßen ein paar Übriggebliebene des kreischenden, ekstatischen Publikums noch wie Gespenster in den leeren Sitzreihen, als könnte man noch den Nachhall des Beifalls hören.

Vielleicht war es die Art, wie er da hockte und in den Saal blickte, daß dieser eher verlassen als leer wirkte. In den Gängen waren ein paar Burschen dabei, die Abfälle zusammenzukehren, doch sie gingen gerade und zogen die Plastiksäcke hinter sich her. Eine Gruppe von Roadies stand hinten auf der Bühne, rauchte und redete. Wahrscheinlich fragten sie sich, was zum Teufel hier heute abend vor sich gegangen war.

Als Jury sich neben ihn hockte, schenkte er ihm keinen Blick. «Wes ist ein großartiger Drummer. Niemand, wirklich niemand reagiert so schnell wie er.»

«Mit Sicherheit war er schneller als ich.»

«So was habe ich noch nie jemanden abziehen sehen.»

«Und Sie, Charlie?»

Er sah zu Boden, spielte einen Akkord, und dann noch einen. Dann blickte er ins Halbdunkel hinein, ähnlich wie Nell Healey über die zerfallene Mauer hinweggeblickt hatte, so als ob jemand vor ihren Augen wieder erstehen müßte.

«‹Ich hab versucht, mich am Riemen zu reißen, aber der Riemen ist gerissen.› Das hat Stevie Ray Vaughan gesagt. Ein toller Gitarrist.»

«Stevie Ray Vaughan hat den Riemen wieder geflickt. Sie hören auf dem Höhepunkt Ihrer Karriere auf. Soll das eine Art Buße sein?»

Keine Antwort; statt dessen zupfte er ein paar Noten, spielte ein paar schnelle Akkorde.

«Oder war es von vornherein als Buße gedacht, daß Sie überhaupt gelernt haben zu spielen –» Jury deutete mit dem Kopf auf die Gitarre.

Ein langes Schweigen, dann sagte Charlie: «Seit ich in London bin, gehe ich jeden Morgen, manchmal zweimal am Tag, zur King's Cross Station. Gehe ins Bahnhofsrestaurant, bestelle mir eine Tasse Tee, gehe wieder raus und sehe mir die Abfahrtstafeln an. Nach Leeds geht fast stündlich ein Zug.» Er ließ die Saiten los und griff in die Gesäßtasche seiner Jeans. «Die da habe ich gekauft.» Er breitete vier Fahrkarten aus – Tagesrückfahrkarten nach Leeds. «Seit acht Jahren will ich zurück und ihr erzählen, was damals passiert ist.» Er schwieg kurz. «Ich bringe es nicht fertig, ihr gegenüberzutreten.»

Jury wartete. Sollte er sich ruhig an seiner Gitarre festhalten, Akkordfolgen von «Yesterday's Rain» spielen und in den leeren Saal starren, der für ihn so öde und wüst sein mochte wie das Moor von Haworth.

«Das letzte Mal, als ich sie gesehen habe, das war aus dem Fenster in meinem Zimmer. Es ging aufs Meer, und sie ist auf dem Klippenweg stehengeblieben, hat hochgeschaut und gewinkt. Wie sie gewinkt und gelächelt hat, das war so –» er hob die Schultern – «so freudestrahlend, man sollte meinen, wir hätten uns seit Ewigkeiten nicht gesehen. Wie Mütter auf dem Bahnsteig, wenn die Kinder in den Schulferien nach Haus kommen, na, Sie wissen schon.» Er warf Jury einen Blick zu, doch jetzt sah der zu Boden. «Ich habe sie so lieb gehabt. Auch wenn Sie es nicht glauben, ich hätte mein Leben für sie gegeben.»

Jury hob den Blick und betrachtete die leeren Sitze. «Das haben Sie.»

«Ich zog mich gerade an und guckte aus dem Fenster, das nach hinten ging, und da sah ich *sie* –» er blickte in den leeren Saal – «wie sie den Feldweg hinter dem Haus entlangkam. Ich habe überlegt, was um alles die Tante wohl hier wollte; angemeldet hatte sie sich nämlich nicht. Dann verschwand sie im Haus, in der Küche. Ich wollte schon die Treppe runterlaufen – mein Zimmer lag oben, direkt an der Treppe zur Küche –, aber dann bin ich stehengeblieben. Ich weiß auch nicht, warum ich nicht einfach runtergepoltert bin. Ich konnte gedämpfte Stimmen hören, und gleich darauf knallte die Tür zu. Die Küchentür. Ich zurück in mein Zimmer, und da sah ich Billy und seine Tante Irene, wie sie den Feldweg langgingen, und Gnasher, sein Terrier, tapste hinter ihnen her. Ich wollte schon das Fenster hochschieben und etwas rufen, aber wieder hat mich irgend etwas davon abgehalten. Ich spürte, daß was faul war.

Dann bin ich runtergerannt und habe Mrs. Healey gesucht. Aber die war wohl auf dem Klippenweg weitergegangen, und da habe ich mir gedacht, nein, sie zu suchen, das kostet zuviel Zeit. Ich bin also ums Haus gelaufen und habe versucht, die beiden einzuholen, ohne daß sie mich bemerkten. Und dann habe ich das Auto gesehen, das Auto seiner Tante; das kannte ich, es stand immer bei den Citrines auf dem Hof. Es war am Ende des Feldwegs geparkt, an der Straße, und sie sind eingestiegen. Es gab wohl Streit wegen des Hundes, aber Billy hat ihn reingezogen. Das gab mir Zeit, zum Schuppen zurückzulaufen und mir das Fahrrad und einen alten Regenmantel zu schnappen. Es wurde schnell dunkel. Das Auto ist –»

Er schwieg und blickte die Gitarre an, als hätte er sie noch nie im Leben gesehen.

Jury sah ihn an und sagte: «Zu einem alten Friedhof gefahren.»

Charlie nickte. «Plötzlich war es ganz dunkel. Nur noch die Autoscheinwerfer und eine Taschenlampe gaben Licht. Die hielt ein Mann, den ich nicht erkennen konnte; es war, als ob er mir mit der Taschenlampe direkt in die Augen leuchtete, mich damit festnagelte. Aber sie hatten mich nicht gehört. Der Rest ist dann wie wirre Bilder aus einem Traum. Ich hörte, wie Billy etwas sagte, und dann weinte er. Ich hörte Gnasher einmal bellen, dann war Stille. Nur von den *beiden* kein Laut, ich meine, die machten das alles stumm, während ich mich hinter einen Grabstein duckte. Ein richtiger Alptraum, das Ganze.

Billy lag auf der Erde und der kleine Hund neben ihm. Seine Tante schubste den Hund in die Grube.» Er schwieg schon wieder. «Kennen Sie das Gefühl, wenn man auf einmal zwei verschiedene Menschen ist? Und der eine bleibt im Sessel sitzen, während der andere aufsteht und durchs Zimmer geht? So ist es mir damals ergangen. Ein Teil von mir versteckte sich immer noch hinter dem Grabstein, während der andere auf das Grab zulief. Ich schrie, aber nicht mal meine Stimme hörte sich mehr an wie meine eigene. Sein Gesicht konnte ich nicht sehen, das des Mannes, denn der war unten in der Grube, aber ihres – mein Gott, den Ausdruck, den vergesse ich nie.

Und dann passierte alles wie in Zeitlupe; sie zog eine kleine Pistole aus ihrer Tasche und richtete sie auf mich; ich schreckte zurück und prallte gegen einen Baum, während sie schoß. Aber sie muß mit einer Pistole genausogut umgehen können wie mit einem Gewehr –» ein freudloses Lachen – «denn sie verfehlte mich. Erschoß mich nicht, meine ich. Die Kugel streifte mich am Ohr, aber, lieber Gott, das viele Blut...»

Schweigen. Er zupfte wieder ein paar Akkorde auf der Fender, dann suchte er nach einer Zigarette. Jury schüttelte eine aus seiner Packung. «Sie hat wohl gedacht, daß sie mich erwischt hat. Ich rutschte nämlich am Baumstamm runter und sackte zusammen. Jetzt kam er aus der Grube geklettert und schubste sie zurück, nannte sie eine blöde Kuh, und während sie sich noch beschimpften, schaffte ich es, vom Baum wegzukriechen, aufzustehen und zu laufen. Sie müssen das verstehen, ich dachte, Billy ist tot. Ich rannte zurück zur Straße, wollte jemanden anhalten. Mit einer Hand stillte ich mit einem Hemdfetzen die Blutung am Ohr, mit der anderen versuchte ich, ein Auto anzuhalten. Tolle Idee.» Und er spielte einen ungestümen Riff, schien immer noch voller Zorn auf sich zu sein. «Haben Sie schon mal versucht, vor Autoscheinwerfern davonzurennen?»

«Nein. Dann war es also ihr Auto?»

«Ich weiß auch nicht, wieso sie mich noch mal verfehlte, aber sie schaffte es. Dieses Mal mit dem Auto. Sonst hätte mal wieder jemand einen Unfall gebaut gehabt und Fahrerflucht begangen.»

«Unter den Umständen hätte man das schwerlich erklären können.»

«Ich schwenkte von der Straße ab und rannte in Richtung

Küste, in Richtung Klippen. Dahin konnte sie – oder er – mit dem Auto wohl kaum hinter mir her. Wahrscheinlich hatte ich gar nicht soviel Blut verloren, wie ich dachte. So bin ich eine Meile vor mich hin gestolpert, vielleicht auch zwei, vielleicht mehr; ich hab's nicht nachgezählt. Und dann hatte ich ein unwahrscheinliches Glück; ich stieß auf ein paar Camper. Die hockten zu fünft um ein Lagerfeuer. Amerikaner, die mit dem Rucksack die britischen Inseln erkundeten. Junge Leute, so um die Zwanzig.» Charlie grinste. «Und alle stoned. Sie waren total fasziniert von diesem blutenden Briten, der da buchstäblich über sie gestolpert war. Die vergesse ich nie: Katie, Miles, Dobby, Helena, Colin. Sie hatten was im Rucksack, womit sie meine Wunde verbinden konnten. Die dachten, ich phantasiere, als ich davon quasselte, man müsse die Polizei holen, ich hätte gerade einen Mord mit angesehen. Nie vergesse ich, wie Miles mich ansah und die Augen zusammenkniff. Er gab mir einen Joint und sagte: ‹He, immer mit der Ruhe, Mann.›

Und ich wurde ruhig, das kann man wohl sagen. Ich klappte völlig zusammen. Schlief den ganzen nächsten Tag durch, und als ich aufwachte, da klampften Dobby und Miles vor sich hin. Immer noch stoned. Nur die beiden Mädchen nahmen mich langsam ernst und rieten mir ebenso ernst, einen Bogen um die Bullen zu machen. Sechs Tage lang kriegte ich keine Zeitung zu Gesicht und hatte keine Ahnung von der Lösegeldforderung. Und das kann ich Ihnen sagen, Angst hatte ich nicht zu knapp. Schließlich hatte ich alles mit angesehen, und zuviel vor der Glotze gehockt hatte ich wohl auch.»

Jury sagte: «Wessen Idee war es eigentlich, die Leiche von jemand anderem zu identifizieren?»

«Meine und Onkel Owens. Ich wollte nicht, daß er mich für tot hielt wie Billy, und so habe ich ihn schließlich angerufen.»

«Wollen Sie damit sagen, er wußte, daß Irene Citrine drinhing, und ist nicht zur Polizei gegangen?» Irgendwie paßte das nicht zu dem Bild von Owen Holt.

«Er hat nichts gewußt. Ich habe ihm nichts gesagt. Ich hatte

Angst um ihn und Tante Alice. Ich habe ihm gesagt... ich wüßte nicht, wer es gewesen ist.»

«Aber Ihre Tante wußte nicht Bescheid. Ihr Onkel hat ihr nichts gesagt. Warum?»

Neuerliches Schweigen. «Er wollte schon. Aber dann fand er, auf die Dauer wäre es wahrscheinlich leichter für sie, wenn sie mich für tot hielte, statt mich nie wiederzusehen.» Er blickte auf seine Gitarre. «Und Sie kennen ja Tante Alice. Glauben Sie, die hätte so was für sich behalten können? Onkel Owen hatte Angst, sie könnte zur Polizei gehen. Sie hätte es wohl kaum geschafft, sich mit Ihnen zu unterhalten, ohne sich zu verraten. Vielleicht war das kaltherzig. Ich weiß auch nicht.»

«Mir kommt es keineswegs so vor. Weiter.»

«Onkel Owen hat gesagt, keine Bange. Ich sollte ihn nur machen lassen, untertauchen – er würde schon einen Weg finden, mir Geld zukommen zu lassen. Und das hat er auch. Eine Menge Geld.»

Jury lächelte. «Ihr Onkel ist mir nie wie eine Spielernatur vorgekommen.»

«Was?» Der junge Mann runzelte die Stirn.

«Ach, nichts. Sie sind dann nach Irland gegangen?»

«Ja. Von Stranraer nach Larne. Und da habe ich dann Wes kennengelernt.» Er lächelte. «Wes hatte mehr als nur Talent. Er hatte Kontakte – kannte beispielsweise jemanden in der Stadtverwaltung, der jemanden kannte, der wiederum jemanden kannte, der Pässe fälschte.»

Auf einmal fiel hinten im Saal Licht auf die Wand, als eine Tür aufging und wieder zuklappte. Wer auch immer eingetreten war, er war hinten stehengeblieben oder hatte sich gesetzt.

Wetten, daß es Mary Lee ist, dachte Jury und lächelte. Dann fiel ihm wieder ein, wie Charlie ihr ein Autogramm auf den durchsichtigen Schuh gegeben hatte.

«Je länger ich dichthielt, desto schuldiger fühlte ich mich», sagte Charlie gerade. «Und je schuldiger ich mich fühlte, desto schwieriger wurde es, etwas zu unternehmen, zurückzukehren oder auszusagen. Der alte Teufelskreis der Schuld. Warum hatte ich nichts zu seiner Rettung getan?»

Die Frage war rhetorisch, aber Jury beantwortete sie dennoch. «Weil Sie wußten, man würde Sie umbringen, verdammt noch mal.»

Charlie legte die Stirn an die Griffleiste der Gitarre und schloß die Augen. «Aber später habe ich auch nichts unter-»

«Aber ja doch. Sie haben geglaubt, wenn Billy gelebt hätte, dann wäre aus ihm ein äußerst erfolgreicher Konzertpianist geworden –»

«Wäre es auch.» Charlie zog die Gitarre wieder auf den Schoß.

«Das möchte ich bezweifeln.»

Charlie warf ihm einen scharfen Blick zu. «Jedenfalls haben das alle geglaubt.»

«Sein Vater. Nicht Billy. Und Nell Healey nicht so ganz. Er hat doch ungern geübt, oder?»

«Ja. Aber er war ein Naturtalent.»

«Ach, Toby. Wenn einer Bescheid weiß, dann Sie: Auch ein Naturtalent muß üben wie verrückt, wenn es die Höhen erreichen will, die Roger Healey für seinen Sohn ausersehen hatte. Billy war faul. Das hat Irene Citrine gesagt. Sie waren das genaue Gegenteil. Willensstark. Oder wie Ihre Tante es ausgedrückt hat, dickköpfig.»

Charlie mußte lächeln. «Schon möglich.»

«‹Schon möglich›? *Sie* waren kein ‹Naturtalent›; Sie konnten gar nichts spielen. Das heißt, Sie konnten so lange nichts spielen, bis Ihre Schuldgefühle Sie dazu trieben, die Laufbahn einzuschlagen, die Nells Sohn nicht mehr einschlagen konnte; es muß Zeiten gegeben haben, da wären Sie am liebsten statt seiner gestorben.»

«Stimmt.»

«Und das sind Sie auch. In gewissem Sinne sind Sie Billy geworden. Es muß die Hölle gewesen sein. Keine musikalischen Neigungen, kein Hintergrund, angeblich kein Talent. Ich habe Sie auch für Billy gehalten.»

«Sie haben mich für – weshalb?»

Und Jury erzählte ihm von den Gedichten, dem Bild und dem Eindruck, den Charlie angesichts des Mordfalles Healey auf ihn gemacht hatte. «Sagen wir, ich habe Sie für Billy gehalten, weil Sie unmöglich Toby Holt sein konnten. Und nur noch Toby hätte das alles wissen können.»

«Wenn Sie zwölf, dreizehn Stunden pro Tag üben, dann brauchen Sie keinen Hintergrund mehr. Wie oft habe ich mir die Finger der linken Hand blutig gespielt. Ich habe Verbandsmull drumgewickelt, einen Chirurgenhandschuh übergezogen und weitergeübt. Eine Art Märtyrer, was?»

«Und der wollen Sie anscheinend bleiben, wenn Sie auf dem Höhepunkt Ihrer Karriere aufhören. Mir haben Sie erzählt, Sie hätten alles erreicht, was Sie erreichen wollten, und ich habe mich gefragt, was Sie damit wohl meinten. Sie hören also auf. Und was dann? Wollen Sie in West Yorkshire leben und Schäfer werden? Oder Parkwächter?»

«Ich muß nach Haus; ich muß erzählen, was wirklich passiert ist; ich möchte sie sehen.»

«Ja, ich weiß. Aber glauben Sie ja nicht, Sie könnten dort für immer bleiben. Das ist nichts mehr für Sie. Dieses Mal könnte es Sie wirklich das Leben kosten.»

«Ganz schön melodramatisch. Ich dachte eigentlich an Abby. Ihre Tante ist tot, da braucht sie sicherlich Hilfe.»

«Abby? Genausogut könnte man sagen, daß die IRA Hilfe braucht. Die bekommt schon, was sie braucht. Dafür wird Nell Healey sorgen.» Jury gab es auf; er konnte in dem Dunkel hinten im Saal einfach nichts ausmachen, und so sah er wieder Charlie an. «Sie haben Ihre Schuld bezahlt, Charlie. Und überhaupt, Sie haben noch nicht alles erreicht, was Sie sich geschworen haben.»

Charlie schenkte Jury ein knappes, freudloses Lächeln. «Ach nein?»

«Nein. Sie sind noch nicht ganz Spitze. Sirocco hat noch nicht im Wembley Stadion gespielt.» Und Jury rief in den Saal hinein: «Ist das nicht die Reihenfolge, Mary Lee? Das Marquis, Town and Country, Odeon, Arena, Wembley?»

Ein Schatten bewegte sich und kam den Gang entlang. «Was ist mit dem ‹Ritz›?»

Jury beschirmte die Augen mit der Hand und sah genauer hin.

«Erinnern Sie sich noch an mich?» fragte Vivian.

Vivian hatte sich Marshalls Armani-Mantel um die Schultern gelegt. Darunter trug sie ein Kleid, das – so fand Jury, als sie sich der Bühne näherte – den Beifall der Principessa gefunden hätte. Es war burgunderrot, fließend, halb durchsichtig und schmiegte sich bis zu den Hüften, wo es dann weiter wurde, wie eine zweite Haut an ihrem Körper. Es wirkte schmachtend, präraffaelitisch. Das Haar trug sie halb offen, so als hätte sich ein Teil gelöst, den sie eigentlich hatte aufstecken wollen. In ihren Ohren schwangen lange Smaragdohrringe.

Beides, ihre Erscheinung (die einfach umwerfend war) und die Überraschung, sie hier zu sehen, bewirkten, daß in Jurys Kopf auf einmal Funkstille herrschte. «Warum zum Teufel haben Sie Marshalls Armani-Mantel an?» Wenn das nicht eine bescheuerte Frage war.

Aber sie wurde spielend damit fertig. «Weil ich seine Garderobenmarke in der Tasche hatte. Die anderen sind bei den Vorspeisen, und ich bin angeblich auf Toilette; wir haben ohne Sie angefangen, aber sie sind sicher noch lange nicht fertig, nicht wenn Agatha wieder ihren Kopf durchsetzt und sieben Gänge bestellt und Melrose eine Flasche Wein nach der anderen. Er hat mir gesagt, wo Sie stecken.» Vivian strahlte Charlie Raine an, und der schenkte ihr eines seiner Starkstromlächeln. «Man hat mich ausgetrickst. Die anderen durften Sie hören; ich nicht.»

«Das können wir immer noch nachholen.»

«Wirklich?»

«Klar.» Charlie schlüpfte in den Gurt der Fender. «Was soll es sein?»

Vivian überlegte einen Augenblick. «‹Yesterday› – nicht das von den Beatles, das von Jerome Kern. Kennen Sie das?»

Charlie überlegte kurz und schüttelte dann den Kopf: «Das von den Beatles kenn ich. Reicht das?»

«Das reicht», sagte Jury und setzte sich zusammen mit Vivian in die erste Reihe. Er legte den Arm über die Lehne ihres Sitzes.

Während Charlie mit seinen dreiundzwanzig Jahren von einem Tag sang, an dem seine Probleme weit weg waren, hier in dem Gebäude, wo die letzten Anweisungen für den Tag X gegeben worden waren, wurde Jury wieder zurück in die Wohnung in der Fulham Road versetzt, zu Elicia Deauville und dem Schutt, der einmal sein Wohnzimmer und das seiner Mutter gewesen war.

Er war heilfroh, daß er nicht auf dem Moor gewesen war und den schwarzgewandeten Arm von Ann Denholme gesehen hatte, wie er da auf dem weißen Hintergrund des Schnees gelegen hatte.

Er befürchtete, wie es in dem Lied hieß, daß seine Probleme noch alle da sein könnten.

43

«Toby Holt?» sagte Melrose. «Lieber Gott, bei solcher Willensstärke kann höchstens noch Agatha mithalten, so wie sie versucht, jedes heiratsfähige weibliche Wesen in Sichtweite zu vergraulen.»

Jury, der sich so weit entfernt von der Bühne wie möglich an das Tischchen gesetzt hatte, lächelte. «Vielen Dank, daß Sie nicht gleich gesagt haben: ‹Dann hat Commander Macalvie also doch recht gehabt.›» Er hatte höllische Kopfschmerzen, bewirkt durch Schlafmangel, Wiggins' Bericht aus dem Krankenhaus und die aufpeitschenden Solos des Gitarristen Dickie (der Stan zufolge mit «Déjà-vu» beweisen wollte, daß er genauso schnell sein konnte wie Yngwie).

Melrose blinzelte in den rauchgeschwängerten Raum. «Wie kommt Vivian hierher?»

Jury faßte sich an den Kopf, als der Gitarrist noch eine wilde Sequenz von Akkorden losließ. Ach, wo war Wiggins mit seiner Taschenapotheke? «Es war ihre Idee.» Er deutete in Richtung der blau beleuchteten Bühne des Nine-One-Nine, wo eine Vivian ohne Pumps wild wogte und applaudierte. «Haben Sie noch eine von Ihren Zigarren?»

«Das war *Vivians* Idee?» Melrose durchforstete seine Jackentasche nach dem Zigarrenetui.

«Das hier ist eines der bestgehüteten Geheimnisse von London. Gehört zu den Underground-Lokalen, von denen man nur durch Mundpropaganda hört, und auch das eher nicht. Die Stammgäste möchten unter sich bleiben. Vivian wollte das ‹wirkliche› London sehen.»

«Ich will nicht zurück ins ‹Ritz› mit diesen ganzen reichen, langweiligen Touristen. Sie kennen doch sicherlich irgendeine nette, schäbige Kneipe.» Worauf Jury geantwortet hatte, er sei kein großer Kneipenbummler. *«Aber manchmal müssen Sie doch eine Razzia machen, oder?»* Sie war nicht davon abzubringen, daß er in der Unterwelt von London jede Kneipe kannte.

«Sie hat mich daran erinnert, daß es ihr letzter Abend in London ist. Ihre genauen Worte: ‹Mein letzter Abend auf englischem Boden.›» Er lächelte.

«Wie theatralisch.» Melrose hängte sein schwarzes Dinnerjacket mit dem gerippten Satinfutter nach außen über die hölzerne Stuhllehne. «Wenn wir sie tüchtig abfüllen, vergißt sie alles und fährt durch bis Istanbul.»

«Der Orient Express hält, glaube ich, in Venedig. Da wirft man sie raus.»

«Ist Wiggins noch im Krankenhaus?» Jury nickte. Melrose fragte: «Wie geht es ihr?»

«Den Umständen entsprechend schlecht. Fällt immer wieder ins Koma. Wiggins sagt, sie redet wie im Traum. Über Healey, Ann Denholme. Dinge, die wir uns schon zusammengereimt haben.»

«Nötigung, Erpressung und so ähnlich?»

Jury trank einen Schluck Sodawasser. Die Kopfschmerzen ließen nach. «Anns Pech, daß sie sich an Rena statt an Charles gewandt hat. ‹Zahlen Sie, oder ich erzähle seiner Frau von Abby.› Lieber Gott, wer Rena erzählte, daß Abby Rogers Tochter ist, hatte sein eigenes Todesurteil unterschrieben.»

«Und wenn Nell Healey das mit Abby gewußt hätte, dann hätte die Furie den ganzen Batzen bekommen, nicht wahr?»

«Das gesamte Vermögen, würde ich meinen.»

«Meine Güte, was ist dieser Healey für Risiken eingegangen. Sich vor der Nase seiner Frau gleich mit zwei Weibern einzulassen. Ganz zu schweigen von Mavis Crewes.»

«Das Verhältnis mit Rena dürfte er aus reiner Habgier eingegangen sein. Und sie hat mit allen Mitteln versucht, mir Rache als Motiv auszureden – ich sollte denken, es ginge um Ehebruch.» Jury hob die Schultern. «Aber mit wem war sie nun wirklich auf Bimini? Ich lasse Wiggins gerade überprüfen, ob eine Heiratsurkunde zwischen einer Citrine und einem Littlejohn existiert. Vielleicht hat ja auch Roger das wenige, was Rena besaß, durchgebracht. Doch das werden wir wohl nie erfahren. Nur von Nell hatte Rena mit Sicherheit etwas zu erwarten, und darum hat sie sich auch so für sie ins Zeug gelegt, ihr den Rücken gestärkt.» Jury blickte durch Rauchschwaden hindurch zur rechten Wand. «Wie ich sehe, hat Trueblood eine Freundin gefunden.»

Marshall Trueblood war gerade eine Viertelstunde da gewesen, und schon war er mitten in einer lebhaften Unterhaltung mit Karla. Zumindest Trueblood war lebhaft. Karla stand noch an derselben Stelle, in derselben Haltung an der Wand gelehnt, an der Trueblood sich mit dem Ellbogen abstützte, den Kopf in der einen Hand und mit der andern heftig gestikulierend. Als Antwort rauchte Karla nur und zeigte Trueblood ihr vorteilhaftestes Profil. Ansonsten regte sie sich nicht. Trueblood trug einen Paisley-Smoking, einen schwarzen Kummerbund und unter einem Flügelkragen eine kirschrote Fliege im Schmetterlingsstil.

«Aber warum hat sie versucht, Abby umzubringen? Und das ausgerechnet einen Tag nach Ann Denholme? Dazu hatte sie doch noch alle Zeit der Welt –» Melrose verstummte. «Nein, doch nicht. Nell Healey kam schon am Morgen danach in U-Haft. Und alle drei Morde sollten so aussehen, als wollte sie sich an ihrem Mann rächen, weil er nicht nur eine Liebschaft gehabt hatte, sondern daraus obendrein ein Kind.»

«Versuchen Sie mal, sich in Irene Citrine hineinzuversetzen, als sie in die Scheune kam und das Sirocco-Poster sah», sagte Jury.

«Warum hat nur sie allein ihn wiedererkannt? Hat er sich seit seinem fünfzehnten Lebensjahr so stark verändert?»

«Weil sie die einzige war, die genau wußte, daß Toby Holt noch lebte; nicht mal sein Onkel war da ganz sicher. Vor drei Jahren hat die Band in Kneipen in den Florida Keys gespielt. Und sie hat sich, vergessen Sie das nicht, mehrere Monate auf Bimini aufgehalten. Doch das allein ist es nicht. Es liegt auch am Kontext. Rena hat das Poster in einem Kontext gesehen, den sie kaum vergessen haben dürfte. Ein junger Mann lehnt an einem Baum, direkt neben einer Ansicht der Küste von Cornwall. Der einzige Mensch, der sie identifizieren konnte, und der ist genau hier in London.»

«Nun sehen Sie sich das bitte an.» Melrose nickte zu der winzigen Tanzfläche hin. Trueblood und Karla tanzten eine bluesige, jazzige Version des «Limehouse Blues». Die Arme starr ausgestreckt, hielten sie einander auf Armeslänge, Karla hatte die Hände auf Truebloods Schultern. Sie starrten einander in die Augen. Die anderen Paare auf der Fläche schienen das nicht zu bemerken und wiegten sich eng umschlungen wie in einem Traum.

«Ach, die Jugend», sagte Melrose. Dann erhob er sich halb von seinem Stuhl. «Mit wem tanzt Vivian da? Falls man das Tanzen nennen kann. Sie hat ihm die Arme um den Hals gelegt.»

«Wo ist übrigens Ihre heißgeliebte Tante?» Dabei blickte Jury zur Tür des Nine-One-Nine, als könnte Agatha jeden Augenblick hereinmarschiert kommen.

«Irgendwo in Wanstead.» Melrose hielt es kaum noch auf seinem Sitz.

«*Wanstead*? Was macht sie denn in Wanstead?»

Melrose setzte sich wieder. «Nichts, aber sie wollte unbedingt mitkommen. Nachdem Sie im ‹Ritz› angerufen hatten, haben wir versucht, sie abzuschütteln, Fehlanzeige. Trueblood hat ihr weisgemacht, es handele sich um eine gräßliche Kaschemme, einen Treffpunkt von Kokain- und Crackdealern. Aber nichts half, sie wollte einfach mitkommen. Also haben Trueblood und ich es so gedeichselt, daß der Portier sie ins Taxi schob. Trueblood gab dem Taxifahrer eine Adresse, dann fiel ihm plötzlich ein, daß er sein Geld im Zimmer vergessen hätte, er knallte die Tür zu und sagte: ‹Fahren Sie schon ohne uns; wir kommen gleich nach.›»

«Soll das heißen, die arme Agatha irrt jetzt mutterseelenallein in Wanstead herum?»

«Die arme Agatha irrt nirgendwo mutterseelenallein herum. Wir sind doch Gentlemen, nicht wahr? Wir haben dem Fahrer ein Zettelchen zugesteckt, daß er sie, falls er die Adresse nicht findet, ins ‹Ritz› zurückbringen soll. Natürlich hat er die Adresse nicht gefunden. Sie existiert gar nicht.» Melrose freute sich diebisch. «Wir sind doch nicht herzlos, nur manchmal eine Nasenlänge voraus.»

«Lieber Gott», Jury atmete tief durch. «Voraus sein bringt

mich auf etwas; ich sollte Vivian lieber von dem Kerl da befreien.» Vielleicht machten es die schmelzenden Klänge des alten Saxophonspielers, aber seine Kopfschmerzen hatten sich vollkommen verflüchtigt.

«Soll das heißen, Sie *tanzen*?»

«Und ob.» Er machte eine schwungvolle Geste zum Tanzparkett, wo die bläulich angelaufenen Pärchen aneinanderhingen, als ließe bei ihnen gerade die Totenstarre nach.

Melrose wollte aufstehen. «*Ich* tanze. Darin bin ich Fachmann.»

Jury drückte ihn auf seinen Sitz. «Wieso Sie? Sie haben doch Ihre amerikanische Lady.» Er setzte sich ebenfalls wieder. «Die Sie, das muß mal gesagt werden, des Mordes verdächtigt haben. ‹Bin ich froh, daß Ellen in Yorkshire ist, bin ich froh, daß Ellen in Yorkshire ist.›»

«Seien Sie still. Selbstverständlich habe ich geargwöhnt, daß sie dort bleiben wollte – als einzige –, nur um uns abzuschütteln. Daß sie sich zehn Minuten nach unserem Aufbruch auf ihr verdammtes Motorrad schwingen und die M-1 runterbrettern würde.»

«Ein Wunder, daß Sie nicht in Weavers Hall angerufen und sich vergewissert haben.»

«Habe ich ja», sagte Melrose betrübt. «Sie ist fort. Futsch. Verschwunden.»

«Sie verdächtigen Ihre Flamme?» Jury schnalzte mit der Zunge. «Und wo finden Sie da eine Verbindung zu den Citrines und Charlie Raine?»

«Die Verbindung heißt New York – Yaak. Das Motiv ist mir allerdings schleierhaft. Und wer sagt, daß sie meine ‹Flamme› ist?»

Jury zog die bunten Broschüren eines Reisebüros in der Sloane Street aus der Tasche. «Das Chrysler Building ist Ihnen aus dem Mantel gefallen.»

Melrose riß die Blätter an sich. «Das Reisebüro war gleich neben dem Armani-Laden. Habe nur kurz vorbeigeschaut.»

«Hmm.» Jury stand auf. «Wenn Sie in New Yaak aus der ‹Queen Elizabeth II.› oder aus der Concorde klettern, haben Sie noch einen verdammt langen Marsch vor sich. Sie stammt aus Maryland.»

Melrose, der gerade die Fahrpläne in die Tasche stopfen wollte, hielt auf halbem Wege inne. «Was? Machen Sie Witze? Wie kommen Sie auf die Idee –»

Jury zauberte ein Buch auf den Tisch. Eine Taschenbuchausgabe von *Sauvage Savant*. Er hielt die Rückseite nach oben. Das Foto von Ellen war an einem windigen Tag aufgenommen, und sie sah genauso aus wie beim ersten- ... und beim letztenmal, als Melrose sie gesehen hatte. Jury pochte auf die Bildunterschrift. «Baltimore.» Er lächelte.

Melrose zückte sein Zigarettenetui, klopfte eine Zigarette heraus und sagte, ehe er sie anzündete: «Ich habe gleich gewußt, daß der Akzent aufgesetzt war. So redet doch kein Mensch.»

44

Vor dem prachtvollen Hintergrund der braunen und sahnefarbenen Pullman-Waggons stand eine verlegen lächelnde Vivian, während sich Jury und Melrose an der Kamera ablösten. Vivian allein; Vivian mit Jury; Vivian mit Melrose; Vivian mit Truebloods Händen, die er wie Fledermausflügel hinter ihrem Kopf spreizte (doch das ahnte die immer noch verlegen lächelnde Vivian nicht). Vivian mit Agatha; Agatha allein; Agatha allein; Agatha allein – knips, knips, knips, knips.

Verglichen mit Vivians makellosem Schnitt und dem fließenden cremefarbenen Wollkleid und dem breitkrempigen Hut wirkten ihre Mitreisenden, wie sie da mit emporgerecktem

Kinn umhergingen und so taten, als würden sie keine Aufmerksamkeit erregen, wie von einigen der Lieblingscouturiers der Principessa – Worth, Mme. Vionnet, Chanel, ja selbst Lady Duff Gordon – ausstaffiert: lange Röcke, bedruckter Samt und Seide, Crêpe de Chine und tiefe Taillen, flatternde, bedruckte Halstücher, Perlenschnüre, Topfhüte und Stirnbänder. Sie hätten gut und gern auf ein Bistro der zwanziger Jahre zusteuern können.

Nicht weniger hatten sich die Herren in Schale geworfen mit ihren pfauenblau und lachsfarben gestreiften Jacketts, den Rehlederhosen, den flaschengrünen Westen und zweireihigen dunkelblauen Bordjacketts. Mitten unter ihnen Marshall Trueblood, der mit Karla am Arm (vielmehr in Anbetracht ihres Größenunterschiedes er an ihrem) erschienen war. Er war unter der ganzen (wie er es nannte) «Bordjackett-Manie» der Gipfel des Geschmacks. Er trug sein neues Armani-Jackett mit den tiefhängenden Schultern und den weitgeschnittenen Ärmeln. Armani-Kleidung wirkte immer gleich vom ersten Tragen an so bequem, so eingetragen. Melrose wünschte fast, er hätte mehr gekauft. Würde er in der «Hammerschmiede» Eindruck machen, wenn er mit so etwas Bequemem und Zerknittertem daherkam?

Er hörte seinen Namen gebellt. Agatha, die sich bei dem goldenen Wappen auf dem Pullman-Wagen aufgestellt hatte, wirkte selbst etwas zerknittert nach ihrem Aufenthalt in Wanstead, weswegen sie, wie sie sagte, nie wieder ein Wort mit ihnen reden wollte. Leider hielt sie nie Wort, und nun schrie sie: «Trueblood! Lassen Sie *diese Person* da stehen und kommen Sie her. Es wird noch ein Foto gemacht.»

Diese Person, Karla, die keinerlei Interesse für die schönen Menschen und die schön hergerichteten Zugabteile – die kleinen, zum Lunch vorbereiteten Tischchen, die Polsterung, die buntgescheckten Fahrgäste – bekundete, schlenderte davon und stellte sich an der Wand des Cafés auf, um dort die Ewige Zigarette zu rauchen. Mit ihrem großartigen Herrenschnitt und dem ebenfalls knappen Kleid, das so unregelmäßig ausfiel, war sie wie geschaffen für diese Gesellschaft. Karla stand da, ließ den Blick über die Victoria Station schweifen, als hätte sie nur nach einer Wand Ausschau gehalten, an die sie sich lehnen konnte.

Melrose bedeutete Agatha (die sich mitten vor der Kameralinse aufgepflanzt hatte) beiseite zu treten, denn angesichts von Jurys Größe (und ihres Umfangs, was er sich aber verbiß) wirkte sie wie eine Kröte. Das brachte sie in Bewegung. Melrose suchte sich sorgfältig seinen Bildausschnitt, damit sie nicht mit aufs Foto kam; dennoch schaffte sie es, die Straußenfeder an ihrem Hut vor Truebloods Kinn zu plazieren.

Es war genau zwanzig vor elf, und die Passagiere stellten sich im Einstiegsbereich auf, während die der zweiten Klasse auf anderen, weniger farbenprächtigen Bahnsteigen diese auserwählte Gruppe umfluteten, manche mit einem Lächeln über die sich spreizenden Pfauen, manche kopfschüttelnd, als mokierten sie sich über deren Reverenz an den Götzenkonsum.

Das Personal des Orient Express, zumeist in brauner Uniform, trug ein Lächeln zur Schau, das für den besten persönlichen Service bürgte, der diesseits der Intensivstation des Charing Cross-Krankenhauses zu haben war. Im Augenblick kümmerte es sich um Fahrkarten und Gepäck.

Melrose erspähte den Anhänger an Vivians einzigem Schrankkoffer. «Du liebe Zeit, Vivian, ist das alles? Dieser eine Koffer? Mit dem Inhalt würde Agatha in Harrogate nicht einen Tag auskommen.» Denn Agatha plante, wie sie sagte, direkt nach Harrogate zurückzufahren, wozu sie sich das Taxi selbst heranwinken wolle («Nein, Mr. Trueblood, auf *Ihre* Dienste kann ich verzichten!»). Sowie der Orient Express Punkt elf abgefahren wäre, sollte es gleich zur King's Cross Station gehen. Und Melrose hatte sie informiert, daß ihr der Sinn weiß Gott nicht nach Long Piddleton stehe, nicht mit ihm, nicht nach gestern abend. Das sei die gerechte Strafe für seine faulen Tricks.

Trueblood verschränkte die Arme, machte ein Schmollmündchen und musterte den Koffer. «Ach, ich weiß nicht recht, Melrose. Ich glaube, sie kommt damit aus. Lang genug sieht der Koffer ja aus. Schwer, natürlich, aber das macht die englische Muttererde. Vivian hat den halben Garten um-»

Vivian stieg die helle Röte in die Wangen, wodurch sie noch schöner wirkte. Sie brachte ihr Gesicht ganz nahe an Truebloods, und er lehnte sich zurück. Er schlang sich den gestreiften Schal immer fester um den Hals und rief gespielt bänglich: «Keinen Schritt weiter! Keinen Schritt weiter!»

«Ach, halten Sie doch den Mund! Ich weiß immer noch nicht, ob ich Sie überhaupt auf meiner Hochzeit haben will. Weiß der Himmel, was Sie alles anstellen.» Ihr hitziger Blick galt auch Melrose.

«Was sehen Sie *mich* so an! Habe ich etwa ein Wort gesagt? Nein.»

«Bleiben Sie dabei.» Dann wandte sie sich an Jury. «Sie sind so schweigsam», sagte sie leise.

«Ich kann Bahnhöfe nicht ausstehen.» Carole-anne fiel ihm ein. «Und Flughäfen. Und Abschiede.»

Agatha war zu sehr damit beschäftigt, an Melrose zu zerren, um sich mit ihrer Nemesis, Marshall Trueblood, abzugeben. *«Wer»*, so fragte sie, auf das Café zeigend, «ist die *Person* da?»

«Karla. Sie – das ist – Truebloods Freundin.»

«Nicht *die*. Die *im* Café. Sie starrt uns schon eine geschlagene halbe Stunde an. Dich, aus unerfindlichen Gründen. Ich habe sie beobachtet, als du mich geknipst hast.»

Melrose warf einen Blick in Richtung des Bahnhofscafés, kniff die Augen zusammen und bewegte sich etwas auf die Spiegelglastür zu, hinter der eine junge Frau in Dunkelgrün stand, so unbewegt wie Karla davor. Er setzte seine Brille auf, blinzelte... Ellen!

Er entwand sich Agathas Schraubstockgriff und drängelte sich durch die Passagiere, die zu ihren Zügen eilten.

Sofort drehte sich Ellen um, setzte sich auf einen Kunststoffstuhl und nippte an ihrem Tee.

Melrose pochte wie besessen an die Scheibe. Endlich drehte sie sich um und schenkte ihm einen sinnenden Blick. Wo um alles mochten sie einander schon begegnet sein?

Er bedeutete ihr unter wildem Gefuchtel, nach draußen zu kommen.

Als sie endlich auftauchte, Karla ignorierte sie beide, stellte Melrose fest, daß die Principessa recht gehabt hatte. «Sie sehen unbeschreiblich aus.» Was tatsächlich stimmte. Das Kleid war vollkommen formlos, außer an den Stellen, wo ihm Ellen Form verlieh (und das nicht zu knapp); die schlammgrüne Farbe brachte ihr Gesicht überhaupt nicht zur Geltung. Das Gesicht aber, o Wunder, war sauber und die Nägel manikürt. Das Haar war gekämmt und wirkte, als habe es eine Behandlung mit dem Kreppeisen hinter sich. Und man konnte Beine und hohe Hakken sehen. Ein Anblick, mit dem es der Lido schwerlich aufnehmen konnte. Vielleicht sollte er sich doch noch einmal überlegen, ob er dort im Liegestuhl sterben wollte.

Ihre Hand in seiner zog er sie zum Zug, wo er Jury strahlend, Agatha (der die Kinnlade heruntergefallen war) bedenklich und Vivian, die mittlerweile in ihrem Abteil war, unschlüssig anlächelte. Noch zwei Minuten bis zur Abfahrt. Sie streckte die schmale Hand aus dem Fenster und ergriff Ellens.

Dann ließ sie diese los, schnappte sich mit einer Hand Melroses und mit der anderen Jurys. Trueblood lief neben einem Gepäckträger her, der das Gepäck zog. Er schwenkte ein Abziehbild der britischen Flagge, lächelte, klebte es mit Schwung auf ihren Koffer und drückte es sorgfältig fest. Dann bedeutete er dem Gepäckträger weiterzumachen und kam zurückgerannt. «Vivilein, Schätzchen! Vorsicht mit den Kanälen, Obacht im Keller der Gioppinos... ach ja, der Graf trinkt ja gar keinen Wein, nicht... aaauuu!» (Vivian hatte mit ihrem Taschenbuch nach ihm geworfen.) «Mein liebstes, bestes Vivilein. Kein Wort kommt mehr über meine Lip... Lieber Gott, er fährt, er fährt!»

Kein Wort mehr, nein. Melrose sah dem entschwindenden Gepäckwagen nach. Da klebte die britische Flagge! Und gleich daneben steckte der Dracula aus dem Ausschneidebogen und gondelte in seiner Gondel dahin. Melrose schloß die Augen.

«Und keine Dummheiten, Vivian!» Das waren Agathas letzte Worte. «Aufgepaßt bei den Gondolieri! Können Sie überhaupt Italienisch?»

«Arrivederci, das ist so ungefähr alles.» Sie wischte sich die Tränen ab, die ihr langsam übers Gesicht rannen.

Melrose und Jury hielten immer noch ihre Hände, liefen jetzt aber schon neben dem Zug her, bis dieser so beschleunigte, daß sie loslassen mußten.

Abschiedsgrüße wurden hin- und hergerufen, flogen die Gleise entlang, bis sich der Zug ins rußige Licht eines Londoner Januartages schob.

Jury stand da und merkte nicht einmal, daß ihm ein Kinderwagen ans Schienbein gerammt wurde und daß ihn ein paar Punks mit Irokesenschnitt beiseite schubsten.

Er riß die Augen von den Schienen los, als Trueblood neben ihm – Karla hatte ihn wieder untergehakt – sagte: «Kommen Sie, alter Junge. Wir sehen uns noch einmal die *Untouchables* an.»

«Was? Warum in aller Welt will jemand, der gerade Vivian verabschiedet hat, Al Capone sehen?»

«Seien Sie nicht albern. Wir sehen uns nur den Vorspann an.»

«Das klingt vernünftig.» Jury blickte die Gleise entlang. Das Ende des Zuges war nur mehr noch ein Glimmen.

Trueblood zog mit Daumen und Zeigefinger ein Schild in die Luft. «‹*Garderobe von Armani*›. Allgemeiner Applaus. Dann gehen wir irgendwo hin und betrinken uns.»

Jury lächelte, sah zu Karla hin, ein Mundwinkel zuckte nach oben. «Geht ihr beiden nur. Wir sehen uns später.»

Trueblood sah ihn besorgt an.

«Wir treffen uns heute abend alle im Nine-One-Nine. Na, wie wär's?»

«Hmm? Gut.»

Jury musterte Melrose und Ellen, die in ungewohnter Eintracht herangeschlendert kamen. «Lunch im ‹Ritz›. Was meinen Sie? Agatha hat sich schon zur King's Cross Station abgesetzt. Tut mir leid.» Und Melrose grinste.

Jungenhaft. Es war das erste Mal, daß Jury seinen Freund wirklich grinsen sah. «Ich nicht, gehen Sie beide nur.»

«Nicht ohne Sie. Ach, da habe ich noch etwas für Sie.» Melrose griff in die tiefe Tasche seines Mantels und förderte den Walkman zutage. Er lächelte. «Da.» Dann griff er in die andere Tasche und zog ein paar Kassetten heraus, sechs an der Zahl.

«Transformer», Lou Reed; «Rock 'n' Roll Animal», Lou Reed; «Berlin», Lou Reed; «Live in Italy», Lou Reed; «Mistrial», Lou Reed; «New York», Lou Reed.

«Tur mir leid», sagte Melrose, «aber ‹Metal Machine Music› habe ich nicht auftreiben können.»

Ellen seufzte. «Wer darauf abfährt, muß schon ein fanatischer Lou Reed-Fan sein. Rückkopplungsgekreische.»

«Ich stehe auf Rückkopplungsgekreische. Na, habe ich das nicht gut gesagt?»

«Vielen, vielen Dank auch», sagte Jury und musterte den begeisterten Melrose. «Es hat sich eine ganze Menge Arbeit angesammelt; das da wird mich beflügeln.» Er hielt die Kassetten hoch.

«Arbeit? Du liebe Zeit, haben Sie denn nichts anderes im Kopf! Kommen Sie mit.»

«Na los, Mann, kommen Sie.» Ellens eine Hand zog an Jurys Arm, die andere lag in Melroses.

«Was sagt man bei Ihnen in den USA? ‹So long›?»

Ellen lächelte. «So long also.»

Jury schob sie sanft fort. «Na los.»

Im Davongehen steckten sie die Köpfe zusammen.

Er drehte sich um und sah die leeren Gleise, dann in die andere Richtung, über die Köpfe des Menschengewimmels in

Victoria Station hinweg. Weiter hinten war das alte, verläßliche U-Bahn-Zeichen. Jury hielt die Kassetten fest, die ihm Melrose gegeben hatte. Er zog eine weitere aus seiner Tasche, musterte sie und steckte sie wieder weg.

Eigentlicht konnte er auch nach Haus fahren und sich ein bißchen Trane reinziehen.

Wenn schlaflos ich lag, gedacht ich nicht gern
Des Obsthains, dem scheinet nicht Sonne, nicht Stern,
Noch leuchtet ihm jemand (der Tag ist so fern).
Drum bangt ihm, er fürchtet den langsamen Tod,
Und dennoch stehn alle und alles bei Gott.

Robert Frost
«Leb wohl und bleib kalt»

You need a Busload of Faith to get by.

Lou Reed
«New York»